MARION ZIMMER BRADLEY

Marion Zimmer Bradley (1930-1999), issue d'une famille de cheminots, est née dans l'État de New York. À dix-huit ans, elle remporta un prix décerné chaque année aux États-Unis à l'auteur de la meilleure nouvelle. Elle eut de nombreux métiers et travailla même dans un cirque. Fascinée par le merveilleux et le fantastique, elle est sans conteste la grande dame de la fantasy, et a connu un succès mondial avec le cycle de *Ténébreuse* — plus d'une vingtaine de livres. Romance planétaire, *Ténébreuse* raconte l'histoire sur plusieurs décennies de la planète éponyme. Le cycle de *Ténébreuse* a donné naissance à plusieurs revues et fans-clubs. La pression de ce fandom a poussé Marion Zimmer Bradley à mettre de l'ordre dans la chronologie de sa planète en écrivant les épisodes non encore racontés et, pour ce faire, à aussi laisser la place à d'autres auteurs, surtout féminins, qui ont écrit des nouvelles liées à Ténébreuse. Elle est également l'auteur de la saga arthurienne *Les Dames du Lac*, des cycles de *Trillium* et d'*Unité*, ainsi que de nombreux autres ouvrages fantastiques ou légendaires.

D1077255

LA TOUR INTERDITE

DU MÊME AUTEUR
CHEZ POCKET

LA ROMANCE DE TÉNÉBREUSE

LES PREMIERS TEMPS
1. LA PLANÈTE AUX VENTS DE FOLIE

LES ÂGES DU CHAOS
1. LES ÂGES DU CHAOS (*Chroniques*)
2. REINE DES ORAGES
3. LA BELLE FAUCONNIÈRE

L'ÂGE DE DAMON RIDENOW
1. L'EMPIRE DÉBARQUE (*Chroniques*)
2. L'ÉPÉE ENCHANTÉE
3. LA TOUR INTERDITE
4. L'ÉTOILE DU DANGER
5. LA CAPTIVE AUX CHEVEUX DE FEU

L'ÂGE DE REGIS HASTUR
1. L'ALLIANCE (*Chroniques*)
2. SOLEIL SANGLANT
3. L'HÉRITAGE D'HASTUR
4. PROJET JASON
5. L'EXIL DE SHARRA
6. LA CHANSON DE L'EXIL
7. LA MATRICE FANTÔME
8. LE SOLEIL DU TRAÎTRE
9. LES CASSEURS DE MONDES

AVEC HOLLY LISLE :

LES POUVOIRS PERDUS

1. GLENRAVENNE

SCIENCE-FICTION
Collection dirigée par Bénédicte Lombardo

MARION ZIMMER BRADLEY

LA ROMANCE DE TÉNÉBREUSE
L'Âge de Damon Ridenow

LA TOUR
INTERDITE

*Traduit de l'américain
par Simone Hilling*

© 1977 Marion Zimmer Bradley
© 2005 Pocket, département d'Univers Poche, pour la traduction française.

ISBN 2-266-15937-2

Titre original :

THE FORBIDDEN TOWER

Le Code de la propriété intellectuelle n'autorisant, aux termes de l'article L. 122-5, (2° et 3° a), d'une part, que les « copies ou reproductions strictement réservées à l'usage privé du copiste et non destinées à une utilisation collective » et, d'autre part, que les analyses et les courtes citations dans un but d'exemple et d'illustration, « toute représentation ou reproduction intégrale ou partielle faite sans le consentement de l'auteur ou de ses ayants droit ou ayants cause est illicite » (art. L. 122-4).
Cette représentation ou reproduction, par quelque procédé que ce soit, constituerait donc une contrefaçon sanctionnée par les articles L. 335-2 et suivants du Code de la propriété intellectuelle.

© 1989, Pocket, département d'Univers Poche, pour la traduction française.
© 2006, Pocket, département d'Univers Poche, pour la présente édition.
ISBN : 2-266-15937-2

1

DAMON Ridenow chevauchait à travers une contrée libérée.

Le grand plateau des Kilghard avait dépéri toute l'année sous l'influence maléfique des hommes-chats. Les moissons avaient séché sur pied dans les champs, sous une pénombre anormale qui masquait la lumière du soleil ; les pauvres du district, craignant de s'aventurer dans la campagne maudite, étaient restée claquemurés chez eux.

Et voici que les hommes se remettaient au travail sous la lumière du grand soleil rouge de Ténébreuse, rentrant leurs récoltes avant les neiges prochaines. L'automne commençait et les moissons étaient presque toutes engrangées.

Le Grand Chat avait été massacré dans les grottes de Corresanti ; sa matrice géante avait été détruite, et la terrible menace ne pesait plus sur les plateaux (1). Les hommes-chats survivants s'étaient enfuis dans les forêts vierges au-delà des montagnes ou étaient tombés sous les coups des Gardes commandés par Damon.

Le pays n'était plus sous l'emprise de la terreur ; Damon avait renvoyé ses hommes et rentrait chez lui loin de son domaine ancestral de Serrais : Damon n'était qu'un cadet de famille et ne s'était jamais senti

(1) Voir *L'Epée enchantée*. (N.d.T.)

chez lui à Serrais. Il chevauchait vers Armida où devait avoir lieu son mariage.

Arrêtant son cheval au bord de la route, il regarda ses derniers hommes se quitter. Il y avait des Gardes, en uniforme vert et noir, qui retournaient à Thendera ; quelques-uns, des Domaines d'Alton et d'Hastur, partaient au nord vers les Hellers ; et les derniers chevauchaient vers le sud et les plaines de Valeron.

— Vous devriez parler aux hommes, Seigneur Damon, dit un petit homme noueux à son côté.

— Je ne suis pas très fort sur les discours.

Damon était un homme au visage d'érudit, svelte et presque frêle. Jusqu'à cette campagne, il ne s'était jamais considéré comme un soldat, et il s'étonnait encore d'avoir pu mener ses compagnons contre les hommes-chats et d'avoir remporté la victoire.

— C'est la coutume, Seigneur, reprit Eduin.

Damon le savait bien. Il était Comyn des Domaines ; non pas Seigneur d'un Domaine, ni même héritier Comyn, mais Comyn quand même, membre de l'ancienne caste télépathe qui gouvernait les Sept Domaines depuis la nuit des âges. Il y avait beau temps qu'on ne traitait plus les Comyn comme des dieux vivants, mais ils continuaient à inspirer un grand respect, nuancé de crainte. Damon avait appris à assumer les responsabilités d'un fils Comyn. En soupirant, il fit avancer son cheval jusqu'à un endroit où tous pourraient le voir.

— Notre mission est accomplie. Vous avez répondu à mon appel, et, grâce à vous, la paix règne dans les montagnes de Kilghard et dans nos foyers. Il ne me reste qu'à vous remercier et à vous souhaiter bon voyage.

Le jeune commandant des Gardes de Thendera fit avancer son cheval vers Damon tandis que les autres commençaient à se disperser.

— Le Seigneur Alton reviendra-t-il à Thendera avec nous ? Devons-nous l'attendre ?

— Vous risqueriez d'attendre longtemps, dit Damon. Il a été blessé au cours de la première bataille contre les hommes-chats. Une blessure qui semblait anodine, mais qui a touché la moelle épinière, de sorte qu'il est paralysé à partir de la taille. Je crois qu'il ne remontera plus jamais à cheval.

Le jeune officier eut l'air troublé.

— Alors, qui commandera la Garde, Seigneur Damon ?

Question raisonnable. Depuis des générations, le commandement de la Garde était réservé au Domaine d'Alton ; Esteban Lanart d'Armida, Seigneur Alton, avait exercé cette charge pendant bien des années. Mais le Seigneur Domenic, l'aîné des fils survivants de *Dom* Esteban, n'était qu'un jeune homme de dix-sept ans. Il était majeur selon les lois des Domaines, mais n'avait ni l'âge ni l'autorité requis pour le commandement. Le seul autre fils Alton, le jeune Valdir, avait onze ans, et était novice au Monastère de Navarsin, où l'instruisaient les frères de Saint-Valentin-des-Neiges.

Qui donc commanderait la Garde ? Damon ne pouvait répondre à cette question. Il dit simplement :

— Ce sera au Conseil des Comyn d'en décider l'été prochain, lorsqu'il se réunira à Thendera.

Il n'y avait jamais eu de guerre en hiver sur Ténébreuse, et il n'y en aurait jamais. Il fallait alors se garder d'un ennemi plus féroce que l'homme : le froid mordant, et les blizzards qui, partant des Hellers, balayaient les Domaines. Aucune armée ne pouvait manœuvrer. Même les bandits ne s'éloignaient guère de chez eux. On pouvait attendre le prochain Conseil pour nommer un nouveau Commandant. Damon changea de sujet.

— Serez-vous à Thendera à la tombée de la nuit ?

— Oui, à moins que nous ne soyons retardés en chemin.

— Alors, permettez-moi de ne pas vous retenir davantage, dit Damon en s'inclinant. Le commandement de ces jeunes gens est à vous, mon cousin.

L'officier ne put dissimuler un sourire. Il était lui-même très jeune, et c'était son premier commandement, d'ailleurs bref et temporaire. Avec un sourire pensif, Damon le regarda rassembler ses gens et s'éloigner à leur tête. Il était manifestement un meneur d'hommes, et, maintenant que *Dom* Esteban était infirme, les officiers compétents pouvaient s'attendre à des promotions rapides.

Damon, quant à lui, ne s'était jamais considéré comme un soldat. Comme tous les fils Comyn, il avait servi dans le corps des cadets et avait rempli ses devoirs d'officier, mais ses talents et ses ambitions n'avaient rien de militaire. A dix-sept ans, il avait été admis à la Tour d'Arilinn en tant que télépathe, pour y être instruit dans l'antique science des matrices. Il y avait travaillé bien des années, développant sa force et son habileté, pour atteindre enfin le rang de technicien des matrices.

Puis on l'avait renvoyé de la Tour. Il n'y avait pas eu faute de sa part, selon sa Gardienne ; mais il était trop sensible, et le stress effroyable imposé par le travail des matrices pouvait détruire sa santé et même mettre sa raison en danger.

Furieux mais résigné, Damon était parti. La parole d'une Gardienne faisait loi : on ne la mettait jamais en question. Sa carrière brisée, ses ambitions ruinées, il avait essayé de refaire sa vie dans les Gardes, lui qui n'avait rien d'un soldat et qui le savait bien. Il avait été un temps maître des cadets, puis officier sanitaire, et officier d'intendance. Au cours de cette dernière campagne contre les hommes-chats, il avait appris à se conduire avec plus d'assurance. Mais il n'avait aucun désir d'un commandement, et maintenant il était soulagé d'abandonner celui-là.

Il suivit des yeux ses hommes jusqu'à ce que leurs formes se perdent dans la poussière de la route. Allons, en route pour Armida et la maison...

— Seigneur Damon, dit Eduin à son côté, il y a des cavaliers sur la route.

— Des voyageurs ? En cette saison ?

Cela semblait impossible. Les neiges n'avaient pas encore commencé, mais d'un jour à l'autre maintenant, la première tempête pouvait souffler des Hellers, bloquant les routes pendant des jours d'affilée. Un vieux proverbe disait : seul le fou ou le désespéré voyage en hiver. Damon plissa les yeux pour voir les lointains cavaliers, mais il était myope depuis l'enfance et ne distingua qu'une tache floue.

— Tes yeux sont meilleurs que les miens. Crois-tu qu'ils soient armés, Eduin ?

— Je ne crois pas, Seigneur Damon ; il y a une dame avec eux.

— En cette saison ? Cela semble bien improbable, dit Damon.

Qu'est-ce qui pouvait pousser une femme à faire un voyage aussi hasardeux à l'approche de l'hiver ?

— Je vois une bannière Hastur, Seigneur Damon. Pourtant, le Seigneur Hastur et sa Dame ne quitteraient jamais Thendera en cette saison. Et si, pour une raison quelconque, ils allaient au Château Hastur, ils ne suivraient pas cette route. Je n'y comprends rien.

Pourtant, avant même qu'Eduin eût terminé, Damon avait identifié celle qui chevauchait vers lui avec sa petite escorte. Une seule femme sur Ténébreuse pouvait chevaucher presque sans Gardes sous une bannière Hastur, et une seule Hastur pouvait avoir une raison de le faire.

— C'est la Dame d'Arilinn, dit-il enfin à contre-cœur.

Le visage d'Eduin s'éclaira, émerveillé et déférent à la fois.

Léonie Hastur. Léonie d'Arilinn, Gardienne de la Tour d'Arilinn. La courtoisie exigeait qu'il chevauchât à sa rencontre, Damon le savait ; pourtant il resta immobile sur son cheval, comme pétrifié, cherchant à retrouver son sang-froid. Soudain, le temps n'exista plus. Dans quelque espace mental immobile et glacé, Damon, debout devant la Gardienne d'Arilinn, écoutait, tremblant et baissant la tête, les paroles qui avaient brisé sa vie :

— Tu ne m'as pas mécontentée. Tu n'as pas manqué à tes devoirs. Mais tu es trop sensible pour ce travail, trop vulnérable. Si tu étais né femme, tu aurais pu être

Gardienne. Mais les choses étant ce qu'elles sont... Je t'observe depuis des années. Ce travail détruira ta santé, détruira ta raison. Tu dois nous quitter, Damon, pour ton propre bien.

Damon était parti sans protester, car il se sentait coupable. Il avait aimé Léonie, avec toute la passion désespérée d'un solitaire, mais il l'avait aimée chastement, sans un mot, sans une caresse. Léonie, comme toutes les Gardiennes, était une vierge jurée, pour qui aucune homme ne devait nourrir de pensées sensuelles, qu'aucun homme ne pouvait toucher. Avait-elle deviné son amour ? Craignait-elle qu'un jour il ne se dominât plus, et qu'il l'approchât — ne serait-ce qu'en pensée — comme on ne devait jamais approcher aucune Gardienne ?

Brisé, il s'était enfui. Et maintenant, après tant d'années, une vie entière semblait séparer le jeune Damon, rejeté dans un monde hostile pour s'y construire une nouvelle carrière, et le nouveau Damon, pleinement maître de lui, vétéran d'une campagne victorieuse. Le souvenir vivait toujours en lui — il en souffrirait jusqu'à sa mort — mais tandis que Léonie approchait, Damon s'abrita derrière le souvenir d'Ellemir Lanart, qui l'attendait à Armida.

J'aurais dû l'épouser avant d'entreprendre cette campagne. Il l'avait désiré, mais *Dom* Esteban trouvait qu'un mariage si hâtif était indigne de sa caste. Il ne voulait pas que sa fille se marie à la sauvette comme une servante enceinte ! Damon avait accepté le délai. La réalité d'Ellemir, sa fiancée, devait maintenant bannir les souvenirs les plus douloureux. Faisant appel à toute la maîtrise acquise au cours de ses années à la Tour, Damon s'avança enfin, Eduin à son côté.

— Grâces te soient rendues, ma cousine, dit-il d'un ton grave en s'inclinant. La saison est bien avancée pour voyager dans ces montagnes. Où vas-tu donc ?

Léonie s'inclina à son tour, très cérémonieuse, comme toute dame Comyn devant un étranger à la Tour.

— Salut à toi, Damon. Je vais à Armida, entre autres choses, pour assister à tes noces.

— J'en suis très honoré.

Le voyage était long d'Arilinn à Armida, et, quelle que fût la saison, on ne l'entreprenait pas à la légère.

— Mais tu ne viens pas seulement pour mon mariage, Léonie ?

— Pas seulement. Pourtant il est vrai que je te souhaite tout le bonheur possible, mon cousin.

Pour la première fois, leurs regards se rencontrèrent, mais Damon détourna aussitôt les yeux. Léonie Hastur, Dame d'Arilinn, était grande et mince, avec la chevelure de flamme des Comyn, qui commençait à grisonner sous le capuchon de son manteau de voyage. Elle avait peut-être été très belle autrefois ; Damon ne s'en souvenait plus.

— Callista m'a fait savoir qu'elle souhaite être relevée de ses vœux envers la Tour et se marier, soupira Léonie. Je ne suis plus jeune ; j'espérais lui transmettre ma charge de Gardienne dans quelques années.

Damon s'inclina en silence. Il en avait été ainsi décidé quand Callista, à l'âge de treize ans, était arrivée à la Tour d'Arilinn. Damon était alors technicien des matrices, et avait été consulté avant cette décision.

— Mais maintenant, elle désire nous quitter et se marier. Elle m'a dit que son amant (elle prononça le mot avec l'inflexion qui lui donnait le sens de « fiancé ») n'est pas de notre monde ; c'est un de ces Terriens qui ont construit un astroport à Thendara. En as-tu entendu parler, Damon ? Tout cela me paraît chimérique, fantastique comme une ballade d'autrefois. Comment a-t-elle connu ce Terrien ? Elle m'a dit son nom, mais je l'ai oublié…

— Andrew Carr, dit Damon, comme ils faisaient tourner leurs chevaux vers Armida et chevauchaient côte à côte.

Leurs escortes et la dame de compagnie de Léonie suivirent à distance respectueuse. Le grand soleil rouge déclinait, projetant une lueur sinistre sur les pics des Kilghard derrière eux. Des nuages s'amoncelaient vers le nord, un vent froid soufflait des sommets invisibles et lointains des Hellers.

— Même aujourd'hui, je ne saurais pas dire comment tout a commencé, dit enfin Damon. Callista a été enlevée par les hommes-chats, elle a été emprisonnée, seule et terrorisée, dans les sombres grottes de Corresanti, et aucun de ses parents n'arrivait à entrer en contact avec son esprit.

Léonie frissonna, resserrant son capuchon autour de son visage.

— Un bien dur moment à passer, dit-elle.

— C'est exact. Et il se trouve que ce Terrien, Andrew Carr, est entré en contact avec son esprit et ses pensées. A ce jour, je ne connais pas encore tous les détails, mais il lui a tenu compagnie dans la solitude de sa prison ; lui seul pouvait contacter son esprit. Et c'est ainsi qu'ils sont devenus proches par l'esprit et le cœur, bien qu'ils ne se soient jamais vus en chair et en os.

Léonie soupira et dit :

— Oui, de tels liens peuvent être plus forts que les liens charnels. Ils en sont donc venus à s'aimer, et, quand elle a été libérée, ils se sont rencontrés...

— C'est Andrew qui a le plus fait pour la libérer, dit Damon, et maintenant, ils se sont juré fidélité l'un à l'autre. Crois-moi, Léonie, il ne s'agit pas d'un engouement né des terreurs d'une petite fille ou du désir d'un homme solitaire. Callista m'a dit que si elle ne pouvait obtenir le consentement de son père et le tien, elle quitterait Armida et Ténébreuse, et partirait avec Andrew sur la Terre.

Léonie secoua douloureusement la tête.

— J'ai vu les vaisseaux terriens à l'astroport de Thendara, dit-elle. Et mon frère Lorill, qui appartient au Conseil et traite avec eux, me dit que ce sont des hommes en tous points semblables à nous. Mais le mariage, Damon ? Une fille de cette planète épouser un homme d'une autre ? Même si Callista n'était pas Gardienne et vierge jurée, une telle union serait étrange et hasardeuse pour tous deux.

14

— Je crois qu'ils le savent, Léonie. Et pourtant, ils y sont résolus.

— J'ai toujours été profondément convaincue, dit-elle d'une voix étrange et lointaine, qu'une Gardienne ne doit pas se marier. Et j'ai conformé ma vie à cette conviction. S'il en avait été autrement...

Brièvement, elle leva les yeux sur Damon et celui-ci fut frappé de la douleur qui passait dans sa voix. Il essaya de se caparaçonner contre elle. *Ellemir*, pensa-t-il, comme on évoque un sortilège pour se protéger, mais Léonie continua en soupirant :

— Même ainsi, si Callista était tombée profondément amoureuse d'un homme de son clan et de sa caste, je ne lui aurais pas imposé mes propres choix ; je l'aurais relevée de ses vœux de bonne grâce. Non... corrigea-t-elle, s'interrompant un instant. Non, pas de bonne grâce, sachant quels problèmes attendent une femme entraînée et conditionnée à être Gardienne d'un cercle de matrices ; pas de bonne grâce. Mais je l'aurais quand même relevée de ses vœux et donnée en mariage en faisant aussi bon visage que possible. Mais comment puis-je la donner à un étranger, à un homme d'un autre monde, pas même né de notre sol et de notre soleil ? Cette pensée me glace d'horreur, Damon ! J'en ai froid dans le dos !

Damon dit lentement :

— Moi aussi, j'ai réagi ainsi tout d'abord. Mais Andrew n'est pas un étranger. Mon esprit sait qu'il est né sur un autre monde, gravitant autour d'un autre soleil, lointaine étoile qui n'est pas même un point lumineux dans notre firmament. Pourtant ce n'est pas un non-humain, un monstre qui aurait revêtu notre apparence, c'est véritablement un homme comme nous, comme moi, Léonie. Je le sais. Son esprit est entré en contact avec le mien.

D'un geste machinal, Damon porta la main à la matrice de cristal, au bijou transmetteur télépathique suspendu à son cou, dans son sachet, puis ajouta :

— Il possède le *laran*.

Léonie le regarda, choquée, incrédule. Le *laran* était

le pouvoir psi qui distinguait les Comyn des Domaines du reste du peuple, le don héréditaire que véhiculait le sang Comyn !

— Le *laran* ! s'exclama-t-elle, presque avec colère. Je ne peux pas le croire !

— Que tu y croies ou non, cela ne change rien, dit Damon. J'ai le *laran* depuis mon enfance, j'ai été formé à la Tour, et je te le dis, ce Terrien a le *laran*. Mon esprit a été lié avec le sien, et je peux te dire qu'il n'est en rien différent d'un homme de notre monde. Il n'y a aucune raison d'éprouver de l'horreur ou de la répulsion pour le choix de Callista. C'est seulement un homme comme nous.

— Et c'est ton ami, dit Léonie.

Damon hocha la tête en disant :

— Mon ami — et pour libérer Callista, nous avons lié nos esprits — par l'intermédiaire de la matrice.

Inutile d'en dire plus. C'était là le lien le plus fort, plus fort que les liens du sang, plus fort que ceux de l'amour. C'était ce lien qui avait rapproché Ellemir et Damon, comme il avait rapproché Callista et Andrew.

Léonie soupira.

— Vraiment ? Alors, je suppose que je dois l'accepter, quelles que soient sa naissance et sa caste. Puisqu'il a le *laran,* il sera un mari satisfaisant, si tant est qu'aucun homme vivant puisse être un mari satisfaisant pour une femme destinée à être Gardienne !

— Quelquefois, j'oublie qu'il n'est pas des nôtres, dit Damon. Quelquefois aussi, je le trouve étrange, presque étranger, mais ces différences ne viennent que de la culture et de la coutume.

— Ces différences-là peuvent compter beaucoup, dit Léonie. Je me souviens de l'époque où Mellora Aillard fut enlevée par Jalak de Shainsa, et ce qu'elle a enduré avec lui. Aucun mariage entre les Domaines et les Villes Sèches n'a jamais duré sans tragédie (1). Et un homme né dans un autre monde et sous un autre soleil doit être encore plus éloigné de nous qu'un Séchéen.

_____

(1) Voir *La Chaîne brisée.* (N.d.T.)

— Je n'en suis pas si sûr, dit Damon. Quoi qu'il en soit, Andrew est mon ami, et je soutiendrai sa cause.

Léonie courba les épaules.

— Tu n'accorderais pas ton amitié et tu ne lierais pas ton esprit par la matrice à un homme qui en serait indigne, dit-elle. Mais même s'il était des nôtres et comprenait pleinement l'emprise de la Tour sur le corps et l'esprit d'une Gardienne, ce mariage serait presque certainement voué à l'échec. L'aurais-tu risqué, toi ?

Damon se troubla. Impossible qu'elle ait posé cette question au sens où il la comprenait.

Ils ne vivaient plus aux temps d'avant les Ages du Chaos, où les Gardiennes étaient mutilées, désexuées, dépouillées de leur féminité. Bien sûr, elles étaient toujours formées, avec une discipline terrible, à vivre à l'écart des hommes, par des réflexes gravés au plus profond de leur corps et de leur esprit. Mais elles n'étaient plus modifiées. Et Léonie ne pouvait sûrement pas savoir... sinon, pensa Damon, il était le seul homme à qui elle n'aurait pas posé cette question. Elle ignorait probablement son secret, elle ne l'avait sans doute jamais connu. Il se raidit pour affronter la pureté de Léonie, se força à la regarder, et dit à voix basse :

— De grand cœur, Léonie, si j'avais aimé comme aime Andrew.

Malgré ses efforts pour parler d'une voix égale et impassible, quelque chose de son trouble se communiqua à la Gardienne. Leurs yeux se rencontrèrent, mais Léonie détourna vivement la tête.

Ellemir, pensa Damon avec désespoir, *Ellemir, ma bien-aimée, mon désir, ma promesse.* Puis il reprit d'une voix détendue :

— Essaye de considérer Andrew sans préjugés, Léonie, et je crois que tu verras en lui un homme à qui donner Callista en mariage de bonne grâce.

Léonie avait dominé son trouble.

— Et d'autant plus que tu m'en pries, Damon. Pourtant, j'hésite encore.

— Je le sais, dit Damon, considérant la route.

Ils étaient maintenant en vue des grandes portes

d'Armida, château héréditaire du Domaine d'Alton. Le foyer, pensa-t-il, où Ellemir m'attend.

— Mais même si tu es dans le vrai, Léonie, je ne vois pas ce que nous pouvons faire pour arrêter Callista. Il ne s'agit pas d'une adolescente étourdie qui se serait temporairement entichée d'un homme ; c'est une adulte, entraînée à la Tour, habituée à agir selon sa volonté, et je crois qu'elle le fera quoi que nous entreprenions.

Léonie soupira et dit :

— Je ne la forcerai pas à revenir parmi nous contre sa volonté. Le fardeau de Gardienne est trop lourd pour être porté à contrecœur. Je l'ai porté toute ma vie ; je le sais.

Elle semblait lasse, écrasée par sa charge.

— Pourtant, il n'est pas facile de trouver des Gardiennes. Si je peux la sauver pour Arilinn, Damon, tu sais que je le dois.

Damon savait. L'ancien don psi des Sept Domaines, véhiculé dans les gênes des familles Comyn depuis des centaines et des milliers d'années, se perdait de plus en plus. Les télépathes étaient plus rares que jamais. Il n'allait plus de soi que les fils et les filles descendant des Domaines en ligne directe aient le pouvoir psi héréditaire. Et d'ailleurs, peu s'en souciaient. Le frère aîné de Damon, héritier de la famille Ridenow de Serrais, n'avait pas le *laran*. Damon lui-même était le seul de sa fratrie à posséder pleinement le don du *laran,* et on ne l'en honorait pas plus pour cela. Au contraire, ses frères se moquaient de son séjour à la Tour, comme s'il n'était pas un homme. Il était difficile de trouver des télépathes assez forts pour le travail de la Tour. Certaines Tours de jadis étaient fermées, et se dressaient, sombres dans la nuit, désertées par l'enseignement, l'entraînement, la manipulation des anciennes sciences psi de Ténébreuse. Des roturiers n'ayant qu'un minimum de sang Comyn avaient été admis dans des Tours de moindre importance, mais Arilinn maintenait la tradition, et n'acceptait que des sujets étroitement apparentés aux Domaines par le sang. On trouvait peu de femmes ayant la force, les dons psi, l'énergie — et le courage et la volonté de sacrifier pratiquement tout ce qui donnait le plaisir de vivre aux femmes des Domaines — pour endurer la terrible discipline des Gardiennes. Qui trouverait-on pour prendre la place de Callista ?

Quelle que fût l'issue, il y aurait tragédie. Arilinn perdait une Gardienne — ou Andrew perdait une épouse et Callista un mari. Damon poussa un profond soupir et dit :

— Je sais, Léonie.

Et ils chevauchèrent en silence vers les grandes portes d'Armida.

2

DE la cour extérieure d'Armida, Andrew Carr vit les cavaliers approcher. Il appela valets et palefreniers pour s'occuper de leurs chevaux, puis rentra dans le Grand Hall pour annoncer leur arrivée.

— Ce doit être Damon qui revient, s'écria Ellemir avec joie, sortant en courant à sa rencontre.

Andrew suivit plus lentement, Callista à son côté.

— Damon n'est pas seul, dit-elle.

Et Andrew sut, sans le lui demander, qu'elle s'était servi de ses pouvoirs psi pour détecter l'identité des arrivants. Il en avait l'habitude, maintenant, et cela ne lui semblait plus mystérieux ou effrayant.

Elle lui sourit, et, de nouveau, Andrew s'étonna de sa beauté. Il avait tendance à l'oublier quand il ne la regardait pas. Avant même d'avoir jamais posé les yeux sur elle, il connaissait son cœur et son esprit, sa gentillesse, son courage et sa compréhension. Il avait connu et apprécié sa gaieté et son humour, même quand, seule et terrifiée, elle était prisonnière dans les sombres grottes de Corresanti.

Mais elle était belle de corps également, très belle, svelte, longiligne, avec des cheveux cuivrés tombant dans son dos en longues tresses, et des yeux gris sous des sourcils réguliers. Elle dit, attendant à son côté :

— C'est Léonie, la *leronis* d'Arilinn. Elle vient, comme je le lui ai demandé.

21

Il prit la main de Callista dans la sienne, quoique cela comportât toujours un risque. Il savait qu'elle avait été entraînée, par des méthodes qu'il ignorait, à éviter tout contact corporel. Cette fois pourtant, ses doigts frémirent mais restèrent dans la main d'Andrew, et il semblait que ce léger tremblement provenait d'une tempête intérieure qui la secouait, malgré son calme de surface. Il voyait à peine, sur les mains fines et les poignets délicats, de minuscules cicatrices, comme des traces d'écorchures ou de légères brûlures. Une fois, il lui avait demandé ce que c'était. Elle avait haussé les épaules en répondant, évasive :

— Elles sont anciennes, et guéries depuis bien longtemps. C'étaient... des aides mnémotechniques.

Elle avait refusé d'en dire plus, mais il avait deviné ce qu'elle voulait dire, et il en avait été horrifié une fois de plus. Arriverait-il jamais à connaître complètement cette femme ?

— Je croyais que c'était toi, la Gardienne d'Arilinn, Callista, dit-il.

— Léonie était déjà Gardienne avant ma naissance. Elle m'a instruite pour que je puisse la remplacer un jour. J'avais déjà commencé à travailler en tant que Gardienne. Elle seule peut me relever de mes vœux, si elle le désire.

Et de nouveau ce frémissement, ce regard furtif. Quelle emprise cette vieille femme exerçait-elle donc sur Callista ?

Andrew regarda Ellemir courir vers les portes. Comme elle ressemblait à Callista — même sveltesse, même chevelure cuivrée, même yeux gris aux longs cils noirs et aux sourcils réguliers — mais comme Ellemir était différente de sa jumelle ! Avec une tristesse si profonde qu'il ignorait que c'était de l'envie, Andrew regarda Ellemir courir vers Damon, Damon descendre de cheval et la serrer dans ses bras en lui donnant un long baiser. Callista serait-elle jamais libérée au point de pouvoir courir ainsi vers lui ?

Callista conduisit Andrew à Léonie, qu'un membre de son escorte aidait à descendre de cheval. La jeune fille avait laissé sa main fine dans celle du Terrien, en un geste de défi, qui violait volontairement un tabou. Il espérait bien que Léonie s'en était aperçue. Damon fit les présentations.

— Vous nous honorez, Dame Léonie, dit Ellemir. Bienvenue à Armida.

Fasciné, Andrew regarda Léonie rabattre son capuchon en arrière. Prêt à voir quelque hideuse sorcière, il fut étonné de se trouver devant une femme mince et frêle, sans doute vieillissante, mais aux beaux yeux frangés de cils noirs, et possédant encore les vestiges de ce qui avait dû être une grande beauté. Elle n'avait pas l'air austère ou intimidant, et elle sourit à Ellemir avec bonté.

— Tu ressembles beaucoup à Callista, mon enfant. Ta sœur m'a appris à t'aimer, et je suis heureuse de te connaître enfin.

Elle parlait d'une voix claire, légère et très douce. Puis elle se tourna vers Callista, lui tendant les mains en un geste de bienvenue.

— Es-tu bien rétablie maintenant, *chiya* ?

Quelle surprise d'entendre appeler « petite fille » Callista, si digne et réservée. Callista lâcha la main d'Andrew et effleura les doigts de Léonie.

— Oh oui, tout à fait, dit-elle en riant, mais je dors encore comme un petit enfant, avec de la lumière dans ma chambre, pour ne pas me réveiller dans le noir, pensant que je me trouve encore dans les maudites cavernes des hommes-chats. As-tu honte de moi, ma cousine ?

Andrew s'inclina cérémonieusement. Maintenant, il en savait assez sur les coutumes de Ténébreuse pour ne pas regarder Léonie en face, mais il sentit sur lui les yeux gris de la *leronis*. Callista dit, avec un frémissement de défi dans la voix :

— Je te présente Andrew, mon futur mari !

— Chut, *chiya*, tu n'as pas encore le droit de parler ainsi, rétorqua Léonie. Nous en parlerons plus tard. Pour le moment, je voudrais saluer notre hôte.

Rappelée à ses devoirs de maîtresse de maison,

Ellemir lâcha la main de Damon et précéda Léonie sur le perron. Andrew et Callista les suivirent, mais quand il voulut prendre la main de Callista, elle la retira, pas intentionnellement, mais distraitement, selon un conditionnement remontant à des années.

Le Grand Hall d'Armida était une immense salle dallée, décorée à l'ancienne, avec des bancs contre les murs, des bannières et des armes encadrant la cheminée monumentale. A un bout de la pièce, près d'une table fixée au sol, *Dom* Esteban Lanart, Seigneur Alton, était allongé dans un lit à roulettes. De taille et de carrure impressionnantes, c'était un homme puissant, aux cheveux roux bouclés généreusement parsemés de gris. Il dit avec humeur à l'entrée des arrivants :

— Dezi, soulève-moi en l'honneur de mes hôtes, mon garçon.

Un jeune homme, assis sur un banc, se leva prestement et, arrangeant habilement les oreillers dans son dos, le mit en position assise. Damon avait cru tout d'abord qu'il s'agissait d'un des serviteurs d'Esteban, puis il remarqua la frappante ressemblance entre le vieux seigneur Comyn et le jeune homme qui l'assistait.

Ce n'était qu'un adolescent, mince comme une mèche de fouet, avec des cheveux roux et bouclés et des yeux plus bleus que gris, mais les traits étaient presque ceux d'Ellemir.

On dirait Coryn, pensa Damon. Coryn était le premier fils de *Dom* Esteban, né de sa première femme depuis longtemps disparue. Beaucoup plus âgé qu'Ellemir et Callista, il avait été l'ami juré de Damon lorsqu'ils étaient tous deux adolescents. Mais Coryn était mort et enterré depuis bien des années. Et il n'était pas assez vieux pour avoir un fils de cet âge — pas tout à fait. *Pourtant, ce garçon est un Alton,* pensa Damon. *Mais qui est-il ? C'est la première fois que je le vois !*

Cependant, Léonie le reconnut immédiatement.

— Tiens, Dezi, tu as trouvé ta place dans la vie ?

Le jeune homme répondit avec un sourire engageant :

— Le Seigneur Alton m'a fait venir pour me rendre utile ici, Dame Léonie.

— Je te salue, ma cousine, dit Esteban Lanart. Excuse-moi de ne pas me lever pour t'accueillir dans ma demeure. Tu m'honores, *Domna*.

Surprenant le regard de Damon, il ajouta avec désinvolture :

— J'avais oublié que tu ne connaissais pas notre Dezi. Il s'appelle Desiderio Leynier, censément fils *nedestro* d'un de mes cousins, quoique le pauvre Gwynn soit mort avant de pouvoir le faire légitimer. Nous avons fait tester son *laran* — il a passé une ou deux saisons à Arilinn — mais quand j'ai eu besoin de quelqu'un pour s'occuper de moi, Ellemir s'est souvenue qu'il avait quitté la Tour, alors, je l'ai envoyé chercher. C'est un gentil garçon.

Damon fut choqué. Quelle désinvolture, et même quelle brutalité chez *Dom* Esteban, qui parlait ainsi en présence même de Dezi de sa bâtardise et de son statut de parent pauvre ! Dezi avait serré les dents, mais parvint à faire bonne figure, et Damon le trouva plus sympathique. Ainsi, le jeune Dezi savait ce que c'était que la chaleur et l'intimité d'un Cercle de Tour, et ce que c'était aussi que d'en être exclu à jamais !

— Assez d'oreillers, Dezi, arrête ces embarras, commanda Esteban. Eh bien, Léonie, ce n'est pas une façon de t'accueillir sous mon toit après tant d'années, mais considère que l'intention vaut l'action, et que je t'ai saluée et reçue avec toutes les courtoisies d'usage, comme je l'aurais fait si je pouvais quitter ce maudit lit !

— Je n'ai pas besoin de courtoisies, mon cousin, dit Léonie en s'approchant. Je regrette seulement ton état. Je savais que tu avais été blessé, mais j'ignorais que c'était si grave.

— Je l'ignorais aussi. C'était une petite blessure — je m'en suis fait de plus douloureuses et de plus profondes à la pêche avec mes hameçons — mais petite ou grande, la moelle épinière a été touchée, et il paraît que je ne remarcherai jamais.

— C'est souvent le cas avec les blessures à la moelle

épinière, dit Léonie ; estime-toi heureux d'avoir encore l'usage de tes mains.

— Oui, je suppose. Je peux m'asseoir dans un fauteuil, et Damon m'a inventé un harnais pour que je puisse rester assis sans m'affaisser comme un bébé trop jeune pour se tenir dans sa chaise haute. Andrew surveille les cultures et les troupeaux, tandis que Dezi fait mes courses. Je continue à gouverner de mon fauteuil, alors, je suppose que je dois m'estimer heureux, comme tu dis. Toutefois j'étais soldat, et maintenant...

Il s'interrompit en haussant les épaules, puis reprit :

— Damon, comment s'est passée ta campagne, mon garçon ?

— Il n'y a pas grand-chose à en dire, mon père, dit Damon. Les hommes-chats qui ne sont pas morts ont fui vers leurs forêts. Quelques-uns ont livré un baroud d'honneur, mais ils ont péri. A part ça, rien.

Esteban gloussa avec ironie.

— On voit bien que tu n'es pas un soldat, Damon ! Même si je sais que tu peux te battre quand tu le dois ! Quelque jour, Léonie, on racontera partout comment Damon a porté mon épée contre les hommes-chats dans Corresanti, son esprit lié au mien par la matrice — mais nous avons tout le temps. Pour l'instant, je suppose que si je veux des détails sur la campagne et les batailles, il me faudra les demander à Eduin ; il sait ce que j'ai envie d'entendre ! Quant à toi, Léonie, viens-tu pour rendre la raison à ma folle petite fille et la ramener à la Tour d'Arilinn à laquelle elle appartient ?

— Papa ! protesta Callista.

Léonie eut un petit sourire.

— Ce n'est pas aussi facile, mon cousin, et je suis sûre que tu le sais.

— Pardonne-moi, ma cousine, dit Esteban, décontenancé. J'oublie les devoirs de l'hospitalité. Ellemir te montrera ton appartement... maudite fille, où est-elle passée, maintenant ?

Il éleva la voix et cria :

— Ellemir !

Ellemir rentra en toute hâte par la porte du fond, essuyant ses mains couvertes de farine à son tablier.

— Les servantes m'ont appelée pour les aider à faire la pâtisserie, Papa — elles sont jeunes et inexpérimentées. Pardonne-moi, ma cousine, dit-elle, baissant les yeux et cachant ses mains.

Léonie lui dit avec bonté :

— Ne t'excuse pas de bien remplir tes devoirs de maîtresse de maison, mon enfant.

Ellemir retrouva sa contenance et dit :

— Je t'ai fait préparer une chambre, ma cousine, et une autre pour ta dame de compagnie. Dezi s'occupera du logement de ton escorte. N'est-ce pas, mon cousin ?

Damon remarqua qu'Ellemir parlait à Dezi sur le mode familier, celui de l'intimité familiale ; il avait aussi remarqué que ce n'était pas le cas pour Callista.

— Nous nous en occuperons ensemble, Ellemir, dit Damon.

Il sortit avec Dezi.

Ellemir précéda Léonie et sa dame de compagnie (sans qui il aurait été scandaleux pour une dame de sang Comyn de voyager si loin) dans l'escalier et les vastes halls de l'antique demeure. Léonie demanda :

— Comment parviens-tu à diriger une si grande maison, mon enfant ?

— Je ne suis seule ici qu'à la saison du Conseil, dit Ellemir, et notre *coridom* est vieux et plein d'expérience.

— Mais tu n'as aucune femme d'âge, aucune parente, aucune compagne ? Tu es trop jeune pour porter seule un tel fardeau, Ellemir !

— Mon père ne s'en est jamais plaint. Je tiens sa maison depuis le mariage de ma sœur aînée ; j'avais alors quinze ans, dit Ellemir avec fierté, et Léonie sourit.

— Je ne t'accusais pas de manque de compétence, petite cousine. Je pensais seulement que tu dois te sentir bien seule. Si Callista ne reste pas avec toi, tu devrais demander à une parente ou à une amie de venir vivre ici quelque temps. Tu es déjà surchargée de travail maintenant que ton père exige tant de soins. Que feras-tu si tu te trouves tout de suite enceinte de Damon ?

Ellemir rougit et dit :

— Je n'avais pas pensé à ça...

— Eh bien, une jeune épouse doit y penser, tôt ou tard, dit Léonie. Une sœur de Damon pourrait peut-être venir te tenir compagnie — c'est ma chambre, mon enfant ? Je ne suis pas habituée à tant de luxe.

— C'était l'appartement de ma mère, dit Ellemir. Il y a une chambre pour ta dame de compagnie, et j'espère que tu as amené ta servante, car nous n'en avons pas à te donner. La vieille Bethiah, qui était notre nourrice quand nous étions petites, a été tuée au cours du raid où l'on a enlevé Callista, et nous avons trop de chagrin pour la remplacer. Nous n'avons que des filles de cuisine pour l'instant.

— Je n'ai pas de servante, dit Léonie. A la Tour, nous évitons d'avoir des étrangers près de nous. Damon te l'a dit, j'en suis sûre.

— Non. Il ne parle jamais du temps qu'il a passé à la Tour, répondit Ellemir.

— Eh bien, c'est vrai : nous n'avons aucun serviteur humain et nous devons donc nous occuper de nous-mêmes. Je m'en tirerai donc très bien, mon enfant.

Léonie effleura la joue de la jeune fille, lui donnant ainsi congé. Ellemir redescendit l'escalier, pensant avec étonnement : *Elle est bonne; elle me plaît !* Mais certaines paroles de Léonie la troublaient. Elle prenait peu à peu conscience qu'elle ignorait bien des choses sur Damon. Elle avait trouvé naturel que Callista ne veuille aucune servante autour d'elle, mais elle réalisait maintenant que les années que Damon avait passées à la Tour, ces années dont il ne parlait jamais — et elle savait qu'il était malheureux quand elle lui en parlait — seraient toujours comme une barrière entre eux.

Léonie avait dit aussi : « Si Callista ne reste pas avec toi. » La question se posait-elle ? Callista pouvait-elle être renvoyée à Arilinn, persuadée contre sa volonté que son devoir était là-bas ? Ou — Ellemir frissonna —

était-il possible que Léonie refuse de relever Callista de ses vœux, et que Callista soit obligée d'exécuter sa menace, de quitter Armida et même Ténébreuse, et de s'enfuir avec Andrew dans le monde des Terriens ?

Ellemir regretta de ne pas avoir un de ses accès occasionnels de prémonition, qui surgissaient parfois chez ceux du sang d'Alton, mais pour l'instant, l'avenir lui restait fermé. Malgré ses efforts pour projeter son esprit dans le futur, elle ne voyait rien qu'une image inquiétante d'Andrew, le visage caché dans ses mains, la tête baissée, tout le corps secoué de sanglots désespérés. Lentement, et inquiète maintenant, elle tourna ses pas vers la cuisine et chercha l'oubli dans ses pâtisseries abandonnées.

Quelques instants plus tard, la dame de compagnie — femme discrète et effacée du nom de Lauria — vint annoncer avec déférence que la Dame d'Arilinn désirait parler en particulier avec *Donna* Callista. A contrecœur, Callista se leva, effleurant la main d'Andrew de ses doigts, le regard apeuré.

— Tu n'es pas obligée de l'affronter seule, si tu ne le veux pas, lui dit-il d'un ton résolu. Je ne veux pas que cette vieille femme t'effraye ! Veux-tu que je vienne et que je lui dise ce que je pense ?

Callista se dirigea vers l'escalier. Une fois hors de la pièce, dans le hall, elle se retourna vers lui et dit :

— Non, Andrew, je dois y aller seule. Tu ne peux pas m'aider en cette circonstance.

Andrew aurait voulu la prendre dans ses bras pour la réconforter. Elle semblait si frêle et fragile, si perdue et effrayée. Mais, douloureux et frustré, il avait appris par l'expérience qu'une étreinte n'était pas un réconfort pour Callista, qu'il ne pouvait pas même la toucher sans susciter en elle tout un monde de réactions complexes qu'il ne comprenait toujours pas, mais qui semblaient terrifier Callista. Il dit donc gentiment :

— Comme tu voudras, mon amour. Mais ne te laisse pas effrayer. N'oublie pas que je t'aime. Et s'ils ne nous permettent pas de nous marier ici, il existe tout un monde en dehors d'Armida. Et bien d'autres mondes dans la galaxie, au cas où tu l'aurais oublié.

Elle le regarda et sourit. Parfois, elle pensait que si elle l'avait connu normalement, et non pas par ce lien spirituel établi par la matrice, il ne lui aurait jamais paru séduisant. Elle l'aurait trouvé plutôt laid. C'était un homme fort et carré, blonc comme un Séchéen, grand, négligé, gauche, et pourtant, au-delà de cette apparence, comme il lui était devenu cher, comme elle se sentait en sécurité en sa présence. Elle regrettait douloureusement de ne pas pouvoir se jeter dans ses bras, se serrer contre lui comme Ellemir le faisait si librement avec Damon, mais la peur du tabou la paralysait. Pourtant, elle posa légèrement le bout de ses doigts sur ses lèvres — geste qu'elle faisait rarement. Il les embrassa et sourit. Elle dit doucement :

— Moi aussi je t'aime, Andrew. Au cas où tu l'aurais oublié.

Puis elle monta l'escalier, pour aller retrouver Léonie qui l'attendait.

3

LES deux Gardiennes d'Arilinn, la jeune et l'ancienne, se retrouvaient face à face. Callista considéra
Léonie : ses yeux ravissants et ses traits réguliers et
sereins ; son corps maigre et plat, asexué comme celui
de tout *emmasca ;* le visage pâle et impassible, comme
taillé dans le marbre. Callista frémit d'horreur, sachant
que des années d'habitude et de discipline devenues
naturelles, effaçaient toute expression de son visage, la
rendaient froide, réservée, aussi lointaine que Léonie.
Il lui semblait que le visage de la vieille Gardienne était
le miroir du sien, à travers les années mortes qui
l'attendaient. *Dans un demi-siècle, je serai exactement
comme elle... Mais non ! Non ! C'est impossible ! Impossible !*

Comme toutes les Gardiennes, elle avait appris à
fermer son esprit pour protéger ses pensées. Elle savait,
avec une curieuse clairvoyance, que Léonie attendait
qu'elle craque et sanglote, qu'elle prie et supplie,
comme une petite fille hystérique, mais c'était Léonie
elle-même qui, des années plus tôt, l'avait armée de ce
calme glacé, de cette maîtrise absolue. Elle était
Gardienne, formée à Arilinn ; elle ne s'en montrerait
pas indigne. Elle croisa calmement ses mains sur ses
genoux et attendit. Finalement, ce fut Léonie qui fut
obligée de prendre la parole.

— Il fut un temps, dit Léonie, où un homme qui

31

aurait cherché à séduire une Gardienne aurait été pendu à des crochets de boucher, Callista.

— Ce temps est passé depuis des siècles, Léonie, répliqua Callista d'une voix aussi impassible que celle de Léonie. Et Andrew n'a pas cherché à me séduire ; il m'a proposé un mariage honorable.

Léonie haussa légèrement les épaules.

— C'est la même chose, dit-elle.

Le silence retomba, s'étira pendant plusieurs minutes, et de nouveau, Callista sentit que Léonie voulait qu'elle perde son contrôle et supplie. Mais Callista attendit, immobile, et Léonie fut forcée de rompre le silence.

— C'est donc ainsi que tu respectes ton serment, Callista d'Arilinn ?

La gorge de Callista se serra. Ce titre, qu'elle avait si chèrement payé, n'était donné qu'aux Gardiennes ! Et Léonie semblait si vieille, si triste, si lasse !

Léonie est vieille, se dit-elle. *Elle désire poser son fardeau et le remettre entre mes mains. Elle m'a formée avec tant de soins, depuis mon enfance. Elle a tant travaillé, et si patiemment attendu le jour où je pourrais prendre la place qu'elle m'avait préparée. Que fera-t-elle maintenant ?*

Puis, remplaçant la douleur, la colère surgit, colère contre Léonie qui jouait ainsi sur ses émotions. Elle reprit pourtant d'une voix calme :

— Pendant neuf ans, Léonie, j'ai porté le fardeau qu'impose le serment de Gardienne. Je ne suis pas la première à solliciter l'autorisation de le déposer, et je ne serai pas la dernière.

— Quand j'ai prêté le serment de Gardienne, Callista, il allait de soit qu'il engageait toute une vie. Et je l'ai respecté toute ma vie. J'espérais que tu ne ferais pas moins.

Callista aurait voulu pouvoir pleurer, crier *Je ne peux pas,* supplier Léonie. Elle pensa, avec un morne détachement, que ce serait peut-être préférable. Léonie inclinerait davantage à la croire indigne de sa tâche, à la libérer. Mais on lui avait enseigné la fierté, elle avait appris à s'en cuirasser, et elle ne pouvait pas y renoncer maintenant.

— On ne m'a jamais dit, Léonie, que mon serment engageait toute ma vie. Tu m'as dit toi-même que ce fardeau était trop lourd pour le porter à contrecœur.

Avec une patience imperturbable, Léonie répondit :

— C'est vrai. Pourtant, je t'avais crue plus forte. Eh bien, raconte-moi tout. As-tu couché avec ton amant ?

Le mot était méprisant ; c'était le même qu'elle avait employé tout à l'heure avec le sens de « fiancé », mais cette fois, Léonie le prononça avec l'inflexion péjorative qui en faisait le synonyme de « suborneur ». Callista dut se maîtriser pour retrouver le calme lui permettant de parler d'un ton égal.

— Non. Je ne suis pas encore relevée de mon serment, et il est trop honorable pour me le demander. J'ai demandé l'autorisation de me marier, pas l'absolution d'une faute, Léonie.

— Vraiment ? dit Léonie, d'un ton incrédule, le visage froid et sarcastique. Ayant résolu d'être infidèle à ton serment, je m'étonne que tu aies attendu que je t'en délie !

Cette fois, il fallut à Callista toute sa maîtrise afin de ne pas exploser de colère, pour se défendre, pour défendre Andrew — puis elle réalisa que Léonie l'éprouvait pour voir si elle avait perdu le contrôle de ses émotions si strictement disciplinées. Elle connaissait ce jeu depuis le début de son séjour à Arilinn, et, à ce souvenir, son soulagement fut tel qu'elle en eut envie de rire. Le rire aurait été aussi impensable que les larmes en cette confrontation solennelle, mais c'est avec une certaine gaieté, et elle savait que Léonie le percevait, qu'elle répondit, d'un ton à la fois calme et amusé :

— Nous avons une sage-femme à Armida, Léonie ; convoque-la, si tu veux, et fais-lui certifier ma virginité.

Ce fut à Léonie de baisser les yeux.

— Ce ne sera pas nécessaire, mon enfant, dit-elle enfin. Mais je suis venue ici, préparée, s'il le fallait, à apprendre que tu avais été violée.

— Par des non-humains ? Non. J'ai souffert la peur, le froid, la prison, la faim et les mauvais traitements, mais le viol m'a été épargné.

— Cela n'aurait pas vraiment tiré à conséquence, tu sais, dit Léonie d'une voix très douce. Naturellement, une Gardienne n'a généralement pas à craindre le viol. Tu sais aussi bien que moi que tout homme qui pose la main sur une Gardienne formée comme tu l'as été, met sa vie en danger. Pourtant, le viol reste possible. Certaines femmes ont été prises par la force brutale, et certaines redoutent, au dernier moment, d'invoquer la force qui les protégerait. C'est donc cela, entre autres choses, que je suis venue te dire : même si tu avais été violée, tu aurais toujours le choix, mon enfant. Ce n'est pas l'acte physique qui compte, tu le sais.

Callista ne le savait pas, et fut vaguement étonnée.

Léonie continua d'une voix neutre :

— Si tu avais été prise sans ton consentement, tu n'aurais rien souffert qu'une période de réclusion ne pourrait guérir, pour te donner le temps de cicatriser tes blessures et de dominer tes peurs. Mais même sans qu'il soit question de viol, si tu t'étais donnée à ton libérateur, après coup, par reconnaissance ou bonté, sans qu'il y ait engagement profond — comme tu l'aurais très bien pu — ce ne serait pas irrévocable. Tu aurais pu faire une retraite, pour reprendre ton entraînement, et tu aurais été comme avant, inchangée, intacte, libre de nouveau d'être Gardienne. Cela est peu connu ; nous en gardons le secret, pour des raisons évidentes. Mais tu as toujours le choix, mon enfant. Tu ne dois pas penser que tu es rejetée de la Tour à jamais à cause d'un événement survenu sans que ta volonté y prenne part.

Léonie parlait toujours d'une voix calme, presque impassible, mais Callista savait qu'en réalité elle la suppliait. Callista, déchirée de douleur et étreinte d'une profonde pitié, dit :

— Non, il ne s'agit pas de cela, Léonie. Ce qui s'est passé entre nous... c'est tout différent. J'en suis venue à l'aimer et à le connaître avant même d'avoir vu son visage en ce monde. Et il est trop homme d'honneur pour me demander de rompre un serment avant d'en être relevée.

Léonie leva la tête, et ses yeux bleu acier lancèrent soudain des éclairs.

— Est-ce qu'il est trop homme d'honneur, dit-elle durement, ou que tu es trop effrayée ?

Callista sentit son cœur déchiré comme par un coup de poignard, mais elle répondit d'une voix égale :

— Je n'ai pas peur.

— Pas peur pour toi, peut-être — je veux bien l'admettre ! Mais peur pour lui, Callista ? Tu peux encore revenir à Arilinn, sans dommage, sans châtiment. Mais si tu n'y reviens pas — veux-tu que le sang de ton amant retombe sur ta tête ? Tu ne serais pas la premier Gardienne responsable de la mort d'un homme !

Callista releva la tête, ouvrit la bouche pour protester, mais Léonie lui imposa le silence d'un geste et poursuivit, impitoyable :

— As-tu été capable de toucher ne serait-ce que sa main ?

Envahie d'un soulagement si puissant qu'il en était presque douloureux, Callista se retrouva sans forces. Avec la mémoire absolue des télépathes, ses souvenirs lui revinrent, annihilant tout ce qui s'était passé entre-temps...

Andrew l'avait emportée dans ses bras de la grotte où le Grand Chat gisait mort, cadavre calciné, près de la matrice fracassée qu'il avait profanée. Andrew, après l'avoir enveloppée de son manteau, l'avait assise devant lui sur son cheval. Elle s'était appuyée contre lui, il enserrait son corps de ses deux bras, et son cœur battait contre sa joue. Elle se sentait en sécurité, au chaud, heureuse, totalement apaisée. Pour la première fois depuis qu'elle était devenue Gardienne, elle se sentait libre de toucher et d'être touchée, serrée ainsi dans ses bras et pleinement en paix. Et elle était restée dans ses bras pendant toute la longue chevauchée vers Armida, enveloppée de son manteau, heureuse d'un bonheur qu'elle n'aurait jamais imaginé.

Comme son image mentale se communiquait à l'esprit de Léonie, celle-ci changea de visage. Elle dit enfin, d'une voix plus douce que Callista ne lui avait jamais entendue :

— Est-ce vrai, *chiya*. Eh bien, si Avarra t'accorde sa miséricorde, il en sera comme tu le désires. Je ne croyais pas que c'était possible.

Et Callista ressentit une étrange inquiétude. Après tout, elle n'avait pas été totalement sincère envers Léonie. Oui, pendant ce voyage, elle était enflammée d'amour, intrépide, parfaitement satisfaite — puis, peu à peu, les anciennes contraintes avaient repris leurs droits, au point que maintenant elle trouvait difficile de toucher seulement ses doigts. Mais cela n'était dû qu'à l'habitude, à une habitude remontant à des années, se disait-elle. Tout s'arrangerait sans doute...

Léonie dit avec bonté :

— Cela te rendrait donc bien malheureuse de te séparer de ton amant, mon enfant ?

Callista s'aperçut que tout son calme s'était envolé. Elle dit, sachant que sa voix tremblait et que ses yeux s'emplissaient de larmes :

— Je ne désirerais plus vivre, Léonie.

— Ainsi...

Léonie la regarda un long moment avec une tristesse lointaine et terrible.

— Comprend-il à quel point ce sera difficile, mon enfant ?

— Je crois — je suis sûre que je pourrai le lui faire comprendre, dit Callista, hésitante. Il m'a promis d'attendre aussi longtemps qu'il le faudrait.

Léonie soupira. Au bout d'un moment, elle reprit :

— Eh bien, mon enfant... je ne veux pas que tu sois malheureuse. Car, comme je te l'ai dit, le fardeau d'une Gardienne est trop lourd pour le porter à contrecœur.

En un geste curieusement déterminé et cérémonieux, elle tendit la main, paume en l'air et Callista y posa la sienne, paume contre paume. Léonie prit une profonde inspiration et dit :

— Je te relève de ton serment, Callista Lanart. Devant les Dieux et devant les hommes, je te déclare sans faute et déliée de tes liens, et je m'en porterai garante.

Leurs mains se séparèrent lentement. Callista tremblait de tous ses membres. Léonie, tirant son mouchoir, lui essuya les yeux, et dit :

— Je prie que vous ayez tous deux assez de forces.

Elle sembla sur le point d'ajouter quelque chose mais se ravisa et poursuivit :

— Eh bien, mon enfant, je suppose que ton père aura bien des commentaires à faire, alors, descendons les écouter, ma chérie.

Elle sourit et ajouta :

— Et quand il les aura faits, nous lui dirons ce que j'ai décidé, que cela lui plaise ou non. N'aie pas peur, mon enfant ; je ne crains pas Esteban Lanart, et tu ne le dois pas non plus.

Andrew attendait dans la serre longeant l'arrière du corps du bâtiment principal d'Armida. Seul, il considérait les lointaines montagnes à travers les vitres épaisses. Il faisait chaud, et il régnait une forte odeur de terre et de plantes. La lumière des collecteurs solaires l'obligea à plisser les yeux le temps qu'ils s'y habituent. Marchant entre les rangées de plantes, encore humides de l'arrosage, il se sentait isolé et atrocement seul.

Ce sentiment l'étreignait brusquement de temps en temps. Pourtant, la plupart du temps, il se sentait chez lui sur Ténébreuse. Plus chez lui que partout ailleurs dans l'Empire ; plus chez lui que depuis le jour où, quand il avait dix-huit ans, le haras de l'Arizona où il avait passé son enfance avait été vendu pour régler les dettes, et où il était parti dans l'espace comme fonctionnaire de l'Empire, muté de planète en planète au gré des administrations et des ordinateurs. Et ici, après l'étrangeté des premiers jours, on l'avait bien accueilli. Quand on avait appris qu'il savait dresser et entraîner les chevaux, spécialité très recherchée sur Ténébreuse, on l'avait traité avec respect, en professionnel de haut niveau. Les chevaux d'Armida étaient réputés les meilleurs des Domaines, et on allait leur chercher des entraîneurs jusqu'à Dalereuth, très loin au sud.

Ainsi, il avait été heureux ici depuis son arrivée, quelques semaines plus tôt, en tant que fiancé de Callista. Seuls Damon et *Dom* Esteban, Ellemir et Callista connaissaient son origine terrienne ; les autres croyaient simplement que c'était un étranger, venu des basses terres au-delà de Thendera. C'était incroyable, mais il avait trouvé ici un second foyer. Le soleil était énorme et sanglant, les quatre lunes qui parcouraient le ciel nocturne étaient de couleurs étranges et portaient des noms qu'il ne connaissait pas encore, mais pourtant, c'était maintenant son foyer...

Son foyer. Cependant il y avait parfois des moments comme celui-ci, des moments où il ressentait cruellement son isolement, sachant que seule la présence de Callista faisait de cette maison un foyer. Dans la lumière crue de la serre, il avait vécu un de ces moments. Pourquoi se sentait-il si seul ? Il ne possédait rien au monde, il rejetait l'univers froid et aseptisé du Quartier Général Terrien. Mais pourrait-il faire sa vie ici, ou bien Léonie allait-elle lui arracher Callista pour la ramener dans le monde étrange des Tours ?

Au bout d'un long moment, il réalisa que Damon était debout derrière lui, sans le toucher — Andrew s'était habitué à cette pratique des télépathes — mais assez proche pour qu'il pût sentir la présence réconfortante de son ami.

— Ne t'inquiète pas comme ça, Andrew. Léonie n'est pas un ogre. Elle aime Callista. Les liens d'un Cercle de Tour sont les plus étroits qu'on connaisse. Elle saura ce que veut réellement Callista.

— C'est bien ça qui m'effraie, dit Andrew, la gorge sèche. Peut-être Callista ne sait-elle pas elle-même ce qu'elle veut. Elle s'est peut-être tournée vers moi parce qu'elle était seule et terrorisée. Je redoute l'influence que cette vieille femme a sur elle. L'emprise de la Tour — j'ai peur qu'elle ne soit trop forte.

Damon soupira.

— Et pourtant, on peut s'en libérer. Je m'en suis bien libéré, moi. Ce fut très dur — je ne peux pas te dire à quel point — et pourtant, je suis enfin parvenu à me construire une autre vie. Et si tu devais perdre ainsi Callista, mieux vaut maintenant que quand il serait trop tard.

— Il est déjà trop tard pour moi, dit Andrew, et Damon hocha la tête avec un sourire troublé.

— Je ne veux pas te perdre non plus, mon ami, dit Damon.

Mais il pensa en lui-même : *Tu fais partie de cette nouvelle vie que je me suis construite avec tant de peine. Toi, Ellemir et Callista. Je ne pourrai pas supporter une nouvelle amputation.* Damon ne prononça pas ces paroles ; toujours debout près d'Andrew, il se contenta de soupirer. Le silence s'étira tellement que le soleil, quittant son zénith, perdit de sa force dans la serre et Damon alla ajuster les collecteurs. Andrew se tourna vers lui avec colère :

— Comment peux-tu être si calme ? Qu'est-ce qu'elle lui dit, cette vieille femme ?

Andrew savait pourtant que les intrusions télépathiques étaient considérées comme des crimes honteux par la caste des télépathes. Il n'osait pas même essayer de contacter ainsi Callista. Pour dissiper sa frustration, il se mit à arpenter la serre.

— Du calme, du calme, le morigéna Damon. Callista t'aime. Elle ne se laissera pas persuader par Léonie.

— Je ne suis même plus sûr qu'elle m'aime, dit Andrew avec désespoir. Elle ne me laisse pas la toucher, l'embrasser...

Damon dit avec douceur :

— Je croyais te l'avoir expliqué : elle *ne peut pas*. Ce sont... des réflexes. Plus profonds que tu ne peux imaginer. Une habitude inculquée pendant des années ne peut pas s'oublier en quelques jours, et pourtant, je

39

t'assure qu'elle essaye de toutes ses forces de surmonter ce… ce profond conditionnement. Tu sais, n'est-ce pas, que dans une Tour il serait impensable qu'elle te prenne la main, comme je l'ai vue faire, et qu'elle te laisse lui baiser le bout des doigts. As-tu idée du combat que cela représente, contre des années d'entraînement, de conditionnement ?

Contre sa volonté, Damon se souvenait en ce moment d'une époque de sa vie qu'il s'était méthodiquement appris à oublier : combat solitaire, d'autant plus dur qu'il n'était pas physique, pour étouffer ses sentiments à l'égard de Léonie, pour contrôler jusqu'à ses pensées, afin qu'elle ne devine jamais ce qu'il dissimulait. Il n'aurait jamais osé imaginer seulement qu'il pouvait la frôler du bout des doigts, ainsi que Callista l'avait fait pour Andrew avant de monter l'escalier.

Avec soulagement, il s'aperçut qu'Ellemir était entrée dans la serre. Elle s'avança entre les rangées de plantes, et s'agenouilla devant une vigne chargée de grappes. Elle se releva en disant avec satisfaction :

— Si nous avons encore un jour de soleil, les raisins seront mûrs pour les noces.

Puis son sourire disparut devant les traits tirés de Damon et le silence désespéré d'Andrew. Elle s'approcha sur la pointe des pieds, et entoura Damon de ses bras, sentant qu'il avait besoin de son réconfort, de son contact. Elle aurait voulu pouvoir réconforter aussi Andrew, qui dit avec détresse :

— Et même si Léonie donne son consentement, que fera votre père ? Est-ce qu'il consentira, lui ? Je crois qu'il ne m'aime pas beaucoup…

— Il t'aime beaucoup, dit Ellemir, mais tu dois comprendre qu'il est très orgueilleux. Il me trouvait trop bien pour Damon, mais je suis en âge de faire ce qui me plaît. S'il m'avait offerte à Aran Elhalyn, qui occupe le trône à Thendera, Papa ne l'aurait pas encore trouvé assez bon. Quant à Callista, aucun homme né d'une femme ne serait assez bien, fût-il riche comme le Seigneur de Carthon et bâtard d'un dieu ! Et puis, même de nos jours, c'est un grand honneur que d'avoir un enfant à Arilinn. Callista devait être Gardienne d'Arilinn, et il sera très dur pour Papa d'y renoncer.

Andrew sentit le cœur lui manquer. Elle reprit :

— Ne t'inquiète pas ! Je crois que tout va s'arranger. Tiens, regarde, voilà Callista.

La porte s'ouvrit en haut de l'escalier, et Callista descendit dans la serre, et leur tendit les mains.

— Je ne retournerai pas à Arilinn, dit-elle, et Papa a donné son consentement à notre mariage...

Sa voix se brisa. Andrew lui tendit les bras, mais elle se détourna, et, appuyée à l'épaisse cloison de verre, pleura, le visage dans ses mains, ses frêles épaules secouées de sanglots.

Oubliant tout hormis sa détresse, Andrew s'avança vers elle ; Damon lui toucha le bras en secouant fermement la tête. Désolé, Andrew s'arrêta, considérant avec un désespoir impuissant sa fiancée en pleurs, incapable de supporter son chagrin, incapable de la consoler.

Ellemir s'approcha et l'obligea doucement à se retourner.

— Ne t'appuie pas à ce verre froid, ma chérie, alors que tu peux pleurer sur nos trois épaules.

Elle essuya les yeux de sa sœur avec son tablier.

— Alors, raconte. Léonie a été très dure avec toi ?

Callista secoua la tête, clignant ses paupières rougies.

— Oh non, elle ne pouvait pas être plus gentille...

Ellemir, sceptique, rétorqua :

— Alors, pourquoi brailles-tu comme un banshee ? Nous voilà tous les trois, attendant dans l'angoisse, craignant qu'on ne t'ait ramenée à la Tour, et quand tu nous annonces que tout est arrangé et que nous sommes prêts à nous réjouir avec toi, tu te mets à sangloter comme une servante enceinte !

— Ne... s'écria Callista. Léonie... Léonie a été compréhensive. Je suis certaine qu'elle a compris. Mais Papa...

— Pauvre Callie, dit Damon avec douceur. Sa langue est acérée, j'en ai souvent fait l'expérience.

Andrew entendit le diminutif avec surprise et un pincement de jalousie. Il n'y avait jamais pensé, et ce nom familier que Damon avait si naturellement employé indiquait une intimité qui soulignait son propre isolement. Il dut se rappeler que Damon vivait dans la maison depuis l'enfance de Callista.

Callista leva les yeux et dit avec calme :

— Léonie m'a relevée de mon serment, Damon, et sans condition.

Damon sentit son angoisse sous son calme de surface et pensa : *Si Andrew la rend malheureuse, je le tuerai.* Tout haut, il dit :

— Ton père naturellement, ce fut une autre histoire. Il a été terrible ?

Pour la première fois, Callista sourit.

— Terrible, oui, mais Léonie est encore plus entêtée. Elle a dit qu'on ne pouvait pas enchaîner un nuage. Alors, Papa s'en est pris à moi. Oh, Andrew, il m'a dit des choses épouvantables, que tu avais abusé de son hospitalité, que tu m'avais séduite...

— Maudit vieux tyran ! dit Damon avec colère, tandis qu'Andrew serrait les dents pour contenir sa fureur. S'il croit ça...

— Plus maintenant, dit Callista, avec, dans les yeux, une lueur de son ancienne gaieté. Léonie lui a rappelé que je n'avais plus treize ans ; que lorsque les portes d'Arilinn s'étaient refermées sur moi, il avait renoncé au droit de me donner ou refuser en mariage ; que même si Léonie m'avait trouvée impropre au travail de la Tour et qu'elle m'en ait renvoyée avant ma majorité, cela aurait été à elle — et non à lui — de me trouver un mari. Et bien d'autres vérités premières qu'il a trouvées dures à entendre.

— Louée soit Evanda, tu as retrouvé le sourire, ma chérie, dit Ellemir. Mais comment Papa a-t-il pris ces vérités ?

— Eh bien, ça ne lui a pas plu, comme tu l'imagines, dit Callista. Mais à la fin, il n'a rien pu faire qu'accepter. Je crois même qu'il était content de se quereller avec Léonie. Nous faisons tellement ses quatre volontés depuis qu'il est blessé ! Il est redevenu lui-même, et, je suppose, il a dû se sentir revivre quand il eut grommelé son consentement. Léonie s'est mise en devoir de le charmer — elle lui a représenté comme il avait de la chance d'avoir deux gendres adultes pour gouverner le domaine (si bien que Domenic pourrait prendre sa place au Conseil) et deux filles qui vivaient ici et lui tiendraient compagnie. Enfin, Léonie, il l'a dit, lui avait bien fait comprendre que je n'avais pas besoin de sa bénédiction pour me marier, mais il voudrait te bénir, Andrew.

Andrew était encore furieux.

— Si ce vieux tyran croit que je me soucie de sa bénédiction ou de sa malédiction... commença-t-il.

Mais Damon, lui posant la main sur le bras, l'interrompit.

— Andrew, cela signifie qu'il t'accepte pour fils, et, pour l'amour de Callista, je crois que tu devrais accepter sa bénédiction avec autant de bonne grâce que tu pourras. Callie a déjà perdu une famille quand elle a choisi, par amour pour toi, de ne pas retourner à Arilinn. A moins que tu ne le haïsses au point de ne pas pouvoir habiter sous son toit...

— Je ne le hais pas du tout, dit Andrew, mais je suis capable d'entretenir une femme dans mon monde. Je ne veux pas venir à lui sans un sou, et accepter la charité.

Damon dit doucement :

— La charité, Andrew, est de ton côté et du mien. Il vivra peut-être encore de longues années, mais il ne remarchera jamais. Domenic devra prendre sa place au Conseil. Son plus jeune fils n'a que onze ans. Si tu lui enlèves Callista, tu le laisses à la merci d'étrangers mercenaires ou de parents éloignés qui viendront par cupidité, pour le gruger tant qu'ils pourront. Si tu restes ici, si tu l'aides à gouverner son domaine et lui laisses la compagnie de sa fille, tu lui donnes beaucoup plus que tu ne reçois.

A la réflexion, Andrew concéda que Damon avait raison.

— Quand même, si Léonie lui a arraché son consentement de force…

— Non, sinon il ne t'offrirait pas sa bénédiction, dit Damon. Je l'ai connu toute ma vie. S'il avait donné son consentement à regret, il aurait dit, par exemple, prends-la et allez au diable, tous les deux. N'est-ce pas, Callista ?

— Damon a raison : père est terrible dans sa colère, mais il n'est pas rancunier.

— Encore moins que moi, dit Damon. Esteban a des colères subites, mais qui retombent tout de suite, et il t'embrasse d'aussi bon cœur qu'il te battait l'instant d'avant. Vous vous querellerez peut-être à nouveau — c'est même probable —, car il est dur et irritable. Mais il n'est pas homme à resservir tout le temps ses vieux griefs comme du porridge froid !

Quand Damon et Ellemir furent partis, Andrew regarda Callista et dit :

— Est-ce là vraiment ce que tu désires, mon amour ? Je ne déteste pas ton père. J'étais furieux, simplement, qu'il t'ait rudoyée et fait pleurer. Si tu veux rester ici…

Elle leva les yeux sur lui, et ils se sentirent de nouveau très proches, comme ils l'étaient avant de se rencontrer, éprouvant une intimité beaucoup plus étroite que celle qui naissait du contact hésitant de leurs doigts. Seul attouchement qu'elle pût se permettre.

— Si toi et Papa n'aviez pas pu vous entendre, je t'aurais suivi n'importe où sur Ténébreuse, ou n'importe où dans votre Empire des étoiles, mais avec une douleur que je ne peux imaginer. Mon foyer est ici, Andrew. Mon vœu le plus cher est de pouvoir y passer ma vie.

Il porta le bout de ses doigts à ses lèvres et dit doucement :

— Alors, ce sera aussi mon foyer, ma bien-aimée. A jamais.

Quand Andrew et Callista rejoignirent les autres dans la maison, ils trouvèrent Damon et Ellemir assis l'un près de l'autre sur un banc, à côté de *Dom*

Esteban. Comme ils entraient, Damon se levait et s'agenouillait devant son futur beau-père. Andrew n'entendit pas les paroles de Damon, auxquelles le seigneur Alton répondit en souriant :

— Tu m'as prouvé bien des fois que tu étais un vrai fils pour moi, Damon. Il ne m'en faut pas plus. Reçois ma bénédiction.

Il posa sa main sur la tête de Damon, qui se releva alors et l'embrassa sur la joue.

Puis, par-dessus la tête de Damon, *Dom* Esteban regarda Andrew avec un sourire sévère.

— Es-tu trop fier pour t'agenouiller afin de recevoir ma bénédiction, Ann'dra ?

— Non, Seigneur. Si je contreviens à la coutume en quoi que ce soit, Seigneur Alton, veuillez considérer que c'est par ignorance et non pour vous offenser volontairement.

Dom Esteban fit signe aux deux jeunes gens de s'asseoir près d'Ellemir et Damon.

— Ann'dra, dit-il, prononçant le nom avec une inflexion caractéristique de Ténébreuse, je ne sais rien de vraiment mauvais sur ton peuple, mais je sais aussi peu de choses qui soient vraiment favorables. Je suppose que vous êtes comme tous les peuples, parfois bons, parfois mauvais, la plupart du temps ni l'un ni l'autre. Si tu étais mauvais, je ne crois pas que ma fille serait prête à t'épouser en dépit du bon sens et de toutes les coutumes. Mais ne me blâme pas si je ne me réjouis pas de donner ma fille préférée à un homme qui n'est pas de notre monde, et qui, de plus, n'a jamais eu l'occasion de prouver qu'il est brave et honorable.

Andrew, assis près d'Ellemir, sentit la jeune fille crisper les mains en entendant son père qualifier Callista de « fille préférée ». Dire ça en sa présence, c'était cruel, pensa-t-il. Après tout, c'est Ellemir qui était restée à la maison, en fille docile et dévouée, pendant toutes ces années. Indigné de ce manque de tact, il parla d'un ton froid.

— Je peux seulement vous dire, Seigneur, que j'aime Callista et que j'essaierai de la rendre heureuse.

— A mon avis, son bonheur n'est pas au milieu de ton peuple. As-tu l'intention de l'emmener sur ton monde ?

— Si vous n'aviez pas consenti à notre mariage, Seigneur, je n'aurais pas eu le choix.

Mais aurait-il pu, réellement, emmener cette jeune fille si sensible, élevée parmi des télépathes, dans la Zone Terrienne, pour l'emprisonner au milieu des gratte-ciel et des machines, l'exposer à des gens qui la regarderaient comme une curiosité exotique ? Son *laran* aurait passé pour folie ou charlatanerie.

— Etant donné la situation, Seigneur, je resterai ici avec joie. Ainsi, je pourrai peut-être vous prouver que les Terriens ne sont pas aussi différents que vous le pensez.

— Je le sais déjà. Me trouves-tu ingrat ? Je sais parfaitement bien que, sans toi, Callista serait morte dans les cavernes, et que les terres de Kilghard languiraient toujours dans leur pénombre maléfique.

— Le mérite en revient davantage à Damon qu'à moi, Seigneur, dit Andrew avec conviction.

Esteban eut un bref éclat de rire.

— Comme dans un conte de fées, il convient que vous soyez tous deux récompensés par la main de mes filles et la moitié de mon royaume. Enfin, je n'ai pas de royaume à donner, Ann'dra, mais tu auras ici la place d'un fils, toute ta vie, et, si vous le désirez, vos enfants après vous.

Callista était rayonnante. Elle se leva, s'agenouilla près de son père et murmura :

— Merci.

La main d'Esteban s'attarda un moment sur ses tresses cuivrées, puis, par-dessus sa tête inclinée, il dit d'une voix rude mais pleine de bonté :

— Viens Ann'dra, t'agenouiller pour recevoir ma bénédiction.

Un peu embarrassé par l'étrangeté de la situation, Andrew s'agenouilla auprès de Callista. Il pensa machinalement que cette scène semblerait folle et ridicule à l'astroport, mais qu'à Rome... Pourtant, tout au fond de lui, il était ému par ce geste. Il sentit la main puissante et calleuse d'Esteban sur sa tête, et, grâce au don télépathique récemment découvert et qui le surprenait toujours, il perçut un étrange mélange d'émotions : méfiance, mêlée à une sympathie spontanée. Il était certain d'avoir capté ce que son futur beau-père pensait de lui ; et, à sa grande surprise, c'était assez semblable à ce qu'il éprouvait pour le seigneur Comyn.

Puis, essayant de parler d'une voix égale, il dit — avec la certitude qu'Esteban lisait aussi dans ses pensées :

— Je vous en suis reconnaissant, Seigneur, et j'essaierai d'être un bon fils.

Dom Esteban dit d'un ton bourru :

— Comme tu vois, j'ai besoin de deux bons fils. Mais dis-moi, vas-tu m'appeler « Seigneur » toute ta vie ?

— Non, bien sûr, mon père.

Il se releva, et, comme il s'éloignait, rencontra le regard du jeune Dezi, debout et silencieux derrière Esteban. Des yeux attentifs et coléreux — oui, et pleins de ce qu'Andrew interpréta comme du ressentiment et de l'envie.

Pauvre enfant, pensa-t-il. *J'arrive ici en étranger, et on me traite en membre de la famille. Et lui, il appartient à la famille et Esteban le traite comme un domestique, comme un chien ! Pas étonnant qu'il soit jaloux !*

4

IL fut décidé que le mariage aurait lieu quatre jours plus tard, dans l'intimité, sans invités d'honneur à part Léonie, et quelques amis des domaines voisins. Cela laissait juste le temps de prévenir Domenic, l'héritier de *Dom* Esteban à Thendera, et les frères de Damon à Serrais, pour le cas où ils voudraient venir.

La veille des noces, les deux jumelles étaient allongées côte à côte dans la chambre qu'elles avaient partagée avant le départ de Callista pour Arilinn. Ellemir dit enfin, avec quelque tristesse :

— J'avais toujours pensé que mon mariage serait un jour de fête, avec belles toilettes et grands festins, et toute notre parenté présente pour se réjouir avec nous, et non pas un mariage bâclé en présence de quelques campagnards ! Enfin, avec Damon pour mari, je peux me passer des autres et du reste, mais quand même...

— J'en suis désolée, Elli, car je sais que c'est de ma faute, dit Callista. Tu épouses un seigneur Comyn du Domaine de Ridenow ; tu devrais donc te marier par les *catenas* avec toutes les festivités d'usage. Andrew et moi, nous te gâchons cette fête.

Une fille Comyn ne pouvait se marier *di catenas* selon l'antique cérémonie sans la permission du Conseil Comyn. Et Callista savait très bien qu'il n'y avait aucune chance que le Conseil accordât sa main à un étranger, un roturier — un Terrien ! Ils avaient donc choisi la cérémonie la plus simple, connue sous le nom de mariage libre, qui se faisait par simple déclaration devant témoins.

Ellemir perçut la tristesse de sa sœur et dit :

— Enfin, comme Papa dit toujours, le monde suit son cours, et non celui que toi ou moi aurions choisi. A la prochaine session du Conseil, nous irons tous à Thendera, Damon me l'a promis. Et nous aurons tout le loisir de nous amuser.

— Et d'ici là, ajouta Callista, mon mariage avec Andrew sera suffisamment établi pour que rien ni personne n'y puisse rien changer.

Ellemir éclata de rire.

— Ce serait bien ma chance si je me trouvais enceinte, et dans l'impossibilité de prendre part aux réjouissances ! Non que ce soit un malheur d'engendrer immédiatement un enfant de Damon.

Callista se taisait, pensant à toutes les années passées à la Tour, où elle s'était privée de tous les rêves de jeunes filles, sans regret parce qu'ils lui étaient inconnus. Percevant ces désirs dans la voix d'Ellemir, elle dit, hésitante :

— Tu voudrais vraiment un enfant tout de suite ?

— Oh oui ! Pas toi ? s'exclama Ellemir en riant.

— Je n'y avais pas pensé, dit lentement Callista. Il y a tant d'années que je n'ai pas pensé au mariage, à l'amour, aux enfants... Je suppose qu'Andrew voudra des héritiers, tôt ou tard, mais il me semble qu'un bébé devrait être désiré pour lui-même, et non parce que c'est notre devoir vis-à-vis de notre clan. J'ai passé tant d'années à la Tour, ne pensant qu'à mon devoir envers les autres, que j'ai envie d'avoir un peu de temps pour ne penser qu'à moi-même. Et à... à Andrew.

Réponse qui inspira quelque perplexité à Ellemir. Comment penser à un mari sans penser d'abord au désir de lui donner un enfant ? Mais elle sentit qu'il en était autrement pour Callista. D'ailleurs, pensa-t-elle avec un snobisme inconscient, Andrew n'était pas Comyn ; et donc, peu importait que Callista lui donne un héritier immédiatement.

— N'oublie pas, Elli, j'ai passé tant d'années dans l'idée que je ne me marierais jamais...

Il y avait tant de tristesse dans sa voix qu'Ellemir en fut émue, et dit :

— Tu aimes Andrew, et tu as fait ton choix librement.

Mais cette affirmation avait une nuance interrogative. Callista n'avait-elle pas choisi d'épouser son libérateur parce que cela lui paraissait le plus simple ?

Callista capta cette pensée et dit :

— Non. Je l'aime plus que je ne peux te l'exprimer. Pourtant, il est un vieux proverbe dont je n'avais jamais compris la vérité jusqu'à présent : aucun choix ne se fait jamais sans regrets. D'un côté ou de l'autre, tout choix apportera toujours plus de joie et plus de chagrin que nous ne l'avions prévu. Ma vie me paraissait immuable, fixée une fois pour toutes, si simple : je prendrais la place de Léonie à Arilinn et j'y servirais jusqu'à ce que l'âge ou la mort me libère de mon fardeau. Et cette vie me semblait belle. L'amour, le mariage, les enfants — je n'y pensais même pas !

Sa voix tremblait. Ellemir se leva de son lit, s'assit au bord de celui de sa sœur et lui prit la main. Inconsciemment, machinalement, Callista fit le geste de la retirer puis se contrôla et dit, penaude, parlant davantage pour elle-même que pour Ellemir :

— Il faudra que j'apprenne à ne pas faire ça, je suppose.

— Je crois qu'Andrew n'apprécierait pas, dit doucement Ellemir.

Elle sentit Callista accablée par ces paroles.

— C'est un... un réflexe. Aussi difficile à abandonner qu'à acquérir.

— Comme tu as dû te sentir seule, Callista ! s'écria impulsivement Ellemir.

Les paroles de Callista semblèrent remonter de quelque profondeur inaccessible.

— Seule ? Pas toujours. Dans la Tour, nous sommes plus proches qu'on ne peut l'imaginer. Unis par l'esprit, chacun faisant partie des autres. Mais même ainsi, une

Gardienne est toujours un peu à part, séparée d'eux par... par une barrière que personne ne peut franchir. Il aurait été plus facile, je crois, d'être vraiment seule.

Ellemir sentit que ce n'était pas à elle que s'adressait sa sœur, mais à des souvenirs lointains, impossibles à partager, essayant d'exprimer par des paroles ce dont elle n'avait jamais voulu parler.

— Dans la Tour, les autres pouvaient... pouvaient exprimer en partie cette intimité. Ils pouvaient se toucher, s'aimer. Une Gardienne apprend à être doublement séparée. Elle est proche, plus proche que les autres, de chaque esprit appartenant au cercle de matrices, et pourtant... elle n'est jamais tout à fait réelle pour eux. Ce n'est jamais une femme, un être humain. Elle n'est que... qu'un rouage dans les relais et les écrans.

Elle s'interrompit, repensant à cette vie étrange, isolée, solitaire, qui avait été la sienne pendant si longtemps.

— Tant de femme essaient d'être Gardiennes et échouent. Elle participent trop au côté humain des hommes et des femmes de la Tour. Pendant ma première année à Arilinn, j'ai vu arriver six jeunes filles qui venaient pour recevoir la formation de Gardienne, et qui ont échoué. Et j'étais fière de réussir. C'est... difficile, termina-t-elle, sachant que le mot était ridiculement faible.

Il ne donnait aucune idée des mois de stricte discipline corporelle et mentale qu'elle avait observée, jusqu'à ce que son esprit acquière une puissance incroyable, jusqu'à ce que son *laran* soit assez fort pour supporter les stress et les courants d'énergie inhumains. Elle dit enfin avec amertume :

— Maintenant, je regrette de n'avoir pas échoué, moi aussi !

Mais elle s'interrompit aussitôt, horrifiée de ce qu'elle avait dit.

Ellemir reprit avec douceur :

— Je regrette que nous soyons tant éloignées l'une de l'autre, *breda*.

Pour la première fois, elle prononça le mot « sœur » sur le mode intime qui signifiait aussi « ma chérie ». Callista réagit davantage au ton qu'au mot lui-même.

— Ce n'est pas que... que je ne t'aimais plus ou que je t'avais oubliée, Ellemir. Mais on m'avait appris — tu ne peux pas savoir comment ! — à me tenir à l'écart de tout contact humain. Et tu étais ma sœur jumelle — l'être le plus proche de moi. La première année, je pleurais tous les soirs en m'endormant, tant je m'ennuyais de toi. Mais plus tard... plus tard, j'en suis venue à te considérer, comme tout ce qui avait fait partie de ma vie avant Arilinn, comme un rêve. Et par la suite, quand j'ai été autorisée à te voir, à te rendre visite, j'ai essayé de te tenir à distance, pour que tu demeures un rêve, pour que je ne sois pas déchirée par chaque nouvelle séparation.

Sa voix était plus triste que des larmes. Impulsivement, pour la réconforter, Ellemir s'allongea près d'elle et la prit dans ses bras. Callista se raidit à ce contact, puis, soupirant, se détendit ; mais Ellemir sentit l'effort que faisait sa sœur pour ne pas s'écarter d'elle. Elle pensa, avec une colère soudaine : *Comment a-t-on pu lui faire ça ? C'est une mutilation, comme si on l'avait rendue infirme ou bossue !*

Elle l'étreignit plus étroitement en disant :

— J'espère que nous nous retrouverons !

Callista toléra cette étreinte, mais ne la rendit pas.

— Moi aussi, Ellemir.

— C'est épouvantable de penser que tu n'avais jamais été amoureuse.

— Oh, ce n'est pas si terrible, répondit Callista d'un ton léger. Nous étions si proches dans la Tour que, d'une façon ou d'une autre, nous devions être perpétuellement amoureux, je suppose.

Il faisait trop sombre pour qu'Ellemir pût voir son visage, mais elle sentit le sourire de sa sœur qui ajouta :

— Et si je te disais qu'à mon arrivée à Arilinn, je me suis imaginée amoureuse de Damon, qui y était alors. Es-tu jalouse, Ellemir ?

— Non, pas très, dit Ellemir en riant.

— Il était technicien des matrices et m'a appris à monitorer. Naturellement, pour lui, je n'étais pas une femme, mais une des gamines en formation. D'ailleurs, aucune femme n'existait pour lui, à part Léonie...

Elle s'interrompit et ajouta vivement :

— Tout ça est très loin, naturellement.

Ellemir éclata de rire.

— Je sais que le cœur de Damon est tout à moi. Comment pourrais-je être jalouse de l'amour qu'un homme peut porter à une Gardienne, à une vierge jurée ?

Réalisant ce qu'elle disait, Ellemir s'interrompit, consternée.

— Oh, Callista, je ne voulais pas dire...

— Mais si, dit doucement Callista. Pourtant, l'amour reste l'amour, même sans la participation du physique. Si je ne l'avais pas déjà su, je l'aurais appris dans les grottes de Corresanti quand je me suis mise à aimer Andrew. C'était de l'amour et c'était réel, et si j'étais toi, je ne sourirais pas de l'amour de Damon pour Léonie, comme si c'était une lubie de jeune homme.

Elle pensa, sans le dire, que cet amour avait été assez fort pour perturber la sérénité de Léonie, bien que personne ne l'eût deviné, à part Callista.

Elle a bien fait de renvoyer Damon...

— Il me semble étrange de pouvoir aimer sans désirer, dit Ellemir. Tu peux dire ce que tu veux, ça me semble irréel.

— Des hommes m'ont désirée, dit Callista avec calme, malgré le tabou. Ça arrive. La plupart du temps, cela n'éveillait rien en moi, à part l'impression... l'impression que des insectes répugnants rampaient sur mon corps. Mais certaines fois, j'ai presque regretté de ne pas pouvoir les désirer en retour.

Soudain, sa voix se brisa, et Ellemir y perçut quelque chose qui ressemblait à la terreur.

— Oh, Ellemir, Elli, si je recule devant ton contact — devant le contact de ma sœur jumelle — que vais-je faire avec Andrew ? Oh, miséricordieuse Avarra, jusqu'où faudra-t-il que je le fasse souffrir ?

— *Breda*, Andrew t'aime ; il comprendra…

— Comprendre ne suffira peut-être pas ! Oh, Elli, même s'il s'agissait d'un homme comme Damon, qui connaît la vie dans les Tours, qui sait ce qu'est une Gardienne, j'aurais encore peur ! Et Andrew ne sait pas, ne comprend pas, et il n'existe pas de mots pour lui expliquer ! Pourtant, lui aussi a abandonné le seul monde qu'il ait jamais connu, et qu'est-ce que je peux lui donner en retour ?

— Mais tu as été relevée du serment de Gardienne, dit Ellemir avec douceur.

Une si longue habitude ne pouvait pas se rompre en un jour, elle le savait, mais Callista une fois libérée de ses peurs, tout irait bien ! Elle étreignit Callista, disant avec tendresse :

— Il n'y a rien à craindre de l'amour, *breda*, même s'il te semble étrange, ou même effrayant.

— Je savais bien que tu ne comprenais pas, soupira Callista. Il y avait d'autres femmes à la Tour, des femmes qui ne vivaient pas selon les lois des Gardiennes, qui étaient libres de partager cet amour que nous éprouvions tous. Il y avait tant… tant d'amour parmi nous, et je savais comme ils étaient heureux d'aimer, ou même simplement de satisfaire un désir, lorsqu'il n'y avait pas amour, mais seulement besoin et compassion.

De nouveau, elle soupira.

— Je ne suis pas ignorante, Ellemir, dit-elle avec une dignité curieuse, poignante. Inexpérimentée, oui, à cause de ce que je suis, mais pas ignorante. J'ai appris à… à ne pas avoir conscience de ces choses. C'était plus facile ainsi, mais je savais, oh oui, je savais. Comme je savais, par exemple, que tu avais eu d'autres amants avant Damon.

— Je n'en ai jamais fait un secret, dit Ellemir en riant. Si je ne t'en ai pas parlé, c'est parce que je connaissais les lois auxquelles tu étais soumise — du moins autant qu'un étranger à la Tour peut les connaître — et que cela me semblait dresser une barrière entre nous.

— Mais tu dois sûrement avoir su que je t'enviais cela, dit Callista.

Ellemir s'assit brusquement sur le lit, regardant sa jumelle avec stupéfaction. Elles se voyaient à peine, à la faible lueur d'un mince croissant de lune vert. Ellemir dit enfin, hésitante :

— Tu m'enviais... moi ? Je pensais... je pensais que sûrement... une Gardienne me mépriserait, ou trouverait honteux que... qu'une *comynara* n'agisse pas autrement qu'une paysanne ou qu'une femelle en chaleur.

— Te mépriser ? Jamais, dit Callista. Si nous n'en parlons pas beaucoup, c'est par peur de ne pas pouvoir supporter nos différences. Même les autres femmes des Tours, qui ne partagent pas notre isolement, nous considèrent comme étrangères, presque inhumaines... L'isolement, la fierté, deviennent nos seules défenses, comme pour cacher une blessure, cacher notre... notre imperfection.

Callista parlait d'une voix brisée, mais Ellemir trouva que le visage de sa sœur, à la pâle lueur de la lune, était d'une impassibilité inhumaine, comme taillé dans la pierre. Il lui sembla que Callista était incroyablement distante, et qu'elles se parlaient par-dessus un abîme.

Toute sa vie, on lui avait enseigné qu'une Gardienne était un être distant, très au-dessus d'elle, qu'il fallait révérer et presque adorer. Même sa propre sœur, sa jumelle, était inaccessible comme une déesse. Et maintenant, elle avait le sentiment vertigineux d'un renversement de situation, qui ébranlait ses certitudes ; aujourd'hui, c'était Callista qui l'admirait, qui l'enviait, Callista qui semblait plus jeune qu'elle, et beaucoup plus vulnérable, non plus enveloppée de la majesté distante d'Arilinn, mais simple femme comme elle, frêle, incertaine... Elle dit en un souffle :

— Je regrette de n'avoir pas su cela plus tôt, Callie.

— Je regrette de ne pas l'avoir su moi-même, dit Callista avec un sourire navré. On ne nous encourage guère à penser à ces choses, ou à quoi que ce soit à part notre travail. Je commence seulement à découvrir que je suis une femme et je... je ne sais pas comment commencer.

Ellemir trouva cette confession d'une tristesse insondable. Au bout d'un moment, Callista dit doucement dans la pénombre :

— Ellemir, je t'ai dit tout ce que je peux dire de ma vie. Parle-moi de la tienne. Je ne veux pas être indiscrète, mais je sais que tu as eu des amants. Parle-moi d'eux.

Ellemir hésita, mais elle sentit qu'il y avait autre chose dans ce désir qu'une simple curiosité sexuelle. Cette curiosité existait aussi certes, et, considéré la façon dont Callista avait été obligée d'étouffer ses instincts pendant ses années de Gardienne, c'était bon signe et augurait bien du mariage à venir. Mais il y avait autre chose, le désir de partager quelque chose de la vie d'Ellemir pendant leurs années de séparation. Réagissant impulsivement à ce besoin, Ellemir dit :

— C'était l'année du mariage de Dorian. Tu connais Mikhail ?

— Je l'ai vu à la noce.

Leur sœur aîné, Dorian, avait épousé un cousin *nedesto* du Seigneur Ardais.

— Il m'a semblé bon et bien élevé, mais je n'ai échangé que quelques mots avec lui. J'avais vu Dorian si rarement depuis mon enfance.

— Ce fut cette année-là, dit Ellemir. Dorian m'avait suppliée de venir passer l'hiver avec elle ; elle se sentait seule, elle était enceinte, et ne s'était pas encore fait beaucoup d'amies parmi les femmes des montagnes. Papa m'a autorisée à y aller. Plus tard, au printemps, quand Dorian est devenue si grosse que ce n'était plus un plaisir de partager sa couche, Mikhail et moi étions devenus si grands amis que j'ai pris sa place.

Elle rit à ce souvenir.

— Tu n'avais pas plus de quinze ans ! dit Callista, stupéfaite.

— C'est assez vieux pour se marier, répondit Ellemir

en riant. Dorian n'était pas plus âgée. Et j'aurais été mariée moi aussi si Papa n'avait pas voulu que je reste avec lui pour tenir sa maison !

De nouveau, Callista éprouva un cruel sentiment d'envie, un sens désespéré de son aliénation. Comme tout avait été simple pour Ellemir, et comme elle avait raison ! Comme tout était différent pour elle !

— Qui étaient les autres ?

Ellemir sourit dans l'ombre.

— Il n'y en a pas eu beaucoup. J'ai réalisé alors que j'aimais faire l'amour avec les hommes, mais je ne voulais pas devenir un objet de commérages et de scandale comme Sybil-Mhari — on dit qu'elle prend ses amants parmi les Gardes, et même parmi les palefreniers — et je ne voulais pas porter un enfant que je ne serais pas autorisée à élever, quoique Dorian m'eût promis que si j'avais un enfant de Mikhail, elle l'adopterait. Et je ne voulais pas non plus être mariée à la sauvette à quelqu'un qui ne me plairait pas, comme je savais que Papa le ferait s'il y avait scandale. Il n'y a donc pas plus de deux ou trois hommes qui pourraient dire qu'ils ont eu plus que mes doigts à baiser la nuit du solstice d'été. Même Damon. Il a attendu patiemment..., termina-t-elle avec un gloussement excité.

Callista caressa les doux cheveux de sa sœur.

— Eh bien, l'attente est presque terminée, ma chérie.

Ellemir se pelotonna contre sa jumelle, dont elle sentait les peurs, l'ambivalence, mais en se méprenant toujours sur leur nature.

C'est une vierge jurée, pensait Ellemir, *elle a vécu toute sa vie à l'écart des hommes, il n'est donc pas surprenant qu'elle ait peur. Mais une fois qu'elle aura compris qu'elle est libre, grâce à la bonté et à la patience d'Andrew, elle connaîtra enfin le bonheur... un bonheur comme le mien... et celui de Damon.*

Elles étaient mentalement en rapport, et Callista suivait les pensées de sa sœur, mais elle ne voulut pas la troubler en lui disant que c'était loin d'être aussi simple.

— Il faut dormir, *breda*. Nous nous marions demain. Et le soir, ajouta-t-elle, malicieuse, Damon ne te laissera peut-être pas dormir beaucoup.

Ellemir ferma les yeux en riant. Allongée près d'Ellemir, la tête de sa jumelle sur son épaule, Callista regardait dans le noir. Au bout d'un moment, leur rapport mental se rompit, et Callista sut que sa sœur s'était endormie. Elle se leva en silence et, s'approchant de la fenêtre, regarda le paysage baigné de clair de lune. Elle resta là, immobile, frissonnant de froid, jusqu'à ce que les lunes se couchent et qu'une petite pluie glaciale commence à brouiller la vue. Grâce à la discipline si longtemps pratiquée, elle ne pleura pas.

Je peux accepter et endurer cela, comme j'ai enduré tant de choses. Mais Andrew ? Pourrai-je supporter ce que je vais lui faire, ce que je ferai peut-être à son amour ? Elle resta immobile pendant des heures, transie, crispée, mais insensible, l'esprit perdu dans un de ces espaces situés au-delà de la pensée où on lui avait enseigné à chercher refuge contre les idées torturantes, abandonnant derrière elle le corps glacé qu'elle avait appris à mépriser.

A l'aube, la pluie fit place à la grêle, qui cogna contre les vitres. Ellemir remua, chercha sa sœur à tâtons dans le lit, puis s'assit, consternée à la vue de Callista, immobile près de la fenêtre. Elle se leva et la rejoignit en l'appelant par son nom, mais Callista n'entendit pas, ne bougea pas.

Inquiète, Ellemir haussa le ton. Callista, percevant moins la voix que la peur d'Ellemir, revint lentement dans la pièce.

— Tout va bien, Elli, dit-elle gentiment, regardant le visage inquiet tourné vers elle.

— Comme tu as froid, ma chérie, comme tu es raide. Reviens te coucher, je vais te réchauffer.

Callista se laissa ramener dans le lit ; Ellemir la couvrit chaudement et la prit dans ses bras. Au bout d'un moment, Callista dit en un souffle :

— J'ai eu tort, Elli.

— Tort ? En quoi ?

— J'aurais dû partager le lit d'Andrew dès qu'il m'a ramenée des grottes. Après tant de jours passés dans le noir, après tant de peur, mes défenses étaient affaiblies.

Avec un regret poignant, elle se rappela comme il l'avait portée dans ses bras pour sortir de Corresanti, comme elle avait reposé contre lui, sans crainte. Comment, pendant un moment, cela lui avait paru possible.

— Mais il régnait tant de confusion dans la maison, avec Papa infirme depuis peu et des blessés partout. Quand même, ça aurait été plus facile alors.

Ellemir comprit son idée et pensa qu'elle avait raison. Pourtant, Callista n'était pas femme à encourir le mécontentement de son père, à rompre ainsi son serment de Gardienne. Et le Seigneur Alton aurait su qu'elle y avait manqué, aussi sûrement que si Callista l'avait crié sur les toits.

— Mais tu étais malade, ma chérie. Andrew a compris, c'est certain.

Mais Callista s'interrogea : la longue maladie qui avait suivi sa libération était-elle une réaction à cet échec ? Ils avaient peut-être laissé passer la chance, qui ne se représenterait plus, de s'unir alors qu'ils étaient tous deux enflammés par la passion, sans accorder aucune pensée aux doutes et aux craintes. Même Léonie trouvait vraisemblable que ce fût arrivé.

Pourquoi ne l'ai-je pas fait ? Et maintenant, il est trop tard...

Ellemir bâilla, avec un sourire ravi.

— C'est le jour de nos noces, Callista !

Callista ferma les yeux. *Le jour de mes noces. Et je ne peux pas partager son bonheur. J'aime autant qu'elle aime, et pourtant je ne suis pas heureuse...*

Soudain, elle eut follement envie de déchirer son visage de ses ongles, de se battre, de punir cette beauté qui n'était qu'une promesse vide, ce corps qui était celui d'une femme belle et désirable — et qui n'était qu'une coquille vide. Mais Ellemir la regardait, l'air troublé, et elle se força à sourire.

— Le jour de nos noces, dit-elle gaîment en embrassant sa jumelle. Es-tu contente, ma chérie ?

Et pendant quelques instants, emportée par la joie d'Ellemir, elle parvint à oublier ses craintes.

5

CE matin-là, Damon vint aider *Dom* Esteban à s'installer dans le fauteuil roulant fait spécialement pour lui.

— Ainsi, tu pourras assister au mariage assis, et non pas couché dans ton lit à roulettes comme un invalide !

— C'est étrange de me trouver de nouveau en position verticale, dit Esteban, serrant les mains sur les accoudoirs. J'ai le vertige comme si j'étais déjà saoul.

— Tu es resté couché trop longtemps, dit Damon. Tu seras bientôt habitué.

— Mieux vaut être assis comme ça, que soutenu dans mon lit par des oreillers comme une femme en couches ! Et au moins, mes jambes sont toujours là, même si je ne les sens plus !

— Tes jambes sont toujours là, dit Damon. Et avec quelqu'un pour rouler ton fauteuil, tu te déplaceras assez bien dans tout le rez-de-chaussée.

— Quel soulagement, dit Esteban. J'en ai assez de contempler le plafond ! Au printemps, je vais convoquer des artisans, et leur faire refaire certaines pièces du rez-de-chaussée pour moi. Vous deux, ajouta-t-il incluant Andrew dans la conversation, vous pourrez prendre les grands appartements du haut pour vous-mêmes et vos femmes.

— C'est très généreux, mon père, dit Damon.

Esteban secoua la tête.

— Pas du tout. Aucune pièce du haut ne me sera plus jamais de la moindre utilité. Je suggère que vous choisissiez maintenant ; laissez mon ancien appartement pour Domenic quand il se mariera ; sinon, vous avez le choix. Ainsi, les femmes pourront emménager tout de suite après la noce.

Il ajouta en riant :

— Pendant ce temps, Dezi me promènera ici et je me réhabituerai à la vue de ma maison. Est-ce que je t'ai remercié de ce fauteuil, Damon ?

Damon et Andrew allèrent trouver Léonie au premier.

— Je voulais te poser une question en particulier, Léonie, dit celui-là. Je m'y connais assez pour savoir que *Dom* Esteban ne remarchera jamais, mais à part ça, comment va-t-il ?

— En particulier ? dit la Gardienne en riant. Il a le *laran*, Damon ; il sait tout, bien qu'il ait peut-être sagement refusé de comprendre ce que ça signifie pour lui. La blessure est cicatrisée depuis longtemps, naturellement, et les reins ne sont pas touchés, mais le cerveau ne communique plus avec les jambes et les pieds. Il garde en partie le contrôle de ses fonctions corporelles, mais avec le temps, et à mesure que la partie inférieure de son corps dépérira, il le perdra progressivement. Le plus grand danger, ce sont les escarres. Il faut que ses serviteurs le retournent à intervalles réguliers de quelques heures, car, étant donné qu'il ne sent pas la douleur, il ne s'apercevra pas si un pli de ses vêtements ou de ses draps finit par le blesser. La plupart des paralysés meurent de l'infection de ces blessures. On peut retarder ce processus en conservant la souplesse des membres par des massages, mais tôt ou tard, les muscles s'atrophieront et mourront.

Damon secoua la tête, consterné.

— Il sait tout cela ?

— Il le sait. Mais son désir de vivre est très puissant, et tant qu'il durera, vous pouvez lui faire une vie agréable ; pendant un certain temps, des années, peut-être. Après...

Elle haussa les épaules avec résignation.

— Il trouvera peut-être une nouvelle raison de vivre dans ses petits-enfants. Mais il a toujours été un homme d'action orgueilleux. Il supportera mal l'inaction et l'impuissance.

— J'aurai grand besoin de son aide et de ses conseils pour régir le domaine, dit Andrew. Jusqu'à présent, j'ai essayé de me débrouiller tout seul pour ne pas le déranger...

— Avec votre permission, c'était une faute, dit doucement Léonie. Il doit savoir qu'à défaut de ses mains, ses connaissances sont toujours nécessaires. Demandez-lui conseil aussi souvent que vous pourrez, Andrew.

C'était la première fois qu'elle s'adressait directement à lui, et le Terrien la regarda, étonné. Grâce à son don télépathique rudimentaire il se rendait compte que Léonie n'était pas à son aise en sa présence, et il fut troublé de sentir autre chose dans la considération qu'elle venait de lui manifester. Après son départ, il dit à Damon :

— Elle ne m'aime pas, n'est-ce pas ?

— Je ne crois pas que ce soit ça, dit Damon. Elle serait mal à l'aise avec n'importe quel homme à qui elle devrait donner Callista en mariage, je crois.

— Je ne la blâme pas de penser que je ne mérite pas Callista ; je crois qu'aucun homme ne la mérite. Mais puisque Callista m'accepte...

Damon se mit à rire.

— Je suppose que, le jour de leur mariage, tous les hommes se sentent indignes de leur femme. Moi-même, je suis obligé de me rappeler constamment qu'Ellemir a consenti à m'épouser ! Allons, viens, il faut choisir nos appartements !

— Ce ne devrait pas être aux femmes de choisir ?

Damon réalisa qu'Andrew ne connaissait pas leurs coutumes.

— Non. Selon la tradition, c'est le mari qui offre un

foyer à sa femme. Par courtoisie, *Dom* Esteban nous permet de le préparer avant le mariage.

— Mais elles connaissent la maison...

— Moi aussi, répliqua Damon. J'y ai passé la plus grande partie de mon enfance. Le fils aîné de *Dom* Esteban et moi, nous étions *bredin*, amis jurés. Mais toi, tu n'as pas de parents dans la Zone Terrienne, pas de serviteurs jurés qui attendent ton retour ?

— Aucun. Les domestiques sont un souvenir du passé. Aucun homme ne devrait en servir un autre.

— Il faudra quand même que nous t'en assignions quelques-uns. Si tu diriges le domaine pour notre cousin, tu n'auras pas le temps de t'occuper des détails de la vie domestique, et nous ne pouvons pas demander à nos femmes de faire la lessive et le raccommodage. De plus, nous n'avons pas de machines comme dans la Zone Terrienne.

— Pourquoi ?

— La planète est pauvre en métaux. De plus, s'ils ne pouvaient plus gagner honnêtement leur pain par leur travail, les gens auraient l'impression que leur vie est inutile. Ou alors, crois-tu vraiment qu'ils seraient plus heureux s'ils construisaient et vendaient des machines, comme vous le faites ?

Damon ouvrit une porte.

— Ces pièces n'ont pas servi depuis la mort de la mère d'Ellemir et le mariage de Dorian. Elles semblent en bon état.

Andrew le suivit dans une vaste salle de séjour, tout en réfléchissant toujours à la question de Damon.

— On m'a appris que c'est avilissant pour un homme d'en servir un autre. Avilissant pour le serviteur — et pour le maître.

— Je trouve encore plus avilissant de passer ma vie à servir une machine. De plus, si tu possèdes une machine, elle te possède aussi, et tu passes ton temps à la servir.

Il pensait à ses propres rapports avec les matrices, à ceux de tous les techniciens psi de Ténébreuse, sans parler de ceux des Gardiennes.

Il ouvrit toutes les portes.

— Regarde. De chaque côté de cette salle centrale, il y a un appartement complet, avec salon, chambre, salle de bains, plus des petites chambres derrière pour les femmes de chambre si nos épouses en désirent, des dressing-rooms et autres. Nos femmes seront toutes proches, et pourtant, nous pourrons être indépendants si nous le voulons. Et il y a aussi d'autres petites chambres si nous en avons besoin un jour pour nos enfants. Cela te convient-il ?

Andrew n'aurait jamais eu un appartement aussi vaste au bâtiment des Jeunes Mariés de la Zone Terrienne. Il accepta, et Damon demanda :

— Tu veux l'appartement de gauche, ou celui de droite ?

— Ça m'est égal. Tu veux tirer à pile ou face ?

Damon rit de bon cœur.

— Vous avez aussi cette coutume ? Mais si ça t'est égal, permets-moi de prendre celui de gauche. J'ai remarqué qu'Ellemir est toujours debout à l'aube, tandis que Callista aime dormir tard quand elle peut. Il serait mieux que le soleil matinal ne donne pas dans la fenêtre de votre chambre.

Andrew rougit, à la fois heureux et embarrassé. Il n'avait pas encore osé penser au jour où il se réveillerait dans la même chambre que Callista. Damon lui sourit avec amitié.

— La noce n'est plus qu'à quelques heures, et nous serons frères, toi et moi — c'est une pensée agréable, ça aussi. Mais il me semble triste que tu n'aies aucun parent pour assister à ton mariage.

— Je n'ai aucun ami sur cette planète. Et aucun parent vivant nulle part.

Damon eut l'air consterné.

— Tu es venu ici sans amis, sans parents ?

Andrew haussa les épaules.

— J'ai grandi sur Terra — dans un haras d'Arizona. Quand j'ai eu dix-huit ans, mon père est mort, et le ranch a été vendu pour payer ses dettes. Ma mère ne lui a pas survécu longtemps, et je suis parti dans l'espace, dans le service civil. Un serviteur de l'Empire va où on l'envoie, plus ou moins. Je me suis donc retrouvé ici, et tu sais le reste.

— Je croyais qu'il n'y avait plus de serviteurs parmi vous, dit Damon.

Andrew se lança dans de longues explications, essayant de lui faire comprendre la différence entre un serviteur de l'Empire et un serviteur tout court. Damon écouta avec scepticisme, et dit enfin :

— Un serviteur de l'Empire est donc serviteur des ordinateurs et de la paperasse ! Je crois que j'aimerais encore mieux être un brave cuisinier ou un bon palefrenier !

— N'y a-t-il pas des maîtres cruels qui exploitent leurs domestiques ?

Damon haussa les épaules.

— Bien sûr, comme il y a des hommes qui maltraitent leur cheval et le fouettent à mort. Mais un homme doué de raison peut apprendre à reconnaître ses erreurs, et au pire, d'autres peuvent tenter de le modérer. Alors qu'il n'existe aucune façon de rendre sage une machine folle.

Andrew sourit.

— Tu sais que tu as raison. Nous avons un adage qui dit : Impossible de combattre un ordinateur ; il a raison même s'il se trompe.

— Demande donc au majordome de *Dom* Esteban, ou à Ferrika, la sage-femme du domaine, s'ils se sentent maltraités ou exploités, dit Damon. Tu es suffisamment télépathe pour savoir s'ils te disent la vérité. Alors, tu réaliseras peut-être que tu peux, sans déshonneur, laisser un homme te servir pour gagner sa vie.

Andrew haussa les épaules.

— D'accord, je le ferai. Nous avons un autre adage qui dit : A Rome, il faut faire comme les Romains. Rome était une ancienne cité de Terra, je crois ; elle a été détruite à la suite d'une guerre ou d'un tremblement de terre, il y a des siècles. Il ne nous reste plus que le proverbe.

— Nous avons un proverbe semblable, dit Damon. Il

dit : N'essaye pas d'acheter du poisson dans les Villes Sèches.

Il fit le tour de la pièce qu'il avait choisie pour chambre conjugale.

— Ces rideaux n'ont pas été aérés depuis l'époque de Régis IV ! Je vais dire au majordome de les changer.

Il tira une sonnette, et, quand le majordome parut, lui donna ses ordres.

— Ce sera fait d'ici ce soir, seigneur, et vous pourrez emménager ici avec vos épouses. Ah, Seigneur Damon, on m'a dit de vous informer que votre frère, le Seigneur Serrais, était arrivé pour assister à votre mariage.

— Très bien, je te remercie. Si tu trouves Dame Ellemir, demande-lui de venir pour voir si les arrangements que j'ai pris lui conviennent, dit Damon.

Quand le serviteur fut parti, il fit la grimace.

— Mon frère Lorenz ! Je suppose que la sympathie qu'il éprouve pour mon mariage ne me ferait pas grand mal si elle me tombait sur le pied ! J'espérais la présence de mon frère Kieran, ou au moins de ma sœur Marisela, mais je suppose que je devrais me sentir honoré de la venue de Lorenz et aller le remercier.

— Tu as beaucoup de frères ?

— Cinq, dit Damon, et trois sœurs. J'étais le plus jeune des fils, et mes parents avaient déjà trop d'enfants avant ma naissance. Lorenz...

Il haussa les épaules et poursuivit :

— Il doit être soulagé, je suppose, que je prenne femme dans une bonne famille. Ainsi, il n'a pas besoin de discutailler sur le patrimoine et la part revenant au dernier fils. Je ne suis pas riche, je n'ai jamais désiré l'être, et nous avons assez pour vivre, Ellemir et moi. Je n'ai jamais été très proche de Lorenz. Kieran — il n'a que trois ans de plus que moi — Kieran et moi, nous étions *bredin;* Marisela n'a qu'un an de différence avec moi, et nous avons eu la même nourrice. Quant à mes autres frères et sœurs, nous nous traitons avec courtoisie quand nous nous rencontrons au Conseil, mais je suppose qu'aucun ne pleurerait s'il ne devait jamais plus voir les autres. Ma famille a toujours été ici. Ma mère était une Alton, j'ai grandi ici, et le fils aîné de *Dom* Esteban et moi, nous sommes partis ensemble dans les Cadets. Nous avions prêté le serment de *bredin*.

C'était la deuxième fois qu'il employait ce mot, forme intime de « frère ». Damon soupira et regarda dans le vague un moment.

— Tu as été cadet ?

— Un très mauvais cadet, mais aucun fils Comyn ne peut y échapper s'il a deux yeux et deux jambes. Coryn était, comme tous les Alton, soldat né, officier né. Moi, c'était autre chose, dit-il en riant. Il y a une plaisanterie chez les cadets, sur celui qui a deux pieds droits et dix pouces. C'était moi.

— Tout le temps de corvée, hein ?

Damon hocha la tête en connaisseur.

— Onze fois de corvée en dix jours. Je suis droitier, tu comprends. Ma nourrice — la sage-femme de ma mère — disait que j'étais né à l'envers, le derrière en avant, et j'ai tout fait comme ça depuis.

Andrew, qui était né gaucher dans une société de droitiers, et qui avait dû attendre d'arriver sur Ténébreuse pour trouver des outils à sa main, lui dit :

— Comme je te comprends !

— Je suis un peu myope aussi, ce qui n'arrangeait rien, quoique tout cela m'ait poussé à apprendre à lire. Mes frères arrivent tout juste à déchiffrer une affiche ou à griffonner leur nom au bas d'un contrat, mais moi j'ai mordu aux études comme un poisson à l'hameçon. Aussi, quand mon temps dans les cadets s'est terminé, je suis allé à Nevarsin, où j'ai passé un an ou deux à apprendre la lecture, l'écriture et un peu de cartographie. C'est alors que Lorenz a décidé que je ne serais jamais un homme. Idée qui s'est trouvée confirmée quand on m'a accepté à Arilinn. Moitié moine, moitié eunuque, disait-il.

Damon se tut, le visage crispé de contrariété. Il reprit enfin :

— Malgré tout, il n'a pas été content quand on m'a renvoyé de la Tour, il y a quelques années. Pour l'amour de Coryn — Coryn était mort, pauvre ami, tombé du haut d'une falaise — *Dom* Esteban m'a pris dans les Gardes. Mais je n'ai jamais rien valu comme soldat. J'ai surtout été officier sanitaire, et maître des cadets pendant un ou deux ans.

Il haussa les épaules.

— Et voilà ma vie. Bon, assez parlé de ça. Ecoute, les femmes arrivent ; nous pouvons leurs montrer les appartements avant que je descende voir Lorenz.

Andrew vit avec soulagement que la tristesse introspective de Damon disparaissait à l'entrée d'Ellemir et Callista.

— Viens, Ellemir, viens voir l'appartement que j'ai choisi pour nous.

Il l'entraîna par la porte la plus éloignée, et Andrew sentit, plus qu'il n'entendit, qu'il l'embrassait. Callista les suivit des yeux en souriant.

— Je suis contente de les voir si heureux.

— Es-tu heureuse aussi, mon amour ?

— Je t'aime, Andrew, dit-elle. Mais il n'est pas aussi facile pour moi de me réjouir. J'ai peut-être le cœur moins léger par nature. Viens, montre-moi notre appartement.

Elle approuva pratiquement tout, mais signala une demi-douzaine de sièges qui, dit-elle, étaient si vieux qu'il n'était pas prudent de s'asseoir dessus, et, elle les fit enlever par un domestique. Elle appela des servantes et leur donna l'ordre d'aller chercher du linge dans les réserves et d'apporter ses vêtements entreposés dans les immenses placards de son dressing room. Andrew l'écouta en silence puis s'exclama :

— Quelle maîtresse de maison, Callista !

Elle eut un rire ravi.

— Ce n'est qu'une apparence. Toute ma science vient d'avoir écouté Ellemir, c'est tout, parce que je ne veux pas avoir l'air ignorante devant les servantes. Sinon, je m'y connais très peu. Je sais coudre, parce qu'il faut toujours s'occuper les mains, mais quand je regarde Ellemir évoluer dans les cuisines, je réalise que je sais moins tenir une maison qu'une enfant de dix ans.

— J'ai la même impression pour moi, confessa Andrew. Tout ce que j'ai appris dans la Zone Terrienne m'est totalement inutile maintenant.

— Mais tu sais dresser les chevaux...

— Oui, et dans la Zone Terrienne, on trouvait ça anachronique et inutile, dit Andrew en riant. Autrefois, c'est moi qui dressais les chevaux de mon père, mais, quand j'ai quitté l'Arizona, je croyais bien ne jamais plus monter.

— Alors, tout le monde se déplace à pied sur Terra ?

Il secoua la tête.

— Non. Par véhicules à moteurs. Les chevaux n'étaient plus qu'un luxe exotique pour riches excentriques.

Il s'approcha de la fenêtre et contempla la campagne baignée de soleil.

— Comme c'est étrange que, de tous les mondes connus de l'Empire Terrien, je sois justement venu sur *celui-ci*.

Il frissonna, car il s'en était fallu de peu qu'il ne connût jamais ce qu'il considérait maintenant comme son destin, sa vie, la fin pour laquelle il était né. Il eut une envie folle de prendre Callista dans ses bras, mais, comme si elle avait perçu sa pensée, elle se raidit et pâlit. Il soupira et recula d'un pas.

Elle dit, comme pour compléter une pensée qui ne l'intéressait plus beaucoup :

— Notre maître-entraîneur est déjà vieux, et, comme Papa n'est plus là pour s'en occuper, ce sera peut-être à toi de former les jeunes.

Elle s'interrompit et le regarda, tordant dans sa main le bout d'une de ses tresses.

— Je voudrais te parler, dit-elle brusquement.

Il n'avait jamais su si ses yeux étaient bleus ou gris ; ils changeaient de couleur avec la lumière, et pour l'instant, ils étaient presque incolores.

— Andrew, est-ce que ce ne sera pas trop dur pour toi ? De partager une chambre avec moi, alors que nous ne pourrons pas — pour le moment — partager le même lit ?

Il savait, depuis la première fois qu'ils avaient parlé de mariage, qu'elle avait été très profondément conditionnée et qu'il leur faudrait sans doute attendre longtemps avant de pouvoir consommer leur union. Il avait alors promis, sans qu'elle le lui demande, de ne jamais faire pression sur elle et d'attendre le temps qu'il faudrait. Il dit, lui effleurant légèrement les doigts :

— Ne t'inquiète pas de ça, Callista. Je te l'ai déjà promis.

Elle rougit légèrement et dit :

— On m'a appris qu'il est... honteux d'éveiller un désir que je ne peux pas satisfaire. Pourtant, si je reste séparée de toi, et n'éveille pas ce désir, pour qu'à son tour ce désir agisse sur moi, les choses ne changeront peut-être jamais. Tandis que si nous sommes ensemble, il se peut que la situation évolue lentement. Est-ce que ce ne sera pas trop dur pour toi, Andrew ? dit-elle, le visage crispé. Je ne veux pas que tu sois malheureux.

Une fois, une seule, brièvement et avec contrainte, il avait parlé de cela avec Léonie. En ce moment, debout devant Callista, le souvenir de cette brève rencontre lui revint, comme s'il était encore devant la *leronis* Comyn. S'approchant de lui dans la cour, elle lui avait dit calmement :

— Regarde-moi, Terrien.

Il avait levé les yeux, incapable de résister. Léonie était grande, et leurs yeux étaient au même niveau. Elle avait dit à voix basse :

— Je veux connaître l'homme à qui je donne une enfant que j'aime.

Leurs yeux se rencontrèrent, et Andrew eut l'impression qu'elle fouillait son esprit, tournant et retournant toutes les pensées qu'il avait eues pendant sa vie, comme si, d'un seul et bref coup d'œil, elle avait mis à nu son être le plus profond. Enfin — cela n'avait pas duré plus d'une ou deux secondes, mais cela lui avait paru une éternité — Léonie avait soupiré en disant :

— Qu'il en soit ainsi. Tu es bon, honnête et plein de bonne volonté. Mais as-tu la moindre idée de ce qu'est une formation de Gardienne ? Sais-tu comme il sera difficile pour Callista de s'en défaire ?

Il aurait voulu protester, mais il se contenta de secouer la tête en disant humblement :

— Comment le saurais-je ? Mais j'essaierai de lui faciliter cette entreprise.

Léonie avait soupiré, d'un soupir qui semblait monter des profondeurs de son être.

— Rien de ce que tu pourras faire, dans ce monde ou dans l'autre, ne pourra rien lui faciliter. Si tu as de la patience, des égards — et de la chance — il se peut que ce soit simplement *possible*. Je ne veux pas que Callista souffre. Et pourtant elle souffrira beaucoup de par le choix qu'elle a fait. Elle est jeune, mais pas au point de pouvoir renoncer sans douleur à sa formation, qui fut longue, et ne peut pas se défaire en un jour.

— Je sais... avait protesté Andrew.

Et de nouveau, Léonie avait soupiré.

— Tu sais ? Je me le demande. Il ne s'agit pas simplement de retarder la consommation de votre mariage de quelques jours ou même de quelques saisons. Cela ne sera que le commencement. Elle t'aime et a soif de ton amour...

— Je peux patienter jusqu'à ce qu'elle soit prête, avait juré Andrew.

— La patience ne suffira peut-être pas, avait dit Léonie en secouant la tête. Ce qu'a appris Callista ne peut pas se désapprendre. Tu n'en sais pas grand-chose, et c'est sans doute mieux ainsi.

— J'essaierai de lui faciliter cette entreprise, avait-il répété.

Et Léonie, soupirant et secouant la tête une fois de plus, avait répété elle aussi :

— Rien de ce que tu pourras faire ne pourra rien lui faciliter. Les poussins ne peuvent jamais rentrer dans l'œuf. Callista souffrira, et je crains que tu ne souffres avec elle. Mais si tu — si, tous les deux, vous avez de la chance, il lui sera peut-être possible de revenir sur ses pas. Pas facile. Mais possible.

— Comment pouvez-vous faire des choses pareilles à

des fillettes ? s'était-il alors écrié, indigné. Comment pouvez-vous ainsi détruire leur vie ?

Léonie n'avait pas répondu, et baissant la tête, s'était éloignée en silence. Elle avait disparu, comme une ombre, de sorte qu'il se mit à douter de sa raison et se demanda si elle avait jamais été là, ou si ce n'avait été qu'une hallucination née de ses doutes et de ses craintes.

Callista, debout dans la chambre qui demain serait la leur, leva lentement les yeux vers lui, et dit en un souffle :

— Je ne savais pas que Léonie était venue à toi ainsi.

Elle serra les poings à s'en faire blanchir les phalanges, puis, détournant les yeux, ajouta :

— Andrew, promets-moi quelque chose.

— Tout ce que tu voudras, mon amour.

— Promets-moi que si tu... si tu désires jamais une autre femme, promets-moi que tu la prendras et que tu ne t'imposeras pas des souffrances inutiles...

Il explosa.

— Pour qui me prends-tu ? Je t'aime. Pourquoi en voudrais-je une autre ?

— Je ne peux pas exiger... ce n'est ni juste ni naturel...

— Ecoute, Callista, dit-il avec douceur. Je me suis souvent passé de femmes. Et je n'en suis pas mort. Une par-ci, par-là, quand je parcourais l'Empire pour mon compte, mais jamais rien de sérieux.

Elle baissa les yeux sur ses petites sandales rouges.

— Ce n'est pas pareil, des hommes qui vivent à l'écart des femmes. Mais ici, avec moi, dormant dans la même chambre, étant tout le temps près de moi et sachant...

Les mots lui manquèrent. Il aurait voulu la prendre dans ses bras et l'embrasser jusqu'à ce qu'elle perde cet air froid et désemparé. Il lui posa les mains sur les épaules, la sentit se raidir et laissa ses bras retomber à ses côtés. Maudit quiconque avait inculqué ces réflexes pathologiques à une fillette ! Mais, même sans la toucher, il sentit son chagrin et son remords. Elle dit doucement :

— Tu as choisi une femme qui n'est pas un cadeau, Andrew.

— J'ai choisi la femme que je veux.

Damon et Ellemir entrèrent dans la chambre. Ellemir avait les cheveux en désordre et les yeux brillants d'une femme amoureuse. Pour la première fois depuis qu'Andrew connaissait les jumelles, il regarda Ellemir comme un homme regarde une femme, et non plus comme la sœur de Callista, et la trouva sexuellement séduisante. Ou n'était-ce pas plutôt qu'en cet instant il vit ce que pourrait devenir Callista, un jour ? Il eut un petit pincement de remords. C'était la sœur de sa fiancée, dans quelques heures, elle serait la femme de son meilleur ami, et, de toutes les femmes, c'était elle qu'il regardait avec concupiscence !

Il détourna les yeux tandis qu'Ellemir se ressaisissait et reprenait son air habituel.

— Callie, il faut faire apporter de nouveaux rideaux, dit-elle. Ceux-ci n'ont pas été aérés ou lavés depuis... depuis... depuis l'époque de Regis IV, termina-t-elle, ayant trouvé sa comparaison.

Andrew comprit qu'elle avait été en étroit contact avec Damon, et sourit.

Juste avant midi, un groupe de cavaliers fit irruption dans la cour comme un ouragan, dans un tintamarre de sabots et de cris. Callista se mit à rire.

— C'est Domenic. Il n'y a que lui pour faire tout ce tapage !

Elle descendit dans la cour avec Andrew. Domenic Lanart, héritier du Domaine d'Alton, était un jeune homme grand et mince, au visage criblé de taches de rousseur couronné de cheveux roux, monté sur un immense étalon gris. Il lança les rênes à un palefrenier, sauta à terre, serra Ellemir dans ses bras avec exubérance, puis embrassa Damon.

— Deux mariages pour un ! s'exclama-t-il, montant le perron entre eux. Tu en as mis du temps à faire ta cour, Damon. L'année dernière, je savais que tu la voulais; pourquoi t'a-t-il fallu une guerre pour te décider à demander sa main? Elli, ça ne te fait rien d'avoir un mari si récalcitrant?

Tournant la tête d'un côté puis de l'autre, il les embrassa l'un après l'autre, puis se retourna vers Callista.

— Et toi, un amoureux assez déterminé pour t'arracher à la Tour! Il me tarde de connaître cette merveille, *breda!*

Mais sa voix s'était faite plus douce, et, quand Callista lui présenta Andrew, il s'inclina devant lui. Malgré son exubérance et son rire juvénile, il avait des manières de prince. Ses mains, petites et carrées, étaient calleuses comme celles d'un bretteur.

— Ainsi, tu vas épouser Callista? Je suppose que ça ne va pas plaire à toutes les vieilles perruques du Conseil, mais il était temps d'avoir un peu de sang neuf dans la famille.

Il se haussa sur la pointe des pieds — Callista était grande, et Domenic, bien que déjà de taille respectable, n'avait pas encore terminé sa croissance — et lui effleura légèrement la joue de ses lèvres.

— Sois heureuse, ma sœur! Et qu'Avarra t'aie en sa miséricorde! Tu le mérites, si tu oses te marier ainsi sans la permission du Conseil et sans les *catenas*.

— Les *catenas*, dit-elle avec mépris. Autant alors épouser un Séchéen et vivre dans les chaînes!

— Bravo, ma sœur.

Il se tourna vers Andrew en entrant dans le hall.

— Dans son message, Papa me dit que tu es Terrien. J'en ai rencontré beaucoup à Thendera. Ils sont sympathiques, mais paresseux. Grands dieux, ils ont des machines pour tout : pour s'éviter de marcher, pour s'éviter de monter les escaliers, pour leur apporter à manger à table. Dis-moi, Andrew, est-ce que vous avez des machines pour vous essuyer en sortant du bain?

Il éclata de rire tandis que ses sœurs pouffaient.

— Tu ne reviens donc pas à la Garde, mon cousin? continua-t-il en se tournant vers Damon. Tu es le seul bon maître des cadets que nous ayons eu depuis une éternité. Le jeune Danvan Hastur s'y essaye en ce moment, mais sans beaucoup de succès. Il impressionne trop les garçons, et d'ailleurs, il est trop jeune. Il nous faut un homme plus âgé. Tu as des suggestions ?

— Essayez mon frère Kieran, proposa Damon en souriant. Le métier de soldat lui plaît plus qu'à moi.

— Tu étais quand même un sacré maître des cadets, dit Domenic. J'aimerais bien que tu reviennes, mais je suppose que ce n'est pas un travail pour un homme marié, de servir de nounou à ces gosses !

Damon haussa les épaules.

— J'étais content qu'ils m'aiment, mais je ne suis pas un soldat, et un maître des cadets doit être capable d'inspirer l'amour de l'armée à ses élèves.

— L'amour de l'armée ! Pas trop quand même, dit *Dom* Esteban, qui les avait écoutés avec intérêt tandis qu'ils approchaient. Sinon, il les endurcira et en fera des brutes et non des hommes. Ainsi, tu es enfin venu, Domenic, mon fils ?

Le jeune homme éclata de rire.

— Non, Papa, je suis toujours en train de m'amuser dans une taverne de Thendera. Et ce que tu vois ici, c'est mon fantôme.

Puis toute joie disparut de son visage en voyant son père amaigri, grisonnant, ses jambes paralysées cachées par une couverture en peau de loup. Il s'agenouilla près du fauteuil roulant et dit d'une voix brisée :

— Papa, oh, Papa, je serais venu n'importe quand si tu m'avais envoyé chercher...

Le seigneur Alton posa les mains sur les épaules de Domenic.

— Je le sais, mon enfant, mais ta place était à Thendera, puisque je ne peux pas y être. Pourtant, ta vue réjouit mon cœur plus que je ne puis l'exprimer.

— Moi aussi, je suis content de te voir, dit Domenic se relevant et regardant son père. Et content aussi de ta vigueur. A Thendera, on disait que tu étais mourant, ou même mort et enterré !

— Je n'en suis pas encore là, dit *Dom* Esteban en

riant. Viens t'asseoir près de moi, et raconte-moi tout ce qui se passe dans la Garde et au Conseil.

Andrew pensa : ce joyeux garçon est la prunelle de ses yeux.

— Avec plaisir, Papa. Mais c'est un jour de noces et de fêtes, et ce que j'ai à t'en dire n'est guère réjouissant ! Le Prince Aran Elhalyn trouve que je suis trop jeune pour commander les Gardes, bien que tu sois ici terrassé par ta blessure, et il le chuchote nuit et jour à l'oreille des Hastur. Et Lorenz de Serrais — excuse-moi de dire du mal de ton frère, Damon...

Damon secoua la tête.

— Nous ne sommes pas en très bons termes, mon frère et moi, Domenic. Alors, dis tout ce que tu voudras.

— Lorenz donc — maudit soit son esprit tortueux de renard — et Gabriel d'Ardais, qui veut le poste pour son soudard de fils, reprennent en chœur que je suis trop jeune pour commander la Garde. Nuit et jour, ils accablent Aran de flatteries, et de cadeaux presque assez beaux pour être des pots-de-vin, pour le persuader de nommer l'un d'eux commandant, pendant que tu es ici, retenu par la maladie ! Reviendras-tu pour la Fête du Solstice d'Eté, Papa ?

Une ombre passa sur le visage de l'infirme.

— Il en sera ce qu'en décideront les Dieux, mon fils. Crois-tu que les Gardes voudraient être commandés par un infirme sur un fauteuil, aux jambes aussi inutiles que des nageoires ?

— Mieux vaut un commandant paralysé qu'un commandant qui ne soit pas un Alton, dit Domenic avec une fierté farouche. Je pourrais commander en ton nom et tout faire à ta place, si tu étais seulement *là*, pour commander comme les Alton l'ont toujours fait depuis des générations !

Son père lui serra la main, très fort.

— Nous verrons, mon fils. Nous verrons ce qui se passera.

Damon vit que cette seule idée avait redonné espoir et énergie au seigneur Alton. Serait-il vraiment capable de commander les Gardes de son fauteuil, avec l'aide de Domenic ?

— Dommage que nous n'ayons pas une Dame Bruna dans notre famille, dit gaiement Domenic. Dis-moi, Callista, ne veux-tu pas prendre l'épée comme le fit Dame Bruna, et commander les Gardes ?

Elle secoua la tête en riant. Damon dit :

— Je ne connais pas cette histoire.

Domenic commença donc en souriant :

— Ça se passait il y a des générations — combien, je ne sais pas — mais son nom et son histoire figurent sur la liste des Commandants. Dame Bruna Leynier, à la mort du seigneur Alton, son frère, qui laissait un fils de neuf ans, contracta un mariage libre avec la mère du garçon, comme les femmes peuvent le faire, et prit le commandement des Gardes jusqu'à ce que l'enfant soit en âge de succéder à son père. Et il est écrit aussi qu'elle fut un chef remarquable. Cette gloire te plairait-elle, Callista ? Non. Ellemir ?

Devant leur refus, il secoua la tête avec une feinte tristesse.

— Hélas, que sont devenues les femmes de notre clan ? Elles ne sont plus ce qu'elles étaient !

Tous les enfants étaient groupés autour du fauteuil de *Dom* Esteban ; leur ressemblance était frappante. Domenic avait les mêmes traits qu'Ellemir et Callista, avec des cheveux plus désordonnés et des taches de rousseur plus prononcées. Et Dezi, silencieux et discret derrière le fauteuil roulant, était comme un pâle reflet de Domenic. Domenic, levant les yeux, le vit et lui donna une tape amicale sur l'épaule.

— Tu es là, mon cousin ? Il paraît que tu as quitté la Tour. Je te comprends. J'y ai passé quarante jours il y a quelques années, quand on testait mon *laran,* et je suis parti sans demander mon reste ! Tu en as eu assez, toi aussi, ou ils t'ont mis à la porte ?

Dezi hésita, détourna les yeux, et Callista intervint.

— Tu es bien ignorant de notre étiquette, Domenic. C'est une question qu'on ne doit jamais poser. C'est un secret entre un télépathe et sa Gardienne, et si Dezi choisit de se taire, il est d'une grossièreté inexcusable d'insister.

— Oh, je suis désolé, s'excusa Domenic de bonne grâce, et seul Damon s'aperçut du soulagement de Dezi. Mais comme j'en avais plus qu'assez de la Tour, je me demandais s'il était comme moi. Il y en a qui aiment ça. Regardez Callista, elle y a passé près de dix ans — enfin, ce n'était pas pour moi.

Damon, considérant les deux jeunes gens, pensa avec douleur à Coryn, si semblable à Domenic au même âge ! Il eut l'impression de retrouver son adolescence à demi oubliée, quand lui, le plus maladroit des garçons, avait été accepté dans les cadets à cause de son amitié jurée avec Coryn, qui, comme Domenic, était le plus aimé, le plus énergique et le plus exubérant de tous.

C'était avant que son échec, son amour sans espoir et son humiliation l'aient blessé si profondément..., mais, se dit-il, c'était aussi avant qu'il connût Ellemir. Il soupira et lui prit la main. Domenic, sentant les yeux de Damon posés sur lui, leva la tête et sourit, et Damon sentit le poids de sa solitude s'envoler. Il avait Ellemir ; il avait Andrew et Domenic pour frères. Son isolement était terminé à jamais.

Domenic prit amicalement le bras de Dezi.

— Dis donc, mon cousin, quand tu seras fatigué de t'occuper de mon père, viens avec moi à Thendara. Je te ferai entrer dans le corps des cadets — je peux le faire, n'est-ce pas, Papa ? demanda-t-il.

Dom Esteban hocha la tête avec bienveillance, et il reprit :

— Ils ont toujours besoin de garçons de bonne famille, et chacun peut voir que tu as du sang des Alton dans les veines.

— C'est ce qu'on m'a dit, répondit doucement Dezi. Sinon je ne serais jamais passé à travers le Voile d'Arilinn.

— Dans les cadets, ça n'a pas d'importance. La moitié d'entre nous sont des bâtards de nobles, dit Domenic en riant à gorge déployée, et le reste, des pauvres diables qui suent sang et eau pour prouver qu'ils sont dignes de leurs parents ! Mais j'ai survécu trois ans, et tu feras de même. Donc, viens à Thendera et je te trouverai quelque chose. Nu est le dos sans frère, dit-on, et puisque Valdir étudie avec les moines de Nevarsin, je serai content de t'avoir près de moi.

Dezi rougit un peu et dit à voix basse :

— Merci, mon cousin, mais je resterai ici tant que ton père aura besoin de moi. Après, ce sera avec plaisir.

Il se tourna vivement vers *Dom* Esteban, l'air attentionné.

— Qu'as-tu, mon oncle ?

Car l'infirme avait pâli et s'était renversé dans son fauteuil.

— Rien, dit *Dom* Esteban se ressaisissant. Un instant de faiblesse. Peut-être, comme ils disent dans les montagnes, une saleté pissée du ciel pour ma tombe. Ou peut-être simplement parce que c'est la première fois que je m'assieds après être resté si longtemps couché.

— Permets-moi de te recoucher en attendant la noce, mon oncle, dit Dezi.

— Je vais t'aider, dit Domenic.

Ils s'affairèrent autour de lui, et Damon remarqua qu'Ellemir les regardait, l'air curieusement consterné.

— Qu'y a-t-il, *preciosa* ?

— Rien. Une prémonition. Je ne sais pas, dit Ellemir, tremblante. Mais pendant qu'il parlait, je l'ai vu couché comme mort à cette table...

Damon savait que, chez les Alton, le *laran* s'accompagnait parfois d'éclairs de prémonition. Il avait toujours soupçonné qu'Ellemir possédait le don plus qu'on ne lui avait permis de le croire. Mais il fit taire son inquiétude et dit tendrement :

— Eh bien, ce n'est plus un jeune homme, ma chérie, et nous allons vivre ici. Il est donc raisonnable de penser que nous le conduirons un jour à sa dernière demeure. Mais n'y pense plus, ma bien-aimée. Maintenant, je suppose que je devrais aller payer mes respects à mon frère Lorenz, qui honore mon mariage de sa présence. Crois-tu que j'arriverais à les empêcher de se battre, lui et Domenic ?

A mesure que l'heure du mariage approchait, Andrew trouvait tout de plus en plus irréel. Un mariage libre était une simple déclaration devant témoins, et se faisait à la fin du festin donné en l'honneur des invités et des voisins des domaines proches. Andrew n'avait ici ni parent ni ami, et jusque-là, cela ne lui avait pas manqué, mais maintenant, il enviait à Damon la présence du rébarbatif Lorenz, qui serait à son côté quand il prendrait Ellemir pour épouse, selon la loi et la coutume. Quel était donc le proverbe cité par Damon ? « Nu est le dos sans frère. » Eh bien, il était vraiment nu, son dos.

Autour de la longue table du Grand Hall d'Armida, couverte des nappes les plus fines et de la vaisselle de fête, étaient réunis tous les fermiers, les petits propriétaires et les nobles habitant à une journée de cheval. Damon était pâle et tendu, plus élégant que d'habitude dans un costume de cuir souple richement brodé, aux couleurs de son Domaine. Aux yeux d'Andrew, l'orange et le vert semblèrent criards. Damon tendit la main à Ellemir, qui contourna la table pour le rejoindre. Dans sa longue robe verte, les cheveux retenus dans un filet d'argent, elle avait l'air pâle et sérieux. Derrière elle venaient deux jeunes filles — compagnes de jeu de son enfance. L'une était une jeune noble d'une propriété voisine, l'autre une paysanne du domaine.

Damon dit d'une voix ferme :

— Mes parents et amis, nous vous avons conviés pour être témoins de notre serment. Témoignez donc que, moi, Damon Ridenow de Serrais, né libre et engagé envers aucune femme, prends pour épouse Ellemir Lanart-Alton, avec le consentement de son père. Et je proclame que ses enfants seront déclarés les héritiers légitimes de mon sang, et se partageront mon héritage, petit ou grand.

Ellemir lui prit la main et dit, d'une voix qui parut enfantine dans l'immense salle :

— Soyez témoins que moi, Ellemir Lanart, je prends pour époux Damon Ridenow, avec le consentement de son père.

Cette déclaration fut suivie d'un tonnerre d'applaudissements et de rires, de congratulations et d'embrassades pour les jeunes mariés. Andrew serra la main de Damon dans les siennes, mais Damon l'entoura de ses bras pour l'accolade coutumière entre parents. Puis, Ellemir se pressa légèrement contre lui et posa ses lèvres sur les siennes. Un instant étourdi, il eut l'impression d'avoir reçu le baiser que Callista ne lui avait jamais donné, et il ne sut plus où il était. Il ne savait même plus laquelle l'avait embrassé. Puis Ellemir lui dit en riant :

— Il est trop tôt pour être ivre, Andrew !

Le jeune couple circula parmi les invités, acceptant baisers, accolades et vœux de bonheur. Andrew savait que c'était bientôt son tour de faire sa déclaration, mais il serait seul.

Domenic, se penchant vers lui, murmura :

— Si tu veux, je me tiendrai près de toi en qualité de parent, Andrew. D'ailleurs, nous le serons dans quelques instants.

Andrew, touché de ce geste, hésitait pourtant à l'accepter.

— Tu ne sais rien de moi, Domenic...

— Callista t'a choisi, et cela témoigne assez en ta faveur. Je connais bien ma sœur, après tout.

Il se leva avec lui, considérant la chose comme conclue.

— Tu as vu le visage renfrogné de *Dom* Lorenz ? Je suppose que tu n'as jamais vu sa femme ! Je crois qu'il est jaloux de Damon, parce qu'il épouse ma ravissante sœur !

Tandis qu'ils contournaient la table, il murmura :

— Tu peux répéter les paroles de Damon ou en choisir d'autres. Il n'y a pas de formule fixe. Mais laisse à Callista le soin de déclarer que vos enfants seront légitimes. Sans vouloir t'offenser, c'est toujours au parent du plus haut rang que cela revient.

A voix basse, Andrew le remercia du conseil. Maintenant, il était debout à la tête de la longue table, vaguement conscient de la présence de Domenic derrière lui, de Dezi, en face de lui, et des yeux de Callista posés sur lui. Il déglutit avec effort, et sa voix résonna rauque et enrouée à ses oreilles :

— Moi, Ann'dra — sur Ténébreuse, un nom double dénotait au moins la petite noblesse ; Andrew n'avait pas de lignage qu'aucun d'eux aurait reconnu — déclare en votre présence que je prends pour épouse Callista Lanart-Alton, avec le consentement de son père...

Il lui sembla qu'il aurait dû ajouter quelque chose.

Il se souvint d'un couple qui avait célébré ainsi son mariage dans une secte de Terra, et, faisant appel à ses vagues souvenirs, il paraphrasa leurs paroles :

— Je jure de l'aimer et de la chérir, pour le meilleur et pour le pire, dans la pauvreté et la richesse, dans la santé et la maladie, jusqu'à ce que la mort nous sépare, et je vous en fais témoins.

Elle contourna lentement la table pour le rejoindre. Elle portait des voiles écarlates brodés d'or, dont la couleur éteignait le feu de sa chevelure et la faisait paraître plus pâle. Il avait entendu dire que les voiles et l'écarlate étaient réservés aux Gardiennes. Derrière elle, Léonie, le visage sombre et sévère, était vêtue de même.

Callista avait une voix de chanteuse, qui, pour grêle qu'elle fût, portait sans effort jusqu'au fond de la salle.

— Moi, Callista d'Arilinn — et ses doigts se crispèrent sur ceux d'Andrew en prononçant pour la dernière fois le titre rituel — ayant renoncé à jamais à mon office sacré avec le consentement de ma Gardienne, prends cet homme, Ann'dra, pour époux. Je déclare de plus, continua-t-elle d'une voix tremblante, que si je lui donne des enfants, ils seront légitimes devant le clan et le conseil, la caste et l'héritage.

Elle ajouta, et Andrew trouva qu'il y avait un défi dans ses paroles :

— Que les Dieux en soient témoins, de même que les reliques sacrées de Hali.

A ce moment, il vit les yeux de Léonie fixés sur lui, qui lui parurent d'une insondable tristesse, mais il n'eut pas le temps de s'en demander la raison. Prenant les mains de Callista, il effleura légèrement ses lèvres des siennes. Elle ne se crispa pas à son contact, mais il savait qu'elle s'était armée en prévision de ce moment, qu'elle n'avait pas senti son baiser, et qu'elle était parvenue à le tolérer devant témoins uniquement parce qu'elle savait que le contraire aurait été scandaleux. Il souffrit de voir du désespoir dans ses yeux, mais elle lui sourit et murmura :

— Tes paroles étaient très belles, Andrew. Elles sont terriennes ?

Il hocha la tête mais n'eut pas le temps de s'expliquer davantage, car, comme Ellemir et Damon avant eux, ils furent emportés dans un tourbillon d'embrassades et de congratulations. Puis ils allèrent s'agenouiller tous les quatre devant *Dom* Esteban et Léonie, pour recevoir leur bénédiction.

Dès que les festivités commencèrent, il apparut clairement que les voisins étaient venus surtout pour rencontrer et juger les gendres de *Dom* Esteban. Bien sûr, tous connaissaient Damon de nom et de réputation : c'était un Ridenow de Serrais, officier dans la Garde. Mais Andrew fut agréablement surpris d'être immédiatement accepté, d'attirer si peu l'attention. Il soupçonnait — et sut plus tard qu'il avait raison — que tout ce que faisait un seigneur Comyn était admis sans questions.

On but beaucoup, et on l'attira bientôt dans la danse. Tout le monde dansait, et même l'austère Léonie fit quelques pas au bras du Seigneur Serrais. Il y eut des jeux turbulents. L'un d'eux, dans lequel Andrew se trouva entraîné, impliquait beaucoup de baisers et d'embrassades, selon des règles compliquées. En un moment d'accalmie, il exprima sa perplexité à Ellemir. Elle était rouge et excitée, et il la soupçonna d'avoir bu un peu trop de vin doux. Elle pouffa.

— Mais c'est un compliment envers Callista, que toutes les filles trouvent son mari désirable. De plus, du Solstice d'Hiver au Solstice d'Eté, elles ne voient aucun homme à part leurs pères et leurs frères ; tu es un nouveau visage, et par suite, intéressant pour elles.

Cela semblait raisonnable, mais quand vint son tour de jouer au jeu des baisers, avec des adolescentes éméchées, il se dit qu'il était trop vieux pour ce genre de réjouissances. D'ailleurs, il n'avait jamais beaucoup aimé boire, même parmi ses compatriotes dont il connaissait toutes les plaisanteries. Il chercha des yeux Callista, mais, par une règle tacite, il semblait qu'un mari ne dût pas danser avec sa femme. Chaque fois qu'il s'approchait d'elle, quelqu'un se précipitait pour les séparer.

Cela devint enfin si évident qu'il chercha Damon pour lui poser la question. Damon dit en riant :

— J'avais oublié que tu es étranger aux Montagnes de Kilghard, mon frère. Tu ne veux pas les priver de leur plaisir, non ? C'est un jeu aux mariages, de séparer le mari et la femme afin qu'ils ne s'esquivent pas pour consommer leur union en privé, avant d'être mis au lit publiquement, avec les plaisanteries traditionnelles.

Andrew se demanda ce qui l'attendait !

Damon perçut sa pensée et dit :

— Si les mariages avaient été célébrés à Thendera — là-bas, ils sont plus civilisés, plus sophistiqués. Mais ici, ils sont restés près de la nature et observent les coutumes campagnardes. Personnellement, ça ne me dérange pas, j'ai été élevé ici. A mon âge, on me taquinera un peu plus — la plupart des hommes se marient à l'âge de Domenic. Ellemir a grandi ici, elle aussi, et elle a si souvent taquiné la mariée qu'elle s'amusera autant que les autres, je suppose. Mais je voudrais pouvoir épargner cette épreuve à Callista. Toute sa vie, elle a été... protégée. Et une Gardienne qui renonce à sa charge s'expose aux plaisanteries les plus douteuses. J'ai peur qu'on ne lui prépare quelque chose de vraiment dur.

Andrew regarda Ellemir, qui, rouge et excitée, riait

au milieu d'un cercle de jeunes filles. Callista aussi était très entourée, mais elle avait l'air perdue et misérable. Toutefois, alors que bien des femmes pouffaient et s'esclaffaient bruyamment, bon nombre, surtout parmi les plus jeunes, étaient comme Callista, rougissantes et timides.

— Bois donc, Andrew! dit Domenic, lui mettant un verre dans la main. Tu ne peux pas rester à jeun à un mariage : ce n'est pas convenable. Et toi, si tu n'es pas ivre, tu pourrais malmener ta femme dans ton impatience n'est-ce pas, Damon?

Il ajouta une plaisanterie où il était question de clair de lune, qu'Andrew ne comprit pas mais qui provoqua chez Damon un rire embarrassé. Domenic reprit l'offensive :

— Je vois que tu voudrais avoir un conseil d'Andrew sur la suite de la soirée. Dis-moi, Andrew, ton peuple a-t-il aussi des machines pour ça? Non?

Il mima un soulagement excessif et poursuivit :

— C'est quelque chose! J'avais peur d'avoir à organiser une démonstration spéciale!

Dezi fixait Damon, attentif et concentré. Le jeune homme était-il déjà saoul?

— Je te félicite d'avoir déclaré ton intention de légitimer tes fils, dit Dezi. Mais est-ce vrai? A ton âge, ne viens pas me dire que tu n'as aucun fils, Damon!

Damon répondit avec un sourire accommodant, car un mariage n'est pas le lieu de s'offenser d'une question indiscrète :

— Je ne suis ni moine ni *ombredin,* Dezi. Je suppose donc qu'il n'est pas impossible que j'aie engendré des fils, mais si c'est le cas, leurs mères ont négligé de m'en informer. Pourtant, j'aurais accueilli un fils avec joie, bâtard ou non.

Brusquement, son esprit entra en contact avec celui de Dezi ; déjà saoul, le jeune homme avait oublié de se fermer, et dans le flot d'amertume qu'il perçut, Damon comprit pour la première fois la raison de la rancœur de Dezi.

Il se croyait le fils, jamais reconnu, de *Dom* Esteban.

Mais Esteban aurait-il été capable de faire cela à un de ses fils, légitime ou non ? se demanda Damon. Après tout, Dezi avait le *laran*.

Plus tard, il s'en ouvrit à Domenic qui dit :

— Je ne le crois pas. Mon père est un homme juste. Il a reconnu les fils *nedesto* qu'il a eus de Larissa d'Asturien et il les a établis. Il a été aussi bon envers Dezi qu'envers tous nos parents, mais si Dezi était son fils, il l'aurait déclaré.

— Il l'a envoyé à Arilinn, objecta Damon, et tu sais que seuls peuvent y aller les individus de pur sang Comyn. Ce n'est pas pareil pour les autres Tours, mais Arilinn...

Domenic hésita.

— Je ne veux pas discuter des agissements de mon père derrière son dos, dit-il enfin d'une voix ferme. Viens, allons le lui demander.

— Crois-tu que ce soit le moment ?

— Un mariage, c'est parfait pour régler une question de légitimité, dit fermement Domenic.

Damon le suivit, pensant que c'était bien de sa part de vouloir trancher une telle question dès qu'elle était soulevée.

Dom Esteban, assis à l'écart, parlait avec un jeune couple timide qui s'esquiva pour aller danser en voyant son fils approcher.

— Papa, Dezi est-il notre frère, oui ou non ? demanda-t-il tout de go.

Esteban Lanart baissa les yeux sur la peau de loup couvrant ses jambes et dit :

— C'est bien possible, mon fils.

— Alors, pourquoi ne l'as-tu pas reconnu ? demanda Domenic d'un ton farouche.

— Domenic, tu ne comprends pas ces choses, mon garçon. Sa mère...

— C'était une putain ? demanda Domenic, dégoûté et consterné.

— Pour qui me prends-tu ? Bien sûr que non. C'était une de mes parentes. Mais elle...

Curieusement, le vieux seigneur rougit d'embarras. Il dit enfin :

— Enfin, la pauvre femme est morte et ne peut plus en rougir. C'était à la fête du Solstice d'Hiver et nous étions tous saouls. Cette nuit-là, elle s'est donnée à moi, mais aussi, à quatre ou cinq autres de mes cousins. aussi, quand elle s'est trouvée enceinte, aucun n'a voulu reconnaître l'enfant. J'ai fait pour lui ce que j'ai pu, et il est évident à son physique qu'il est de sang Comyn, mais il pourrait être mon fils, ou celui de Gabriel, ou de Gwynn's...

Domenic était cramoisi, mais il insista :

— Quand même, un fils Comyn aurait dû être reconnu.

Esteban avait l'air gêné.

— Gwynn avait toujours dit qu'il le ferait, mais il est mort avant. J'ai hésité à raconter cette histoire à Dezi, pensant qu'elle serait plus humiliante pour lui que la simple bâtardise. Je ne crois pas qu'il ait été lésé, dit-il, sur la défensive. Je l'ai fait venir ici, et je l'ai envoyé à Arilinn. Il n'a pas été reconnu, cependant, il a joui de tous les privilèges d'un fils *nedesto*.

Damon retournait tout cela dans sa tête en repartant danser. Pas étonnant que Dezi soit susceptible, troublé ; il sentait sa naissance entachée d'une honte que la bâtardise ne suffisait pas à expliquer. Ce genre de promiscuité était scandaleux pour une fille de bonne famille. Il savait qu'Ellemir avait eu des amants, mais elle les avait choisis avec discrétion, et un, au moins, était le mari de sa sœur, ce qui était une coutume ancestrale. Il n'y avait pas eu scandale. Et elle n'avait pas pris le risque de porter un enfant qu'aucun homme ne voudrait reconnaître.

Quand Damon et Domenic l'eurent quitté, Andrew, morose, alla se chercher un autre verre. Etant donné ce qui l'attendait ce soir, autant être aussi ivre que possible, se disait-il, lugubre. Entre les plaisanteries traditionnelles que Damon trouvait si amusantes, et le fait qu'il ne pourrait pas consommer son mariage, quelle nuit de noces !

A la réflexion, il valait mieux observer la prudence : être assez saoul pour émousser son embarras, et assez sobre pour respecter le serment fait à Callista de ne jamais exercer de pression sur elle. Il la désirait — il n'avait jamais autant désiré une femme — mais il voulait qu'elle se donne volontairement, en partageant son désir. Il savait parfaitement qu'il n'aurait pas le moindre plaisir s'il devait la contraindre ; et dans son état présent, seule la contrainte viendrait à bout de ses résistances.

« Si tu n'es pas ivre, tu risques de malmener ta femme dans ton impatience. » Maudit Domenic avec ses plaisanteries ! Heureusement, à part Damon, personne n'était au courant de son problème.

S'ils avaient su, ils auraient sans doute trouvé ça drôle ! Une plaisanterie de plus pour la nuit de noces !

Brusquement, il sentit de l'effroi, de la détresse... Callista ! Callista en difficulté quelque part ! Se laissant guider par sa sensibilité télépathique, il partit à sa recherche.

Il la trouva à un bout du hall, clouée contre le mur par Dezi qui l'enserrait de ses bras, de sorte qu'elle ne pouvait pas s'échapper. Il se penchait comme pour l'embrasser. Elle tournait la tête d'un côté, puis de l'autre, essayant d'éviter ses lèvres, l'implorant :

— Non, Dezi, je ne veux pas me défendre contre un parent...

— Nous ne sommes plus dans la Tour, *Domna*. Allons, un vrai baiser...

Andrew le saisit par une épaule et l'écarta brutalement, le soulevant du sol.

— Laisse-la tranquille, nom d'un chien !

Dezi prit l'air boudeur.

— C'était juste une blague entre parents.

— Une blague que Callista ne semblait pas apprécier, dit Andrew. File, ou...

— Ou *quoi ?* ricana Dezi. Tu vas me provoquer en duel ?

Andrew considéra le frêle jeune homme, rouge, furieux, manifestement saoul. Immédiatement, sa colère fondit. La coutume terrienne interdisant les boissons alcoolisées aux mineurs, ce n'était pas si mal après tout, se dit-il.

— Pas question, dit-il en riant devant la fureur du jeune homme. Je te donnerais plutôt la fessée comme à un méchant petit garçon. Maintenant, file, dessaoule-toi et cesse d'embêter les adultes.

Dezi le foudroya du regard, mais partit, et Andrew réalisa que, pour la première fois depuis la déclaration de mariage, il était seul avec Callista.

— Qu'est-ce que c'est que ces manières, nom d'un chien ?

Elle était aussi rouge que ses voiles, mais essaya de tourner la chose à la plaisanterie.

— Bah, d'après lui, maintenant que je ne suis plus Gardienne, je suis libre de lâcher la bride à la passion irrésistible qu'il est certain d'inspirer à toutes les femelles.

— J'aurais dû le réduire en bouillie !

Elle secoua la tête.

— Oh non. Je crois qu'il est seulement un peu saoul ; il a bu au-delà de sa capacité. Et c'est un parent après tout. Peut-être même le fils de mon père.

Andrew s'en était déjà douté en voyant Dezi et Domenic côte à côte.

— Mais se comporterait-il ainsi avec une femme dont il penserait qu'elle est sa sœur.

— Sa demi-sœur, dit Callista, et chez nous, demi-sœurs et demi-frères peuvent avoir des rapports charnels et même se marier, bien qu'on considère ces liens consanguins mauvais pour les enfants. D'ailleurs, tout le monde trouve normal de plaisanter et de chahuter à un mariage. Ce qu'il a fait était donc assez grossier, certes, mais pas choquant. Je suis trop sensible, et il est très jeune.

Mais elle avait toujours l'air désolée, angoissée, et Andrew se répéta qu'il aurait vraiment dû réduire ce garçon en bouillie. Puis, à retardement, il se demanda s'il n'avait pas été trop dur avec Dezi. Il n'était ni le premier ni le dernier à se montrer odieux parce qu'il avait trop bu.

Il dit avec douceur, considérant ses traits tirés :

— Ce sera bientôt terminé, mon amour.

— Je sais... Connais-tu la coutume ? demanda-t-elle après une courte hésitation.

— Damon m'en a parlé, dit-il, ironique. Il paraît qu'il y a un coucher public, abondamment assaisonné de plaisanteries douteuses.

Elle hocha la tête en rougissant.

— Je suppose que cela favorise la procréation des enfants, et dans cette contrée, c'est très important pour un jeune couple, comme tu l'imagines. Alors, nous devrons simplement... faire aussi bonne figure que possible.

Ecarlate, elle le regarda en disant :

— Je suis désolée. Je sais que ce sera encore pire... Il secoua la tête.

— Je ne crois pas, dit-il en souriant. De toute façon, une telle scène m'aurait ôté tous mes moyens.

Il perçut une ombre de remords sur son visage, et éprouva le besoin douloureux de la rassurer, de la réconforter.

— Ecoute, dit-il gentiment, considérons la chose ainsi : laissons-les rire, mais faisons à notre idée. Ce sera notre secret, cela se passera en son temps. Laissons-les donc s'amuser en attendant tranquillement qu'ils aient fini.

Elle soupira, puis lui sourit en disant :

— Si tu le prends vraiment comme ça...

— Vraiment, mon amour.

— J'en suis contente, dit-elle en un souffle. Regarde toutes les filles qui entraînent Ellemir.

Elle ajouta vivement, devant son air consterné :

— Elles ne lui font pas mal. C'est la coutume d'obliger la mariée à lutter un peu. Cela remonte au temps où l'on mariait les filles sans leur consentement, mais ce n'est plus qu'un jeu de nos jours. Regarde, les serviteurs de mon père l'ont ramené dans ses appartements, et Léonie va se retirer aussi, pour que les jeunes puissent faire tout le bruit qu'ils veulent.

Mais Léonie ne se retira pas ; elle les rejoignit, muette et sombre dans ses voiles écarlates.

— Callista, veux-tu que je reste, mon enfant ? En ma présence, les plaisanteries seront peut-être un peu plus modérées et décentes.

Andrew se rendit compte que Callista appréciait la proposition, mais elle sourit, et effleura la main de Léonie, comme font les télépathes.

— Je te remercie, ma cousine. Mais je… je ne dois pas commencer en privant tout le monde de son plaisir. Aucune mariée n'est jamais morte d'embarras, et je suis sûre que je ne serai pas la première.

Et Andrew, la regardant, se prépara à subir stoïquement les obscénités qu'on avait pu inventer pour une Gardienne qui avait renoncé à sa virginité rituelle ; il se rappela la vaillante jeune fille qui plaisantait bravement lorsqu'elle était prisonnière, seule et terrifiée, dans les grottes de Corresanti.

C'est pour ça que je l'aime tellement, se dit-il.

— Comme tu voudras, ma chérie, dit Léonie avec douceur. Accepte ma bénédiction.

Elle s'inclina gravement devant eux et sortit.

Comme si son départ avait ouvert les digues, un flot de jeunes gens et jeunes filles les emporta dans son tourbillon.

— Callista, Ann'dra, vous perdez votre temps ici, la nuit s'avance. Vous n'avez rien de mieux à faire que bavarder ?

Il vit Damon que Dezi tirait par la main. Domenic prit la sienne, et, entraîné loin de Callista, il vit une foule de jeunes filles se rassembler autour d'elle. Quelqu'un cria :

— Nous allons la préparer pour toi, Ann'dra, pour que tu n'aies pas à profaner ses voiles sacrés !

— Venez, tous les deux, cria Domenic avec entrain. Tous ces garçons aimeraient sûrement mieux finir la nuit à boire, mais ils doivent faire leur devoir ; il ne faut pas faire attendre la mariée.

Damon et lui furent traînés dans l'escalier, puis poussés dans le séjour séparant les deux appartements préparés le matin.

— Ne vous trompez pas de côté, surtout, cria le Garde Caradoc d'une voix avinée. Quand les mariées sont jumelles, comment un mari, saoul de surcroît, peut-il savoir s'il est bien dans les bras de son épouse ?

— Quelle différence ? demanda un étrange jeune homme. C'est leur affaire, non ? Et la nuit, tous les chats sont gris. S'ils prennent leur main droite pour leur main gauche, quelle importance ?

— On va commencer par Damon. Il a trop perdu de temps, et il doit se dépêcher d'accomplir son devoir envers son clan, dit gaiement Domenic.

Damon fut vivement dépouillé de ses vêtements et revêtu d'une longue robe d'intérieur. La porte de la chambre s'ouvrit cérémonieusement, et Ellemir parut en négligé transparent, ses longs cheveux cuivrés cascadant dans son dos et sur ses seins. Elle était rouge et secouée d'un fou rire incontrôlable, mais Andrew sentit qu'elle était prête à éclater en sanglots. Assez, pensa-t-il, c'en est trop. Tout le monde aurait dû sortir et les laisser seuls.

— Damon, dit Domenic avec solennité, je t'ai préparé un cadeau.

Andrew constata avec soulagement que Damon était juste assez saoul pour être de bonne humeur.

— C'est très gentil de ta part, mon beau-frère. Qu'est-ce que c'est ?

— C'est un calendrier, où j'ai noté les jours de pleine lune. Si tu fais ton devoir ce soir, par exemple, j'ai marqué en rouge la date où naîtra ton premier fils !

Damon, le visage congestionné d'hilarité contenue, lui aurait aussi bien lancé le calendrier à la tête, mais il l'accepta de bonne grâce, et se laissa mettre au lit cérémonieusement auprès d'Ellemir. Domenic dit quelque chose à sa sœur qui se cacha le visage sous les draps, puis conduisit les assistants à la porte avec une feinte solennité.

— Et maintenant, pour que nous puissions terminer tranquillement la nuit à boire, sans être dérangés par ce qui pourra se passer derrière ces portes, j'ai un autre cadeau pour les heureux mariés. Je vais installer un amortisseur télépathique devant votre porte...

Damon, perdant enfin patience, s'assit dans son lit et lui jeta un oreiller à la tête.

— Assez, c'est assez, cria-t-il. Dehors, et fichez-nous la paix !

Comme s'ils n'attendaient que ça, tous les assistants se dirigèrent vivement vers les portes.

— Vraiment, le tança Domenic, le visage sévère, ne peux-tu contenir ton impatience un peu plus, Damon ? Ma pauvre petite sœur, livrée à la merci de cet individu bestial !

Mais il ferma les portes derrière lui, et Andrew entendit Damon se lever et pousser le verrou. Au moins, il y avait une limite aux plaisanteries gaillardes, et Damon et Ellemir étaient enfin seuls.

Mais maintenant, c'était son tour. Il y avait quand même un bon côté à cette mise en scène, pensa-t-il, lugubre. Le temps qu'ils aient terminé leurs plaisanteries, il serait trop fatigué — et trop furieux — pour désirer autre chose que dormir.

Ils le poussèrent dans la chambre où Callista attendait, entourée de jeunes filles : amies d'Ellemir, servantes, jeunes nobles du voisinage. On l'avait dépouillée de ses voiles écarlates et revêtue du même négligé transparent qu'Ellemir ; ses cheveux dénoués cascadaient sur ses épaules nues. Elle leva vivement les yeux vers lui, et il eut un instant l'impression qu'elle était beaucoup plus jeune qu'Ellemir, perdue et vulnérable.

Il sentit qu'elle luttait pour contenir ses larmes. Réserve et timidité faisaient partie du jeu, mais si elle allait jusqu'à s'effondrer et pleurer, il savait que les autres auraient honte et lui en voudraient d'avoir gâché leur plaisir. Elles la mépriseraient de cette incapacité à prendre part au jeu de bonne grâce.

96

Les enfants peuvent être cruels, se dit-il, et la plupart de ces filles étaient encore des enfants. Tandis que Callista, pour jeune qu'elle parût, était une femme. Peut-être n'avait-elle jamais été une enfant ; la Tour lui avait volé son enfance... Il s'arma de courage pour supporter les événements, sachant que, quelque pénible que ce pût être pour lui, ce le serait bien davantage pour Callista.

Quand pourrai-je me débarrasser d'eux, pensa-t-il, *avant qu'elle n'éclate en sanglots et se le reproche ensuite ? Pourquoi doit-elle supporter ces sottises ?*

Domenic le prit fermement par l'épaule et le tourna dos à Callista.

— Attention, l'admonesta-t-il. Nous n'en avons pas terminé avec toi, et Callista n'est pas prête. Tu ne peux donc pas attendre quelques minutes ?

Et Andrew se laissa faire par Domenic, se préparant à rire courtoisement de plaisanteries qu'il ne comprenait pas ; il pensait avec nostalgie au moment où il se retrouverait seul avec Callista.

Pourtant est-ce que ce ne serait pas encore pire ? De toute façon, il fallait d'abord en passer par cette cérémonie. Il laissa Domenic et les autres jeunes gens le conduire dans la chambre voisine.

6

P AR moments Andrew pensait que le bonheur de Damon était presque palpable, mesurable. En ces instants, et à mesure que les jours raccourcissaient et que l'hiver arrivait sur les Montagnes de Kilghard, il ne pouvait s'empêcher d'éprouver envie et amertume. Non qu'il en voulût à Damon de son bonheur ; mais il aurait aimé le partager.

Ellemir, elle aussi, était radieuse. Cela humiliait parfois Andrew de penser que les domestiques, les étrangers, *Dom* Esteban lui-même, remarquaient la différence, et le blâmaient, lui, de ce que, quarante jours après le mariage, Ellemir semblait si joyeuse, tandis que, jour après jour, Callista devenait plus grave et pâle, plus contrainte et douloureuse.

Cependant, Andrew n'était pas malheureux. Frustré, oui, car il était quelquefois bien dur pour ses nerfs d'être aussi proche de Callista — d'endurer les plaisanteries et les railleries bien intentionnées qui étaient le lot, sans doute, de tout jeune marié de la Galaxie — et pourtant d'être séparé d'elle par une ligne invisible qu'il ne pouvait franchir.

Pourtant, s'ils s'étaient connus en des circonstances ordinaires, ils auraient dû attendre longtemps avant de se marier. Il se rappela qu'au moment de leur mariage il la connaissait depuis moins de quarante jours. Depuis lors, il était souvent avec elle, et apprenait à la connaître dans sa vie extérieure, comme il l'avait connue intérieurement par le cœur et l'esprit, quand elle était aux mains des hommes-chats, prisonnière dans la nuit des grottes de Corresanti. Pour une raison mystérieuse, elle ne pouvait établir de lien télépathique avec personne sur Ténébreuse, et leurs esprits étaient entrés en contact, un contact si profond que des années de vie commune n'auraient pas créé entre eux de liens plus forts. Avant qu'il eût jamais posé les yeux sur son corps charnel, il l'avait aimée, pour son courage devant l'adversité, pour ce qu'ils avaient enduré ensemble.

Maintenant, il l'aimait aussi pour sa personnalité extérieure : pour sa grâce, sa voix douce, son charme aérien et son humour. Elle arrivait même à plaisanter sur leur situation présente, ce qui était au-dessus des forces d'Andrew ! Il l'aimait pour sa gentillesse envers tous, depuis son père infirme et souvent irritable jusqu'aux jeunes servantes les plus maladroites.

Mais il ne s'attendait pas à trouver chez elle tant de difficulté à s'exprimer. Elle avait la repartie facile et spirituelle, mais elle ne pouvait guère parler de ce qui la touchait de près. Il avait espéré qu'ils parleraient librement des problèmes qu'ils affrontaient, de la nature de sa formation à la Tour, de la façon dont on lui avait appris à ne jamais réagir au moindre éveil sexuel. Mais elle restait muette sur ces sujets, et, dans les rares occasions où Andrew avait essayé d'en parler, elle avait détourné le visage, balbutié, puis s'était tue, les yeux pleins de larmes.

Cela devait réveiller en elle des souvenirs trop pénibles, et, de nouveau, il s'indignait de la barbarie avec laquelle on l'avait déformée. Il espérait qu'elle finirait par se sentir assez libre pour en parler ; rien d'autre, pensait-il, ne l'aiderait à se libérer de son conditionnement. Mais pour le moment, ne voulant pas la forcer à quoi que ce soit, même à parler contre sa volonté, il attendait.

Comme elle l'avait prévu, c'était difficile d'être si proche d'elle — et pourtant séparé. Dormir dans la même chambre — mais sans partager le même lit —, la voir si belle au matin, encore tiède et somnolente de sa nuit, la voir à demi-dévêtue, les cheveux sur les épaules — et n'oser la toucher que du bout des doigts ! Sa frustration prenait des formes étranges. Un jour qu'elle était dans son bain, incapable de résister à son impulsion, il avait pris sa chemise de nuit et y avait enfoui son visage, l'embrassant passionnément, respirant avec ivresse le parfum de son corps, honteux et penaud, comme s'il avait commis un acte d'une perversité inavouable. A son retour, il n'avait pas pu soutenir sa présence, sachant qu'ils étaient ouverts l'un à l'autre et qu'elle savait ce qu'il avait fait. Détournant les yeux, il était sorti en hâte, ne voulant pas voir sur son visage le mépris — ou la pitié — qu'il imaginait.

Il se demandait si elle aurait préféré qu'il dorme ailleurs, mais quand il lui posa la question, elle répondit timidement :

— Non, j'aime bien t'avoir près de moi.

Il finit par penser que cette intimité, bien qu'asexuée, était peut-être une étape nécessaire dans l'éveil de Callista.

Quarante jours après le mariage, les vents firent place à des neiges abondantes, et Andrew passa ses journées à préparer l'hivernage des chevaux et du bétail, amassant du fourrage dans les aires protégées, inspectant et approvisionnant les cabanes des gardiens dans les vallées hautes. Il restait parti pendant des jours, en selle du matin au soir, et passant ses nuits à la belle étoile ou dans les lointaines métairies faisant partie du vaste domaine.

C'est alors qu'il réalisa la sagesse de *Dom* Esteban, lorsqu'il avait imposé des noces publiques. Sur le moment, sachant qu'un mariage dans la plus stricte intimité aurait été légal, avec un ou deux témoins, il s'était indigné que son beau-père veuille une fête à tout prix. Mais cette soirée de plaisanteries et de chahut l'avait rapproché des campagnards : il n'était un étranger pour personne, mais le gendre de *Dom* Esteban, marié devant eux. Sinon, il aurait passé des années à se faire accepter comme l'un des leurs.

En s'éveillant un matin, il entendit le bruit de la neige contre les vitres et sut que la première tempête de l'hiver avait commencé. Pas question de monter à cheval aujourd'hui. Allongé dans son lit, il écouta le vent hurler autour des toits de la maison, repassant mentalement les dispositions prises pour le bétail. Les juments poulinières au pâturage sous les pics jumeaux — elles auraient assez de fourrage pour elles, amassé en des endroits protégés du vent, et il y avait un ruisseau qui ne gelait jamais complètement, lui avait dit le vieux dresseur — pourraient passer l'hiver. Il aurait dû séparer les jeunes étalons du troupeau, pour les empêcher de se battre — enfin, il était trop tard pour ça, maintenant.

La neige assombrissait le jour et une lumière grise entrait par les fenêtres. Pas de soleil aujourd'hui. Callista dormait encore dans son lit étroit, de l'autre côté de la chambre ; elle lui tournait le dos et il ne voyait que ses tresses sur l'oreiller. Comme elles étaient différentes, Ellemir et elle, Ellemir toujours levée dès l'aube, Callista dormant toujours jusqu'au milieu de la matinée. Bientôt, il entendrait Ellemir remuer dans l'autre appartement, mais il était encore trop tôt.

Callista cria dans son sommeil, cri de terreur et d'épouvante. Encore un cauchemar du temps où elle était prisonnière des hommes-chats ? En une enjambée, Andrew fut près d'elle, mais elle s'assit, soudain bien réveillée, regardant dans le vague, le visage consterné.

— Ellemir ! s'écria-t-elle. Il faut que j'aille la voir !

Sans accorder un regard ou un mot à Andrew, elle se leva, attrapa une robe de chambre, et courut à l'autre appartement.

Consterné, Andrew la regarda partir, pensant aux liens unissant les jumelles. Il percevait vaguement qu'elles étaient liées télépathiquement, mais même des jumelles respectent leur intimité respective. Si Callista avait perçu la détresse d'Ellemir, elle devait être bien profonde. Troublé, il se mit à s'habiller. Il laçait sa seconde botte quand il entendit Damon dans le salon de leur appartement. Il alla le rejoindre, et le sourire de son ami apaisa ses craintes.

— Tu as dû t'inquiéter de voir Callista sortir en courant. Je crois qu'Ellemir aussi a eu peur, mais elle était plus étonnée qu'autre chose. Bien des femmes échappent totalement à cela, et Ellemir est si solide… Mais je suppose que les hommes ne peuvent pas dire grand-chose dans ces cas-là.

— Donc, elle n'est pas gravement malade ?

— Si c'est le cas, cela se guérira de soi-même en son temps, dit Damon en riant, avant de reprendre rapidement son sérieux. Bien sûr, elle se sent très mal pour l'instant, la pauvre, mais Ferrika dit que ça passera dans deux ou trois semaines. Alors, je l'ai laissée aux soins de Ferrika et de Callista. Un homme ne peut pas faire grand-chose pour elle, pour l'instant.

Andrew, sachant que Ferrika était la sage-femme du domaine, devina immédiatement la nature de l'indisposition.

— Est-il traditionnel et convenable de présenter des congratulations ?

— Parfaitement convenable, dit Damon avec un sourire lumineux. Mais plus traditionnel de les présenter à Ellemir. Descendons annoncer à *Dom* Esteban qu'il sera grand-père peu après le Solstice d'Eté.

Dom Esteban fut ravi de la nouvelle, et Dezi remarqua avec un sourire malicieux :

— Je vois que tu n'es que trop anxieux de produire ton premier fils dans les temps ! Te sens-tu tellement lié par le calendrier de Domenic, mon cousin ?

Un instant, Andrew pensa que Damon allait lui jeter sa tasse au visage, mais il se domina.

— Non, j'espérais plutôt qu'Ellemir serait libre de cette charge pendant un an ou deux. Ce n'est pas comme si j'étais héritier d'un Domaine, et dans l'obligation d'avoir un successeur. Mais elle voulait un enfant immédiatement, et c'était à elle de choisir.

— Ça lui ressemble bien, dit Dezi, abandonnant toute malice et souriant de bon cœur. Dès qu'il naît un bébé sur le domaine, il faut qu'elle le cajole avant qu'il

103

ait dix jours. J'irai la congratuler quand elle se sentira mieux.

Callista entra dans la pièce, et *Dom* Esteban lui demanda :

— Comment va-t-elle, Callista ?

— Elle dort, dit Callista. Ferrika lui a conseillé de rester couchée aussi tard que possible le matin tant qu'elle aura des malaises, mais elle descendra après midi.

Elle s'assit près d'Andrew, mais évita son regard, et il se demanda si la grossesse d'Ellemir l'attristait. Pour la première fois, il se dit que Callista désirait peut-être un enfant ; c'était le cas pour certaines femmes, mais pour sa part, il n'y avait jamais beaucoup pensé.

La tempête fit rage pendant plus de dix jours, avec alternance de neiges abondantes et de vents violents qui amassaient la neige en profondes congères. Tout travail s'arrêta sur le domaine. Empruntant des tunnels souterrains, les domestiques s'occupaient des chevaux de selle et des vaches de la laiterie, mais à part ça, ils n'avaient rien à faire.

Sans Ellemir s'affairant dès le point du jour, Armida semblait bien calme. Damon, réduit à l'oisiveté par la tempête, passait près d'elle le plus clair de son temps. Habitué à son exubérance, il était troublé de la voir rester dans son lit jusqu'au milieu de la matinée, pâle et sans forces, refusant toute nourriture. Il s'inquiétait, mais Ferrika riait de son trouble, disant que tous les jeunes maris étaient ainsi à la première grossesse de leur femme. Ferrika était la sage-femme d'Armida, en charge de toutes les naissances des villages avoisinants. C'était une immense responsabilité, d'autant plus qu'elle était jeune et n'avait remplacé sa mère que depuis un an. Elle était calme, ferme, ronde, petite et blonde, et, parce qu'elle se savait jeune pour ce poste, elle cachait ses cheveux sous un fichu et s'habillait sobrement pour paraître plus âgée.

Callista faisait de son mieux, mais sans les mains efficaces d'Ellemir à la barre, la maison périclitait.

Dom Esteban se plaignait de ne plus avoir de pain mangeable, bien qu'il y eût une douzaine de filles de cuisine. Damon soupçonnait que, tout simplement, la joyeuse compagnie d'Ellemir lui manquait. Il était morne et irritable, gâchant la vie de Dezi. Callista se consacrait à son père, lui chantant des ballades en s'accompagnant à la harpe, jouant aux cartes et autres jeux avec lui, restant des heures près de lui, son ouvrage sur les genoux, à écouter patiemment les interminables récits de ses campagnes et des batailles passées, au temps où il était Commandant de la Garde.

Un matin, descendant assez tard, Damon trouva un groupe de paysans qui, par temps meilleur, travaillaient aux champs et aux pâturages. *Dom* Esteban, dans son fauteuil, parlait à trois d'entre eux, encore couverts de neige, et enveloppés de leurs gros vêtements d'hiver. On leur avait coupé leurs bottes, et Ferrika, à genoux devant eux, leur examinait les pieds et les mains. Son jeune visage paraissait troublé, et c'est avec soulagement qu'elle vit Damon approcher.

— Seigneur Damon, vous avez été officier sanitaire à la Garde de Thendera. Venez voir !

Troublé par le ton, Damon se pencha sur le pied qu'elle tenait, et s'exclama :

— Mais qu'est-ce qui t'est arrivé, mon ami ?

Le paysan, grand, sale, aux longs cheveux emmêlés encadrant des joues rouges et déchirées, répondit dans le rugueux dialecte de la montagne :

— Nous avons été bloqués par la tempête pendant neuf jours, *Dom,* dans l'abri de la corniche nord. Mais le vent a arraché une cloison et on ne pouvait plus sécher nos vêtements et nos bottes. On mourait de faim, car on n'avait de provisions que pour trois jours, alors, à la première accalmie, on a pensé qu'il valait mieux essayer de gagner le château ou un village. Mais il y a eu une avalanche sous le pic, et on a passé trois nuits sur les corniches. Le vieux Reino est mort de froid, et on a dû l'enterrer dans la neige, jusqu'au dégel, en marquant l'emplacement par un cairn. Darrill a dû me porter jusqu'ici — d'un geste stoïque, il montra son pied gelé dans la main de Ferrika —. Je ne peux pas marcher, mais je ne suis pas si estropié que Raimon ou Piedro, là-bas.

Damon secoua la tête, consterné.

— Je vais faire ce que je pourrai, mon garçon, mais je ne promets rien. Ils sont tous aussi gravement atteints, Ferrika ?

Elle secoua la tête.

— Certains sont à peine touchés. Et d'autres, comme vous voyez, sont dans un état encore plus préoccupant, dit-elle en montrant un homme dont les bottes coupées révélaient des chairs noires et sanguinolentes.

Ils étaient quatorze en tout. Damon les examina rapidement, séparant des autres ceux qui ne souffraient que de gelures aux pieds, aux mains et aux joues. Andrew aidait les domestiques à leur servir des boissons chaudes et de la soupe.

— Ne leur donnez ni vin ni alcools forts, commanda Damon, tant que je n'en saurai pas plus sur leur état.

Montrant les hommes les moins atteints, il dit aux vieux Rhodri, le majordome :

— Emmène-les dans le hall inférieur. Rassemble les servantes, et lavez-leur les pieds à l'eau chaude et au savon. Au fait, ajouta-t-il, se tournant vers Ferrika, tu as de l'extrait d'aubépine blanche ?

— Il y en a au laboratoire, Seigneur Damon. Je vais demander à Dame Callista.

— Faites-leur-en des cataplasmes, puis pommadez abondamment avant de panser leurs pieds. Tenez-les bien au chaud, et donnez-leur autant de soupe et de thé qu'ils voudront, mais aucun alcool d'aucune sorte.

Andrew intervint :

— Dès que les chemins seront praticables, il faudra envoyer quelqu'un porter des nouvelles à leurs familles.

Damon hocha la tête, réalisant qu'il aurait dû y penser tout de suite.

— Alors, tu t'en charges, mon frère ? Moi, je vais m'occuper des blessés.

Tandis que Rhodri et les servantes aidaient les moins

touchés à gagner le hall inférieur, il ramena son attention sur les grands blessés.

— Qu'est-ce que tu leur as fait, Ferrika ?

— Rien encore, Seigneur Damon ; j'attendais vos conseils. Je n'ai rien vu de tel depuis des années.

Damon hocha la tête, le visage soucieux. Quand il était enfant, près de Corresanti, une vague de froid semblable avait mutilé la moitié des hommes, qui avaient perdu des doigts et des orteils à la suite de leurs gelures ; d'autres étaient morts de l'infection ou de la gangrène ayant succédé à ces amputations.

— Que ferais-tu ?

Ferrika dit, hésitante :

— Il ne faut pas appliquer le traitement habituel dans leur cas ; mais je leur tremperais les pieds dans de l'eau tiède, à environ la température du corps, mais pas chaude. J'ai déjà interdit aux hommes de leur frotter les pieds, de peur que la peau ne se détache. Les membres sont gelés en profondeur. Ils auront de la chance s'ils ne perdent que quelques lambeaux de peau.

Encouragée par le silence de Damon, elle ajouta :

— J'entourerais leurs corps de bouillottes, pour activer la circulation.

Damon approuva de la tête.

— Où as-tu appris tout ça, Ferrika ? Je craignais d'avoir à t'interdire les remèdes de bonne femme qui font souvent plus de mal que de bien. Tu me proposes le traitement utilisé à Nevarsin, et que j'ai eu bien du mal à imposer à Thendera dans la Garde.

— J'ai été instruite à la maison de la Guilde des Amazones d'Arilinn, Seigneur Damon, dit-elle. Elles forment les sages-femmes de tous les Domaines, et elles savent très bien soigner les blessures.

Dom Esteban fronça les sourcils.

— Sottises de femmes ! Quand j'étais jeune, on ne nous disait pas de réchauffer un membre gelé, mais de le frictionner avec de la neige.

— C'est vrai, interrompit l'homme aux pieds noirs et sanguinolents. Narron m'a frotté les pieds avec de la neige. Quand mon grand-père a eu les pieds gelés, sous le règne du vieux Marius Hastur...

— Je connais ton grand-père, l'interrompit Damon. Il a marché avec deux cannes juqu'à la fin de ses jours, et on dirait bien que ton ami Narron a essayé de te faire subir le même sort. Fais-moi confiance, et je te soignerai mieux que ça.

Se tournant vers Ferrika, il reprit :

— Essaye, non l'eau tiède seule, mais des cataplasmes d'aubépine blanche, très forts ; cela attirera le sang dans les membres, d'où il remontera vers le cœur. Et donne-leur aussi du thé, pour activer la circulation.

Il revint aux blessés, et dit d'un ton encourageant :

— Ce traitement est utilisé à Nevarsin où le climat est plus froid qu'ici, et les moines prétendent avoir ainsi sauvé des hommes qui, sinon, seraient restés paralysés toute leur vie.

— Pouvez-vous faire quelque chose, Seigneur Damon ? supplia le dénommé Raimon.

Damon, considérant ses pieds grisâtres, secoua la tête.

— Je ne sais pas, mon garçon. Je ferai ce que je pourrai, mais je n'ai jamais rien vu de pire. C'est regrettable, mais...

— Regrettable ! s'exclama Raimon, les yeux flamboyant de colère et de souffrance. C'est tout ce que vous savez dire, *vai dom* ? C'est tout ce que ça signifie pour vous ? Vous savez ce que ça veut dire pour nous, surtout cette année ? Il n'y a pas une seule maison à Adereis ou à Corresanti qui n'ait pas perdu deux ou trois hommes, tués par les maudits hommes-chats ; l'année dernière, les récoltes ont flétri sur pied, de sorte que la famine règne déjà dans les montagnes ! Et maintenant, plus d'une douzaine d'entre nous, parmi les plus forts, vont être immobilisés pendant des mois et peut-être ne pourront jamais remarcher. Et tout ce que trouvez à dire, c'est que c'est « regrettable » ! dit-il, imitant le ton de Damon avec dérision.

» Vous, vous êtes tranquille, *vai dom,* vous n'aurez jamais faim, quoi qu'il arrive ! Mais ma femme et mes enfants ? Et la femme de mon frère et ses enfants, que j'ai pris chez moi quand mon frère est devenu fou et s'est suicidé dans les champs sans soleil, son âme tourmentée par les sorcières-chats ? Et ma vieille mère et son frère qui a perdu un œil et une jambe sur le champ de bataille de Corresanti ? Il reste si peu d'hommes valides dans les villages que les enfants et les grands-mères travaillent aux champs, trop peu nombreuses pour s'occuper des moissons et des bêtes, et même pour gauler les noix avant que les neiges les enterrent. Et maintenant, plus de la moitié des hommes de deux villages ont les pieds et les mains gelés, et sont peut-être paralysés à jamais. Regrettable ! termina-t-il d'un ton douloureux et rageur.

Damon ferma les yeux, consterné. Ce n'était que trop facile à oublier. La guerre ne s'arrêtait-elle donc pas quand la paix revenait sur le pays ? Il pouvait tuer un ennemi ordinaire, ou conduire contre lui des soldats, mais contre les plus grands ennemis — la faim, la maladie, le climat, les infirmités — il était impuissant.

— Je ne commande pas au temps, mon ami. Que voudrais-tu que je fasse ?

— A une époque — mon grand-père me l'a dit — les Comyn, les gens des Tours, les sorcières et les magiciens, se servaient de leurs pierres-étoiles pour guérir les blessures. Eduin, poursuivit-il, montrant du geste le Garde debout au côté de *Dom* Esteban, vous a vu guérir Caradoc, pour qu'il ne perde pas tout son sang quand l'épée d'un homme-chat lui a entaillé la jambe jusqu'à l'os. Vous ne pourriez pas faire quelque chose comme ça pour nous, *vai dom* ?

Machinalement, Damon porta la main au sachet de cuir suspendu à son cou, et contenant la matrice de cristal qu'on lui avait donnée à Arilinn lorsqu'il était technicien psi débutant. Oui, il savait faire certaines de ces choses. Mais depuis qu'on l'avait renvoyé de la Tour... sa gorge se serra, de crainte et de révulsion. C'était dur, dangereux, effrayant, de seulement penser faire ces choses en dehors d'une Tour, sans la protection du Voile électromagnétique qui mettait les techniciens de la matrice à l'abri des pensées et des dangers extérieurs...

Pourtant, l'alternative était la mort ou l'infirmité pour ces hommes, des souffrances indicibles, à tout le moins la faim et la famine dans les villages.

Il dit, conscient que sa voix tremblait :

— Il y a si longtemps. J'ignore si je sais encore. Mon oncle... ?

Dom Esteban secoua la tête.

— Je n'ai jamais eu ces talents, Damon. Le peu de temps que j'ai passé à la Tour, j'ai travaillé dans les relais et les communications. Je croyais que ces techniques de guérison étaient perdues depuis les Ages du Chaos.

Damon secoua la tête.

— Non, on en enseignait encore quelques-unes à Arilinn quand j'y étais. Mais je ne peux pas faire grand-chose tout seul.

— Dame Callista, elle était *leronis*... dit Raimon.

C'était vrai. Essayant de contrôler sa voix, il dit :

— Je vais voir ce que je peux faire. Pour le moment, il faut essayer de rétablir partiellement la circulation par les voies naturelles, Ferrika, dit-il à la jeune femme qui rentrait, chargée de bouteilles et de pots d'herbes et d'onguents. Je confie ces hommes à tes soins. Est-ce que Dame Callista est en haut avec ma femme ?

— Elle est au laboratoire, *vai dom ;* elle m'a aidée à trouver ces produits.

Le laboratoire était une pièce longue et étroite, aux murs couverts d'étagères, ouvrant dans un sombre couloir près de la cuisine. Callista, un foulard bleu passé noué sur les cheveux, triait des bouquets d'herbes séchées. D'autres étaient suspendus à des claies ou enfermés dans des bocaux. Les odeurs puissantes qu'elles dégageaient prirent Damon aux narines. Callista se tourna vers lui en disant :

— Ferrika m'apprend que beaucoup d'hommes ont eu les pieds gelés. Dois-je venir aider à les entourer de bouillottes ?

— Tu peux faire mieux, dit Damon, portant machi-

110

nalement la main à sa matrice. Je vais être obligé de pratiquer la régénération des cellules sur les plus atteints. Sinon, nous devrons amputer des douzaines de doigts et d'orteils ou pire, Ferrika et moi. Mais je ne peux pas le faire seul ; il faudra que tu monitores pour moi.

— Bien sûr, dit-elle, portant automatiquement les mains à la matrice suspendue à son cou.

Elle replaçait déjà les pots sur leurs étagères, quand elle s'interrompit, et se retourna, le regard paniqué.

— Damon, c'est impossible !

Elle s'était figée sur le seuil, tendue, une partie d'elle-même prête à l'action, l'autre paralysée par la situation.

— Je suis relevée de mon serment ! Je suis interdite !

Il la regarda, consterné. Si Ellemir, qui n'avait jamais vécu dans une Tour et en savait à peine plus qu'une roturière, avait énoncé cette vieille superstition, il aurait compris ; mais Callista, qui avait été Gardienne ?

— *Breda,* dit-il avec douceur, lui effleurant légèrement la manche selon la coutume d'Arilinn, je ne te demande pas un travail de Gardienne. Je sais que tu n'entreras jamais plus dans les grands relais et les anneaux énergons — cette tâche est réservée à ceux qui vivent à part, protégeant leurs pouvoirs par la réclusion. Je te demande simplement de monitorer, tâche dont peut s'acquitter n'importe quelle femme qui ne vit pas selon les lois des Gardiennes. Je pourrais le demander à Ellemir, mais elle est enceinte et ce ne serait pas prudent. Tu sais certainement que tu n'as pas perdu cette faculté ; tu ne la perdras jamais.

Elle secoua la tête avec entêtement.

— Je ne peux pas, Damon. Tu sais que tout travail de ce genre risque de renforcer les vieilles habitudes, les vieux conditionnements que je dois perdre.

Elle le regardait, immobile, belle, fière et furieuse, et Damon maudit intérieurement les vieux tabous qu'on lui avait enseignés. Comment pouvait-elle croire ces sottises ?

— Réalises-tu ce qui est en jeu, Callista ? dit-il avec

colère. Réalises-tu les souffrances auxquelles tu condamnes ces hommes ?

— Je ne suis pas la seule télépathe d'Armida ! lui lança-t-elle. J'ai donné des années de ma vie à ce travail ; maintenant, c'est terminé. J'aurais cru que toi, au moins, tu le comprendrais !

— Comprendre ! dit Damon, avec rage et frustration. Je comprends que tu es égoïste ! Vas-tu passer le reste de ta vie à compter les trous dans les serviettes et à préparer des épices pour la cuisine ? Toi, qui étais Callista d'Arilinn ?

— Tais-toi ! s'écria-t-elle, le visage creusé de douleur, reculant comme s'il l'avait frappée. Pourquoi me tourmentes-tu, Damon ? Mon choix est fait, et je ne peux plus revenir en arrière, même si je le voulais. Pour le meilleur ou pour le pire, j'ai fait mon choix. Crois-tu...

Sa voix se brisa, et elle détourna son visage pour cacher ses larmes.

— Crois-tu que je ne me sois pas demandé, et souvent, Callista, ce que tu as fait ?

Avec un gémissement de désespoir, elle enfouit son visage dans ses mains. Elle ne pouvait plus parler, plus même relever la tête, le corps secoué de sanglots convulsifs, déchirée d'un terrible chagrin. Damon sentit ce désespoir qui menaçait de la terrasser, et qu'elle ne tenait en respect qu'au prix d'un effort désespéré :

Toi et Ellemir vous êtes heureux, elle porte déjà ton enfant. Andrew et moi, Andrew et moi... je n'ai même pas encore été capable de l'embrasser, il ne m'a jamais tenue dans ses bras, je n'ai jamais connu son amour...

Damon se retourna et sortit brusquement, poursuivi par le bruit de ses sanglots. La distance entre eux n'y changeait rien ; le chagrin de Callista était *là, avec* lui, *en* lui. Déchiré, torturé par la souffrance de Callista, il luttait pour relever ses barrières mentales, pour se couper de son angoisse. Damon était un Ridenow, en empathie avec Callista, et ses émotions l'atteignaient si profondément qu'un instant, aveuglé par la force de sa douleur, il tituba dans le couloir, ne sachant plus où il était, où il allait.

Bienheureuse Cassilda, pensa-t-il, *je savais que Callista était malheureuse, mais je ne savais pas à quel point... Les tabous entourant une Gardienne sont puissants, et elle entend depuis son enfance les histoires sur les châtiments encourus par une Gardienne qui rompt son serment... Je ne peux pas, je ne peux pas lui demander quoi que ce soit qui prolongerait ses souffrances ne serait-ce que d'un seul jour...*

Au bout d'un certain temps, il réussit à couper le contact, à rentrer un peu en lui-même — ou bien Callista était-elle parvenue à se dominer ? —, espérant contre tout espoir que son angoisse n'avait pas atteint Ellemir. Puis il se mit à réfléchir à ses alternatives. Andrew ? Le Terrien n'était pas entraîné, mais il possédait un ton télépathique puissant. Et Dezi — même si on l'avait renvoyé d'Arilinn au bout d'une ou deux saisons, il devait connaître les techniques de base.

Ellemir était descendue, et, dans le hall inférieur, elle aidait Dezi à laver et panser les pieds des hommes les moins atteints. Les blessés gémissaient et criaient de douleur quand la circulation se rétablissait dans leurs membres gelés, mais, tout en sachant qu'ils souffraient beaucoup, Damon savait aussi que leur état n'était pas très grave.

L'un d'eux le regarda, le visage crispé de douleur, et supplia :

— On ne pourrait pas nous donner un verre d'alcool, Seigneur Damon ? Ça ne nous ferait sans doute pas de bien aux pieds, mais ça émousserait la douleur !

— Désolé, dit Damon avec regret. Vous pouvez manger de la soupe à volonté, mais pas de vin ou d'alcools forts ; c'est très mauvais pour la circulation. Dans un moment, Ferrika vous donnera quelque chose pour soulager la douleur et vous faire dormir.

Mais il en faudrait bien davantage pour soulager les autres, qui avaient les pieds gelés.

— Il faut que je retourne près de vos camarades, reprit-il. Les plus touchés. Dezi...

Le jeune rouquin leva les yeux et Damon poursuivit :

— Quand tu en auras fini avec ces hommes, viens me rejoindre, veux-tu ?

Dezi hocha la tête, puis, penché sur un blessé, se remit à lui enduire les pieds d'une pommade à l'odeur puissante, avant de les bander. Damon remarqua qu'il était très habile de ses mains et qu'il travaillait avec rapidité et dextérité. Puis il s'arrêta près d'Ellemir qui enroulait des bandages autour des doigts gelés d'un blessé, et dit :

— Attention de ne pas trop te fatiguer, ma chérie.

Elle eut un sourire joyeux.

— Oh, je n'ai mes malaises que le matin. Plus tard dans la journée, je me sens très bien ! Damon, pourras-tu faire quelque chose pour ces malheureux ? Darrill, Piedro et Raimon étaient nos compagnons de jeux dans notre enfance, et Raimon est le frère de lait de Domenic.

— Je ne le savais pas, dit Damon, profondément ému. Je ferai ce que je pourrai pour eux, mon amour.

Il rejoignit Ferrika auprès des grands blessés, et l'aida à administrer bains de pieds et cataplasmes, à exécuter les pansements, à distribuer les analgésiques qui supprimeraient ou atténueraient leurs douleurs. Mais ce n'était qu'un début, il le savait. Sans autre aide que celle de Ferrika et de ses simples, ils mourraient ou resteraient infirmes. Dans le meilleur des cas, ils perdraient des doigts et des orteils, et garderaient le lit des mois durant.

Callista avait recouvré son sang-froid, et aidait Ferrika à mettre des bouillottes aux blessés. Rétablir la circulation était le meilleur moyen de sauver leurs pieds, et s'ils retrouvaient une partie de la sensibilité de leurs membres, ce serait déjà une victoire. Damon la considéra avec tristesse, sans avoir le courage de la blâmer. Lui-même trouvait difficile de surmonter son inquiétude à l'idée de se remettre au travail des matrices.

Léonie lui avait dit qu'il était trop sensible, trop

vulnérable, que s'il continuait, il pouvait y perdre la santé et la raison.

Mais elle lui avait dit aussi que s'il avait été une femme il aurait fait une excellente Gardienne.

Il se dit avec fermeté qu'il ne l'avait pas crue alors et qu'il ne la croyait toujours pas. N'importe quel bon technicien des matrices pouvait faire le travail d'une Gardienne, se rappela-t-il. Mais il frissonna de crainte à l'idée d'exécuter ce travail en dehors des confins protecteurs d'une Tour.

Mais c'est ici qu'on avait besoin de ces techniques, et c'est ici qu'il fallait les mettre en œuvre. Peut-être avait-on davantage besoin de techniciens des matrices à l'extérieur des Tours qu'à l'intérieur... Damon réalisa où l'emportait sa rêverie et frémit à cette pensée sacrilège. Les Tours — Arilinn, Hali, Neskays, Dalereuth et toutes les autres, disséminées sur les Domaines — avaient permis d'utiliser les matrices en toute sécurité après les terribles abus des Ages du Chaos. Sous la ferme supervision des Gardiennes — liées par serment, recluses, vierges, dépourvues de passions, tenues à l'écart des stress politiques et personnels des Comyn — tout travailleur des matrices était formé avec soin, et sa loyauté mise à l'épreuve, toutes les matrices étaient monitorées et à l'abri des abus.

Et quand une matrice était utilisée illégalement à l'extérieur d'une Tour et sans son accord, alors survenait ce qu'on avait connu quand le Grand Chat avait répandu dans les Montagnes de Kilghard l'obscurité, la folie, la destruction et la mort...

Il porta la main à sa matrice. Lui aussi, il s'en était servi à l'extérieur d'une Tour, pour détruire le Grand Chat et délivrer les montagnes de la terreur qu'il y faisait régner. Cela, ce n'était pas un abus. Et les guérisons qu'il voulait faire, ce ne seraient pas des abus ; c'étaient des usages légitimes, autorisés. Il était travailleur entraîné des matrices, et pourtant, il se sentait hésitant, mal à l'aise.

Enfin, tous les blessés furent pommadés, pansés et mis au lit dans les halls. Ferrika avait donné une potion analgésique aux plus touchés, et resta près d'eux avec ses femmes. Damon savait que certains guériraient grâce aux baumes et au repos, mais que ce serait bien insuffisant pour d'autres.

A midi, le calme régnait dans Armida. Ferrika veillait ses blessés ; Ellemir vint jouer aux cartes avec son père, et, à la demande de *Dom* Esteban, Callista apporta sa harpe et se mit à l'accorder. Comme il l'observait avec attention, Damon se rendit compte que, malgré son calme apparent, elle avait encore les yeux rouges, et que sa main était moins ferme que d'habitude quand elle plaqua ses premiers accords.

Quel son retentit sur la lande ?
Ecoute, écoute !
Quel son retentit dans la nuit ?
Rien que le vent ébranlant l'huis.
Dors, mon enfant.

Etait-ce le pas d'un cheval ?
Ecoute, écoute !
Et d'un cavalier au galop ?
Sur le toit battent les rameaux.
Dors mon enfant.

Etait-ce un homme à la fenêtre ?
Ecoute, écoute !
Un étrange visage noir...

Damon se leva en silence et fit signe à Dezi de le suivre. Ils se retirèrent dans le couloir.

— Dezi, je sais parfaitement qu'on ne demande jamais à quelqu'un pourquoi il a quitté la Tour, dit-il, mais pourrais-tu quand même me dire, sous le sceau du secret, pourquoi tu as quitté Arilinn ?

— Non, je ne te le dirai pas. Pourquoi le ferais-je ? répondit Dezi, boudeur.

— Parce que j'ai besoin de ton aide. Tu as vu l'état de certains de ces hommes, tu sais qu'ils ne guériront pas simplement avec des bains de pieds et des herbes, que quatre d'entre eux, au moins, ne remarcheront jamais, et que Raimon, au moins, mourra. Tu sais donc ce que je vais avoir à faire.

Dezi hocha la tête et Damon reprit :

— Tu sais qu'il me faudra quelqu'un pour me monitorer. Et si tu as été renvoyé pour incompétence, tu sais que je ne pourrai pas risquer de me servir de toi.

Dezi garda longtemps le silence, les yeux baissés sur les dalles, et, venant du Grand Hall, ils entendirent le chant de Callista :

> Père gît sur le sol, pourquoi ?
> Ecoute, écoute !
> Frappé d'une lance ennemie...

— Ce n'était pas pour incompétence, dit enfin Dezi. Je ne sais pas exactement pourquoi ils ont décidé de me renvoyer.

Il avait l'air sincère, et Damon, assez télépathe pour savoir quand on lui mentait, conclut qu'il disait sans doute la vérité.

— Je crois qu'ils ne m'aimaient pas, sinon, je ne vois pas. Ou peut-être... dit-il, le regard coléreux, savaient-ils que je n'étais même pas un *nedesto* reconnu, pas assez bon pour leur précieuse Arilinn, où le sang et le lignage passent avant tout.

Damon pensa que, non, les Tours ne fonctionnaient pas comme ça. Mais était-ce bien sûr ? Arilinn, sans être la plus ancienne des Tours, était cependant la plus fière, se réclamant de plus de neuf cents générations de pur sang Comyn, et affirmant que sa première Gardienne était une fille d'Hastur lui-même. Damon ne le croyait pas, car trop peu de document historiques avaient survécu aux Ages du Chaos.

— Allons, Dezi, puisque tu as pu franchir le Voile, ils savaient que tu étais Comyn, ou au moins de sang Comyn, et je ne pense pas qu'ils y attachent tant d'importance.

Mais il savait que rien de ce qu'il pourrait dire ne mettrait du baume sur la vanité blessée du jeune homme. Et la vanité était un défaut dangereux pour un technicien des matrices.

Les cercles de Tours dépendaient beaucoup du caractère de la Gardienne. Léonie était fière. Elle l'était déjà à l'époque où Damon était à Arilinn, avec toute l'arrogance d'une Hastur, et sa fierté n'avait pas diminué depuis. Peut-être lui déplaisait-il, personnellement, que Dezi n'eût pas d'arbre généalogique. Ou bien, celui-ci avait raison, et on ne l'aimait pas... Quoi qu'il en fût, c'était ici sans importance. Damon n'avait pas le choix. Andrew était un puissant télépathe, mais absolument pas entraîné. Dezi, s'il avait duré six mois dans une Tour, devait avoir reçu une formation méticuleuse dans le fonctionnement élémentaire de l'art.

— Sais-tu monitorer ?

— Chiche, dit Dezi.

— Alors, chiche, dit Damon, en haussant les épaules.

Dans le Grand Hall, s'éleva la voix de Callista, lugubre :

> Quel cri a fait frémir les airs !
> Ecoute, écoute,
> Quel cri de sombre désespoir,
> Malédiction de veuve, prière d'orphelin...

— Par les enfers de Zandru ! explosa *Dom* Esteban, quel chant lugubre, Callista ! Larmes et deuil, mort et désespoir ! Nous ne sommes pas à un enterrement ! Chante quelque chose de plus gai, ma fille !

Il y eut un son dur et bref, comme si les mains de Callista avaient frappé une dissonance, et elle dit, d'une voix mal assurée :

— Je ne suis guère en humeur de chanter, Papa. Je te prie de m'excuser.

Damon sentit qu'on contactait son esprit. Contact rapide et expert, et si parfaitement protégé que, s'il n'avait pas surveillé Dezi, il n'aurait pas su qui le sondait. Il perçut ce sondage léger, mais profond, puis Dezi annonça :

118

— Tu as la racine d'une molaire tordue. Ça te fait souffrir ?

— Plus depuis mon enfance, dit Damon. Plus profond ?

Le visage de Dezi se figea, son regard se fit vitreux. Au bout d'un moment, il continua :

— Ta cheville — ta cheville gauche — a été cassée en deux endroits quand tu étais petit. Elle a dû mettre longtemps à guérir. Tu as une fêlure à la troisième — non, à la quatrième — côte à partir du sternum. Tu pensais que ce n'était qu'une ecchymose, et tu n'en as pas parlé à Ferrika en rentrant de la campagne contre les hommes-chats, la saison passée ; mais elle était cassée. Tu as une petite cicatrice — verticale, de dix centimètres de long au mollet. Faite par un instrument tranchant, mais je ne sais pas s'il s'agit d'un poignard ou d'une épée. La nuit dernière, tu as rêvé...

— Assez, dit Damon en riant. Tu sais monitorer.

Au nom d'Aldones, comment avaient-ils pu se résigner à renvoyer Dezi ? C'était un télépathe d'un talent surprenant. Avec trois ans de formation à Arilinn, il aurait égalé les plus grands des Domaines ! Dezi perçut cette pensée et sourit, et, de nouveau, Damon ressentit un léger malaise. Il ne manquait pas de compétence, il ne manquait pas d'assurance. Sa vanité, alors ?

Ou bien avait-il été renvoyé à cause d'un conflit de personnalités, quelqu'un de la Tour ne pouvant pas ou ne voulant pas travailler avec le jeune homme ? L'intimité qui régnait dans les cercles des Tours était un lien beaucoup plus étroit qu'entre des parents et même entre des amants, et la moindre dissonnance émotionnelle pouvait devenir une torture. Damon savait que Dezi était parfois abrasif — il était jeune, susceptible, s'offensait facilement — alors, il était peut-être arrivé au mauvais moment, tout simplement, dans un groupe déjà si intime qu'ils avaient été incapables d'y intégrer un étranger, et n'ayant pas assez besoin d'un autre travailleur pour accepter les ajustements personnels nécessaires.

Dezi n'y était peut-être pour rien, pensa Damon. Si

l'expérience envisagée était concluante, peut-être qu'une autre Tour accepterait Dezi. On avait un besoin pressant de télépathes, et Dezi était doué, trop doué pour qu'on se prive de ses capacités. Dezi eut un sourire satisfait, et Damon sut qu'il avait capté sa pensée. Aucune importance. Damon n'infligea qu'une légère punition à Dezi : il pensa que la vanité était un défaut dangereux chez un technicien des matrices, sachant que Dezi recevrait également cette pensée.

— Très bien, dit-il. Nous allons tenter l'expérience. Nous n'avons pas de temps à perdre. Crois-tu pouvoir travailler avec Andrew et moi ?

— Andrew ne m'aime pas, dit Dezi, boudeur.

— Tu es trop porté à croire qu'on ne t'aime pas, le morigéna doucement Damon.

Mais c'était sans doute dur pour Dezi de savoir que Damon faisait appel à lui uniquement parce que Callista avait refusé. Impossible pourtant de contraindre Callista ! Et la grossesse d'Ellemir était trop récente pour tenter avec elle ce genre de travail, la grossesse étant pratiquement la seule chose à pouvoir interférer avec les capacités d'une technicienne des matrices — sans compter le danger encouru par le fœtus. Durant ces deux derniers jours, lié télépathiquement avec Ellemir, il avait perçu les premières émanations, encore très faibles, du jeune cerveau, encore informe, mais déjà bien réel, suffisamment pour que leur enfant soit une entité séparée.

Il pensa qu'il devait bien y avoir des techniques pour protéger un fœtus, mais il n'en connaissait aucune et il n'allait pas faire d'expériences sur son propre enfant ! Ils travailleraient donc à trois : Andrew, Dezi, et lui.

Un peu plus tard, quand il aborda le sujet avec Andrew, celui-ci fronça les sourcils en disant :

— Ça ne me dit rien de travailler avec Dezi.

Pourtant, devant les remontrances de Damon, il convint qu'il était indigne d'un adulte d'en vouloir à un adolescent pour une plaisanterie de mauvais goût faite en état d'ivresse.

— Et Dezi n'a pas la maturité de son âge, dit

Damon. S'il avait été *nedesto* reconnu, il aurait eu des responsabilités en rapport avec ses privilèges. Une année ou deux dans les Cadets l'auraient beaucoup mûri, ou un an de dure discipline monastique à Nevarsin. C'est notre faute, pas la sienne, s'il se comporte en enfant gâté.

Andrew ne protesta pas davantage, mais conserva son inquiétude. Que ce fût ou non sa faute, Dezi avait des défauts gênants pour travailler avec lui.

Mais Damon devait savoir ce qu'il faisait. Andrew regarda Damon faire ses préparatifs, se rappelant le jour où, pour la première fois, il avait appris à se servir d'une matrice. A l'époque, Callista faisait partie du cercle télépathique, bien qu'elle fût toujours prisonnière des grottes et qu'il ne l'eût encore jamais vue de ses yeux charnels. Et maintenant, elle n'était plus Gardienne et elle était sa femme...

Damon, sa matrice nichée dans ses deux mains, dit enfin, avec un sourire ironique :

— J'ai toujours peur de me livrer à ce travail en dehors d'une Tour. J'ai toujours l'impression que c'est dangereux. Crainte absurde, peut-être, mais bien réelle.

Dezi dit gentiment :

— Je suis content de savoir que tu as peur toi aussi, Damon. Que je ne suis pas le seul.

Damon répondit d'une voix mal assurée :

— Toute personne qui n'aurait pas peur d'utiliser ce genre de force n'est sans doute pas digne de s'en servir, je crois. Pour éviter les abus des Ages du Chaos, Regis Hastur IV a décrété qu'aucun cercle de matrices ne pourrait utiliser les grands écrans et relais à l'extérieur des Tours. Cette loi ne s'applique pas à ce que nous allons faire, mais j'ai quand même l'impression de... de violer un tabou.

Se tournant vers Andrew, il ajouta :

— Comment soigne-t-on les gelures, dans ton monde ?

Andrew réfléchit et dit :

— Le meilleur traitement consiste en injections

intra-veineuses de stimulants nerveux : acétylcholine et autres produits semblables. On peut aussi faire des transfusions. Mais la médecine n'est pas mon fort.

— Me voilà engagé plus que je n'aurais voulu, soupira Damon. Eh bien, commençons.

Il laissa son esprit s'abîmer dans les profondeurs de la matrice, cherchant le contact avec Andrew. Ils avaient déjà été liés ainsi l'un à l'autre, et l'ancien rapport se rétablit rapidement. Un instant, Ellemir les effleura, contact fugitif et tendre comme le souvenir d'un baiser, puis elle se retira doucement, sur les admonestations mentales de Damon : elle devait se protéger et protéger leur enfant. Un instant, Callista les rejoignit, reformant leur ancienne intimité, et Andrew se cramponna à ce contact. Elle n'avait pas touché seulement sa main depuis si longtemps, et voilà qu'ils étaient liés, unis comme avant — puis, avec une sécheresse brutale, elle rompit le lien. Andrew se retrouva vide et transi sans le contact de son esprit, et ressentit l'étau poignant de la douleur. Il se réjouit que Dezi ne fût pas encore entré dans le cercle. Enfin Damon inclut Dezi dans le réseau, et Andrew le sentit, encore fermé, mais très présent, d'une présence forte et résolue comme une poignée de main.

Le lien à trois persista un moment, Damon sondant les deux hommes avec qui il devait étroitement travailler. Les yeux fermés, comme toujours dans un cercle, il vit derrière eux la structure cristalline et bleue de la matrice qui les liait, amplifiant et réverbérant les résonnances individuelles, spécifiques, électroniques de leurs cerveaux, et au-delà, encore, il sentit leur personnalité subjective. Andrew était solide comme un roc, fort et protecteur, et Damon soupira de soulagement, comprenant que sa propre faiblesse ne comptait plus : Andrew était assez fort pour deux. Dezi n'était que rapidité et précision, conscience toujours en alerte, mobile comme des jeux de lumière sur un prisme. Damon ouvrit les yeux et les regarda : difficile de faire concorder leur présence physique avec la perception mentale qu'il venait d'avoir par la matrice.

Dezi ressemblait tellement — physiquement — à Coryn, son ami depuis si longtemps disparu, son frère juré. Pour la première fois, Damon se demanda dans quelle mesure son amour pour Ellemir était né du souvenir de l'ami-frère qu'il avait tant aimé quand il était enfant, et dont la mort l'avait laissé si seul. Ellemir ressemblait beaucoup à Coryn, tout en étant si différente, unique, elle-même — il coupa cette pensée. Il ne devait pas penser à Ellemir dans le cercle, car il courait le risque de la contacter, et ce rapport puissant, ce flot d'énergons pouvait déformer et mutiler le cerveau de leur enfant. Vivement, il reprit contact avec Andrew et Dezi et commença à visualiser — à créer au niveau de la pensée où ils allaient travailler — un mur imprenable autour d'eux, pour que personne à Armida ne soit affecté par leurs pensées.

Quand nous travaillerons avec les blessés, nous les amènerons, un par un, derrière ce mur, pour que rien ne le franchisse qui puisse blesser Ellemir ou l'enfant, ou troubler Callista, ou déranger Dom *Esteban dans son sommeil.*

Ce n'était qu'une astuce psychologique, il le savait, sans rapport avec le puissant réseau électrico-mental qui entourait Arilinn, solide comme les murs mêmes de la Tour, pour empêcher toutes intrusions, physiques ou mentales. Mais elle avait sa propre réalité au niveau où ils travailleraient : elle les protégerait des interférences extérieures, abriterait les résidents d'Armida qui auraient pu capter leurs pensées, les diluer ou les déformer. Et elle permettrait aussi de concentrer la force thérapeutique sur les blessés.

— Avant de commencer, mettons-nous d'accord sur ce que nous allons faire.

Ferrika avait de bonnes planches anatomiques, dont elle se servait pour donner des cours d'hygiène aux villageoises, initiative que Damon approuvait totalement. Négligeant celles concernant la grossesse, il avait apporté les planches décrivant la circulation du sang.

— Vous voyez, nous devons rétablir la circulation dans les jambes et les pieds, liquéfier la lymphe et le sang épaissis, et essayer de suturer les fibres nerveuses endommagées par le gel.

Andrew, l'écoutant parler avec naturel, comme un médecin aurait parlé d'une piqûre intraveineuse, considéra avec gêne la matrice qu'il avait dans les mains. Il ne doutait pas des possibilités de Damon, et il ne demandait qu'à l'aider. Mais il pensa qu'ils formaient une équipe médicale bien improbable !

Les hommes étaient couchés dans la salle où on les avait amenés. La plupart, sous l'influence des somnifères, dormaient, mais Raimon était éveillé, les yeux brillants de fièvre, congestionné par la douleur.

— Nous allons faire pour toi tout ce que nous pourrons, mon ami, dit doucement Damon, découvrant sa matrice.

L'homme eut un mouvement de recul.

— Sorcellerie, marmonna-t-il. Ces choses-là sont bonnes pour les Hali'imyn...

Damon secoua la tête.

— C'est une technique dont tout le monde peut se servir s'il en a la capacité. Andrew n'est pas de sang Comyn, ni de la race de Cassilda, et pourtant, il a le don nécessaire et il est venu pour te soulager.

Les yeux fiévreux de Raimon se fixèrent sur la matrice. Damon vit son visage se crisper, et, malgré son rapport de plus en plus euphorique avec la gemme, trouva assez de détachement pour dire :

— Ne regarde pas directement la matrice, mon ami, car tu n'es pas entraîné, et cela pourrait t'affecter les yeux et le cerveau.

L'homme détourna les yeux avec un geste superstitieux qui contraria Damon, mais celui-ci se contrôla.

— Essaye de dormir, Raimon, dit-il. Dezi, ajouta-t-il avec fermeté, donne-lui une nouvelle dose de somnifère. S'ils dorment pendant notre travail, ils n'interféreront pas avec la guérison.

De plus, s'ils dormaient, ils n'éprouveraient aucune peur, et les pensées d'angoisse pouvaient gêner le travail délicat qu'ils avaient à faire.

Dommage que Ferrika n'ait pas appris ces techniques, pensa Damon. Il se demanda si elle avait un peu de *laran*. Les techniques d'utilisation de la matrice, jointes à ses connaissances médicales, la rendraient inappréciable pour toutes les populations du domaine.

— Voilà ce que Callista aurait dû faire, au lieu de se cantonner dans de stupides activités ménagères !

Raimon avala son somnifère et se renversa, somnolent, sur ses oreillers. Alors l'esprit de Damon reforma le cercle. Andrew, regardant la lumière bleue de sa matrice s'aviver et s'affaiblir au rythme de sa respiration, sentit l'esprit de Damon se déployer, se centrer entre lui-même et Dezi. Damon ne bougeait pas, ne les touchait pas, mais, subjectivement, Andrew eut l'impression qu'il s'appuyait sur eux, solidement soutenu par Andrew et Dezi, avant de projeter sa conscience dans le corps du blessé. Andrew sentit la tension dans les chairs mutilées, les vaisseaux sectionnés, le sang épaissi stagnant dans les chairs meurtries et déchirées, distendues et flacides, flasques comme de la viande congelée puis décongelée. Il sentit Damon palper, comme avec le doigt de son esprit, les fibres nerveuses enfouies dans les muscles des chevilles, des orteils... *Pas grand-chose à faire ici.* Comme s'il les touchait lui-même, Andrew sentit les tendons raidis se détendre sous la pression exercée mentalement par Damon, sentit les impulsions reprendre dans les fibres endommagées, brisées. En surface, les nerfs ne guériraient jamais complètement, mais les impulsions nerveuses avaient été rétablies. Damon, ressentant une douleur fulgurante au rétablissement de l'impulsion dans les nerfs, grimaça. *J'ai bien fait de faire administrer un somnifère à Raimon; réveillé, il n'aurait jamais pu supporter cette souffrance.* Puis, à pulsations délicates et rythmiques, il se mit à stimuler la circulation du sang dans les artères et les veines presque bouchées par le sang stagnant. Andrew sentit Damon, concentré sur le travail délicat au plus profond des cellules, chanceler et hésiter, haletant. Il sentit Dezi l'épauler mentalement et régulariser sa respiration. Andrew se sentit lui-même projeter son esprit vers Damon — image mentale d'un roc contre lequel Damon pouvait s'appuyer de tout son poids — et prit conscience que quelque chose les entourait. Des murs ? Des murs épais qui les enfermaient ? Quelle importance ? Il se concentra, pour prêter toutes ses forces à Damon, voyant, les yeux fermés, le pied noirci lentement changer de couleur, rougir, pâlir. Enfin, Damon soupira et ouvrit les yeux. Interrompant le rapport télépathique, il se pencha sur Raimon endormi, et palpa délicatement ses pieds. La peau noircie se détachait par places, révélant la chair meurtrie et sanguinolente, mais propre et qui guérirait, Andrew le savait, tout danger d'infection et de gangrène maintenant écarté.

— Il va beaucoup souffrir, dit Damon, touchant les orteils, dont les ongles étaient tombés avec la peau, et il en perdra peut-être un ou deux. Ici, les nerfs étaient morts et je n'ai pas pu les sauver. Mais il se remettra et pourra encore se servir de ses pieds et de ses mains. Et il était le plus atteint.

Damon serra les dents, conscient de sa responsabilité, et réalisant avec honte que, quelque part, il avait espéré échouer. Cette responsabilité était trop lourde. Mais il avait réussi, il y avait d'autres hommes à soigner. Et maintenant, il savait qu'il pouvait les sauver...

D'une voix volontairement dure, il dit, se tournant vers Dezi et Andrew :

— Eh bien, qu'est-ce que nous attendons ? Aux autres, maintenant !

Il rétablit le rapport télépathique. Andrew, bien rodé maintenant, savait exactement à quel moment inonder Damon de sa force quand son ami faiblissait. Ils travaillaient en équipe, Damon projetant sa conscience dans les pieds et les jambes du deuxième blessé, et Andrew, partiellement détaché de la scène, sentant les murs qui les enfermaient, pour qu'aucune pensée égarée ne pût les atteindre. Il sentit avec Damon la lente descente, cellule par cellule, dans la peau et les muscles, les nerfs et les os, stimulant doucement, écartant les caillots, réveillant la vie. C'était plus efficace que le bistouri d'un chirurgien, se dit Andrew, mais à quel prix ! Deux fois encore, Damon projeta son esprit dans les chairs gelées et noircies avant de rompre définitivement le rapport télépathique. Andrew eut l'impression qu'ils venaient de sortir d'un espace clos, de franchir un mur d'enceinte. Mais les quatre blessés dormaient, leurs jambes et leurs pieds encore meurtris et tuméfiés, mais en voie de guérison. Plus aucun danger d'infection et de septicémie, et les blessures, maintenant propres et aseptisées, se cicatriseraient rapidement.

Ils quittèrent les hommes endormis, recommandant à Ferrika de les veiller, et revinrent dans le hall inférieur. Damon titubait, et Andrew le soutint, répétant dans le monde physique ce qu'il venait de faire au cours de leur rapport télépathique. Il eut l'impression, encore une fois, que Damon, pourtant plus vieux que lui, était plus vulnérable.

Damon s'assit sur un banc, épuisé, appuyé contre Andrew, le travail de la matrice ayant drainé toutes ses réserves. Il prit du pain et des fruits laissés sur la table après le repas du soir et se mit à manger avidement. Dezi aussi mangeait avec voracité.

Damon dit :

— Tu devrais aussi manger quelque chose, Andrew ; le travail à la matrice est épuisant, et tu risques de t'effondrer.

Il avait presque oublié cette terrible sensation d'épuisement, comme si toute vie l'avait quitté. A Arilinn, on lui avait donné toutes les explications techniques sur les courants énergétiques du corps, sur les canaux d'énergie qui véhiculaient la force physique et psychique. Mais il était trop fatigué pour s'en souvenir.

— Je n'ai pas faim, dit Andrew.

— Si, répliqua Damon avec une ombre de sourire, mais tu ne le sais pas encore.

Il arrêta du geste Dezi qui allait se verser une coupe de vin.

— Non, c'est dangereux. Bois de l'eau, ou va chercher du lait ou de la soupe aux cuisines. Mais pas de vin après ce genre de travail : un demi-verre, et tu serais saoul comme un moine à la fête du Solstice d'Hiver !

Haussant les épaules, Dezi alla à la cuisine et en revint avec du lait qu'il servit à la ronde. Damon dit :

— Dezi, tu as séjourné à Arilinn, tu n'as donc pas besoin d'explications, mais Andrew doit être mis au courant : il faut manger deux fois plus que d'habitude pendant un jour ou deux, et préviens-moi si tu as des nausées ou des vertiges. Dezi, il y a du *kirian* ici ?

— Ferrika n'en fait pas, dit Dezi. De plus, comme Domenic et moi avons passé l'âge de la maladie du seuil, et que Valdir est à Nevarsin, personne n'en a besoin dans la maison.

— Qu'est-ce que le *kirian* ? demanda Andrew.

— Une drogue psychoactive utilisée dans les Tours ou les familles de télépathes. Elle abaisse la résistance au contact télépathique, mais est utile aussi dans les cas de surmenage ou de stress télépathique. De plus, certains télépathes en herbe éprouvent de graves malaises, physiques et psychiques, à l'adolescence, quand leurs dons se développent brusquement. Je suppose que tu es trop vieux pour la maladie du seuil, Dezi ?

— Evidemment, ricana le jeune homme. Elle m'avait passé avant mes quatorze ans.

— Quand même, tu pourrais avoir des malaises, car c'est la première fois que tu travailles avec la matrice depuis ton départ d'Arilinn, l'avertit Damon. Et nous ne savons toujours pas comment Andrew réagira.

Il demanderait à Callista d'essayer de faire du *kirian*. Il aurait dû y en avoir dans toutes les familles de télépathes.

Il posa sa coupe de lait encore à moitié pleine, mortellement fatigué.

— Va te reposer, Dezi... tu as fait honneur à Arilinn, mon garçon, crois-moi.

Il embrassa le jeune homme et le regarda s'éloigner vers sa chambre, contiguë à celle de *Dom* Esteban, espérant que l'infirme n'aurait pas besoin de lui et qu'il pourrait dormir toute la nuit.

Malgré ses défauts, pensa Damon, Dezi avait soigné *Dom* Esteban avec tout le dévouement d'un vrai fils. Par affection, se demanda-t-il, ou par intérêt ?

Il monta l'escalier, s'excusant avec gêne de s'appuyer sur Andrew, mais celui-ci le fit taire :

— C'est toi qui as tout fait, ce soir ; tu crois que je ne le sais pas ?

Damon laissa donc Andrew l'aider à monter, pensant : *je m'appuie sur toi maintenant comme je l'ai fait dans la matrice...*

Dans la salle commune de leurs appartements, il hésita un instant, puis dit :

— Tu n'as pas été formé dans une Tour, alors tu dois être averti... tu seras impuissant pendant un jour ou deux. Mais ne t'inquiète pas, ce n'est que temporaire.

Andrew haussa les épaules, légèrement ironique, et Damon, se rappelant soudain la situation, comprit que des excuses ne feraient qu'empirer sa gaffe. Il devait être bien fatigué pour l'avoir oubliée !

Dans leur chambre, Ellemir somnolait, enveloppée d'un châle blanc et vaporeux. Elle avait dénoué ses cheveux, qui, répandus sur l'oreiller, brillaient comme de la lumière. Comme Damon considérait sa femme, elle s'assit, battant des paupières, puis, passant sans transition du sommeil à l'éveil, elle lui tendit les bras, comme toujours :

— Oh, Damon, tu as l'air épuisé ! C'était donc si terrible ?

Il s'allongea près d'elle, posant sa tête sur sa poitrine.

— Non, mais je n'ai plus l'habitude de ce travail. Et pourtant, on en a besoin, tellement besoin ! Elli, dit-il, s'asseyant brusquement, tant de gens meurent sur Ténébreuse, dans de grandes souffrances, tant de gens meurent de blessures bénignes, alors qu'ils pourraient vivre. Ça ne devrait pas être. Nous n'avons pas la médecine des Terriens, mais il y a bien des choses qu'un homme ou une femme pourraient guérir avec la matrice. Et pourtant, comment amener des malades et des blessés à Arilinn, Neskaya, Dalereuth ou Hali, pour y être traités dans les Tours ? Les cercles des grandes Tours se moquent bien du pauvre paysan aux pieds gelés, ou du pauvre chasseur déchiqueté par les griffes d'un ours ou frappé à la tête par le sabot d'un *oudrakhi* !

— C'est que, dit Ellemir, perplexe, essayant de comprendre sa véhémence, dans les Tours, ils ont autre chose à faire. Des choses importantes. Les communications. Et… et l'extraction des minerais et tout ça. Ils n'auraient pas le temps de soigner les blessés.

— C'est vrai. Mais, Elli, sur Ténébreuse, il y a beaucoup d'hommes comme Dezi, beaucoup de femmes comme Callista ou comme toi. Des femmes et des hommes qui ne peuvent pas ou qui ne *veulent* pas passer leur vie dans une Tour, loin de la vie ordinaire de tous les humains. Mais ils pourraient soigner très facilement.

Il s'effondra sur le lit au côté d'Ellemir, plus épuisé qu'après toutes ses batailles dans les Gardes.

— On n'a pas besoin d'être Comyn pour ça, ou d'avoir des techniques très élaborées. Toute personne ayant un peu de *laran* pourrait être formée à soigner, à guérir. Et personne ne le fait !

— Mais Damon, dit-elle d'un ton raisonnable, j'ai toujours entendu dire — et Callista me l'a répété — qu'il est dangereux d'utiliser ces pouvoirs en dehors des Tours.

— Sottises ! s'exclama Damon. Comment peux-tu être si superstitieuse ? Tu as toi-même été en contact télépathique avec Callista. As-tu trouvé ça si dangereux ?

— Non, dit-elle avec embarras. Mais pendant les Ages du Chaos, on a fait des choses terribles avec les grands écrans de matrices, des armes terribles — formes-feux, créatures aériennes qui abattaient les fortifications et les châteaux, créatures venues d'autres dimensions qui parcouraient le pays. C'est pourquoi on a décrété à l'époque que le travail des matrices ne se ferait plus que dans les Tours, et sous stricte surveillance.

— Mais ce temps est passé, Ellemir, et la plupart des énormes matrices illégales ont été détruites pendant les Ages du Chaos ou à l'époque de Varzil-le-Bon. J'ai guéri effectivement les pieds gelés de quatre hommes, je leur ai rendu l'usage de leurs membres, mais crois-tu vraiment que j'irai lancer du feuglu pour incendier les forêts, ou que je ferais sortir des monstres des mondes souterrains pour flétrir les moissons ?

— Non, non, bien sûr que non, dit-elle, s'asseyant et le prenant dans ses bras. Allonge-toi, mon chéri, tu es si fatigué.

Elle l'aida à se déshabiller et il s'allongea près d'elle, mais il reprit, obstiné :

— Elli, nous utilisons mal les télépathes sur Ténébreuse. Ou bien ils doivent vivre dans les Tours, à peine humains — tu sais que mon renvoi d'Arilinn a failli me détruire — ou bien ils doivent renoncer à tout ce qu'ils ont appris. Comme Callista — Evanda la protège ! ajouta-t-il, encore vaguement en rapport avec Andrew, qui regardait Callista endormie, le visage baigné de larmes. Elle a dû renoncer à tout ce qu'elle avait appris, à tout ce qu'elle avait fait. Et elle a peur de faire autre chose. Il doit pourtant bien y avoir une solution. Elli, il doit y avoir une solution !

— Damon, Damon, implora-t-elle en le serrant dans ses bras. Il en a toujours été ainsi. Les gens des Tours ont plus de sagesse que nous. Ils doivent savoir ce qu'ils font quand ils ordonnent.

— Je n'en suis pas si sûr.

— En tout cas, nous ne pouvons rien y faire pour le moment, mon chéri. Il faut te reposer et te calmer, sinon, tu risques de *la* troubler, dit-elle, prenant la main de Damon et la posant sur son ventre.

Damon, comprenant qu'elle voulait faire diversion et l'approuvant à fond, sourit, perçut les émanations informes — qui n'étaient pas encore des pensées — du fœtus.

— Tu as dit : « *la* troubler » ?

Ellemir eut un rire ravi.

— Je ne sais pas exactement comment je le sais, mais je suis certaine que c'est une fille. Une petite Callista, peut-être ?

Damon pensa : *j'espère qu'elle aura une vie plus heureuse. Je ne voudrais pas que la main d'Arilinn s'appesantisse sur ma fille...* Puis il frissonna soudain, à un éclair de prémonition : il vit une svelte rousse, enveloppée des voiles écarlates des Gardiennes d'Arilinn... Elle les déchirait des pieds à la tête, les rejetait... Il battit des paupières. La vision avait disparu. Prémonition ? Ou n'était-ce qu'une hallucination, née de sa propre inquiétude ? Serrant sa femme et son enfant dans ses bras, il essaya de n'y plus penser.

7

LES blessés se rétablissaient lentement, mais avec tant d'invalides, Andrew avait plus de travail que jamais et même Damon mettait la main à la pâte de temps à autre. Le temps s'était radouci, mais *Dom* Esteban leur dit que ce n'était qu'une accalmie avant que les grandes tempêtes d'hiver ne s'abattent sur les Hellers, enfouissant tout le pays sous la neige pendant des mois.

Damon avait proposé d'aller à Serrais avec Andrew, et d'en ramener des hommes pour travailler à Armida tout l'hiver, et aider aux labours et semailles de printemps. Le voyage devait durer dix jours. Ce matin-là, ils faisaient leurs plans dans le Grand Hall d'Armida. Ellemir n'avait plus de malaises matinaux, et, comme d'habitude, surpervisait le travail des femmes dans les cuisines. Callista, qui était assise près de son père, se leva soudain, l'air inquiet en disant :

— Oh... Elli, Elli... oh, non...!

Mais avant même qu'elle ait fini de se lever, la chaise de Damon s'écrasa par terre et il courut vers les cuisines. A ce moment, des cris consternés éclatèrent dans les autres pièces.

— Qu'est-ce qu'elles ont, toutes ces femmes ? grommela *Dom* Esteban.

Mais personne ne l'écoutait. Callista avait couru à la

cuisine. Au bout d'un moment, Damon rentra et fit signe à Andrew.

— Ellemir s'est évanouie. Je ne veux pas qu'un étranger la touche en ce moment. Peux-tu la transporter ?

Ellemir était recroquevillée par terre, entourée de femmes. Damon leur fit signe de s'écarter, et Andrew souleva Ellemir dans ses bras. Elle était d'une pâleur effrayante, mais Andrew, ne connaissant rien aux problèmes de la grossesse, se dit qu'un évanouissement ne devait pas être si terrible.

— Porte-la dans sa chambre, Andrew. Moi, je vais chercher Ferrika.

Le temps qu'Andrew pose Ellemir sur son lit, Damon était déjà avec la sage-femme. Prenant dans les siennes les mains de son épouse, il se mit en rapport télépathique avec elle, recherchant le contact informe et faible de l'enfant à naître. Mais, ressentant dans son corps les spasmes agitant celui d'Ellemir, il sut, angoissé, ce qui se passait.

— Peux-tu faire quelque chose ? dit-il à Ferrika d'une voix suppliante.

— Je ferai de mon mieux, Seigneur Damon, répondit-elle.

Mais, par-dessus sa tête baissée, Damon rencontra les yeux de Callista, pleins de larmes. Elle dit :

— Ellemir n'est pas en danger, Damon. Mais il est déjà trop tard pour le bébé.

Ellemir se cramponna aux mains de Damon :

— Ne me laisse pas, supplia-t-elle.

— Non, mon amour, jamais. Je reste près de toi, murmura-t-il.

Telle était la coutume : un Comyn télépathe des Domaines ne laissait jamais sa femme seule au moment de l'accouchement, il partageait son épreuve. Et maintenant, Damon devait donner à Ellemir la force de supporter leur perte, et non plus leur joie. Refoulant son angoisse et sa peine, il s'agenouilla près d'elle et la berça dans ses bras.

Andrew avait rejoint en bas *Dom* Esteban, sans rien

lui dire, sinon que Damon et Callista étaient avec elle, de même que Ferrika. Toute la journée, une atmosphère de mort plana sur le domaine. Les servantes restaient assemblées, craintives. Andrew aurait voulu contacter Damon mentalement, pour lui donner des forces, pour le rassurer, mais que pouvait-il dire ou faire ? Une fois, levant les yeux sur l'escalier, il vit Dezi qui descendait.

— Comment va Ellemir ? demanda le jeune homme.

— Pour ce que tu t'en soucies ! dit Andrew, donnant libre cours à son ressentiment.

— Je ne souhaite à Elli aucun mal, dit Dezi, d'une voix étranglée. C'est la seule ici qui ait jamais été gentille avec moi.

Il tourna le dos à Andrew et s'éloigna, et Andrew sentit que Dezi, lui aussi, retenait ses larmes.

Damon et Ellemir étaient si heureux d'avoir un enfant, et maintenant, ce malheur ! Andrew se demanda vaguement si sa malchance était contagieuse, si les difficultés de son propre mariage avaient déteint sur l'autre couple. Réalisant que c'était insensé, il descendit à la serre et tenta d'oublier la situation en donnant des ordres aux jardiniers.

Quelques heures plus tard, Damon sortit de la chambre où Ellemir dormait, oubliant ses douleurs et sa peine grâce à une potion analgésique de Ferrika. La sage-femme, s'arrêtant un instant près de lui, dit avec douceur :

— Mieux vaut que ce soit arrivé maintenant, Seigneur Damon, et que le pauvre enfant ne soit pas né infirme et difforme. La miséricorde d'Avarra prend d'étranges formes.

— Je sais que tu as fait tout ce que tu as pu, Ferrika.

Et Damon se détourna, désemparé, pour cacher ses larmes. Elle comprit, et descendit l'escalier en silence. Damon, pour éviter de voir *Dom* Esteban, enfila le couloir et se dirigea machinalement vers la serre. Andrew vint à sa rencontre et demanda doucement :

— Comment va Ellemir ? Est-elle hors de danger ?

— Serais-je là dans le cas contraire ? dit Damon.

Puis il s'effondra sur une caisse, se cacha le visage dans ses mains et donna libre cours à sa douleur. Andrew, la main sur l'épaule de son ami, essaya, sans paroles, de le réconforter, de lui manifester sa compassion.

— Le pire, c'est qu'Elli pense qu'elle a manqué à son devoir envers moi, en se montrant incapable de porter notre fille jusqu'à sa naissance, dit enfin Damon, levant son visage ravagé de douleur. Mais c'est moi qui suis fautif, de l'avoir laissée diriger seule cette grande maison. C'est ma faute ! Nous sommes trop proches parents, doublement cousins, et les liens consanguins si étroits sont souvent mortels pour les enfants. Je n'aurais jamais dû l'épouser ! Je n'aurais jamais dû l'épouser ! Je l'aime, je l'aime, mais je savais qu'elle voulait des enfants, et j'aurais dû savoir que c'était dangereux, car nous sommes trop proches par le sang... Je ne sais si j'oserai lui faire un autre enfant.

Damon se calma un peu et se leva, disant d'un air las :

— Je vais retourner près d'elle. Quand elle se réveillera, elle sera contente de me voir.

Pour la première fois depuis qu'Andrew le connaissait, il paraissait son âge.

Et il avait envié le bonheur de Damon ! Ellemir était jeune, ils pouvaient avoir d'autres enfants. Mais en auraient-ils, si chacun se sentait coupable envers l'autre ?

Il alla retrouver Callista dans le petit laboratoire, son foulard bleu passé sur les cheveux, pour les protéger des puissantes odeurs des herbes. Elle leva la tête, et il vit des traces de larmes sur son visage. Avait-elle partagé l'épreuve de sa jumelle ? Mais sa voix, lointaine et calme comme toujours, le choqua un peu aujourd'hui.

— Je confectionne un produit qui ralentira les saignements ; il doit être frais, sinon il n'est pas aussi efficace, et il faudra qu'elle en prenne à intervalles réguliers de quelques heures.

Elle pila des feuilles grisâtres dans un petit mortier,

et versa cette pâte dans un cône en verre, et, versant dessus avec soin un liquide incolore, filtra le mélange dans un linge fin.

— Là. Tout doit être passé avant d'aller plus loin.

Se tournant vers lui, elle le regarda. Il dit :

— Mais Elli... elle se rétablira ? Et elle pourra avoir d'autres enfants, à la longue ?

— Oh oui, je suppose.

Il aurait voulu la prendre dans ses bras, calmer le chagrin qu'elle partageait avec sa jumelle. Mais il n'osait pas même toucher sa main. Frustré, il se détourna.

Ma femme. Et je ne l'ai même pas encore embrassée. Damon et Ellemir partagent au moins leur chagrin ; mais nous, qu'est-ce que nous partageons ?

Emu du chagrin qu'il lisait dans ses yeux, il dit gentiment :

— Est-ce vraiment si tragique, mon cher amour ? Ce n'est pas comme s'ils avaient perdu un bébé. Un enfant sur le point de naître, oui, mais un fœtus à ce stade ? Ce n'est pas si grave.

Il ne s'attendait pas à l'horreur et à la rage qu'il suscita en elle. Livide, les yeux lançant des éclairs, elle rétorqua :

— Comment peux-tu dire une chose pareille ? Comment l'oses-tu ? Tu ne sais donc pas que, deux fois en dix jours, Damon et Ellemir avaient été en contact avec... avec son esprit, qu'ils en étaient venus à le considérer comme une présence, comme leur enfant ?

Sa fureur le déconcerta. Il ne lui était jamais venu à l'idée que, dans une famille de télépathes, un fœtus devait être une présence vivante. Mais si tôt ? Si vite ? Et quel genre de pensées pouvait émettre un fœtus de moins de trois mois... Callista capta sa pensée et reprit, tremblante de colère :

— Dirais-tu aussi que ce n'est pas une tragédie si notre fils — ou notre fille — mourait avant de pouvoir vivre hors de mon corps ? Rien pour toi n'est réel que ce que tu vois de tes yeux, *Terranan !*

Andrew releva la tête, pensant avec colère : *Il semble*

que nous ne le saurons jamais. Je ne vois pas comment tu pourrais me donner un fils. Mais il vit son visage livide et angoissé et garda le silence. Il ne pouvait pas rendre coup sur coup. Ce terme méprisant de *Terranan* lui avait fait mal, mais il avait juré de ne jamais l'agresser. Il ravala ses paroles, puis réalisa, au visage douloureux de Callista, qu'elle les avait reçues quand même.

Naturellement, elle est télépathe. Elle a entendu le sarcasme aussi nettement que si je l'avais hurlé.

— Callista, murmura-t-il, je suis désolé. Pardonne-moi. Je ne voulais pas…

— Je sais.

Elle se jeta contre lui, se cramponna à lui, la tête sur sa poitrine, tremblant dans ses bras.

— Oh, Andrew, Andrew, si nous avions seulement ça… murmura-t-elle en sanglotant.

Il la garda dans ses bras, osant à peine bouger. Il la sentait crispée et légère comme un oiseau sauvage qui se serait posé sur lui, prêt à reprendre son vol au moindre mot, au moindre geste imprudent. Au bout d'un moment, ses sanglots se calmèrent, et elle leva vers lui le même visage calme et résigné que toujours. Elle s'écarta de lui, si doucement qu'il n'eut pas l'impression d'être délaissé.

— Regarde, tout le liquide est passé ; il faut que je termine ce médicament pour ma sœur.

Elle posa ses doigts sur ses lèvres, comme elle faisait souvent. Il les baisa, réalisant que, curieusement, cette querelle les avait rapprochés.

Jusqu'à quand ? Au nom des Dieux, jusqu'à quand pourrons-nous vivre comme ça ? Et alors même que cette pensée lui torturait l'esprit, il réalisa qu'il ne savait pas si elle venait de Callista ou de lui.

Trois jours plus tard, Andrew et Damon partirent, comme prévu, pour Serrais. Ellemir était hors de danger, et Damon ne pouvait plus rien pour elle. Maintenant, seul le temps pourrait l'aider, Damon le savait.

Andrew aurait eu honte de l'avouer, mais il se sentait

étrangement soulagé de partir. Jusque-là, il n'avait pas réalisé comme la tension permanente règnant entre lui et Callista, comme cette aura de douleur muette qui l'entourait, l'avait déprimé à Armida.

Les vastes plaines, les montagnes s'élevant dans le lointain ressemblaient à l'Arizona de son enfance. Pourtant, il n'avait qu'à ouvrir les yeux pour voir le grand soleil rouge, brillant comme un œil injecté de sang à travers le brouillard matinal, pour savoir qu'il n'était pas sur Terra, qu'il n'était nulle part sur la Terre. On était au milieu de la matinée, mais deux petites lunes fantômes s'attardaient sur les sommets, violet pâle et vert citron, l'une presque pleine, l'autre réduite à un mince croissant. L'odeur même de l'air était étrange, et pourtant c'est ici qu'était son foyer maintenant, à jamais. Son foyer où Callista l'attendait. Mentalement, il revit son visage, pâle et souriant en haut des marches où elle lui faisait un signe d'adieu. Le souvenir de ce sourire l'émut : avec tout le chagrin que leur mariage lui avait apporté, elle conservait la force de sourire, de lui donner le bout de ses doigts à baiser, de le recommander aux Dieux pour le voyage en ce doux langage qu'il commençait à comprendre = « *Adelandeyo* ».

Damon aussi s'éclairait visiblement à mesure que les kilomètres défilaient sous les pas de leurs chevaux. Ces derniers jours avaient creusé son visage de rides nouvelles, mais il n'avait plus l'air vieux, courbé par l'angoisse.

A midi, ils descendirent de cheval pour manger, attachant leurs montures qui se mirent à brouter de l'herbe nouvelle pointant ses brins vigoureux à travers la neige du dernier blizzard. Ils s'assirent sur un tronc sec entourés d'un fouillis de fleurs multicolores ; on se serait cru au printemps. Mais quand Andrew posa la question à Damon, il répondit sans détour :

— Le printemps ? Non, par les enfers de Zandru. Ce n'est même pas le plein hiver, pas avant la fête du Solstice d'Hiver ! Ah, les fleurs ? dit-il en riant. Avec ce climat, elles s'épanouissent dès qu'il y a un ou deux jours de soleil. Vos savants terriens appellent ça adaptation évolutionniste. Dans les Montagnes de Kilghard, il n'y a que quelques jours sans neige au milieu de l'été, et les fleurs s'ouvrent dès qu'il y a quelques rayons. Si tu trouves ça bizarre ici, tu devrais aller dans les Hellers et voir les fleurs et les fruits qui poussent à Nevarsin. Nous ne produisons pas de melons des glaces, ici — il fait trop chaud, c'est une plante des glaciers.

Et de fait, Damon avait enlevé sa cape de fourrure et chevauchait en bras de chemise, bien qu'Andrew fût toujours chaudement couvert pour se protéger du froid mordant.

Damon sortit les provisions que Callista leur avait données pour le voyage et éclata de rire.

— Callista dit — en s'excusant — qu'elle n'entend rien à l'économie domestique. Mais ça a ses bons côtés, vu qu'elle ne sait rien de ce qu'on donne à emporter aux voyageurs !

Il y avait une volaille rôtie, que Damon découpa avec le couteau qu'il portait à sa ceinture, et un pain encore tiède. Andrew ne comprenait pas cette hilarité.

— Je ne vois pas ce qu'il y a de si drôle, dit-il. Elle m'a demandé ce que j'aimerais manger, et je le lui ai dit.

Damon lui tendit en riant une grosse portion de volaille, parfumée avec des herbes dont le Terrien ne connaissait pas encore les noms.

— Pour une raison quelconque, l'habitude je suppose, on n'emporte jamais en voyage que du pain dur, des boulettes de viande séchée, des fruits secs et des noix. Ce genre de nourritures.

Il regarda Andrew ouvrir son pain et se faire un sandwich à la volaille.

— Ça a l'air bon. Je crois que je vais essayer. Et — quelle surprise ! — elle nous a aussi mis des pommes ! Ça alors !

Toujours riant, il mordit avec appétit dans sa cuisse de poulet.

— Il ne me serait jamais venu à l'idée de critiquer les

provisions de voyage, et il ne serait jamais venu à l'idée d'Ellemir de me demander ce que je voulais ! Peut-être que nous avons besoin de quelques idées neuves de ton monde !

Il reprit son sérieux, regardant sans le voir Andrew qui mangeait son sandwich. Il avait eu lui-même des idées hérétiques sur le travail des matrices à l'extérieur des Tours. Il devait y avoir une solution, mais il savait que s'il abordait la question avec Léonie, elle serait horrifiée, aussi horrifiée que s'ils étaient toujours à l'époque de Regis IV !

Elle devait savoir qu'il s'était servi d'une matrice, naturellement. Toute matrice légale réglée sur un Comyn télépathe était monitorée par les grands écrans de la Tour d'Arilinn. Ils pouvaient avoir identifié Damon d'après sa matrice, de même que Dezi, et peut-être aussi Andrew, quoiqu'il n'en fût pas sûr.

Si quelqu'un surveillait les écrans à ce moment-là. Il y avait grande pénurie de télépathes pour les travaux de routine comme la surveillance des écrans, de sorte que sans doute personne ne s'en était aperçu. Mais les écrans moniteurs étaient là-bas, et toute matrice sur Ténébreuse était soumise, de par la loi, au monitorage. Même ceux qu'on avait testés pour le *laran,* comme Domenic et à qui on avait donné une matrice dont ils ne se servaient pas, pouvaient être suivis.

Il y avait une autre raison pour laquelle Damon trouvait qu'on ne devait pas se priver d'un télépathe comme Dezi. Même si sa personnalité ne convenait pas à l'intimité d'un cercle de Tour — et Damon voulait bien croire que Dezi était difficile à vivre — on pouvait l'utiliser pour monitorer un écran.

Il pensa avec ironie que c'était son jour pour les hérésies. Etait-ce à lui de critiquer Léonie d'Arilinn ?

Il termina sa cuisse de poulet, observant pensivement le Terrien. Andrew mangeait une pomme tout en regardant rêveusement les lointaines montagnes.

C'est mon ami, mais il vient d'une étoile si lointaine que je ne peux pas la voir à l'œil nu dans le ciel. Et pourtant, le simple fait qu'il y ait d'autres mondes comme le nôtre, partout dans l'univers, va obligatoirement modifier Ténébreuse.

Considérant aussi les lointains sommets, il pensa : *Je ne veux pas que notre monde change.* Puis il se moqua intérieurement de lui-même, qui projetait de changer l'usage des matrices sur Ténébreuse, qui voulait trouver le moyen de réformer l'ancien système des Tours, qui conservaient les anciennes sciences des matrices de son monde et les protégeaient selon des techniques établies depuis des générations.

— Andrew, pourquoi êtes-vous ici ? demanda-t-il. Sur Ténébreuse ?

Andrew haussa les épaules.

— Je suis venu presque par accident. C'était un travail comme un autre. Puis, un jour, j'ai vu le visage de Callista — et me voilà.

— Ce n'est pas ce que je voulais dire, dit Damon. Pourquoi ton peuple est-il ici ? Qu'est-ce que Terra attend de notre monde ? Nous ne sommes pas une planète riche. J'en sais assez sur votre Empire pour savoir que la plupart des mondes que vous colonisez ont quelque chose à vous donner. Pourquoi Ténébreuse ? Nous possédons peu de métaux lourds, nous sommes une planète isolée, dotée d'un climat que tes compatriotes trouvent, je pense, inhospitalier. Qu'est-ce que les Terriens nous veulent ?

Andrew croisa ses mains sur ses genoux et dit :

— On raconte une anecdote sur Terre. Un jour, quelqu'un demande à un explorateur pourquoi il a fait l'ascension d'une haute montagne, et il répond : « Parce qu'elle était là. »

— Ça ne me paraît pas une raison suffisante pour construire un astroport, dit Damon.

— Je ne comprends pas tout moi non plus. Nom d'un chien, je ne suis pas un bâtisseur d'empires, Damon. J'aurais mieux aimé rester au hara de mon père. D'après ce que j'ai compris, c'est une question de *situation*. Tu sais que la galaxie a la forme d'une spirale géante ? dit-il, prenant une brindille et se mettant à dessiner une carte dans la neige. Voilà le bras supérieur de la spirale, voilà le bras inférieur, et voilà Ténébreuse, à la croisée des chemins, endroit idéal pour le contrôle du trafic, les transferts de passagers. Tu comprends ?

— Mais, argua Damon, les déplacements de vos citoyens d'un bout à l'autre de l'Empire ne nous intéressent pas.

Andrew haussa les épaules.

— Je sais. Je suis certain que l'Administration Centrale aurait préféré une planète inhabitée à ce carrefour, pour ne pas avoir à se soucier de ses habitants. Mais voilà, c'est comme ça.

Comme Damon fronçait les sourcils, il reprit :

— Ce n'est pas moi qui détermine leur stratégie, Damon. Je ne suis même pas sûr de la comprendre. Je te dis ce qu'on nous a expliqué, c'est tout.

Damon eut un rire sans joie.

— Et moi qui m'étonnais que Callista nous donne de la volaille et des pommes pour le voyage ! Tout changement est relatif, je suppose.

Voyant Andrew troublé, il se força à sourire. Après tout, ce n'était pas la faute de son ami, tout ça.

— Espérons que tous les changements iront dans le bon sens, comme la volaille de Callista !

Il se leva et enfouit soigneusement son trognon de pomme dans une petite coulée de neige derrière lui. Son visage s'assombrit soudain. Si les choses avaient tourné autrement, il aurait planté ce pommier pour sa fille. Andrew, avec cette sensibilité mystérieuse qu'il manifestait de temps en temps, se pencha à côté de lui pour enterrer aussi son trognon de pomme. Quand ils se furent remis en selle, Andrew dit doucement :

— Un jour, Damon, nos enfants mangeront les pommes de ces arbres.

Ils restèrent absents d'Armida plus de trente jours. A Serrais, il fallut du temps pour trouver des hommes vigoureux voulant bien quitter leurs villages et peut-être leurs familles, afin de venir travailler à Armida pendant un an. Et ils ne pouvaient pas emmener que des célibataires, ce qui aurait bouleversé la vie des villages. Damon essaya de trouver des familles apparentées par le sang ou les alliances à des familles d'Armida. Il y en avait beaucoup. Puis Damon eut envie d'aller voir son frère Kieran et sa sœur Marisela et ses enfants.

Marisela, jeune, charmante et rondelette, ressemblait à Damon, mais elle était aussi blonde qu'il était roux. Elle lui présenta ses condoléances à la nouvelle de la fausse couche d'Ellemir, ajoutant gentiment que, s'ils étaient toujours sans enfants dans un an ou deux, elle leur donnerait un des siens à élever. Andrew fut stupéfait de cette proposition, mais Damon sembla la trouver naturelle.

— Merci, Mari. Ce sera peut-être nécessaire, vu que les cousins germains ont souvent du mal à avoir des enfants. Je n'ai pas un besoin pressant d'héritier, mais Ellemir voudrait un bébé à bercer dans ses bras, et elle pleure. Et Callista n'aura sans doute pas d'enfant de sitôt.

— Je ne connais pas bien Callista, dit Marisela. Même quand nous étions petites, tout le monde savait qu'on la destinait à la Tour, et elle ne se mêlait pas beaucoup aux autres. Les gens sont si cancaniers, ajouta-t-elle avec véhémence. Callista a parfaitement le droit de quitter Arilinn et de se marier comme il lui plaît, mais il est vrai que nous avons tous été surpris. Je sais que les Gardiennes des autres Tours partent souvent pour se marier, mais celle d'Arilinn ? Et Léonie y a été Gardienne aussi loin que remonte le souvenir, aussi loin que remontait le souvenir de notre mère. Nous pensions tous que Callista lui succéderait. Il y eut un temps où les Gardiennes d'Arilinn ne pouvaient pas abandonner leur charge même si elles le voulaient...

— Cette époque est passée depuis des siècles, dit Damon avec impatience, mais Marisela continua imperturbablement :

— J'ai été testée pour le *laran* à Neskaya quand j'avais treize ans, et une fille m'a dit que si on voulait l'envoyer à Arilinn, elle refuserait, car les Gardiennes y étaient stérilisées. Ce n'étaient pas des femmes, mais des *emmasca,* comme l'était la fille de Robardin selon la légende, qui devint femme pour l'amour d'Hastur...

— Conte de fées que tout ça ! dit Damon en riant. Ça ne se pratique plus depuis des centaines d'années, Marisela !

— Je ne fais que répéter ce qu'on m'a dit, dit Marisela, vexée. On ne peut pas nier que Léonie a l'air d'un *emmasca,* et quant à Callista... Callista est plus mince qu'Ellemir et elle a l'air plus jeune, alors, tu ne peux pas me blâmer de penser qu'elle n'est peut-être pas tout à fait femme. Même dans ce cas, ça ne veut pas dire qu'elle ne peut pas se marier, si elle le désire, bien que la plupart ne le veuillent pas.

— Marisa, je t'assure que la femme d'Andrew n'est pas *emmasca,* mon enfant !

Se tournant vers Andrew, Marisela demanda :

— Callista est-elle enceinte ?

Andrew secoua la tête en riant. Inutile de prendre la question avec humeur. Les standards de tact et de bon goût différaient énormément d'une culture à l'autre, et pourquoi en vouloir à Marisela, qui après tout était la cousine de Callista, de s'enquérir de ce que tout le monde voulait savoir au sujet d'une jeune mariée ? Se rappelant ce qu'avait dit Damon à propos d'Ellemir, il le répéta.

— Je préfère qu'elle ait un ou deux ans sans soucis. Elle est encore très jeune.

Quand ils furent seuls, il demanda à Damon :

— Qu'est-ce qu'un *emmasca,* nom d'un chien ?

— Autrefois, le mot désignait un être de l'ancienne race des forêts. Aujourd'hui, ils ne se mêlent plus aux humains, mais on dit que les Comyn ont du sang *chieri,* surtout dans les Hellers ; dans les familles Ardais et Aldaran, certains ont six doigts à une main. Je ne suis pas sûr de croire cette légende — n'importe quel maquignon te dira qu'un demi-sang est stérile — mais l'histoire raconte qu'il y a du sang *chieri* chez les Comyn, et que les *chieri* d'autrefois s'accouplaient avec des humains. On croyait qu'un *chieri* pouvait apparaître sous la forme d'un homme à une femme, et sous la forme d'une femme à un homme, étant les deux à la fois ou peut-être ni l'un ni l'autre. On dit aussi qu'autrefois, certains Comyn étaient *emmasca,* ni hommes ni femmes, mais neutres. Cette époque est passée depuis longtemps, mais la légende demeure qu'ils ont été les premiers Gardiens, ni hommes ni femmes. Plus tard, quand les femmes ont pris sur leurs épaules la charge de Gardiennes, on en faisait des *emmasca* — en les stérilisant chirurgicalement — parce qu'on pensait qu'une femme travaillant dans les écrans courait moins de risques si elle était déchargée du poids de sa féminité. Mais de mémoire d'homme — et je l'affirme avec force, connaissant les lois d'Arilinn — aucune femme n'a jamais été stérilisée, même à Arilinn, pour travailler dans les Tours. La virginité de la Gardienne la protège suffisamment des périls de la féminité.

— Je ne comprends toujours pas pourquoi, dit Andrew.

— C'est une question d'alignement nerveux, expliqua Damon. Ce sont les mêmes nerfs qui véhiculent les impulsions du *laran* et du sexe. Tu n'as pas oublié que nous avons été impuissants pendant des jours après avoir travaillé avec les matrices ? Les mêmes nerfs transportent en même temps les deux trains d'impulsions. Une femme ne dispose pas de cette valve de sécurité, de sorte que les Gardiennes, qui doivent manipuler des fréquences fantastiques et coordonner tous les autres télépathes, doivent garder leurs canaux complètement libres pour le *laran*. Sinon, il y a survoltage, et cela peut leur brûler les nerfs. Je te montrerai les canaux, un jour, si ça t'intéresse. Ou tu peux le demander à Callista.

Andrew abandonna le sujet. La seule idée du conditionnement de Callista éveillait en lui une telle colère qu'il préférait ne pas y penser.

Ils revinrent à Armida après un long voyage, trois fois interrompu par le mauvais temps qui les força à s'arrêter en différents endroits, parfois couchant dans des chambres luxueuses, parfois partageant une paillasse par terre avec les plus jeunes enfants d'un paysans. Andrew, apercevant enfin les lumières d'Armida de l'autre côté de la vallée, pensa avec un étrange bonheur qu'il rentrait chez lui. Il était à une demi-galaxie du monde où il était né, et pourtant, c'était là son foyer, et Callista l'y attendait. Il se demanda si tous les hommes, ayant trouvé la femme qui donnait un sens à leur vie, définissaient ainsi le foyer : l'endroit où les bien-aimées les attendaient. Damon semblait partager ce sentiment, l'air aussi content de rentrer qu'il avait eu l'air heureux de partir, trente jours plus tôt. La grande maison grise paraissait maintenant familière à Andrew, comme s'il y avait toujours vécu.

Descendant le perron en courant, Ellemir s'élança dans la cour à la rencontre de Damon, qui la souleva de terre et la serra dans ses bras avec exubérance. Les joues roses et les yeux brillants, elle semblait joyeuse et en pleine santé. Mais Andrew n'avait pas le temps de s'intéresser à Ellemir, car Callista l'attendait en haut du perron, calme et grave. Elle lui donna ses deux mains en souriant, le laissa les porter à ses lèvres, puis, sa main dans celle d'Andrew, le conduisit à l'intérieur. Damon s'inclina devant *Dom* Esteban puis l'embrassa filialement sur la joue avant de donner à Dezi une rapide accolade. Andrew, plus réservé, salua son beau-père, et Callista s'assit à côté de lui tandis qu'il racontait leur voyage à *Dom* Esteban.

Damon demanda des nouvelles des blessés. Les moins atteints étaient guéris et étaient rentrés dans leurs familles ; les plus touchés, ceux qui avaient été soignés par la matrice, étaient en voie de guérison. Raimon avait perdu deux orteils au pied droit ; Piedro n'avait pas recouvré la sensibilité dans les doigts de sa main gauche, mais ils n'étaient pas infirmes comme on le craignait au début.

— Ils sont toujours chez nous, dit Ellemir, car Ferrika doit les panser matin et soir. Savais-tu que Raimon est très bon musicien ? Presque tous les soirs, il joue dans le hall et tout le monde danse, les servantes et les majordomes, Callista et Dezi. Je danse aussi, mais maintenant que tu es là...

Elle se pelotonna contre Damon, l'air heureux.

Callista suivit le regard d'Andrew et dit doucement :

— Tu m'as beaucoup manqué, Andrew. Je ne le montre pas comme Ellemir, mais je suis heureuse de te voir de retour, plus que je ne saurais le dire.

Après le dîner dans le Grand Hall, *Dom* Esteban dit :

— Et si on faisait un peu de musique ?

— Alors, je vais chercher Raimon, dit Ellemir en sortant chercher les hommes.

— Veux-tu chanter pour moi, Callista, demanda Andrew à voix basse.

Callista consulta son père du regard. Il lui fit signe de chanter, alors elle prit sa petite harpe et plaqua un ou deux accords.

> D'où vient ce sang sur ta main droite,
> Mon frère, dis-moi, dis-moi...

Dezi eut un geste de protestation. Voyant son visage bouleversé, Ellemir qui rentrait s'exclama :

— Chante autre chose, Callista !

Devant l'air surpris d'Andrew, elle expliqua :

— Cette chanson porte malheur si une sœur la chante devant son frère. Elle raconte l'histoire d'un frère qui massacra toute sa parenté sauf une sœur qui fut obligée de le déclarer hors-la-loi.

Dom Esteban fronça les sourcils en disant :

— Je ne suis pas superstitieux, et je n'ai pas de fils dans cette salle. Chante, Callista.

Troublée, Callista pencha la tête sur sa harpe mais elle obéit.

> Combattant pour rire au festin,
> Ma sœur, j'en fais serment,
> Rage insensée saisit ma main
> Et les ai tués lâchement.

148

Que deviendras-tu maintenant,
Mon frère, dis-moi, dis-moi...

Andrew, devant les yeux flamboyants de Dezi, eut pitié du jeune homme que *Dom* Esteban venait d'insulter sans nécessité. Callista chercha le regard de Dezi, comme pour s'excuser, mais il se leva et sortit, en claquant derrière lui la porte de la cuisine. Andrew pensa qu'il aurait dû faire quelque chose, dire quelque chose, mais quoi ?

Un peu plus tard, Raimon entra en sautillant sur ses cannes et se mit à jouer un air de danse. La tension s'évanouit à mesure que la danse se formait : les hommes dans la ronde extérieure, les femmes à l'intérieur, se mirent à évoluer en dessinant des cercles et des spirales. Un des hommes se mit à jouer de la flûte-bourdon, instrument exotique, qui, au goût d'Andrew, faisait un tintamarre discordant, pour accompagner une danse de l'épée. Puis ils dansèrent par couples, et Andrew remarqua que la plupart des jeunes filles dansaient ensemble. Callista jouait pour les danseurs ; Andrew s'inclina devant Ferrika et l'invita.

Un peu plus tard, il vit Ellemir danser avec Damon, les bras autour de son cou, levant vers lui son visage souriant. Cela lui rappela ses tentatives pour danser avec Callista, contrairement à la coutume, le jour de son mariage. Il alla rejoindre Callista, qui avait passé sa harpe à une autre femme et dansait avec Dezi. Comme ils s'écartaient l'un de l'autre, Andrew s'approcha en ouvrant les bras.

Elle sourit gaiement en avançant vers lui, mais Dezi s'interposa, et dit à voix basse, mais d'un ton incontestablement sarcastique :

— Oh, on ne peut pas encore vous laisser ensemble tous les deux, non ?

Callista, pâlissante, laissa ses bras retomber à ses côtés. Andrew entendit des assiettes et des verres se briser quelque part sous l'impact terrifiant de son cri télépathique. Quiconque dans la salle avait le moindre don télépathique avait perçu son humiliation, c'était clair. Andrew ne prit pas le temps de réfléchir, et écrasa son poing sur le visage de Dezi qui s'effondra.

Dezi se releva lentement, essuyant sa lèvre sanglante, les yeux flamboyants de fureur. Puis il se jeta sur Andrew, mais Damon, le ceinturant par-derrière, le retint de force.

— Par les enfers de Zandru, s'exclama-t-il, tu es devenu fou, Dezi. On a vu des vendettas de trois générations pour des insultes moindres que celles que tu viens de faire à notre frère !

Dans la foule des visages stupéfaits, Andrew chercha Callista qu'il vit enfin, les yeux fixes dans un visage crispé. Brusquement, elle se cacha le visage dans ses mains et sortit de la salle en courant. Elle ne sanglotait pas, mais Andrew sentait les vibrations des larmes qu'elle ne pouvait pas verser.

La voix coléreuse de *Dom* Esteban rompit le silence gêné.

— L'explication la plus charitable de cette scène, Desiderio, c'est que tu as encore bu plus que ta capacité. Si tu ne tiens pas l'alcool comme un homme, limite-toi donc au *shallan* comme les enfants ! Excuse-toi auprès de notre parent, et va te coucher !

C'était la meilleure façon d'arranger les choses, pensa Andrew. A en juger par leur confusion, la plupart des assistants n'avaient pas entendu les paroles de Dezi. Ils avaient simplement perçu la détresse de Callista.

Dezi marmonna quelque chose — Andrew supposa que c'étaient des excuses.

— Peu m'importent les insultes que tu peux me faire, Dezi, dit-il avec calme. Mais quel homme serais-je si je te laissais insulter ma femme ?

Par-dessus son épaule, Dezi regarda *Dom* Esteban — pour s'assurer qu'il était hors de portée de sa voix ? — et dit d'un ton haineux :

— Ta femme ? Tu ne sais donc pas qu'un mariage libre n'est valable qu'après avoir été consommé ? Elle n'est pas plus ta femme que la mienne !

Puis il sortit de la salle.

150

Toute joie s'était envolée. Ellemir remercia rapidement Raimon de sa musique et sortit en toute hâte. *Dom* Esteban fit signe à Andrew et lui demanda si Dezi s'était excusé. Andrew, détournant les yeux — l'infirme était télépathe, comment pouvait-il lui mentir ? — confirma que le jeune homme lui avait fait des excuses, et, à son grand soulagement, *Dom* Esteban laissa passer. D'ailleurs, qu'aurait-il pu faire ? Il ne pouvait pas se lancer dans une vendetta contre le demi-frère de sa femme, adolescent ivre porté aux insultes au-dessous de la ceinture.

Mais Dezi avait-il dit vrai ? Revenus dans leurs appartements, il posa la question à Damon, qui, l'air troublé, secoua pourtant la tête.

— Ne t'inquiète pas de ça, mon ami. Personne n'a aucune raison de mettre en question la validité de ton mariage. Tes intentions sont claires, et personne ne se soucie des subtilités de la loi.

Pourtant, Andrew sentit que Damon n'était pas convaincu lui-même. Dans la chambre, ils entendirent Callista qui pleurait.

— J'ai envie de tordre le cou à notre Dezi !

Andrew pensait la même chose. En quelques mots haineux, Dezi avait gâché leurs joyeuses retrouvailles.

Callista cessa de pleurer à son entrée. Debout à côté de la coiffeuse, elle détacha ses cheveux, qui cascadèrent sur ses épaules. Se retournant, elle dit, en humectant ses lèvres, comme s'il s'agissait d'un discours bien des fois répété :

— Andrew, je suis désolée... désolée de t'avoir exposé à... C'est de *ma* faute.

Elle s'assit devant sa coiffeuse, et, prenant une brosse à manche d'ivoire, la passa lentement dans sa chevelure. Andrew s'agenouilla à côté d'elle, regrettant amèrement de ne pas pouvoir la prendre dans ses bras pour la consoler.

— Ta faute, mon amour ? Comment te reprocher la malice de cette petite frappe ! Je ne te demanderai pas d'oublier — je sais que tu ne pourrais pas. Mais ne te laisse pas bouleverser.

— Pourtant, c'est ma faute, dit-elle, évitant son regard, même dans la glace. C'est ma faute si ce qu'il a dit est vrai...

Il pensa, étreint d'une douleur poignante, à Ellemir, pelotonnée dans les bras de Damon à leur arrivée, dansant les bras autour de son cou. Il dit enfin :

— Je ne mentirai pas, Callie, ce n'est pas facile. Je ne vais pas faire semblant d'apprécier cette attente. Mais j'ai fait une promesse, et je ne me plains pas. N'y pense plus, mon amour.

Elle serra les dents, le menton volontaire.

— C'est impossible. Ne comprends-tu pas que ton... ton désir me fait souffrir moi aussi, parce que je te désire également, et que je ne peux pas, je n'ose pas... Andrew, écoute-moi. Non, laisse-moi parler. Te rappelles-tu ce que je t'ai dit le jour de notre mariage ? Que si c'était trop dur pour toi, de... d'en prendre une autre ?

Il fronça les sourcils, contrarié.

— Je croyais t'avoir répondu une fois pour toutes, Callista. Au nom du ciel, crois-tu que je me soucie d'une servante ou d'une fille de cuisine ?

Il avait dansé avec Ferrika. Cela l'avait-il troublée ? Pensait-elle...

Elle secoua la tête, disant en un souffle :

— Non. Mais ça ne ferait aucune différence... J'en ai parlé à Ellemir. Elle m'a dit... qu'elle veut bien.

Andrew la regarda, à la fois déconcerté et consterné.

— Tu parles sérieusement ?

Mais elle ne plaisantait pas, il le comprit à la gravité de son visage, et d'ailleurs, il la savait incapable de ce genre de plaisanterie.

— Ellemir, c'est bien la dernière personne... ta propre sœur, Callista ! Comment pourrais-je faire une chose pareille ?

— Crois-tu que je sois heureuse de te voir si insatisfait ? De voir un enfant gâté comme Dezi t'insulter publiquement ? Et comment pourrais-je être jalouse de ma sœur ?

Il eut un geste de refus, mais elle lui imposa le silence de la main.

— Non, Andrew, écoute-moi. Cela fait partie de nos coutumes. Si tu étais né parmi nous, tu trouverais normal que ma sœur et moi... que nous partagions ainsi. Même si notre situation était... ce qu'elle devait être, s'il arrivait que je sois malade, enceinte, ou simplement sans... sans désir amoureux... Elle est très ancienne, cette coutume. Tu m'as entendu chanter la Ballade d'Hastur et Cassilda ? Elle raconte comment Camilla prit la place de sa *breda* dans les bras du Dieu, et mourut quand il fut attaqué. De sorte que la Bienheureuse Cassilda survécut à la trahison d'Alar, pour porter l'enfant du Dieu...

Elle s'interrompit, incapable de continuer.

— Tout ça, c'est très joli dans les vieilles ballades et les contes de fées, dit Andrew sans ambages. Mais pas dans la vie réelle.

— Même si je le désire, Andrew ? J'aurais moins de remords qu'actuellement, où chaque jour ajoute à... à ta souffrance.

— C'est moi que ça regarde. Tu n'as pas à te sentir coupable.

Mais elle se détourna, lasse et découragée. Elle se leva, prenant à poignées ses cheveux dénoués pour les natter, et dit d'une voix étranglée :

— Je ne peux pas supporter cette situation plus longtemps.

— Alors, c'est à toi d'y mettre fin, dit-il doucement, portant à ses lèvres une longue mèche dont la douceur et le parfum lui donnèrent le vertige.

Il avait promis de ne jamais faire pression sur elle. Mais jusqu'à quand, jusqu'à quand... ?

— Que puis-je te dire, ma chérie ? L'idée est-elle encore insupportable pour toi, même aujourd'hui ?

— Je sais que ce ne devrait pas être, dit-elle d'un ton désolé. Mais j'ai peur. Je ne crois pas être encore prête...

Il la prit dans ses bras, très doucement, et dit en un souffle :

— Comment le sauras-tu jamais, Callista, si tu n'essayes pas ? Veux-tu venir dormir à côté de moi ? Rien de plus… je te jure que je n'exigerai rien que tu ne sois pas prête à me donner.

Elle hésita, enroulant une mèche sur son doigt, et dit :

— Est-ce que… est-ce que ce ne sera pas encore plus pénible pour toi si je m'aperçois que… que je ne suis pas prête ?

— Dois-je te le jurer, mon amour ? Tu n'as pas confiance en moi ?

— Ce n'est pas en toi que je n'ai pas confiance, cher mari, dit-elle avec un sourire déchirant.

— Alors… ? dit-il d'une voix étranglée par l'émotion.

Elle était toujours dans ses bras. Au bout d'un moment, elle fit « oui » de la tête, imperceptiblement.

Il la souleva doucement, l'emporta vers son lit, et la coucha sur les oreillers en disant :

— Si tu te méfies ainsi de toi-même, n'est-ce pas la preuve que tu es prête, mon amour ? Je te promets d'être très doux…

Elle secoua la tête.

— Oh, Andrew, si seulement c'était si simple, murmura-t-elle, les yeux pleins de larmes.

Soudain, elle jeta ses bras autour de son cou.

— Andrew, veux-tu faire quelque chose pour moi ? Quelque chose qui ne te plaira pas ? Promets, Andrew !

— Je ne vois pas ce que je pourrais te refuser, dans ce monde ou dans l'autre, Callie, dit-il avec passion. Ma chérie, mon trésor, je ferai n'importe quoi pour te faciliter cette expérience.

Elle le regarda, tremblante.

— Alors, dit-elle, assomme-moi. Prends-moi de force pendant que je serai sans connaissance et ne pourrai te résister…

Andrew s'écarta et la considéra avec horreur, muet de consternation. Il balbutia enfin :

— Tu dois avoir perdu la raison, Callista ! Au nom

de Dieu, comment pourrais-je faire une chose pareille à une femme ? Et surtout à toi !

— Tu as promis, dit-elle avec désespoir.

Mais la colère s'était emparée de lui.

— Qui *es-tu* donc, Callista ? Es-tu folle ou perverse...

Les mots lui manquèrent.

Indifférente à sa gentillesse, espérait-elle qu'il devînt brutal ?

Le visage inondé de larmes, elle dit, captant sa pensée :

— Non, non, je n'ai jamais pensé que tu ferais cela de bon cœur. C'est la seule chose que j'ai pu trouver pour... oh, aie pitié de moi, Miséricordieuse Avara... j'aurais dû mourir, j'aurais dû mourir...

Elle se détourna, enfouissant sa tête dans l'oreiller, avec des sanglots si violents qu'Andrew en fut terrifié. Il s'allongea près d'elle, tenta de la prendre dans ses bras mais elle s'écarta avec horreur. Désemparé, souffrant presque autant qu'elle, Andrew la serra contre lui, caressant doucement ses cheveux, essayant de contacter son esprit, mais elle avait verrouillé ses défenses mentales. Sans dire un mot, il la laissa pleurer contre sa poitrine. Enfin, elle se détendit dans ses bras, pour la première fois depuis qu'il l'avait sauvée des grottes de Corresanti, et il lui sembla qu'une barrière intérieure était tombée. Elle murmura :

— Tu es si bon avec moi, et j'ai tellement honte.

— Je t'aime, Callista, mais tu donnes trop d'importance à tes inhibitions. Je crois que nous avons eu tort d'attendre, et que le temps ne fera qu'empirer les choses.

Il sentit se rétablir le contact télépathique familier, il sentit qu'elle en était heureuse, comme en ce temps de solitude et de peur.

— Je n'avais pas peur, alors, dit-elle.

— Rien n'a changé depuis, sauf que je t'aime davantage, dit-il avec conviction.

Il ne savait pas grand-chose sur les inhibitions sexuelles, mais il connaissait l'existence de la frigidité pathologique, et le peu qu'il avait appris sur la formation des Gardiennes confirmait ses soupçons sur ce qu'elle avait subi : un conditionnement total contre tout éveil sexuel. Il n'avait pas la naïveté de croire que sa seule gentillesse viendrait à bout de ses craintes et la transformerait en une amante passionnée, mais c'était un commencement comme un autre. Cela pourrait, à tout le moins, la rassurer.

Maintenant, ils étaient en étroit contact télépathique. Il ne perçut chez elle aucune trace du désir physique si violent chez lui, mais il sentit qu'elle avait la nostalgie d'un contact charnel qui pourrait mettre un terme à la froide contrainte qui les séparait. Il l'attira doucement contre lui. Il la désirait, oui, mais pas réticente. Il voulait qu'elle partage la passion dévorante qui le faisait trembler. Aucun besoin de paroles. Attirant son visage à elle, timide, hésitante, elle appliqua ses lèvres contre les siennes, et il ressentit une soudaine inquiétude. Il n'avait jamais connu de femme inexpérimentée. Pourtant il percevait — ils étaient maintenant en contact très étroit — le terrible effort qu'elle faisait pour ne pas s'écarter de lui. Il eut l'impression d'exploser de tendresse. Elle s'abandonnait dans ses bras, le caressant doucement, sans essayer de feindre le désir qu'elle n'éprouvait pas. Ce n'était pas la passivité de l'ignorance — elle comprenait manifestement ce qu'il attendait d'elle — mais il ne percevait pas la moindre trace d'éveil physique.

Il chercha de nouveau le contact de son esprit. Et alors, à travers la présence familière de Callista, il sentit autre chose, quelque chose de confus, d'étranger et pourtant familier et fortement sexuel. Ellemir ? *Damon et Ellemir ?* Sa première réaction fut de se retirer — *je ne suis pas un voyeur !* — puis, hésitante et toujours tâtonnante, il sentit Callista entrer dans cette union à quatre, l'ancien lien s'étant de lui-même rétabli entre eux, comme lorsqu'ils étaient unis par l'intermédiaire de la matrice. Et, pour la première fois, il sentit que Callista s'abandonnait, non seulement mentalement, mais aussi physiquement. Elle avait moins d'appréhension, comme si cette expérience, partagée avec sa jumelle, était moins effrayante pour elle. Attiré dans le cercle, participant intensément aux caresses de l'autre couple, il eut un instant l'impression qu'Ellemir était dans ses bras, qu'elle l'étreignait, s'ouvrant totalement à lui, ardente, et passionnée — mais non, Callista s'était simplement immergée dans les réactions de sa sœur, et, à travers elles, il sentait la surprise apeurée de Callista, le réconfort que lui apportait le plaisir d'Ellemir. Il pressa sa bouche contre la sienne, en un long baiser brûlant, et pour la première fois Callista réagit faiblement. Elle ne lui permettait plus passivement de l'embrasser, elle partageait le baiser pour la première fois.

Est-ce donc cela qu'il lui fallait pour la rassurer ? Enhardie par les mots d'amour qu'il lui murmurait, elle se blottit contre lui. Il savait qu'elle était maintenant totalement immergée dans la conscience d'Ellemir, qu'elle partageait les réactions de sa sœur, leur abandonnant son propre corps. Il sentait Damon aussi, et c'était troublant. Ou bien s'inquiétait-il de ressentir et partager aussi les réactions d'Ellemir à l'étrange mélange de douceur et de violence qu'il percevait chez Damon ?

Un instant, il lui sembla qu'il suffisait pour le moment de s'abandonner à la périphérie de leurs embrassements passionnés, de n'en pas demander davantage, de s'immerger dans cette chaleureuse conscience multiple. Mais c'était encore trop étrange pour lui, et son corps, maintenant survolté, exigeait d'aller jusqu'au bout de l'acte. Comme un nageur remonte pour respirer à la surface, il essaya de se débarrasser du lien télépathique, de rétrécir le champ de sa conscience à la seule Callista, Callista qui était dans ses bras, fragile, vulnérable, consentante, abandonnée.

Soudain, avec une violence inimaginable, le lien télépathique se brisa, et il ressentit une douleur fulgurante et terrible dans les parties génitales. En état de choc, il entendit Callista lancer un cri sauvage, de désespoir et de protestation, il se sentit arraché de ses bras et projeté en l'air, l'esprit à la dérive. *C'était impossible !* Sa tête heurta quelque chose de dur et, avec l'impression d'une déflagration dans sa tête, il perdit connaissance.

8

IL gisait sur le sol.

Il reprit conscience et une vague protestation submergea sa tête : *qu'est-ce que je fais là, bon sang ?* Il avait terriblement mal à la tête, et encore plus mal dans le bas-ventre. Quelqu'un lui souleva la nuque, ce qui raviva sa douleur. Balbutiant des protestations, il ouvrit les yeux. Damon, complètement nu, était agenouillé près de lui.

— Ne bouge pas, dit-il sèchement comme Andrew faisait mine de se lever. Laisse-moi essuyer le sang qui te coule dans les yeux, espèce d'idiot !

L'indignation qui s'empara d'Andrew lui fit oublier sa souffrance. Il repoussa violemment la main de Damon.

— Qu'est-ce que tu fais ici, par tous les diables ? Comment oses-tu ? Callista et moi...

— Ellemir et moi aussi, dit Damon avec un peu d'ironie. Comme tu le sais très bien. Crois-tu que ça nous a fait plaisir d'être interrompus comme ça ? Mais il vaut mieux que nous soyons là, plutôt que les domestiques se précipitant pour découvrir qui on assassine. Tu n'as pas entendu le hurlement de Callista ?

Pour le moment, Andrew n'entendait que des sanglots étouffés, mais il lui sembla se rappeler vaguement un cri terrible. Il se leva péniblement, repoussant la main secourable de Damon.

159

— Callista ! Il faut que je la voie...

— Ellemir est près d'elle, et je ne crois pas qu'elle puisse supporter ta vue en ce moment. Laisse-moi t'examiner.

Damon le palpa d'une main si impersonnelle qu'Andrew ne put s'en offenser.

— Ça fait mal ?

Ça faisait mal, effectivement. Damon avait l'air préoccupé, mais au bout d'un moment, il dit :

— Les testicules n'ont subi aucun dommage irréversible, je crois. Non, ne regarde pas. Tu n'as pas l'habitude des blessures, et ça te paraîtrait plus grave que ce n'est vraiment. Ta vue est normale ?

— Un peu trouble, dit Andrew.

De nouveau, Damon épongea le sang coulant de son front.

— Les blessures à la tête saignent beaucoup, et je crois qu'il te faudra un ou deux points de suture.

— Ça peut attendre. Comment va Callista ? Je l'ai blessée ? demanda-t-il, déchiré par les sanglots de Callista.

— Si tu l'as blessée, toi ? dit Ellemir derrière lui d'un ton acerbe. Dis plutôt qu'elle n'a pas tout à fait réussi à te tuer, pour cette fois.

— Ne l'accuse pas, dit Andrew, farouchement protecteur.

Tout ce qu'il se rappelait, c'était leur passion et l'interruption de leurs rapports, violente — terrifiante.

— Qu'est-ce qui s'est passé ? Un tremblement de terre ?

Callista était couchée sur le flanc, le visage gonflé d'avoir trop pleuré. Totalement nue, elle semblait si désarmée que le cœur d'Andrew se brisa. Prenant sa robe, il l'étendit doucement sur elle.

— Chéri, chéri, qu'est-ce que j'ai fait ? dit-elle, éclatant de nouveau en sanglots. J'ai tellement essayé... et j'ai failli le tuer, Damon. Je croyais que j'étais prête et je me suis trompée ! J'aurais pu le tuer...

Damon écarta de son visage ses cheveux humides de larmes.

160

— Ne pleure plus, *breda*. Toutes les forges de Zandru ne peuvent pas raccommoder un œuf brisé. Tu ne l'as pas tué, voilà ce qui compte.

— Veux-tu me faire croire que *Callista*...

— Simple erreur de jugement, dit Damon avec réalisme. Tu n'aurais pas dû essayer sans me demander de la monitorer avant, pour voir si elle était prête. Je croyais que je pouvais lui faire confiance.

Andrew se rappela alors les paroles de Callista : « Ce n'est pas en toi que je n'ai pas confiance. » Et aussi celles de Damon : « Tout homme qui viole une Gardienne met sa vie et sa raison en danger. » Callista était encore manifestement protégée par toute une série de réflexes psi involontaires qu'elle ne pouvait pas contrôler... et qui ne faisaient aucune différence entre une tentative de viol et l'amour le plus tendre.

— Il faut que je fasse quelques points de suture à Andrew, dit Damon. Elli, reste avec Callista. Ne la quitte pas un instant.

Regardant Ellemir dans les yeux, il ajouta avec gravité :

— Tu comprends combien c'est important ?

Elle hocha la tête. Andrew remarqua soudain qu'elle aussi était nue, et n'en semblait pas gênée. Au bout d'un moment, comme si elle avait perçu l'embarras d'Andrew, elle se détourna et enfila une robe de chambre de Callista jetée sur une chaise. Puis elle se rassit près de sa sœur, et lui prit la main.

— Viens, je vais te recoudre ça, dit Damon.

Une fois revenu dans son appartement, Damon enfila une robe de chambre, alla chercher une petite trousse médicale à la salle de bains et fit signe à Andrew de s'asseoir sous la lampe. Il épongea la coupure avec quelque chose d'humide et froid qui l'anesthésia un peu, puis il dit :

— Ne bouge pas. Ça va te faire un peu mal.

Effectivement, cela lui fit mal, et plus qu'un peu, mais ce fut si rapide qu'Andrew eut à peine le temps de faire la grimace que Damon stérilisait déjà son aiguille à la flamme d'une bougie avant de la ranger. Il remplit deux verres, un pour Andrew et un pour lui, puis s'assit en face d'Andrew et le considéra, l'air pensif.

— Si l'autre blessure te gêne trop demain, prends quelques bains chauds. Bon sang, Andrew, qu'est-ce qui t'a pris ? D'essayer ça, sans même demander...

— Est-ce que ça te regarde quand... ou si je couche avec ma femme ?

— La réponse me paraît évidente, dit Damon. Tu nous as interrompus à un moment critique, tu sais. J'aurais bien abaissé mes barrières mentales, mais j'ai pensé que ça aiderait Callista. Pourtant, si je n'avais pas été formé à la Tour, nous aurions été tous les deux grièvement blessés. J'ai ressenti le contrecoup de sa réaction. Tu vois donc que ça me regarde. De plus, ajouta-t-il d'une voix plus douce, j'aime beaucoup Callista, et je t'aime beaucoup, toi aussi.

— Je pensais qu'elle avait peur, simplement. Parce qu'elle avait été abritée, protégée, conditionnée à la virginité...

— Par les enfers de Zandru, jura Damon, comment une chose pareille a-t-elle pu se produire ? Nous sommes tous les quatre télépathes, et aucun n'a eu l'idée de discuter honnêtement du problème ! C'est ma faute. Je savais, mais il ne m'est jamais venu à l'idée que tu ne savais pas. Je pensais que Léonie te l'avait dit ; et elle a pensé que je t'avais prévenu, c'est évident. D'ailleurs, je croyais que Callista te mettrait au courant avant de te laisser essayer... Enfin, c'est fait, et on ne peut plus y revenir.

Andrew était désespéré de cet échec.

— C'est sans espoir, Damon, n'est-ce pas ? Je ne vaux rien pour Callista ni pour personne ? Est-ce que je dois... sortir discrètement de sa vie ? M'en aller, cesser d'essayer, cesser de la tourmenter ?

Damon lui saisit la main avec force et dit d'un ton pressant :

— Tu veux donc la *tuer* ? Sais-tu comme elle est proche de la mort ? En ce moment, elle peut se tuer d'une simple pensée, aussi facilement qu'elle t'a presque tué, toi ! Elle n'a personne d'autre que toi, rien d'autre que ton amour, et elle peut mettre fin à sa vie d'une simple pensée. C'est ça que tu veux ?

— Mon Dieu, non !

— Je te crois, dit Damon au bout d'une minute. Mais il faudra l'en convaincre, elle.

Il ajouta, après une hésitation :

— J'ai besoin de savoir. L'as-tu pénétrée ? Même incomplètement ?

L'indignation d'Andrew fut telle que Damon eut un mouvement de recul.

— Ecoute, Damon, qu'est-ce que ça peut te...

Damon soupira.

— Je pourrais poser la question à Callie. Mais j'aimerais mieux l'épargner.

— Je ne suis pas sûr, dit Andrew, baissant les yeux. Tout est... brouillé.

— Je pense que si c'était le cas, tes blessures seraient pires, dit Damon.

— Je ne savais pas qu'elle me haïssait à ce point ! dit Andrew avec une profonde amertume.

Damon posa la main sur l'épaule du Terrien.

— Elle ne te hait pas. Que cette mésaventure ne te fasse pas oublier ce qui fut bon dans ces moments. Et c'était bien réel.

Il ajouta au bout d'un moment :

— Je le sais ; j'y étais, n'oublie pas. Je suis désolé que ça te gêne, mais ça arrive, tu sais, parmi les télépathes, et nous avons été tous les quatre liés par la matrice. C'était réel, comme sont réels l'amour et le désir de Callista. Quant au reste, il s'agit d'une erreur de jugement : elle a dû se croire libérée de son conditionnement. Tu comprends, la plupart des Gardiennes, si elles quittent la Tour parce qu'elles sont amoureuses, pour se marier, le font généralement avant d'être totalement conditionnées. Ou si elles s'aperçoivent qu'elles ne peuvent exécuter leur travail sans beaucoup de problèmes et de souffrance, alors leur conditionnement se défait, elles renoncent et s'en vont. La formation de Gardienne est terrible. Deux jeunes filles sur trois ne la supportent pas. Mais cette formation terminée, il est très rare qu'elle ne perdure pas toute la vie. Quand Léonie a autorisé Callista à se marier, elle a dû penser qu'elle faisait partie de ces cas exceptionnels, sinon Callista n'aurait pas souhaité quitter la Tour.

Andrew avait pâli en l'écoutant.

— Qu'est-ce qu'on peut faire ?

— Je ne sais pas, répondit franchement Damon. Je ferai ce que je pourrai.

Il se passa la main sur le front, très las.

— Je regrette de ne pas avoir de *kirian* à lui donner. Enfin, pour le moment, elle a surtout besoin d'être rassurée, et tu es seul à pouvoir le faire. Viens.

Ellemir avait lavé le visage maculé de larmes de Callista, avait peigné et natté ses cheveux et l'avait revêtue de sa chemise de nuit. Quand elle vit Andrew, les yeux de Callista s'emplirent de larmes.

— Andrew, j'ai essayé ! Ne m'en veuille pas ! J'ai failli... j'ai failli...

— Je sais, dit-il en lui prenant la main. Tu aurais dû me dire exactement de quoi tu avais peur, mon amour.

— Je n'ai pas pu, répondit-elle, les yeux pleins de honte et de douleur.

— Je te répète ce que je t'ai toujours dit, Callista. Je t'aime et je t'attendrai. Aussi longtemps qu'il le faudra.

Elle se cramponna à sa main. Damon se pencha sur elle et dit :

— Elli dormira près de toi ce soir. Je veux qu'elle reste avec toi en permanence. Tu souffres ?

Elle hocha la tête en se mordant les lèvres.

— Ellemir, quand tu l'as habillée, as-tu remarqué des traces de brûlures ou d'ecchymoses ? dit Damon.

— Rien de grave. Une ecchymose à l'intérieur d'une cuisse, dit Ellemir, écartant la chemise de nuit.

Et Andrew vit avec horreur la marque noirâtre sur la peau blanche. La force psi frappait-elle avec la force de la foudre ?

— Ça ne laissera pas de traces, dit Damon. Mais, Callie, je voudrais bien savoir...

— Non, dit-elle vivement. Il ne m'a pas pénétrée.

Damon hocha la tête, manifestement soulagé, et Andrew, considérant la marque de brûlure, réalisa soudain, horrifié, pourquoi Damon avait posé cette question.

— Andrew n'a pas souffert beaucoup. Une bosse à la tête, pas de commotion cérébrale. Mais si tu souffres, il vaudrait mieux que je t'examine.

Comme elle protestait, il ajouta doucement :

— Callista, je monitorais quand tu n'étais encore qu'une enfant. Très bien, allonge-toi sur le dos. Pas tant de lumière, Elli. Je ne vois rien dans une clarté aussi vive.

Andrew trouva la remarque bizarre, mais dès qu'Ellemir eut baissé les lampes, Damon approuva de la tête, et fit signe à Andrew d'approcher.

— Il y a longtemps que j'aurais dû te montrer ça.

Il déplaça ses doigts sur le corps de Callista, sans le toucher, à environ un pouce de sa chemise. Andrew battit des paupières, n'en croyant pas ses yeux : sous ses doigts s'allumaient de faibles courants lumineux, qui s'élargissaient çà et là en spirales pulsantes et colorées.

— Regarde. Voici les principaux canaux nerveux — attends, je vais d'abord te montrer la distribution normal des courants, Ellemir ?

Docile, elle s'allongea près de Callista.

— Regarde les principaux canaux, dit Damon, les canaux qui se trouvent de part et d'autre de la moelle épinière, le positif et le négatif, et les centres d'énergie qui s'y rattachent ; ceux du front, de la gorge, du plexus solaire, du ventre, du sacrum, des organes génitaux, dit-il, montrant les spirales lumineuses. Ellemir est une adulte, sexuellement éveillée, dit-il avec détachement. Si elle était vierge, les courants seraient les mêmes, sauf que les centres inférieurs seraient moins brillants, parce qu'ils concentreraient moins d'énergie. C'est la disposition normale. Chez une Gardienne, ces courants ont été altérés par le conditionnement, bloquant les impulsions venant des canaux inférieurs, ceux qui véhiculent à la fois les énergies sexuelles et la force psi. Chez une

télépathe normale — Ellemir a un *laran* considérable —
les deux forces s'éveillent en même temps à la puberté,
et, après certains bouleversements que nous appelons
la maladie du seuil, les canaux finissent par travailler
sélectivement, véhiculant alternativement une force ou
l'autre selon le besoin, et toutes deux contrôlées par la
même force mentale. Parfois, les canaux sont surchargés. Rappelle-toi, je t'ai averti que tu serais temporairement impuissant après avoir travaillé sur la matrice.
Mais chez une Gardienne, les forces psi sont si puissantes que le corps ne supporterait pas la présence des
deux forces ; les canaux sont donc gardés complètement
libres pour la force psi. Ainsi, les canaux supérieurs
sont isolés des canaux inférieurs, qui transportent
l'énergie vitale, de sorte qu'il n'y a pas d'interférences.

— Ce que nous avons ici, dit-il, montrant Callista —
et Andrew eut l'impression absurde d'assister à une
conférence d'anatomie — c'est une surcharge massive
des canaux. Normalement, les forces psi *contournent*
les centres sexuels, sans les toucher. Mais, regarde.

Il montra à Andrew les centres inférieurs de Callista,
qui, si lumineux chez Ellemir, étaient ternes chez elle,
pulsant comme des blessures infectées, en lents tourbillons malsains.

— Il y a eu éveil et stimulation sexuels, mais les
canaux qui auraient dû normalement véhiculer ces
impulsions ont été bloqués et court-circuités par la
formation de Gardienne.

Doucement, il posa ses mains contre le corps de
Callista, touchant un des centres d'énergie. Ils entendirent distinctement un « clac » et Callista gémit.

— Ça t'a fait mal ? C'est ce que je craignais, s'excusa
Damon. Et je ne peux même pas vider tes canaux. Il n'y
a pas de *kirian* dans la maison, n'est-ce pas ? Sans
kirian, tu ne pourras jamais supporter la douleur.

C'était de l'hébreu pour Andrew, mais il voyait le
lent tourbillon turgescent et rouge sombre, alors qu'il
voyait une douce lumière pulsante dans le corps d'Ellemir.

166

— Ne t'inquiète pas, dit Damon. Les canaux se libéreront peut-être d'eux-mêmes dans ton sommeil.

— Je crois que je dormirais mieux si Andrew restait à côté de moi, dit Callista d'une voix faible.

— Je sais ce que tu ressens, *breda*, dit Damon avec compassion, mais ce ne serait pas raisonnable. Maintenant que tu as commencé à t'éveiller sexuellement, il y a deux séries de réflexes en conflit qui vont essayer de fonctionner en même temps.

Se tournant vers Andrew, il dit avec autorité :

— Je ne veux pas que tu la touches, absolument pas, tant que ses canaux ne seront pas libérés ! Et cela vaut pour toi aussi, ajouta-t-il d'un ton sévère à l'adresse de Callista.

Ellemir s'allongea à côté de sa sœur et ramena la couverture sur elles. Andrew remarqua que les canaux lumineux et les centres d'énergie avaient disparu, et se demanda ce que Damon avait fait pour les rendre visibles. Damon, percevant sa pensée, lui dit :

— C'est facile. Je t'apprendrai un de ces jours. Tu as assez de *laran* pour ça. Couche-toi donc dans le lit de Callista et essaye de dormir. Tu sembles en avoir besoin. Moi, je vais monitorer Callista jusqu'à ce que je sois sûr qu'elle n'aura pas de crise.

Andrew s'allongea dans le lit de Callista qui conservait encore l'odeur légère de ses cheveux, imprégnés de la délicate essence de fleurs dont elle se servait toujours. Il resta longtemps éveillé, agité, misérable, pensant à ce qu'il avait fait à Callista. Elle avait eu raison sur toute la ligne ! Il voyait Damon dans la pénombre, silencieux dans son fauteuil, les surveillant, l'air soucieux, et il lui sembla tout à coup que Damon n'était plus un être réel, mais un réseau de courants magnétiques, de champs électriques, un enchevêtrement d'énergies. Finalement, il s'endormit d'un sommeil agité.

Andrew dormit peu cette nuit-là. Il avait une migraine insupportable, et tous les nerfs de son corps, tendus à se rompre, le faisaient souffrir. De temps en temps, il se réveillait en sursaut, entendant Callista gémir ou crier dans son sommeil, et il ne pouvait s'empêcher de revivre son échec, comme un cauchemar. L'aube pointait quand il vit Damon quitter son fauteuil et se diriger vers sa chambre. Andrew se leva et le suivit. Dans la pénombre, Damon avait l'air grave et épuisé.

— Tu n'as pas pu dormir, toi non plus, mon frère ?

— J'ai dormi un moment.

Andrew lui trouva très mauvaise mine. Damon, captant sa pensée, sourit avec ironie.

— Toute la journée d'hier à cheval, et puis toutes les émotions de la nuit... mais je suis pratiquement sûr qu'elle n'aura ni crises ni convulsions cette fois, alors je peux m'esquiver pour aller faire un petit somme.

Il entra dans son appartement.

— Comment te sens-tu ?

— J'ai une migraine à me fendre le crâne !

— Et sans doute quelques autres contusions et douleurs, dit Damon. Mais tu as quand même eu de la chance.

De la chance ! se dit Andrew, incrédule, mais Damon ne lui donna pas d'explications.

Damon ouvrit la fenêtre toute grande, et, debout dans le courant d'air glacé, contempla la campagne, sur laquelle la neige commençait à tomber.

— Bon sang, on va avoir un blizzard. Ça ne pouvait pas tomber plus mal. Surtout maintenant, avec Callista...

— Pourquoi ?

— Parce que quand il neige dans les Kilghard, ce n'est pas une plaisanterie. Nous pouvons être bloqués ici pendant trente ou quarante jours. J'espérais envoyer quelqu'un chercher du *kirian* à la Tour de Neskaya — je ne crois pas que Callista en ait encore fait — au cas où je devrais lui libérer les canaux. Mais personne ne peut voyager par ce temps.

Il s'effondra, épuisé, sur le bord de la fenêtre. Andrew, le voyant s'attarder dans ce courant d'air glacial, s'exclama :

— Ne t'endors pas là, bon sang, tu vas attraper une pneumonie ! dit-il en fermant la fenêtre. Va te reposer, Damon. Je veillerai Callista. C'est ma femme, et donc ma responsabilité.

Damon soupira.

— Vu l'infirmité de *Dom* Esteban, je suis le plus proche parent de Callista. Et c'est moi qui vous ai mis en rapport par la matrice. Ce qui fait qu'elle est sous *ma* responsabilité, selon le serment que j'ai prêté.

Il chancela ; Andrew le rattrapa par l'épaule et l'aida à se redresser. Damon dit d'une voix indistincte :

— Il faut que j'essaye de dormir, ou je ne pourrai rien faire si elle a besoin de moi.

Andrew le guida vers le lit défait, et Damon capta sa pensée, le souvenir confus, embarrassé, d'avoir été témoin un moment de ses amours avec Ellemir. Damon se demanda vaguement pourquoi Andrew en était si gêné, mais il était trop fatigué pour s'y attarder. Il s'effondra sur le lit, et se força à parler intelligiblement quelques instants de plus.

— Reste avec les femmes. Laisse Callista dormir, mais si elle se réveille et se plaint de douleurs, appelle-moi.

Il roula sur le dos, essayant de distinguer les traits du Terrien, car ses yeux se fermaient d'eux-mêmes.

— Ne touche pas Callista... c'est extrêmement important... pas même si elle te le demande. Ce pourrait être très dangereux...

— Je prendrais le risque, dit Andrew.

— Dangereux pour *elle*, dit Damon d'un ton pressant, pensant : *zut, si je ne peux pas lui faire confiance, il faut que je retourne là-bas...*

Andrew, percevant sa pensée, dit :

— D'accord, tu as ma parole. Mais je veux que tu m'expliques tout ça, quand tu auras le temps.

— C'est promis, soupira Damon, sombrant immédiatement dans un profond sommeil.

Andrew regarda son visage soucieux se détendre dans le sommeil, puis il couvrit avec soin son ami et s'en alla. Il prévint le domestique de Damon de laisser dormir son maître, puis, sachant qu'Ellemir se levait toujours de bonne heure, et qu'il serait gênant que sa servante vienne s'informer de ses ordres, il lui demanda de dire au majordome qu'ils avaient tous veillé très tard et qu'il ne fallait pas les déranger.

Il alla s'allonger dans le lit de Callista. Au bout d'un moment, il se rendormit. Il s'éveilla soudain, conscient d'avoir dormi des heures. Le jour était levé, mais il faisait très sombre, car la neige tombait en abondance. Callista et Ellemir reposaient côte à côte dans son lit, mais à ce moment, Ellemir se leva, et s'approcha de lui sur la pointe des pieds.

— Où est Damon ?

— Il dort, j'espère.

— Personne n'est venu me chercher ?

Andrew lui expliqua ce qu'il avait fait et elle le remercia.

— Il faut que je m'habille. Je vais faire ma toilette dans la salle de bains de Callista, si tu permets, car je ne veux pas déranger Damon. Je lui emprunterai aussi quelques vêtements.

Silencieuse comme une ombre, elle choisit du linge dans le placard de Callista. Andrew l'observa, se disant (avec une rancœur involontaire) : Elle aime donc mieux déranger Callista que Damon ? Mais la présence familière de sa jumelle ne troublait manifestement pas le repos de Callista.

Sans le vouloir, Andrew revit soudain Ellemir nue et parfaitement à son aise près de Callista, la veille. Quand on a l'habitude d'avoir l'esprit complètement ouvert aux autres, sans doute que la nudité physique ne compte guère, se dit-il. Il se surprit à se rappeler le moment où il avait eu l'impression de tenir Ellemir dans ses bras, ardente, abandonnée, contrairement à Callista... Troublé, il se détourna. Il rougit violemment et un élancement de douleur lui rappela le fiasco de la veille. Ellemir savait-elle, se demanda-t-il, qu'il avait pris part à ses amours, en avait-elle eu conscience ?

Ellemir le considéra un instant avec un sourire

troublé, puis, se mordant les lèvres, entra à la salle de bains avec une brassée de vêtements bleus et blancs.

Andrew, cherchant à se ressaisir, regarda sa femme endormie. Elle avait l'air pâle et fatiguée, avec de grands cernes noirs sous les yeux. Elle était couchée sur le flanc, un bras lui couvrant partiellement le visage, et Andrew se souvint, avec une douleur poignante, qu'il l'avait vue allongée ainsi, dans la pénombre du sur-monde. Prisonnière des hommes-chats, son corps physique enfermé dans les grottes de Corresanti, son corps subtil était venu à lui, alors qu'elle dormait, meurtrie, ensanglantée, épuisée, terrifiée. Et il ne pouvait rien pour elle. Il avait alors enragé de son impuissance ; et de nouveau, il éprouva le tourment de l'impuissance devant l'épreuve qu'elle vivait en toute solitude.

Lentement, elle ouvrit les yeux.

— Andrew ?

— Je suis là, mon amour. Comment te sens-tu, ma chérie ?

— Très mal, dit-elle avec une grimace ironique. J'ai l'impression d'avoir été piétinée par un *oudrakhi* sauvage.

Qui, sinon Callista, aurait eu la force de plaisanter en un moment pareil ?

— Où est Damon ? reprit-elle.

— Il dort, mon amour. Et Ellemir fait sa toilette.

Elle soupira, refermant les yeux un instant.

— Et moi qui espérais être devenue ta femme aujourd'hui. Louée soit Evanda qu'Ellemir et Damon nous aient entendus, et non pas cet enfant gâté de Dezi.

Andrew frissonna à cette idée. D'ailleurs, c'était Dezi qui, par ses sarcasmes, avait provoqué le fiasco de la veille.

— J'aurais dû lui tordre le cou ! dit-il avec force.

Elle soupira en secouant la tête.

— Non, non, ce n'est pas sa faute. Nous sommes adultes tous les deux, assez grands pour prendre nous-mêmes nos décisions. Il s'est montré grossier. Entre télépathes, on apprend très vite à ne pas pénétrer ce genre de secrets, et si on les apprend involontairement, la courtoisie exige la discrétion. Ce qu'il a fait est impardonnable, mais il n'est pas responsable de ce qui s'est passé après. C'était notre choix, mon amour.

— Mon choix, dit-il, baissant les yeux.

Elle lui prit la main, les doigts glacés et le visage douloureux.

— Damon m'a dit de l'appeler si tu avais mal à ton réveil, Callista, dit-il.

— Pas encore. Laisse-le dormir. Il s'est épuisé pour nous. Andrew...

Il s'agenouilla à côté d'elle, et elle lui tendit les bras.

— Andrew, serre-moi contre toi ; juste un instant. J'ai envie de te sentir tout proche...

Il se rapprocha d'elle, irrésistiblement attiré par ces paroles, pensant que, même après les événements de la veille, elle l'aimait encore, le désirait encore. Puis, se rappelant les avertissements de Damon, il se ressaisit et dit, déchiré :

— Ma chérie, j'ai promis à Damon de ne pas te toucher.

— Oh, Damon, Damon, toujours Damon, dit-elle avec indignation. Je me sens si malade et malheureuse. Je voudrais simplement me serrer contre toi...

Elle s'interrompit et referma les yeux avec un soupir désolé. Il brûlait de la prendre dans ses bras, non par désir — son désir avait disparu — mais il avait envie de la bercer, de la cajoler, de la réconforter. Pourtant, fidèle à sa promesse, il ne bougea pas, et elle reprit :

— Oh, je suppose qu'il a raison, comme toujours.

Mais il vit la douleur qui vieillissait son visage, lui tirait les traits. Soudain, et cette idée l'horrifia, il vit le visage de Léonie, épuisé, tiré, las, vieux.

Puis surgit en lui le souvenir du moment où ils avaient été totalement submergés dans les jeux amoureux d'Ellemir et Damon. Elle l'avait accepté, désiré, elle avait un peu réagi à ses caresses après ce partage avec l'autre couple. Mais un nouvel élancement de douleur dans le bas-ventre et le souvenir cuisant de son échec firent retomber son excitation. Il aimait toujours autant Callista, mais il avait l'impression indéfinissable que quelque chose avait été gâché. Comme si Damon et Ellemir, pour proches et chers qu'ils leur fussent, étaient venus s'interposer entre lui et Callista.

Callista avait les yeux pleins de larmes. Un instant de plus et, oublieux de sa promesse, il l'aurait prise dans ses bras. Heureusement, Ellemir, fraîche et rose après son bain, entra, vêtue d'une robe de Callista. Constatant que sa sœur était réveillée, elle s'approcha de son lit.

— Tu te sens mieux, *breda* ?

— Non, plutôt pire, dit Callista en secouant la tête.

— Peux-tu te lever, ma chérie ?

— Je ne sais pas, dit-elle essayant de s'asseoir. Mais je suppose qu'il vaudrait mieux. Elli, veux-tu appeler ma servante ?

— Non. Personne ne doit poser la main sur toi, a dit Damon, et je veux éviter les commérages de ces petites folles. Je m'occuperai de toi, Callie. Andrew, il faut prévenir Damon qu'elle est réveillée.

Il trouva Damon en train de se raser dans la luxueuse salle de bains qui faisait pendant à la leur. Celui-ci fit signe à Andrew d'entrer.

— Callista va mieux ?

Puis il remarqua l'hésitation d'Andrew.

— Bon sang, je ne pensais pas… il y a des tabous sur la nudité dans l'Empire ?

Andrew pensa avec gêne que c'était à lui, et non à Damon, de se sentir embarrassé.

— Dans certaines cultures, oui. Dont la mienne. Mais je vis dans ton monde, et c'est à moi à me conformer à vos coutumes, et non pas toi aux miennes.

Andrew savait qu'il était stupide de se sentir gêné, ou furieux, ou offensé, au souvenir de Damon complètement nu, la veille, contemplant le corps fragile et meurtri de Callista.

Damon haussa les épaules, disant avec naturel :

— Nous n'avons guère de tabous de ce genre, ici. Quelques-uns chez les *cristoforos,* ou en présence de non-humains ou de personnes d'une autre génération. Par exemple, je ne me présenterais pas nu à un groupe de contemporains de mon père ou de *Dom* Esteban. Ce n'est pas interdit, pourtant, et certes pas embarrassant comme vous semblez le penser. Je ne me présenterais pas nu sans raison devant un groupe de servantes non plus, mais si la maison était en feu, je n'hésiterais pas. Avec un homme de mon âge, marié à la sœur de ma femme, ça n'a jamais été un problème, termina-t-il en haussant les épaules.

Andrew réalisa qu'il aurait dû le comprendre, la veille, quand Ellemir n'y avait accordé aucune attention.

Damon s'aspergea d'eau, puis se passa une lotion parfumée aux herbes, dont l'odeur rappela à Andrew le petit laboratoire de Callista. Enfilant une chemise, Damon reprit en riant :

— En ce qui concerne Ellemir, sa réaction devrait te faire plaisir. Ça signifie qu'elle t'a accepté comme membre de la famille. Voudrais-tu qu'elle se sente embarrassée devant toi et qu'elle se couvre soigneusement comme en présence d'un étranger ?

— Non, à moins que ça te gêne.

Mais cela signifiait-il aussi qu'elle ne considérait pas Andrew comme un mâle ? Etait-ce une façon subtile de rabaisser va virilité ?

— Donne-moi le temps, et tout s'arrangera tout seul, dit Damon, s'habillant avec insouciance. Il neige toujours ?

— Plus que jamais.

Damon alla s'en assurer, mais, dès qu'il eut entrouvert la fenêtre, un vent glacial s'engouffra dans la chambre comme un ouragan. Il referma précipitamment.

— Callie est réveillée ? Qui est près d'elle ? Parfait. J'espérais bien qu'Ellemir aurait le bon sens de ne pas laisser approcher les servantes. Dans son état, la présence de tout non-télépathe est pratiquement insupportable. C'est pourquoi nous n'avions pas de serviteurs humains dans les Tours.

Il se tourna vers la porte.

— Tu as mangé ?

174

— Pas encore, dit Andrew, réalisant qu'il était midi passé et qu'il mourait de faim.

— Alors, veux-tu descendre et demander à Rhodri de nous monter quelque chose. Je crois qu'il vaut mieux que nous restions tous près de Callista.

Il eut une courte hésitation, puis reprit :

— Je vais te charger d'une mission délicate. Il faudrait donner une explication quelconque de notre absence à *Dom* Esteban. Moi, il n'aurait qu'à me regarder pour savoir toute l'histoire — il me connaît depuis mon enfance. Toi, je ne crois pas qu'il te sondera. Tu es encore suffisamment étranger pour qu'il observe encore une certaine réserve. Ça ne t'ennuie pas trop ? Moi, je ne pourrai jamais lui expliquer.

— Ça m'est égal, dit Andrew.

Ce n'était pas vrai, mais l'infirme avait droit à une explication, ne serait-ce que par courtoisie. L'heure où Ellemir descendait était passée depuis longtemps, et Callista tenait toujours compagnie à son père.

Il dit au majordome qu'ils s'étaient tous levés très tard et déjeuneraient dans leurs appartements. Se rappelant les paroles de Damon sur la présence de non-télépathes, il précisa que personne ne devait entrer, et qu'il fallait déposer leurs repas à la porte.

— Certainement, *Dom* Ann'dra, répondit le majordome, sans la moindre curiosité, comme si cette requête était naturelle.

Dans le Grand Hall, le Garde Caradoc tenait compagnie à *Dom* Esteban assis dans son fauteuil roulant près de la fenêtre. Andrew vit avec soulagement que Dezi n'était pas là. Les deux hommes jouaient à un jeu rappelant les échecs, et que Damon avait essayé d'enseigner à Andrew. Cela s'appelait le jeu des châteaux, et se jouait avec des figurines en cristal, qu'on ne disposait pas en ordre sur l'échiquier, mais qu'on y jetait au hasard, partant de l'endroit où elles étaient tombées, selon des règles compliquées. *Dom* Esteban, prenant une pièce en cristal rouge, sourit triomphalement à Caradoc, puis leva des yeux interrogateurs sur Andrew.

— Bonjour, ou devrais-je plutôt dire bonsoir ? Je suppose que vous avez bien dormi ?

— Assez bien, monsieur, mais Callista est... est un peu indisposée. Et Ellemir lui tient compagnie.

— Je suppose que vous lui tenez tous compagnie. C'est parfait, dit *Dom* Esteban avec un grand sourire.

— Y a-t-il quelque chose à faire, mon beau-père ?

— Par ce temps ? dit l'infirme, montrant la neige. Rien. Inutile de t'excuser.

Andrew pensa que l'infirme était un puissant télépathe. Si les événements de la veille avaient perturbé Damon et Ellemir jusque dans leur lit conjugal, *Dom* Esteban en avait-il été incommodé lui aussi ? Si c'était le cas, il n'en laissa rien paraître. Il dit :

— Assure Callista de mon affection, et transmets-lui mes vœux de prompt rétablissement. Et dis à Ellemir de bien s'occuper de sa sœur. Je ne manque pas de compagnie, je peux donc me passer de vous pendant un ou deux jours.

Dans son dialecte montagnard, Caradoc fit une remarque sur la saison des blizzards, époque rêvée pour rester chez soi au chaud avec sa femme. *Dom* Esteban s'esclaffa, mais Andrew ne comprit pas très bien. Andrew fut reconnaissant au Seigneur Alton de sa discrétion, mais il se sentait nerveux, nu. Quiconque possédait le moindre don télépathique devait avoir perçu les événements de la veille ; ça avait dû réveiller tous les télépathes d'ici à Thendera !

On avait monté leurs repas ; Damon les avait transportés près du lit de Callista, qui, pâle et épuisée, s'était recouchée. Ellemir lui donnait à manger, à petites bouchées, comme à un enfant. Damon, faisant place à Andrew à côté de lui, lui tendit un petit pain chaud.

— On ne t'a pas attendu. Je mourais de faim après la nuit dernière. Les domestiques doivent penser qu'on s'est livrés à une orgie !

— Je voudrais qu'ils aient raison, dit Callista en riant. Ce serait préférable à ma condition présente !

Ellemir lui tendit une bouchée de pain tartinée de miel odorant des montagnes, mais elle secoua la tête.

— Non, vraiment, je ne peux pas.

Damon l'observait avec inquiétude. Elle avait bu quelques gorgées de lait, mais refusé de manger, comme si l'effort d'avaler était au-dessus de ses forces. Il dit enfin :

— Tu as pris la direction du laboratoire, Callista. As-tu fait du *kirian* ?

Elle secoua la tête.

— Personne n'en a besoin ici puisque Valdir est à Nevarsin ; alors, j'en ai remis la préparation à plus tard. C'est compliqué à préparer, car il faut le distiller trois fois.

— Je sais. Je n'en ai jamais fait, mais j'en ai vu faire, dit Damon, la regardant d'un œil incisif remuer dans son lit. Tu as encore mal ?

Elle hocha la tête.

— Je saigne, dit-elle d'une toute petite voix.

— Ça aussi ?

Rien ne lui serait-il donc épargné ?

— C'est très en avance sur l'époque habituelle ? S'il n'y a que quelques jours de différence, cela vient simplement du choc, sans doute.

Elle secoua la tête.

— Tu ne comprends pas. Il n'y a pas… pas d'époque habituelle pour moi. C'est la première fois…

Il la considéra, stupéfait, presque incrédule.

— Mais tu avais treize ans révolus quand tu es allée à la Tour, dit-il. Ton cycle menstruel n'était pas encore établi ?

Elle avait l'air embarrassé, presque honteux, pensa Andrew.

— Non. Léonie a dit que c'était une bonne chose.

— Elle aurait dû attendre que tu sois formée avant de commencer ton instruction, dit-il avec colère.

Callista détourna les yeux en rougissant.

— Elle m'a dit qu'en commençant si jeune, certains processus physiques normaux seraient perturbés. Mais que ça rendrait mon adaptation plus facile.

— Je croyais que c'était une barbarie inconnue depuis les Ages du Chaos ! Pendant des générations, on a considéré comme admis que toutes les Gardiennes étaient des femmes faites !

Callista prit la défense de sa mère adoptive.

— Elle m'a dit que six autres filles avaient essayé, et qu'elles avaient échoué à s'adapter. Que ce serait plus facile pour moi, que j'aurais moins de problèmes et de souffrances...

Damon, un verre de vin à la main, fronça les sourcils, regardant dans le vague comme s'il y voyait quelque chose de très déplaisant.

— Réfléchis bien. Quand tu étais à la Tour, est-ce qu'on t'a donné des drogues pour supprimer tes règles ?

— Non, ça n'a jamais été nécessaire.

— Je n'imagine pas ça de Léonie, mais aurait-elle travaillé avec la matrice sur tes courants corporels ?

— Seulement dans le cadre de la formation ordinaire, je crois, dit Callista, hésitante.

— Ecoutez, de quoi s'agit-il, exactement ? intervint Andrew.

— Autrefois, dit Damon, très sombre, une Gardienne en formation était parfois stérilisée — Marisela nous en a parlé, tu te rappelles ? Je n'arrive pas à croire — je n'arrive pas à *croire*, répéta-t-il avec force, que Léonie ait ainsi anéanti ta féminité !

— Oh non, Damon ! Oh non ! Léonie m'aime, dit Callista. Elle n'aurait jamais...

Mais elle ne put terminer. Elle avait peur.

Léonie était si convaincue que Callista resterait à la Tour toute sa vie, elle avait tant répugné à la libérer...

Andrew prit la main glacée de Callista. Damon dit en fronçant les sourcils :

— Non, je sais que tu n'as pas été stérilisée. Si tes règles sont venues, le mécanisme s'est remis en route. Pourtant, on stérilisait de temps en temps, autrefois, pensant que la virginité pesait moins à une fillette encore sexuellement immature.

— Mais maintenant que ça a commencé, tout ira bien, non ? demanda Ellemir avec anxiété.

— Espérons-le, dit Damon.

Peut-être que le désir de la veille, même avorté, avait

dégagé certains canaux bloqués de son corps ; si elle avait atteint d'un seul coup la maturité sexuelle, ses troubles actuels n'étaient peut-être que les malaises normaux de la puberté. Il se rappela qu'à la Tour, les Gardiennes en formation, et même toutes les femmes travaillant sur les forces psi au-dessus du niveau de moniteur, étaient sujettes à des douleurs menstruelles récurrentes, et parfois torturantes. Callista, recevant ses pensées, dit en riant :

— J'ai souvent donné de la tisane de fleur d'or aux femmes d'Arilinn, m'estimant heureuse d'être exempte de leurs souffrances. Il semble que j'aie rejoint maintenant les rangs des femmes normales, à cet égard du moins ! Je sais que nous avons de la tisane de fleur d'or au laboratoire ; Ferrika en donne à la moitié des femmes du domaine. Peut-être qu'une dose me ferait du bien.

— Je vais en chercher, dit Ellemir.

Elle revint peu après avec une tasse d'un breuvage brûlant, à la forte odeur aromatique. Callista, retrouvant un peu de son ancienne gaieté, dit :

— Croiriez-vous que je n'en ai jamais goûté ? J'espère que ce n'est pas trop mauvais !

— Ce serait bien fait pour toi, méchante, dit Ellemir en riant. Servir une décoction sans même savoir le goût qu'elle a ! Non, en fait, c'est plutôt bon. J'en ai toujours pris avec plaisir. Mais ça va te faire dormir, alors, allonge-toi et laisse-la agir.

Docile, Callista but sa tisane et s'allongea sous sa couverture. Ellemir alla chercher son ouvrage et s'assit à son chevet.

— Viens, Andrew, dit Damon. Elles n'ont plus besoin de nous.

Et ils sortirent.

En bas, dans le laboratoire, Damon inspecta l'alambic de Callista, et ses provisions d'herbes et d'essences. Andrew, regardant les fioles aux formes bizarres, les mortiers, les pilons et les boîtes alignés sur les étagères, les herbes, feuilles, tiges, gousses, fleurs et graines séchées, demanda :

— Tout ça, ce sont des drogues et des médicaments ?

— Oh non, dit distraitement Damon en ouvrant un tiroir. Ça, continua-t-il, montrant des graines écrasées, ce sont des épices pour la cuisine, et elle fait de l'encens pour parfumer l'air, et aussi quelques lotions cosmétiques et quelques parfums. Ce qu'on achète dans les villes n'est pas la moitié aussi bon que les produits fabriqués selon les anciennes recettes.

— Qu'est-ce qu'Ellemir lui a donné ?

Damon haussa les épaules.

— La tisane de fleur d'or ? Un léger tonique musculaire, bon pour les crampes et les spasmes de toutes sortes. Ça ne peut pas lui faire de mal ; on en donne aux femmes enceintes et aux bébés qui ont la colique.

Mais, se demanda-t-il en fronçant les sourcils, cela pouvait-il soulager Callista ? Des interférences si graves avec les processus physiques... comment Léonie avait-elle pu faire une chose pareille ?

Andrew reçut sa pensée, aussi clairement que si Damon l'avait exprimée tout haut.

— Je savais que les Gardiennes subissaient certains changements physiques. Mais ça ?

— J'en suis choqué aussi, dit Damon, retournant dans sa main un bouquet d'aubépine blanche. En tout cas, ce n'est pas fréquent de nos jours. J'aurais cru que c'était illégal. Naturellement, les intentions de Léonie étaient pures. Tu as vu les altérations des courants nerveux. Certaines filles endurent un martyre au moment de leurs règles, et Léonie n'a sans doute pas supporté l'idée de la voir souffrir ainsi. Mais à quel prix !

Fronçant les sourcils, il se remit à ouvrir des tiroirs.

— Si Callista avait choisi librement... mais Léonie ne lui a rien dit ! C'est ça que je trouve difficile à comprendre, et à pardonner !

Andrew, en proie à une détresse insidieuse, à une horreur physique, se demandait pourtant : pourquoi suis-je si scandalisé, après tout ? Les modifications physiques ne lui étaient pas inconnues. La plupart des femmes partant sur les astronefs de l'Empire — les radiations de l'hyperespace les stérilisaient de toute façon — voyaient leur cycle menstruel supprimé. A moins qu'elles ne veuillent avoir un enfant, elles subissaient un traitement hormonal qui leur en épargnait les inconvénients. Pourquoi était-il donc si choqué ? Ce n'était pas choquant en soi, seulement pour Damon ! S'habituerait-il jamais à cette vie d'aquarium ? Ne pouvait-il pas même penser par lui-même ?

Damon, retournant un bouquet d'herbes dans sa main, dit :

— Il faut que tu comprennes. Callista a vingt ans révolus. C'est une adulte, qui s'est livrée pendant des années au travail hautement spécialisé de technicienne des matrices. C'est une professionnelle expérimentée dans l'une des disciplines les plus exigeantes de Ténébreuse. Et maintenant, sa formation est passée, ses talents sont devenus inutiles et ne lui servent plus à rien. Elle se débat dans les difficultés du déconditionnement et de l'éveil sexuel, et elle a tous les problèmes émotionnels d'une jeune mariée. Et en plus, je découvre qu'elle a été maintenue dans l'état physiologique d'une gamine de douze ou treize ans. Par Evanda ! Si seulement j'avais su...

Andrew tenait obstinément les yeux fixés sur le sol. Plus d'une fois, depuis le terrible fiasco de la veille, il s'était fait l'effet d'un violeur. Si Callista était, physiologiquement, encore une adolescente prépubère... Il frissonna d'horreur.

— Non, dit doucement Damon. Callista ne le savait pas elle-même. N'oublie pas que, depuis six ans, elle fait un travail d'adulte.

Il savait pourtant que ce n'était pas tout à fait exact. Callista devait savoir qu'un gouffre infranchissable la séparait des autres femmes. Léonie avait peut-être épargné quelques souffrances physiques à sa protégée, mais à quel prix ?

Enfin, le cycle menstruel s'était rétabli spontanément, et c'était bon signe. Les autres blocages disparaîtraient peut-être aussi d'eux-mêmes, simplement avec du temps et de la patience. Il prit un bouquet de fleurs sèches et les respira avec précaution.

— Ah, voilà ! Du *kireseth*… non, ne le respire pas, Andrew, cette plante a une action bizarre sur le cerveau.

Au souvenir de la Tour, il se sentit vaguement coupable. Le tabou entourant le *kireseth* était absolu chez les techniciens des matrices, et il avait l'impression de commettre un crime en y touchant. Il dit, parlant plus pour lui-même que pour Andrew :

— Je peux faire du *kirian* avec ça. Je ne sais pas le distiller comme à Arilinn, mais je peux toujours faire une teinture…

Une solution de résine dissoute dans l'alcool, se disait-il. Avec l'aide de Ferrika, il pourrait peut-être faire la première distillation. Il posa le *kireseth*, avec le sentiment que l'odeur pénétrait jusqu'au plus profond de son cerveau, anéantissant ses contrôles, dissolvant les barrières entre l'esprit et le corps…

Andrew arpentait nerveusement le laboratoire, ruminant des idées horribles.

— Damon, Callista devait savoir ce qui pouvait se passer.

— Naturellement, dit Damon, distraitement. Avant ses quinze ans, elle savait qu'aucun homme ne peut toucher une Gardienne.

— Et si j'ai pu la meurtrir ou l'effrayer à ce point… Damon !

Il s'interrompit, terrassé par la même horreur que la veille.

— Tu sais ce qu'elle m'a demandé ? reprit-il en un souffle. De… de l'assommer, et de la violer pendant qu'elle… ne pourrait pas me résister.

— Et ça aurait pu réussir, dit-il. C'était intelligent d'y penser. Ça montre au moins qu'elle comprend le problème.

— Grands dieux ! Comment peux-tu en parler si calmement ! dit-il avec indignation.

Damon se retourna, réalisant soudain que son ami avait atteint les limites de son endurance.

— Andrew, dit-il doucement, sais-tu ce qui t'a évité d'être tué, hier soir ?

— Je ne sais plus rien sur rien. Et ce que je sais ne m'aide guère ! dit-il avec désespoir. Tu penses vraiment que j'aurais dû...

— Non, non, bien sûr que non, *bredu*. Je comprends pourquoi tu n'as pas pu. Aucun honnête homme ne le pourrait !

Il posa doucement la main sur le bras d'Andrew.

— Andrew, ce qui t'a sauvé — ce qui vous a sauvés tous les deux —, c'est le fait qu'elle n'avait pas peur. Qu'elle t'aimait, qu'elle te désirait. Ce qui t'a frappé, c'est un simple réflexe physique qu'elle n'a pas pu contrôler ; qui ne t'a même pas fait perdre connaissance. C'est en te heurtant la tête contre un meuble que tu t'es évanoui. Si elle avait été terrifiée et s'était débattue contre toi, si tu avais vraiment voulu la prendre contre sa volonté, imagines-tu les forces qu'elle aurait déchaînées sur toi ? Callista est une des télépathes les plus puissantes de Ténébreuse, et Gardienne entraînée d'Arilinn, de surcroît ! Si elle avait ressenti ton comportement comme un viol, si elle avait éprouvé la moindre... la moindre peur ou répulsion, tu serais mort !

Il répéta avec force :

— Tu serais mort, mort, *mort !*

Mais, pensa Andrew, elle avait peur avant que Damon et Ellemir n'établissent le contact avec eux... Et c'est la perception du plaisir d'Ellemir qui lui avait fait désirer de le partager ! Plus troublante encore, l'idée que Damon avait été en contact avec Callista comme il l'avait été avec Ellemir. Damon, recevant sa détresse, l'interpréta comme un rejet et en fut choqué. Ils avaient tous vécu une expérience si intime ; Andrew regrettait-il donc d'y avoir participé ? Il posa la main sur l'épaule d'Andrew, geste rare parmi les télépathes, mais assez naturel au souvenir de cette intimité partagée. Andrew se dégagea, et Damon laissa retomber sa main, troublé et un peu triste. Pourquoi tant d'éloignement ? Jusqu'à quand ? Jusqu'à quand ? Etaient-ils frères ou étrangers ?

— Je sais que c'est très nouveau pour toi, Andrew, dit-il. J'oublie toujours que j'ai grandi avec des télépathes, qui trouvent normal ce genre de situations. Tu t'y habitueras, tu verras.

M'y habituer ? pensa Andrew. Sachant que seul le fait qu'il avait été voyeur involontaire avait empêché sa femme de le tuer ? Sachant que Damon — et Ellemir — considéraient ces situations comme normales et bienvenues ? Damon lui en voulait-il de désirer que Callista soit toute à lui ? Il se rappela la proposition de Callista, se rappela la sensation d'Ellemir dans ses bras, ardente, passionnée — *telle que Callista ne pouvait pas être*. Désespéré, confus, il se détourna de Damon et, chancelant, se dirigea vers la porte, accablé de honte et d'horreur. Il avait envie — besoin — de s'en aller, n'importe où hors d'ici, loin du contact trop révélateur de Damon, loin de l'homme qui lisait ses pensées les plus intimes. Il ne savait pas qu'il était virtuellement malade, d'une maladie très réelle connue sous le nom de choc culturel. Il savait simplement qu'il avait la nausée, une nausée qui prit la forme d'une rage insensée contre Damon. L'odeur entêtante des herbes lui donna envie de vomir. Il dit d'une voix enrouée :

— J'ai besoin d'un peu d'air.

Poussant la porte, il traversa les cuisines, titubant, et sortit dans la cour. Il s'immobilisa sous la neige qui tourbillonnait autour de lui, maudissant la planète où il avait échoué et le hasard qui l'y avait amené.

— *J'aurais dû mourir quand mon avion s'est abattu. Callie n'a pas besoin de moi... Je ne lui ferai jamais que du mal.*

Damon dit doucement derrière lui :

— Rentre, Andrew, et viens parler avec moi. Ne reste pas tout seul comme ça, fermant ton esprit à tout le monde.

— Oh, mon Dieu, dit Andrew avec un sanglot étouffé. Il le faut. Je ne peux plus parler. Je ne peux plus supporter ça. Laisse-moi tranquille, bon sang. Tu ne peux pas me laisser en paix un moment ?

Il ressentait la présence de Damon comme une douleur aiguë, comme une pression. Il savait qu'il faisait mal à Damon, mais refusait de le reconnaître, refusait de se retourner, de le regarder... Damon dit enfin, très doucement :

— D'accord, Ann'dra. Je sais que tu es à bout de forces. Alors, un peu plus tard. Mais ne tarde pas trop.

Sans se retourner, Andrew sut que Damon était parti. Ou plutôt non, pensa-t-il en frissonnant, Damon n'avait jamais été là, il était toujours au laboratoire. La neige tombait autour de lui en tourbillons furieux dont seuls les murs d'enceinte émoussaient un peu la violence. *Callista.* Il chercha son contact mental pour se rassurer, mais ne le trouva pas ; il sentit seulement le battement faible et irrégulier de son pouls, et n'osa pas la tirer de son sommeil.

Qu'est-ce que je peux faire ? Qu'est-ce que je peux faire ? Dans sa détresse, il se mit à pleurer, seul sous la neige. Il ne s'était jamais senti si seul de sa vie, pas même quand son avion s'était abattu et qu'il s'était retrouvé isolé sur une planète étrangère, sous un soleil étranger, dans des montagnes inexplorées...

Tout ce que j'ai jamais connu est devenu inutile, absurde, ou pire. Mes amis sont des étrangers ; et ma femme est la plus étrangère de tous. Mon univers a disparu, j'y ai renoncé. Je ne pourrai jamais y retourner, car on me croit mort.

Il pensa : *J'espère bien attraper une pneumonie et mourir.* Puis, conscient de l'infantilisme de cette idée, il réalisa qu'il était vraiment en danger. Lugubre, poussé non par l'instinct de conservation, mais par un vague sens du devoir, il se retourna et rentra. La maison lui parut étrange, étrangère, invivable pour un Terrien. Comment avait-elle pu jamais lui sembler accueillante ? Profondément troublé, il embrassa du regard le hall vide, content de n'y trouver personne. *Dom* Esteban devait faire sa sieste. Les servantes bavardaient à voix basse. Il s'abattit sur un banc, la tête dans les bras, et resta là, non pas endormi mais absorbé en lui-même, espérant que s'il ne bougeait pas tout allait disparaître, perdre sa réalité.

Longtemps après, quelqu'un lui mit un verre dans la main, qu'il vida avec reconnaissance ; puis il en trouva un autre, et un autre, la tête de plus en plus légère. Il s'entendit délirer, confiant enfin tous ses malheurs à une oreille amicale. Il y eut beaucoup d'autres verres, et il finit par perdre conscience de ce qui se passait.

Une voix résonna dans sa tête, insidieuse, franchissant ses barrières, brisant sa résistance, plongeant au plus profond de son inconscient.

Personne ne te veut ici. Personne n'a besoin de toi ici. Pourquoi ne pas t'en aller, pendant que tu le peux encore, avant qu'un épouvantable malheur n'arrive ? Va-t'en, retourne d'où tu viens, retourne dans ton monde. Tu y seras plus heureux. Va-t'en maintenant. Va-t'en tout de suite. Personne ne s'en apercevra ni ne s'en souciera.

Andrew comprit vaguement que ce raisonnement était défectueux. Damon lui avait donné quelques très bonnes raisons de rester. Puis il se rappela qu'il était furieux contre Damon.

Tu crois que Damon est ton ami. Méfie-toi de Damon. Il se servira de toi quand il aura besoin de ton aide, puis il se retournera contre toi. La voix avait quelque chose de familier, mais ce n'était pas vraiment une voix. C'était une vibration à l'intérieur de son esprit ! Il essaya d'abaisser ses barrières mentales, mais la voix était trop apaisante.

Va-t'en maintenant. Va-t'en maintenant. Personne n'a besoin de toi ici. Tu seras heureux en retournant parmi ton peuple. Ici, tu ne seras jamais heureux.

Trébuchant, Andrew sortit dans le couloir et enfila son manteau. Quelqu'un l'aida à boucler la ceinture. Damon ? Damon savait qu'il ne pouvait pas rester. Il ne pouvait pas faire confiance à Damon. Il serait heureux parmi son peuple. Il rentrerait à Thendera, à la Cité du Commerce et dans l'Empire Terrien où son esprit lui appartenait en propre...

Va-t'en maintenant. Personne ne veut de toi ici...

Malgré son ivresse, la violence de la tempête le surprit et lui coupa le souffle. Il allait rentrer quand la voix reprit dans sa tête :

Va-t'en maintenant. Va-t'en maintenant. Personne ne veut de toi ici. Tu as échoué. Tu ne fais que du mal à Callista. Va-t'en, retourne vers ton peuple.

Ses bottes s'enfoncèrent dans la neige, mais il continua, levant haut les pieds et les posant avec une résolution têtue. *Callista n'a pas besoin de toi.* Plus saoul qu'il n'en avait conscience, il tenait à peine debout. Il respirait avec difficulté. Ou était-ce la neige qui lui coupait la respiration ?

Va-t'en. Retourne à ton peuple. Personne n'a besoin de toi ici.

L'instinct de conservation reprenant brièvement le dessus, il revint un peu à lui. Il était seul dans la tempête, et les lumières d'Armida avaient disparu dans la nuit. Il se retourna, trébucha, tomba à genoux dans la neige, réalisant qu'il était ivre, ou fou. Il se releva péniblement, son esprit se brouilla, il tomba de tout son long dans la neige. Il fallait se relever, continuer, rentrer, trouver un abri... mais il était si fatigué.

Je vais me reposer, juste une minute... juste une minute...

Son esprit sombra dans les ténèbres et il perdit connaissance.

9

DAMON travailla longtemps dans le petit laboratoire, et finit par abandonner, dégoûté. Impossible de faire du *kirian* comme on le faisait à Arilinn. Il n'avait ni les connaissances, ni, conclut-il après un examen approfondi du matériel, les appareils nécessaires. Il regarda sans enthousiasme la grossière teinture qu'il était parvenu à faire. Il n'avait guère envie de l'expérimenter sur lui-même, et il était certain que Callista la refuserait. Mais il disposait de beaucoup de matière première, et il ferait peut-être mieux un autre jour. Il devrait peut-être commencer avec un extrait d'éther. Il demanderait à Callista. Jetant les résidus de son travail et se lavant les mains, il pensa soudain à Andrew. Où était-il allé ? Mais quand il remonta, Callista dormait encore, et son inquiétude étonna Ellemir.

— Andrew ? Non, je croyais qu'il était toujours avec toi. Veux-tu que je vienne...

— Non, reste avec Callista.

Il pensa qu'Andrew devait parler avec les hommes, ou qu'empruntant les tunnels, il était allé donner des ordres aux écuries. Mais *Dom* Esteban, qui dînait frugalement en compagnie d'Eduin et Caradoc, fronça les sourcils à ses questions.

— Andrew ? Je l'ai vu boire avec Dezi dans le hall inférieur. Vu ce qu'il a avalé, il doit être en train de dormir quelque part. Quelle tenue, remarqua-t-il avec mépris, de s'enivrer jusqu'à l'inconscience alors que sa femme est malade ! Comment va Callista ?

— Je ne sais pas, dit Damon, réalisant que *Dom* Esteban savait.

Comment pouvait-il en être autrement, Callista étant malade au lit, et Andrew ivre mort quelque part ? Mais l'un des tabous les plus forts de Ténébreuse était celui qui séparait les générations. Même si *Dom* Esteban avait été le propre père de Damon et non pas celui d'Ellemir, la coutume lui aurait interdit de discuter cette réponse.

Damon fouilla la maison, commençant par les endroits logiques, puis continuant par les illogiques. Il réunit enfin les serviteurs, et apprit que personne n'avait vu Andrew depuis le milieu de l'après-midi, quand il buvait avec Dezi dans le hall inférieur.

Il fit appeler Dezi, craignant soudain qu'Andrew, ivre et encore peu au fait du climat de Ténébreuse, ne soit sorti en sous-estimant la violence du blizzard.

— Où est Andrew ? demanda-t-il au jeune homme quand il se présenta devant lui.

Dezi haussa les épaules.

— Qui sait ? Je ne suis ni son gardien ni son frère de lait !

Dezi détourna les yeux, mais Damon avait eu le temps d'y voir un éclair de triomphe, et soudain, il *sut*.

— Parfait, dit-il, très sombre. Où est-il, Dezi ? Tu es le dernier à l'avoir vu.

Le jeune homme haussa les épaules, maussade.

— Reparti d'où il est venu, je suppose. Bon débarras !

— Par ce temps ? dit Damon, considérant avec consternation la tempête qui faisait rage dehors.

Puis il se retourna contre Dezi, avec une violence telle que le jeune homme recula.

— Tu as quelque chose à voir avec ça ! dit-il furieux. Je m'occuperai de toi plus tard. Pour le moment, il n'y a pas de temps à perdre.

Il le quitta en toute hâte, appelant les serviteurs à grands cris.

190

Andrew s'éveilla lentement, les pieds et les mains brûlants de souffrance. Il était emmailloté de pansements et de couvertures. Ferrika se penchait sur lui, un breuvage chaud à la main, et le faisait boire en lui soutenant la tête. Les yeux de Damon sortirent peu à peu du brouillard, et Andrew réalisa confusément que Damon était sincèrement inquiet. Il l'aimait. Ce qu'Andrew avait pensé, c'était faux.

— Nous t'avons retrouvé juste à temps, dit Damon avec douceur. Encore une heure, et nous n'aurions pas pu sauver tes pieds et tes mains. Encore deux heures, et tu étais mort. Qu'est-ce que tu te rappelles ?

Andrew s'efforça de rappeler ses souvenirs.

— Pas grand-chose. J'étais saoul, dit-il. Désolé, Damon, je dois avoir eu un moment de folie. Je n'arrêtais pas de penser : *Va-t'en, Callista ne veut pas de toi.* C'était comme une voix à l'intérieur de ma tête. Alors, c'est ce que j'ai essayé de faire, de m'en aller… Je suis désolé d'avoir causé tous ces problèmes, Damon.

— Tu n'as aucune raison d'être désolé, *toi,* dit Damon, très sombre, en proie à une rage presque palpable, qui l'entourait d'une aura écarlate.

Andrew, sensibilisé, le vit sous la forme d'un réseau d'énergies, et non plus comme le Damon qu'il connaissait. Il rayonnait, il tremblait de fureur.

— Ce n'est pas toi qui as causé ces problèmes. Quelqu'un t'a joué un très vilain tour, et ça a failli te tuer.

Puis il redevint le Damon de tous les jours, svelte et légèrement voûté, qui posa doucement une main sur l'épaule d'Andrew.

— Dors, et ne t'inquiète pas. Tu es avec nous, tu ne risques plus rien.

Il quitta Andrew endormi et partit à la recherche de *Dom* Esteban, l'esprit bouillonnant de rage. Dezi avait hérité le don Alton de forcer les rapports, d'imposer de force des liens mentaux avec quiconque, même avec un non-télépathe. Andrew ivre était la victime parfaite, et, le connaissant, Damon pensa qu'il ne s'était pas trop fait prier pour boire.

Dezi était jaloux d'Andrew. C'était évident depuis le début. Mais pourquoi ? Pensait-il qu'Andrew disparu, *Dom* Esteban le reconnaîtrait alors pour le fils dont il aurait alors un besoin si urgent ? Ou s'était-il mis en tête de demander Callista en mariage, espérant que cela forcerait la main à l'infirme, l'obligerait à reconnaître que Dezi était le frère de Callista ? C'était une énigme insoluble.

Damon aurait peut-être pardonné une telle tentation à un télépathe ordinaire. Mais Dezi avait été formé à Arilinn ; lié par le serment des Tours, il avait juré de ne jamais interférer avec l'intégrité d'un esprit, de ne jamais rien imposer de force à la volonté ou à la conscience d'un autre. On lui avait remis une matrice, avec la puissance terrible que cela impliquait.

Et il avait trahi son serment.

Il n'avait pas tué. La chance, et l'œil perçant de Caradoc, avaient permis de retrouver Andrew dans une congère, partiellement recouvert de neige. Une heure plus tard, il aurait été complètement invisible, jusqu'au dégel du printemps. Et que serait devenue Callista, pensant qu'Andrew l'avait abandonnée ? Damon frissonna, réalisant que Callista n'aurait sans doute pas survécu à la journée. Grâce aux dieux, elle dormait profondément sous l'influence des somnifères. Il faudrait la mettre au courant — impossible de garder un tel secret dans une famille de télépathes — mais plus tard.

Dom Esteban écouta l'histoire avec consternation.

— Je savais qu'il y avait quelque chose de mauvais dans ce garçon, dit-il. Je l'aurais depuis longtemps reconnu pour mon fils, mais je n'ai jamais eu totalement confiance en lui. J'ai fait ce que j'ai pu pour lui, je l'ai gardé près de moi pour le surveiller, mais il m'a toujours semblé qu'il y avait en lui quelque part quelque chose de vicieux.

Damon soupira, sachant que l'infirme ne faisait que justifier ses remords. Reconnu, élevé en fils de Comyn, Dezi n'aurait pas eu besoin d'étayer son insécurité intérieure sur l'envie et la jalousie, qui l'avaient finalement poussé au meurtre. Le plus vraisemblable, pensa Damon verrouillant soigneusement son esprit par égard pour son beau-père, c'est que *Dom* Esteban n'avait pas voulu prendre la responsabilité d'une histoire sordide, arrivée sous l'influence de la boisson. La bâtardise n'était pas une disgrâce. Engendrer un fils Comyn était un honneur, pour la mère et l'enfant ; pourtant, l'épithète la plus infâme de la langue *casta* se traduisait par l'expression « aux six pères ».

Et même cela aurait pu être évité, Damon le savait, si, pendant sa grossesse, on avait monitoré la mère pour savoir de qui elle portait la semence. Damon pensa avec désespoir qu'il y avait vraiment quelque chose de vicié dans la façon dont on utilisait les télépathes sur Ténébreuse.

Mais maintenant, il était trop tard. Il n'y avait qu'un châtiment possible pour ce que Dezi avait fait. Damon le savait, *Dom* Esteban le savait, et Dezi le savait. Plus tard le même soir, on l'amena devant Damon, pieds et mains liés, et à demi mort de peur. On l'avait trouvé aux écuries, sellant un cheval et s'apprêtant à partir en plein blizzard. Il avait fallu trois Gardes pour le maîtriser.

Il aurait mieux valu qu'il parte, pensa Damon. Dans la tempête, il aurait trouvé la même justice et la même mort qu'il avait voulues pour Andrew, et se serait éteint sans être mutilé. Mais Damon était lié par le même serment que Dezi avait violé.

Andrew, lui aussi, pensa qu'il aurait préféré affronter la mort dans le blizzard plutôt que la colère qu'il sentait bouillonner chez Damon. Paradoxalement, Andrew plaignit le jeune homme quand il parut, mince et terrorisé, et paraissant bien plus jeune que son âge. On aurait dit un enfant, dont les liens constituaient une injustice et une torture.

Pourquoi Damon ne lui confiait-il pas le soin de le châtier ? se demanda Andrew. Il lui aurait administré une correction sévère, et à son âge, cela aurait suffi. Il l'avait proposé à Damon, mais son ami ne s'était même pas donné la peine de répondre. Pourtant, l'enjeu était clair.

Andrew ne serait plus jamais en sécurité nulle part, exposé en permanence à un coup de couteau dans le dos, à une pensée meurtrière... Dezi était un Alton, et une pensée mauvaise pouvait tuer. Il avait déjà failli réussir, et il n'était pas un enfant. Selon la loi des Domaines, il pouvait se battre en duel, reconnaître un fils, répondre d'un crime.

Avec appréhension, Andrew considéra Dezi, recroquevillé sur lui-même, et Damon. Comme tous les hommes sujets à des colères violentes mais brèves, Andrew ignorait l'animosité tenace et la rage qui se retourne vers l'intérieur, dévorant celui qui l'éprouve autant que sa victime. En cet instant, il sentit en Damon ce même genre de fureur qui l'entourait d'une aura rougeâtre. Le seigneur Comyn, le regard froid, resta impassible.

— Eh bien, Dezi, je n'ose pas même espérer que tu nous facilites les choses, à moi ou à toi, mais je te donne le choix, quoique tu ne le mérites pas. Es-tu prêt à accorder tes résonances aux miennes, et à me laisser prendre ta matrice sans lutter ?

Dezi ne répondit pas. Ses yeux flamboyaient d'un défi amer et haineux. Quel dommage, pensa Damon. Il était si puissant. Il cilla devant l'intimité qui lui était imposée de force, l'intimité la moins désirable entre le tortionnaire et le torturé. *Je ne veux pas le tuer, et j'y serai sans doute obligé. Miséricordieuse, Avara, je ne désire même pas lui faire du mal.*

Pourtant, pensant à la tâche qui l'attendait, il ne put s'empêcher de frémir. Ses doigts se refermèrent, se crispèrent, sur sa matrice suspendue à son cou dans son sachet de cuir et de soie.

Là, sur le centre rayonnant, pulsant, du principal centre nerveux. Depuis que Damon l'avait reçue, à l'âge de quinze ans, et que ses lumières s'étaient animées au contact de son esprit, elle n'avait jamais été hors du contact rassurant de ses doigts. Aucun autre être humain ne l'avait jamais touchée, à part sa Gardienne,

Léonie, et, pendant un bref laps de temps, la sous-Gardienne, Hillary Castamir. La seule pensée qu'on pût la lui enlever à jamais l'emplissait d'une sombre terreur pire que la mort. Il savait, avec tout le don d'un Ridenow, avec tout le *laran* d'un empathe, ce que Dezi endurait.

C'était une douleur aveuglante. Paralysante. C'était une mutilation...

C'était le châtiment imposé par le serment d'Arilinn pour l'usage illégal d'une matrice. Et c'était lui qui devait l'infliger.

Dezi dit, jusqu'au bout cramponné à son attitude de défi :

— Sans une Gardienne présente, c'est un meurtre que tu vas commettre. Punit-on une tentative de meurtre par le meurtre ?

Damon, qui ressentait pourtant la terreur de Dezi jusque dans ses entrailles, répondit d'une voix neutre :

— Tout technicien moyen des matrices — et je suis technicien supérieur — peut exécuter cette partie du travail de Gardienne. Je peux accorder nos résonances et te l'enlever sans danger. Je ne te tuerai pas. Si tu ne luttes pas contre moi, ce sera plus facile pour toi.

— Non, va au diable ! cracha Dezi.

Damon réunit tout son courage en vue de l'épreuve qui l'attendait. Il ne put s'empêcher d'admirer le jeune homme qui essayait de conserver sa dignité, de feindre la bravoure. Il dut se rappeler que le courage n'était qu'une feinte chez un lâche qui avait abusivement employé le *laran* contre un homme saoul et sans défense, contre un homme qu'il avait à dessein enivré dans ce but. Admirer Dezi maintenant, simplement parce qu'il ne s'effondrait pas et n'implorait pas sa clémence — comme Damon savait très bien qu'il l'aurait fait —, c'était absurde.

Il sentait les émotions de Dezi — empathe entraîné dont le *laran* avait été affiné à Arilinn, il ne pouvait que les recevoir — mais il s'efforça de les ignorer, se concentrant sur sa tâche. Il lui fallait d'abord se centrer sur sa matrice, régulariser sa respiration, laisser sa conscience se dilater dans le champ magnétique de son corps. Filtrant les émotions il les laissa se dissiper, comme une Gardienne doit le faire, les sentant et les acceptant, mais sans y participer.

Léonie lui avait dit un jour que, s'il avait été femme, il aurait pu être Gardienne, mais qu'étant homme, il était trop sensible ; ce souvenir ralluma sa colère, et sa colère le fortifia. Pourquoi la sensibilité aurait-elle dû détruire un homme si elle était précieuse chez une femme, si elle permettait à une femme d'exécuter le travail le plus difficile des matrices, celui de Gardienne ? A l'époque, ces paroles de Léonie avaient failli l'anéantir ; il les avait ressenties comme une attaque contre sa virilité. Maintenant, elles fortifiaient sa conviction de pouvoir exécuter cette tâche, qui faisait partie du travail des Gardiennes.

Andrew, qui, légèrement lié avec lui, le regardait, le vit soudain comme il l'avait vu un moment la veille au chevet de Callista : sous forme de champ vibrant de courants interconnectés et de centres pulsants, aux couleurs doucement rayonnantes. Puis il se mit à voir Dezi de la même façon, comprenant ce que faisait Damon, qui mettait en rapport ses vibrations avec celles de Dezi, ajustait les courants de leurs corps — et des gemmes-matrices — pour qu'ils vibrent en résonance parfaite. Cela permettrait à Damon de toucher la matrice de Dezi sans souffrance, sans infliger au jeune homme un choc physique ou nerveux assez fort pour le tuer.

Pour quelqu'un qui n'était pas accordé à sa résonance précise, toucher une matrice pouvait provoquer un choc, des convulsions et même la mort. A tout le moins une souffrance effroyable.

Il vit les résonances s'accorder, pulser ensemble comme si, un instant, les deux champs magnétiques s'étaient fondus et ne faisaient plus qu'un. Damon se leva — Andrew eut l'impression d'un nuage mouvant d'énergie électrique — et s'approcha du jeune homme. Mais Dezi arracha soudain à Damon la maîtrise des résonances, brisant le rapport. Ce fut comme l'explosion de forces conflictuelles. Damon se recroquevilla de souffrance, et Andrew sentit le contrecoup de la douleur qui ébranla les nerfs et le cerveau de Damon. Automatiquement, Damon recula hors du champ, se ressaisit, et commença à se remettre en résonance avec le nouveau champ créé par Dezi. Il pensa, presque avec compassion, que Dezi avait paniqué ; que, le moment venu, il n'avait pas pu endurer le châtiment.

De nouveau, les résonances s'accordèrent, les champs d'énergie commencèrent à vibrer en consonance, de nouveau Damon essaya de rejoindre Dezi, d'écarter physiquement la matrice du champ magnétique de son corps. Et de nouveau, Dezi rompit la résonance, dans une explosion de souffrance qui les ébranla tous les deux.

— Dezi, je sais que c'est très dur, dit Damon avec compassion.

Il pensa que le jeune homme aurait presque pu être Gardienne. Damon n'aurait pas pu briser les résonances ainsi à son âge ! Mais il faut dire qu'il n'avait jamais été aussi désespéré, ni aussi tourmenté. Rompre les résonances était manifestement aussi pénible pour Dezi que pour Damon.

— Essaye de ne pas lutter cette fois, mon garçon. Je ne veux pas te faire de mal.

Alors — ils étaient ouverts l'un à l'autre — il sentit le mépris de Dezi envers sa compassion, et sut qu'il ne s'agissait pas d'une réaction de panique. Dezi luttait comme un beau diable, tout simplement ! Peut-être espérait-il vaincre Damon, user sa résistance ? Damon quitta la salle et revint avec un amortisseur télépathique, curieux appareil diffusant une vibration capable d'émousser les émanations télépathiques dans une vaste bande de fréquences. Il pensa sombrement à la plaisanterie de Domenic, le soir de ses noces. On se servait parfois de ces appareils pour brouiller les fuites télépathiques quand il y avait des étrangers alentour, pour protéger son intimité, pour permettre les discussions secrètes ou prévenir les indiscrétions, involontaires ou non. On s'en servait de temps en temps au

Conseil Comyn, ou pour protéger l'entourage d'un adolescent aux prises avec les bouleversements incontrôlables de son éveil télépathique, avant qu'il ait appris à contrôler ses pouvoirs psychiques. Le visage de Dezi changea, paniqué malgré son mépris affiché.

Il avertit Andrew d'une voix blanche :

— Sors du champ, si tu veux. Cela peut faire mal. Je vais m'en servir pour émousser toutes les fréquences qu'il cherchera à projeter.

Andrew secoua la tête.

— Je reste.

Damon perçut sa pensée : *je ne te laisserai pas seul avec lui.* Damon en fut reconnaissant envers son ami, s'agenouilla et commença à installer l'amortisseur.

Bientôt, il l'eut réglé pour amortir les assauts de Dezi contre sa conscience. Après tout, il n'y avait qu'à observer ses propres résonances par rapport au champ de vibrations physiques de Dezi. Cette fois, quand il entra dans les champs unifiés, l'amortisseur bloqua les tentatives de Dezi pour altérer les fréquences, pour le faire reculer. Il était difficile et douloureux de se mouvoir dans le champ de l'amortisseur, chose que seule une Gardienne aurait dû faire, l'appareil étant réglé sur sa force maximale. Il eut l'impression d'avancer dans un fluide visqueux qui retenait ses membres, obscurcissait son cerveau. A mesure qu'il approchait, Dezi se débattait de plus en plus. Il pouvait s'épuiser dans ses efforts pour modifier les fréquences, mais il ne pouvait plus altérer celles de Damon, et plus il parvenait à changer les siennes, plus le dernier choc serait douloureux.

Doucement, Damon posa la main sur le sachet suspendu au cou de Dezi, ses doigts s'efforçant maladroitement de dénouer le cordon. Dezi s'était remis à gémir et à se débattre, comme un lapin pris au collet, et Damon en fut ému de pitié, bien que la terreur du jeune homme fût maintenant écartée par l'amortisseur. Il parvint à ouvrir le sachet. La pierre bleue, pulsante, rayonnant de la terreur de Dezi, tomba dans sa main. Refermant les doigts sur elle, il ressentit un spasme terrible, vit Dezio s'effondrer, comme abattu par un coup foudroyant. Angoissé, Damon se demanda s'il l'avait tué. Il mit la matrice dans le champ de l'amortisseur, et la vit s'apaiser ne pulsant bientôt plus que de vibrations paisibles. Dezi était sans connaissance, la tête mollement tournée de côté, l'écume aux lèvres. Damon dut faire un effort pour se souvenir d'Andrew, inconscient dans la tempête, endormi dans la neige d'un sommeil mortel, pour penser à la souffrance de Callista si elle s'était retrouvée abandonnée à son réveil, ou veuve, avant de pouvoir dire :

— C'est fait.

Il mit la matrice quelques minutes sous l'amortisseur, la vit se ternir, ses lumières presque éteintes. Elle était toujours vivante, mais sa force diminuée au point de ne plus pouvoir être utilisée pour le *laran*.

Il jeta un regard de pitié, sachant qu'il avait aveuglé le coupable. La situation de Dezi était pire que celle de Damon quand on l'avait renvoyé d'Arilinn. Malgré le crime de Dezi, Damon ne pouvait s'empêcher de plaindre le jeune homme, télépathe si puissant, au potentiel plus élevé que bien d'autres travaillant actuellement dans les écrans et les relais. Par les enfers de Zandru, pensa-t-il, quelle perte ! Et il l'avait mutilé.

Il dit avec lassitude :

— Finissons-en, Andrew. Passe-moi cette boîte, veux-tu ?

Il l'avait obtenue de *Dom* Esteban, qui y conservait quelques bijoux. Mettant la matrice à l'intérieur et refermant le couvercle, il repensa au conte de fées où le géant conserve son cœur hors de son corps, dans l'endroit le plus secret, pour qu'on ne puisse pas le tuer à moins de trouver son cœur caché. Fermant la serrure-matrice de la boîte en la touchant de sa gemme, il expliqua rapidement à Andrew ce qu'il faisait :

— On ne peut pas détruire la matrice ; Dezi mourrait avec elle. Mais je l'enferme à l'aide de cette serrure-matrice, que rien ne peut ouvrir à part ma propre matrice accordée à ses vibrations.

La boîte fermée, il alla la ranger dans une réserve,

puis revint et se pencha sur Dezi, vérifiant sa respiration, les battements précipités de son cœur.

Il survivrait.

Mutilé... aveuglé... mais il survivrait. A sa place, Damon aurait préféré mourir.

Damon se redressa, écoutant les derniers bruits de la tempête qui se calmait au-dehors. Tirant sa dague, il trancha les liens de Dezi, pendant qu'il aurait été plus charitable de lui trancher la gorge. Lui, il aurait mieux aimé mourir. La terrible résistance qu'avait opposée Dezi n'était-elle qu'une tentative de suicide ?

Soupirant, il déposa un peu d'argent à côté du jeune homme, et dit à Andrew d'une voix étranglée :

— *Dom* Esteban m'a donné cela pour lui. Il ira sans doute à Thendara, où Domenic a promis de le faire entrer dans les cadets. Travaillant avec la Garde de la Cité, il ne pourra pas faire grand mal et arrivera à se créer une situation. Domenic s'occupera de lui — par loyalisme envers la famille. Dezi n'aura même pas à lui confesser ce qu'il a fait. Il finira par s'en remettre.

Plus tard, tandis qu'Andrew veillait Callista toujours endormie, il raconta tout à Ellemir, réaffirmant à la fin ce qu'il avait pensé plusieurs fois.

— Je n'aurais plus désiré vivre. Quand j'ai sorti ma dague pour couper ses liens, je me suis demandé s'il ne serait pas plus charitable de le tuer. Mais j'ai continué à vivre après mon renvoi d'Arilinn. Dezi doit avoir le choix, lui aussi.

Il soupira, se rappelant le jour où il avait quitté Arilinn, aveuglé de douleur, encore hébété de la rupture des liens du cercle de la Tour, les liens les plus étroits connus de ceux qui ont le *laran,* plus étroits que la parenté, plus étroits que les liens des amants, plus étroits que ceux unissant mari et femme...

— J'ai fini par perdre le désir de mourir, dit-il, mais il m'a fallu longtemps pour retrouver le désir de vivre.

Serrant Ellemir contre lui, il pensa : *jusqu'à ce que nous nous aimions*.

Les yeux d'Ellemir s'embuèrent de tendresse, puis, la bouche dure, elle dit :

— Tu aurais dû le tuer.

Damon, pensant à Callista qui avait frôlé la mort de si près sans le savoir, se dit qu'elle était amère, tout simplement. Andrew était le mari de sa sœur, elle avait été liée à lui par la matrice pendant leurs longues recherches pour retrouver Callista, et ils avaient été intimement unis tous les quatre pendant ce bref moment de partage amoureux, avant d'être brutalement séparés par le réflexe terrifiant que Callista n'avait pas pu contrôler. Comme Ellemir, Damon avait été lié avec Andrew, il avait senti sa force et sa gentillesse, sa tendresse et sa passion... et c'était l'homme que Dezi avait tenté d'assassiner, par jalousie. Dezi, qui avait lui-même été lié à Andrew lorsqu'ils avaient soigné les pieds gelés des hommes, et qui le connaissait aussi, qui connaissait ses qualités et sa bonté.

Implacable, Ellemir répéta :

— Tu aurais dû le tuer.

Des mois plus tard, Damon réalisa qu'il ne s'agissait pas d'amertume, mais de prémonition.

Au matin, la tempête s'était calmée, et Dezi, emportant l'argent de *Dom* Esteban, ses vêtements et son cheval, avait quitté Armida. Damon, se sentant presque coupable, espérait qu'il parviendrait à vivre, qu'il arriverait sans encombre à Thendara où il serait sous la protection de Domenic. Après tout, Domenic, héritier d'Alton, était son demi-frère. Damon en était sûr, à présent ; personne, sinon un vrai Comyn, n'aurait pu lui opposer une telle résistance.

Domenic s'occuperait de lui, pensa-t-il. Mais son cœur était accablé d'un grand poids, qui ne le quitta plus.

10

ANDREW rêvait...

Il errait dans le blizzard qu'il entendait dehors, charriant neige et grêle, poussé par des vents violents sur les hauteurs d'Armida. Mais il n'avait jamais vu Armida. Il était seul, et il errait dans un désert sans routes et sans abris, comme lorsque l'avion cartographique s'était abattu, l'abandonnant dans ce monde étrange. Il trébuchait dans la neige, le vent lui brûlait les poumons, et une voix murmurait dans son esprit : *il n'y a rien pour toi ici.*

Puis il vit la jeune fille.

Et la voix murmura dans sa tête : *tout cela s'est déjà produit.* Elle portait une chemise de nuit vaporeuse et déchirée, il voyait sa peau blanche par les déchirures du tissu, qui pourtant ne flottait pas au vent, et ses cheveux restaient immobiles dans la tempête furieuse. Elle n'était pas là, c'était un fantôme, un rêve, une jeune fille qui n'avait jamais existé, et pourtant il savait, à un autre niveau de réalité, que c'était Callista, que c'était sa femme. Ou bien tout n'avait-il été qu'un rêve à l'intérieur d'un rêve, rêvé tandis qu'il gisait dans la neige, et qu'il resterait couché là en suivant son rêve, jusqu'à sa mort... ? Il se débattit, s'entendit crier...

Le blizzard avait disparu. Il était couché dans sa

chambre à Armida. La tempête se calmait, et des braises rougeoyaient dans la cheminée. A leur lumière, il voyait vaguement Callista — ou était-ce Ellemir, qui dormait à son côté depuis la nuit où le réflexe psi qu'elle ne pouvait pas contrôler les avait foudroyés au milieu de leur amour ?

Les jours qui suivirent la tentative de meurtre de Dezi, Andrew souffrant encore du contrecoup de la commotion cérébrale, du choc et du froid, avait dormi pratiquement sans interruption. Il toucha la blessure de son front. Damon lui avait enlevé les points de suture deux jours plus tôt, et une croûte s'était formée. Il conserverait une petite cicatrice. Mais il n'avait pas besoin de cicatrice pour se rappeler la force foudroyante qui l'avait arraché aux bras de Callista. Il se rappela qu'autrefois, sur Terra, l'électrode sur les parties génitales était une forme assez commune de torture. Pourtant, ce n'était pas la faute de Callista ; elle avait failli mourir du choc éprouvé en apprenant ce qu'elle avait fait.

Elle continuait à garder le lit, et pour Andrew, elle n'allait pas mieux. Il savait que Damon s'inquiétait au sujet de celle-ci. Il l'abreuvait abondamment de tisanes aux odeurs étranges, discutant son état en un vocabulaire auquel Andrew ne comprenait presque rien. Il avait l'impression d'être la cinquième jambe d'un cheval. Et même quand il commença lui-même à aller mieux, à désirer travailler, il ne put pas s'absorber dans les activités généralement épuisantes des haras. Avec la saison des blizzards, tout s'était arrêté. Une poignée de serviteurs, empruntant les tunnels souterrains, s'occupaient des chevaux de selle et des vaches fournissant le lait à la maison. Quelques jardiniers s'occupaient des serres. En principe, Andrew les dirigeait, mais ils savaient ce qu'ils avaient à faire.

Sans Callista, rien ne le retenait ici, et il n'avait pas été seul une seconde avec elle depuis le fiasco. Damon avait exigé qu'Ellemir dorme à côté d'elle, qu'elle ne soit jamais seule, même dans son sommeil, affirmant que sa jumelle remplirait mieux ce rôle que quiconque.

Infatigable, Ellemir l'avait soignée nuit et jour. En un sens, Andrew lui était reconnaissant de ces soins attentifs ; car il pouvait faire si peu pour Callista en ces circonstances ! Mais en même temps, il lui en voulait d'être ainsi séparé de sa femme, isolement qui soulignait la fragilité du lien les unissant.

Il aurait pu la soigner, la cajoler, la soulever dans ses bras... mais on ne le laissait jamais un instant seul avec elle, et de cela aussi, il leur en voulait. Pensaient-ils vraiment que, seul avec Callista, Andrew se serait jeté sur elle comme une bête, pour la violer ? Nom d'un chien, pensait-il, il avait davantage de chances de ne plus jamais oser la toucher, même du bout du doigt. Il avait simplement envie d'être avec elle. Elle avait besoin de savoir qu'il l'aimait encore, disaient-ils, et ils agissaient comme s'ils n'osaient pas les laisser seuls ensemble une minute...

Réalisant qu'il ressassait, obsédé, des frustrations auxquelles il ne pouvait rien, il se tourna dans son lit et essaya de se rendormir. Il entendit la respiration paisible d'Ellemir, et le souffle agité de Callista qui se retourna. Il essaya de la contacter mentalement, mais n'obtint qu'un vague frôlement. Elle dormait profondément, sous l'influence des potions somnifères de Damon ou de Ferrika. Il aurait bien voulu savoir ce qu'ils lui donnaient, et pourquoi. Il avait confiance en Damon, mais il aurait voulu que Damon ait aussi un peu confiance en lui.

Et la présence d'Ellemir suscitait en lui une vague irritation, Ellemir, si semblable à sa jumelle, mais saine et rose, alors que Callista était pâle et malade... Callista, telle qu'elle aurait dû être. Sa grossesse, même interrompue très tôt, avait adouci ses formes, soulignant encore le contraste avec la minceur anguleuse de Callista. Nom d'un chien, il ne fallait pas penser à Ellemir. C'était la sœur de sa femme, l'épouse de son meilleur ami, qui lui était interdite entre toutes. De plus, étant télépathe, elle recevrait sa pensée, et en serait mortellement gênée. Damon lui avait dit un jour que, dans une famille de télépathes, une pensée concupiscente était l'équivalent d'un viol. Il ne désirait pas Ellemir — c'était simplement sa belle-sœur — mais elle lui faisait penser à ce que Callista aurait pu être si elle avait été libérée de l'emprise maudite de la Tour.

Elle était si gentille avec lui...

Longtemps après, il sombra dans le sommeil et se remit à rêver.

Il était dans la petite bergerie où Callista, se déplaçant dans le surmonde, monde de la pensée et de l'illusion, l'avait conduit à travers le blizzard, après l'accident de son avion. Non, ce n'était pas la bergerie ; c'était l'étrange forteresse illusoire que Damon avait érigée dans leurs esprits, irréelle sauf au regard de leur pensée, mais douée de sa propre solidité dans le monde mental, de sorte qu'il en voyait les pierres et les briques. Il s'assit, comme il s'était assis alors, dans la pénombre, et aperçut la jeune fille allongée près de lui, forme fantomatique immobile et endormie. Comme il l'avait fait alors, il tendit la main pour la toucher, et réalisa qu'elle n'était pas là, qu'elle n'existait pas dans le même plan que lui, mais que sa forme, à travers le surmonde, dont elle lui avait expliqué que c'était le double énergétique du monde réel, était venue à lui à travers l'espace, et peut-être aussi à travers le temps, se matérialisant comme pour se moquer de lui. Mais elle ne se moquait pas de lui.

Elle le considéra avec un sourire grave, comme elle l'avait fait alors, et dit l'œil malicieux : « Ah, comme c'est triste. C'est la première, la toute première fois, que je suis couchée près d'un homme, et je n'en tire aucun plaisir. »

« Mais tu es ici avec moi, à présent, ma bien-aimée », murmura-t-il, tendant la main vers elle. Et cette fois, elle fut dans ses bras, tendre et aimante, offrant la bouche à son baiser, se blottissant contre lui avec une timide ardeur, comme elle l'avait fait l'autre jour, mais un seul instant.

« Cela ne prouve-t-il pas que tu es prête, mon amour ? » Il l'attira contre lui, leurs lèvres se rencontrèrent, leurs corps moulés l'un contre l'autre. Il ressentit de nouveau l'aiguillon du désir, mais il avait peur. Pour une raison mystérieuse, il ne devait pas la toucher... et soudain, en un instant de tension et de peur, elle lui sourit, et il vit Ellemir dans ses bras, si semblable à sa sœur, et si différente.

Il s'écria : « Non ! » et s'écarta, mais de ses mains, petites mais fortes, elle l'attira à elle. Elle lui sourit en disant : « J'ai dit à Callista de te faire savoir que je voulais bien, comme il est dit dans la Ballade d'Hastur et Cassilda. » Regardant autour de lui, il vit Callista qui les considérait en souriant...

Il s'éveilla en sursaut, choqué et honteux, s'assit dans son lit et embrassa vivement la pièce du regard pour s'assurer que rien ne s'était passé, rien. Il faisait jour, et Ellemir se leva en bâillant dans sa mince chemise de nuit. Andrew détourna vivement les yeux.

Elle ne le remarqua même pas — il n'était pas un homme pour elle — mais continua à évoluer devant lui, à demi nue ou vêtue, suscitant en lui une vague frustration qui n'était pas vraiment sexuelle... Il se rappela qu'il était sur *leur* monde, et que c'était à lui de s'habituer à leurs *coutumes,* au lieu de leur imposer les siennes. C'était seulement sa frustration, et la réalité honteuse de son rêve, qui attiraient son attention sur Ellemir. Mais comme cette pensée se formulait clairement dans son esprit, elle se tourna lentement vers lui et le regarda dans les yeux. Son regard était grave, mais elle sourit, et soudain, il se souvint de son rêve, et il *sut* qu'elle l'avait partagé, que ses pensées, ses désirs à lui s'étaient mêlés à son rêve, à elle.

Quelle canaille je fais ! Ma femme est malade à mourir, et voilà que je désire sa sœur jumelle... Il essaya de se détourner, espérant qu'Ellemir ne recevrait pas sa pensée. *La femme de mon meilleur ami.*

Pourtant, son esprit conservait le souvenir des paroles de son rêve : « *J'ai dit à Callista de te faire savoir que je voulais bien...* »

Elle lui sourit, l'air troublée. Il sentit qu'il aurait dû

s'excuser auprès d'elle de cette pensée. Mais elle dit, très douce :

— Ne t'inquiète pas, Andrew.

Un instant, il douta qu'elle eût parlé tout haut. Il battit des paupières, mais avant qu'il ait trouvé quoi répondre, rassemblant ses vêtements, elle disparut dans la salle de bains.

En silence, il s'approcha de la fenêtre et contempla la tempête moribonde. Aussi loin que portait son regard, tout était blanc, d'une blancheur que le grand soleil rouge colorait de rose derrière les nuages. Et le vent avait formé dans cet océan immobile des vagues qui ondulaient jusqu'aux pieds des lointaines montagnes. Andrew se dit que le temps reflétait son humeur : gris, maussade et insupportable.

Comme il était fragile, le lien qui l'unissait à Callista ! Et pourtant, il savait qu'il ne partirait jamais. Il avait découvert trop de profondeurs inconnues, trop d'étrangetés en lui-même. L'ancien Carr, l'Andrew Carr de l'Empire Terrien, avait totalement cessé d'exister en ce jour lointain où Damon les avait tous mis en contact par l'intermédiaire de la matrice. Il referma ses doigts sur la pierre, dure et fraîche dans le sachet isolant suspendu à son cou, conscient que c'était un geste propre aux natifs de Ténébreuse, et qu'il avait vu faire à Damon des centaines de fois. Ce geste automatique lui rappela avec force l'étrangeté de sa nouvelle planète.

Il ne reviendrait jamais dans son monde. Il devait se construire une nouvelle vie ici même, ou passer les années qui lui restaient à vivre comme un spectre, un fantôme, un néant.

Quelques jours plus tôt, il se croyait encore bien engagé sur le chemin de cette vie nouvelle. Il avait un travail intéressant, une famille, des amis, un frère, une sœur, un second père, une épouse aimante et aimée. Puis, la décharge foudroyante d'un éclair invisible avait anéanti son nouveau monde autour de lui, et de nouveau, il s'était trouvé accablé de son étrangeté. Il s'y noyait, il y sombrait... Même Damon, son frère, si proche et amical, était devenu froid et étrange.

Ou n'était-ce pas plutôt Andrew qui voyait maintenant de l'étrangeté dans tout et dans tous ?

Il vit Callista remuer dans son lit, et craignant soudain que ses pensées ne la dérangent, rassembla ses vêtements et entra dans la salle de bains.

Quand il revint, Ellemir avait réveillé Callista et avait fait sa toilette : elle l'avait lavée, vêtue d'une chemise de nuit propre et avait natté ses cheveux. On avait apporté le déjeuner, et Damon et Ellemir l'attendaient autour de la table où ils prenaient leurs repas depuis la maladie de Callista.

Mais Ellemir, debout près de sa sœur, semblait troublée. A l'entrée d'Andrew, elle disait d'une voix inquiète :

— Callista, je voudrais que tu laisses Ferrika t'examiner. Je sais qu'elle est jeune, mais elle a été formée à la Maison de la Guilde des Amazones, et c'est la meilleure sage-femme que nous ayons jamais eue à Armida. Elle...

— Les services d'une sage-femme, l'interrompit Callista, légèrement ironique, voilà bien la chose dont j'ai le moins besoin dans le présent, et dont j'aurai vraisemblablement le moins besoin dans l'avenir !

— Quand même, Callista, elle connaît bien toutes sortes de maladies typiquement féminines. Elle pourrait certainement faire pour toi davantage que moi. Damon, qu'en penses-tu ?

Debout près de la fenêtre, il contemplait la neige. Il se retourna et dit, en fronçant les sourcils :

— Personne n'a plus de respect que moi pour Ferrika et ses compétences, Elli. Mais je ne crois pas qu'elle ait l'expérience de ce dont souffre Callista. Même dans les Tours, ce n'est pas fréquent.

— Je n'y comprends rien, dit Andrew. Est-ce encore le début de la menstruation ? Si c'est plus grave, pourquoi ne pas te laisser examiner par Ferrika ? termina-t-il, en s'adressant directement à Callista.

Callista secoua la tête.

— Non, la menstruation a cessé depuis quelques jours. Je crois, dit-elle, regardant Damon en riant, que je suis paresseuse, tout simplement, et que je profite de ma faiblesse.

— Je voudrais que ce soit ça, Callista, dit Damon, venant s'asseoir à la table. Je voudrais te trouver assez forte pour te lever aujourd'hui.

Il la regarda beurrer lentement une bouchée de pain d'une main faible. Elle la mit dans sa bouche et mâcha, mais Andrew ne la vit pas avaler.

Ellemir rompit un morceau de pain et dit :

— Nous avons une douzaine de filles de cuisine, mais si je ne suis pas là pendant un ou deux jours, le pain est immangeable !

Andrew trouvait que le pain était comme d'habitude : chaud, parfumé, grossier, avec son mélange de farine et de noix écrasées, qui était la nourriture de base sur Ténébreuse. Il était odorant et savoureux, mais aujourd'hui, sa texture grossière, ses herbes étranges ne lui disaient rien. Callista non plus ne mangeait pas, et Ellemir semblait troublée.

— Tu veux que je te fasse monter autre chose, Callista ?

Callista secoua la tête.

— Non, vraiment, je ne peux pas, Elli. Je n'ai pas faim...

Elle n'avait pratiquement rien mangé depuis des jours. Au nom de Dieu, pensa Andrew, quelle est sa maladie ?

Damon dit avec une brusquerie soudaine :

— Tu vois, Callista, je te l'avais bien dit ! Tu as travaillé avec les matrices... Combien ? Neuf ans ? Tu sais ce que ça signifie quand on ne peut pas manger !

L'air effrayé, elle répondit :

— J'essaye, Damon. Je vais manger, tu vas voir.

Elle mit une cuillerée de compote dans son assiette, et l'avala, en s'étranglant à moitié. Damon l'observait, troublé, se disant que ce n'était pas à ça qu'il pensait, qu'il n'avait pas l'intention de la forcer à feindre la faim qu'elle n'éprouvait pas. Il dit, contemplant les ondulations de la neige rougie par le soleil :

— Si le temps s'améliorait, j'enverrais quelqu'un à

Neskaya. La *leronis* pourrait peut-être venir t'examiner.

— On dirait que la tempête se calme, dit Andrew, mais Damon secoua la tête.

— Ce soir, il neigera plus fort que jamais. Je connais le temps dans ces montagnes. Quiconque partant ce matin sera bloqué dans la neige dès midi.

Et effectivement, peu après midi, la neige se remit à tomber à gros flocons, d'abord lentement, puis de plus en plus vite, en tourbillons irrésistibles qui estompaient le paysage et les contours des montagnes. Andrew, passant d'écuries en serres par les tunnels pour superviser les palefreniers et les jardiniers, la regardait tomber, à la fois incrédule et indigné. Comment le ciel pouvait-il contenir autant de neige ?

Il remonta en fin d'après-midi, dès qu'il eut accompli le peu qu'il pouvait faire. Comme toujours quand il avait quitté Callista quelques heures, il fut consterné. Depuis le matin, elle semblait avoir encore maigri et pâli, elle paraissait dix ans de plus que sa jumelle. Mais elle l'accueillit, les yeux brillants, et quand il prit sa main dans la sienne, elle la serra passionnément.

— Tu es seule, Callista ? Où est Ellemir ?

— Elle passe un moment avec Damon. Les pauvres, ils ne sont jamais ensemble ces temps-ci ; il y en a toujours un près de moi.

Elle remua, tourmentée par des douleurs qui semblaient ne jamais la quitter.

— Louée soit Avarra, mais je suis fatiguée d'être au lit.

Il se pencha sur elle et la souleva dans ses bras.

— Alors, je vais te tenir un peu sur mes genoux, dit-il, l'emportant dans un fauteuil près de la fenêtre.

Légère et abandonnée, la tête posée contre son épaule, elle lui fit l'impression d'une enfant. Il était bouleversé d'une immense tendresse, sans désir — comment un homme aurait-il pu importuner cette malade de son désir ? Il la berça doucement.

— Raconte-moi ce qui se passe, Andrew. Je suis

211

tellement isolée ; la fin du monde aurait pu survenir, et je ne m'en serais même pas aperçue.

Montrant le désert blanc par la fenêtre, il répondit :

— Il ne s'est pas passé grand-chose, comme tu vois. Il n'y a rien à raconter, à moins que tu ne veuilles savoir combien de fruits mûrissent en ce moment dans les serres.

— C'est quand même bon de savoir qu'elles n'ont pas été détruites par la tempête. Parfois, les verres se cassent et les plantes sont tuées. Mais il est encore un peu tôt dans la saison pour ça, dit-elle, se renversant contre lui, très lasse, comme épuisée par l'effort de parler.

Andrew la serrait sur son cœur, heureux qu'elle ne s'écarte pas, heureux qu'elle recherche son contact autant qu'elle l'avait craint auparavant. Peut-être avait-elle raison : maintenant que son cycle normal avait commencé, le temps et la patience arriveraient peut-être à vaincre le conditionnement de la Tour. Ses yeux se fermèrent ; elle parut s'endormir.

Ils restèrent ainsi, immobiles, quand Damon, entrant brusquement dans la chambre, se pétrifia, consterné. Il ouvrit la bouche, mais Andrew perçut sa pensée avant qu'il l'ait exprimée en paroles :

Andrew ! Pose-la ! Vite, écarte-toi d'elle !

Andrew releva la tête avec colère, mais devant la détresse de Damon, il souleva Callista et la remit vivement dans son lit, où elle resta allongée, inerte, inconsciente.

— Depuis quand est-elle comme ça ? demanda Damon d'une voix égale.

— Seulement depuis quelques minutes. Nous bavardions, dit Andrew, sur la défensive.

Damon soupira et dit :

— Je croyais pouvoir te faire confiance, je croyais que tu comprenais !

— Elle n'a pas peur de moi, Damon ; c'est elle qui a voulu !

Callista ouvrit les yeux, qui, dans la lumière morne, parurent incolores.

— Ne le gronde pas, Damon. J'étais fatiguée d'être au lit. Vraiment, je me sens mieux. J'ai envie de me faire monter ma harpe. Je suis si lasse de ne rien faire.

Damon la regarda, sceptique, et dit :

— Je vais la faire apporter, si tu veux.

— Je vais la chercher, dit Andrew.

Si elle se sentait assez bien pour jouer de la harpe, elle devait vraiment aller mieux ! Il descendit dans le Grand Hall, trouva un serviteur et lui demanda la harpe de Dame Callista. Il apporta le petit instrument, guère plus grand qu'une guitare terrienne, dans son étui de bois sculpté.

— Dois-je la monter pour vous, *Dom* Ann'dra ?

— Non, donne-la-moi.

— Présentez nos congratulations à notre dame, dit une servante, et dites-lui que nous les lui présenterons de vive voix dès qu'elle pourra les accepter en personne.

Andrew jura, incapable de se retenir, puis il s'excusa aussitôt — cette femme ne pensait pas à mal. Que pouvaient-ils penser d'autre ? Callista gardait le lit depuis dix jours, on n'avait appelé personne pour la soigner, seule sa sœur avait le droit de l'approcher. Pouvait-on les blâmer s'ils pensaient que Callista était enceinte, et que sa sœur et son mari veillaient à ce que son enfant n'ait pas le sort de celui d'Ellemir ? Il dit enfin, d'une voix mal assurée :

— Merci de vos... de vos vœux bienveillants, mais ma femme n'a pas ce bonheur...

Il fut incapable de terminer. Il accepta leurs condoléances et remonta vivement.

Dans la salle commune séparant leurs appartements, il s'arrêta, entendant Damon parler avec colère.

— Ce n'est pas bon, Callista, et tu le sais. Tu ne peux pas manger, tu ne dors pas sans somnifères. J'espérais que tout se rétablirait de soi-même après le commencement spontané de la menstruation. Mais regarde-toi !

Callista murmura quelque chose. Andrew ne comprit pas ses paroles, seulement le ton de protestation.

— Sois honnête, Callista. Tu étais *leronis* à Arilinn.

Si on t'avait amené quelqu'un dans cet état, qu'aurais-tu fait ?

Après un court silence, il ajouta :

— Alors, tu sais ce que je dois faire, et vite.

— Damon, non ! s'écria-t-elle avec désespoir.

— *Breda,* je te promets d'essayer...

— Oh, donne-moi un peu plus de temps, Damon !

Andrew l'entendit sangloter.

— J'essaierai de manger, je te le promets. Je me sens vraiment mieux. Aujourd'hui, je suis restée assise plus d'une heure, demande à Ellemir. Damon, tu ne peux pas me donner un délai ?

Il y eut un long silence, puis Damon jura et quitta la chambre. Il allait sortir sans rien dire, mais Andrew le saisit par le bras.

— Qu'est-ce qui ne va pas ? Qu'est-ce que tu lui disais pour la bouleverser à ce point ?

Damon regardait derrière lui dans le vague, et Andrew eut l'impression inquiétante qu'il n'était pas là.

— Elle ne veut pas que je fasse ce que j'ai à faire.

Apercevant la harpe dans son étui, il ajouta, sarcastique :

— Tu crois vraiment qu'elle est assez bien pour jouer ?

— Je ne sais pas, dit Andrew avec colère. Je sais seulement qu'elle l'a demandée.

Se rappelant brusquement les congratulations des servantes, il sentit qu'il ne pourrait pas en supporter plus.

— Damon, qu'est-ce qu'elle a ? Chaque fois que je te l'ai demandé, tu as éludé ma question.

Damon soupira et s'assit, la tête dans ses mains.

— Je doute de pouvoir te l'expliquer. Tu n'es pas formé au travail des matrices. Tu en ignores le vocabulaire. Tu ne connais même pas les *concepts*.

— Explique-moi simplement en monosyllabes, dit Andrew.

— Il n'y en a pas, soupira Damon.

Il se tut, pensif. Il reprit enfin :

— Je t'ai montré les canaux chez Callista et Ellemir.

Andrew hocha la tête, revoyant les lignes lumineuses et les centres pulsants, si rayonnants chez Ellemir, si enflammés et ternes chez Callista.

— En deux mots, elle souffre d'une surcharge des canaux nerveux.

Il vit qu'Andrew ne comprenait pas.

— Je t'ai déjà dit que les mêmes canaux véhiculent l'énergie sexuelle et les forces psi, pas en même temps, bien sûr. Formée au travail de Gardienne, Callista a appris des techniques la rendant incapable du moindre éveil sexuel. Est-ce clair, jusque-là ?

— Je crois.

Il imagina tout le système sexuel de Callista rendu non fonctionnel, pour que tout son corps puisse servir de transformateur d'énergie. Dieu, quelle mutilation à faire subir à une femme !

— Très bien. Chez une adulte normale, les canaux fonctionnent de façon sélective. Interrompant les forces psi quand les canaux servent à véhiculer les énergies sexuelles, interrompant les impulsions sexuelles quand les forces psi entrent en action. Après avoir travaillé avec la matrice, tu as été impuissant quelques jours, tu te rappelles ? Généralement, quand une Gardienne renonce à sa mission, c'est parce que les canaux sont retournés à leur sélectivité normale. Elle n'est donc plus capable, comme une Gardienne doit l'être, d'être totalement libre de toute trace d'énergie sexuelle résiduelle dans les canaux. Callista a dû croire que c'était son cas, lorsqu'elle a commencé à réagir à ton amour. Car elle a réagi un moment, tu le sais, dit-il, regardant Andrew avec un peu d'hésitation.

Mais Andrew, fuyant le souvenir de ce contact à quatre, auquel Damon avait participé, hocha la tête sans lever les yeux.

— Si donc une Gardienne normale — c'est-à-dire en pleine possession de ses moyens, avec son conditionnement intact et ses canaux parfaitement dégagés — est attaquée, elle peut se protéger. Si, par exemple, tu n'avais pas été le mari de Callista, mais un étranger cherchant à la violer, elle aurait lancé l'influx foudroyant *à travers* ton corps. Et tu serais mort, et bien mort. Callista, elle... je suppose qu'elle aurait été un peu ébranlée et malade, mais un bon repas et une bonne nuit de sommeil l'auraient remise d'aplomb. Mais ce n'est pas ce qui s'est passé.

— Mon Dieu ! murmura Andrew, accablé.

Ce n'est pas en toi que je n'ai pas confiance, cher mari...

— Elle a sans doute pensé qu'elle était prête, sinon elle n'aurait pas pris ce risque. Et quand elle a réalisé qu'elle ne l'était pas — en cette fraction de seconde qui précéda le réflexe qu'elle n'a pas pu contrôler — elle a retenu l'influx qui a reflué *dans son propre corps*. Cela t'a sauvé la vie. Si tout le courant d'énergie t'avait traversé, imagines-tu ce qui serait arrivé ?

Andrew l'imaginait facilement, mais préférait ne pas y penser.

— C'est ce choc qui a dû provoquer la menstruation. Je l'ai surveillée attentivement jusqu'au moment où j'ai acquis la certitude qu'elle n'était pas en crise. Après, je pensais que l'épanchement de sang et la perte d'énergie normale chez les femmes en ces périodes suffiraient à dégager ses canaux. Malheureusement, ce n'est pas le cas.

Il fronça les sourcils.

— Je voudrais bien savoir ce que Léonie lui a fait, exactement. En attendant, je t'ai demandé de ne pas la toucher. Et il faut m'écouter.

— As-tu peur qu'elle n'essaye de me foudroyer une deuxième fois ?

Damon secoua la tête.

— Je ne crois pas qu'elle en ait la force actuellement. En un sens, c'est pire. Elle réagit à ton contact, mais les canaux, n'étant pas dégagés, sont dans l'impossibilité de véhiculer l'énergie sexuelle. Deux séries de réflexes opèrent en même temps, chacune brouillant l'autre et inhibant l'une ou l'autre de ces fonctions.

— Je comprends de moins en moins, dit Andrew, se prenant la tête dans les mains.

216

Damon se mit donc en devoir de simplifier encore davantage.

— Une Gardienne entraînée doit parfois coordonner huit ou dix télépathes. Travaillant dans les anneaux energon, il lui faut canaliser ces forces *à travers* son corps. Elle supporte des stress psi énormes, comme... — il emprunta l'analogie à l'esprit d'Andrew — comme un transformateur d'énergie. De sorte qu'elle ne peut pas, elle *n'ose pas,* s'en remettre à la sélectivité normale de l'adulte ordinaire. Il lui faut conserver ses canaux en permanence totalement dégagés pour le passage des forces psi. Tu te rappelles ce que nous a dit ma sœur Marisela ?

Dans l'esprit de Damon, il entendit l'écho de ces paroles : *Autrefois, les Gardiennes d'Arilinn ne pouvaient pas partir même si elles le voulaient... Les Gardiennes d'Arilinn ne sont pas des femmes, mais des* emmasca...

— De nos jours, on ne neutralise plus les Gardiennes. On s'en remet à leur vœu de virginité, et à un intense conditionnement anti-sexuel qui conserve leurs canaux totalement dégagés. Mais une Gardienne n'en est pas moins femme, et si elle tombe amoureuse, elle a de grandes chances de commencer à réagir sexuellement, parce que les canaux ont repris leur sélectivité normale, pour l'énergie soit psi soit sexuelle. Elle doit renoncer à ses fonctions de Gardienne, parce que ses canaux ne sont plus totalement dégagés. Elle peut toujours manier les forces psi ordinaires, mais pas les stress énormes d'une Gardienne, les anneaux et les relais energon — bon, laisse ça de côté, tu n'y connais pas grand-chose. Dans la pratique, une Gardienne dont le conditionnement a échoué renonce totalement à travailler avec le *laran*. Je trouve ça stupide, mais c'est notre coutume. C'est ce que Callista attendait : après avoir commencé à réagir à ton contact, elle pensait que ses canaux reprendraient leur sélectivité normale, comme chez toute télépathe ordinaire.

— Alors, pourquoi n'est-ce pas arrivé ? demanda Andrew.

— Je ne sais pas, dit Damon, désespéré. Je n'ai jamais rien vu de pareil. Je répugne à penser que Léonie ait altéré ses canaux de telle sorte qu'ils ne puissent jamais plus fonctionner sélectivement, mais à part ça, je ne comprends pas ce que ce pourrait être. Et comme elle a manifestement modifié ses canaux d'une façon ou d'une autre pour qu'elle reste physiologiquement immature, je ne vois que ça. Tu comprends maintenant pourquoi tu ne dois pas la toucher, Andrew ? Ce n'est pas parce qu'elle pourrait te foudroyer de nouveau — et sans doute te tuer cette fois —, mais parce qu'elle mourrait, plutôt. Ce serait si facile pour elle que ça me terrifie d'y penser. Non, c'est parce que les réflexes sont toujours là, qu'elle les combat et que ça la tue.

Andrew enfouit son visage dans ses mains.

— Et moi qui l'ai suppliée… dit-il d'une voix presque inaudible.

— Tu ne pouvais pas savoir, dit doucement Damon. Elle ne savait pas non plus. Elle croyait se déconditionner normalement, sinon elle n'aurait pas pris ce risque. Pour toi, elle avait accepté de renoncer entièrement à la fonction psi des canaux. Sais-tu ce que ça signifie pour elle ?

— Toute cette souffrance, murmura Andrew. Je n'en suis pas digne.

— Et c'est tellement inutile ! intervint Damon.

C'était un blasphème. Aucune loi n'était plus stricte que celle interdisant à une Gardienne de travailler avec la matrice, une fois qu'elle était relevée de son serment, et qu'elle avait perdu sa virginité.

— C'est ce qu'elle a voulu, Andrew. Renoncer à sa mission de Gardienne, pour toi.

— Alors, que peut-on faire ? demanda Andrew. Elle ne peut pas vivre comme ça, ça va la tuer !

— Je vais être obligé de dégager ses canaux, dit Damon avec effort. Et elle ne veut pas.

— Pourquoi ?

Damon ne répondit pas tout de suite. Il dit enfin :

— Généralement, ça se fait sous l'influence du

kirian, et je n'en ai pas. Sans *kirian,* c'est épouvantablement douloureux.

Il répugnait à donner l'impression que Callista était lâche, mais il se sentait incapable d'expliquer à Andrew la véritable raison du refus de la jeune femme. Il aperçut soudain le *rryl* dans son étui, ce qui lui fournit une diversion bienvenue.

— Mais si elle se sent assez bien pour demander sa harpe, c'est sans doute qu'elle va vraiment mieux, dit-il avec une lueur d'espoir. Apporte-la-lui, Andrew.

Il fit une pause et ajouta, hésitant :

— Mais ne la touche pas. Elle réagit toujours à ton contact.

— N'est-ce pas ce qu'elle désire ?

— Pas avec ces deux systèmes surchargés qui se chevauchent, dit Damon.

Baissant la tête, Andrew dit à voix basse :

— Je te le promets.

Quittant Damon, il entra dans la chambre de Callista et se pétrifia sur place. Callista était allongée, immobile, muette, et, pendant un affreux instant, il ne la vit même pas respirer. Elle avait les yeux ouverts mais elle ne le voyait pas, et elle ne le suivit pas du regard quand il s'avança dans la pièce. La peur lui broya le cœur, un hurlement terrible s'étrangla dans sa gorge. Il pivota pour appeler Damon, mais celui-ci avait déjà reçu l'impact télépathique de sa panique et fit irruption dans la chambre. Puis il poussa un énorme soupir de soulagement.

— Ce n'est rien, dit-il, chancelant et se retenant à Andrew. Elle n'est pas morte, elle... elle a quitté son corps. Elle est dans le surmonde, c'est tout.

— Que pouvons-nous faire pour elle ? demanda Andrew considérant les yeux ouverts et aveugles.

— Dans son état actuel, elle ne pourra pas y rester longtemps, dit Damon, d'une voix où se mêlaient le trouble, l'inquiétude et l'espoir. Je ne savais même pas qu'elle était assez forte pour ça. Mais si elle l'est...

Il n'exprima pas tout haut sa pensée, mais Andrew la

reçut dans son esprit : *Si elle l'est, ce n'est peut-être pas aussi grave que nous le craignions.*

Evoluant dans les espaces gris du surmonde, Callista perçut leurs cris et leur frayeur, mais faiblement, comme en rêve. Pour la première fois depuis une éternité, elle ne souffrait pas. Elle avait abandonné son corps meurtri derrière elle, comme un vêtement trop large, et était entrée dans un royaume familier. Elle se sentit reprendre vie dans le surmonde, le corps tranquille et frais, en paix comme autrefois... Elle se vit enveloppée de ses voiles translucides de Gardienne, de *leronis,* de magicienne. *Est-ce que je me vois encore ainsi ?* se demanda-t-elle, profondément troublée. *Je ne suis plus une Gardienne, mais une femme mariée, en cœur et en esprit, sinon en fait...*

La vacuité du monde gris l'effraya. Elle sonda, presque machinalement, cherchant des repères, et vit au loin la faible luminescence du réseau d'énergie équivalant, dans ce monde, à la Tour d'Arilinn.

Je ne peux pas y aller, pensa-t-elle, *j'y ai renoncé.* Pourtant, avec cette pensée, surgit en elle la nostalgie passionnée de ce monde qu'elle avait laissé derrière elle pour toujours. Comme si cette nostalgie avait suscité sa réponse, la luminescence s'aviva, puis, presque avec la rapidité de la pensée, elle fut *là,* à l'intérieur du Voile, dans sa retraite secrète, le Jardin des Parfums, le Jardin de la Gardienne.

Elle vit alors une silhouette voilée prendre lentement forme devant elle. Elle n'eut pas besoin de voir le visage de Léonie pour la reconnaître.

— Ma chère enfant, dit Léonie.

Callista savait que ce n'était qu'un contact mental très ténu, mais si réelle était leur présence dans ce royaume familier que la voix de Léonie résonnait plus vibrante, plus chaude, plus tendre qu'elle ne l'avait jamais été dans la vie. Léonie ne pouvait se permettre l'émotion qu'à ce niveau non physique, elle le savait.

— Pourquoi viens-tu à nous ? Je pensais que tu

t'étais éloignée à jamais, *chiya*. Ou bien t'es-tu égarée en rêve ?

— Ce n'est pas un rêve, *kiya*.

Une onde de colère la submergea, qu'elle contrôla aussitôt comme on le lui avait appris depuis l'enfance, car la colère des Alton pouvait tuer. Rejetant la tendresse de Léonie, elle déclara, d'un ton froid et exigeant :

— Je suis venue te demander pourquoi tu m'as donné une bénédiction mensongère ! Pourquoi m'as-tu menti ? Pourquoi m'as-tu liée de nœuds que je ne peux pas dénouer, de sorte que mon mariage n'est qu'une farce ? Etais-tu jalouse de mon bonheur, toi qui ne sais pas ce que c'est ?

Léonie tressaillit et répondit d'une voix douloureuse :

— J'espérais que tu étais heureuse et que tu avais déjà consommé ton mariage, *chiya*.

— Tu sais ce que tu avais fait pour que ce soit impossible ! Peux-tu jurer que tu ne m'as pas neutralisée, comme on le faisait autrefois à la Dame d'Arilinn ?

Le visage de Léonie s'emplit d'horreur.

— Les Dieux m'en sont témoins, mon enfant, et les reliques sacrées de Hali, tu n'as pas été neutralisée. Mais, Callista, tu étais très jeune quand tu es arrivée à la Tour...

Le temps sembla se renverser aux paroles de Léonie, et Callista se sentit entraînée vers l'époque à demi oubliée où, ses cheveux bouclant encore sur ses joues et non nattés comme ceux d'une femme, elle avait éprouvé ce respect craintif en présence de Léonie, avant qu'elle ne fût devenue la mère, le guide, l'enseignante, la prêtresse...

— Tu as réussi à devenir Gardienne, alors que six autres avaient échoué, mon enfant. Je croyais que tu en étais fière.

— Je l'étais, murmura Callista, baissant la tête.

— Mais tu m'as induite en erreur, Callista, sinon je ne t'aurais jamais laissée partir. Tu m'as fait croire — ce que je pensais presque impossible — que tu réagissais à ton amant, que si tu n'avais pas partagé sa couche, cela ne tarderait plus. J'ai donc cru que, peut-être, je n'avais pas vraiment réussi, que ton succès de Gardienne venait peut-être de ce que tu te *croyais* libre de ces attachements qui tourmentent les autres femmes. Alors, quand l'amour est apparu dans ta vie et que tu as voulu suivre ton cœur, comme cela s'est produit pour bien des Gardiennes, il n'était plus possible que ton corps reste indifférent. Je t'ai donc bénie et déliée de ton serment. Mais si ce n'est pas exact, Callista, si ce n'est pas exact...

Callista se rappela les sarcasmes furieux de Damon : *Vas-tu passer ta vie à compter les trous dans les serviettes et à préparer des épices pour la cuisine, toi qui étais Callista d'Arilinn ?* Léonie entendit aussi ces paroles en écho.

— Je te l'ai déjà dit, ma chérie, et je te le répète. Tu peux revenir parmi nous. Avec un peu de temps et d'entraînement, tu redeviendras des nôtres.

Elle fit un geste, l'air frémit, et Callista se retrouva vêtue des voiles écarlates de Gardienne, ses ornements rituels à son front et à son cou.

— Reviens à nous, Callista. Reviens.

Elle dit, d'une voix défaillante :

— Mon mari...

Léonie écarta cette objection d'un geste.

— Le mariage libre n'est rien, Callista, c'est une fiction juridique, sans importance tant que l'union n'est pas consommée. Qu'est-ce qui te lie à cet homme ?

Callista voulut dire : « L'amour », mais, sous le regard méprisant de Léonie, elle ne put prononcer le mot. Elle dit :

— Une promesse, Léonie.

— Ta promesse envers nous est antérieure. Tu es née pour ce travail, Callista, c'est ta destinée. Tu as consenti à ce qu'on t'a fait, ne l'oublie pas. Tu faisais partie d'un groupe de sept jeunes filles venues à nous cette année-là. Six ont échoué, les unes après les autres. Elles étaient déjà adultes, et leurs canaux nerveux matures. Elles ont trouvé trop douloureux le dégagement des canaux et le conditionnement anti-sexuel. Puis il y a eu Hillary Castamir, te souviens-tu ? Elle est devenue Gardienne, mais tous les mois, à l'époque de son cycle, elle souffrait de convulsions, et ce prix a paru trop lourd à payer. J'étais désespérée, Callista, tu te rappelles ? Je faisais le travail de trois Gardiennes, et ma santé a commencé à en souffrir. Pour cette raison, je t'ai tout expliqué, et tu as consenti...

— Comment pouvais-je consentir ? s'écria Callista avec désespoir. J'étais une enfant ! Je ne comprenais même pas ce que tu me demandais !

— Pourtant tu as consenti à recevoir la formation alors que tu n'étais pas encore femme et que tes canaux étaient toujours immatures. Et tu t'es adaptée très facilement à l'entraînement.

— Je me rappelle, dit Callista, très bas.

Elle était si fière de réussir là où tant d'autres avaient échoué, si fière de devoir s'appeler Callista d'Arilinn et de prendre place auprès des grandes Gardiennes légendaires. Elle se souvint de son exaltation quand elle avait pris la direction des grands cercles, quand elle avait senti les énormes stress circuler sans obstacles à travers son corps, quand elle avait dirigé les immenses anneaux energon...

— Tu étais si jeune ! Je croyais improbable que tu changes jamais. C'est un pur hasard qui t'a fait changer. Mais, ma chérie, tu peux tout retrouver. Tu n'as qu'un mot à dire.

— Non ! s'écria Callista. Non ! J'ai rendu mon serment et je ne veux pas le reprendre !

Pourtant, curieusement, elle n'en était plus si sûre.

— Callista, j'aurais pu t'obliger à revenir. La loi me permettait d'exiger ton retour à Arilinn. Le besoin de Gardiennes est encore grand, et je me fais vieille. Pourtant, comme je te l'ai dit, c'est un fardeau trop lourd pour le porter à contrecœur. Je t'ai déliée, mon enfant, bien que je sois âgée et que cela m'oblige à porter mon fardeau jusqu'à ce que Janine soit assez grande et assez forte pour me remplacer. L'aurais-je fait si je te voulais du mal et si je n'avais pas été sincère en te souhaitant d'être heureuse avec ton amant ? Je te croyais déjà libérée. Je pensais qu'en te relevant de ton serment, je ne faisais que m'incliner devant l'inévitable, que tu étais déjà libre en fait, et qu'il n'y avait aucune raison de te torturer en exigeant ton retour, et en dégageant tes canaux pour te forcer à reprendre ton poste.

Callista murmura :

— J'espérais... je croyais que j'étais libre...

Elle sentit l'horreur de Léonie, presque tangible.

— Ma pauvre enfant, quels risques as-tu pris ! Comment as-tu pu tant aimer cet homme, alors que cette vie t'attendait ? Callista, ma chérie, reviens à nous ! Nous guérirons toutes tes blessures. Reviens là où est ta place...

— Non ! s'écria-t-elle, renonçant définitivement.

Comme réverbérée dans l'autre monde, elle entendit la voix d'Andrew crier son nom avec désespoir.

— Callista, Callista, reviens à nous...

Il y eut comme un choc, bref et brutal, le choc d'une chute. Léonie avait disparu et son corps avait retrouvé ses douleurs. Elle était dans son lit, et Andrew, pâle comme la mort, la regardait.

— Je croyais t'avoir perdue pour de bon cette fois, murmura-t-il.

— Cela vaudrait peut-être mieux, répondit-elle, douloureuse.

Léonie a raison. Rien ne me lie à lui que des mots... et ma destinée est d'être Gardienne. Un instant, le temps chancela, et elle se vit abritée derrière un mur étrange et inconnu. Pas celui d'Arilinn. Elle saisit des lambeaux de forces dans ses mains, projeta les anneaux energon...

Elle chercha le contact mental d'Andrew, puis, instinctivement, se retira. Mais, sentant sa détresse, elle le contacta de nouveau, sans se soucier de la douleur qui fulgura en elle comme un coup de poignard.

— Je ne te laisserai plus jamais, dit-elle, se cramponnant à sa main avec désespoir.

Je ne retournerai jamais à Arilinn. S'il n'y a pas de solution, je mourrai, mais je ne retournerai jamais.

Rien ne me lie à Andrew que des mots. Et pourtant... les mots... les mots ont leur puissance. Elle ouvrit les paupières, regarda son mari dans les yeux et répéta les paroles qu'il avait prononcées à leur mariage.

— Andrew, pour le meilleur et pour le pire... dans la richesse et dans la pauvreté... dans la santé et dans la maladie... jusqu'à ce que la mort nous sépare, dit-elle, refermant ses mains sur la sienne. Andrew, mon amour, il ne faut pas pleurer.

11

DAMON trouvait qu'il n'avait jamais été aussi frustré qu'en ce moment. Léonie avait agi pour des raisons qui lui semblaient bonnes à l'époque, et il comprenait partiellement ses motifs.

Il devait y avoir une Gardienne à Arilinn. C'était la considération primordiale, mais il n'y avait aucun moyen de faire comprendre cela à Andrew.

— Je suis certain qu'à ta place, je penserais comme toi, dit-il.

Il était tard, et Callista était tombée dans un sommeil agité, mais du moins, elle dormait sans somnifères, et Damon s'efforçait d'y voir un bon présage.

— Tu ne peux pas blâmer Léonie...

— Si, je peux la blâmer, et je la blâme ! l'interrompit Andrew.

Damon soupira.

— Essaye de comprendre. Elle a fait pour le mieux, non seulement pour les Tours, mais pour Callista aussi, pour lui éviter la souffrance. Elle ne pouvait pas prévoir que Callista aurait envie de se marier...

Il allait dire « se marier avec un Terrien ». Il se ressaisit à temps, mais Andrew perçut quand même sa pensée, et rougit, à la fois d'embarras et de colère. Il se détourna, le visage têtu et fermé, et Damon soupira, pensant qu'il fallait régler cette affaire rapidement, ou qu'ils perdraient Andrew aussi.

Cette pensée lui fut amère, presque intolérable. Depuis cette première union à quatre par la matrice, quand Callista était encore prisonnière, Damon avait retrouvé quelque chose qu'il pensait avoir irrémédiablement perdu en quittant la Tour, le lien télépathique du cercle.

Il l'avait perdu quand Léonie l'avait renvoyé d'Arilinn, il s'était résigné à vivre sans, puis, contre tout espoir, il l'avait retrouvé avec ses deux cousines et cet homme d'outre-planète... Maintenant, il aurait préféré mourir que de reperdre ce lien.

Il dit d'une voix ferme :

— Léonie a agi pour des raisons, bonnes ou mauvaises, dont elle doit porter la responsabilité. Callista n'était pas assez forte pour l'obliger à répondre. Mais Léonie, et Léonie seule, détient la clé de ses problèmes.

Andrew regarda par la fenêtre la plaine obscure et neigeuse.

— Ça ne nous sert à rien. A quelle distance d'ici se trouve Arilinn ?

— Je ne sais pas comment tu énoncerais la distance. Nous, nous disons que c'est à dix jours de voyage, dit Damon. Mais je n'ai pas l'intention d'y aller physiquement. Je ferai comme Callista, je la retrouverai dans le surmonde.

Il eut un sourire hésitant.

— *Dom* Esteban étant infirme et Domenic pas encore majeur, je suis son plus proche parent mâle. J'ai le droit et la responsabilité de demander des comptes à Léonie.

Mais qui pouvait demander des comptes à une Hastur et à la Dame d'Arilinn ?

— J'ai envie de venir avec toi et de protester pour mon compte, dit Andrew.

— Tu ne saurais pas quoi lui dire. S'il existe une réponse, Andrew, je te promets de l'obtenir.

— Et s'il n'y en a pas ?

Damon se détourna, préférant ne pas y penser. Callista dormait d'un sommeil agité, gémissait. Ellemir brodait dans un fauteuil, son visage lumineux sous la lampe. Daman la contacta mentalement, sentit dans son esprit amour et réconfort. *J'aurais besoin de l'avoir près de moi, mais je dois y aller seul.*

— Dans d'autre appartement, Andrew. Ici, nous risquons de les déranger. Surveille-moi, ajouta-t-il, le précédant dans l'autre chambre, et s'allongeant à moitié dans un fauteuil, Andrew à son côté. Surveille-moi...

Il se concentra sur la matrice, ressentit un choc bref et brutal quand il quitta son corps, perçut la force d'Andrew avant d'abandonner la pièce... Puis il se retrouva dans la plaine grise et informe, voyant avec surprise derrière lui une vague structure, à peine une ombre. Bien sûr, il l'avait construite avec Dezi et Andrew, pour se protéger quand il travaillait sur les pieds gelés des hommes. *Ma propre forteresse. Je n'en ai pas d'autre à présent.* Ecartant fermement ce refuge de sa pensée, il chercha la lumière-phare d'Arilinn, puis, avec la rapidité de la pensée, il y fut, et Léonie, voilée, était debout devant lui.

Elle avait été si belle... De nouveau, son ancien amour le reprit, mais il se fortifia par la pensée d'Ellemir. Mais pourquoi Léonie se voilait-elle devant lui ?

— Quand Callista est venue, je savais que tu n'étais pas loin derrière, Damon. Je sais, pour l'essentiel, ce que tu désires. Mais comment puis-je t'aider ?

— Tu le sais aussi bien que moi. Et ce n'est pas pour moi que j'ai besoin d'aide, mais pour Callista.

— Elle a échoué, dit Léonie. J'ai accepté de la délier... elle a eu sa chance... mais maintenant, elle sait que sa place est ici. Elle doit revenir à Arilinn, Damon.

— Il est trop tard. Elle mourrait plutôt, je crois. D'ailleurs, elle n'en est pas loin, dit Damon d'une voix qu'il entendit trembler. Veux-tu dire que tu préférerais la voir morte que libérée, Léonie ? L'emprise d'Arilinn est-elle une emprise mortelle ?

Il vit l'horreur passer sur le visage de Léonie comme

un nuage, ici où les émotions étaient des réalités tangibles.

— Non, Damon ! dit-elle d'une voix tremblante. Lorsqu'une Gardienne est relevée de son serment, c'est parce que ses canaux ne sont plus ceux d'une Gardienne, ne sont plus dégagés pour les forces psi. Je croyais que ce serait le cas pour Callista, mais elle m'a dit qu'il n'en était rien, et j'ai bien voulu la délier.

— Tu savais que tu avais rendu cette libération impossible ! accusa Damon.

— Je... je n'en étais pas sûre, dit Léonie. Elle m'a dit.. qu'elle l'avait touché. Elle avait... Damon, que voulais-tu que je pense ? Mais maintenant, elle sait qu'il n'en est rien. A l'époque où une jeune fille était instruite comme Gardienne avant d'être devenue femme, il était admis que son choix engageait toute sa vie et était sans retour.

— Tu le savais, et tu as fait ce choix pour Callista ?

— Que pouvais-je faire d'autre, Damon ? Nous devons avoir des Gardiennes, ou notre monde sombrera dans l'obscurantisme et la barbarie. J'ai fait ce que je devais, et si Callista est juste à mon égard, elle reconnaîtra que j'ai agi avec son consentement.

Pourtant, Damon entendit en écho dans l'esprit de Léonie le cri désespéré de Callista :

Comment pouvais-je consentir ? Je n'avais que douze ans !

— Tu déclares donc qu'il n'y a d'espoir, dit Damon avec colère. Que Callista doit revenir à Arilinn ou mourir de douleur !

L'image de Léonie chancela dans le surmonde, et elle répondit d'une voix hésitante :

— Je sais qu'il existait autrefois une solution, et que cette solution était connue. Rien de ce qui est passé ne peut jamais disparaître complètement. Quand j'étais jeune, j'ai connu une femme qui avait été guérie de ce même mal. Elle disait qu'il existait un moyen de renverser le conditionnement des canaux, mais elle ne m'a pas dit comment, et elle est morte depuis plus d'années que tu n'as vécu. Cela était connu au temps où les Tours étaient des temples et où les Gardiennes étaient leurs prêtresses. J'ai dit plus que je n'en sais, dit-elle, dévoilant brusquement son visage ravagé. Si tu avais vécu à cette époque, Damon, tu aurais trouvé ta véritable vocation de Gardien. Tu es né trois cents ans trop tard.

— Cela ne peut plus m'aider maintenant, ma cousine, dit Damon.

Il se détourna de Léonie qui tremblait et changeait devant lui ; c'était tantôt la Léonie qu'il avait aimée à la Tour, tantôt la Léonie qu'il avait vue à son mariage. Il n'avait pas envie de voir son visage et souhaita qu'elle remette son voile.

— A l'époque de Rafael 11, quand les Tours de Neskaya et de Tramontana ont été anéanties par des incendies, tous les cercles sont morts, avec les Gardiennes. Beaucoup d'anciennes techniques ont alors été perdues, et toutes n'ont pas été redécouvertes.

— Suis-je censé les redécouvrir en quelques jours ? Tu as en moi une confiance extraordinaire, Léonie !

— Aucune pensée née dans un esprit humain n'importe où dans l'univers ne peut jamais disparaître complètement.

— Je ne suis pas venu pour philosopher, dit Damon avec impatience.

Léonie secoua la tête.

— Il ne s'agit pas de philosophie, mais de faits. Toute pensée ayant jamais dérangé le tissu dont l'univers est fait demeure, indélébile, et peut être retrouvée. Il y eut une époque où ces choses étaient connues, et le tissu du temps est resté le même....

L'image de Léonie frémit, comme la surface d'un lac troublée par une pierre, et disparut. Damon, de nouveau seul dans le surmonde gris et informe, se demanda : *Comment, au nom des Dieux, puis-je m'attaquer au tissu même du temps ?* Un instant, il vit, comme d'une grande hauteur, l'image d'un homme vêtu d'or et de vert, le visage caché, et un gros anneau éblouissant au doigt. Bague ou matrice ? L'anneau se mit à bouger, à onduler, émettant des ondes de lumière, et Damon sentit sa conscience s'émousser, s'évanouir. Il referma la main sur la matrice suspendue à son cou, tentant désespérément de s'orienter dans le surmonde. Puis la lumière disparut, et il se retrouva seul dans le néant sans forme. Enfin, à l'horizon, il perçut faiblement la forme de sa propre forteresse, celle qu'ils avaient érigée. Avec soulagement, il sentit sa pensée l'attirer vers elle, et brusquement, il fut de retour dans sa chambre à Armida, Andrew penché sur lui, l'air anxieux.

Il battit des paupières, essayant de coordonner ses impressions. *As-tu découvert quelque chose ?* Il perçut la question dans l'esprit d'Andrew, mais il ne savait pas encore. Léonie ne s'était pas engagée à l'aider à libérer Callista des liens mentaux et corporels l'attachant à la Tour. Elle ne pouvait pas. Dans le surmonde, elle ne pouvait pas mentir ou dissimuler ses intentions. Elle voulait que Callista revienne à la Tour. Elle pensait sincèrement que Callista avait eu sa chance et avait échoué. Pourtant, elle n'avait pas pu dissimuler non plus qu'il existait une solution, et que la réponse était enfouie dans les profondeurs du temps même. Damon frissonna d'un froid mortel qui le pénétrait jusqu'aux os, et resserra sa tunique autour de lui. Etait-ce la seule solution ?

Dans le surmonde, Léonie ne pouvait pas dire un mensonge patent. Pourtant, elle ne lui avait pas dit toute la vérité non plus, et elle continuait à lui dissimuler bien des choses. Mais pourquoi ? Pourquoi lui cacher quelque chose ? Ne savait-elle pas que Damon l'avait toujours aimée, que — les Dieux lui viennent en aide ! — il l'aimait encore et ne ferait jamais rien qui pût lui nuire ? Damon enfouit son visage dans ses mains, essayant désespérément de se ressaisir. Il ne pouvait pas se présenter à Ellemir dans cet état. Il savait que sa confusion et sa douleur faisaient mal à Andrew, et Andrew ne comprenait pas pourquoi.

L'une des courtoisies fondamentales d'un télépathe, se rappela-t-il, était de faire en sorte que ses propres problèmes n'atteignent pas les autres... Au bout d'un moment, il parvint à se calmer et à relever ses barrières mentales. Regardant Andrew, il dit :

— J'ai un embryon de réponse. Pas la réponse complète, mais avec un peu de temps, je pourrai sans doute la trouver. Me suis-je absenté longtemps ?

Il se leva, s'approcha de la table où étaient encore les restes de leur dîner et se versa un verre de vin qu'il but à petites gorgées, pour se réchauffer et se calmer.

— Des heures, dit Andrew. Il doit être minuit passé.

Damon hocha la tête. Il connaissait l'effet temporel télescopique de ce genre de voyage. Dans le surmonde, le temps semblait couler autrement, sans aucune logique, totalement différent, de sorte qu'une brève conversation pouvait durer des heures, et qu'un long voyage pouvait se passer en un clin d'œil.

Ellemir parut sur le seuil et dit, angoissée :

— Dieu merci, vous êtes encore là. Damon, viens voir Callista. Je n'aime pas cette façon qu'elle a de gémir dans son sommeil.

Damon posa son verre, et se redressa, se tenant des deux mains à la table, et entra dans la chambre. Callista semblait dormir, mais elle avait les yeux à demi ouverts, et quand Damon la toucha, elle frémit, percevant manifestement son contact, mais sans aucune conscience dans les yeux. Andrew avait les traits tirés.

— Qu'est-ce qu'elle a maintenant, Damon ?

— Une crise. C'est ce que je craignais, mais je pensais que ça se produirait le premier soir, dit Damon.

Rapidement, il passa les doigts au-dessus de son corps, sans la toucher.

— Elli, aide-moi à la retourner. Non, Andrew, ne la touche pas. Elle a conscience de ton contact, même en dormant.

Ellemir l'aida à la retourner, et ils eurent tous un choc en rabattant les couvertures. Comme elle était amaigrie ! Maîtrisant sa jalousie, Andrew vit les lignes lumineuses se former dans le corps de Callista, les courants ternes, décolorés. Mais Damon savait qu'il ne comprenait pas complètement.

233

— Je savais que je devais lui dégager immédiatement les canaux, dit-il avec colère.

Comment faire comprendre à Andrew ? Il essaya, sans trop d'espoir, de formuler les étranges concepts en paroles.

— Elle a besoin de... de décharger le trop-plein d'énergie. Mais les canaux sont bloqués, et l'énergie reflue — fuit, si tu veux, dans tout le reste de son corps, et commence à affecter ses fonctions vitales : le cœur, la circulation, la respiration. Et avant de pouvoir...

Ellemir retint un cri d'appréhension. Damon vit Callista se raidir, s'arquer en poussant un cri sauvage. Pendant quelques secondes, des spasmes violents agitèrent tous ses membres, puis elle se détendit et retomba, comme morte.

— Mon Dieu ! dit Andrew en un souffle. Qu'est-ce que c'était ?

— Des convulsions, dit Damon. J'en avais peur. Cela signifie que le temps presse.

Il se pencha pour vérifier son pouls, écouter sa respiration.

— Je savais que j'aurais dû lui dégager les canaux.

— Pourquoi ne l'as-tu pas fait ? demanda Andrew.

— Je te l'ai dit : je n'avais pas de *kirian,* et sans *kirian* je ne sais pas si elle aurait eu la force de supporter la douleur.

— Fais-le maintenant, pendant qu'elle est inconsciente, dit Andrew.

Mais Damon secoua la tête.

— Il faut qu'elle soit éveillée et qu'elle coopère consciemment avec moi, sinon, je pourrais lui faire un mal considérable. Et... et de plus, elle ne veut pas, dit-il enfin.

— Pourquoi ?

Damon finit par tout dire, à contrecœur :

— Parce que si je dégage ses canaux, elle revient à son état normal, à l'état normal d'une Gardienne, aux canaux complètement différents de ceux d'une femme ordinaire — dégagés et réservés uniquement à l'énergie psi. Exactement comme elle était en quittant la Tour.

Complètement indifférente à toi, incapable de réagir sexuellement. En fait, retour à la case départ.

— Quelle est l'alternative ? haleta Andrew.

— Il n'y a pas d'alternative, j'en ai peur, dit Damon. Elle ne peut pas vivre longtemps comme ça.

Il toucha brièvement sa main glacée, puis alla dans sa chambre où il conservait sa provision d'herbes et de potions. Il hésita, puis choisit une petite fiole, revint, la déboucha et en versa le contenu entre les lèvres décolorées de Callista, lui soulevant la tête pour que le liquide puisse couler dans sa gorge.

— Qu'est-ce que c'est ? Qu'est-ce que tu lui donnes, nom d'un chien ?

— Ça l'empêchera d'avoir d'autres convulsions, dit Damon, du moins, pour le reste de la nuit. Et demain...

Il n'eut pas le courage de finir la phrase. Même quand il faisait régulièrement ce travail à la Tour, ça ne lui plaisait pas. Il reculait devant la douleur qu'il devait infliger, il reculait devant la nécessité d'affronter Callista, sachant qu'elle devait sacrifier les faibles progrès qu'elle avait faits, et revenir à l'état que Léonie lui avait imposé, indifférente, immature, neutre. S'éloignant de Callista, il rinça et rangea la fiole, essayant de se calmer. Il s'assit sur l'autre lit, regardant Callista avec consternation, et Ellemir vint le rejoindre. Andrew était toujours à genoux près de Callista, et Damon se dit qu'il devrait le renvoyer, parce que même en dormant, Callista avait conscience de sa présence et que ses canaux y réagissaient, même si son esprit ne participait pas. Pendant un moment, il lui sembla voir Callista et Andrew comme des champs magnétiques imbriqués et tourbillonnants, s'efforçant de se fondre, inversant leurs polarités. Mais alors que les énergies auraient dû se renforcer et se fortifier les unes les autres, ces énergies refluaient en Callista, minant ses forces, incapables de circuler librement. Et quel était le résultat pour Andrew ? Cela l'épuisait aussi. Avec effort, Damon effaça cette perception, s'obligea à revenir à la surface, à voir Callista simplement comme une malade épuisée après des convulsions, et Andrew comme un mari inquiet, penché sur sa femme, plein de crainte et de désespoir.

C'est pour ce genre d'expériences que Léonie l'avait renvoyé de la Tour, il le savait. Elle disait qu'il était trop sensible, que cela le détruirait ; et pour la première fois, il se révolta. Cela aurait dû être considéré comme une force, non comme une faiblesse. Cela aurait pu le rendre plus précieux pour eux.

Ellemir vint s'asseoir près de lui. Il lui prit la main, plein d'un désir presque oppressant ; depuis quand ne s'étaient-ils pas retrouvés dans l'amour ? Pourtant, la longue discipline de technicien des matrices ne le quitta pas. Il ne lui vint pas à l'idée de la rompre. Il l'attira à lui et l'embrassa doucement en disant :

— Il faut que je garde mes forces, ma chérie, demain, la journée sera dure. Sinon...

Il déposa un baiser dans la paume de sa main, à la fois souvenir et promesse.

Ellemir le sentit, il feignait une gaieté et une assurance qu'il n'éprouvait pas. Pensait-il pouvoir lui mentir, pensait-il qu'elle ne savait pas ? se dit-elle avec indignation. Puis elle comprit la dure discipline que supposait cet optimisme, l'implacable courtoisie du technicien télépathe. Reconnaître ses appréhensions, c'était les renforcer, et les entraîner tous les deux dans un désespoir permanent. Quelles dures leçons attend l'épouse d'un technicien télépathe, se dit-elle avec un rien de cynisme. Mais son cœur débordait d'amour. Damon ne cherchait pas à susciter la pitié, elle le savait ; il fallait simplement qu'il n'eût pas besoin de s'inquiéter de ses peurs, à elle.

Elle devait assumer ses propres peurs, se dit-elle ; ne pas en accabler Damon. Prenant ses mains dans les siennes, elle lui rendit son baiser. Reconnaissant de sa compréhension, il la prit tendrement par les épaules.

Andrew, toujours agenouillé près de Callista, tourna la tête vers eux. Damon perçut ses émotions : crainte, horreur, incertitude — *Damon pouvait-il vraiment quelque chose pour Callista* —, détresse à l'idée que Callista, une fois ses canaux dégagés et son conditionnement intact, ne redevînt Gardienne, comme avant. Et aussi, à la vue d'Ellemir étroitement serrée contre Damon, une émotion confuse, une vague jalousie. Même ça, ils ne l'avaient pas eu, lui et Callista... Damon en éprouva une pitié si profonde qu'il dut la réprimer, afin de se protéger, de garder ses forces pour le lendemain.

— Reste avec Callista. Et appelle-moi en cas de changement, si petit soit-il, dit-il.

Andrew approcha un fauteuil, se pencha sur Callista et lui prit la main.

Pauvre Andrew, pensa Damon, sa présence ne peut même plus la troubler, elle est trop faible. Mais il faut qu'il ait l'impression de faire quelque chose pour elle, ou il va craquer. Le contact d'Ellemir ne lui donnait plus aucun réconfort. S'allongeant près d'elle, il s'obligea à se détendre, à relâcher tous ses muscles, pour trouver le calme dont il aurait besoin le lendemain. Enfin, il s'endormit.

Longtemps après le lever du jour, Callista ouvrit les yeux, confuse.

— Andrew ?

— Je suis là, mon amour, dit-il serrant sa main dans la sienne. Comment te sens-tu ?

— Beaucoup mieux, je crois.

Elle n'éprouvait plus aucune douleur. Autrefois — voilà bien longtemps — quelqu'un lui avait dit que c'était mauvais signe. Mais après les souffrances des derniers jours, elle était heureuse de cette rémission.

— J'ai l'impression d'avoir dormi longtemps. Et pourtant, Damon s'inquiète de mes insomnies !

Savait-elle seulement qu'on lui avait donné des somnifères ?

— Je vais appeler Damon, dit-il en s'écartant.

Sur l'autre lit, Damon dormait, Ellemir dans ses bras. De nouveau, Andrew éprouva le tourment de l'envie. Ils semblaient si paisibles, si heureux ensemble. Callista et lui jouiraient-ils jamais de ce simple bonheur ? Il fallait pourtant y croire, ou mourir.

Ellemir ouvrit les yeux, sourit, et remua légèrement, ce qui réveilla Damon instantanément.

— Comment va Callista ?

— Mieux, je crois.

Damon le regarda, sceptique, se leva et s'approcha de Callista. Soudain, Andrew la vit par les yeux de Damon : livide, émaciée, les yeux profondément enfoncés dans les orbites.

— Callista, tu sais aussi bien que moi ce que je dois faire, dit doucement Damon. Tu es Gardienne, mon enfant.

— Ne me donne plus ce titre, dit-elle avec emportement. Plus jamais !

— Je sais que tu es déliée de ton serment, mais un serment n'est qu'un mot. Il n'y a pas d'autre solution, Callista, tu le sais. Je ne peux pas prendre la responsabilité...

— Je ne te l'ai pas demandé ! Je suis libre...

— Libre de mourir, dit Damon avec brutalité.

— Ne crois-tu pas que j'aime mieux mourir ? dit-elle, éclatant en sanglots pour la première fois depuis ce fameux soir.

Damon la regarda, impassible, mais Andrew la prit dans ses bras, protecteur, la serra contre lui.

— Damon, pourquoi la tourmenter ?

Le visage de Damon s'empourpra de colère.

— J'en ai assez. Vous me traitez comme un monstre s'interposant entre vous deux. Alors que je m'épuise pour vous protéger.

— Je le sais bien, sanglota-t-elle, et je ne peux pas le supporter. Cette situation nous tue, Andrew et moi !

Andrew la sentait trembler dans ses bras, légère comme une enfant. Il la vit soudain sous forme d'un curieux réseau lumineux, une sorte de champ d'énergie électrique. D'où venait cette étrange perception ? Le corps d'Andrew semblait perdre sa réalité, tremblait dans une sorte de néant, et n'était plus qu'un fragile réseau d'énergie électrique, pétillant, crépitant de plus en plus faiblement...

Il ne voyait plus Damon, lui aussi estompé dans des

tourbillons lumineux. Non, Damon pulsait, changeait, rayonnait de colère, comme un poêle chauffé au rouge, comme lorsqu'il avait affronté Dezi. Andrew, qui s'emportait facilement mais se calmait aussitôt, fut déconcerté et horrifié de cette fureur rentrée. Faiblement, derrière les couleurs mouvantes et les réseaux d'énergie, les vibrations et les lumières pulsantes, il vit Damon, l'homme, s'approcher de la fenêtre, et, leur tournant le dos, contempler la tempête, luttant pour maîtriser sa colère. Andrew percevait sa rage, comme il percevait la douleur de Callista, le trouble d'Ellemir. Il s'efforça de les revoir sous forme solide et humaine, et non plus sous forme confuse et mouvante d'images électriques. Où est la réalité ? se dit-il. N'étaient-ils donc que des masses d'énergies tourbillonnantes, des champs de forces et des atomes en mouvement dans l'espace ? Il tenta de se raccrocher à des perceptions humaines, malgré l'étreinte fiévreuse de Callista. Il voulut aller à la fenêtre... Il *alla* à la fenêtre et toucha Damon... Il ne bougea pas, immobilisé par le poids de Callista dans ses bras. Prenant la parole avec effort, il dit d'un ton conciliant :

— Damon, personne ne pense que tu es un monstre. Callista fera ce que tu conseilles. Nous avons confiance en toi, n'est-ce pas, Callista ?

Honteux de son emportement, Damon parvint enfin à se maîtriser. Il s'approcha d'eux et dit avec douceur :

— Andrew a le droit d'être consulté, Callista. Tu ne peux pas continuer à nous tourmenter tous ainsi. S'il ne s'agissait que de ta décision...

Il s'interrompit et s'écria d'une voix étranglée :

— Andrew ! Pose-la, vite !

Inerte dans les bras d'Andrew, Callista ne bougeait plus. Effrayé par le ton de Damon, Andrew laissa son ami la recoucher. Il fit signe à Andrew de s'écarter. Perplexe, froissé, celui-ci obéit. Damon se pencha sur la jeune femme.

— Tu vois ? Ne te remets pas à pleurer, tu n'en as plus la force. Sais-tu que tu as eu une crise hier soir ? Tu as eu des convulsions. Je t'ai donné du *raivannin* — tu sais aussi bien que moi ce que ça signifie, Callie.

Elle eut à peine la force de murmurer :

— Je crois... qu'il vaudrait mieux pour tout le monde...

Damon lui prit les poignets, si amaigris que la main de Damon, pourtant petite, les enserrait tous les deux facilement. Sentant sur lui le regard désapprobateur d'Andrew, il dit avec lassitude :

— Elle ne supportera pas d'autres convulsions ; elle n'en a plus la force.

A bout de résistance, Andrew s'écria :

— C'est encore ma faute ? Je ne pourrai donc jamais la toucher sans danger pour elle ?

— Ne blâme pas Andrew, Damon... murmura Callista en un souffle. C'est moi qui ai voulu...

— Tu vois ? dit Damon. Si je t'éloigne d'elle, elle désire mourir. Et si je te laisse la toucher, le stress physique empire de plus en plus. Même en faisant abstraction du déchirement émotionnel qui vous détruit tous les deux, elle ne peut guère en supporter davantage, physiquement. Il faut faire quelque chose, et vite, avant...

Il ne termina pas, mais tout le monde comprit sa pensée : avant qu'elle n'ait d'autres convulsions que, cette fois, nous ne pourrions pas arrêter.

— Tu sais ce qu'il y a à faire, Callista, et tu sais combien de temps il te reste pour prendre une décision. Nom d'un chien, Callie, crois-tu que je veuille te tourmenter dans cet état ? Je sais que, physiologiquement, tu es une enfant de douze ans. Mais mentalement tu n'es pas une enfant, alors cesse de te conduire comme telle. Conduis-toi comme la grande professionnelle que tu as appris à être. Mets fin à ces réactions émotionnelles ! Nous sommes placés devant une réalité physique ! Tu es Gardienne...

— Non, non ! protesta-t-elle.

— Fais au moins preuve du bon sens et du courage que tu as appris en tant que Gardienne ! Tu me fais honte. Ton cercle aurait honte de toi. Léonie aurait honte...

— Nom d'un chien, Damon... commença Andrew.
Les yeux flamboyants, Ellemir lui saisit le bras.

— Ne te mêle pas de ça, murmura-t-elle. Damon sait ce qu'il fait ! C'est la vie de Callista qui est en jeu !

— Tu as peur, dit Damon, sarcastique, tu as peur ! Hillary Castamir n'avait pas quinze ans, mais elle a enduré qu'on lui dégage les canaux tous les quarante jours pendant plus d'un an ! Et toi, tu crains de me laisser te toucher !

Maintenue par Damon d'une main ferme, Callista gisait sur ses oreillers, livide, les yeux brillant d'un éclat assourdi qu'aucun d'eux ne lui avait jamais vu jusque-là. Elle dit, d'une voix faible mais si rageuse qu'elle leur fit l'effet d'un cri :

— Ah, comment oses-tu me faire ces reproches, toi que Léonie a renvoyé comme un chiot gémissant parce que tu n'avais pas de courage ? Pour qui te prends-tu de me parler ainsi ?

Damon se redressa et la lâcha, comme s'il avait peur de l'étrangler en restant près d'elle, pensa Andrew. De nouveau, la fureur l'entourait d'un halo écarlate. Andrew s'enfonça les ongles dans les paumes à les faire saigner, craignant qu'une fois de plus, ils ne se désintègrent tous en champs d'énergie mouvants.

— Pour qui je me prends ? vociféra Damon. Je suis ton plus proche parent, je suis ton technicien, et ce n'est pas tout, tu le sais. Et si je n'arrive pas à te faire entendre raison, si tu refuses de te servir de tes connaissances et de ton jugement, alors je jure, Callista d'Arilinn, que je ferai porter *Dom* Esteban dans cette chambre, et c'est sur lui que tu essaieras tes caprices ! Si ton mari n'arrive pas à te convaincre et ton technicien non plus, alors, tu t'arrangeras avec ton père ! Il est vieux, mais il est toujours le Seigneur Alton, et si je lui explique...

— Tu n'oserais pas ! dit-elle avec fureur.

— Chiche ! répliqua Damon lui tournant le dos.
Andrew, gêné, regarda alternativement Damon, le

dos tourné, et Callista livide et furieuse sur ses oreillers, et que seule sa rage semblait maintenir en vie en cet instant. L'un d'eux céderait-il, ou bien prolongeraient-ils ce bras de fer jusqu'à ce que l'un d'eux en mourût ? Quelqu'un pensa — Ellemir ? — que Damon était un Alton par sa mère, que lui aussi avait le don. Mais Callista était la plus faible, et elle ne pourrait pas supporter longtemps cette fureur qui les détruisait tous. Il fallait sortir de cette impasse, et vite. Ellemir avait tort : Damon ne pourrait pas briser sa volonté par cette épreuve de force, même pour lui sauver la vie.

De nouveau, Andrew alla s'agenouiller près de Callista.

— Ma chérie, obéis à Damon ! supplia-t-il.

Elle murmura, la rage faisant place à la douleur :

— T'a-t-il dit que je... que nous perdrions le peu que nous ayons jamais eu ?

— Il me l'a dit, répondit Andrew, cherchant à exprimer la douloureuse tendresse qui avait tout supplanté en lui. Mais je t'ai aimée avant même de t'avoir jamais vue, ma chérie. Crois-tu que seul ton corps m'intéresse ?

Toute colère envolée, Damon se retourna, les considéra avec une profonde pitié, mais parla d'une voix dure :

— Alors, as-tu enfin trouvé le courage qu'il te faut, Callista ?

— Du courage ? soupira-t-elle. Je n'en manque pas, Damon. Mais à quoi bon cette tentative ? Tu dis qu'elle me sauvera la vie. Mais ma vie actuelle vaut-elle la peine d'être vécue ? Et je vous ai tous impliqués. J'aimerais mieux mourir tout de suite, plutôt que de vous entraîner tous dans ma chute.

Andrew fut épouvanté du désespoir qu'il perçut dans sa voix. Il voulut la prendre dans ses bras, se rappela que son contact la mettait en danger, et s'immobilisa, paralysé par l'angoisse. Damon vint s'agenouiller près de lui. Lui non plus ne toucha pas Callista, mais établit un contact mental avec elle, avec lui. Les douces vibrations lentes, le flux et le reflux des rythmes accordés les unirent en une intimité plus profonde que celle de l'amour.

Damon murmura :

— Callista, si tu étais seule en cause, je te laisserais mourir. Mais tu fais trop partie de nous tous pour que nous te laissions disparaître.

Une pensée prit forme — Andrew ne sut jamais si c'était la sienne — et s'insinua dans leur cercle télépathique : *Callista, tant que ce lien nous reste, la vie vaut la peine d'être vécue, dans l'espoir de trouver le moyen de te faire obtenir le reste.*

Comme remontant à la surface après un plongeon en eaux profondes, Andrew revint à une conscience séparée. Son regard rencontra celui de Damon, et il ne se déroba pas à l'intimité qu'il y lut. Les yeux de Callista, cernés, dilatés par la souffrance, semblaient noirs dans son visage livide, mais elle sourit, remuant faiblement.

— Très bien, Damon. Fais ce que tu as à faire. Je vous... je vous ai déjà fait trop de mal.

Hors d'haleine, elle se tut, prête à s'évanouir. Ellemir effleura d'un baiser le front de sa sœur.

— N'essaye pas de parler. Nous comprenons.

Damon se releva et entraîna Andrew hors de la chambre.

— Nom d'un chien, c'est un travail de Gardienne. Il y avait des Gardiens autrefois, mais je n'ai pas reçu la formation.

— Tu n'as pas envie de faire ce travail, n'est-ce pas, Damon ?

— Qui en aurait envie ? dit Damon, d'une voix tremblante. Mais il n'y a pas d'autre issue. Si elle avait de nouveau des convulsions, elle ne passerait sans doute pas la journée. Et si elle survivait, le cerveau serait si endommagé qu'elle ne nous reconnaîtrait plus. La surcharge de toutes les fonctions vitales — pouls, respiration... et si son état se détériore encore... Enfin, c'est une Alton.

Il secoua la tête avec désespoir.

— La décharge que tu as reçue n'est rien comparée à ce qu'elle pourrait nous faire si son esprit cessait de fonctionner et qu'elle ait l'impression que nous voulons lui nuire...

Il frémit d'épouvante.

— Ce sera très douloureux. Mais elle doit être consciente et capable de coopérer intelligemment.

— C'est ça que tu redoutes ? Mais tu ne peux pas vraiment lui faire mal en te servant de la force psi pour lui dégager les canaux ? Ils n'ont pas de réalité physique, n'est-ce pas ?

Damon ferma les yeux, en un réflexe involontaire.

— Je ne la tuerai pas, dit-il. J'en sais assez pour l'éviter. C'est pourquoi elle doit être consciente. Si je me trompe dans mes calculs, je pourrais lui endommager certains nerfs centrés autour des organes reproducteurs. Juste assez pour compromettre ses chances d'avoir jamais des enfants. Et elle est mieux placée que moi pour savoir où sont les nerfs principaux.

— Au nom du Ciel, murmura Andrew, pourquoi exiger cette collaboration consciente ? Si elle ne peut pas avoir d'enfants, quelle importance ?

Damon le regarda, horrifié.

— Tu ne parles pas sérieusement ! dit-il, essayant désespérément de tenir compte de la détresse de son ami. Callista est une Comyn, elle a le *laran*. Plutôt la mort que de le perdre ! C'est ton épouse, mon ami, non une femme des rues !

Andrew se tut devant l'horreur de Damon, essayant de dissimuler sa confusion. Il venait d'enfreindre quelque nouveau tabou. Apprendrait-il jamais ? Il dit avec raideur :

— Je m'excuse de t'avoir offensé, Damon.

— Offensé ? Non, pas exactement, mais... mais choqué.

Damon était dérouté. Andrew ne savait-il donc pas que c'était la chose la plus précieuse qu'elle pût lui apporter, l'héritage, le clan ? Son amour n'était-il que désir physique et égoïsme ? Non, pensa-t-il. Andrew avait trop souffert pour elle, il y avait autre chose. Il pensa enfin, désespéré : *je l'aime, mais le comprendrai-je jamais ?*

244

Andrew, emporté par son émotion, posa avec embarras la main sur l'épaule de Damon et dit avec hésitation :

— Je me demande si... si personne comprend jamais personne, Damon. Donne-moi le temps.

La réaction normale de Damon aurait été d'embrasser Andrew, mais il savait par expérience que ces gestes spontanés embarrassaient son ami, qui les repoussait. Là aussi, il faudrait trouver une solution.

— Nous venons de nous mettre d'accord sur un point, mon frère. Nous voulons tous les deux le bien de Callista. Allons la retrouver.

Andrew se rendit au chevet de Callista. En dépit de tout, il avait le sentiment que Damon exagérait. C'étaient des réactions psychologiques, comment pouvaient-elles avoir un effet physiologique ? Pourtant, il savait que Damon avait raison : Callista se mourait. Frissonnant d'épouvante, il réalisa qu'elle ne remuait même plus la tête sur l'oreiller, quoiqu'elle continuât à les suivre des yeux.

— Damon, jure-moi qu'après tu trouveras le moyen de... de me ramener à un état normal...

— Je te le jure, *breda*.

Damon avait parlé d'une voix aussi ferme que sa main était sûre, mais Andrew vit qu'il se maîtrisait avec peine. Pourtant, Callista semblait paisible.

— Je n'ai pas de *kirian* à te donner, Callista.

Andrew ressentit sa frayeur, mais elle dit :

— Alors, je m'en passerai. Fais ce que tu as à faire.

— Callista, si tu veux, j'ai des fleurs de *kireseth*... ?

Elle refusa, d'un geste imperceptible, comme Damon s'y attendait ; le tabou était absolu parmi les télépathes des Tours. Il regretta pourtant qu'elle soit si scrupuleuse.

— Tu voulais essayer...

Damon hocha la tête, lui montrant un petit flacon.

— Ce n'est qu'une teinture. J'en ai filtré les impuretés, et j'ai dissous les résines dans du vin, dit-il. Ce sera peut-être mieux que rien.

Elle rit, d'un rire léger comme un souffle, et Andrew

s'émerveilla qu'elle eût encore la force de rire en un moment pareil.

— Je sais que ce n'est pas ton fort, Damon. Je vais essayer, mais laisse-moi goûter avant. Si tu t'es trompé de résine...

Elle renifla prudemment la fiole, goutta un peu de liquide et dit enfin :

— Aucun danger. Je vais en prendre, mais...

Elle réfléchit, puis, rapprochant le pouce et l'index, dit enfin :

— ... mais pas plus que ça.

— Il t'en faut plus, Callista. Tu ne pourras jamais supporter la douleur, protesta Damon.

— Il faut que j'aie la conscience maximale des centres inférieurs et des nerfs majeurs. Les principaux nodules de décharge sont engorgés, et il faudra sans doute que tu établisses des dérivations.

Horrifié, Andrew écoutait ce ton détaché et clinique, comme si le propre corps de Callista était une machine détraquée, et ses nerfs des pièces endommagées. Quel traitement à faire subir à une femme !

Damon lui souleva la tête tandis qu'elle avalait le liquide. Elle s'arrêta à la dose qu'elle avait fixée, serrant obstinément les lèvres.

— Non, pas plus, Damon. Je connais mes limites.

— Ce sera pire que tu ne peux l'imaginer, la prévint-il d'une voix blanche.

— Je sais. Si tu touches un nodule trop proche de... — Andrew ne comprit pas le mot — je pourrais avoir d'autres convulsions.

— Je vais faire attention. Quand tes règles ont-elles cessé ? Sais-tu à quelle profondeur je vais devoir t'entraîner ?

Elle esquissa une grimace.

— Je sais. J'ai dégagé deux fois Hillary, et j'ai davantage de surcharge qu'elle. Il y a encore un résidu...

Avisant l'air horrifié d'Andrew, Damon reprit :

— Tu veux vraiment qu'il reste ici, ma chérie ?

Elle resserra les doigts sur sa main.

— C'est son droit.

— Il n'a pas l'habitude. Il saura seulement que je te fais terriblement souffrir, reprit Damon d'une voix dure.

Andrew, lié télépathiquement à son ami, comprit pourtant que cette dureté n'était due qu'au stress intérieur.

Dieu ! pensa-t-il, suis-je obligé d'être témoin de cette souffrance ? Mais il dit d'une voix calme :

— Je resterai si tu as besoin de moi, Callista.

— Si je mettais son enfant au monde, il resterait en rapport avec moi et partagerait une souffrance pire.

— Oui, dit doucement Damon, mais dans ce cas — Seigneur de Lumière, comme je voudrais que ce soit le cas — tu pourrais le contacter mentalement et te fortifier de sa force. Mais aujourd'hui, tu le sais Callista, je suis contraint de lui défendre de te toucher, quoi qu'il arrive. Et de te défendre de le contacter mentalement. Permets-moi de le renvoyer, Callista.

Elle faillit se rebeller, puis, percevant les craintes de Damon, sa répugnance à la faire souffrir, elle leva la main, surprise de la trouver si lourde, pour lui effleurer le visage.

— Ce travail te répugne, n'est-ce pas ? Ce sera plus facile pour toi s'il n'est pas là ?

Damon hocha la tête, n'osant parler. C'était assez pénible d'avoir à infliger une telle souffrance, sans avoir à supporter en plus les réactions d'un spectateur n'ayant pas la moindre idée de ce qui se passait.

Callista regarda Andrew, l'air résolu.

— Retire-toi, mon amour. Ellemir, emmène-le. Il s'agit d'un travail pour techniciens psi entraînés, et avec la meilleure volonté du monde, tu ne pourrais pas nous aider, et tu risquerais de nous nuire.

Andrew éprouva à la fois soulagement et remords — si elle pouvait supporter cette souffrance, il aurait dû être assez fort pour la partager avec elle — mais il sentit aussi la reconnaissance de Damon envers Callista. Il perçut l'effort de celui-ci pour adopter la même attitude détachée, clinique, que Callista. Horrifié, soulagé et honteux, il se leva et sortit rapidement.

Derrière lui, Ellemir hésita, regardant Callista, se demandant si ce serait plus facile pour sa sœur de vivre cette situation en rapport télépathique avec elle. Mais un coup d'œil à Damon la décida. C'était assez pénible pour lui d'infliger cette douleur à Callista ; s'il devait imposer aussi à sa femme, ce serait encore pire. Elle rompit volontairement le dernier contact mental qu'elle conservait avec Damon et Callista, et, sans se retourner pour voir comment ils réagissaient — mais elle sentit qu'ils étaient aussi soulagés qu'Andrew tout à l'heure — elle suivit son beau-frère dans la salle commune.

— Un verre te ferait du bien. Qu'en dis-tu ?

L'entraînant dans le salon de son appartement, elle fouilla dans un placard, en tira un cruchon et deux verres, qu'elle remplit, percevant les pensées d'Andrew : *Me voilà en train de boire tranquillement, et Dieu seul sait ce qu'endure Callista.*

Il prit le verre qu'elle lui tendait et goûta.

Il s'attendait à du vin, mais c'était une liqueur forte, brûlante. Il dit avec hésitation :

— Je ne veux pas m'enivrer.

Ellemir haussa les épaules.

— Pourquoi pas ? Ce serait peut-être le mieux.

M'enivrer ? Pendant que Callista...

Ellemir le regarda dans les yeux.

— Justement, dit-elle. Ce sera le meilleur moyen de ne pas interférer avec ce que Damon doit faire, et qui lui répugne.

Elle parlait d'une voix tendue, et Andrew réalisa qu'elle s'inquiétait autant pour Damon que pour Callista.

— Pas tout à fait, reprit-elle d'une voix tremblante. Pas tout à fait... pas tout à fait de la même façon. Mais nous ne pouvons pas les aider. Tout ce que nous pouvons faire, c'est... c'est de ne pas intervenir. Et je... je n'ai pas l'habitude d'être tenue à l'écart.

Si semblable à Callista, et si différente, pensa Andrew. Il avait pris l'habitude de la considérer comme plus forte que Callista. Et pourtant, Callista avait supporté son emprisonnement dans les grottes. Ce n'était pas une fragile damoiselle en détresse, elle était plus forte qu'elle n'en avait l'air. Aucune Gardienne ne pouvait être faible. Elle était forte, d'une force différente, qui venait encore de se manifester, quand elle avait refusé de prendre la drogue que lui proposait Damon.

Ellemir reprit, buvant sa liqueur à petites gorgées :

— Damon a toujours détesté ce travail. Mais il le fera pour l'amour de Callista... Et pour l'amour de toi, termina-t-elle après un instant d'hésitation.

— Damon a été pour moi un fidèle ami, je le sais, répondit-il à voix basse.

— Tu sembles avoir du mal à montrer ton amitié, dit Ellemir, mais je suppose que cela vient de ton éducation. Ce doit être très dur pour toi. Je n'arrive même pas à imaginer comme ce doit être difficile de vivre parmi des gens aux façons de penser si différentes, aux habitudes si différentes dans les plus petites choses. Et ce sont les petites choses qui doivent poser le plus de problèmes. Les grandes, il suffit de les accepter une fois pour toutes. Mais les petites vous prennent au dépourvu, quand on n'y pense pas, quand on ne s'y attend pas.

Comme elle était perspicace, pensa Andrew. Effectivement, c'étaient les petites choses qui lui donnaient le plus de mal. La nudité de Damon — et d'Ellemir — par exemple, comme si les habitudes de toute sa vie avaient été contraintes et grossières ; la texture bizarre du pain ; Damon qui embrassait *Dom* Esteban sans complexes ; Callista, aux premiers temps de leur vie commune, qui évoluait devant lui à demi dévêtue, sans la moindre gêne, mais qui avait rougi et bredouillé d'embarras un jour qu'il avait relevé ses longs cheveux et découvert sa nuque. Il dit à voix basse :

— J'essaye de m'habituer à vos coutumes...

— Andrew, j'ai à te parler, dit-elle en lui remplissant son verre.

C'était la propre phrase de Callista et cela l'inquiéta un peu.

— J'écoute.

— Callista t'a dit cette nuit-là — il n'eut pas besoin de demander de quelle nuit il s'agissait ! — ce que j'avais proposé. Ça t'a mis en colère. Pourquoi ? Je te déplais donc tant que ça ?

— Me déplaire ? Non, bien sûr, dit Andrew, mais...

La voix lui manqua.

— ... mais ce n'est pas gentil de ta part de me soumettre à cette tentation, reprit-il.

— Et toi, es-tu gentil avec nous ? s'exclama-t-elle. Crois-tu que ce soit gentil de rester dans cet état que nous partageons tous, que ça nous fasse plaisir ou non ? Tu es — et depuis longtemps — sexuellement frustré. Crois-tu que je ne le sache pas ? Crois-tu que Callista ne le sache pas ?

Il se sentit mis à nu.

— Est-ce que ça te regarde ?

Elle rejeta la tête en arrière et répliqua :

— Oui, et tu le sais parfaitement. Pourtant, Callista dit que tu as refusé...

La proposition était outrageante, mais Callista avait au moins eu la décence de la présenter autrement ! Et Ellemir ressemblait tant à Callista qu'il ne pouvait s'empêcher de réagir à sa présence. Les dents serrées, il répondit sèchement :

— Je peux me contrôler. Je ne suis pas une bête.

— Qu'est-ce que tu es alors ? Un légume ? Te contrôler ? Je ne voulais pas dire que tu allais te jeter sur la première venue pour la violer. Mais ça ne veut pas dire que le besoin n'existe pas. Par conséquent, toute ta vie n'est qu'un mensonge, dans ce que tu fais, dans ce que tu es.

— Dieu Tout-Puissant ! s'écria-t-il. Je n'ai donc droit à aucune vie privée ?

— Naturellement. Tu l'as remarqué ? Mon père n'a posé aucune question qui puisse nous gêner. Tu comprends, lui, ça ne le regarde pas. Il ne cherchera pas à savoir. Aucun de nous ne saura jamais s'il est au

courant de cette situation. Mais pour nous quatre...
c'est différent, Andrew. Ne peux-tu pas être honnête
envers nous ?

— Mais que veux-tu que je fasse ? Que je la tourmente pour ce qu'elle ne peut pas me donner ?

Se rappelant le soir où il avait essayé, il ajouta :

— Je ne peux pas recommencer !

— Bien sûr que non ! Mais ne comprends-tu pas que
cela aussi fait souffrir Callista ? Elle est très consciente
de ton besoin, tellement consciente qu'elle a fini par
prendre le risque... de ce qui est arrivé, parce qu'elle
ressentait ton désir et que tu ne voulais pas le satisfaire
avec une autre. Vas-tu continuer à vivre comme ça,
ajoutant à ses remords... et aux nôtres ?

L'insomnie, la fatigue, l'inquiétude, et le puissant
cordial qu'il avait pris l'estomac vide lui brouillaient les
idées, au point qu'il trouvait la proposition d'Ellemir
presque naturelle. S'il avait fait ce que lui demandait
Callista, tout ça ne serait jamais arrivé...

Ce n'était pas juste. Si semblable à Callista, et si
différente...

— Je suis l'ami de Damon. Comment faire une chose
pareille ?

— Damon est *ton* ami, rétorqua-t-elle, avec colère.
Crois-tu qu'ils prennent plaisir à ton tourment ? Ou
aurais-tu l'arrogance de croire que j'aimerais moins
Damon parce que j'aurai fait pour toi ce que ferait
n'importe quelle femme pour un ami dans le besoin ?

Andrew la regarda dans les yeux, en colère aussi
maintenant.

— Puisque nous en sommes à la franchise totale,
t'est-il jamais venu à l'idée que ce n'est pas toi que je
désire ?

Même en cet instant, elle l'attirait seulement parce
qu'elle était là, si semblable à ce qu'aurait dû être
Callista.

La colère d'Ellemir retomba d'un seul coup.

— Cher frère — elle utilisa le mot *bredu* — je sais
que c'est Callista que tu aimes. Mais c'était moi dans
ton rêve.

— Simple réflexe physique, dit-il avec brutalité.

— Eh bien, c'est réel, ça aussi. Et cela signifie du moins que tu n'as plus besoin de tourmenter Callista pour ce qu'elle ne peut pas te donner.

Elle voulut lui remplir son verre, mais il l'arrêta.

— Non, je suis déjà à moitié saoul. Quelle différence de la tourmenter ainsi, ou en la trompant avec une autre ?

— Je ne comprends pas.

Il sentit que la perplexité d'Ellemir était sincère.

— Veux-tu dire qu'une femme de ton peuple, dans l'impossibilité de partager le lit de son mari, lui en voudrait de trouver... de trouver du réconfort ailleurs ? Comme c'est étrange, et comme c'est cruel !

— Nos femmes pensent, je crois, que si elles doivent... s'abstenir pour une raison quelconque, il est juste que l'homme... s'abstienne aussi, bredouilla-t-il. Ecoute, si Callista est malheureuse, et que j'aille me satisfaire ailleurs, il est assez odieux de ma part de faire abstraction de sa tristesse, du moment que je suis satisfait.

Ellemir posa doucement la main sur son bras.

— C'est tout à ton honneur, Andrew. Mais j'imagine mal qu'une femme amoureuse soit mécontente de savoir son bien-aimé satisfait.

— Mais ne penserait-elle pas que je ne l'aime pas assez pour l'attendre ?

— Crois-tu que tu aimerais moins Callista si tu partageais mon lit ?

— Rien au monde ne pourra jamais faire que j'aime moins Callista. Rien, dit-il en la regardant dans les yeux.

Elle haussa les épaules.

— Alors, comment cela pourrait-il la blesser ? Réfléchis, Andrew. Suppose qu'un autre que toi puisse briser les liens qu'elle n'a pas recherchés et qu'elle n'arrive pas à rompre ? Serais-tu en colère ? L'en aimerais-tu moins ?

Touché au vif, Andrew se rappela l'instant où il avait

cru que Damon s'interposait entre eux, cet instant d'intense jalousie.

— Veux-tu me faire croire qu'un homme l'accepterait sur votre monde ?

— Tu viens de me dire que rien ne pourrait faire que tu l'aimes moins. Alors, tu le lui interdirais ?

— Lui interdire ? non, dit Andrew, mais je me demanderais ce que vaut son amour.

— Alors, vous êtes comme les Séchéens, vous, les Terriens, dit-elle d'une voix soudain tremblante, qui enchaînent et enferment leurs femmes pour qu'aucun autre homme ne les touche ? Est-elle un jouet, que tu veux l'enfermer dans une boîte pour que personne ne puisse jouer avec ? Qu'est-ce donc que le mariage pour vous ?

— Je ne sais pas, dit Andrew avec lassitude, toute colère envolée. Je n'ai jamais été marié avant. Je n'ai pas envie de me quereller avec toi, Elli. Je... c'est que... nous venons de parler de coutumes qui sont étranges pour moi, et cela en fait partie. Croire que Callista ne souffrirait pas...

— Si tu l'avais abandonnée, ou si tu l'avais forcée comme *Dom* Ruyven de Castamir avec Dame Crystal, à accepter sous son toit ta *barragana* et à élever tous ses bâtards, alors oui, elle aurait des raisons de pleurer. Mais où serait la cruauté en faisant sa volonté ?

Le regardant dans les yeux, elle prit doucement sa main dans la sienne et dit :

— Si tu souffres, Andrew, cela nous fait tous souffrir. Callista aussi. Et... et moi aussi, Andrew.

Ses barrières mentales étaient abaissées. Au contact de sa main, de son regard, il se sentit nu. Pas étonnant qu'elle évoluât devant lui sans complexe en chemise de nuit, se dit-il. La véritable intimité, c'était le contact télépathique.

Il avait atteint cet état d'ivresse où les idées se brouillent, où l'on fait des extravagances en les trouvant naturelles. Maintenant, il voyait Ellemir tantôt comme elle-même, tantôt comme Callista, tantôt comme le signe visible d'un contact qu'il commençait seulement à comprendre, ce lien à quatre qui les unissait. Se penchant, elle posa sa bouche sur la sienne. Il en ressentit comme un choc électrique. Il la serra dans ses bras avec une force née de ses frustrations.

Est-ce réel, ou suis-je ivre et encore en train de rêver ? Sa pensée se troubla. Il sentit le corps d'Ellemir dans ses bras, svelte, nue, confiante, avec cette curieuse acceptation naturelle. En un instant de lucidité, il comprit que c'était sa façon à elle d'écarter l'idée de Damon. Il la désirait. Mais elle le désirait elle aussi. Il en fut content.

Il était nu, sans souvenir de s'être déshabillé. Elle était tiède et abandonnée dans ses bras. *Oui, je l'ai déjà étreinte un instant, quand nous étions liés tous les quatre, juste avant la catastrophe…* Il capta la pensée d'Ellemir, légèrement amusée : *Non, tu n'es pas un étranger pour moi.*

Malgré son excitation croissante, une pensée l'attrista : *Ce devrait être Callista.* Il sentait Ellemir si différente dans ses bras, si *solide,* sans rien de la timide fragilité qui l'excitait tant chez Callista. Puis il sentit ses caresses et toute pensée disparut. Sa mémoire s'estompa, et il se demanda si ce n'était pas elle qui, charitablement, lui enlevait tout souvenir. Il n'était plus qu'un corps caressé et caressant, poussé par un désir intense et de longues privations, conscient uniquement du corps abandonné dans ses bras, conscient d'une tendresse et d'une passion égale aux siennes, cherchant l'assouvissement si longtemps refusé. Et quand il vint, il fut si intense qu'il pensa en perdre connaissance.

Au bout d'un moment, il remua légèrement. Elle sourit lui caressant les cheveux. Il se sentait calme, détendu, reconnaissant. Non, c'était plus que de la gratitude, c'était une intimité comme… oui, comme celle qu'ils avaient éprouvée en travaillant avec la matrice.

— Ellemir, dit-il doucement, réaffirmant simplement son apaisement heureux.

Pour le moment, elle était Ellemir ; elle n'était ni Callista, ni personne d'autre. Elle l'embrassa légèrement sur la tempe, et soudain, l'épuisement et le long refoulement eurent raison de ses forces, et il s'endormit dans les bras de la jeune femme. Quand il se réveilla, il vit Damon qui les regardait.

Il avait l'air fatigué, hagard. C'est le meilleur ami que j'aie jamais eu, pensa Andrew, pétrifié, et voilà qu'il me surprend dans le lit de sa femme.

— Callista ? dit Ellemir, s'asseyant vivement.

Damon poussa un profond soupir.

— Elle dort. Tout ira bien.

Chancelant, il s'effondra sur le lit, manquant tomber sur eux. Ellemir lui tendit les bras et l'étreignit tendrement.

Je les gêne, se dit Andrew ; puis, sentant l'épuisement de Damon, près de défaillir, il réalisa qu'il était bien égoïste de toujours se préoccuper de ses problèmes. Gauchement, regrettant de ne pas savoir mieux s'exprimer, il entoura les épaules de Damon de son bras.

— Elle va mieux que je n'osais l'espérer, soupira Damon. Elle est très faible, bien sûr, et épuisée. Après tout ce que je lui ai fait subir...

Il frissonna, et Ellemir attira sa tête contre son sein.

— C'était donc si terrible, mon bien-aimé ?

— Terrible, oui. Terrible pour elle, murmura Damon.

Ellemir sentit, déchirée, que même en cet instant il tentait de la protéger, de les protéger tous les deux, de leur épargner la violence de ses souvenirs.

— Elle s'est montrée si brave. C'était intolérable de la faire souffrir comme ça.

Sa voix se brisa, et il se mit à sangloter violemment sur le sein d'Ellemir.

Andrew se dit qu'il devrait les laisser, mais Damon s'accrocha désespérément à sa main. Andrew, écartant sa propre gêne à être avec eux dans un moment pareil, pensa que Damon avait surtout besoin de réconfort. Il se contenta donc de demander doucement, quand Damon se fut un peu calmé :

— Devrais-je rejoindre Callista ?

Damon saisit ce qu'il sous-entendait par ces paroles :
Vous préféreriez être seuls, toi et Ellemir. Dans son état
d'épuisement, Damon les ressentit comme un refus. Il
répondit durement :

— Elle ne saura même pas si tu es là ou non. Mais
fais comme tu voudras !

Andrew perçut la fin de sa pensée, comme s'il l'avait
exprimée tout haut : *puisqu'il te tarde tellement de
t'éloigner de nous.*

Il ne comprend toujours pas...

Damon, comment le pourrait-il ? Ellemir comprenait
à peine elle-même. Elle savait seulement que, lorsque
Damon était dans cet état, c'était très pénible, épuisant. Son besoin était tellement plus grand que le
réconfort qu'elle pouvait lui donner. Sa propre insuffi-
sance la tourmentait. Ce n'était pas un besoin sexuel —
ça, elle l'aurait compris et soulagé. Ce qu'elle sentait
chez Damon la laissait épuisée, impuissante, car ce
n'était pas un besoin connu qu'elle aurait pu satisfaire.
Andrew comprit son désespoir, bien qu'elle se conten-
tât de dire :

— Reste avec nous, s'il te plaît. Je crois qu'il nous
veut tous les deux près de lui.

Damon les étreignit avec désespoir, en un besoin de
contact physique qui n'était pourtant pas, bien que ça y
ressemblât, le véritable besoin qu'il ressentait. *Non, ils
ne comprennent pas.* Et, plus rationnel : *je ne
comprends pas non plus ce besoin.* Pour le moment, ils
étaient là, et c'était assez. Sa satisfaction n'était pas
parfaite, ce n'était pas exactement ce qu'il recherchait,
mais ça suffirait, et Ellemir, l'étreignant avec désespoir,
se dit qu'ils pourraient le calmer un peu. Mais que
recherchait-il, exactement ? Le saurait-elle jamais ?
Comment pouvait-elle le savoir alors qu'il l'ignorait lui-
même ?

12

CALLISTA s'éveilla mais n'ouvrit pas les yeux, jouissant de la sensation du soleil sur ses paupières. Dans son sommeil, elle avait senti la tempête s'apaiser, la neige cesser, les nuages disparaître. Ce matin, le soleil brillait. Elle s'étira, heureuse de ne plus éprouver aucune douleur. Elle était encore très faible, épuisée. Après sa terrible épreuve, elle avait l'impression d'avoir dormi deux ou trois jours d'affilée, puis elle avait encore gardé le lit quelques jours, pour recouvrer ses forces, bien qu'elle se sentît beaucoup mieux. Il lui fallait d'abord retrouver sa santé, qui, jusque-là, avait toujours été excellente, et cela prendrait du temps.

Et quand elle serait complètement rétablie, que ferait-elle ? Elle écarta vivement cette idée. Si elle commençait à ressasser ses problèmes, elle ne trouverait jamais la paix.

Elle était seule dans la chambre. C'était un luxe. Elle avait passé tant d'années dans la solitude qu'elle en était venue à l'aimer autant qu'elle l'avait redoutée pendant ses dures années d'apprentissage. Et pendant sa maladie, elle n'avait jamais été seule un instant. Elle savait pourquoi — elle aurait ordonné le même traitement, sans hésitation, pour toute personne souffrant des mêmes maux qu'elle — et elle leur était reconnaissante de leurs soins attentifs et de leur amour sans partage. Mais maintenant, il lui semblait bon de se trouver seule au réveil.

Elle ouvrit les yeux et s'assit sur son lit. Celui d'Andrew était vide. Elle se rappela vaguement l'avoir entendu remuer, s'habiller, sortir. Maintenant que la tempête avait cessé, le travail ne devait pas manquer sur le domaine. Dans la maison non plus. Ellemir n'avait pas quitté son chevet pendant des jours, négligeant ses devoirs d'intendante.

Callista décida de descendre ce matin.

Hier soir, Andrew était de nouveau allé retrouver Ellemir. Elle ne l'avait perçu que vaguement, l'ancienne discipline télépathique l'obligeant à la discrétion. Il était revenu, passé minuit, tout doucement, sans faire de bruit pour ne pas la réveiller, et elle avait fait semblant de dormir.

Je suis idiote et méchante, se dit-elle. J'ai désiré cela, j'en suis sincèrement contente, et pourtant je n'ai pas pu le lui dire. Mais cette pensée ne menait nulle part non plus. La seule chose qu'elle pouvait faire, c'était de vivre au jour le jour du mieux possible, de recouvrer la santé, confiante en la promesse de Damon. Andrew l'aimait et la désirait toujours, quoique, se dit-elle avec un détachement clinique dont elle ignorait que c'était de l'amertume, quoiqu'elle ne comprît pas pourquoi. Mais là aussi, pourquoi s'attarder sur quelque chose qu'ils ne pouvaient pas encore partager ? Résolument, elle se leva et alla prendre un bain.

Elle enfila une jupe de laine bleue et une tunique blanche tricotée dont elle pouvait enrouler le long col autour d'elle comme un châle. Pour la première fois depuis bien longtemps, elle avait faim. En bas, les servantes avaient desservi la table du repas matinal. On avait roulé le fauteuil de son père près de la fenêtre, et il regardait la cour, où un groupe de serviteurs, chaudement habillés, déblayaient la neige. S'approchant de lui, elle l'embrassa sur le front.

— Comment te sens-tu, ma fille ?

— Beaucoup mieux.

Il lui fit signe de s'asseoir près de lui, scrutant son visage en plissant les yeux.

— Par les enfers de Zandru, tu as maigri, mon enfant. On dirait que le loup d'Alar t'a grignotée! De quoi as-tu souffert? Si ce n'est pas indiscret.

Elle n'avait aucune idée de ce qu'Andrew ou Damon lui avaient dit.

— Rien de grave. Des ennuis féminins.

— Pas de ça avec moi, dit son père avec brusquerie. Tu n'es pas une mauviette. Le mariage ne semble pas te réussir, ma fille.

Elle eut un mouvement de recul et vit qu'il s'en était aperçu. Il battit vivement en retraite.

— Eh bien, mon enfant, je sais depuis longtemps que les Tours ne relâchent pas facilement leur emprise sur ceux dont elles se sont emparées. Je me rappelle Damon, qui pendant plus d'un an a erré comme une âme en peine dans les enfers extérieurs.

Maladroitement, il lui tapota le bras.

— Je ne te poserai pas de questions, *chiya*. Mais si ton mari n'est pas gentil avec toi...

Elle posa vivement sa main sur la sienne.

— Non, non, cela n'a rien à voir avec Andrew, mon Père.

Il fronça les sourcils, l'air sceptique.

— Quand une mariée de quelques lunes a la mine que tu as, son mari est rarement irréprochable, dit-il.

Sous son regard inquisiteur, elle rougit, mais parla d'une voix ferme.

— Je te donne ma parole, Père, que nous ne nous sommes pas querellés, et qu'Andrew n'a rien à se reprocher.

C'était la vérité, mais pas la vérité totale. Impossible de la dire à quelqu'un n'appartenant pas à leur cercle, et elle n'était pas certaine de la connaître elle-même. Il sentit qu'elle éludait sa curiosité, mais il accepta la barrière qu'elle avait dressée entre eux.

— Eh bien, mon enfant, le monde continuera à tourner comme il veut, et non comme toi et moi le désirerions. As-tu déjeuné?

— Non. J'ai attendu pour te tenir compagnie.

Il appela les servantes et leur ordonna d'apporter à manger, plus qu'elle n'aurait voulu, mais elle savait que sa pâleur et sa maigreur l'avaient choqué. En enfant docile, elle se força à aller un peu au-delà de sa faim. Il la regarder se restaurer, puis dit enfin, avec plus de douceur qu'à son habitude :

— Il y a des moments, mon enfant, où je pense que les filles Comyn qui vont dans les Tours prennent autant de risques que nos fils qui entrent dans les Gardes et défendent nos frontières... et c'est tout aussi inévitable, je suppose, que certaines d'entre vous soient blessées.

Que savait-il ? Que comprenait-il ? Il en avait dit autant qu'il pouvait en dire sans enfreindre l'un des tabous les plus puissants dans les familles de télépathes. Malgré son embarras, elle se sentit vaguement réconfortée. Il avait dû prendre sur lui pour en dire autant à sa fille.

Il lui passa un pot de miel qu'elle refusa en riant.

— Tu me voudrais grasse comme une volaille à rôtir ?

— Non, mais dodue comme une aiguille à broder, peut-être, ironisa-t-il.

L'observant, elle le vit amaigri lui aussi, les traits tirés, les yeux profondément enfoncés dans les orbites.

— Personne ne te tient compagnie, Père ?

— Ellemir s'affaire aux cuisines. Damon est allé au village voir les hommes qui ont eu les pieds gelés pendant la grande tempête, et Andrew est à la serre, en train d'inspecter les dommages causés par le gel. Pourquoi ne vas-tu pas le rejoindre, mon enfant ? Je suis sûr qu'il y a du travail pour deux.

— Et il est non moins certain que je ne serai d'aucune aide pour Ellemir à la cuisine, dit-elle en riant. Plus tard, peut-être. Avec le soleil, on va sans doute faire la grande lessive, et il faudra que je m'occupe du linge.

Il éclata de rire.

— C'est vrai, Ellemir a toujours dit qu'elle aimerait

mieux patauger dans le fumier que de tenir une aiguille ! Mais plus tard, nous ferons peut-être un peu de musique. Quand j'étais jeune, je jouais du luth. Mes doigts pourraient peut-être retrouver leur agilité d'antan. J'ai si peu à faire, assis dans mon fauteuil toute la journée...

Les femmes et certains hommes avaient sorti les grandes bassines et faisaient la lessive dans les arrière-cuisines. Callista, constatant qu'elle y était inutile, s'esquiva au laboratoire dont elle avait fait son domaine. Rien n'était en l'état où elle l'avait laissé. Elle se rappela que Damon était venu y travailler pendant sa maladie, et, devant le désordre qu'il avait laissé, elle se mit à ranger. Elle devrait reconstituer ses stocks de remèdes les plus communs, mais, tandis que ses mains s'affairaient à doser les tisanes, elle réalisa qu'une tâche plus importante l'attendait : elle devait préparer du *kirian*.

Quittant la Tour, elle avait cru qu'elle n'aurait plus jamais à en faire ; Valdir était trop jeune, et Domenic trop vieux. Puis elle s'était rendue à l'évidence : aucune famille de télépathes ne pouvait s'en passer. C'était, et de loin, la drogue la plus difficile à préparer de toutes celles qu'elle avait appris à faire, requérant trois distillations séparées, pour enlever à chaque fois une résine différente. Elle remit tout en place et sortait juste son matériel de distillation quand Ferrika entra et s'immobilisa sur le seuil, stupéfaite de la trouver là.

— Pardonnez-moi de vous déranger, *vai domna*.

— Pas du tout, entre, Ferrika. Qu'est-ce que je peux faire pour toi ?

— Une servante s'est ébouillanté la main en faisant la lessive. Je viens chercher un baume.

— Tiens, voilà, dit Callista, prenant un pot sur une étagère. Je peux faire quelque chose pour elle ?

— Non, Dame Callista, ce n'est pas grave, dit-elle en s'en allant.

— Elle revint peu après rapporter le bocal.

— La brûlure est grave ?

Ferrika secoua la tête.

— Non, elle n'a pas fait attention et s'est trompée de bassine, c'est tout. Mais je crois qu'on devrait toujours avoir quelque baume à la cuisine et à la buanderie. En cas de brûlures graves, c'est une grosse perte de temps de venir jusqu'ici.

Callista hocha la tête.

— Tu as raison. Remplis des petits pots et mets-les à la cuisine.

Ferrika se mit au travail à la petite table. Pendant ce temps, Callista ouvrait tous les tiroirs les uns après les autres, fronçant les sourcils, si bien que Ferrika lui demanda :

— Dame Callista, je peux vous aider ? S'il y a des choses que nous n'avons pas remises à leur place, le Seigneur Damon ou moi...

Callista fronça les sourcils en disant :

— En effet. Il y avait des fleurs de *kireseth* ici...

— Le Seigneur Damon s'en est servi pendant que vous étiez malade.

Callista hocha la tête au souvenir de la grossière teinture qu'elle avait bue.

— Je sais, mais à moins qu'il n'en ait gaspillé beaucoup, il y en avait plus qu'il n'en pouvait utiliser, dans un sac, au fond de ce placard, dit-elle, continuant à ouvrir portes et tiroirs. Tu t'en es servi, Ferrika ?

— Je n'y ai pas touché, dit-elle, remplissant des pots à l'aide d'une spatule en os.

— Tu sais faire du *kirian* ? demanda Callista, la regardant travailler.

— Je sais comment on le fait, Dame Callista. Quand j'étudiais à la Maison de la Guilde des Amazones d'Arilinn, chacune faisait un stage chez un apothicaire pour apprendre à faire les remèdes et les drogues. Nous n'en avions pas l'usage, à la Guilde, mais nous devions apprendre à le reconnaître. Vous savez que... que certains vendent les sous-produits de sa distillation ? Illégalement ?

— Je l'avais entendu dire, même à la Tour, dit Callista.

Les feuilles, les fleurs et les tiges du *kireseth* contenaient différentes résines. Dans les Montagnes de Kilghard, à certaines saisons, le pollen, dangereusement psychoactif, posait de sérieux problèmes. Le *kirian,* cette drogue télépathique qui supprimait les barrières mentales, n'en utilisait que la fraction non vénéneuse, et encore, avec de grandes précautions. L'utilisation du *kireseth* brut ou des autres résines était interdite par la loi à Thendera et Arilinn, et considérée comme criminelle partout dans les Domaines. Même le *kirian* était utilisé avec prudence, et considéré avec une crainte superstitieuse par les non-initiés.

Comptant et triant ses philtres, Callista repensa avec nostalgie aux lointaines plaines d'Arilinn, où elle avait vécu si longtemps. Sans doute qu'elle ne les reverrait jamais.

Elle pouvait y retourner, avait dit Léonie... Pour se distraire de cette pensée, elle demanda :

— Combien de temps as-tu vécu à Arilinn, Ferrika ?

— Trois ans, *domna.*

— Mais tu es pourtant originaire de notre domaine, non ? Je me rappelle que tu jouais avec moi, Dorian et Ellemir quand nous étions petites, et que nous prenions des leçons de danse ensemble.

— Oui, Dame Callista. Mais quand Dorian est partie pour se marier, et que vous êtes allée à la Tour, je n'ai pas voulu rester à la maison, comme une plante accrochée à son mur. Ma mère avait été sage-femme ici, vous le savez, et je pensais avoir les dons nécessaires pour ce travail. Il y avait une sage-femme sur le domaine de Syrtis, qui avait étudié à la Maison de la Guilde des Amazones d'Arilinn, où elles forment des guérisseuses et des sages-femmes. Grâce à ses soins, bien des femmes avaient survécu, que ma mère aurait abandonnées à la miséricorde d'Avarra — elles survivaient, et leurs enfants s'épanouissaient. Ma mère pensait que toutes ces nouveautés étaient des folies, et même des impiétés. Mais je suis quand même allé à la Maison de la Guilde de Neskaya, où j'ai prêté serment. Elles m'ont envoyée faire mes études à Arilinn. Puis j'ai demandé congé à ma marraine pour revenir travailler ici, et elle a accepté.

— Je ne savais pas qu'il y avait quelqu'un de mon village natal à Arilinn.

— Oh, je vous ai vue de temps en temps, Dame Callista, chevauchant avec l'autre *vai leroni*, dit Ferrika. Et une fois, la *domna* Lirielle est venue à la Maison de la Guilde pour nous aider. Il y avait une femme dont tous les organes internes étaient détruits pas une affreuse maladie, et notre Mère de la Guilde disait que rien ne pouvait la sauver, à part la neutralisation.

— Je croyais que c'était illégal, dit Callista, frissonnant.

— C'est illégal en effet, *domna,* sauf pour sauver une vie. De plus, c'est très dangereux, vu qu'il s'agit d'une opération chirurgicale. Beaucoup y succombent. Mais cela peut se faire par la matrice...

Elle s'interrompit, souriant d'un air penaud, puis reprit :

— Mais ce n'est pas moi qui vous l'apprendrai, à vous qui étiez Dame d'Arilinn et qui êtes versée en ces arts.

— Je n'ai jamais vu ça, dit Callista, avec un mouvement de recul.

— J'ai eu le privilège de voir opérer la *leronis,* dit Ferrika, et j'ai pensé que ce serait un grand bien pour nos femmes si cet art était plus répandu.

— La neutralisation ? dit Callista, frissonnant d'horreur.

— Pas seulement en elle-même, *domna,* mais pour sauver des vies. Cette femme a survécu. Sa féminité a été détruite, mais la maladie aussi. Et on pourrait faire tant d'autres choses. Vous n'étiez pas là quand le Seigneur Damon a soigné les pieds gelés des hommes après la tempête, mais moi j'ai vu avec quelle rapidité ils ont guéri — et je sais le temps que ça prend généralement quand je leur coupe un doigt ou un orteil pour prévenir la gangrène. Il y a aussi des femmes pour qui il est dangereux d'avoir des enfants, et il n'existe aucun moyen sûr de rendre de nouvelles grossesses impossibles. Je pense depuis longtemps qu'une neutralisation partielle serait la solution, si on pouvait y procéder sans recourir à la chirurgie. Quel dommage que l'art de travailler avec la matrice soit inconnu à l'extérieur des Tours.

Callista eut l'air atterrée à ces paroles, et Ferrika comprit qu'elle était allée trop loin. Rebouchant le pot de baume, elle dit :

— Avez-vous retrouvé le *kireseth* disparu, Dame Callista ? Vous devriez demander au Seigneur Damon s'il l'a mis ailleurs.

Elle remit le bocal sur l'étagère, et regarda les tisanes que Callista avait réparties en doses.

— Nous n'avons plus de racine de fruit noir quand celle-ci sera terminée, Dame Callista, dit-elle, montrant un bocal.

Callista regarda les racines noueuses et noires.

— Il faudra aller en acheter au marché de Neskaya quand les routes seront praticables. Elle vient des Villes Sèches. Mais nous n'en avons pas souvent besoin, n'est-ce pas ?

— J'en donne à votre père, *domna,* pour fortifier son cœur. Je peux la remplacer par du jonc rouge, mais, pour un usage quotidien, la racine est préférable.

— Alors, envoies-en chercher. Tu as l'autorité. Mais il a toujours été fort et vigoureux. Pourquoi lui faut-il des stimulants cardiaques, Ferrika ?

— C'est souvent le cas chez les hommes très actifs, *domna,* guerriers, cavaliers, athlètes, guides de montagne. Si une blessure les oblige à garder le lit pendant longtemps, souvent leur cœur s'affaiblit. Leur corps semble avoir développé un besoin d'activité, et quand elle leur est brusquement enlevée, ils tombent malades, et parfois, ils meurent. Je ne sais pas pourquoi, mais c'est un fait.

Cela aussi, c'était sa faute, pensa Callista avec désespoir. C'est en combattant les hommes-chats qu'il avait perdu l'usage de ses membres. Et elle se désola, repensant à la tendresse que son père lui avait manifestée le matin même. Et s'il allait mourir, juste quand elle commençait à le connaître ! Dans la Tour elle était protégée contre le chagrin aussi bien que contre la joie. Maintenant, il lui semblait que le monde était plein de souffrances. Comment avait-elle eu le courage de quitter Arilinn ?

Ferrika la considérait avec sympathie, mais Callista avait trop peu d'expérience pour s'en apercevoir. On lui avait appris à ne compter que sur elle-même, et maintenant, elle était incapable de demander conseil et réconfort à quiconque. Au bout d'un moment, voyant Callista perdue dans ses pensées, Ferrika sortit discrètement, et Callista tenta de se remettre au travail, mais elle était si bouleversée que ses mains ne lui obéissaient plus. Finalement, elle rangea ses matériaux, nettoya ses appareils et sortit, refermant la porte derrière elle.

La lessive était terminée, et, profitant du rare soleil, les servantes et les hommes suspendaient le linge à des cordes tendues un peu partout dans la cour. Ils riaient et plaisantaient, pataugeant dans la boue et la neige fondue. La cour était pleine de vêtements mouillés battant au vent. Tous les serviteurs avaient l'air affairé et joyeux, mais Callista savait par expérience que, si elle se joignait à eux, leur belle humeur retomberait. Ils avaient l'habitude d'Ellemir, mais, pour les femmes du domaine — et encore plus pour les hommes — elle était encore étrangère, exotique, à la fois crainte et révérée en tant que dame Comyn qui avait été *leronis* à Arilinn. Seule Ferrika, qui l'avait connue enfant, était à l'aise avec elle. Elle était bien solitaire, réalisa-t-elle en regardant les servantes aller et venir, riant et plaisantant, les bras pleins de linge mouillé à étendre, ou de draps secs à ranger dans les armoires. Oui, elle était solitaire, elle n'avait sa place nulle part, ni à la Tour ni parmi eux.

Au bout d'un moment, elle se rendit dans les serres. Elles étaient chauffées en permanence, mais elle vit que certaines plantes près des vitres avaient été gelées, et que le poids de la neige avait cassé plusieurs panneaux de verre. On les avait remplacés par des planches, mais quelques arbustes fruitiers étaient morts. Andrew était à l'autre bout, montrant aux jardiniers comment tailler les vignes blessées, en épargnant les rameaux encore vivants.

Habituée au contact mental avec Andrew, elle le *regardait* rarement. Elle se demanda si Ellemir le trouvait beau ou laid. Cette idée la contraria hors de toute mesure. Elle savait qu'Andrew la trouvait belle. Cela l'étonnait toujours, car elle n'était pas vaniteuse et, à cause du tabou qui l'avait entourée toute sa vie d'adulte, peu habituée à l'attention des hommes. Mais puisque Ellemir était ravissante, se dit-elle, et qu'elle était elle-même si mince et pâle, il devait sans doute trouver Ellemir plus belle.

Andrew leva les yeux, lui sourit en lui faisant signe d'approcher. Elle le rejoignit, saluant poliment le jardinier de la tête.

— Tous ces arbustes sont morts ?

Il secoua la tête.

— Je ne crois pas. Les racines ont résisté, et ils devraient reprendre au printemps.

Il ajouta à l'adresse du jardinier :

— Marque les endroits où les plants sont coupés à ras de terre, pour ne rien replanter par-dessus.

Callista considéra les branches coupées.

— Il faudrait trier ces feuilles, et faire sécher celles qui ne sont pas gelées. Sinon, nous n'aurons pas d'herbes pour nos rôtis jusqu'au printemps !

Andrew transmit cet ordre.

— Heureusement que tu es venue. Je suis bon jardinier, mais absolument pas cuisinier, même sur ma planète.

— Je ne suis pas cuisinière non plus, dit-elle en riant, mais je m'y connais en épices.

Le jardinier se pencha pour ramasser les branches, et, derrière son dos, Andrew embrassa Callista sur le front. Elle dut se raidir pour ne pas s'esquiver, comme le lui commandaient une longue habitude et les réflexes acquis. Il s'en aperçut, et la regarda, surpris et peiné,

267

puis, se rappelant le traitement de Damon, soupira et sourit.

— Je suis content de te voir si bonne mine, mon amour.

Elle dit en soupirant, indifférente à son baiser :

— J'ai l'impression d'être comme cet arbuste, morte jusqu'à la racine. Peut-être que je reprendrai aussi au printemps.

— Ne devrais-tu pas être couchée ? Damon a dit que tu devais te reposer aujourd'hui.

— Damon a la mauvaise habitude d'avoir raison, mais je me sens comme un champignon dans une cave, dit Callista. Il y a si longtemps que je n'ai pas vu le soleil !

Elle s'arrêta dans un coin de soleil, en savourant la chaleur sur son visage, tandis qu'Andrew avançait entre les rangées de légumes et d'herbes en pots.

— Je crois que toutes ces plantes sont saines, mais je ne connais pas celle-ci. Qu'en penses-tu, Callista ?

Elle s'approcha et s'agenouilla près de la plante pour en inspecter les racines.

— J'ai dit à papa il y a des années de ne pas planter des melons si près du mur. Il y a davantage de soleil, c'est vrai, mais en hiver, ils ne sont pas assez protégés du froid. Ce plant mourra avant que le fruit ne mûrisse, et si celui-ci survit, dit-elle en le montrant, le froid a déjà tué le fruit. Il faut l'enlever avant qu'il ne pourrisse ; l'écorce pourra quand même servir, confite dans du vinaigre.

Elle appela le jardinier pour lui donner des ordres.

— Il faudra demander d'autres semences à une ferme des basses terres. Peut-être que la tempête n'a pas sévi à Syrtis. Ils ont de bons arbres fruitiers, et ils pourront nous donner des melons, et des greffons de leurs vignes. Il faut porter ces fruits aux cuisines. On pourra en faire cuire une partie, sécher ou saler les autres.

Tandis que les hommes exécutaient ses ordres, Andrew glissa la main entre son bras et son flanc. Elle se raidit, puis rougit.

268

— Je suis désolée. Ce n'est que... qu'un réflexe, une habitude.

Retour à la case départ. Tous les réflexes physiques, si lentement émoussés depuis leur mariage, avaient repris leur force. Andrew se sentit découragé, impuissant. Il savait que cela avait été nécessaire pour lui sauver la vie, mais ce conditionnement revenu lui fit un choc.

— N'aie pas l'air si accablé, supplia Callista. Ça passera.

— Je sais, soupira-t-il. Léonie m'avait prévenu.

Il serra les dents, et Callista dit, nerveuse :

— Tu la hais, n'est-ce pas ?

— Elle non. Mais ce qu'elle t'a fait. Je ne peux pas le lui pardonner et ne le lui pardonnerai jamais.

Callista ressentit un curieux tremblement intérieur qu'elle n'arriva pas à contrôler. Elle dut faire un effort pour maîtriser sa voix.

— Sois juste, Andrew. Léonie ne m'a pas obligée à être Gardienne. J'ai choisi librement. Elle m'a simplement donné la possibilité de suivre plus facilement cette voie difficile entre toutes. Et c'est aussi librement que j'ai choisi d'endurer... la souffrance de la séparation. Pour *toi,* ajouta-t-elle en le regardant dans les yeux.

Andrew sentit qu'ils étaient dangereusement proches de se quereller. Une partie de lui-même désirait cette querelle, qui, comme un coup de tonnerre, aurait assaini l'atmosphère. Il pensa machinalement qu'il en serait ainsi avec Ellemir : courte et violente dispute, suivie d'une réconciliation qui les laisserait plus proches que jamais.

Mais il n'en serait jamais ainsi avec Callista. Elle avait appris, au prix de souffrances qu'il n'imaginerait jamais, à contrôler ses émotions, à les dissimuler derrière une barrière infranchissable. Il avait essayé de la franchir au péril de sa vie. De temps en temps, il parviendrait peut-être à la persuader d'abaisser ou d'écarter un peu ce mur, mais il serait toujours là, et il ne pouvait pas essayer de le détruire sans prendre le risque de détruire aussi Callista. Elle semblait dure et invulnérable en surface, mais il sentit que derrière cette façade, elle était plus vulnérable qu'il ne le saurait jamais.

— Je ne la blâme pas, ma chérie, mais elle aurait pu être plus explicite avec nous.

C'était assez juste, se dit Callista, repensant — comme à un mauvais rêve, comme à un cauchemar — aux reproches dont elle avait accablé Léonie dans le surmonde. Elle se sentit obligée d'ajouter :

— Léonie ne savait pas.

Alors pourquoi ? eut-il envie de hurler. C'était pourtant son rôle, non ? Mais il n'osa critiquer Léonie en sa présence.

— Qu'allons-nous devenir ? dit-il d'une voix tremblante. Continuer comme ça, alors que tu ne veux même pas me toucher la main.

— Ce n'est pas que je ne veux pas, dit Callista d'une voix étranglée. Je ne *peux* pas. Je croyais que Damon te l'avait expliqué.

— Et tout ce qu'il a pu faire, c'est encore empirer ton état !

— Il ne l'a pas empiré ! dit-elle, les yeux flamboyants. Il m'a sauvé la vie ! Sois juste, Andrew !

— J'en ai assez d'être juste, marmonna-t-il en baissant les yeux.

— J'ai l'impression que tu me hais quand tu parles comme ça !

— Jamais, Callie, dit-il, revenant à lui. Je me sens terriblement impuissant, c'est tout. Qu'allons-nous devenir ?

Elle dit, détournant les yeux :

— Ce ne doit pourtant plus être si difficile, avec Ellemir...

Sa voix se brisa. Andrew, submergé de tendresse, rechercha son contact mental, pour l'assurer, pour s'assurer lui-même que leur amour était encore là, et qu'il supporterait la séparation. Il lui vint à l'idée qu'à cause de leurs profondes différences culturelles, la télépathie elle-même n'était pas une garantie contre les malentendus. Mais ils étaient toujours aussi proches.

Ils devaient partir de là. Le reste viendrait avec le temps.

Il dit avec douceur :

— Tu as l'air fatigué, Callista. Il ne faut pas te surmener le premier jour. Laisse-moi te raccompagner.

Quand ils furent seuls dans leur chambre, il lui demanda doucement :

— Me reproches-tu mes rapports avec Ellemir, Callista ? Je croyais que c'était ce que tu voulais.

— Oui, balbutia-t-elle. Mais seulement... seulement pour te faciliter l'attente. Sommes-nous obligés d'en parler, Andrew ?

— Je le crois, dit-il avec gravité. Cette nuit-là...

Elle sut immédiatement ce qu'il voulait dire. Pour tous les quatre, et pendant longtemps, l'expression « cette nuit-là » ne pouvait avoir qu'un seul sens.

— ... cette nuit-là, Damon m'a dit une chose que je ne suis pas près d'oublier. « Nous sommes télépathes tous les quatre, et aucun de nous n'a eu l'idée de discuter honnêtement du problème. » Ellemir et moi, nous avons eu le courage d'en parler. Même si elle a dû m'enivrer à moitié avant, ajouta-t-il avec un petit sourire.

— Cela t'a rendu la vie plus facile, non ? dit-elle sans lever les yeux.

— En un sens. Mais le jeu n'en vaut pas la chandelle si c'est pour ça que tu es honteuse de me regarder, Callista.

— Pas honteuse, dit-elle, levant les yeux avec effort. Non, pas honteuse. C'est seulement que... qu'on m'a enseigné à diriger ma pensée ailleurs, pour que je ne sois pas... vulnérable. Si tu désires en parler — Evanda et Avarra me préservent d'être moins honnête avec lui qu'Ellemir, pensa-t-elle — j'essaierai. Mais je... je n'ai pas l'habitude de ce genre de conversations et d'idées, et je... je ne trouverai peut-être pas mes mots facilement. Si tu... si tu veux bien t'en souvenir... alors j'essaierai.

Elle se mordit les lèvres, luttant contre les difficultés qu'elle avait à s'exprimer, et il ressentit une profonde pitié. Il eut envie de lui épargner cette épreuve, mais il savait que la barrière du silence était la seule qu'ils n'arriveraient peut-être jamais à abattre. A tout prix — voyant ses joues empourprées et ses lèvres tremblantes, il réalisa que le prix serait élevé — ils devaient continuer à communiquer.

— Damon dit qu'il ne faut pas que tu te sentes seule une minute, ou abandonnée. Est-ce que cela te blesse ? Est-ce que tu as l'impression d'être abandonnée ?

Elle répondit, tordant ses mains sur ses genoux :

— Je me sentirais abandonnée seulement si... si tu m'avais vraiment abandonnée. Si tu ne te souciais plus de moi. Si tu ne m'aimais plus.

Pourtant, l'amour physique était une expérience très intime, qui ne pouvait que le rapprocher d'Ellemir, mettre encore plus de distance entre lui et Callista, pensa-t-il.

Ses barrières mentales étaient abaissées, et Callista, percevant sa pensée, s'écria, outragée :

— Me désires-tu uniquement parce que tu pensais que je te donnerais plus de plaisir au lit que ma sœur ?

Il rougit violemment. Eh bien, il avait voulu une discussion franche, il l'avait.

— Dieu m'en préserve ! Je n'y ai jamais pensé ! C'est seulement... si tu penses que je vais moins te désirer, j'aime mieux renoncer tout de suite. Crois-tu vraiment que je te désire moins parce que je partage la couche d'Ellemir ?

— Pas plus que je n'ai cessé de te désirer, Andrew. Mais... maintenant, nous sommes sur pied d'égalité.

— Je ne comprends pas.

— Maintenant, ton désir est semblable au mien.

Elle avait le regard assuré et les yeux secs, mais il sentit qu'elle pleurait intérieurement.

— C'est... quelque chose de spirituel et d'affectif, une souffrance comme la mienne, mais pas... pas un tourment du corps. Je voulais que tu t'assouvisses, parce que...

Elle s'humecta les lèvres, luttant contre des inhibitions remontant à des années.

— ... parce que c'était trop terrible pour moi, de sentir ton besoin, ta faim, ta solitude. C'est pourquoi j'ai essayé de... de les partager et je... j'ai failli te tuer.

Des larmes jaillirent de ses yeux, mais elle les essuya avec colère.

— Comprends-tu ? C'est plus facile pour moi si je ne sens pas *ça* en toi ; je ne suis pas tentée de prendre le risque de l'assouvir...

À la voir si désolée, il eut envie de pleurer, lui aussi. Il mourait d'envie de la prendre dans ses bras pour la consoler, tout en sachant qu'il pouvait tout juste prendre le risque de lui effleurer la main. Très doux, presque respectueux, il éleva sa petite main jusqu'à ses lèvres, et déposa un léger baiser sur le bout de ses doigts.

— Tu es si généreuse que j'ai honte de moi, Callista. Mais aucune femme au monde ne pourra me donner ce que j'attends de toi. Je suis prêt... à partager ta souffrance, ma chérie.

La pensée était si étrange qu'elle se pétrifia, stupéfaite. Il était sincère, pensa-t-elle, avec une curieuse excitation. Les coutumes de son monde étaient différentes, mais selon elles, il essayait de ne pas être égoïste. Elle réalisa pour la première fois, avec un choc douloureux, qu'il était totalement *étranger*. Jusque-là, elle n'avait vu que leurs ressemblances ; aujourd'hui, elle réalisait leurs différences.

Il voulait dire que, parce qu'il l'aimait, il était prêt à souffrir cette souffrance de la privation... Il ne savait peut-être même pas combien, cette nuit-là, son désir l'avait tourmentée, la tourmentait encore.

Elle resserra ses doigts sur sa main, se rappelant avec désespoir qu'un instant elle avait su ce que c'était que le désir, mais qu'elle ne s'en souvenait même pas.

— Andrew, mon mari, mon amour, dit-elle, essayant d'égaler sa gentillesse, si tu me voyais porter un lourd fardeau, viendrais-tu m'accabler du tien ? Cela n'allégera pas ma souffrance d'endurer la tienne en même temps.

Elle était toujours choquée, stupéfaite, et Andrew

réalisa que dans un monde de télépathes, « partager la souffrance » avait un sens tout différent.

— Ne comprends-tu donc pas, dit-elle en souriant, que Damon et Ellemir sont également concernés, et qu'ils seront malheureux eux aussi s'ils doivent partager ton malheur ?

Il avançait lentement dans la compréhension de leurs coutumes, comme perdu dans un labyrinthe. Ce n'était pas facile. Il pensait avoir perdu la plupart de ses préjugés culturels. Maintenant, comme un oignon dont on enlève les peaux l'une après l'autre, chaque préjugé qu'il perdait en révélait un plus profond.

Le jour où, se réveillant dans le lit d'Ellemir, il avait vu Damon qui les regardait, il se rappela avoir attendu, presque espéré, ses reproches. Il aurait voulu que Damon soit furieux, sans doute parce qu'un homme de son monde l'aurait été, et qu'il avait besoin de se sentir en terrain familier. Un remords même lui aurait fait du bien...

— Mais Ellemir ? Tu *attendais* d'elle cette attitude. Personne ne l'a consultée, ni ne lui a demandé son avis.

— S'est-elle plainte ? demanda Callista en souriant.

Certes pas, pensa-t-il. Elle semblait même apprécier. Et cela aussi le tracassait. Si elle et Damon étaient si heureux ensemble, comment pouvait-elle prendre tant de plaisir à coucher avec lui ? Il se sentait furieux et coupable, et cela d'autant plus que Callista ne comprenait pas.

— Naturellement, dit Callista. Cela allait de soi dès l'instant où nous sommes convenues de vivre sous le même toit après notre mariage. Si l'une de nous avait épousé un homme que l'autre ne puisse pas... ne puisse pas accepter... nous nous serions assurées...

Cela déclencha chez Andrew une sonnette d'alarme. Il préféra ne pas penser aux implications de ces paroles.

Elle reprit :

— Le mariage tel que nous le connaissons aujourd'hui n'existait pas il y a encore quelques siècles. On considérait qu'une femme ne devait pas avoir plus d'un ou deux enfants avec le même homme. Les mots « pool génétique » signifient-ils quelque chose pour toi ? Il y eut une période de notre histoire où des dons précieux, certains traits héréditaires étaient en voie de disparition. Alors on a trouvé préférable de varier les combinaisons chromosomiques chez les enfants, pour prévenir la perte accidentelle de gènes importants. Porter les enfants d'un seul homme, cela peut être une forme d'égoïsme. Et le mariage n'existait pas alors, au sens où nous le connaissons aujourd'hui. Nous ne forçons pas nos femmes à héberger nos concubines, comme les Séchéens, mais il y a toujours d'autres femmes à partager. Que faites-vous, vous autres Terriens, quand vos femmes sont enceintes, et trop malades ou avancées dans leur grossesse ? Exigez-vous que votre femme viole son instinct pour votre plaisir ?

Si Ellemir avait posé cette question, Andrew se serait dit qu'il avait marqué un point, mais comme c'était Callista, il n'y avait rien à répliquer.

— Les préjugés culturels sont irrationnels. Le nôtre est contre le partage avec d'autres femmes. Le vôtre contre l'amour pendant la grossesse n'a pas de sens pour moi, à moins que la femme ne soit malade.

Elle haussa les épaules.

— Biologiquement, aucune femelle d'animal enceinte n'a de besoins sexuels ; la plupart refusent les rapports. Si vos femmes ont été socialement conditionnées à l'accepter pour ne pas perdre leur mari, je ne peux que les plaindre. L'exigerais-tu de moi, en une période où je n'y prendrais pas plaisir ?

Andrew s'aperçut soudain qu'il riait.

— Mon amour, il me semble que c'est le moindre de nos soucis pour le moment ! Nous avons un proverbe : il faut attendre d'être devant le pont pour le traverser.

Elle éclata de rire, elle aussi.

— Nous en avons un semblable : il faut attendre que le poulain soit en âge de porter la selle avant de le monter. Mais vraiment, Andrew, est-ce que les hommes de la Terre...

— Mon Dieu, je ne sais pas ce que font la plupart des hommes, mon amour. Je doute pouvoir exiger de toi une chose que tu ne voudrais pas. Probablement, je... j'accepterais les avantages avec les inconvénients. Je suppose que certains hommes iraient se satisfaire ailleurs ; en veillant bien à ce que leurs femmes ne le sachent pas. Nous avons un autre proverbe : on ne souffre que de ce qu'on voit.

— Mais dans une famille de télépathes, ce genre de tromperie est tout simplement impossible, dit Callista. Et j'aimerais mieux savoir mon mari dans les bras d'une sœur ou d'une amie, qui ferait cela par affection, qu'avec une étrangère ou une aventurière.

Elle était plus calme ; cela lui avait fait du bien d'écarter son esprit d'un problème immédiat pour le fixer sur un problème plus lointain.

— J'aimerais mieux mourir que te blesser, dit-il.

Comme il l'avait fait tout à l'heure, elle porta sa main à ses lèvres et l'embrassa, disant avec un sourire :

— Ah, cher mari, ta mort me blesserait plus que n'importe quoi.

13

QUELQUES flocons tombaient encore. Andrew
chevauchait dans la neige fondue, regardant, de l'autre
côté de la vallée, les lumières d'Armida clignoter sur la
toile de fond des montagnes. Damon avait dit que ce
n'étaient que des contreforts, mais pour André,
c'étaient de hauts sommets. Il entendit les hommes
parler derrière lui et sut qu'il leur tardait aussi de
retrouver la maison, la chaleur et la nourriture, après
huit jours passés dans les lointaines pâtures à évaluer
les dommages du grand blizzard, l'état des routes, et les
pertes en bétail.

Il avait apprécié cette occasion d'être seul avec des
gens incapables de lire dans ses pensées. Il n'était pas
encore tout à fait habitué à vivre avec des télépathes, et
il ne savait pas encore parfaitement mettre son esprit à
l'abri d'intrusions accidentelles. Dans l'esprit des
hommes, il ne percevait que quelques bribes de pensées, superficielles, décousues, sans importance. Mais il
était content de rentrer. Il passa les grilles de la cour, et
des serviteurs vinrent prendre ses rênes. Maintenant, il
acceptait cela machinalement, mais cela le troublait
encore un peu parfois, quand il réfléchissait. Callista
descendit le perron en courant pour l'accueillir, et il la
baisa légèrement sur la joue. Il s'aperçut alors, quoiqu'il fît déjà assez sombre, que c'était Ellemir. Riant
avec elle de sa méprise, il la serra contre lui et sentit sa

277

bouche contre la sienne, tiède, familière. Ils montèrent les marches en se tenant par la main.

— Comment va tout le monde à la maison, Elli ?

— Assez bien. Mais Papa a du mal à respirer et mange peu. Callista est avec lui, mais j'ai tenu à venir t'accueillir, dit-elle pressant sa main dans la sienne. Tu m'as manqué.

Elle lui avait manqué aussi, et il se sentit coupable. Nom d'un chien, pourquoi sa femme avait-elle une jumelle ?

— Comment va Damon ? demanda-t-il.

— Il est très occupé, dit-elle en riant. Il s'est enterré dans les vieilles archives du domaine et consulte les dossiers de nos parents qui ont été techniciens ou Gardiennes aux Tours d'Arilinn ou de Neskaya. Je ne sais pas ce qu'il cherche et il ne me l'a pas dit, mais pendant ces dix jours, je ne l'ai guère vu plus que toi !

Dans le couloir, Andrew ôta sa grande cape de cheval et la donna au majordome. Rhodri lui tira ses bottes et les remplaça par des bottines d'intérieur doublées de fourrure. Ellemir à son bras, il entra dans le Grand Hall.

Callista jouait de la harpe près de son père ; à son entrée, elle posa tranquillement son instrument et s'avança vers lui. Elle marchait lentement, les plis de sa robe bleue traînant derrière elle, et, involontairement, Andrew se surprit encore à comparer son attitude à l'accueil chaleureux d'Ellemir. Il la regarda pourtant, envoûté. Tous ses mouvements le remplissaient de fascination, de désir, de nostalgie. Elle lui tendit les mains, et, au contact de ces doigts frais et délicats, sa perplexité le reprit.

Qu'est-ce que c'est donc que l'amour ? se dit-il. Il avait toujours pensé que, quand on aimait une femme, on cessait d'aimer les autres. Alors, laquelle aimait-il, finalement ? Sa femme... ou sa sœur ?

— Tu m'as manqué, dit-il doucement, et elle lui sourit.

— Bienvenue à la maison, mon fils, dit *Dom* Esteban. Le voyage a été dur ?

— Pas trop.

Parce que c'était la coutume, il se pencha et embrassa son beau-père sur la joue, le trouvant plus pâle, affaibli. Il fallait s'y attendre, se dit-il.

— Et vous, mon père, comment allez-vous ?

— Oh, il n'y a guère de changement chez moi, dit-il tandis que Callista apportait une coupe à Andrew, qui la prit et la porta à sa bouche.

C'était du cidre chaud parfumé aux épices qu'il trouva délicieux après sa longue chevauchée. C'était bon d'être à la maison. A l'autre bout du hall, les servantes dressaient la table pour le repas du soir.

— Qu'as-tu trouvé, là-bas ? demanda *Dom* Esteban.

Andrew commença son rapport.

— La plupart des routes sont praticables, avec parfois de grosses congères. Il y a un amas de glace au coude de la rivière. Tout bien considéré, les pertes en bétail sont assez faibles. Nous avons trouvé quatre juments et trois poulains gelés dans l'abri, au-delà du gué. La glace y avait recouvert le fourrage, et ils étaient sans doute morts de faim avant de geler.

— Une bonne jument vaut son poids en argent, dit *Dom* Esteban, l'air sombre. Mais avec une telle tempête, les pertes auraient pu être pires. Quoi d'autre ?

— Sur la colline, à une journée de cheval au nord de Corresanti, quelques yearlings ont été coupés des autres. L'un d'eux, qui s'était cassé une jambe, n'a pas pu atteindre l'abri et a été enseveli sous une avalanche. Les autres étaient affamés et transis, mais ils se remettront, maintenant qu'ils sont bien nourris et à l'abri, avec un homme que nous avons laissé là-bas pour s'occuper d'eux. Une demi-douzaine de veaux étaient morts dans la pâture la plus éloignée, près du village de Bellazi. La viande en était gelée, et les villageois m'ont demandé leurs carcasses, disant que la viande était bonne et que vous les leur donniez toujours. Je leur ai dit de faire selon la coutume. J'ai bien fait ?

Dom Esteban approuva de la tête.

— C'est l'habitude depuis cent ans. Les animaux morts pendant un blizzard sont donnés au village le plus proche, qui utilise au mieux leur viande et leurs peaux. En retour, ils abritent et nourrissent les bêtes égarées dans la tempête et les ramènent quand ils peuvent. Si, à une époque de disette, ils en abattent une de plus, tant pis. Je ne suis pas un tyran.

Les servantes apportèrent le repas. Les serviteurs et les servantes prirent place à la longue table du hall inférieur. Andrew roula le fauteuil de *Dom* Esteban au haut bout de celle réservée à la famille, aux intendants et aux professionnels qualifiés qui mettaient le domaine en valeur. Andrew commençait à se demander si Damon ne viendrait pas quand les portes du fond s'ouvrirent. Damon, s'excusant de son retard auprès d'Ellemir, s'approcha d'Andrew avec un grand sourire de bienvenue.

— J'ai entendu ton arrivée dans la cour. Comment t'es-tu débrouillé tout seul ? Je n'arrêtais pas de me dire que j'aurais dû t'accompagner pour cette première sortie.

— Je me suis assez bien débrouillé, mais j'aurais apprécié ta compagnie, dit Andrew.

Damon avait l'air las et hagard, et Andrew se demanda ce qu'il avait fait. Mais Damon, sans rien révéler de ses activités, se mit à lui poser des questions sur le bétail, les abris et le fourrage, les dommages causés par la tempête, les ponts et les gués, comme s'il avait dirigé une exploitation toute sa vie. Pendant qu'ils parlaient des affaires du domaine avec *Dom* Esteban, Callista et Ellemir conversaient à voix basse. Andrew se prit à désirer être seul avec sa femme, pourtant, il ne regrettait pas le temps passé avec son beau-père. Au début, il avait craint qu'on le considère uniquement comme le mari de Callista, arrivé là sans un sou, et inutile à toute besogne dans ce monde étranger. Maintenant, il savait qu'on l'acceptait pour lui-même, comme un vrai fils et héritier du domaine.

Ils passèrent presque tout le repas à prévoir les réparations à faire aux ponts et aux bâtiments, et la reconstitution du cheptel. Les femmes commençaient à débarrasser quand Callista, se penchant sur son père, lui dit quelque chose à voix basse. Il l'approuva de la tête, et elle se leva, tapant légèrement sur une chope en étain. Les domestiques s'immobilisèrent, la regardant avec respect. Une Gardienne était l'objet d'une révérence presque superstitieuse, et bien que Callista eût renoncé à sa mission, on la traitait toujours avec plus de déférence que les autres. Dans un silence total, elle dit, de sa voix claire et douce qui portait néanmoins jusqu'au bout du hall :

— Quelqu'un, sans en avoir le droit, est entré dans mon laboratoire, et y a pris une certaine herbe. Si elle m'est rendue immédiatement sans qu'on en ait fait un usage interdit, je considérerai qu'il s'agissait d'une erreur et ne poursuivrai pas l'affaire. Mais si elle ne m'est pas rendue d'ici demain matin, je prendrai toutes mesures que je jugerai désirables.

Suivit un silence confus. Certains échangèrent quelques mots entre eux, mais aucun ne prit tout haut la parole.

— Très bien, dit enfin Callista. Vous avez la nuit pour réfléchir. Demain, j'emploierai les méthodes à ma disposition — et d'un geste à la fois machinal et arrogant, elle porta la main à la matrice suspendue à son cou — pour découvrir le coupable. C'est tout. Vous pouvez disposer.

C'était la première fois qu'Andrew la voyait faire appel à son ancienne autorité de Gardienne, et cela le troubla. Quand elle se rassit, il lui demanda :

— Qu'est-ce qui a disparu, Callista ?

— Du *kireseth,* dit-elle, laconique. C'est une herbe dangereuse, et dont l'usage est interdit excepté par les techniciens des Tours et sous leur expresse autorité.

Elle avait le front soucieux.

— Un ignorant pourrait se retrouver fou, momentanément. C'est un hallucinogène qui provoque le délire.

Dom Esteban protesta.

— Allons donc, Callista, ce n'est pas si dangereux que ça. Je sais que dans les Tours, vous avez un tabou à son sujet, mais il pousse à l'état sauvage dans nos collines, et il n'a jamais provoqué...

— C'est égal. Je dois m'assurer qu'il n'en a pas été fait mauvais usage par ma négligence ; c'est ma responsabilité personnelle.

Damon leva la tête et dit avec lassitude :

— Ne tracasse pas les domestiques, Callista. C'est moi qui l'ai pris.

Elle le regarda, stupéfaite.

— Toi, Damon ? Mais qu'est-ce que tu veux en faire ?

— Cela te suffira-t-il de savoir que j'avais mes raisons, Callista ?

— Mais pourquoi, Damon ? insista-t-elle. Si tu me l'avais demandé, je te l'aurais donné, mais...

— Mais tu m'aurais demandé pourquoi, dit Damon, le visage épuisé et douloureux. Non, Callie, ne cherche pas à me sonder.

Soudain, ses yeux se durcirent.

— Je l'ai pris pour des raisons qui m'ont semblé bonnes, et que je ne te dirai pas. Je n'en aurai peut-être pas besoin, et dans ce cas, je te le rendrai, mais pour le moment, je crois que j'aurai peut-être à m'en servir. N'en parlons plus, *breda*.

— Naturellement, si tu insistes, Damon, dit-elle levant sa coupe et le regardant, l'air troublée.

Ses pensées étaient claires : *Damon sait utiliser le kirian, mais il ne sait pas le fabriquer. A quoi la plante pourrait-elle lui servir ? A quoi ? Je n'arrive pas à croire qu'il pourrait en faire un mauvais usage, mais qu'est-ce qu'il a en tête ?*

Les domestiques se dispersèrent. *Dom* Esteban demanda si quelqu'un voulait jouer aux cartes ou aux châteaux avec lui. Andrew accepta, et s'assit devant les pièces en cristal, mais il avait l'esprit ailleurs. Qu'est-ce que Damon pouvait bien faire avec du *kireseth* ? Damon lui avait enjoint de ne pas en toucher ni en respirer, il s'en souvenait. Déplaçant une pièce que son beau-père lui prit, il lui sembla percevoir les pensées de Damon. Il savait à quel point son amie détestait et craignait le travail des matrices auquel il avait été formé, qu'il avait été forcé d'abandonner, et auquel il était retourné contre son gré. *Jusqu'à ce que Callista soit libérée. Et même alors... Un télépathe entraîné pourrait faire tant de choses que personne ne fait actuellement...*

Au prix d'un gros effort de volonté, il s'isola de la pensée de Damon pour se concentrer sur le jeu, perdit trois pions en succession rapide, puis commit une grosse erreur qui lui coûta la pièce maîtresse appelée le dragon. Il concéda la victoire, disant d'un ton d'excuse :

— Désolé, je confonds encore un peu les pièces.

— Ça ne fait rien, dit son beau-père, lui rendant son dragon de bonne grâce. Tu joues quand même mieux qu'Ellemir, quoiqu'elle seule ait la patience de jouer avec moi. Damon joue bien, mais rarement, par manque de temps. Damon ? Quand j'aurai fini cette partie avec Andrew, veux-tu en faire une avec le vainqueur ?

— Pas ce soir, mon Père, dit Damon, sortant de sa méditation.

Dom Esteban, embrassant le hall du regard, s'aperçut que tous les domestiques étaient allés se coucher ; seul son serviteur personnel s'attardait encore devant le feu. Le Seigneur Alton soupira, considérant le clair de lune par la fenêtre.

— Je suis égoïste. Vous êtes jeunes, et je vous oblige à rester debout la moitié de la nuit pour parler avec moi. De plus, Andrew rentre d'un long voyage et n'a pas vu sa femme depuis longtemps. Je dors si mal maintenant, et les nuits me semblent si longues que j'ai tendance à m'accrocher à vous. Montez donc vous coucher, mes enfants.

Ellemir embrassa son père et se retira. Callista s'attarda pour dire quelques mots au serviteur de l'infirme. Damon s'apprêtait à suivre Ellemir, puis hésita sur le seuil et revint sur ses pas.

— Mon père, j'ai un travail important à faire. Peux-tu te passer de nous quelques jours ?

— Tu t'absentes ?

— Non, dit Damon. Mais il faudra que j'installe un amortisseur et que je dresse des barrières mentales pour nous isoler tous les quatre. Je peux choisir le moment, mais je ne voudrais pas tarder trop longtemps.

Il regarda Callista, et Andrew saisit la pensée qu'il cherchait à abriter : *Elle mourra de chagrin...*

— Il nous faudra au moins trois ou quatre jours, sans aucune interruption. Est-ce possible ?

L'infirme hocha lentement la tête.

— Prends le temps qu'il te faut, Damon. Mais si ce doit être long, tu ferais sans doute mieux de reporter ce travail après la fête du Solstice d'Hiver, quand on aura réparé les dommages causés par la tempête. Ça ira ?

Dom Esteban regarda Callista, l'air soucieux, et Andrew entendit sa pensée : *Une Gardienne déliée de son serment ?* Il savait que Damon avait entendu, lui aussi, mais il se contenta de répondre :

— C'est possible, et c'est ce que nous ferons. Merci, mon Père, dit-il en l'embrassant.

Il l'observa, fronçant les sourcils, tandis que ses serviteurs roulaient son fauteuil vers sa chambre.

— Dezi lui manque. Quelles que soient ses fautes, il a toujours été un bon fils pour lui. C'est pourquoi je regrette de ne pas avoir pu être indulgent pour lui.

Il soupira tandis qu'ils montaient l'escalier.

— Père se sent seul. Personne ici n'est vraiment une compagnie pour lui. Au printemps, nous devrions faire venir un parent ou un ami pour le distraire.

Callista montait derrière eux. Damon s'arrêta avant d'entrer chez lui.

— Callie, tu as été Gardienne très jeune, trop jeune, je trouve. As-tu été également éduquée aux autres grades ? Es-tu monitrice, mécanicienne, technicienne ? Ou bien n'as-tu travaillé que dans les relais, en qualité de *tenerésteis* ?

C'était un mot archaïque, généralement traduit en *casta* par « Gardienne », quoique les mots de « surveillante » ou de « veilleuse » eussent tout aussi bien convenu.

— Mais c'est toi-même qui m'as appris à monitorer, Damon. C'était ma première année à la Tour, et ta dernière. Je suis mécanicienne certifiée ; mais je n'ai jamais appris à être technicienne. On ne manquait pas de techniciens, et j'avais assez à faire dans les relais. Pourquoi ?

— Je voulais savoir de quels talents nous disposions à nous deux. Je peux construire les écrans et les relais si je dispose des nodules et des matrices vierges qu'il me faut. Mais il me faudra un technicien et un moniteur, pour rechercher la solution que je t'ai promise. Veille donc à te garder en condition. Tu sais toujours respirer selon les techniques prescrites ?

— Je ne pourrais pas dormir sans ça. D'ailleurs, je suppose que tous ceux qui en ont pris l'habitude continuent à respirer ainsi toute leur vie.

Damon sourit et l'embrassa doucement sur la joue.

— Tu as raison, ma sœur. Dors bien. Bonne nuit, mon frère, ajouta-t-il à l'adresse d'Andrew, puis il entra chez lui.

Quelque chose tracassait Damon, c'était clair. Callista s'assit à sa coiffeuse et natta ses cheveux pour la nuit. Le souvenir poignant d'une autre nuit se leva dans l'esprit d'Andrew, mais il écarta cette pensée. Callista, toujours préoccupée au sujet de Damon, dit :

— Il est plus troublé qu'il ne veut bien nous le laisser voir. Je le connais depuis longtemps, inutile de lui demander quelque chose qu'il ne veut pas nous dire...

Mais pourquoi diable lui faut-il du kireseth ?

Avec un pincement de jalousie, Andrew se dit qu'elle ne s'était pas esquivée quand Damon l'avait embrassée sur la joue ; il savait pourtant ce qu'elle aurait fait s'il avait essayé, lui. Puis, involontairement, il se surprit à penser à Damon et Ellemir, ensemble, réunis.

C'était sa femme, après tout, et Damon n'avait aucun droit... absolument aucun.

Callista éteignit la lumière et se mit au lit. Andrew, avec un soupir, s'allongea dans le sien, contemplant les quatre lunes qui brillaient dans le ciel. Il s'endormit enfin sans s'en apercevoir, comme s'il était entré dans un état de conscience entre la veille et le sommeil. Damon lui avait dit un jour qu'à certains moments, pendant le sommeil, l'esprit se détachait du corps, sans qu'il y ait volonté consciente, et entrait dans le sur-monde.

Il lui sembla qu'il avait abandonné son corps derrière lui, et qu'il évoluait à travers la grisaille informe du surmonde. Quelque part, partout, il sentait Ellemir et Damon qui faisaient l'amour, et tout en sachant qu'il serait accueilli avec joie s'il se joignait à eux, il ne cessait de détourner d'eux son regard et sa pensée. Il n'était pas un voyeur ; il n'était pas un dépravé.

Beaucoup plus tard, il retrouva la structure qu'ils avaient érigée pour soigner les gelures des hommes. Il eut peur d'y retrouver Damon et Ellemir, qui semblaient être partout à la fois, mais Ellemir dormait, et Damon était assis sur une souche, abattu, un bouquet de *kireseth* sec près de lui.

Il demanda : « Que veux-tu en faire, Damon ? » et son ami répondit : « Je ne sais pas exactement. Pourquoi crois-tu que je n'ai pas pu le dire à Callista ? C'est défendu. Tout est défendu. Nous ne devrions même pas être ici. » Andrew dit : « Mais nous sommes ici en rêve, et comment peut-on interdire les rêves ? » Pourtant il sentait, avec remords, qu'un télépathe est responsable aussi de ses rêves, et que même dans ses songes, il ne pouvait pas rejoindre Ellemir comme il en avait envie. Damon dit : « Mais je te l'ai dit, cela fait partie de ce que nous sommes », et Andrew tournant le dos à Damon, essaya de sortir de la structure, mais les murs se refermèrent autour de lui. Puis Callista — ou était-ce Ellemir ? Il ne savait plus jamais avec certitude laquelle était sa femme — s'approcha de lui, un bouquet de *kireseth* à la main, et dit : « Prends-le. Quelque jour, nos enfants mangeront ses fruits. »

Le fruit défendu. Mais il prit le bouquet, et mordit dans les fleurs qui étaient douces comme un sein de femme, et dont l'odeur lui stimula le cerveau. Puis, la foudre frappa, et la structure se mit à trembler et chanceler, et au milieu des murs qui s'effondraient, Léonie les maudissait, et Andrew sentit obscurément que tout ça était de sa faute, parce qu'il lui avait enlevé Callista.

Il se retrouva seul sur la plaine grise, et la structure était très loin, à l'horizon. Il marcha une éternité, des jours, des mois, des éons, et pourtant n'arriva pas à l'atteindre. Il savait que Damon, Ellemir et Callista étaient à l'intérieur, qu'ils avaient trouvé la solution et qu'ils étaient heureux, mais lui, il était seul de nouveau, étranger, et il ne serait plus jamais lié à eux. Dès qu'il approchait, la grisaille se dilatait, élastique, et il était toujours aussi loin de la structure. Et pourtant, en quelque sorte, il était en même temps à l'intérieur de ses murs, et Callista était dans ses bras — ou était-ce Ellemir ? Ou les deux avec qui il faisait l'amour en même temps — et c'était Damon qui errait à l'extérieur sur l'horizon, luttant pour s'approcher de la structure, sans jamais l'atteindre, jamais, jamais... Il dit à Ellemir : « Il faut lui apporter des fleurs de *kireseth* », mais elle se transforma en Callista et dit : « C'est interdit pour ceux qui ont été formés dans les Tours », et il n'arrivait pas à savoir s'il était allongé entre les deux femmes, ou s'il errait à l'extérieur, marchant vers l'horizon lointain... Il savait obscurément qu'il était piégé à l'intérieur du rêve de Damon, sans pouvoir en sortir.

Il se réveilla en sursaut. Callista dormait d'un sommeil agité dans la pénombre de la chambre. Il s'entendit dire à mi-voix :

— Tu sauras quoi en faire quand le temps sera venu...

Se demandant ce que ça signifiait, il comprit tout à coup que ces paroles faisaient partie du rêve de Damon. Puis il se rendormit, errant de nouveau dans les étendues grises et informes jusqu'à l'aube. Percevant vaguement qu'il ne s'agissait pas de sa propre conscience, il se demanda s'il était toujours lui-même, ou si sa personnalité était mêlée à celle de Damon.

Il se surprit à penser qu'il était pire d'avoir le don de prémonition que pas de don du tout. Quand la prémonition prenait la forme d'un avertissement, elle pouvait vous guider. Mais dans le cas présent, il s'agissait d'un décalement du temps, et Léonie elle-même ne comprenait pas le temps. Et Andrew, avec sa conscience personnelle, regretta que Damon ne gardât pas ses rêves pour lui.

Au matin, il faisait un froid mordant et il tombait de la neige fondue. Le ciel est accordé à mon humeur, pensa Damon.

Il évitait ce travail depuis des années, et maintenant, il était obligé de s'y remettre. Et il savait que ce n'était pas seulement dans l'intérêt de Callista. Il avait eu tort d'y renoncer si complètement.

Il s'était laissé abuser par les tabous interdisant le travail sur la matrice en dehors des Tours. Après les Ages du Chaos, ce tabou avait sans doute sa raison d'être. Mais plus maintenant, il le sentait dans toutes les fibres de son corps.

Il y avait tant de travail pour les télépathes. Et que personne ne faisait.

Il s'était fait une nouvelle carrière, plus ou moins, dans les Gardes, mais cela ne l'avait jamais totalement satisfait. Et il ne pouvait pas, comme Andrew, trouver satisfaction et plénitude dans les travaux du domaine. Il savait pourtant que, pour un cadet de famille sans domaine propre, c'était la solution idéale : sans terres lui-même, travailler sur un domaine qui reviendrait en partie à ses fils. Mais cela ne convenait pas à Damon. Il savait que n'importe quel paysan pouvait faire son travail aussi bien que lui. Il veillait simplement à ce que des subalternes malhonnêtes n'exploitent pas indûment le père de sa femme.

Il ne regrettait pas le temps passé à travailler sur le domaine. Sa vie était ici, avec Ellemir, et maintenant, s'il devait être séparé de Callista ou d'Andrew, il serait déchiré.

C'était différent pour Andrew, arrivé à l'âge adulte dans un monde assez semblable à celui-ci, et qui avait retrouvé à Armida ce qu'il avait cru perdu pour toujours en quittant Terra. Damon, quant à lui, commençait à réaliser que son vrai travail, c'était celui qu'il avait appris à faire à la Tour.

— Toi et Ellemir, dit-il à Andrew, vous n'aurez qu'à nous protéger des intrusions. S'il survient une interruption quelconque — quoique j'aie pris des mesures pour qu'il n'y en ait pas — vous vous en occuperez. Sinon, tu devras simplement rester en rapport avec moi et me prêter ta force.

Le rôle de Callista était beaucoup plus difficile. D'abord, elle avait répugné à accepter, mais Damon était parvenu à la convaincre, et il en était content, parce qu'il lui faisait totalement confiance. Comme lui, elle avait été formée à Arilinn, elle monitorait parfaitement et savait avec précision ce qu'il voulait. Elle surveillerait ses fonctions corporelles, s'assurant que son corps continuerait à vivre pendant que son essence spirituelle serait ailleurs.

Elle avait l'air pâle et étrange, et il savait qu'elle retournait à contrecœur à ce travail qu'elle avait abandonné, non par crainte et aversion comme lui, mais parce que cela l'avait déchirée d'y renoncer. Après ce renoncement, elle hésitait à accepter un compromis.

Pourtant, c'était sa véritable vocation, Damon le savait. Elle était née et avait été formée pour cela. Il était erroné et cruel qu'une femme dût sacrifier sa féminité pour accomplir ce travail. Excepté pour travailler dans les écrans et les relais, Callista était parfaitement qualifiée, fût-elle épouse et mère une douzaine de fois ! Pourtant, elle était perdue pour les Tours, et perdue aussi pour elle-même. Quelle stupidité de penser que la perte de sa virginité la privait des talents qu'on lui avait si patiemment inculqués, et des connaissances acquises au prix de tels sacrifices pendant les années passées à Arilinn !

Il pensa : *je ne le crois pas,* et cette idée lui coupa le souffle. C'était un blasphème, un sacrilège inouï ! Malgré cela, regardant Callista, il pensa avec défi : *Néanmoins, je ne le crois pas !*

Pourtant, il violait le tabou de la Tour simplement en l'employant comme moniteur. Quelle stupidité, quelle stupidité consternante !

Bien sûr, il n'avait rien fait de mal, légalement. Callista, bien qu'unie à Andrew par un mariage libre, n'était pas véritablement sa femme. Elle était toujours vierge, et par conséquent, qualifiée... Quelle stupidité, qu'elle stupidité tragique !

Il y avait quelque chose de vicié, se dit-il, de terriblement vicié dans la façon dont on formait les télépathes sur Ténébreuse. A cause des abus des Ages du Chaos, à cause de crimes commis par des hommes et des femmes dont les os étaient tombés en poussière depuis des siècles, d'autres hommes et femmes étaient condamnés à une mort vivante.

— Qu'est-ce qui ne va pas, Damon ? demanda doucement Callista. Tu as l'air furieux !

Il ne pouvait pas lui expliquer. Le tabou, profondément imprimé en elle, était encore trop fort.

— J'ai froid, dit-il simplement, et il sortit.

Il revêtit une large houppelande qui protégerait au moins son corps contre le froid terrible du surmonde. Il remarqua que Callista, elle aussi, échangeait sa robe ordinaire contre un chaud peignoir. Il se renversa dans un grand fauteuil rembourré, et Callista s'installa à ses pieds sur un coussin. Andrew et Ellemir étaient un peu à l'écart, et Ellemir remarqua :

— Quand je t'ai monitoré, Damon, tu m'avais fait rester en contact physique avec toi.

— Tu n'es pas entraînée, ma chérie. Callista a fait ce travail depuis son enfance. Elle pourrait me monitorer d'une autre pièce, si c'était nécessaire. Toi et Andrew, vous êtes pratiquement superflus, quoique votre présence soit une aide. Si quoi que ce soit devait nous interrompre — j'ai donné des ordres, mais si, les Dieux nous en préservent, la maison prenait feu ou que *Dom* Esteban ait une crise — vous pourriez vous en occuper et veiller à ce que nous ne soyons pas dérangés.

Callista avait sa matrice sur les genoux. Son beau-frère remarqua qu'elle l'avait attachée à son poignet par un ruban. Il y avait différentes façons d'utiliser une matrice, et à Arilinn on encourageait tout le monde à faire des expériences pour découvrir la méthode lui convenant le mieux. Il vit aussi qu'elle se mettait en rapport avec la gemme psi sans la regarder physique-ment, alors que lui regardait dans les profondeurs de la sienne, les lumières mouvantes qui tourbillonnaient lentement... Il se mit à respirer de plus en plus lentement, sentant Callista établir le contact avec son esprit, accorder les résonances de son champ corporel aux siennes. Plus faiblement et comme de très loin, il la sentit faire entrer Andrew et Ellemir dans le cercle. Un instant, il se détendit, heureux de les avoir tous autour de lui, proches, rassurants, unis par le lien le plus fort de tous les liens connus. En cet instant, il savait pourtant qu'il était plus proche de Callista que de personne au monde. Plus proche que d'Ellemir dont il connaissait si bien le corps, dont il avait partagé les pensées, et qui avait si brièvement porté leur enfant. Il était proche de Callista comme le sont des jumeaux dans le sein de leur mère, et Ellemir était en dehors, plus loin. Au-delà, il sentait la présence d'Andrew, gigantesque, fort comme un roc, qui le protégeait, le défendait...

Il perçut autour d'eux les murs de leur abri, de cette structure astrale érigée pour soigner les paysans gelés. Puis, après une curieuse secousse ascendante, il se retrouva dans le surmonde, et il *vit* les murs prendre forme autour de lui. Quand il l'avait construite avec Andrew et Dezi, elle ressemblait à un abri pour voyageurs en pierre brute, peut-être parce qu'il l'avait considérée comme temporaire. Les structures dans le surmonde étaient conformes à la pensée qui les créait. Il remarqua que les pierres et briques grossières étaient devenues lisses et translucides, et qu'il avait un sol dallé sous les pieds, assez semblable à celui du laboratoire de Callista. De l'endroit où il se trouvait, vêtu des couleurs vert et or de son Domaine, il voyait de nombreux meubles et sièges, qui paraissaient curieusement transparents et insubstantiels, mais il savait que s'il voulait s'y asseoir, ils prendraient force et solidité. Ils seraient confortables, et, selon son désir, tapissés de velours, de soie ou de fourrure. Il vit Callista étendue sur l'un d'eux, et elle aussi semblait transparente, mais il savait qu'elle aussi prendrait solidité à mesure que le temps passerait. Andrew et Ellemir étaient plus flous, et il vit qu'ils dormaient sur d'autres sièges, parce qu'ils n'étaient présents que dans son esprit, et non au niveau conscient du surmonde. Seules leurs pensées, qui pénétraient les siennes par l'intermédiaire du rapport que Callista maintenait entre eux, étaient fortes et présentes. Ils étaient passifs, se contentant de prêter leur force à Damon. Il flotta un moment, jouissant du réconfort apporté par le cercle, sachant qu'il lui éviterait l'épuisement terrible de la dernière fois. Callista tenait dans ses mains des fils, comme une toile d'araignée, et il comprit que c'était ainsi qu'elle visualisait le contrôle qu'elle exerçait sur son corps abandonné dans le monde matériel. Si sa respiration défaillait, si sa circulation ralentissait, si même il ressentait une démangeaison pouvant troubler sa concentration, elle interviendrait avant même qu'il en ait pris conscience. Veillé par Callista, son corps était en sécurité.

Mais il ne pouvait pas s'y attarder, et, alors même que cette idée se formait en lui, il se sentit passer à travers les murs impalpables de l'abri. Bien qu'aucun étranger ne pût y pénétrer, ses pensées avaient trouvé une sortie, et il se retrouva dans la plaine grise et informe du surmonde. Au loin, il voyait les flèches de la Tour d'Arilinn, ou plutôt, la réplique de la Tour dans le surmonde.

Depuis mille ans peut-être, les pensées de tous les techniciens psi ayant évolué dans le surmonde avaient créé le repère sûr d'Arilinn. Pourquoi était-elle si lointaine ? se demanda Damon, puis il comprit : c'était la visualisation de Callista qui travaillait en accord avec lui, et pour elle Arilinn était effectivement très loin. Mais l'espace n'avait pas de réalité dans le surmonde, et, avec la rapidité de la pensée, il se trouva devant les grilles de la Tour.

Pourrait-il entrer maintenant ? Ayant pensé cela avec force, il se retrouva à l'intérieur, sur le perron de la Tour, Léonie devant lui dans ses voiles écarlates, et voilée.

— Je sais pourquoi tu viens, Damon. J'ai cherché partout les archives que tu veux, et cela m'en a appris davantage sur l'histoire d'Arilinn que je n'en avais jamais su. Je savais pourtant qu'aux premiers temps des Tours, bien des Gardiennes étaient des *emmasca*, de sang *chieri*, ni hommes ni femmes. Mais je ne savais pas que, lorsque ces naissances s'étaient raréfiées, à mesure que les *chieri* s'unissaient de moins en moins aux humains, certaines Gardiennes avaient été neutralisées pour ressembler aux anciennes. Sais-tu, Damon, qu'on ne se contentait pas de neutraliser les femmes, mais qu'on castrait aussi les hommes pour en faire des Gardiens ! Quelle barbarie !

— Et tellement inutile, dit Damon. N'importe quel technicien psi moyennement compétent peut faire l'essentiel du travail d'une Gardienne, sans plus d'inconvénient que quelques jours d'impuissance.

Léonie sourit tristement et dit :

— Pourtant, beaucoup d'hommes ont trouvé ce prix encore trop élevé, Damon.

Damon hocha la tête, pensant au mépris de son frère Lorenz lui disant qu'il était « moitié moine et moitié eunuque ».

— Pour les femmes, on finit par découvrir qu'une Gardienne n'avait pas besoin d'être neutralisée, mais ils ne connaissaient pas les techniques utilisées aujourd'hui. Il suffisait de stabiliser les canaux pour qu'ils véhiculent uniquement les impulsions psi. C'est ce qu'on fit, mettant fin à la barbarie de la neutralisation. Mais à notre époque, même cela a paru une mutilation trop importante, dit Léonie, le visage méprisant. Cela vient sans doute de l'orgueil des hommes Comyn, pour qui le plus précieux attribut d'une femme est sa fécondité, sa capacité de transmettre l'héritage mâle. Toute atteinte à la fertilité d'une femme a fini par leur faire horreur.

Damon dit à voix basse :

— Cela impliquait aussi qu'une femme désirant être Gardienne dans son jeune âge n'engageait pas sa vie sans retour avant de connaître le fardeau qu'elle s'imposait.

Léonie écarta cette remarque.

— Tu es homme, Damon, et je ne crois pas que tu comprendras. C'était justement pour épargner aux femmes ce lourd fardeau que constitue le choix.

Soudain, sa voix se brisa.

— Crois-tu que je n'aurais pas préféré qu'on m'enlève tous ces organes dans mon enfance, plutôt que de passer toute ma vie emprisonnée, sachant que je détenais la clé de ma prison, et que seul mon serment, mon honneur et la parole d'une Hastur me gardaient... me gardaient ainsi emprisonnée.

Sa voix tremblait, de chagrin, ou peut-être de colère.

— Si je pouvais faire ma volonté, si vous autres Comyn n'étiez pas si obsédés de la fertilité d'une femme, toute enfant arrivant à la Tour serait neutralisée immédiatement, et vivrait ensuite sa vie de Gardienne, heureuse et libre du fardeau de la féminité. Libre de la douleur et du souvenir du choix récurrent — car elle ne peut pas choisir une fois pour toutes, mais doit faire de nouveau ce choix chaque jour de sa vie.

— Tu en ferais donc des esclaves à vie ?

— Crois-tu que nous ne soyons pas des esclaves ? dit Léonie d'une voix inaudible, mais qui résonna comme un cri pour Damon.

— Léonie, Léonie, si tel est ton sentiment, pourquoi as-tu si longtemps porté ce fardeau ? Il y en avait d'autres, qui auraient pu t'en soulager lorsqu'il est devenu trop lourd.

— Je suis une Hastur, dit-elle, et j'ai juré de ne pas

déposer ma charge tant que je n'aurai pas formé une femme pour prendre ma place. Crois-tu que je n'ai pas essayé ?

Elle le regarda dans les yeux, et il se raidit au souvenir de ses angoisses passées, car c'était lui qui la créait par la pensée, et il avait créé la Léonie de ses premières années à la Tour. Il ne saurait jamais si aucun autre homme l'avait jamais trouvée belle, mais pour lui, elle était infiniment belle et désirable, et tenait dans ses mains les ressorts secrets de son âme... Il se détourna, s'efforçant de la voir telle qu'elle lui était apparue à son mariage, calme, vieillissante, impassible, au-delà de la rage et de la rébellion.

— Je te croyais satisfaite du pouvoir et du respect qu'on te témoignait, Léonie, toi qui jouis de la situation la plus haute de toutes, qui es l'égale d'un Seigneur Comyn — Léonie d'Arilinn, Dame de Ténébreuse.

Elle dit, et ses paroles semblaient venir de très loin :

— Si tu avais su que je me rebellais, alors toute ma vie aurait été un échec, Damon. Ma raison, ma place de Gardienne, ma vie même dépendaient de cela, que je le sache à peine moi-même. Pourtant, j'ai essayé, sans discontinuer, d'en former une autre pour prendre ma place, pour pouvoir déposer un fardeau trop lourd pour moi. Et chaque fois que j'en avais formé une, une autre Tour découvrait que sa Gardienne voulait partir, ou que sa formation avait échoué et qu'elle n'était bonne qu'à se marier et avoir des enfants. Beaucoup étaient faibles et instables, aucune n'avait la force de persévérer. Je suis la seule Gardienne de tous les Domaines à avoir conservé ma charge plus de vingt ans. Et même quand j'ai commencé à vieillir, trois fois j'ai renoncé à ma remplaçante, deux fois en faveur de la Tour de Dalereuth, une fois pour celle de Neskaya. Pourtant, moi qui avais formé des Gardiennes pour toutes les Tours des Domaines, je souhaitais en former une pour Arilinn, afin de me reposer. Tu étais là, Damon, tu sais ce qui s'est passé. Six jeunes filles, chacune ayant les dons nécessaires pour être Gardienne. Mais trois étaient déjà femmes, et, malgré leur jeunesse, avaient connu un début d'éveil sexuel. Leurs canaux étaient déjà différenciés et ne pouvaient pas supporter les fréquences, quoique deux d'entre elles soient devenues par la suite monitrices ou techniciennes à Arilinn et à Neskaya. Alors, j'ai commencé à choisir des filles de plus en plus jeunes, presque des enfants. J'ai failli réussir avec Hillary. Elle a travaillé deux ans avec moi en qualité de sous-Gardienne, *rikht,* mais tu sais ce qu'elle a enduré ; à la fin, j'ai eu pitié d'elle et je l'ai laissée partir. Puis Callista...

— Tu t'es assurée qu'elle n'échouerait pas, elle, en altérant ses canaux pour qu'elle ne devienne jamais mature, dit Damon avec rage.

— Je suis Gardienne, dit Léonie avec colère, et responsable uniquement devant ma conscience ! Et elle a consenti à ce qu'on lui a fait. Pouvais-je prévoir qu'elle s'enticherait de ce *Terranan,* et que son serment ne serait plus rien à ses yeux ?

Devant le silence accusateur de Damon, elle reprit, sur la défensive :

— Et même ainsi, Damon, je l'aime, je ne pourrais pas supporter de la savoir malheureuse ! Si j'avais pensé qu'il s'agissait d'un caprice enfantin, je l'aurais ramenée avec moi à Arilinn. Je lui aurais manifesté tant d'amour et de tendresse qu'elle n'aurait jamais regretté son amant terrien. Et pourtant... et pourtant... elle m'a fait croire...

Dans la fluidité du surmonde, Damon vit dans l'esprit de Léonie l'image que celle-ci avait captée dans celui de Callista : Callista dans les bras d'Andrew, abandonnée et vulnérable, quand il l'avait emportée hors des grottes de Corresanti.

Maintenant qu'il l'avait vue, même en simple reflet dans l'esprit de Léonie, telle qu'elle aurait pu être, intacte, — ayant vu une fois Callista sous ce jour — il sut qu'il ne connaîtrait jamais de repos tant qu'elle ne serait pas redevenue ainsi. Il dit doucement :

— Je n'arrive pas à croire que tu aies fait cela si tu ne savais pas comment le défaire.

— Je suis Gardienne, répéta-t-elle, indomptable, et responsable uniquement devant ma conscience.

C'était vrai. Selon la loi des Tours, une Gardienne était infaillible, et sa parole était loi pour tous les membres de son cercle. Pourtant, Damon insista.

— S'il en était ainsi, pourquoi ne l'as-tu pas neutralisée, une fois pour toutes ?

Elle ne répondit pas tout de suite.

— Tu parles ainsi parce que tu es un homme, dit-elle enfin, et pour toi, une femme n'est qu'une épouse, un instrument pour te donner des fils, transmettre ton précieux héritage de Comyn. J'avais d'autres desseins. J'étais très lasse, et je ne pouvais supporter l'idée de lui consacrer mon énergie et mes forces, de mettre tout mon cœur à la former pendant des années, pour la voir ensuite s'éveiller et finir dans les bras d'un homme, ou, comme Hillary, souffrir des tortures de damnée à chaque nouvelle lunaison. Ce n'était pas de l'égoïsme, Damon ! Seulement le désir de déposer ma charge et de me reposer ! Je l'aimais comme je n'ai jamais aimé Hillary. Je savais qu'elle n'échouerait pas, mais je craignais qu'elle fût trop forte pour flancher, y compris dans les mêmes souffrances qu'Hillary, qu'elle endure tout — comme je l'ai fait, Damon — année après année. Alors, je lui ai épargné cela, comme j'avais le droit de le faire.

Elle ajouta avec défi :

— J'étais sa Gardienne !

— Et tu l'as privée du droit de choisir !

— Aucune femme Comyn n'a le choix, dit Léonie en un souffle. Pas vraiment. Je n'ai pas choisi d'être Gardienne ou d'être envoyée à la Tour. Mais j'étais une Hastur, et c'était ma destinée, tout comme celle de mes compagnes de jeu était de se marier et de porter les fils de leur clan. Et ce n'était pas irrévocable. Dans mon enfance, j'ai connu une femme qui avait subi ce traitement, et qui m'a dit qu'il n'était pas irréversible. Elle m'a dit que c'était légal, alors que la neutralisation ne l'était pas, de sorte que les parents pouvaient reprendre leurs filles pour ces mariages dynastiques si chers au cœur des Comyn, sans aucun risque de nuire à la précieuse fertilité d'une héritière des Domaines !

Le ton était si sarcastique que Damon en frémit.

— C'est réversible ? Alors, comment ? demanda-t-il. Callista ne peut pas continuer à vivre ainsi, ni Gardienne ni libre.

— Je ne sais pas, dit Léonie. Quand elle a subi ces modifications, je n'ai jamais pensé qu'elles pourraient un jour être inversées, et je n'ai pris aucune mesure en ce sens. Mais j'étais heureuse — si tant est que quelque chose puisse me rendre heureuse — quand elle m'a dit que j'avais moins bien réussi que je ne le pensais.

De nouveau, il vit, dans l'esprit de Léonie, Callista dans les bras d'Andrew.

— Pourtant, il semble qu'elle se soit trompée.

Léonie avait l'air déchiré, épuisé.

— Damon, Damon, laisse-la revenir à nous ! Est-ce si épouvantable d'être la Dame d'Arilinn ? Pourquoi renoncer à cet honneur, pour devenir la femme d'un *Terranan* et porter ses métis !

Damon répondit d'une voix qui tremblait :

— Si elle désirait être Dame d'Arilinn, je risquerais ma vie pour défendre son droit de le rester. Mais elle en a décidé autrement. Elle est l'épouse d'un homme honorable que je suis fier d'appeler mon frère, et je ne veux pas que leur bonheur soit détruit. Mais même si Andrew n'était pas mon ami, je défendrais le droit de Callista d'ordonner sa vie comme elle l'entend, de renoncer au titre de Dame d'Arilinn si elle le désire pour épouser un charbonnier, ou de prendre l'épée comme le fit son ancêtre Dame Bruna, pour commander les Gardes à la place de son frère ! C'est *sa* vie, Léonie, pas la tienne ou la mienne !

Léonie enfouit son visage dans ses mains.

— Qu'il en soit donc ainsi, dit-elle d'une voix étranglée. Elle aura le choix, quoique je ne l'aie pas eu, quoique tu ne l'aies pas eu. Elle choisira ce que les hommes de Ténébreuse considèrent comme la seule vie valable pour une femme ! Et c'est moi qui souffrirai de son choix, obligée de porter tout le poids d'Arilinn jusqu'à ce que Janine soit assez grande et assez forte.

Son visage était si vieux et amer que Damon en fut ému.

Mais, pensa-t-il, ce n'était pas vraiment un fardeau pour elle. Autrefois, peut-être, elle aurait aimé le déposer. Maintenant, elle n'avait rien d'autre et c'était tout pour elle, ce pouvoir de vie et de mort qu'elle détenait sur tous les pauvres diables qui faisaient don de leur vie aux Tours. C'était important pour elle, il le savait, que Callista soit venue en suppliante lui demander ce qui aurait dû être son droit !

Il dit, durcissant sa voix :

— Telle a toujours été la loi. Je t'ai toujours entendu dire que le fardeau d'une Gardienne est trop lourd pour le porter à contrecœur. Et on a toujours libéré une Gardienne lorsqu'elle ne pouvait plus exécuter son travail en toute sécurité. Tu l'as dit, oui, tu es Gardienne, et responsable uniquement devant ta conscience. Mais qu'est-ce qu'être Gardienne, Léonie, si la conscience d'une Gardienne n'exige pas une honnêteté digne d'une Gardienne, et d'une Hastur ?

De nouveau, il y eut un long silence. Elle dit enfin :

— Je te donne ma parole d'Hastur, Damon, que je ne sais pas comment inverser le processus. Toutes mes recherches dans les archives m'ont seulement appris qu'autrefois, quand cela se faisait communément — quand les Tours eurent cessé de neutraliser leurs Gardiennes, pour que la sacro-sainte fertilité des *Comynara* n'ait pas à souffrir, même en théorie — cela se pratiquait à Neskaya. J'y suis donc allée pour consulter les archives. Mais Theolinda m'a dit que tous les manuscrits avaient brûlé dans l'incendie qui avait détruit la Tour pendant les Ages du Chaos. Bien que je sois toujours convaincue que Callista devrait revenir parmi nous, si tu veux redécouvrir ce qu'il faut faire pour elle, il n'y a qu'un moyen. Damon, sais-tu ce que c'est qu'une Exploration Temporelle ?

Il sentit une curieuse onde de froid, comme si le tissu même du surmonde ondulait sous ses pieds.

— J'ai entendu dire que cette technique était perdue, elle aussi.

— Non, car je l'ai déjà pratiquée, dit Léonie. Le cours d'une rivière s'était déplacé, et les fermes et villages riverains, menacés de sécheresse ou d'inondation risquaient la famine. Je me suis livrée à une Exploration Temporelle pour découvrir où elle passait cent ans plus tôt, afin de pouvoir la ramener dans son ancien lit, et ne pas perdre d'énergie à la forcer de couler contre sa pente. Ce n'est pas facile, poursuivit-elle d'une voix effrayée. Et tu devras remonter le temps davantage, revenir au temps d'avant l'incendie, pendant la rébellion Hastur. Ce fut une époque maudite. Crois-tu pouvoir atteindre ce niveau ?

— Je peux travailler à bien des niveaux du surmonde, dit lentement Damon. Il y en a, bien sûr, auxquels je n'ai pas accès. Je ne sais pas comment atteindre celui où l'on peut se livrer à l'Exploration Temporelle.

— Je te guiderai jusque-là. Tu sais, naturellement, que les surmondes ne sont qu'une série de concordances. Ici, dans le monde gris, il est plus facile de visualiser ton corps physique, avec pour repères des formes-pensées, dit-elle, montrant derrière elle la forme lumineuse d'Arilinn, que d'approcher la vérité. Et la vérité, c'est que ton esprit est un réseau ténu de mouvances intangibles dans un royaume d'abstractions. Tu as appris cela, bien sûr, durant ta première année à la Tour. Naturellement, il est possible que le surmonde soit plus proche de la réalité objective de l'univers que du monde des formes, que vous appelez le monde réel. Pourtant, même dans ce monde réel, tout bon technicien peut voir à volonté les corps sous forme de réseaux d'atomes, d'énergie tourbillonnante et de champs magnétiques.

Damon hocha la tête, sachant que c'était vrai.

— Il n'est pas facile d'éloigner suffisamment son esprit des concordances pour libérer ce que vous appelez le monde réel du temps tel que vous le connaissez. Le temps lui-même n'est sans doute rien de

300

plus qu'un moyen de structurer la réalité, afin que nos cerveaux puissent la comprendre, dit Léonie. Dans l'ultime réalité de l'univers, au regard de laquelle nos expériences ne sont que des approximations, il est probable que le temps séquentiel n'existe pas, mais que passé, présent et futur soient confondus en un tout chaotique. Au niveau physique — qui inclut le niveau où nous nous trouvons en ce moment, le monde des images où nos visualisations recréent constamment le monde que nous préférons voir autour de nous — nous trouvons plus facile de nous déplacer de ce que nous appelons le passé vers le présent, puis vers le futur. Mais en réalité, même un organisme physique existe sans doute immédiatement dans son intégralité, et son développement biologique de l'embryon à la sénilité et à la mort est simplement une autre de ses dimensions, comme la longueur. Me comprends-tu, Damon ?

— Assez bien. Continue.

— Au niveau de l'Exploration Temporelle, tout ce concept de temps linéaire disparaît. Tu dois le créer pour toi-même, afin de ne pas te perdre dans cette réalité chaotique, et tu dois t'ancrer quelque part, pour que ton corps physique ne régresse pas à cause des résonances. On a l'impression d'errer les yeux bandés dans un labyrinthe de miroirs. J'aimerais mieux faire n'importe quoi en ce monde que de recommencer. Pourtant, seule cette recherche dans le temps pourra te fournir la situation aux problèmes de Callista. Damon, es-tu obligé de prendre ce risque ?

— Je le dois, Léonie. Je l'ai promis à Callista.

Il ne dit pas à Léonie en quelle extrémité elle se trouvait quand il lui avait fait cette promesse, ni l'agonie qu'elle avait endurée, alors qu'il lui aurait été plus facile de mourir, parce qu'elle avait confiance en cette promesse.

— Je ne suis pas un Hastur, mais je tiendrai ma parole.

Léonie poussa un profond soupir et dit :

— Je suis une Hastur et une Gardienne, responsable de quiconque m'a prêté serment, homme ou femme. Si j'avais la liberté de choisir, je pense qu'aucune femme ne devrait recevoir la formation de Gardienne à moins de consentir à être neutralisée, comme on disait autrefois. Mais le monde continuera à aller comme il veut, non comme je le voudrais. Je vais prendre cette responsabilité, Damon, et pourtant je ne peux pas prendre toute la responsabilité. Je suis la seule Gardienne survivante d'Arilinn. Neskaya ne participe pas toujours aux relais, parce que Theolinda n'est pas assez forte, même actuellement, et Dalereuth a un cercle de techniciens sans Gardienne, de sorte que j'ai des remords de garder Janine près de moi à Arilinn. Nous n'arrivons pas à former assez de Gardiennes, et celles que nous formons perdent souvent leurs pouvoirs encore jeunes. Comprends-tu pourquoi nous avons si terriblement besoin de Callista, Damon ?

C'était un problème insoluble, mais Damon ne voulait pas qu'on se serve de Callista comme d'un pion, et Léonie le savait. Elle dit enfin, avec émerveillement :

— Comme tu dois l'aimer, Damon ! Peut-être est-ce à toi que j'aurais dû la donner en mariage ?

— L'aimer ? répliqua Damon. Pas en ce sens, Léonie. Quoiqu'elle me soit très chère ; et moi qui n'ai aucun courage, je l'admire par-dessus tout chez les autres.

— Tu n'as pas de courage, Damon ?

Léonie se tut un moment, et Damon vit son image onduler et trembler comme les brumes de chaleur du désert au-delà des Villes Sèches.

— Damon, oh, Damon, ai-je donc détruit tous ceux que j'aime ? Maintenant seulement, je me rends compte que je t'ai brisé, comme j'ai brisé Callista...

Ces paroles se répercutèrent en écho intemporel en Damon. *Ai-je donc détruit tous ceux que j'aime ? Tous ceux que j'aime, tous ceux que j'aime ?*

— Tu m'as dit que tu me renvoyais d'Arilinn pour mon bien, Léonie, que j'étais trop sensible, et que ce travail me détruirait.

Il avait vécu avec ce jugement pendant des années, il

l'avait étouffé, torturé, il s'était haï de vivre pour l'entendre ou le répéter sans cesse. Mais il ne l'avait jamais mis en doute, pas un seul instant... le jugement d'une Gardienne, d'une Hastur.

Prise au piège, elle s'écria :

— Que pouvais-je te dire d'autre ?

Puis, comme un cri d'agonie :

— Il y a quelque chose de vicié dans notre façon de former les techniciens psi ! Comment pourrait-il être bon de sacrifier ainsi des vies entières ? Celle de Callista, celle d'Hillary, la tienne !

Elle ajouta, avec une amertume insondable :

— La mienne.

Si elle avait eu le courage, pensa amèrement Damon, ou l'honnêteté, de lui dire la vérité, de lui dire : l'un de nous deux doit partir et comme je suis la Gardienne, on ne peut se passer de moi, alors il aurait perdu Arilinn, oui, mais il n'aurait pas été perdu lui-même.

Maintenant, il avait recouvré quelque chose qu'il avait perdu en quittant la Tour. Il était redevenu solide, il n'était plus brisé comme il l'était quand Léonie l'avait renvoyé, lui disant qu'il était faible, pas assez fort pour le travail qu'il avait choisi.

Il y avait vraiment quelque chose de vicié dans la formation des télépathes. Maintenant, même Léonie s'en rendait compte.

Le visage tragique de Léonie le bouleversa. Elle murmura :

— Qu'attends-tu de moi, Damon ? Parce que j'ai failli détruire ta vie par ma faiblesse, l'honneur des Hastur exige-t-il que j'accepte sans ciller que tu me détruises à ton tour ?

Damon baissa la tête, ému d'une profonde compassion née de son ancien amour, qu'il croyait éteint depuis des années, et née aussi des souffrances qu'il avait maîtrisées. Là, dans le surmonde où aucune passion ne pouvait entacher son geste ou sa pensée, il prit Léonie dans ses bras et l'embrassa, comme il avait désiré le faire pendant ses années de désespoir. Seules les images se rencontrèrent, car, dans le monde réel, ils étaient séparés par dix jours de cheval, et, pas plus que Callista, elle n'aurait pu répondre à sa passion, mais qu'importe ? C'était un baiser brûlant d'une passion désespérée, tel qu'il n'en avait jamais donné, n'en donnerait jamais à aucune femme.

Un instant, l'image de Léonie chancela, se troubla, puis elle fut de nouveau la jeune Léonie, radieuse, chaste, intouchable, l'objet de son désir ardent pendant tant d'années de solitude et d'angoisse, où sa passion et le remords même de cette passion le torturaient.

Puis elle redevint la Léonie d'aujourd'hui, éteinte, usée, ravagée par le temps, pleurant avec un désespoir qui lui brisa le cœur. Elle murmura :

— Va-t'en maintenant, Damon. Reviens après le Solstice d'Hiver, et je te guiderai jusqu'au temps où tu trouveras ce qui convient à la destinée de Callista et à la tienne. Mais maintenant, par pitié, va-t'en !

Le surmonde trembla, comme secoué par la tempête, se fondit en grisaille, et Damon se retrouva à Armida. Callista le regardait, consternée. Ellemir murmura :

— Damon, pourquoi pleures-tu, mon amour ?

Mais Damon ne pourrait jamais lui répondre.

Inutiles, toutes ces souffrances, la sienne, celle de Callista. Celles de la pauvre petite Hillary. Celles de Léonie. Combien de vies gâchées, combien de télépathes des Domaines et des Tours condamnés à souffrir, seule la Miséricordieuse Avarra le savait...

Il aurait mieux valu pour les Comyn, mieux valu pour eux tous, qu'aux Ages du Chaos, tous les fils d'Hastur et de Cassilda se soient détruits avec leurs pierres-étoiles ! Il fallait faire cesser cela, faire cesser ces souffrances !

Blotti contre Ellemir, il étreignit la main d'Andrew, celle de Callista. Ce n'était pas assez, rien ne serait jamais suffisant pour effacer la conscience de toute cette misère. Mais, avec eux tous autour de lui, il pouvait la supporter. Pour le moment. Peut-être.

14

DOM Esteban lui avait demandé de procéder à son intervention télépathique après la fête du Solstice d'Hiver, quand les réparations seraient terminées sur le domaine. Il accueillit avec joie ce délai, malgré l'appréhension qui le tenaillait et son désir d'en finir. Le temps conditionnerait les réjouissances. S'il y avait une autre tempête, on célébrerait le Solstice d'Hiver en famille, mais s'il faisait beau, tous les voisins habitant à une journée de cheval viendraient et passeraient la nuit ici. A l'aube de la fête, le soleil se leva, rouge et brillant, et Damon, voyant *Dom* Esteban s'éclairer, eut honte de son indifférence. Dans les Kilghard, tout ce qui interrompait l'isolement de l'hiver était accueilli avec joie par tout le monde, et surtout par un infirme immobilisé dans son fauteuil. Au petit déjeuner, Ellemir, toute à l'atmosphère de la fête, détailla joyeusement ses plans pour la journée.

— Je vais dire aux filles de cuisine de préparer les gâteaux traditionnels. J'enverrai quelqu'un dans la Vallée du Sud, chercher Yashri et ses fils pour nous faire danser. Et il faut ouvrir et aérer toutes les chambres pour nos invités. Je suppose que la chapelle doit être d'une saleté repoussante. Je n'y suis pas descendue depuis…

Elle ne termina pas et détourna les yeux.

— Je vais nettoyer la chapelle, Elli, dit vivement

305

Callista. Mais allumerons-nous le feu rituel ? ajouta-t-elle, interrogeant son père du regard.

— A notre époque, j'aurais tendance à trouver cela infantile, dit-il.

Il regarda Andrew, haussant les sourcils, comme si, pensa Damon, il s'attendait à des ricanements méprisants. Mais Andrew dit :

— Il semble que ce soit une des coutumes les plus universellement répandues sur tous les mondes, mon Père, que de fêter la fin de la plus longue nuit au Solstice d'Hiver, et le jour le plus long au Solstice d'Eté.

Damon, qui ne se considérait pourtant pas sentimental et qui s'était entraîné à oublier le passé, revit en cet instant tous les hivers passés à Armida avec son ami Coryn. Il se tenait alors debout près de Coryn, entouré de toutes les fillettes, et il pensait qu'il continuerait à observer cette coutume quand il serait lui-même père de famille. Son beau-père capta sa pensée et le regarda en souriant.

— Je croyais que tous les jeunes considéraient cela comme une sottise païenne à laisser tomber dans l'oubli, dit-il d'un ton bourru, mais si quelqu'un peut transporter mon fauteuil dans la cour, et s'il y a assez de soleil, nous allumerons le feu rituel. Damon, je ne peux pas choisir moi-même les vins pour le banquet, alors, prends la clé de la cave. Rhodri dit que les vins sont bons cette année, malgré mon absence.

Andrew rentrait après son travail quotidien aux écuries, quand Callista l'intercepta.

— Viens m'aider à nettoyer la chapelle. C'est une tâche interdite aux servantes, et réservée à ceux qui sont alliés au Domaine par le sang ou par le mariage. Tu n'y es jamais descendu.

C'était vrai. La religion ne semblait pas jouer un grand rôle dans la vie des Domaines, du moins pas à Armida.

Callista, ceinte d'un grand tablier, lui expliqua en descendant :

— Quand j'étais petite, c'était mon seul travail.

Hors des fêtes, Dorian et moi, nous nous occupions de la chapelle. Elli n'avait pas le droit d'y entrer, parce qu'elle était turbulente et cassait des tas de choses.

Il imagina facilement Callista en fillette grave à qui l'on pouvait confier des objets précieux.

— Je n'ai jamais été à la maison pour la fête depuis mon départ pour la Tour, dit-elle en entrant dans la chapelle. Et maintenant, Dorian est mariée et mère de deux petites filles — que je n'ai jamais vues non plus —, Domenic commande la Garde à Thendara et mon jeune frère est à Neversin. Je n'ai pas vu Valdir depuis qu'il était tout bébé ; je suppose que je ne le reverrai pas avant qu'il soit adulte.

Elle s'interrompit et frissonna soudain, comme si elle avait vu quelque chose d'effrayant.

— Dorian vous ressemble, à toi et à Elli ?

— Non, pas beaucoup. Elle est blonde, comme la plupart des Ridenow, et tout le monde disait que c'était la beauté de la famille.

— Alors, c'est que vous n'avez pas de bons yeux, dans ta famille, dit-il en riant, et elle rougit.

Au centre de la chapelle se dressait un autel cubique, fait d'une pierre blanche et translucide. Aux murs pendaient d'antiques tableaux, que Callista lui montra du doigt en expliquant :

— Ce sont les quatre Dieux majeurs, les anciens : Aldones, Seigneur de la Lumière ; Zandru, maître de l'ombre et du mal ; Evanda, souveraine du printemps et de la végétation ; et Avarra, mère de la naissance et de la mort.

Prenant un balai, elle se mit à balayer la pièce qui était effectivement très sale. Andrew se demanda si elle croyait elle-même en ces dieux, ou si ses pratiques religieuses n'étaient que de façade. Son mépris apparent pour la religion devait être différent de ce qu'il imaginait.

— Je ne suis pas certaine de ce que je crois, dit-elle d'une voix hésitante. Je suis une Gardienne, une tenerésteis, une mécanicienne. On nous enseigne que l'ordre de l'univers ne dépend pas des déités, et pourtant... et pourtant, qui sait si ce ne sont pas ces Dieux qui ont édicté ces lois à partir desquelles les choses se sont construites, ces lois auxquelles nous ne pouvons pas refuser d'obéir.

Elle demeura pensive un instant, puis alla balayer le fond de la chapelle, appelant Andrew pour l'aider à ramasser la poussière, et rassembler les vases et les coupes disséminés sur l'autel. Dans une niche se trouvait une très vieille statue, représentant une femme voilée, entourée de têtes d'enfants grossièrement sculptées dans une pierre bleue. Elle dit à voix basse :

— Je suis peut-être superstitieuse, après tout. Voici Cassilda, appelée Bienheureuse, qui a donné un fils au Seigneur Hastur, fils de la Lumière. Et ce sont *ses* sept fils, dit-on, qui ont fondé les sept Domaines. Je ne sais pas si c'est vrai ou s'il s'agit d'une légende, d'un conte de fées, ou des vestiges d'une vérité oubliée, mais les femmes de notre famille font des offrandes...

Elle se tut, et dans la poussière de l'autel, Andrew vit un bouquet de fleurs fanées.

L'offrande d'Ellemir, quand elle croyait donner un enfant à Damon...

Sans un mot, il entoura de son bras la taille de Callista, plus proche d'elle qu'il ne l'avait été depuis l'épouvantable nuit de la catastrophe. Beaucoup de liens étranges entraient dans l'édification d'un couple... Les lèvres de Callista remuaient, et il se demanda si elle priait, puis elle leva la tête, soupira, et prenant les fleurs fanées, les posa tendrement sur la pile de débris à jeter.

— Viens, il faut laver tous ces vases et nettoyer l'autel pour y faire brûler le feu nouveau. Il faut aussi gratter les chandeliers — pourquoi y a-t-on laissé toute la cire fondue de l'année dernière ? dit-elle, retrouvant sa gaieté. Va me chercher de l'eau propre au puits, Andrew.

A midi, le grand disque rouge du soleil brillait au zénith dans un ciel sans nuages, et deux ou trois des Gardes les plus robustes transportèrent *Dom* Esteban dans la cour, tandis que Damon installait les miroirs, la loupe et l'amadou qui prendrait feu dans l'antique vaisseau de pierre. Ils sentaient l'encens que Callista avait allumé sur l'autel de la chapelle, et Damon, regardant Ellemir et Callista, les revit fillettes, en robe d'écossais, leurs cheveux bouclant sur leurs joues, graves et solennelles. Dorian apportait parfois sa poupée à la cérémonie — mais il ne se souvenait pas avoir jamais vu Ellemir ou Callista avec une poupée. Lui et Coryn se tenaient près de *Dom* Esteban pour la cérémonie. Maintenant, l'infirme ne pouvant plus s'agenouiller près du vaisseau à feu, c'était Damon qui tenait la loupe, concentrant les rayons du soleil sur l'amadou et les aiguilles de pin, qui se mirent bientôt à fumer. La fumée s'épaissit de plus en plus, puis une étincelle jaillit, rouge comme les rayons du soleil, et une flamme minuscule surgit dans la fumée. Damon, à genoux, l'aviva doucement de son souffle, ajoutant peu à peu des brindilles et des morceaux d'écorce, qui s'enflammèrent à leur tour au milieu des cris de joie des assistants. Il confia le vaisseau à feu à Ellemir qui alla le poser sur l'autel. Puis, riant et échangeant des vœux de bonne année, ils se mirent à défiler devant *Dom* Esteban qui leur donna à chacun un petit cadeau. Ellemir, debout près de lui, tendait à chacun son présent, babioles en argent, et parfois en cuivre. Dans certains cas, — aux serviteurs les plus appréciés — elle donnait des certificats leur conférant la propriété de quelques têtes de bétail ou de tout autre bien. Callista et Ellemir embrassèrent leur père l'une après l'autre en lui souhaitant une bonne année. A ses filles, celui-ci fit présent de fourrures précieuses, dont elles pourraient se faire faire une pelisse de cheval pour le froid.

Andrew reçut un nécessaire de rasage dans un écrin de velours. Les rasoirs étaient en métal léger, et Andrew, connaissant la rareté des métaux sur Ténébreuse, sut que c'était un cadeau considérable. Il se pencha, et, avec gêne, embrassa la joue barbue, avec cette curieuse impression de faire partie de la famille.

— Bonne fête à toi, mon fils, et heureuse année.

— A vous aussi, mon père, dit Andrew, regrettant de n'être pas plus éloquent.

Quand même, il venait de faire un autre pas vers son intégration totale dans la famille. Callista lui prit doucement la main, et ils rentrèrent préparer le festin du soir.

Toute la journée les invités arrivèrent des fermes environnantes, des petites propriétés voisines, dont beaucoup avaient déjà assisté au mariage. Montant s'habiller pour le banquet, Damon constata qu'il était exilé de son appartement. Ellemir, l'entraînant dans celui de Callista et d'Andrew, lui expliqua :

— J'ai donné notre appartement à Loran et Caitlia de Syrtis et à leurs filles. Toi et moi, nous passerons la nuit avec Andrew et Callista. J'ai apporté ici tes vêtements de fête.

Andrew, qui partageait avec joie son appartement avec eux, abaissa le miroir à l'intention de Damon, plus petit que lui. Puis, fléchissant les genoux pour se voir, il se passa la main dans les cheveux, qui étaient assez longs sur la nuque.

— Il faudra que je me fasse couper les cheveux, dit-il.

— Tu n'es ni moine ni Garde, dit Damon en riant, alors pourquoi les couper encore plus court ?

Les cheveux de Damon, tombaient jusqu'à son col. Andrew haussa les épaules. Les coutumes et les modes étaient bien relatives. Ses propres cheveux lui paraissaient outrageusement longs et négligés, et ils étaient pourtant plus courts que ceux de Damon. Se rasant avec ses nouveaux rasoirs, il se demanda pourquoi, sur une planète glaciale comme Ténébreuse, seuls les vieillards portaient la barbe pour se protéger du froid. Mais les coutumes étaient irrationnelles.

En bas, dans le Grand Hall décoré de rameaux verts et embaumé du parfum des gâteaux de fête, assez semblable au pain d'épices de ses Noëls terriens, il eut l'impression poignante de revivre une fête de son enfance sur Terra. La plupart des invités étaient venus à son mariage. On dansa beaucoup et on but encore

310

plus, ce qui surprit Andrew, car, dans son idée, les montagnards étaient sobres. Il s'en ouvrit à Damon qui hocha la tête.

— Ils le sont. Nous le sommes tous. C'est pourquoi nous réservons la boisson pour les grandes occasions, qui sont rares. Aors, profites-en. Bois, mon frère !

Damon donnait l'exemple : il était déjà à moitié saoul.

On joua au turbulent jeu des baisers, qu'Andrew se rappelait de son mariage. Il se souvint avoir lu quelque part que les sociétés urbaines disposant de nombreux loisirs, avaient créé des divertissements hautement sophistiqués, totalement inconnus des travailleurs manuels dont les loisirs étaient rares. Il repensa à ce qu'il avait entendu dire des pionniers de son propre monde, avec leurs soirées de broderie, leurs veillées pour l'épluchage du maïs, et les rudes paysans qui se livraient à des jeux d'enfants — la pêche aux pommes dans une bassine, colin-maillard —; il réalisa que c'était normal. Même ici, dans la Grande Demeure, il y avait beaucoup de travaux manuels, et les fêtes étaient rares, alors, si les jeux lui paraissaient enfantins, c'était sa faute, pas celle de ces fermiers et de ces éleveurs. La plupart des hommes avaient les mains calleuses, même les nobles, témoignant de leurs occupations. Ses mains à lui commençaient également à s'endurcir, comme elles l'avaient été quand il travaillait au ranch de l'Arizona, à dix-neuf ans. Les femmes travaillaient dur elles aussi, se dit-il, pensant aux longues heures qu'Ellemir passait à la cuisine, et Callista au laboratoire. Ils se joignirent gaiement à la danse et aux jeux. Dans l'un d'eux, assez semblable à colin-maillard, un homme et une femme, les yeux bandés, se cherchaient à travers la foule.

Dès que le bal commença, il se trouva très sollicité. Il comprit pourquoi quand un adolescent, entraînant Callista dans la danse, lança par-dessus son épaule à sa partenaire précédente, qui ne paraissait pas plus de quatorze ans :

311

— Si je danse avec une nouvelle mariée au Solstice d'Hiver, je me marierai dans l'année.

La jeune fille — ou plutôt, l'enfant, en robe à fleurs avec ses cheveux bouclant le long de ses joues — vint alors inviter Andrew, dissimulant sa timidité sous un sourire mutin :

— Alors, moi, je vais danser avec le marié !

Andrew se laissa entraîner sur la piste, l'avertissant qu'il était piètre danseur. Plus tard, il la revit, en compagnie du jeune homme qui souhaitait se marier dans l'année, tous deux s'embrassant avec une passion qui n'avait rien d'enfantin.

A mesure que la soirée s'avançait, beaucoup de couples s'isolaient dans les coins sombres des halls. *Dom* Esteban, ivre mort, fut ramené dans sa chambre. Puis, les uns après les autres, les invités prirent congé, ou montèrent dans leurs chambres. La plupart des serviteurs s'étaient joints à la fête et étaient aussi saouls que les autres, n'ayant pas une longue chevauchée devant eux avant d'aller au lit. Damon, endormi sur un banc du Grand Hall, ronflait. Dans la grisaille de l'aube, embrassant le Grand Hall du regard, ils virent les rameaux desséchés, les bouteilles et les coupes abandonnés sur les tables, les restes de gâteaux et de boissons, et réalisèrent que leurs devoirs d'hôtes avaient pris fin et qu'ils pouvaient aller se coucher. Après avoir essayé sans conviction de réveiller Damon, ils le laissèrent dormir sur son banc et montèrent sans lui ; Andrew était stupéfait. Même à la noce, Damon avait bu avec modération. Mais tout le monde avait bien le droit de s'enivrer pour la Nouvelle Année, se dit-il.

Dans la chambre que les deux couples devaient partager à cause de la fête, toujours amoureux et déçu, Andrew ressentit une épouvantable frustration, intensifiée par son ivresse. C'était une parodie de mariage, jusque-là, comme la fête était une parodie de Noël. Il se sentit abattu, découragé. Damon étant saoul, peut-être qu'Ellemir... mais non les deux femmes s'étaient couchées dans son grand lit, comme pendant la longue maladie de Callista. Il dormirait dans le petit, où dormait généralement Callista, et Damon, s'il montait, coucherait dans le salon.

Les deux femmes pouffaient comme des petites filles. Avaient-elles trop bu, elles aussi ? Callista l'appela doucement, et il les rejoignit. Blotties l'une contre l'autres, elles riaient dans la pénombre. Callista le prit par la main et l'attira à elles.

— Il y a de la place pour toi.

Il hésita. Quelle idée de le tenter ainsi ! Puis il éclata de rire et s'allongea près d'elles. Le lit était immense et on aurait pu facilement y coucher à six.

— Je voulais te prouver quelque chose, dit doucement Callista, poussant Ellemir dans ses bras.

Un furieux embarras s'empara de lui, et sa passion retomba, comme sous une douche glacée. Il ne s'était jamais senti si nu, si exposé, de sa vie.

Oh, zut, il se conduisait en imbécile. N'était-ce pas logique ? Mais la logique n'avait aucune part à ses sentiments.

Ellemir était tiède, familière, réconfortante.

— Qu'est-ce qu'il y a, Andrew ?

Ce qu'il y avait, nom d'un chien, c'était Callista ! Il supposa que, pour certains, ce serait particulièrement excitant. Ellemir suivit ses pensées, qui associaient cette situation à une exhibition érotique, à des goûts pervers, décadents. Elle dit en un souffle :

— Mais ce n'est pas ça du tout, Andrew. Nous sommes tous télépathes. Quoi que nous fassions, les trois autres le savent, participeront à l'action, alors pourquoi feindre ignorer les autres ?

Il sentit les doigts de Callista sur son visage. C'était étrange : même dans le noir, et alors que leurs mains étaient presque identiques, il était sûr que c'était la main de Callista sur sa joue, et non celle d'Ellemir.

Parmi les télépathes, le concept d'intimité ne pouvait pas exister, il le savait, alors, fermer les portes et s'isoler n'était qu'une feinte. Venait un temps où il fallait cesser de feindre...

Il essaya de retrouver son excitation amoureuse, mais

son ivresse et sa gêne s'unirent pour anéantir ses efforts. Ellemir se mit à rire, mais sans intention de se moquer.

— Je crois que nous avons tous trop bu ; alors, dormons.

Ils étaient presque endormis quand la porte s'ouvrit, livrant passage à Damon, chancelant. Il les regarda en souriant.

— Je savais bien que je vous trouverais tous là.

Toujours fin saoul, il se déshabilla, jetant ses vêtements de tous côtés.

— Allez, faites-moi de la place…, dit-il.

— Damon, il faut bien dormir pour te dégriser, dit Callista. Tu seras plus confortable…

— Foin du confortable, dit Damon d'une voix pâteuse. Personne ne doit coucher seul un soir de fête !

Riant, Callista lui fit place à son côté, et Damon s'allongea et s'endormit immédiatement. Andrew fut pris d'un fou rire qui dissipa son embarras. En s'endormant, il eut conscience d'un léger contact qui s'insinuait entre eux, comme si Damon, même dans son sommeil, cherchait le réconfort de leur présence, les serrait autour de lui, blottis les uns contre les autres, leurs cœurs battant au même rythme, lent, paisible. Il pensa, sans savoir si c'était lui qui pensait ou un autre, que tout allait bien maintenant que Damon était là. C'est ainsi qu'ils devaient vivre. Il perçut la pensée de Damon : *Tous ceux que j'aime… Je ne serai plus jamais seul…*

Ils s'éveillèrent tard, mais les rideaux étaient tirés et la pièce plongée dans la pénombre. Ellemir était toujours dans ses bras. Elle remua, se tourna vers lui, l'enveloppant de sa tiédeur féminine. Il éprouvait toujours cette impression de partage, d'union, et il s'abîma dans le réconfort de son corps. Ce n'était pas seulement lui et Ellemir, mais tous les quatre, unis en quelque sorte au niveau du subconscient, qui ne faisaient plus qu'un seul. Il eut envie de crier au monde : « Je vous aime, je vous aime tous ! » Dans son exaltation, il ne distinguait plus la sensualité d'Ellemir, la tendresse de Callista, la chaleur protectrice qu'il ressentait pour Damon. Ils n'étaient plus qu'une seule émotion, qui était l'amour. Il s'y laissa flotter, s'abîma en elle, épuisé, satisfait. Il savait qu'ils avaient réveillé les autres. Ça ne semblait pas les déranger.

La première, Ellemir remua, s'étira, soupirant, riant et bâillant. Elle se souleva un peu et l'embrassa légèrement.

— J'aimerais rester ici toute la journée, dit-elle avec tristesse, mais je pense au désordre du hall. Si nos invités ont envie de déjeuner, il faut que j'aille donner des ordres !

Elle se pencha sur Damon, l'embrassa, puis embrassa Callista et enfin se leva et alla s'habiller.

Damon, moins impliqué physiquement, sentit les efforts de Callista pour fermer son esprit. Ainsi, ils n'étaient pas complètement unis, après tout. Elle était toujours en dehors. Il posa légèrement un doigt sur ses paupières closes. Andrew était à la salle de bains. Ils étaient seuls, elle n'avait pas besoin de feindre la bravoure.

— Tu pleures, Callie ?

— Non, bien sûr que non. Pourquoi pleurerais-je ? Mais elle pleurait pourtant.

Il la prit dans ses bras, sachant qu'en cet instant ils partageaient quelque chose dont les autres étaient exclus. Leur expérience commune, leur dure discipline, et cette impression d'être à part.

Andrew était allé s'habiller. Damon perçut sa pensée, satisfaction mêlée de chagrin, et pensa qu'un instant Andrew n'avait fait qu'un avec eux. Maintenant, lui aussi était séparé. Il sentit aussi les émotions de Callista, qui n'en voulait pas à Ellemir, mais qui avait besoin de savoir avant de partager. Il sentit son désespoir, son désir soudain de se déchirer le visage de ses ongles, de se battre de ses poings, de se tourner contre ce corps mutilé et inutile, si différent de ce qu'il aurait dû être. Il la serra contre lui, essayant de la calmer, de l'apaiser par son contact.

Ellemir revint de la salle de bains, le bout de ses cheveux mouillés, et s'assit à la coiffeuse de Callista.

— Je vais mettre une de tes robes d'intérieur, Callie, il y a tant de ménage à faire, dit-elle. C'est le seul inconvénient des fêtes !

Puis elle vit Callista, le visage caché dans la poitrine de Damon, et en fut déchirée de compassion. Ellemir avait grandi dans l'idée qu'elle n'avait pas beaucoup de *laran,* mais à ce moment, recevant tout l'impact du chagrin de sa jumelle, elle se dit que ce don était plutôt une malédiction. Et quand Andrew rentra, elle sentit qu'il s'était soudain séparé d'eux.

Andrew pensait qu'il fallait avoir connu ces situations depuis l'enfance. Il interpréta le silence tendu d'Ellemir comme de la honte ou du regret de ce qui s'était passé entre eux, et se demanda s'il devrait s'excuser. Mais s'excuser de quoi ? Et à qui ? A Ellemir ? A Damon ? Callista était dans les bras de Damon. Etait-ce à lui de se plaindre ? Ces échanges étaient normaux ici, mais il en éprouvait quand même comme un malaise, un dégoût, ou était-ce simplement qu'il avait trop bu la veille ?

Damon remarqua son regard et sourit.

— Je suppose que *Dom* Esteban a une migraine pire que la mienne ce matin. Je vais me mettre la tête sous l'eau froide, et descendre m'occuper de notre père. Je n'ai pas le cœur de l'abandonner à ses serviteurs ce matin.

Il ajouta, se détachant sans hâte de Callista :

— Sur la Terre, vous avez une expression pour le jour après le jour d'avant ?

— Des douzaines, dit Andrew, lugubre, et chacune plus révoltante que la chose elle-même.

Gueules de bois, pensait-il.

Damon entra dans la salle de bains, et Andrew passa un peigne dans ses cheveux, foudroyant Callista du regard. Il ne remarqua même pas qu'elle avait les yeux rouges. Lentement, elle se leva et enfila une robe de chambre à fleurs.

— Il faut que j'aille aider Ellemir. Les servantes ne

sauront même pas par où commencer. Pourquoi me regardes-tu ainsi, cher mari ?

Cette phrase le rendit furieux, querelleur.

— Tu ne me laisses même pas toucher le bout de tes doigts, et si je veux t'embrasser, tu recules comme si j'allais te violer, et pourtant, tu étais dans les bras de Damon...

Elle baissa les yeux.

— Tu sais pourquoi j'ose... avec lui.

Andrew se rappela l'intense sexualité qu'il avait sentie chez Damon, et partagée. Cela le troubla, l'emplit d'un vague malaise.

— Tu ne peux pas dire que Damon n'est pas un homme !

— Non, bien sûr, dit Callista, mais il a appris... à la même dure école que moi... quand et comment ne pas le paraître !

Pour la sensibilité surexcitée et les remords à fleur de peau d'Andrew, c'était comme un sarcasme, comme s'il était une brute, une bête, incapable de contrôler ses besoins sexuels, qui devaient être satisfaits. Elle l'avait, au sens propre, poussé dans les bras d'Ellemir, mais Damon ne justifiait pas ces concessions. Soudain furieux, il l'attira à lui et l'embrassa de force. Elle se débattit un instant, essayant de dérober sa bouche, et il sentit son affolement. Puis, tout d'un coup, elle se fit passive dans ses bras, ses lèvres devinrent froides, immobiles, si lointaine qu'elle aurait pu être dans une autre pièce. Et sa voix le déchira commé des griffes.

— Tout ce que tu auras envie de faire, je pourrai le supporter. Dans mon état actuel, ça ne fera aucune différence. Cela ne risque pas de me faire mal, ni de m'exciter au point que je réagisse et te frappe. Même si tu as envie... de coucher avec moi... ça ne voudrait rien dire pour moi, mais si ça peut te faire plaisir...

Profondément choqué, il la lâcha. En un sens, c'était plus horrible que si elle lui avait follement résisté, que si elle l'avait mordu ou déchiré de ses ongles, ou foudroyé d'un éclair. Avant, elle craignait son propre désir. Maintenant, elle savait que rien ne pourrait percer ses défenses… rien.

— Oh, Callista, pardonne-moi! Mon Dieu, pardonne-moi, Callista!

Tombant à genoux devant elle, il prit ses doigts dans les siens, et les porta à ses lèvres, bourrelé de remords.

Damon, revenant de la salle de bains, s'immobilisa devant ce tableau, atterré, mais ni l'un ni l'autre ne l'entendit ni ne le vit. Lentement, Callista prit le visage d'Andrew entre ses mains. Elle dit en un souffle :

— Ah! mon amour, c'est à moi de te demander pardon. Je ne désire pas… je ne désire pas être indifférente à ta présence.

Sa voix était très douloureuse, et Damon comprit qu'il ne pouvait pas attendre davantage.

Il savait pourquoi il avait tant bu la veille. C'était parce que, le Solstice d'Hiver passé, il ne pouvait plus retarder son épreuve. Maintenant, il devait retourner dans le surmonde, remonter le temps pour y chercher de l'aide, pour y chercher un moyen de ramener Callista parmi eux. Devant leur désespoir, il sut qu'il risquerait bien davantage pour elle, pour Andrew.

En silence, il se retira et sortit de l'appartement par l'autre porte.

15

Après le Solstice d'Hiver, curieusement, le temps s'améliora, et les réparations avancèrent rapidement. En dix jours, tout fut terminé, et Andrew put remettre ses pouvoirs au *coridom* pour quelque temps.

Il n'avait jamais vu Damon aussi épuisé et irritable que le matin où il installa les amortisseurs télépathiques pour isoler l'appartement, après avoir averti les serviteurs de s'en écarter désormais. Depuis le Solstice, Damon était nerveux, taciturne, mais maintenant, tandis qu'il réglait les amortisseurs, arpentant nerveusement la pièce, ils sentirent tous sa fébrilité. Callista intervint enfin :

— En voilà assez, Damon ! Allonge-toi et respire lentement. Tu ne peux pas commencer dans cet état, tu le sais aussi bien que moi. Calme-toi d'abord. Tu veux du *kirian* ?

— Je n'en *veux* pas, dit Damon avec irritation. Mais je suppose qu'il vaut mieux que j'en prenne. Et je voudrais aussi une couverture ou autre chose. Je reviens toujours à moitié gelé.

Elle fit signe à Ellemir d'étendre sur lui une couverture, et alla elle-même chercher du *kirian*.

— Goûte-le d'abord. Mon alambic n'est pas aussi perfectionné que celui d'Arilinn, et il y a peut-être des résidus, quoique je l'aie filtré deux fois.

— Impossible que tu aies fait pire que moi, dit Damon en le humant prudemment.

Puis il éclata de rire, se rappelant que Callista avait fait la même chose pour sa grossière teinture.

— Ne t'inquiète pas, ma chérie, je ne crois pas que nous nous empoisonnerons mutuellement.

La regardant mesurer sa dose, il ajouta :

— J'ignore quel sera le facteur de distorsion temporelle, et tu devras rester en phase pour me monitorer. Ne devrais-tu pas en prendre aussi ?

Elle secoua la tête.

— Ma tolérance au *kirian* est très basse, Damon. Si j'en prenais assez pour me mettre en phase, j'aurais des troubles sérieux. Je n'en ai pas besoin pour me mettre en résonance avec toi.

— Tu vas avoir des crampes horribles, et geler, l'avertit Damon.

Puis il se dit qu'après toutes ses années de Gardienne, elle devait sans doute connaître avec la plus grande précision sa tolérance à la drogue télépathique. Elle sourit, et se mesura une dose de quelques gouttes.

— Je porte un châle extra-chaud. Si je monitore tes fonctions corporelles, à quel point veux-tu que je te ramène ?

Il ne savait pas. Il ignorait tout des stress de l'Explorateur Temporelle. Il n'avait aucune idée des effets secondaires.

— Ne me ramène pas avant que j'entre en convulsions.

— Pas avant ?

Callista en fut pleine de remords. C'est pour elle qu'il prenait ce risque terrible, qu'il retournait à un travail craint et détesté. Ils étaient déjà en rapport télépathique. Il lui posa légèrement la main sur le poignet.

— Je ne le fais pas uniquement pour toi, ma chérie. Je le fais pour nous tous. Pour les enfants.

Et pour la Gardienne à venir. Callista ne prononça pas ces mots, mais le temps s'était décentré, comme cela se passait parfois chez les Alton, et elle se vit à une très grande distance, ailleurs, dans un grand champ de fleurs qui lui montaient jusqu'aux genoux ; regardant une délicate fillette gisant inconsciente à ses pieds ; debout dans la chapelle d'Armida devant la statue de Cassilda, un bouquet de fleurs cramoisies à la main. Elle posa les fleurs sur l'autel, puis elle fut de retour parmi eux, chancelante, rougissante, exaltée.

— Damon, tu as vu... murmura-t-elle.

Andrew avait vu lui aussi, ils avaient tous vu, et il se rappela avec quelle pitié douloureuse Callista avait enlevé de la chapelle l'offrande oubliée d'Ellemir. « Nos femmes continuent à déposer des offrandes dans son sanctuaire... »

— J'ai vu, Callista, dit doucement Damon. Mais le chemin sera long d'ici à là, tu le sais.

Elle se demanda si cela ennuierait beaucoup Andrew, puis, toujours très disciplinée, revint à la tâche présente.

— Je vais vérifier ta respiration.

Elle passa légèrement les doigts au-dessus du corps de Damon.

— Prends le *kirian* maintenant.

Il l'avala avec une grimace.

— Pouah ! Avec quoi l'as-tu parfumé ? A la pisse de cheval ?

— A rien du tout. Tu as oublié le goût, c'est tout. Ça fait combien d'années que tu n'en as pas pris ? Allonge-toi et ne serre plus les poings ; cela ne fera que te crisper les muscles et te donner des crampes.

Damon obéit, regardant les trois visages qui l'entouraient : Callista, pleine d'une tranquille autorité ; Ellemir, un peu effrayée, et Andrew, calme et fort, mais, tout au fond de lui, vaguement épouvanté. Puis ses yeux revinrent au visage assuré de Callista. Il pouvait totalement se fier à elle, formée à Arilinn. Sa respiration, ses fonctions vitales, sa vie même étaient entre ses mains, et il en était content.

Pourquoi devait-elle renoncer à cette tâche, seulement parce qu'elle voulait connaître le bonheur et avoir des enfants ?

Callista faisait entrer Ellemir et Andrew dans le

cercle. Il les sentit se glisser, se fondre dans le rapport télépathique. Déjà, il dérivait, flottait, très loin. Il regarda Ellemir comme si elle était transparente, se rappelant comme il l'aimait, comme elle était heureuse.

Callista dit fermement :

— Je te laisserai aller jusqu'à la crise, premier stade, mais pas jusqu'aux convulsions. Cela ne te ferait aucun bien, et à nous non plus.

Il ne protesta pas. Elle avait été formée à Arilinn ; c'était à elle de décider. Puis il fut dans le surmonde, sentant leur structure se matérialiser autour de lui, une tour comme celle d'Arilinn, moins solide, moins brillante, non phare mais abri, très lointaine, et pourtant puissante, protectrice comme son foyer. S'attardant un instant dans ses propres murs, il considéra le monde gris autour de lui, se demandant distraitement ce que les autres télépathes évoluant dans le monde gris penseraient de trouver ici une autre tour. Mais les autres s'en apercevraient-ils ? Viendraient-ils même en cet endroit écarté où Damon et son groupe travaillaient ? Résolument, il dirigea sa pensée sur Arilinn, et se retrouva dans la cour devant Léonie. Il vit avec soulagement qu'elle avait le visage voilé, et que sa voix était froide et lointaine, comme si leur moment de passion n'avait jamais existé.

— Nous devons d'abord atteindre le niveau où le mouvement à travers le temps est possible. As-tu pris des précautions suffisantes pour te faire monitorer ?

Il sentit qu'à travers lui, elle regardait le surmonde, et le monde réel où gisait son corps, veillé en silence par Callista. Elle avait l'air curieusement triomphant, mais elle dit simplement :

— Tu seras sans doute absent longtemps, et cela paraîtra plus long que ce ne sera en réalité. Je te guiderai jusqu'au niveau de l'Exploration Temporelle, mais je ne sais pas si je pourrai y demeurer. Nous devons passer les niveaux peu à peu, les uns après les autres. Généralement, je me les représente sous la forme d'un escalier, ajouta-t-elle.

Et il vit que la grisaille s'était un peu levée et révélait

un escalier fantomatique dont la spirale s'élevait et disparaissait dans une grisaille plus épaisse, comme la brume qui recouvre une rivière. Il remarqua que l'escalier avait une rampe dorée, et il se demanda quel escalier de l'enfance de Léonie, peut-être au château Hastur, revivait dans cette image mentale.

Mettant le pied sur la première marche pour suivre Léonie il savait parfaitement que seuls leurs esprits se déplaçaient à travers les atomes informes de l'univers, mais la visualisation de l'escalier lui sembla d'une solidité rassurante, et lui fournit un fil directeur pour passer de niveau en niveau. Léonie connaissait le chemin, et il s'en remettait à elle.

L'escalier n'était pas très raide, mais, à mesure qu'il montait, sa respiration devenait de plus en plus oppressée, comme s'il montait vers un haut sommet. L'escalier était toujours ferme sous ses pieds, et même couvert de moquette, quoique les pieds eux-mêmes ne fussent que des formations mentales. Il avait de plus en plus de mal à les sentir, à les lever de marche en marche. Celles-ci, qui s'enfonçaient dans un épais brouillard gris, devinrent de plus en plus imprécises. Léonie n'était plus qu'une tache floue et cramoisie.

Un épais brouillard les enveloppait. Il voyait quelques pouces de marche sous ses pieds, mais son corps disparaissait dans la grisaille, qui s'épaississait constamment, et s'assombrit enfin en des ténèbres traversées d'éclairs bleus.

Le niveau des réseaux d'énergie. Damon y avait déjà travaillé en qualité de technicien psi, et, au prix d'un violent effort, il parvint à le solidifier, à le transformer en une sombre caverne parcourue d'étroites allées et de sentiers faiblement éclairés, montant à travers un dédale liquide. Ici, Léonie n'était plus qu'une ombre, et ses voiles étaient décolorés. Elle lui transmit son message sans paroles :

Avance prudemment à partir d'ici. Nous sommes au niveau des matrices monitorées. Ils nous surveilleront pour qu'il ne m'arrive aucun mal. Mais suis-moi de près.

Je sais où on se livre au travail des matrices, et il ne faut pas les déranger.

En silence, Damon la suivit sur les sentiers éclairés de lueurs bleues. Une fois, un éclair bleu fulgura, mais la pensée de Léonie lui ordonna vivement :

Détourne-toi !

Quelque part, une opération sur matrices était en cours, d'une nature si délicate que la moindre pensée — le moindre « regard » — pouvait la déséquilibrer et mettre les mécaniciens en danger. Il se visualisa le dos tourné à la lumière, fermant les yeux pour ne pas même voir à travers ses paupières. Un long moment passa, puis la pensée de Léonie le contacta :

Le x danger est passé, continuons.

L'escalier se reforma sous ses pieds, bien qu'il ne le vît pas, et il se remit à monter. Maintenant, seule une concentration obstinée lui donnait l'illusion d'un corps qui montait, et les marches étaient comme de la brume sous ses pieds. Il peinait de plus en plus, le pouls irrégulier, la respiration oppressée, comme s'il faisait l'ascension d'une haute montagne, comme s'il montait les raides escaliers de pierre menant au Monastère de Nevarsin. Dans les ténèbres épaisses, il tâtonna pour retrouver la rampe, la sentit sous ses doigts et s'en réjouit. Elle l'aida à structurer la terrible absence de formes de ce niveau chaotique. Il ne comprenait pas comment Léonie, sans entraînement à l'escalade, pouvait continuer, mais il la sentait près de lui dans le noir, et elle devait avoir ses propres techniques mentales pour s'élever de plus en plus haut. Maintenant, sa respiration s'affaiblissait, et son cœur affolé battait à grands coups. Pris de vertige, il sentit près de lui un abîme sans fond. Il ne pouvait plus se forcer à continuer. Il se cramponna à la rampe, sentant ses doigts s'engourdir de froid.

Je ne peux pas continuer. Je ne peux pas. Je vais mourir ici.

Lentement, sa respiration se calma, son cœur ralentit. Il savait confusément que Callista était entrée en phase avec lui, régularisant sa respiration et son cœur.

Maintenant, il pouvait reprendre la montée, bien qu'il n'y eût plus de marches. Comme l'ascension devenait de plus en plus pénible, il formula dans sa tête ses souvenirs d'escalades, les techniques de la falaise et du glacier qu'il avait apprises, enfant, à Nevarsin ; il se vit cherchant les prises grossièrement taillées dans le roc, fixant des pitons et des cordes imaginaires pour s'aider à hisser son corps récalcitrant. Puis, de nouveau, il perdit son corps, et toute sensation de niveau et d'effort, évoluant de ténèbres en ténèbres par la seule force de sa concentration. A un de ces niveaux se trouvaient d'étranges masses nuageuses, et il lui sembla patauger dans des marais froids et boueux. A un autre, il y avait partout des présences, qui se pressaient autour de lui, poussant contre lui leurs masses informes... Le concept même de *forme* n'existait plus. Il ne se rappelait plus ce qu'était un corps, ou l'impression que cela produisait d'en avoir un. Il était aussi informe, aussi partout-et-ailleurs qu'*eux,* qui qu'ils fussent, qui s'insinuaient partout. Il se sentait violé, nauséeux, mais il continua, et, au bout d'une éternité, cela aussi disparut.

Finalement, ils atteignirent des ténèbres curieusement ténues, et Léonie, toute proche de lui dans le néant des espaces, lui dit, mais sans paroles :

Voici le niveau où nous pouvons nous évader du temps linéaire. Essaye de penser que tu remontes une rivière. Ce sera plus facile si tu te fixes un point de départ tangible. Aide-moi à retrouver Arilinn.

Arilinn est ici aussi ? pensa Damon, avant de réaliser qu'il était absurde. Tout lieu ayant une existence physique devait s'étirer en hauteur à tous les niveaux de l'univers. Une main intangible saisit la sienne qui se matérialisa à l'endroit où elle aurait dû se trouver, s'il en avait eu une ici. Il concentra son esprit sur Arilinn, vit une ombre confuse et se retrouva dans la chambre de Léonie.

Une fois, au cours de sa dernière année à la Tour, Léonie s'était évanouie dans les relais. Il l'avait transportée dans sa chambre et l'avait étendue sur son lit. A l'époque, il n'avait pas consciemment observé la pièce, et maintenant, il la retrouvait dans son souvenir…

Non, Damon! Aie pitié de moi, Avarra! Non!

Il n'avait pas eu l'intention d'évoquer ce jour oublié, ni aucun désir de se le rappeler — non, par les enfers de Zandru! Ce souvenir appartenait à Léonie, et il le savait, mais il accepta le blâme et chercha un souvenir plus neutre. Dans la salle des matrices d'Arilinn, il vit Callista à treize ans, les cheveux encore dénoués dans le dos. Il guidait doucement ses doigts, touchant les nodules à l'endroit où les nerfs affleuraient la peau. Il voyait les papillons brodés de ses poignets, bien qu'il ne les eût pas remarqués alors. Vaguement, mais avec un réalisme qui l'inquiéta — s'agissait-il d'anciennes pensées ramenées à la vie, ou de la Callista d'aujourd'hui qui se souvenait? — il vit qu'elle était docile, mais effrayée par cet homme austère qui avait été le frère juré de son frère, mais semblait maintenant impassible, vieux, aliéné, distant. Un étranger, et non plus le parent familier.

Ai-je été si dur avec elle, si lointain? Avais-tu peur de moi, Callie? Par les enfers de Zandru, pourquoi sommes-nous si sévères avec ces enfants?

La main de Léonie l'effleura par-dessus celle de Callista. Comme elle était sévère, même alors; combien son visage s'était ridé en quelques années. Puis le temps recula, et Callista n'était plus là, n'y avait jamais été. Il se trouvait devant Léonie pour la première fois, jeune moniteur psi voyant pour la première fois le visage de la Gardienne d'Arilinn. *Par Evanda! Comme elle avait été belle!* Toutes les femmes Hastur étaient belles, mais elle avait la beauté légendaire de Cassilda. Il éprouva de nouveau le tourment du premier amour, le désespoir de savoir qu'il était sans avenir, mais le temps reculait toujours à une vitesse apaisante. Damon perdit conscience de son corps, il n'avait jamais existé, il était un rêve flou dans des ténèbres encore plus floues, voyant les visages de Gardiennes qu'il n'avait jamais connues. (Sûrement que cette blonde était une Ridenow de son propre clan.)

Il vit, dans la cour, un monument érigé en l'honneur de Marelie Hastur, et réalisa avec un spasme de terreur qu'il regardait un événement ayant eu lieu trois siècles avant sa naissance. Il continua à remonter le courant, sentit Léonie emportée, s'efforça de la rejoindre...

Je ne peux pas aller plus loin, Damon. Les Dieux te gardent, mon cousin.

Dans sa panique, il tendit les bras pour la retenir, mais elle avait disparu, elle ne naîtrait que dans des centaines d'années. Il était seul, étourdi, las, dans des ténèbres brumeuses et pulsantes, ayant laissé l'ombre d'Arilinn derrière lui. *Où aller ? Je pourrais errer à jamais sans rien apprendre à travers les Ages du Chaos.*

Neskaya. Il savait que Neskaya était au cœur du secret. Il laissa Arilinn se dissoudre, se dirigea par la pensée vers la Tour de Neskaya, silhouettée sur les Montagnes de Kilghard. Il avait l'impression de traverser à gué un torrent de montagne, luttant contre le courant qui voulait l'entraîner vers l'aval, vers son propre temps. Dans sa lutte, il faillit perdre de vue son objectif. Mais il le reforma mentalement, avec une farouche énergie : retrouver une Gardienne de Neskaya, avant que la Tour n'ait été détruite au cours des Ages du Chaos, puis reconstruite. Il recula dans le temps, recula, et vit la Tour de Neskaya en ruine, détruite au cours de la dernière guerre de cette époque, incendiée jusqu'aux fondations, la Gardienne massacrée avec tout son cercle.

Il vit non plus la structure trapue en moellons qu'il avait vue derrière les fortifications de la Cité de Neskaya, mais une haute tour élancée, lumineuse, en pierre bleu pâle et translucide. Neskaya ! Neskaya à l'époque de sa gloire, avant que les Comyn ne soient tombés au point où ils en étaient aujourd'hui. Il frissonna quelque part à l'idée qu'il voyait ce qu'aucun homme ou femme de son temps n'avait vu, la Tour de Neskaya à la grande époque des Comyn.

Une lumière se mit à clignoter dans la cour, et, à sa lueur, Damon vit un jeune homme, et se souvint, stupéfait et soulagé, qu'il l'avait déjà vu une fois. Il y vit un signe. Le jeune homme portait des vêtements or et vert, avec un gros anneau étincelant au doigt — matrice ou bague ? Au visage délicat, aux couleurs vert et or, Damon crut reconnaître un Ridenow. Oui, Damon l'avait déjà vu, mais brièvement. Il se sentit curieusement soulagé. Il savait que le corps qu'il portait pour cette difficile mission astrale n'était qu'une image, l'ombre d'une ombre. Il eut brièvement conscience de son propre corps, froid, comateux, crispé, amas de chairs tourmentées dans *un ailleurs* inimaginable. Le corps dont il était revêtu à cette altitude temporelle était libre de toutes entraves, calme, détendu. Après ces éternités épuisantes où tout était sans forme, même l'ombre d'une forme lui procura une impression de détente, de plaisir indicible. Un poids tangible, du sang qu'il sentait battre dans ses veines, des yeux qui voyaient... Le jeune homme vacilla, se raffermit. Oui, c'était un Ridenow, très semblable à Kieran, le seul de ses frères qu'il aimait, contrairement aux autres qu'il tolérait uniquement par courtoisie envers leur lignée commune.

Damon ressentit un élan d'amour pour l'étranger, sans doute un de ses lointains ancêtres. En longue robe dorée ceinturée de vert, il observa Damon, calme et bienveillant et dit :

— D'après ton visage et ta tenue, tu appartiens sans aucun doute à mon clan. Erres-tu en rêve, mon cousin, ou viens-tu d'une autre Tour pour me voir ?

— Je suis Damon Ridenow, dit Damon.

Il allait dire qu'il ne travaillait plus dans les Tours, puis il réalisa qu'à ce niveau, le temps n'avait plus aucun sens. Si toutes les époques coexistaient — comme c'était probable — alors l'époque où il avait été technicien psi était aussi réelle, aussi présente que le temps passé à Armida.

— Damon Ridenow, Troisième de la Tour d'Arilinn, ayant le grade de technicien, sous l'Autorité de Léonie d'Arilinn, Dame Hastur.

— Tu dois rêver, dit le jeune homme avec douceur, ou bien tu es fou ou égaré dans le temps, mon cousin.

Je connais toutes les Gardiennes de Nevarsin à Hali, et il n'y a parmi elles aucune Léonie et aucune Hastur. Dois-je te renvoyer dans ton lieu et dans ton temps ? Ces niveaux sont dangereux, et un simple technicien ne peut y évoluer sans danger. Tu pourras revenir quand tu auras la force d'un Gardien, mon cousin. D'ailleurs, ta présence ici me prouve que tu possèdes déjà cette force. Mais je peux t'envoyer à un niveau où tu seras en sécurité, et je te souhaite d'acquérir autant de prudence que tu as déjà de courage.

— Je ne rêve pas et je ne suis pas fou, dit Damon, et je ne suis pas non plus égaré dans le temps, bien que je sois loin de ma propre époque. C'est ma Gardienne qui m'envoie, et tu es sans doute celui que je cherche. Qui es-tu ?

— Je suis Varzil, dit le jeune homme. Varzil de Neskaya, Gardien de la Tour.

Gardien. Il avait entendu parler d'époques où les hommes étaient Gardiens. Pourtant, le jeune homme s'était servi d'un terme qu'il ne connaissait pas : *tenerézu.* Venant de Varzil, ce mot lui fit un choc. *Varzil !* Le Varzil légendaire, surnommé le Bon, qui avait sauvé Hali après la destruction de son lac par le Cataclysme.

— A mon époque, tu es devenu légendaire, Varzil de Neskaya, plus connu sous le nom de Seigneur de Hali.

Varzil sourit. Il avait un visage calme et intelligent, mais animé et pétillant de curiosité, sans rien de la réserve distante propre à toutes les Gardiennes que Damon avait connues.

— Légendaire, mon cousin ? Oh, je suppose qu'il y a des légendes à ton époque comme à la mienne, mais je préfère ignorer ce que l'avenir me réserve, de crainte de m'en effrayer ou de m'en enorgueillir. Ne me dis rien, Damon. Pourtant, tu m'as déjà appris une chose. Car si une femme est Gardienne à ton époque, cela veut dire que j'ai réussi, et que ceux qui refusaient de croire une femme assez forte pour remplir cette mission, ont été réduits au silence. Je sais donc que mes efforts ne sont pas vains et que je réussirai. Et puisque tu m'as fait un cadeau en m'accordant ta confiance, Damon, je veux te donner quelque chose en retour. Que désires-tu ? Car tu n'aurais pas entrepris un tel voyage sans quelque terrible nécessité.

— Ce n'est pas de moi qu'il s'agit, mais d'une parente, dit Damon. Elle a été formée pour être Gardienne d'Arilinn, mais a été déliée de ses vœux pour se marier.

— Quel besoin d'être déliée pour ça ? demanda Varzil. Mais quel est le problème ? Même à mon époque, mon cousin, un Gardien ne subit plus de mutilations chirurgicales. Crois-tu donc que je sois un eunuque ?

Il eut un rire joyeux, qui rappela à Damon celui d'Ellemir.

— Non, mais elle est à mi-chemin entre la Gardienne et la femme normale, dit Damon. Ses canaux ont été fixés sur le modèle des Gardiennes lorsqu'elle était trop jeune, avant d'avoir atteint sa maturité physiologique, et elle ne peut pas réajuster ses canaux pour qu'ils retrouvent leur sélectivité normale.

— Oui, cela peut arriver, dit Varzil, pensif. Dis-moi, quel âge avait-elle quand elle a commencé sa formation ?

— Entre treize et quatorze ans, je crois.

Varzil hocha la tête.

— C'est bien ce que je pensais. L'esprit a profondément gravé son empreinte dans le corps, et les canaux ne parviennent pas à se réajuster après avoir été tant d'années, sous l'emprise d'un esprit de Gardienne. Tu dois faire revenir son esprit à l'époque où son corps était libre, avant que les canaux ne soient altérés et bloqués, et que ses nombreuses années de Gardienne n'aient fixé l'empreinte dans ses canaux nerveux. Une fois que son esprit sera libre, son corps se libérera de lui-même. Mais attends. Es-tu sûr que les canaux n'ont pas été modifiés chirurgicalement, les nerfs coupés ?

— Non, il semble que tout ait été fait par entraînement mental, avec une matrice.

Varzil haussa les épaules.

— Traitement inutile, mais pas très grave, dit-il. Il y a toujours eu certaines femmes dont les canaux se bloquaient ainsi, mais ils se dégageaient à la Fête de Fin d'Année. Nos premiers Gardiens étaient *chieri,* ni hommes ni femmes, mais *emmesca,* et eux aussi connaissaient parfois ces bloquages. C'est pourquoi, naturellement, nous avons institué l'antique rite sacramentel du Nouvel An. Comme tu dois l'aimer, mon cousin, pour venir si loin ! Puisse-t-elle te donner des enfants qui feront autant honneur à leur clan que leur courageux père !

— Elle n'est pas mariée avec moi, dit Damon, mais avec mon frère juré...

Il s'interrompit, troublé, car ces mots ne semblaient avoir aucun sens pour Varzil, qui secoua la tête.

— Tu es son Gardien ; c'est toi le responsable.

— Non, c'est elle qui est ma Gardienne, protesta Damon, soudain pris d'une dangereuse irritation.

Varzil le regarda d'un œil incisif. Le surmonde vacilla, trembla, et un instant, Damon ne vit plus Varzil. Même l'éclat de son anneau s'affaiblit, et ne fut plus qu'un point bleu dans le lointain. *Etait-ce une matrice ?* Il eut l'impression d'étouffer, de sombrer dans les ténèbres. Il entendit Varzil, très loin, qui criait son nom, puis, sentit la main de Varzil se refermer doucement sur sa main fantôme et il soupira de soulagement. Son corps reprit forme, mais il se sentait faible et nauséeux. Il voyait Varzil, flou, entouré de visages sculptés dans la pierre, sans doute ses ancêtres oubliés.

— Tu ne dois pas rester ici plus longtemps mon cousin, dit Varzil d'un ton soucieux. Ce niveau est mortel pour le non-entraîné. Reviens, si tu le dois, quand tu auras toute la force d'un *tenerézu.* Ne crains plus pour ta bien-aimée. Tu es son Gardien, c'est à toi de lui conférer l'antique sacrement du Nouvel An, comme si elle était mi-*chieri* et *emmasca.* Tu devras attendre la fête, si elle doit exercer ses fonctions de Gardienne entre-temps, mais après, tout ira bien. Et aucun enfant des Tours n'oubliera cette fête d'ici trois cents ans ou mille ans.

Pris de vertige, Damon chancela et Varzil le retint, disant avec bienveillance :

— Regarde mon anneau. Je vais te ramener à un niveau où tu seras en sécurité. Ne crains rien, cet anneau ne recèle aucun des dangers d'une matrice ordinaire. Adieu, mon cousin. Assure ta bien-aimée de ma tendre affection.

Sentant sa conscience lui échapper, Damon balbutia avec effort :

— Je ne... je ne comprends pas.

Tout avait disparu excepté l'anneau de Varzil, brillant, flamboyant, qui anéantissait les ténèbres. *Je l'ai déjà vu, qui brillait comme un phare.*

La parole n'existait plus. Il ne formulait plus sa pensée avec des mots. Mais Varzil était derrière lui, tout proche dans la nuit. *Oui, je dois te quitter maintenant, mais je laisse un phare pour te guider... cet anneau.*

Damon pensa confusément : *je l'ai déjà vu.*

N'essaye pas de définir le temps. Quand tu seras Gardien, tu comprendras.

Les hommes ne sont pas Gardiens à mon époque.

Pourtant, tu es Gardien, sinon tu n'aurais pu atteindre ce niveau sans mourir. Je ne peux plus retarder ton retour sans te mettre en danger, mon cousin, mon frère...

L'éclat de l'anneau emplit toute la conscience de Damon. Toute vision s'évanouit, la lumière l'abandonna, son corps n'avait plus de forme. Il flottait, luttant pour garder son équilibre par-dessus un abîme de néant. Il cherchait à s'accrocher à une prise, se sentait emporté, tombait. *Tous ces niveaux que j'ai si péniblement montés, dois-je donc les redescendre en chute libre... ?*

Il tombait, et savait qu'il continuerait à tomber, tomber, pendant des siècles.

332

Noir. Douleur. Lassitude. Puis la voix de Callista qui disait :

— Je crois qu'il revient à lui. Andrew, soulève sa tête, s'il te plaît. Elli, arrête de pleurer, ou je te fais sortir !

Il sentit la brûlure du *firi* sur sa langue, puis le visage de Callista sortit de son champ visuel. Il murmura, conscient de claquer des dents :

— ... froid... j'ai si froid...

— Mais non, dit doucement Callista. Nous t'avons emmailloté dans toutes nos couvertures, et tu as une brique chaude sous les pieds. Le froid est *en toi*, je le sais. Non, plus de *firi*. Nous aurons une bonne soupe chaude pour toi dans une minute.

Il avait recouvré la vue, et tous les détails de son voyage, de sa conversation avec Varzil lui revenaient. Avait-il vraiment rencontré un ancêtre mort depuis si longtemps que même ses os étaient tombés en poussière ? Ou avait-il rêvé, donné forme à des connaissances profondément enfouies dans son inconscient ? Ou son esprit avait-il remonté le temps et lu ce qui était écrit sur le voile du passé ? Qu'était-ce, la réalité ?

Mais de quelle fête Varzil voulait-il parler ? Il avait dit que les Comyn n'oublieraient pas cette fête de trois cents ou même mille ans. Mais il avait compté sans les Ages du Chaos et la destruction de la Tour de Neskaya.

Pourtant, la réponse était là, encore obscure, mais il comprenait dans. quelle direction il fallait aller. *L'esprit grave une profonde empreinte sur le corps*. Il devait donc ramener l'esprit de Callista à une époque où son corps était libre des cruelles contraintes imposées aux Gardiennes. *Tu es son Gardien ; c'est à toi de lui conférer l'antique sacrement du Nouvel An, comme si elle était mi-*chieri *et* emmasca.

Quelle que fût cette fête oubliée, il devait être possible de la retrouver ou de la reconstituer — rituel conçu pour libérer l'esprit de ses contraintes ? Et si cela échouait... qu'avait dit Varzil ? *Reviens quand tu auras acquis toute la force d'un Gardien.*

Damon frissonna. Devait-il donc continuer ce travail

effrayant, en dehors de la sécurité d'une Tour, et devenir véritablement le Gardien qu'il était et que Léonie avait pressenti en lui ? Il avait promis, et il n'y avait peut-être pas d'autre solution pour Callista.

Ce ne serait peut-être pas tellement difficile, pensa-t-il avec espoir. Il devait y avoir des archives concernant cette fête du Nouvel An, dans les autres Tours, ou peut-être à Hali, dans le *rhu fead,* le tabernacle sacré des Comyn.

Ellemir, les yeux rouges et gonflés, regarda par-dessus l'épaule de Callista. Il s'assit, resserrant ses couvertures autour de lui.

— Je t'ai fait peur, mon amour ?

— Tu étais si froid, si raide ! dit-elle d'une voix étranglée. Tu semblais même ne plus respirer. Et puis, tu te mettais à haleter et à gémir — j'ai cru que tu étais mourant, mort — oh, Damon !

Elle l'étreignit convulsivement.

— Ne fais plus jamais cela ! Promets !

Quarante jours plus tôt, il aurait promis avec plaisir.

— Ma chérie, c'est le travail pour lequel j'ai été formé, et je dois être libre de m'y consacrer chaque fois que ce sera nécessaire.

Varzil l'avait salué du titre de Gardien. Etait-ce sa destinée ?

Mais plus jamais dans une Tour, où ils avaient élevé à la hauteur d'un art la méthode permettant de déformer la vie des télépathes. Cherchant à libérer Callista, libérerait-il du même coup tous ses fils et filles à venir ?

Un léger son fit lever la tête à Callista.

— Ce doit être la nourriture que j'ai demandée. Va la chercher, Andrew ; aucun étranger ne doit entrer ici.

Il revint, et elle versa de la soupe dans une grande tasse.

— Bois le plus vite possible, Damon. Tu es faible comme un oisillon qui sort de l'œuf.

Il fit la grimace.

— La prochaine fois, je tâcherai de rester dans la coquille.

Il se mit à boire, à petites gorgées hésitantes, comme

s'il avait peur de ne pas pouvoir avaler. Il avait du mal à tenir sa tasse, et Andrew dut la redresser.

— Je suis resté absent combien de temps ?

— Toute la journée, et la plus grande partie de la nuit, dit Callista. Et comme je ne pouvais pas bouger non plus, naturellement, je suis raide comme un couvercle de cercueil !

Elle étira avec lassitude ses membres engourdis, et Andrew, laissant Ellemir s'occuper de Damon, s'agenouilla devant elle, lui ôta ses pantoufles de velours et se mit à lui frictionner vigoureusement les pieds.

— Comme ils sont froids, dit-il avec consternation.

— Le seul avantage des niveaux supérieurs sur l'hiver à Nevarsin, c'est qu'on n'y attrape pas de gelures, dit Callista.

— On n'attrape pas non plus de gelures dans les enfers, dit Damon avec ironie, mais je n'ai jamais entendu dire que c'était une bonne raison pour y aller.

Andrew avait l'air perplexe, et Damon lui demanda :

— Ou bien avez-vous un enfer chaud sur la Terre, comme paraît-il, dans les Villes Sèches ?

Andrew acquiesça de la tête. Damon termina sa soupe, tendit sa tasse pour en avoir d'autre, et expliqua :

— On dit que Zandru règne sur neuf enfers, chacun plus froid que le précédent. Quand j'étais à Nevarsin, on disait que le dortoir des élèves était maintenu à la température du quatrième enfer, pour nous donner une idée de ce qui nous attendait si nous n'étions pas sages.

Jetant un coup d'œil sur la dure blancheur du dehors, il demanda :

— Il neige ?

— Ici, fait-il jamais autre chose que neiger, la nuit ? rétorqua Andrew.

Damon entoura sa tasse de ses deux mains, pour les réchauffer.

— Oh oui. En été, nous avons parfois huit ou dix nuits sans neige.

— Et je suppose, dit Andrew, pince-sans-rire, que

tout le monde s'évanouit, par suite de coups de chaleur ou insolations ?

— Non, je n'ai jamais entendu dire... commença Callista.

Puis, avisant le regard malicieux d'Andrew, elle s'interrompit et éclata de rire. Damon les regardait, las, épuisé, serein. Il agita les orteils.

— Je ne serais quand même pas surpris d'avoir des gelures. A un certain niveau, j'escaladais une falaise de glace — ou du moins c'est l'impression que j'ai eue, termina-t-il en frissonnant à ce souvenir.

— Ote-lui ses pantoufles et regarde, Ellemir.

— Allons, Callie, je plaisantais...

— Pas moi. Une fois, Hillary s'est trouvée immobilisée à un niveau qui lui avait semblé en feu, et elle en est revenue la plante des pieds pleine de brûlures et d'ampoules. Elle n'a pas pu marcher pendant des jours, dit Callista. Léonie avait l'habitude de dire : « L'esprit grave profondément son empreinte sur le corps. » Damon, qu'y a-t-il ?

Elle se pencha pour examiner ses pieds nus et sourit.

— Tu ne sembles avoir aucune lésion physique, mais je suis certaine que tu te *sens* à moitié gelé. Tu devrais prendre un bain chaud quand tu auras fini ta soupe. Ainsi, nous serons sûrs que ta circulation s'est parfaitement rétablie.

Devant le regard interrogateur d'Andrew, elle poursuivit :

— Je ne sais pas si c'est le froid des niveaux supérieurs qui se répercute dans le corps, ou si ce n'est que mental, si le *kirian* ralentit la circulation et facilite la visualisation du froid, mais, quoi qu'il en soit, l'expérience subjective du surmonde, c'est le *froid,* un froid glacial, qui vous gèle jusqu'à la moelle. Et sans chercher à savoir d'où vient ce froid, je le connais assez bien pour savoir qu'il faut préparer soupe chaude, briques chaudes, bain chaud, et beaucoup de couvertures pour quiconque revient d'un tel voyage.

Damon n'avait pas envie d'être seul, même dans son bain. Allongé, il se sentait bien, mais dès qu'il essaya de se lever, de marcher, il eut l'impression qu'il perdait sa substance, que ses pieds ne touchaient pas le sol, qu'il marchait sans corps et s'évanouissait dans le vide. Honteux, il s'entendait gémir.

Il sentit le bras d'Andrew qui le soutenait, lui redonnant substance et solidité. Il dit d'un ton d'excuse :

— Désolé. J'ai tout le temps l'impression que je suis sur le point de disparaître.

— Tu ne tomberas pas, je suis là.

A la fin, Andrew fut obligé de le porter dans la baignoire. L'eau chaude redonna à Damon conscience de son corps physique. Andrew, averti de ses réactions par Callista, eut l'air soulagé de le voir redevenir lui-même. Il s'assit sur un tabouret près de la baignoire et dit :

— Je suis là si tu as besoin de moi.

Damon était inondé de chaleur, de gratitude. Comme ils étaient bons pour lui tous les trois, gentils, aimants, attentifs à son bien-être ! Comme il les aimait ! Il resta dans son bain, flottant, euphorique, en proie à une béatitude supérieure à la détresse qui avait précédé, jusqu'à ce que l'eau refroidisse. Il demanda son serviteur, mais, ignorant sa requête, Andrew le sortit de la baignoire, le sécha et le revêtit d'une robe de chambre. Quand ils rejoignirent les femmes, Damon flottait toujours sur un nuage. Callista avait redemandé des provisions, et Damon mangea lentement, savourant chaque bouchée ; il n'avait jamais rien goûté de si frais, si savoureux, si bon.

Tout au fond de lui-même, il savait que son euphorie présente faisait partie de la réaction du retour, et ferait bientôt place à une dépression profonde, mais il s'y accrochait, essayait d'en apprécier tous les instants. Quand il eut mangé tout ce que son estomac pouvait contenir (Callista, elle aussi, avait mangé comme un charretier, épuisée d'avoir monitoré si longtemps), il leur dit d'un ton suppliant :

— Je n'ai pas envie d'être seul. Pouvons-nous dormir ensemble comme à la fête du Solstice d'Hiver ?

Callista hésita, puis répondit en consultant Andrew du regard :

— Certainement. Nous ne te quitterons pas tant que tu auras besoin de nous.

Sachant que l'intrusion de non-télépathes serait très pénible pour Damon et Callista dans leur état actuel, Andrew emporta lui-même les plats et restes du repas. Quand il revint, ils étaient tous au lit, Callista déjà endormie contre le mur, Damon, les yeux clos, tenant Ellemir dans ses bras. Ellemir, à moitié endormie, le regarda et lui fit place à côté d'elle, et Andrew s'allongea sans hésitation. Cela lui semblait la réaction juste, naturelle et nécessaire au besoin de Damon.

Damon, qui tenait toujours Ellemir contre lui, les sentit s'endormir, elle et Andrew, mais il resta éveillé, répugnant à les quitter, même dans leur sommeil. Il ne ressentait pas le moindre désir — et savait qu'il n'en ressentirait pas de plusieurs jours dans son état actuel — mais il était satisfait de tenir simplement Ellemir dans ses bras, ses cheveux contre sa joue, l'assurant qu'il était *réel*. A côté d'elle, il sentait et entendait Andrew, véritable forteresse contre la peur. *Je suis avec tous ceux que j'aime, je ne suis pas seul, je suis en sécurité.*

Tendrement, sans aucune concupiscence, il lui caressa doucement les cheveux, la nuque, les seins, percevant avec une vigilance exacerbée qu'elle sentait ses caresses dans son sommeil. Comme on le lui avait appris quand il monitorait, il laissa son esprit descendre dans le corps d'Ellemir, la sonder, notant sans aucune surprise les changements survenus dans ses seins, dans son ventre. Il avait été si prudent depuis qu'elle avait perdu leur enfant que ce devait être celui d'Andrew. C'était aussi bien. Ils étaient si proches parents, elle et lui. Il baisa sa nuque, le cœur plein d'amour à en éclater. Instinctivement, il avait cherché à protéger Ellemir du danger d'avoir un enfant, fruit de longues générations de mariages consanguins ; et maintenant, elle pouvait avoir, sans crainte, l'enfant qu'elle désirait tant. Il savait, avec une profonde certitude, que cette grossesse arriverait à son terme, et s'en réjouit pour Ellemir, pour tous les quatre. Par-dessus Ellemir, dans le noir, il saisit la main d'Andrew, qui sans se réveiller, la serra. *Mon ami, mon frère, connais-tu déjà ton bonheur?* Etreignant étroitement Ellemir, il réalisa soudain en frissonnant qu'il aurait pu mourir aux niveaux supérieurs du surmonde, qu'il aurait pu ne jamais revoir ceux qu'il aimait tant. Mais même cette pensée ne le troubla pas longtemps.

Andrew se serait occupé d'elles, toute leur vie. Mais c'était quand même bon d'être avec eux, de penser aux enfants qu'ils auraient, à la vie qui les attendait, à cette tendresse infinie. Il ne serait plus jamais seul. En s'endormant, il pensa : *je n'ai jamais été aussi heureux de ma vie.*

Quand Damon s'éveilla, des heures plus tard, toute son euphorie s'était évanouie. Il avait froid, il était seul, il avait perdu sa substance. Ne sentant plus son corps, il étreignit convulsivement Ellemir, paniqué. Elle s'éveilla immédiatement, et, répondant à son besoin de contact, se blottit dans ses bras, tiède, sensuelle, vivante. Il savait rationnellement qu'il ne pouvait pas la posséder, mais il s'obstinait désespérément à éveiller en lui une étincelle, une ombre de désir. Il ressentait d'elle un besoin brûlant, mais Ellemir savait que cela n'avait rien de sexuel. Elle le serra dans ses bras, l'apaisa, le caressa, mais dans l'état d'épuisement où il était, il ne pouvait pas même supporter la faible excitation qui s'emparait de lui et le quittait aussitôt. Elle avait peur qu'il ne s'épuise davantage en ces tentatives avortées, mais ne trouvait rien à lui dire qui ne l'eût encore blessé davantage. Devant cette tendresse désespérée, elle sentit son cœur se briser. Enfin, il desserra son étreinte en soupirant. Elle aurait voulu lui dire que ça n'avait pas d'importance, qu'elle comprenait ; cela comptait beaucoup pour Damon, elle le savait, mais ils ne pourraient jamais rien y changer. Elle l'embrassa doucement en soupirant, acceptant son échec et son désespoir.

A ce moment, il sentit que les autres étaient réveillés.

Il les contacta mentalement, reformant le rapport à quatre, plus rassurant que sa tentative avortée de rapport sexuel. Contact intense, aigu, plus proche que le contact des corps, au-delà des mots, au-delà du sexe, ils se sentirent fondus en un seul. Andrew, ressentant dans son corps le désir de Damon, posa la main sur Ellemir qui se blottit ardemment dans ses bras. Leur excitation s'amplifia, s'étendit à eux tous, submergeant même Callista, les fondant en une seule entité. Quelles lèvres s'embrassaient, quelles jambes frémissaient, quels bras étreignaient quel corps avec passion ? L'amour débordait, s'étendait comme une vague, comme un flot de feu, une explosion brûlante de plaisir et d'assouvissement. Comme leur excitation se calmait — ou plutôt se stabilisait à un niveau moins intense — Ellemir, s'arrachant aux bras d'Andrew, se blottit contre Callista, ouvrant généreusement son esprit à sa sœur. Callista s'accrocha avidement à ce contact mental, essayant de prolonger cette union, cette ivresse qu'elle ne pouvait éprouver qu'ainsi, par personne interposée. Pendant un moment, elle perdit conscience de son propre corps inerte, tant elle se trouva immergée dans leurs émotions.

Andrew, sentant l'esprit de Callista s'ouvrir totalement, de sorte qu'en un sens, *c'était* Callista qu'il avait tenue dans ses bras, éprouva une exaltation vertigineuse, avec l'impression de déborder, de remplir tout l'espace de la chambre, de les étreindre tous les quatre à la fois. Damon et Callista captèrent ensemble sa pensée : *Je voudrais pouvoir être partout à la fois ! Je voudrais faire l'amour avec tous à la fois !* Damon se serra contre lui, dans le désir confus de partager ce plaisir et cette union intenses, de participer à la lente montée de l'excitation, aux caresses passionnées...

Puis le choc, la consternation — *Qu'est-ce qui se passe, nom d'un chien ?* —, Andrew ayant réalisé à qui appartenaient les mains qu'il caressait. Le fragile réseau mental se brisa comme du verre, vola en éclats comme sous un coup violent. Callista poussa un cri étranglé, et Ellemir faillit crier tout haut : *Oh, Andrew, pourquoi as-tu fait ça... !*

Andrew se raidit, se forçant à ne pas se séparer physiquement de Damon. *C'est mon ami ; quelle importance ?* Mais le charme était rompu. Damon se détourna, enfouissant sa tête dans l'oreiller et disant d'une voix enrouée :

— Par les enfers de Zandru, jusqu'à quand devrons-nous vivre séparés, toi et moi, Andrew ?

Andrew, battant des paupières, revint lentement à lui, réalisant à peine ce qui s'était passé. Se tournant vers Damon, il posa la main sur son épaule tremblante et dit avec embarras :

— Désolé, mon frère. Tu m'as surpris, c'est tout.

Damon s'était ressaisi, mais le choc l'avait frappé alors qu'il était le plus vulnérable, le plus ouvert à tous, et ce refus l'avait profondément blessé. Pourtant il était toujours un Ridenow et un télépathe, et il s'affligea des regrets et des remords d'Andrew.

— Encore un de vos tabous culturels ?

Andrew acquiesça de la tête, bouleversé. Il ne lui était jamais venu à l'idée qu'un de ses actes, si insignifiant fût-il, pouvait blesser Damon à ce point.

— Je... Damon, je suis désolé. C'était juste... juste un réflexe, c'est tout.

Gêné, encore effrayé du mal qu'il avait fait à Damon, il le serra brièvement dans ses bras. Damon éclata de rire et s'assit. Il se sentait épuisé, moulu, mais plus désorienté.

Electrochoc, se dit-il. La douleur était efficace dans les cas d'hystérie, mais une bonne claque aussi. Il se leva, heureux d'avoir retrouvé sa solidité, sa réalité pensant qu'après tout, ce n'était pas si grave. Cette fois, malgré le choc infligé à ses préjugés profondément enracinés, Andrew n'avait pas cherché à s'enfuir, ni à se séparer. Il savait qu'il avait blessé Damon, et l'acceptait.

Après le départ des femmes, ils s'attardèrent un moment dans la salle commune. Andrew, contraint, regarda Damon, se demandant s'il était toujours en colère contre lui.

— Je ne suis pas en colère, dit Damon tout haut. J'aurais dû m'y attendre. Tu as toujours eu peur de la sexualité mâle, non ? Cette première nuit où toi et Callista êtes entrés en rapport avec Ellemir et moi, je l'ai senti. Puis nous avons eu tant d'autres soucis ce jour-là que j'avais oublié. Mais quand je t'avais contacté par hasard, au cours du rapport télépathique, tu avais paniqué.

Il ressentit de nouveau la réaction hésitante d'Andrew, sa volonté de se retirer.

— Est-il culturellement nécessaire de considérer toute sexualité mâle comme une menace, à part la tienne ?

— La sexualité mâle ne me fait pas peur, dit Andrew avec irritation, mais elle me répugne quand elle s'adresse à moi.

Damon haussa les épaules.

— Les humains ne sont pourtant pas des animaux, qui regardent tout autre mâle comme un rival ou une menace. T'est-il impossible de prendre plaisir à la sexualité mâle ?

— Ah non, par exemple, dit Andrew avec dégoût. Et toi ?

— Naturellement, dit Damon, désorienté. J'aime la... la perception de ta masculinité, comme j'aime la féminité des femmes. Est-ce si difficile à comprendre ? Cela me rend plus conscient de... de ma propre virilité...

Il s'interrompit avec un rire gêné.

— Comment t'expliquer ? Même la télépathie n'est d'aucun secours. Il n'existe aucune image mentale correspondante.

Il ajouta avec plus de douceur :

— Je n'aime pas les hommes, Andrew. Mais je trouve difficile de comprendre ce... ce genre de peur.

— Je suppose que ça n'a pas tellement d'importance, marmonna Andrew sans le regarder. Pas ici.

Damon fut consterné qu'une chose aussi simple suscitât tant de doutes et de craintes chez son ami.

— Non, Andrew, dit-il, troublé, mais nous avons épousé deux jumelles. Nous passerons sans doute la plus grande partie de notre vie ensemble. Devrais-je donc toujours craindre qu'un moment de... d'affection t'aliène, te bouleverse au point que nous en soyons tous blessés, même les femmes ? Craindras-tu toujours que je... je franchisse quelque frontière invisible, que j'essaye de te forcer à faire quelque chose qui te... qui te répugne ? Jusqu'à quand, termina-t-il d'une voix brisée, jusqu'à quand te méfieras-tu de moi ?

Andrew, profondément mal à l'aise, aurait voulu être à des milliers de kilomètres, pour ne pas être exposé ainsi, de plein fouet, à l'intensité des émotions de Damon. Il n'avait jamais réalisé ce que c'est que d'être télépathe et membre d'un groupe comme celui-là, sans aucune possibilité de se cacher aux autres. Chaque fois que l'un cherchait à dissimuler quelque chose, ils avaient des problèmes. Il devait regarder la situation en face. Brusquement, il leva la tête et regarda Damon dans les yeux.

— Tu es mon ami, dit-il à voix basse. Je... je serai toujours d'accord pour... pour tout ce que tu voudras. J'essaierai de... de ne pas me laisser bouleverser ainsi à l'avenir. Je...

Même leurs mains ne se touchaient pas, mais il eut l'impression que lui et Damon étaient très proches, s'embrassaient comme des frères.

— ... je suis désolé d'avoir heurté tes sentiments. Je ne voudrais pas te blesser pour tout l'or du monde, Damon, et si tu ne le savais pas encore, tu le sais maintenant.

Damon le regarda, immensément touché, ému, comprenant le courage qu'il avait fallu à Andrew pour lui dire cela. Celui-ci venait d'une autre planète, et pourtant il avait fait tant de progrès. Réalisant qu'Andrew avait fait plus de la moitié du chemin pour guérir la blessure qu'il avait faite, Damon lui effleura le poignet, comme font entre eux les télépathes pour accroître l'intensité de leur perception.

— Et j'essaierai aussi de ne pas oublier que tout cela est très étrange pour toi, dit-il avec douceur. Tu es maintenant si proche de nous que j'oublie toujours de tenir compte du fait que tu viens d'un autre monde. Mais assez parlé de ça. J'ai beaucoup à faire. Il faut que je cherche dans les archives d'Armida s'il existe encore des dossiers sur la fête du Nouvel An, datant d'avant les Ages du Chaos et l'incendie de la Tour de Neskaya. S'il n'y en a pas, il me faudra consulter les archives de toutes les autres Tours, et je devrai alors recourir aux relais télépathiques. Je ne peux pas aller physiquement à Arilinn, à Neskaya et à Dalereuth. Mais maintenant, je crois vraiment que nous aurons un jour la solution.

Il se mit à raconter à Andrew ses expériences du surmonde. Il se sentait encore las et déprimé, réaction inévitable après le long voyage épuisant dans le surmonde. Il se dit qu'il ne devait pas blâmer Andrew de son propre état d'esprit. Ce serait plus facile quand ils auraient tous retrouvé leur état normal.

Mais au moins, il avait maintenant quelque espoir que cela se réalise un jour.

16

LES recherches dans les archives d'Armida se soldèrent par un échec. Il y avait des documents sur toutes les festivités autrefois communément pratiquées dans les Kilghard, mais la seule fête du Nouvel An qu'il put découvrir était un vieux rite de fertilité tombé en désuétude longtemps avant l'incendie de Neskaya, et qui semblait avoir peu ou pas de rapport avec les problèmes de Callista. Pourtant maintenant que les recherches étaient en cours, celle-ci attendait avec patience et sa santé continuait à s'améliorer.

Ses règles étaient revenues à deux reprises, et Damon lui avait conseillé, par précaution, de passer un jour au lit chaque fois. Il s'était attendu à devoir lui dégager les canaux, mais elle n'en avait pas eu besoin. C'était bon signe pour sa santé physique, mais mauvais signe pour le développement éventuel de la sélectivité des canaux.

A Armida, les activités hivernales se poursuivaient en cet hiver très doux qui allait lentement vers le dégel du printemps. Comme d'habitude en cette saison, Armida était isolé, et on n'y savait pas grand-chose du monde extérieur. Les moindres nouvelles prenaient une importance disproportionnée. Une jument des basses prairies avait mis bas deux pouliches jumelles, que *Dom* Esteban avait données à Ellemir et Callista, disant qu'elles auraient ainsi des chevaux de selle semblables dans quelques années, si elles le désiraient. Le vieux Ménestrel, Yashri, qui les avait fait danser au Solstice d'Hiver, s'était cassé deux doigts en tombant après une beuverie d'anniversaire au village, et son petit-fils de neuf ans venait fièrement à Armida avec la harpe de son grand-père — presque aussi haute que lui — jouer pendant les longues soirées. A l'autre bout du domaine, une femme avait donné naissance à des quadruplés, et Callista était allée la voir à cheval en compagnie de Ferrika, pour lui présenter ses vœux et lui apporter des cadeaux. Une tempête imprévue les avait forcées à passer deux nuits au village, à la grande inquiétude d'Andrew. A son retour, il lui demanda si cette visite était bien nécessaire, et elle répondit :

— Nécessaire pour le bien-être des enfants, cher mari. Ces montagnards sont incultes. Ils considèrent les naissances multiples comme des présages, de bon ou de mauvais augure, mais comment savoir lequel à l'avance ? Ferrika peut leur *dire* que ce sont des sottises, mais ils ne l'écoutent pas, parce qu'elle est des leurs, quoiqu'elle soit sage-femme formée à Arilinn, Amazone Libre et sans doute beaucoup plus intelligente que moi. Mais moi, je suis *Comyn* et *leronis*. Quand j'apporte des cadeaux aux enfants et du réconfort à leur mère, les gens savent qu'ils sont sous ma protection ; au moins, ils ne traiteront pas les bébés comme le présage de quelque catastrophe future.

— Comment étaient les bébés ? demanda Ellemir.

Callista fit la grimace.

— Pour moi, tous les nouveau-nés ressemblent à des lapins écorchés, prêts à passer à la broche, d'une laideur effroyable.

— Oh, comment peux-tu parler comme ça, Callie ? dit Ellemir avec reproche. Bon, il faudra que j'aille voir par moi-même Des quadruplés, quelle merveille !

— Peut-être, mais c'est dur pour la pauvre femme. J'ai décidé deux femmes du village à l'aider pour les allaiter, mais avant le sevrage, il faudra leur envoyer une vache.

La nouvelle de cette naissance se répandit dans les

montagnes comme une traînée de poudre, et d'après Ferrika, la mère avait de la chance d'avoir accouché en hiver, car si les routes avaient été praticables, — et bien que l'hiver fût doux — la pauvre femme aurait été dérangée jour et nuit par les curieux venus admirer la merveille. Andrew se demanda ce que pouvait bien être un hiver rigoureux, si celui-ci était doux. Il le découvrirait bien assez tôt.

Il avait perdu la notion du temps, sauf pour les dates, soigneusement inscrites dans un registre, où les juments devaient pouliner, et il avait de longues discussions avec *Dom* Esteban et le vieux Rhodri sur l'accouplement des meilleures pouliches. Les jours allongeaient visiblement quand le temps se rappela brutalement à son attention.

Il rentrait d'une longue journée passée en selle, et allait monter se préparer pour le repas du soir. Dans le Grand Hall, Callista tenait compagnie à son père, et lui enseignait à jouer de la harpe. En haut, Ellemir l'accueillit sur le seuil de la salle commune, et l'entraîna dans son appartement.

Ce n'était pas rare. Damon était absorbé par ses recherches, et, de temps en temps, faisait de longues incursions dans le surmonde. Sans résultats jusqu'à présent, mais ces voyages avaient les conséquences normales de tout travail avec la matrice, et Ellemir avait pris l'habitude d'accueillir Andrew dans son lit. Au début, il avait pris ces ébats pour ce qu'ils avaient toujours été, un substitut à l'incapacité de Callista. Puis, une nuit qu'il dormait sagement à son côté — elle avait refusé de se donner à lui, disant qu'elle était fatiguée — il avait réalisé qu'il y avait plus que cela.

Il l'aimait. Non en tant que substitut de Callista, mais pour elle-même. Cela l'avait profondément troublé, car il avait toujours cru que quand on tombait amoureux d'une femme, on cessait d'aimer toutes les autres. Il avait soigneusement dissimulé cette pensée, sachant qu'Ellemir en serait très perturbée, et il n'y pensait que lorsqu'il était seul, très loin dans les montagnes : *Mon Dieu, ayez pitié de moi. Me suis-je trompé en me mariant ?* Et pourtant, quand il revoyait Callista, il savait qu'il ne l'aimait pas moins qu'avant, qu'il l'aimerait toujours même s'il ne pouvait plus lui toucher le bout des doigts. Il les aimait toutes les deux. Que faire ? Ce jour-là, regardant Ellemir, petite, souriante et rougissante, il ne put s'empêcher de la prendre dans ses bras et de l'embrasser tendrement.

Elle fronça le nez.

— Tu sens le cheval.

— Désolé. J'allais prendre un bain...

— Ça ne fait rien, j'aime l'odeur des chevaux, et en hiver, je ne peux pas sortir pour monter. Qu'as-tu fait aujourd'hui ?

Il le lui dit et elle remarqua :

— Je trouve que le *coridom* pourrait s'occuper de ça.

— Bien sûr, mais s'ils me voient capable de faire ces travaux, ils prendront l'habitude de me demander conseils et ordres, au lieu d'aller déranger *Dom* Esteban. Il a l'air si fatigué ces temps-ci. Je crois que l'hiver lui pèse.

— A moi aussi, mais maintenant, j'ai quelque chose pour me faire patienter d'ici le printemps. Andrew, je voulais te prévenir le premier : je suis enceinte ! Ce doit être arrivé peu avant le Solstice d'Hiver...

— Dieu Tout-Puissant ! s'écria-t-il, atterré. Ellemir, je suis désolé, mon amour... j'aurais dû...

Comme si elle avait reçu une gifle, elle recula, les yeux flamboyants de colère.

— Je voulais te remercier, et je découvre que tu regrettes ce cadeau. Comment peux-tu être si cruel ?

— Attends, attends... dit-il, confus. Elli, mon petit amour...

— Comment oses-tu prononcer des mots d'amour après un affront pareil ?

Il lui tendit la main.

— Attends, Ellemir, je t'en prie. Une fois de plus, je n'ai pas compris. Je pensais... Veux-tu dire que tu es *heureuse* d'être enceinte ?

Elle fut tout aussi confuse que lui.

— Comment ne pas être heureuse ? Quel genre de

femmes as-tu connues ? J'étais tellement contente, tellement heureuse quand Ferrika m'a confirmé le fait ce matin, car jusque-là, je craignais de prendre mes désirs pour des réalités.

Elle semblait au bord des larmes.

— Je voulais partager mon bonheur avec toi, et tu me traites comme une prostituée, indigne de porter ton enfant !

Soudain, elle éclata en sanglots. Andrew l'attira contre son cœur. Elle le repoussa, puis posa la tête sur son épaule.

Il dit, penaud :

— Oh, Ellemir, Ellemir, est-ce que je vous comprendrai jamais ? Si tu es heureuse, comment veux-tu que je ne le sois pas ? dit-il réalisant qu'il était sincère comme il ne l'avait jamais été de sa vie.

Elle renifla, et, levant la tête, sourit, et ce fut comme le soleil au printemps, après l'averse.

— Vraiment, Andrew ? Vraiment heureux ?

— Bien sûr, ma chérie, si tu l'es.

Quelles que soient les complications qui en découleront, se dit-il. Il devait être le père, sinon elle en aurait parlé d'abord à Damon.

Elle perçut sa confusion.

— Mais que veux-tu qu'en pense Damon ? Il partage mon bonheur, naturellement, et il est content !

Rejetant la tête en arrière, elle le regarda dans les yeux et dit :

— Est-ce que ce serait encore un tabou sur ton monde ? Je suis bien contente de ne pas le connaître !

Après beaucoup de chocs de ce genre, Andrew était presque immunisé.

— Damon est mon ami, mon meilleur ami. Parmi mon peuple, on considérerait cela comme une tromperie, une trahison. La femme de mon meilleur ami me serait interdite entre toutes.

Elle secoua la tête.

— Ton peuple ne me plaît pas du tout. Crois-tu que j'irais partager mon lit avec un homme, si mon mari ne l'aimait pas ? Donnerais-je à mon mari l'enfant d'un étranger ou d'un ennemi ?

Au bout d'un moment, elle ajouta :

— Je souhaitais que mon premier enfant fût de Damon, c'est vrai, mais tu sais ce qui s'est passé. Nous sommes trop proches parents, alors, nous déciderons peut-être de ne pas avoir d'enfant ensemble, puisqu'il n'a pas besoin d'un héritier du sang Ridenow, et qu'un enfant de toi sera sans doute plus sain et vigoureux que ne le serait le sien.

— Je comprends.

Il reconnut à part lui qu'il y avait là une certaine logique, mais éprouva le besoin d'analyser ses sentiments. Un enfant à lui, d'une femme qu'il chérissait. Mais pas de son épouse bien-aimée. Un enfant qui donnerait à un autre le nom de père, sur qui il n'aurait aucun droit. Et qu'en penserait Callista ? Y verrait-elle une nouvelle marque de son éloignement, de son exclusion ? Se sentirait-elle trahie ?

— Je suis certaine qu'elle se réjouira pour moi, dit gentiment Ellemir. Tu ne crois quand même pas que j'irais ajouter ne serait-ce que le poids d'une plume au fardeau de son chagrin ?

Il n'était toujours pas convaincu.

— Elle sait ?

— Non, mais elle s'en doute peut-être.

Après une hésitation, elle reprit :

— J'oublie toujours que tu n'es pas des nôtres. Je lui annoncerai la nouvelle, si tu veux, mais chez nous, le père tiendrait à l'annoncer lui-même.

Ce genre de courtoisies le dépassait, mais il souhaita soudain se conformer aux coutumes de son monde d'adoption.

— Je la préviendrai donc.

Mais il le ferait en son temps, à un moment où elle ne pourrait pas douter de son amour.

Il rentra dans son appartement, en pleine confusion, et continua à réfléchir tout en prenant son bain, en se taillant la barbe qu'il se laissait pousser, du défi de toutes les coutumes locales, et en revêtant son élégante tenue d'intérieur.

Son enfant. Ici, sur une planète étrangère, et pas l'enfant de sa propre femme. Mais Ellemir trouvait cela naturel, et Damon était manifestement au courant depuis quelque temps et approuvait. C'était un monde étrange, dont il faisait partie maintenant.

Il entendit des cavaliers dans la cour, et, quand il descendit, il trouva Kieran, le frère de Damon, rentrant d'un voyage hivernal à Thendera avec son fils aîné, rouquin aux yeux vifs d'environ quatorze ans, et une demi-douzaine de Gardes, d'écuyers et de serviteurs. Le frère aîné de Damon, Lorenz, n'avait pas plu à Andrew, mais il trouva Kieran très sympathique et accueillit avec plaisir les nouvelles du monde extérieur, comme *Dom* Esteban.

— Parle-moi de Domenic, dit l'infirme.

— Il se trouve que je l'ai vu souvent, dit Kieran en souriant. Kester, mon fils, doit entrer dans les cadets cet été ; j'ai donc refusé son offre de prendre la place de Danvan en qualité de maître des cadets. Aucun homme ne doit être le maître de son propre fils.

Souriant pour adoucir ses paroles, il ajouta :

— Je ne veux pas être obligé de me montrer aussi dur avec mon fils que vous avez dû l'être avec le vôtre, Seigneur Alton.

— Il va bien ? Il commande bien la Garde ?

— A mon avis, vous ne feriez pas mieux vous-même, dit Kieran. Il est toujours prêt à écouter de plus sages que lui. Il a souvent sollicité les conseils de Kyril Ardais, de Danvan, de Lorenz même, et pourtant, je ne crois pas qu'il ait meilleure opinion de Lorenz que nous, dit-il en adressant un sourire de connivence à Damon. Il est prudent, diplomate, il s'est fait des amis honorables et il n'a pas de favoris. Ses *bredin* se comportent bien tous les deux, le jeune Cathal Lindir, et un de ses frères *nedesto* — il s'appelle Dezirado, je crois ?

— Desiderio, dit *Dom* Esteban, avec un sourire de soulagement. Je suis content d'apprendre que Dezi va bien.

— Oh oui, ils sont toujours ensemble, tous les trois. Mais pas de beuveries, pas de filles, pas de bagarres. Ils sont sobres comme des moines. On dirait que Domenic a réalisé, comme s'il était trois fois plus vieux, qu'un jeune commandant serait surveillé nuit et jour. Pourtant ce ne sont pas des pisse-vinaigre non plus — le jeune Nic est toujours prêt à rire et à faire des farces — mais il tient fermement ses responsabilités à deux mains.

Andrew, au souvenir du joyeux garçon qui avait été son témoin de mariage, se réjouit de sa réussite. Quant à Dezi, peut-être qu'un poste intéressant, des responsabilités, et la reconnaissance par Domenic de son statut de *nedesto* l'aideraient à se trouver. Il l'espérait. Il savait ce que c'était que de se sentir étranger.

— Y a-t-il d'autres nouvelles, mon beau-frère ? demanda Ellemir.

— J'aurais sans doute dû écouter les commérages des dames, ma sœur, répondit Kieran en souriant. Attends... Il y a eu une émeute devant la Maison de la Guilde des Amazones Libres. Un homme a prétendu, paraît-il, que sa femme y avait été emmenée contre sa volonté...

— C'est un mensonge, dit Ferrika avec colère. Pardonnez-moi, *Dom* Kieran, mais toute femme doit venir d'elle-même, et elle doit supplier pour être admise.

Kieran rit avec bienveillance.

— Je n'en doute pas, *mestra,* mais je ne fais que rapporter ce qu'on dit à Thendera. Il aurait envoyé des hommes d'armes pour la reprendre, et elle aurait blessé son mari en combattant aux côtés des Amazones qui défendaient leur maison. D'ailleurs, plus on répète l'histoire, plus elle devient dramatique. Un de ces jours, on dira sans doute qu'elle l'a tué et cloué sa tête au mur. Au marché, quelqu'un exposait le corps d'un poulain à deux têtes, mais mon écuyer m'a dit que c'était une supercherie, et assez grossière, en plus. Dans son enfance, il a été apprenti chez un bourrelier et il connaît leurs astuces... Et... attendez que je réfléchisse... Ah oui. En traversant les montagnes, j'ai entendu parler d'un champ de *kireseth* en fleur, parce que le temps a été assez doux. Pas question de Vent Fantôme comme en été, simple floraison hivernale.

Dom Esteban hocha la tête en souriant.

— C'est rare, mais ça arrive, dit-il. Autrefois, c'était considéré comme un bon présage.

Callista expliqua à voix basse à Andrew :

— Le *kireseth* est une plante qui fleurit rarement dans les montagnes. Le pollen et les fleurs servent à faire le *kirian*. En été, au moment de la floraison, si le vent se lève, il souffle alors un vent de folie, un Vent Fantôme comme on dit. Sous son influence, les hommes font des choses étranges. Et si un fort Vent Fantôme est annoncé, on sonne l'alarme et on se barricade dans les maisons, car les bêtes sauvages deviennent folles dans les forêts, et les non-humains descendent des montagnes et attaquent les humains. J'ai vu cela une fois quand j'étais petite, termina-t-elle en frissonnant.

Dom Esteban poursuivit :

— Mais une floraison hivernale ne dure pas assez pour être dangereuse. Les villageois vont oublier de labourer et de planter, cesser de soigner leurs jardins un jour ou deux pour se livrer à des extravagances, mais la pluie viendra bientôt, et entraînera tout le pollen. Le pire qui soit arrivé au cours d'une floraison hivernale, c'est qu'un jour, les loups se sont enhardis — le pollen affecte le cerveau des animaux comme des humains — et ont attaqué le bétail et les chevaux dans les pâtures. En général, une floraison d'hiver, c'est quelques jours de vacances inattendues.

Andrew se rappela que Damon l'avait averti de ne pas toucher ou respirer les fleurs de *kireseth*, au laboratoire.

— Le Vent Fantôme a un autre effet secondaire, dit Ferrika avec un grand sourire. A l'automne, les sages-femmes auront davantage de travail au village. Les femmes qui ont choisi de ne pas avoir d'enfant, ou même les vieilles matrones dont les enfants sont grands, se retrouvent parfois enceintes.

Dom Esteban s'esclaffa.

— Quand j'étais jeune, on plaisantait beaucoup aux noces, si le mariage avait été arrangé par la famille et que la mariée était récalcitrante. Un été, j'ai assisté à un mariage — dans le nord, près d'Edelweiss — et un Vent Fantôme s'est mis à souffler pendant le banquet. Les festivités ont été turbulentes et... et assez indécentes, et se sont prolongées pendant des jours. J'étais trop jeune, hélas, pour profiter de l'occasion, mais je me souviens avoir vu des choses qu'on cache généralement aux enfants.

Il essuya les larmes d'hilarité coulant sur son visage.

— Et puis, neuf mois plus tard, il est né des tas d'enfants dont le moins qu'on puisse dire est que l'identité de leur père posait problème. Maintenant, on ne fait plus de telles farces aux mariages.

— C'est dégoûtant ! dit Ferrika en faisant la grimace.

Pourtant, Damon ne put s'empêcher de rire à l'idée du mariage dont les plaisanteries vulgaires et les jeux turbulents s'étaient transformés en orgie sous l'influence du Vent Fantôme.

— Je suppose qu'ils ne trouvaient pas ça drôle, dit Ellemir.

— Non, *chiya*, dit *Dom* Esteban. Je te l'ai dit, on ne fait plus de telles plaisanteries aux mariages. Mais on racontait dans les montagnes qu'en été, à l'époque où souffle le Vent Fantôme, certaines gens des Domaines célébraient une fête, une antique fête de la fertilité. C'était une époque barbare, avant le Pacte, avant même les Ages du Chaos, peut-être.

Il ajouta :

— Mais une floraison hivernale, ce n'est pas grave.

— Il n'y a quand même pas de quoi rire, dit Ferrika, pour les femmes qui se retrouvent avec un enfant non désiré !

Andrew vit Ellemir froncer les sourcils, perplexe. Il suivit assez facilement sa pensée : comment une femme pouvait-elle *ne pas* désirer un enfant ?

— Je voudrais bien qu'il y ait une floraison hivernale par ici, dit Callista. Il faut que je fasse du *kirian*, parce que nous n'en avons presque plus, et nous devrions toujours en avoir à la maison.

Un majordome, qui mangeait à une petite table d'où on pouvait l'appeler à volonté pour son service, dit d'une voix hésitante :

— *Domna*, si tel est votre désir, il y a des fleurs de *kireseth* sur la colline dominant la prairie où sont nées les deux pouliches jumelles, celle qui se trouve près du vieux pont. Je ne sais pas si elles sont déjà ouvertes, mais mon frère les a vues en passant par là il y a trois jours.

— Vraiment ? dit Callista. Merci, Rimal. Si le temps demeure au beau — ce qui est peu probable — j'irai demain refaire mes provisions.

Il n'y eut ni pluie ni neige cette nuit-là, et, après le petit déjeuner, après le départ de Kieran — *Dom* Esteban l'avait pressé de rester quelques jours, mais il préférait profiter du beau temps pour son voyage — Callista fit seller son cheval. *Dom* Esteban fronça les sourcils en la voyant en jupe d'équitation.

— Ça ne me plaît pas, Callista. Quand j'étais enfant, on disait qu'une femme ne doit jamais chevaucher seule dans les collines quand le *kireseth* est en fleur, *chiya*.

— Papa, tu ne penses pas vraiment..., dit Callista en riant.

— Tu es *comynara*, mon enfant, et aucun de nos gens, sensé ou fou, ne te fera jamais de mal. Mais il peut y avoir des étrangers ou des bandits dans les montagnes.

— Alors, j'emmènerai Ferrika, dit-elle gaiement. Elle a été formée à la Maison de la Guilde des Amazones, et peut se défendre contre n'importe quel homme, voleur ou violeur.

Mais Ferrika, convoquée, refusa de partir.

— La femme du laitier approche de son terme et accouchera peut-être aujourd'hui, *domna*, dit-elle. Il ne serait pas convenable que j'abandonne mon poste

355

pour une partie de campagne. Vous avez un mari, Dame Callista. Demandez-lui de vous accompagner.

Andrew n'avait plus grand-chose à faire sur le domaine — les dommages causés par la tempête étaient réparés, et, malgré le beau temps, les haras hibernaient encore. Il fit seller son cheval.

Loin de la maison, seuls tous les deux, il trouverait peut-être l'occasion de lui parler d'Ellemir. Et du bébé.

Ils partirent de bonne heure. Vers l'est, d'épais nuages noirs couvraient le ciel, que le soleil levant colorait d'écarlate par-derrière. Ils montèrent des sentiers abrupts, admirant les vallées à leurs pieds, avec les arbres aux branches encore alourdies de neige, et les chevaux broutant déjà l'herbe nouvelle sur tous les versants, et il se sentit le cœur plus léger. Callista n'avait jamais été plus joyeuse, ni plus belle. Elle chantait de vieilles ballades en chevauchant, et, une fois, elle s'arrêta à l'entrée d'une vallée pour pousser un long « Yo-ioio-ioio », riant comme une enfant quand toutes les montagnes lui renvoyèrent son cri en échos multipliés. Le soleil montait dans le ciel et réchauffait l'atmosphère. Elle ôta sa cape de cheval et l'attacha au pommeau de la selle.

— Je ne savais pas que tu montais si bien, dit Andrew.

— Mais oui. Même à Arilinn, je montais beaucoup. Nous passions tellement de temps à l'intérieur, dans les écrans et les relais, que si nous n'étions pas sortis faire un peu d'exercice, nous aurions été aussi raides et inanimés que les portraits d'Hastur et de Cassilda à la chapelle ! Les jours de fête, nous prenions nos faucons et parcourions la campagne autour d'Arilinn — la région n'est pas montagneuse, comme ici, mais toute plate — et on chassait les oiseaux et le petit gibier. J'étais fière de savoir commander un faucon *verrin,* un grand oiseau comme ça, dit-elle en écartant les mains l'une de l'autre, et non pas une petite femelle comme la plupart des femmes.

Elle se remit à rire, d'un rire cristallin.

— Pauvre Andrew, tu m'as toujours connue prisonnière, malade ou enfermée à la maison, et tu dois me prendre pour une fragile princesse de conte de fées. Mais je suis une fille de la campagne, et très vigoureuse. Quand j'étais petite, je montais aussi bien que mon frère Coryn. Et même maintenant, je crois que ma jument peut te battre à la course jusqu'à cette clôture !

Elle fit claquer sa langue, et son cheval partit comme un trait. Andrew piqua des deux et se lança à sa poursuite, le cœur serré — elle n'avait plus l'habitude de monter, elle risquait de tomber d'une seconde à l'autre — mais elle faisait corps avec sa monture. Quand elle arriva devant la barrière, au lieu de retenir son cheval, elle lui lâcha la bride et le fit sauter par-dessus, en poussant un cri de joie. Andrew les rejoignit, elle mit son cheval au pas, et ils continuèrent plus lentement, côte à côte.

C'était peut-être pour ça qu'il était amoureux d'elle, se dit Andrew. Chaque fois qu'il était avec Callista, c'était comme la première fois. Tout était nouveau et surprenant. Mais cette pensée réveilla ses remords. Au bout de quelques minutes, elle remarqua son silence et, se tournant vers lui, posa sa petite main gantée sur la sienne.

— Qu'y a-t-il, cher mari ?

— J'ai quelque chose à te dire, Callista, dit-il tout de go. Tu sais qu'Ellemir est de nouveau enceinte ?

Un sourire radieux illumina son visage.

— Je suis si contente pour elle ! Elle a été très courageuse, mais maintenant, elle sera obligée de mettre fin à son deuil.

— Tu ne comprends pas, insista Andrew. Elle dit que cet enfant est de moi...

— Naturellement, dit Callista. Elle m'a dit que Damon hésitait à recommencer si tôt, de peur qu'elle... qu'elle ne fasse une nouvelle fausse couche. Je suis très contente, Andrew.

S'habituerait-il jamais à leurs coutumes ? Il supposa que c'était heureux pour lui, mais quand même...

— Tu n'es pas fâchée, Callista ?

Elle allait dire — il entendit presque les mots —

« Pourquoi serais-je fâchée ? », mais il la vit se raviser. Il était encore un étranger, à bien des égards, malgré tout. Elle dit enfin, lentement :

— Non Andrew, sincèrement, je ne suis pas fâchée. Je suppose que tu ne comprends pas. Mais considère la chose ainsi, dit-elle avec le même sourire radieux. Il y aura un bébé dans la maison, ton enfant, et bien que j'aime assez les enfants, je ne désire pas en avoir en ce moment. En fait, et je sais que c'est ridicule, Andrew, ajouta-t-elle en riant, bien qu'Ellemir et moi soyons jumelles, je ne suis pas encore en âge d'avoir un bébé ! D'après les sages-femmes, on devrait toujours attendre au moins trois ans après la puberté avant d'avoir un enfant. Et moi, je n'ai mes règles que depuis six mois ! Elli et moi, nous sommes jumelles, et pourtant, elle est enceinte pour la deuxième fois, et moi je suis encore trop jeune pour l'être !

La plaisanterie le fit ciller. Comment pouvait-elle plaisanter sur la façon dont on avait empêché son corps d'atteindre sa maturité physiologique ? Pourtant, c'était cette même capacité à plaisanter sur leur situation qui les avait gardés du désespoir.

Ils arrivèrent dans la vallée au vieux pont de pierre où étaient nées les deux pouliches jumelles. Ils montèrent ensemble la longue pente, mirent pied à terre et attachèrent leurs chevaux à un arbre.

— Le *kireseth* est une plante des hauteurs, dit Callista. Il ne croît pas dans les plaines cultivées, et c'est sans doute une bonne chose. Les paysans l'arrachent comme une mauvaise herbe quand il pousse dans la plaine, parce que le pollen pose des problèmes à la floraison, il rend fous même les chevaux et le bétail, qui ravagent tout, s'attaquent les uns les autres, s'accouplent hors saison. Mais c'est une plante très précieuse pour moi, vu que j'en fais du *kirian*. Et regarde comme c'est beau, dit-elle, montrant la pente couverte de belles fleurs bleues aux étamines d'or.

Certaines étaient encore bleues, d'autres, couvertes de pollen, étaient déjà toutes dorées.

Elle s'attacha un morceau d'étoffe sur la bouche, comme un masque.

— J'ai l'habitude d'en manipuler, ça ne me fait plus beaucoup d'effet, dit-elle, mais même ainsi, il vaut mieux ne pas en respirer trop.

Il la regarda faire ses préparatifs pour la cueillette, mais elle le pria de rester à l'écart.

— N'approche pas trop, Andrew. Tu n'en as jamais respiré. Tous les habitants des Kilghard ont connu un ou deux Vents Fantômes et savent comment ils réagissent, et c'est parfois très étrange. Reste sous les arbres avec les chevaux.

Andrew protesta, mais elle répéta fermement son injonction.

— Crois-tu que j'aie besoin d'aide pour cueillir quelques fleurs, Andrew ? Je t'ai demandé de venir pour me tenir compagnie, et pour apaiser les craintes de mon père au sujet des bandits ou des voleurs rôdant dans les montagnes, dans l'intention de me dépouiller des bijoux que je ne porte pas ou de tenter de me violer, avec des conséquences plus fâcheuses pour eux que pour moi, termina-t-elle avec un rire sans joie.

Andrew détourna le visage. Il comprenait la joie de Callista, mais cette plaisanterie lui parut d'un goût contestable.

— Je n'en aurai pas pour longtemps ; les fleurs sont déjà épanouies et pleines de résine. Attends-moi ici, mon amour.

Il obéit, et la regarda s'éloigner et entrer dans le champ de fleurs. Elle s'accroupit et se mit à couper les fleurs, qu'elle mit dans un sac épais apporté pour cet usage. Andrew s'allongea dans l'herbe près des chevaux et la regarda circuler au milieu des fleurs bleu et or, sa tresse rousse oscillant dans son dos. Le soleil était chaud, plus chaud qu'il ne l'avait jamais connu sur Ténébreuse. Abeilles et insectes bourdonnaient au-dessus des corolles, et quelques oiseaux planaient dans le ciel. Tous ses sens aiguisés, il sentait l'odeur des chevaux, du cuir de selle, des résineux, et un parfum sucré, fort et fruité dont il supposa que c'était celui du *kireseth*. Ces effluves lui donnèrent le vertige. Se rappelant que Damon ne lui avait pas même laissé respirer les fleurs séchées, il attacha les chevaux un peu plus loin. C'était une belle journée, sans un souffle de vent. Il ôta sa veste et s'en fit un oreiller. Le soleil le rendait somnolent. Comme Callista était gracieuse, se penchant pour couper une fleur ici et là, puis la mettre dans son sac. Il ferma les yeux, mais derrière ses paupières, il voyait encore la lumière, décomposée en couleurs éclatantes. Il savait qu'il avait dû respirer un peu de pollen ; Damon lui avait dit que c'était un hallucinogène. Mais il se sentait détendu et satisfait, sans aucune propension à commettre ces actes dangereux auxquels, disait-on, les hommes et les bêtes se livraient sous l'influence du *kireseth*. Il était parfaitement heureux, couché dans l'herbe tiède, vaguement conscient de l'arc-en-ciel de couleurs qui changeait constamment derrière ses paupières. Quand il rouvrit les yeux, le soleil lui sembla plus brillant, plus chaud.

Puis Callista s'avança vers lui, sans masque, les cheveux flottant dans son dos. Enfoncée dans les fleurs étoilées jusqu'à la taille, elle semblait avancer dans de l'eau, juvénile et délicate, entourée d'un nuage vaporeux de cheveux cuivrés. Un instant, sa forme trembla et vacilla, comme si elle n'était pas là, comme si ce n'était pas sa femme en jupe de cheval, mais l'image qu'il avait vue quand son corps était prisonnier des grottes de Corresanti, et qu'elle ne pouvait venir à lui que sous la forme insubstantielle du surmonde. Pourtant elle était bien réelle. Elle s'assit dans l'herbe, se penchant vers lui avec un sourire si tendre qu'il ne put se retenir de la prendre dans ses bras et de l'embrasser. Elle lui rendit son baiser avec une passion qui le surprit un peu... quoique, à moitié endormi, les sens miémoussés, mi-aiguisés par le pollen, il ne comprît pas pourquoi cela devait l'étonner.

Il l'allongea dans l'herbe près de lui, et continua à l'embrasser passionnément, et elle lui rendait ses baisers sans hésitation ni réserve.

Une pensée lui traversa l'esprit, comme un souffle de

vent agitant les fleurs éclatantes : *Ai-je jamais rêvé que je m'étais trompé de femme en me mariant ?* Devant cette nouvelle Callista, abandonnée dans ses bras, radieuse de tendresse, cette idée paraissait absurde. Il savait qu'elle avait perçu sa pensée — il n'essayait plus de lui dissimuler ses pensées, il n'essayait plus de lui dissimuler *rien du tout* — et elle s'en amusa. Il sentit le frémissement de son rire à travers le flot de désir qui les emportait tous les deux.

Il savait, avec certitude, qu'il pouvait faire ce qu'il voulait et qu'elle ne protesterait pas, mais la prudence lui commanda de s'en tenir aux baisers, qu'elle recevait et rendait avec tant d'ardeur. Malgré ses dispositions actuelles, aller plus loin pouvait être dangereux. Cette nuit-là... elle le désirait aussi. Et cela s'était terminé en catastrophe, presque en tragédie. Il ne voulait pas reprendre ce risque avant d'être certain, plus pour la sécurité de Callista que pour la sienne.

Il savait qu'elle avait dépassé la peur, mais elle accepta sa décision, comme elle avait accepté ses baisers, ses caresses. Curieusement, ils n'avaient aucun désir d'aller plus loin, aucune frustration. Le rire le parcourut lui aussi d'un frisson qui rehaussa l'extase de ce moment au soleil parmi les fleurs, entourés du bourdonnement des insectes, rire, allégresse que Callista partageait, comme son désir.

Sa femme et lui étaient parfaitement satisfaits d'être allongés dans l'herbe côte à côte, habillés tous les deux, sans faire plus que s'embrasser comme des adolescents... C'était à la fois ridicule et délicieux.

Sur Ténébreuse, le mot le plus poli pour parler du sexe était *accandir,* qui signifiait simplement être allongés l'un près de l'autre, et était si anodin qu'on pouvait l'employer en présence de jeunes enfants. Eh bien, pensa-t-il, de nouveau frémissant d'allégresse, c'était cela qu'ils faisaient. Il ne sut jamais combien de temps ils restèrent ainsi dans l'herbe, à s'embrasser et à se caresser doucement, tandis qu'il jouait avec les mèches de ses cheveux dénoués ou observait la lumière glisser sur son visage.

Des heures plus tard, sans doute — le soleil commençait à descendre dans le ciel — un nuage passa sur le soleil et le vent se leva, soufflant les cheveux de Callista dans son visage. Andrew, battant des paupières, s'assit et la regarda. Elle était soulevée sur un coude, le col de sa tunique ouvert, de l'herbe et des fleurs dans les cheveux. La température se rafraîchit soudain, et Callista considéra le ciel avec regret.

— Il faut partir, si nous voulons éviter la pluie. Regarde les nuages.

A contrecœur, elle relaça sa tunique, enleva les herbes et les fleurs de ses cheveux qu'elle tressa rapidement.

— Juste assez pour être décente, dit-elle en riant. Je ne veux pas avoir l'air d'avoir batifolé dans les champs, même si c'est avec mon mari.

Il rit, ramassant son sac de fleurs et l'attachant au pommeau de sa selle. Que leur était-il arrivé ? Le soleil, le pollen, c'était ça ? Il s'apprêtait à la mettre en selle quand elle lui mit les bras autour du cou.

— Andrew, je t'en prie, dit-elle, regardant le champ, les arbres sous lesquels ils étaient abrités.

Il comprit sa pensée ; inutile de la formuler en paroles.

— Je veux... je veux être toute à toi.

Il resserra ses mains sur sa taille, mais ne bougea pas.

— Non, ma chérie, c'est trop dangereux, dit-il gentiment.

Il avait l'impression que tout se passerait bien, mais il n'en était pas sûr. Si les canaux se bloquaient encore... Il ne pourrait pas supporter de la voir souffrir ainsi. Pas une nouvelle fois.

Déçue, elle poussa un profond soupir, mais accepta sa décision. Elle leva sur lui des yeux remplis de larmes, mais elle souriait. *Je vais assombrir cette merveilleuse journée en en demandant davantage, comme un enfant insatiable.*

Il l'enveloppa de sa cape de cheval, car un vent fort soufflait des hauteurs et il faisait froid. En la soulevant pour la mettre en selle, il vit dans le champ que les fleurs bleues avaient perdu l'éclat doré de leur pollen. Le ciel s'était couvert et une pluie fine commmençait à tomber. Il mit Callista en selle, et montant à son tour, il vit que, de l'autre côté de la vallée, les chevaux se rassemblaient d'eux-mêmes, s'agitaient, à la recherche d'un abri.

Le retour fut silencieux. Andrew était abattu, découragé. Il avait l'impression d'avoir fait une sottise. Il aurait dû profiter de l'abandon de Callista, de la disparition soudaine de sa peur. Quelle stupide prudence l'avait fait hésiter ?

Après tout, si c'était la réaction de Callista à son désir qui provoquait la surcharge des canaux, ils devaient être aussi bloqués que s'il l'avait possédée. Comme elle le souhaitait ! Quel idiot je suis, se dit-il, quel imbécile !

Callista gardait le silence, elle aussi, le regardant de temps en temps avec une expression de frayeur et de remords indicibles. Il perçut sa peur, qui effaça toute leur joie.

Je suis heureuse d'avoir de nouveau éprouvé ce que c'est que de le désirer, d'avoir répondu à son amour... mais j'ai peur. Et il sentait cette frayeur paralysante, au souvenir de la souffrance endurée quand elle avait réagi à sa tendresse. *Je ne pourrais plus supporter tant de douleur. Pas même avec du kirian. Et ce serait terrible aussi pour Damon. Miséricordieuse Avarra, qu'ai-je fait ?*

Ils arrivèrent à Armida sous une pluie battante. Andrew souleva Callista pour la mettre à terre, consterné de la sentir se raidir à son contact. Ça recommençait ? Il embrassa son visage trempé sous son capuchon. Elle ne chercha pas à l'esquiver, mais ne lui rendit pas son baiser. Perplexe, mais essayant de la comprendre — elle avait peur, la pauvrette, et qui pouvait l'en blâmer après les épreuves qu'elle avait subies ? — il la porta dans ses bras jusqu'en haut du perron avant de la poser sur ses pieds.

— Va te sécher, ma précieuse. Ne m'attends pas. Il faut que je m'occupe des chevaux.

Callista entra lentement et à regret. Sa gaieté s'était évanouie, remplacée par la fatigue et l'appréhension. L'interdit frappant le *kireseth* brut était l'un des plus stricts d'Arilinn. Bien qu'elle ne fût plus liée par ces lois, elle se sentait coupable et honteuse. Même quand elle s'était rendu compte que les fleurs l'affectaient, elle était demeurée pour jouir de leur effet, sans chercher à s'en écarter. Et sous ses remords, la peur la rongeait. Elle ne ressentait aucune surcharge des canaux — en fait, elle s'était rarement sentie aussi bien — mais sachant ce qu'elle savait d'elle-même, elle était en proie à une peur mortelle.

Elle partit à la recherche de Damon, et dès qu'il la vit, il comprit immédiatement ce qui s'était passé.

— Tu as respiré du *kireseth*, Callista ? Raconte.

Balbutiante, honteuse, effrayée, elle parvint à raconter une partie de ce qui s'était passé. Damon, écoutant ses aveux hésitants, pensa qu'elle parlait comme une prostituée repentie, et non comme une épouse qui avait passé la journée en toute innocence avec son mari. Mais il était troublé. Après les événements de l'hiver, Andrew ne l'aurait jamais approchée ainsi sans y être invité. Le *kireseth* avait effectivement la réputation de supprimer les inhibitions. Mais quelle qu'en soit la cause, ses canaux devaient maintenant être en surcharge, bloqués par deux réactions conflictuelles.

— Eh bien, voyons les dégâts.

Après l'avoir brièvement monitorée, il n'y comprit plus rien.

— Tu es *sûre*, Callista ? Tes canaux sont ceux d'une Gardienne. Qu'est-ce que cette plaisanterie ?

— Une plaisanterie ? Que veux-tu dire ? C'est arrivé exactement comme je te l'ai raconté.

— Mais c'est impossible, dit Damon. Tu *ne pouvais pas* réagir ainsi. Sinon, tes canaux seraient surchargés et tu serais très malade. Que ressens-tu en ce moment ?

— Rien, dit-elle, lasse, abattue. Je ne sens rien, rien, *rien !*

Un instant, il craignit qu'elle n'éclatât en sanglots. Elle reprit, d'une voix étranglée par les larmes :

— C'est parti, comme un rêve, et j'ai enfreint les lois de la Tour. Je suis hors la loi pour rien.

Damon ne savait que penser. Un rêve compensatoire pour les privations de sa vie ? Après tout, le *kireseth* était une drogue hallucinogène. Il tendit les mains vers elle. Automatiquement, elle eut un mouvement de recul, qui confirma son hypothèse : elle et Andrew n'avaient partagé qu'une illusion.

Plus tard, il questionna Andrew, plus à fond et plus spécifiquement, discutant les réactions physiques en cause. Sur la défensive, Andrew reconnut volontiers qu'il aurait été responsable s'il était arrivé malheur à Callista. Par les enfers de Zandru, se dit Damon, quel gâchis ! Andrew se reprochait déjà de désirer Callista alors qu'elle ne pouvait pas répondre à son amour, et maintenant, il fallait le priver de cette illusion. Posant la main sur l'épaule de son ami, il dit :

— Ne t'inquiète pas, Andrew. Elle n'a subi aucun mal. Tout ira bien, ses canaux sont totalement dégagés.

— Je ne crois pas que c'était un rêve, dit Andrew, têtu, ni une illusion. Je n'ai quand même pas inventé les herbes que j'avais dans les cheveux, nom d'un chien !

— Vous étiez allongés dans l'herbe, je n'en doute pas, dit Damon ému de pitié. Le *kireseth* contient une résine qui stimule le *laran*. Callista et toi, vous étiez en rapport télépathique beaucoup plus étroit que d'habitude, c'est évident, et ce... ce rêve est né de votre frustration. Ce qui a pu se produire sans... sans danger pour Callista. Ou pour toi.

Andrew enfouit son visage dans ses mains. Il s'était traité d'imbécile pour avoir passé toute la journée à embrasser et caresser sa femme sans aller plus loin, mais apprendre maintenant qu'il s'agissait d'un rêve, c'était encore pire.

Il regarda Damon, l'air têtu.

— Je ne crois pas que c'était un rêve, répéta-t-il. Car alors, pourquoi n'aurais-je pas rêvé ce dont j'avais *vraiment* envie ? Et elle non plus ? En principe, les rêves sont censés dissiper les frustrations, non en créer de nouvelles, non ?

Bonne question, reconnut Damon, mais que savaient-ils des peurs et frustrations qui pouvaient inhiber même les rêves ? Quand il était jeune, il avait rêvé une nuit qu'il touchait Léonie comme personne ne doit toucher une Gardienne, même en pensée, et il n'avait pas dormi de deux ou trois nuits, de peur de répéter cette offense.

Revenu dans sa chambre et se préparant pour le repas du soir, Andrew considéra ses vêtements de la journée, fripés et souillés d'herbe et de terre. Etait-il stupide au point de faire des rêves érotiques de sa propre femme ? Il ne le croyait pas. C'était lui qui avait vécu cette expérience, pas Damon. Et il savait ce qui s'était passé, même s'il ne pouvait pas l'expliquer. Il était suprêmement heureux à l'idée que Callista n'avait subi aucun mal, quoiqu'il ne comprît pas pourquoi.

Ce même soir, au dîner, *Dom* Esteban dit d'un ton soucieux :

— Je me demande... croyez-vous que Domenic soit en sécurité ? J'ai l'impression que quelque chose le menace, quelque chose de maléfique.

— Mais non, Papa, dit gentiment Ellemir. Ce matin encore, *Dom* Kieran nous disait qu'il était en pleine santé, heureux, entouré d'amis fidèles, et s'acquitte à merveille de ses responsabilités ! Ne va pas te faire des idées !

— Tu dois avoir raison, dit l'infirme, l'air toujours inquiet. Je regrette qu'il ne soit pas ici.

Ellemir et Damon se regardèrent, fronçant les sourcils. Comme tous les Alton, *Dom* Esteban avait parfois des prémonitions. Dieu veuille qu'il s'agisse d'une inquiétude irrationnelle, pensa Damon, qui n'avait pas accès au futur. Son beau-père était infirme et malade. C'était sans doute le contrecoup de son état de santé.

Mais Damon s'aperçut qu'il était inquiet lui aussi, et son inquiétude ne connut plus de cesse.

17

TOUTE la nuit, Damon rêva de chevaux galopant vers Armida, porteurs de mauvaises nouvelles. Ellemir, habillée, s'apprêtait à descendre pour surveiller les cuisines — n'éprouvant plus aucun malaise matinal comme durant sa grossesse précédente — quand, pâlissant soudain, elle poussa un cri. Damon s'approcha en hâte, mais elle l'écarta, descendit en courant l'escalier, traversa le hall, sortit dans la cour et s'arrêta devant les hautes grilles, tête nue, pâle comme la mort.

Damon, saisi de prémonition, la suivit, suppliant :

— Qu'y a-t-il, Ellemir ? Mon amour, ne reste pas...

— Papa, murmura-t-elle. Ça le tuera. Oh, Bienheureuse Cassilda, Domenic, Domenic !

Dans le brouillard matinal, il la pressa doucement de rentrer. A peine passé la porte, ils rencontrèrent Callista, livide, les traits tirés, accompagnée d'Andrew, troublé et appréhensif. Callista se dirigea vers la chambre de leur père, disant avec calme :

— Nous ne pouvons rien faire, à part lui tenir compagnie, Andrew.

Andrew et Damon restèrent près de l'infirme pendant que son serviteur l'habillait, puis Damon l'aida à le transporter dans son fauteuil roulant.

— Cher Père, nous ne pouvons qu'attendre les nouvelles. Mais, quoi qu'il arrive, n'oublie pas que tu as des fils et des filles qui t'aiment et ne t'abandonneront pas.

Une fois dans le Grand Hall, Ellemir s'agenouilla près de son père en pleurant. *Dom* Esteban lui tapota les cheveux en disant d'une voix étranglée :

— Occupe-toi d'elle, Damon, ne t'inquiète pas pour moi. Si... s'il est arrivé quelque chose à Domenic, cet enfant que tu portes, Ellemir, se placera au deuxième rang dans la succession des Alton.

Dieu nous vienne en aide, pensa Damon, car Valdir n'avait pas encore douze ans ! Qui commanderait les Gardes ? Même Domenic était considéré comme trop jeune !

Andrew pensait que son fils, l'enfant d'Ellemir, serait héritier du domaine. La pensée lui parut si improbable qu'il dut réprimer un fou rire.

— Bois cela, Papa, dit Callista, mettant une tasse dans la main de l'infirme.

— Je ne veux pas de tes drogues ! Je ne veux pas de sédatifs avant de savoir...

— Bois, ordonna-t-elle, pâle et irritée. Je ne te donne pas ça pour t'endormir, mais pour te fortifier. Et aujourd'hui, tu auras besoin de force !

L'infirme avala la potion à contrecœur.

— Malgré notre chagrin, les serviteurs doivent manger. Je vais m'occuper de leur déjeuner, dit Ellemir en se levant.

Ils approchèrent l'infirme de la table et le pressèrent de se restaurer, mais aucun n'avait grand faim. Andrew se surprit à prêter l'oreille au cheval du messager apportant une nouvelle qu'ils connaissaient déjà.

— Le voilà, dit Callista, posant une tartine et se levant.

Son père la retint de la main, très pâle, mais maître de lui, comme doit l'être un Alton, chef du Domaine et Comyn.

— Assieds-toi, ma fille. Les mauvaises nouvelles arrivent quand elles veulent, mais il n'est pas convenable d'aller à leur rencontre.

Il porta à sa bouche une cuillerée de porridge aux

noix, mais la reposa dans son assiette, sans y toucher. Entendant les pas d'un cheval dans la cour, les bottes du messager sur le perron, les autres ne feignaient même plus de manger. C'était un Garde, très jeune, avec les cheveux roux annonçant, Andrew le savait, qu'il y avait du sang Comyn dans son ascendance, proche ou lointaine. Il semblait fatigué, triste, appréhensif.

— Bienvenue dans ma demeure, Darren, dit *Dom* Esteban d'une voix calme. Qu'est-ce qui t'amène à cette heure, mon garçon ?

— Seigneur Alton, dit le messager d'une voix étranglée, je déplore d'être porteur de mauvaises nouvelles.

Il détourna les yeux, l'air piégé, misérable, hésitant à annoncer la nouvelle à cet infirme, si faible et vulnérable dans son fauteuil.

— J'en ai été averti, mon garçon, dit *Dom* Esteban avec calme. Approche, et raconte-moi tout.

Il tendit la main, et le jeune homme, hésitant, approcha de la grande table.

— Il s'agit de mon fils Domenic. Est-il... est-il mort ?

Le jeune Darren baissa les yeux. *Dom* Esteban poussa un profond soupir qui se termina en sanglot, mais il s'était déjà ressaisi quand il reprit la parole.

— Tu es épuisé du voyage.

Il fit un signe aux serviteurs, qui vinrent prendre le manteau du jeune homme, lui tirer ses lourdes bottes, lui apporter de confortables pantoufles, et poser une chope de vin chaud devant lui. Ils lui approchèrent une chaise de la table.

— Raconte-moi tout, mon garçon. Comment est-il mort ?

— Par accident, Seigneur Alton. Il était à la salle d'armes, s'exerçant à l'épée avec son écuyer, le jeune Cathal Lindir. On ne sait comment, à travers son masque, il a reçu un coup à la tête. D'abord, on a pensé que ce n'était pas grave, mais il était mort avant l'arrivée de l'officier sanitaire.

Pauvre Cathal, pensa Damon. Il était cadet à l'époque où Damon était maître des cadets. Les deux garçons étaient inséparables, et passaient tout leur temps ensemble : quand ils s'entraînaient à l'épée, quand ils étaient de service, pendant leurs loisirs. Ils étaient *bredin,* frères jurés. Si Domenic était mort par malchance ou accident, il en aurait déjà été très affecté, mais penser qu'il était l'instrument de la mort de son frère juré... Bienheureuse Cassilda, comme ce pauvre garçon devait souffrir !

Dom Esteban, qui s'était ressaisi, prenait déjà les mesures qui s'imposaient.

— Valdir doit immédiatement revenir de Nevarsin. C'est mon héritier désigné.

— Le Seigneur Hastur l'a déjà envoyé chercher, dit Darren, et il vous prie de venir à Thendera si vous en avez la force, Seigneur.

— Force ou pas, nous partirons aujourd'hui même, dit *Dom* Esteban avec fermeté. Même si je dois voyager en litière. Et vous venez aussi, Damon et Andrew.

— Moi aussi, dit Callista, très pâle mais d'une voix assurée.

— Moi aussi, ajouta Ellemir qui pleurait doucement.

— Rhodri, dit Damon au vieux majordome, trouve une chambre au messager. Envoie un homme à Thendera sur notre meilleur cheval, pour dire au Seigneur Hastur que nous arriverons d'ici trois jours. Et dis à Ferrika que Dame Ellemir a besoin d'elle immédiatement.

Le vieillard hocha la tête, le visage ruisselant de larmes. Il avait passé toute sa vie à Armida, et avait fait sauter sur ses genoux Domenic et Coryn morts depuis déjà bien longtemps. Mais ils n'avaient pas le temps de s'attarder sur ces pensées. Ferrika, après avoir examiné Ellemir, convint qu'elle pouvait supporter le voyage.

— Mais vous devrez faire une partie du chemin en litière, Dame Ellemir, car trop d'équitation pourrait vous fatiguer.

Apprenant qu'elle les accompagnerait, Ferrika protesta.

— Bien des femmes du domaine ont besoin de mes services, Seigneur Damon.

— Dame Ellemir porte un héritier Alton, c'est elle qui a le plus besoin de tes soins. De plus, tu es son amie d'enfance. Tu as formé d'autres femmes à faire ton travail. C'est le moment de montrer qu'elles ont profité de ton enseignement.

C'était si évident, même pour une Amazone, qu'elle prononça la phrase rituelle d'acquiescement et de respect, puis s'en alla conférer avec ses subordonnées. Callista, aidée de plusieurs servantes, faisait les bagages pour un séjour prolongé à Thendera. Devant l'étonnement d'Ellemir, elle lui expliqua :

— Valdir est un enfant. Le Conseil Comyn jugera peut-être que notre père, infirme et malade, ne peut plus assumer ses devoirs de chef du Domaine ; et la nomination du tuteur de Valdir pourrait donner lieu à des discussions interminables.

— Pourtant, Damon me semblerait le choix logique, dit Ellemir.

— C'est vrai, ma sœur, dit Callista avec un sourire contraint. Mais il m'est arrivé de remplacer Léonie au Conseil, et je sais que, pour tous ces grands seigneurs, rien n'est jamais simple ou évident quand un avantage politique est en jeu. Rappelle-toi : on ne voulait pas nommer Domenic au commandement de la Garde, vu son jeune âge. Et Valdir est encore plus jeune.

Ellemir gémit, portant machinalement la main à son ventre. Elle avait entendu parler d'inimitiés au Conseil Comyn, d'hostilités plus cruelles que des batailles rangées, parce que ce n'étaient pas des ennemis qui s'opposaient, mais des parents. Comme disait l'antique proverbe, quand des *bredin* s'éloignent l'un de l'autre, les ennemis interviennent pour élargir le gouffre.

— Callie ! Crois-tu... crois-tu que Domenic ait été *assassiné* ?

— Cassilda, Mère des Sept Domaines, faites qu'il n'en soit pas ainsi, dit Callista d'une voix tremblante. S'il était mort empoisonné, ou des suites d'une maladie mystérieuse, je le craindrais en effet — la succession des Alton a donné lieu à tant de rivalités ! Mais frappé par Cathal ? Nous connaissons bien Cathal, Elli, il aimait Domenic comme la prunelle de ses yeux ! Ils avaient prêté le serment de *bredin*. Rompre un serment ? Je le croirais plus facilement de Damon que de notre cousin Cathal !

Elle ajouta, toujours pâle et troublée :

— S'il s'agissait de Dezi...

Les jumelles se regardèrent, hésitant à formuler leur accusation, mais se rappelant que la malice de Dezi avait failli coûter la vie à Andrew. Ellemir dit enfin d'une voix tremblante :

— Je me demande où était Dezi quand Domenic est mort...

— Oh, non, non, Ellemir, l'interrompit Callista. Ne *pense* même pas une chose pareille ! Notre père aime Dezi, même s'il ne l'a pas reconnu, alors, n'aggrave pas sa douleur ! Je t'en supplie, Elli, je t'en supplie, ne va pas mettre cette idée dans la tête de Papa !

Ellemir comprit ce qu'elle voulait dire : elle devait soigneusement barricader ses pensées, pour que son accusation sans fondement ne parvienne pas à leur père. Pourtant la pensée continua à la troubler pendant qu'elle donnait ses instructions aux femmes qui s'occuperaient de la maison en leur absence. Elle trouva un moment pour s'échapper et descendre à la chapelle déposer une petite guirlande de fleurs sur l'autel de Cassilda. Elle aurait voulu que son enfant naisse à Armida, où il vivrait entouré de l'héritage qui lui appartiendrait quelque jour.

De sa vie, elle n'avait jamais rien désiré d'autre que d'épouser Damon et de donner des fils et des filles à leurs clans. Etait-ce trop demander ? pensa-t-elle, désolée. Elle n'était pas comme Callista, qui avait eu l'ambition de travailler avec le *laran*, et de siéger au Conseil Comyn pour discuter des affaires de l'Etat. Elle ne demandait qu'un peu de paix. Et pourtant, elle savait que dans les jours à venir, cette paix de la vie domestique lui serait refusée.

Exigerait-on que Damon commande les Gardes à la

place de son beau-père ? Comme toutes les filles Alton, elle était fière de ce poste de commandant réservé à leur famille, que son père avait rempli, et que Domenic aurait dû occuper pendant des années. Mais Domenic étant mort, et Valdir encore trop jeune, qui commanderait ? Embrassant la chapelle du regard, elle contempla les tableaux des dieux, les portraits, raides et stylisés, d'Hastur, Fils d'Aldones, à Hali avec Cassilda et Camilla. C'étaient les ancêtres des Comyn ; la vie était plus facile à leur époque. Très lasse, elle quitta la chapelle et remonta pour désigner les servantes qui les accompagneraient, et celles qui resteraient pour s'occuper du domaine.

Andrew, très préoccupé, conféra avec le *coridom* — comme tous les autres serviteurs, très affligé de la mort de son jeune maître — sur les travaux à faire pendant leur absence. Il trouvait qu'il aurait pu rester, que rien ne l'appelait à Thendara, et qu'il n'était pas bon de laisser le domaine aux mains des serviteurs. Mais il savait que sa répugnance venait, en partie, du fait que le Quartier Général de l'Empire Terrien se trouvait à Thendara. Il était content que les Terriens le croient mort ; il n'avait aucun parent pour le pleurer, et il ne désirait plus rien de la Terre. Pourtant, inopinément, il se retrouvait en situation conflictuelle. Rationnellement, il savait que les Terriens n'avaient aucun droit sur lui, qu'ils ne sauraient sans doute même pas qu'il se trouvait dans l'ancienne cité de Thendara, et qu'ils ne chercheraient pas à le faire revenir parmi eux. Mais il était quand même plein d'appréhension. Il se demanda, lui aussi, où était Dezi quand Domenic était mort, mais écarta vivement cette pensée.

D'après Damon, Thendara n'était qu'à une journée de voyage, pour un homme seul, monté sur un cheval rapide, et par beau temps. Mais une troupe nombreuse, avec bagages et serviteurs, accompagnée d'une femme enceinte et d'un infirme tous deux transportés en litière, mettrait au moins quatre ou cinq jours. La plupart des préparatifs incombèrent à Andrew, et il était bien fatigué mais satisfait quand le groupe passa les grilles. *Dom* Esteban avait pris place dans une litière portée par deux chevaux ; une autre était prête pour Ellemir quand elle serait fatiguée de monter, mais, pour le moment, elle chevauchait au côté de Damon, les yeux rouges et gonflés de larmes. Andrew, se rappelant comme Domenic avait taquiné Ellemir à la noce, fut pris d'une profonde tristesse ; il avait eu si peu de temps pour connaître ce joyeux frère qui l'avait si rapidement accepté.

Suivait un long cortège d'animaux de bât, de serviteurs montés sur des bêtes à andouillers, et qui avaient le pied plus sûr que bien des chevaux sur les sentiers de montagne. Une demi-douzaine de Gardes fermaient la marche, pour les protéger des dangers de cette région montagneuse. Callista, grande, solennelle et pâle dans sa cape noire de voyage, semblait appartenir à un autre monde. Devant son visage hanté sous son capuchon noir, Andrew avait du mal à croire que c'était la même femme qui riait au milieu des fleurs. Cela ne remontait-il qu'à la veille ?

Pourtant, malgré la mortelle solennité de sa tenue de deuil et de son visage livide, c'était la même femme rieuse qui avait reçu et rendu ses baisers avec tant de passion. Un jour — bientôt, bientôt, se jura-t-il farouchement ! — il la libérerait et l'aurait toute à lui, toujours. Sous son regard, elle releva la tête et lui adressa un pâle sourire.

Le voyage dura quatre longs jours, froids et épuisants. Le deuxième jour, Ellemir se mit dans sa litière, et ne la quitta plus. Arrivée au col dominant la ville, elle insista pourtant pour se remettre en selle.

— La litière nous secoue, moi et le bébé, bien davantage que le pas de Shirina, dit-elle avec humeur. Je ne veux pas entrer dans Thendera, portée en litière comme une princesse ou une infirme. Tout le monde doit savoir que mon enfant est vigoureux !

Ferrika consultée déclara que le confort d'Ellemir passait avant tout, et que si elle se sentait mieux en selle, elle devait continuer à cheval.

Andrew n'avait jamais vu le Château Comyn, sauf à

distance, de la Zone Terrienne. Immense, il dominait la cité de toute sa masse imposante, et Callista lui dit qu'il se trouvait déjà là avant les Ages du Chaos, et qu'aucune main humaine n'avait participé à sa construction. Les pierres avaient été mises en place par les cercles des Tours, travaillant en commun à transformer les forces.

L'intérieur était un véritable labyrinthe de couloirs interminables. Leurs chambres — réservées aux Alton lors de la saison du Conseil depuis des temps immémoriaux, lui dit Callista — étaient presque aussi grandes que leurs appartements d'Armida.

A part leur suite, le château semblait désert.

— Mais le Seigneur Hastur est là, dit Callista. Il passe à Thendera la plus grande partie de l'année, et son fils Davan l'aide à commander la Garde. Je suppose qu'il va convoquer le Conseil au sujet de la succession Alton. Il y a toujours des problèmes, et Valdir est si jeune.

Comme on transportait *Dom* Esteban dans le grand hall de la suite Alton, un garçon d'une douzaine d'années au visage vif et intelligent, et aux cheveux d'un roux si sombre qu'ils en paraissaient presque noirs, s'avança à sa rencontre.

— Valdir !

Dom Esteban lui tendit les bras et l'enfant s'agenouilla à ses pieds.

— Tu es bien jeune, mon enfant, mais il va falloir te conduire en homme !

L'enfant se releva, et il le serra contre lui.

— Sais-tu où est la dépouille de ton...

Il s'interrompit, incapable de terminer.

— Ses restes sont à la chapelle, mon Père, dit le jeune Valdir, et son écuyer est près de lui. Je ne savais pas ce que je devais faire, mais...

Il fit un geste, et Dezi s'avança, d'un pas hésitant.

— ... mais mon frère Dezi m'a beaucoup aidé depuis mon retour de Nevarsin.

Damon pensa peu charitablement qu'après la mort de son premier protecteur, Dezi n'avait pas perdu de temps à s'insinuer dans les bonnes grâce du nouvel héritier. Près du frêle Valdir, Dezi, avec ses cheveux d'un roux flamboyant et son visage parsemé de taches de rousseur ressemblait beaucoup plus à son père que le fils légitime. *Dom* Esteban embrassa Dezi en pleurant.

— Mon cher, cher enfant...

Damon se demanda comment on pourrait priver l'infirme de son seul autre fils survivant, priver Valdir de son seul frère. Nu est le dos sans frère, disait le proverbe, et c'était vrai. D'ailleurs, sans sa matrice, Dezi était inoffensif.

Valdir vint embrasser Ellemir.

— Je vois que tu as fini par épouser Damon, comme je le pensais.

Mais, timide, il n'osa approcher de Callista. Elle lui tendit les bras, expliquant à Andrew :

— Je suis partie à la Tour quand Valdir était encore tout bébé ; je ne l'ai vu que quelques fois depuis, et jamais depuis sa petite enfance. Je suis sûre que tu m'as oubliée, mon frère.

— Pas tout à fait, dit l'enfant levant les yeux sur sa sœur. Je me rappelle une chose. Nous étions dans une pièce aux couleurs d'arc-en-ciel. Je devais être tout petit. Je suis tombé et je me suis fait mal à la jambe, alors, tu m'as pris sur tes genoux et tu m'as chanté des comptines. Tu portais une robe blanche avec quelque chose de bleu.

Elle sourit.

— Je me souviens maintenant. C'est quand on t'a présenté à la Chambre de Cristal, comme tout fils Comyn doit l'être, pour s'assurer qu'il n'a aucun défaut ou difformité cachés lorsqu'il se mariera. Je n'étais que monitrice, alors. Mais tu n'avais pas cinq ans. Je m'étonne que tu te souviennes du voile bleu. Je te présente Andrew, mon mari.

L'enfant s'inclina courtoisement devant Andrew, sans lui tendre la main, et revint se placer au côté de Dezi. Andrew salua froidement Dezi, et Damon lui donna l'accolade de parent, espérant que ce contact dissiperait les soupçons qu'il continuait à entretenir.

Mais Dezi avait soigneusement barricadé ses pensées. Damon ne put rien lire dans son esprit, et finit par s'exhorter à la justice. La dernière fois qu'ils s'étaient vus, il avait torturé Dezi, avait failli le tuer ; comment aurait-il pu accueillir Damon avec amitié ?

On emmena *Dom* Esteban dans son appartement. Il regarda Dezi d'un air suppliant, et le jeune homme suivit son père. Quand ils furent sortis, Andrew dit en faisant la grimace :

— Je pensais que nous étions débarrassés de lui ! Enfin, si sa présence réconforte notre père, que pouvons-nous y faire ?

Ce ne serait pas la première fois qu'un bâtard, mauvais sujet dans sa jeunesse, deviendrait le bâton de vieillesse d'un père ayant perdu tous ses autres enfants, se dit Damon. Il espérait qu'il en serait ainsi, pour le bien de *Dom* Esteban et pour celui de Dezi.

Il rejoignit Andrew et Callista en disant :

— Viendrez-vous avec moi à la chapelle, voir ce qu'on a fait de notre frère ? Si les dispositions prises sont convenables, nous pourrons épargner sa vue à notre père. Et à Ellemir. Ferrika l'a mise au lit. C'est elle qui connaissait le mieux Domenic. Inutile de l'affliger davantage.

La chapelle était dans les entrailles du château, creusée dans le roc servant de fondations à l'édifice, et était glacée comme une caverne souterraine. Dans le silence résonnant de l'écho de leurs pas, Domenic était allongé au fond d'une bière supportée par des tréteaux, devant l'image sculptée de la Bienheureuse Cassilda, Mère des Domaines. Sur son visage de pierre, Andrew crut discerner une ressemblance avec Callista.

Damon baissa la tête et enfouit son visage dans ses mains. Callista se pencha, et embrassa doucement le front glacé, en murmurant quelque chose qu'Andrew n'entendit pas. Une forme sombre, agenouillée près de la bière, remua soudain et se leva. C'était un jeune homme petit, trapu et vigoureux, échevelé et les yeux rouges de larmes. Andrew devina qui il était avant même que Callista ne prononçât son nom.

— Cathal, cher cousin.

Il les regarda, pitoyable, avant de retrouver sa voix.

— Dame Ellemir, mes Seigneurs...

— Je ne suis pas Ellemir, mais Callista, mon cousin. Nous te sommes reconnaissants d'être resté avec Domenic jusqu'à notre arrivée. Il est bon qu'il ait eu près de lui quelqu'un qui l'aimait.

— C'est ce que j'ai pensé, et pourtant je me sens coupable, moi qui suis son meurtrier...

Sa voix se brisa. Damon embrassa le jeune homme frissonnant.

— Nous savons tous que ce fut un accident, mon cousin. Dis-moi comment c'est arrivé.

Il regarda Damon d'un air pitoyable.

— Nous étions dans la salle d'armes, et nous nous entraînions avec des épées de bois, comme nous le faisions tous les jours. Il était meilleur épéiste que moi, dit Cathal, dont le visage se décomposa.

Lui aussi, constata Andrew, avait les traits caractéristiques des Comyn ; le « cousin » n'était pas une simple courtoisie.

— Je ne savais pas que je l'avais frappé si fort. Je croyais qu'il plaisantait, qu'il me taquinait, qu'il allait se relever en riant — comme il le faisait si souvent, dit-il, le visage convulsé de douleur.

Damon, au souvenir des mille farces que Domenic avait faites pendant son année dans les cadets, serra les mains de Cathal.

— Je sais, mon enfant.

Ce garçon était-il resté seul, sans aucun réconfort, écrasé de remords, depuis la mort de son ami ?

— Continue.

— Je l'ai secoué, dit Cathal, blême d'horreur à ce souvenir. Je lui ai dit : « Lève-toi, âne bâté, arrête de faire l'idiot ! » Puis je lui ai ôté son masque, et j'ai vu qu'il était sans connaissance. Mais même alors, je ne me suis pas trop inquiété — nous avons souvent des blessés.

— Je sais, Cathal. Moi-même, j'ai perdu connaissance une demi-douzaine de fois pendant mon année de cadet, et Coryn m'a cassé le petit doigt avec une épée d'entraînement, et il est resté crochu depuis. Mais qu'as-tu fait alors, mon garçon ?

— J'ai couru chercher l'officier sanitaire, Maître Nicol.

— Tu l'as laissé seul ?

— Non, son frère était avec lui, dit Cathal. Dezi lui bassinait le visage avec de l'eau froide pour le faire revenir à lui. Mais quand je suis revenu avec Maître Nicol, il était mort.

— Tu es sûr qu'il était vivant quand tu l'as quitté, Cathal ?

— Oui, dit Cathal avec conviction. Je l'entendais respirer. Son cœur battait.

Damon secoua la tête en soupirant.

— As-tu remarqué ses yeux ? Les pupilles étaient-elles dilatées ? Contractées ? Réagissaient-ils à la lumière ?

— Je... je n'ai pas remarqué, Seigneur Damon. Je n'ai pas pensé à regarder.

Damon soupira.

— Non, bien sûr. Eh bien, mon enfant, les blessures à la tête ne suivent pas toujours les règles générales. Quand j'étais officier sanitaire, un de mes Gardes s'est fait taper la tête contre un mur au cours d'une bagarre. Quand on l'a ramené, il semblait en pleine forme, mais au dîner, il s'est endormi, la tête sur la table, et ne s'est jamais réveillé. Il est mort dans son sommeil.

Il se leva et posa la main sur l'épaule de Cathal.

— Ne te tourmente pas, mon garçon. Tu ne pouvais rien faire.

— Le Seigneur Hastur et les autres, ils m'ont questionné et questionné, comme si j'avais été capable de faire du mal à Domenic. Nous étions *bredin* — je l'aimais.

Allant se placer devant la statue de Cassilda, il dit avec véhémence :

— Que les Seigneurs de la Lumière me foudroient s'ils me croient capable de lui avoir jamais nui !

Puis il se retourna et s'agenouilla un moment aux pieds de Callista.

— *Domna*, vous êtes *leronis*, vous pouvez prouver que je n'ai jamais entretenu aucun sentiment malveillant envers mon cher seigneur, que j'aurais donné ma vie pour lui ! Que ma main se dessèche si je mens !

Ses larmes s'étaient remises à couler. Damon le releva, disant avec fermeté :

— Nous le savons, mon garçon, crois-moi.

L'esprit du jeune homme, tourmenté de remords et d'affliction, était grand ouvert à Damon. Mais le remords venait du coup malchanceux, car il n'y avait aucune malice en Cathal.

— Vient le moment où les larmes deviennent une satisfaction morose. Va te reposer. Tu es son écuyer ; tu devras chevaucher à son côté quand on le portera en terre.

Cathal, regardant Damon dans les yeux, prit une profonde inspiration.

— Vous, vous me croyez, Seigneur Damon. Maintenant, je crois que je vais pouvoir dormir.

En soupirant, Damon regarda le jeune homme s'éloigner. Quoi qu'il fît pour le rassurer, Cathal passerait sa vie à regretter d'avoir tué par malchance son parent et son ami juré. Pauvre Cathal. Domenic était mort rapidement et sans souffrir. Cathal souffrirait toute sa vie.

Callista, debout près de la bière, regardait Domenic, vêtu des couleurs de son Domaine, ses boucles bien disciplinées pour une fois, les yeux clos, l'air serein. Elle lui tâta la gorge.

— Où est sa matrice ? Elle doit être enterrée avec lui.

Damon fronça les sourcils.

— Cathal ?

Le jeune homme, arrivé au seuil de la chapelle, s'immobilisa.

— Seigneur ?

— Qui l'a préparé pour les obsèques ? Pourquoi lui a-t-on enlevé sa matrice ?

— Sa matrice ? répéta-t-il, sans comprendre. Je lui ai souvent entendu dire qu'il ne s'intéressait pas à ces choses. Je ne savais pas qu'il en avait une.

Callista porta la main à sa gorge.

— Il en avait reçu une quand on l'avait testé. Il avait le *laran,* mais il s'en servait rarement. La dernière fois que je l'ai vu, il portait sa matrice autour du cou, dans un sachet comme celui-ci.

— Maintenant, je me rappelle, dit Cathal. Il avait quelque chose autour du cou. Je pensais que c'était un porte-bonheur ou un gri-gri. Je n'ai jamais su ce que c'était. Ceux qui ont fait sa toilette mortuaire ont peut-être pensé que ça avait trop peu de valeur pour être enterré avec lui.

Damon laissa partir Cathal. Il se renseignerait, pour savoir qui avait préparé Domenic pour les funérailles. Car sa matrice devait être enterrée avec lui.

— Comment quelqu'un aurait-il pu la prendre ? demanda Andrew. Tu m'as dit et montré qu'il est dangereux de toucher la matrice d'un autre. Quand tu as enlevé la sienne à Dezi, ce fut presque aussi douloureux pour toi que pour lui.

— En général, quand le possesseur d'une matrice accordée meurt, la pierre meurt avec lui. Après, ce n'est plus qu'un morceau de cristal bleu, sans lumière. Mais il serait malséant qu'elle puisse être manipulée par un autre.

Il y avait de grandes chances qu'un serviteur l'eût trouvée de trop peu de valeur pour être enterrée avec un héritier Comyn, comme disait Cathal.

Si Maître Nicol, sans comprendre, l'avait touchée, déliée même, pour donner de l'air à Domenic cela avait pu le tuer. Mais non, Dezi était là. Dezi savait, ayant reçu l'enseignement d'Arilinn. Si Maître Nicol avait essayé de lui enlever sa matrice, Dezi, qui, comme Damon avait de bonnes raisons de le croire, était capable de faire un travail de Gardien, aurait sûrement choisi de la manipuler lui-même, puisqu'il pouvait le faire sans danger.

Mais si Dezi l'avait prise…

Non, il ne pouvait pas le croire. Quels que fussent ses défauts et ses fautes, Dezi aimait Domenic. Seul de la famille, Domenic l'avait traité en ami, en véritable frère, avait insisté pour que ses droits soient reconnus.

Certes, ce n'aurait pas été la première fois qu'un frère aurait tué son frère. Mais non. Dezi aimait Domenic, il aimait leur père. D'ailleurs, il était bien difficile de ne pas aimer Domenic.

Damon resta un moment debout près de la bière, pensif. Quoi qu'il arrivât, c'était la fin d'une ère à Armida. Valdir étant si jeune et déjà héritier, il faudrait écourter sa formation de fils Comyn : les années passées dans le corps des cadets et les Gardes, le temps passé à Armida s'il en avait les capacités. Lui et Andrew feraient de leur mieux pour remplacer ses fils auprès du Seigneur Alton vieillissant, mais, malgré leur bonne volonté, ils n'étaient pas des Alton, élevés dans les traditions des Lanart d'Armida. Quoi qu'il arrivât, c'était la fin d'une ère.

Callista s'approcha d'Andrew qui observait les fresques. Elles étaient très anciennes, peintes avec des pigments qui luisaient comme des gemmes, et elles racontaient en images la légende d'Hastur et Cassilda, le grand mythe des Comyn : Hastur, en robe dorée, errant sur les rives du lac ; Cassilda et Camilla à leur métier à tisser ; Camilla, entourée de ses colombes, lui apportant les fruits traditionnels ; Cassilda, une fleur à la main, l'offrant à l'enfant du Dieu. Le dessin était archaïque et stylisé, mais elle reconnut certains fruits et certaines fleurs. L'offrande de Cassilda, c'était du *kireseth*, la fleur étoilée et bleue des Montagnes de Kilghard, communément appelée la clochette d'or. Est-ce à cause de cette association sacrée, se dit-elle, que la fleur de *kireseth* était tabou dans tous les cercles des Tours, de Dalereuth aux Hellers ? Etreinte d'un regret poignant, elle repensa à son confiant abandon dans les bras d'Andrew, durant la floraison hivernale. Autrefois, on plaisantait aux mariages, si la mariée était récalcitrante. Elle avait les yeux pleins de larmes, mais elle les refoula bravement. Etait-ce le moment de se soucier de ses problèmes personnels, devant la dépouille de son frère bien-aimé ?

18

Le cortège funéraire accompagnant le corps de Domenic Lanart-Alton à sa dernière demeure s'ébranla vers le nord sous un ciel gris et brumeux, au milieu de bourrasques de neige soufflant des hauteurs. Le *rhu fead* de Hali, le tabernacle sacré des Comyn, était à une heure de cheval du Château Comyn. Tous les Seigneurs et les Dames de sang Comyn qui avaient pu se rendre au Conseil ces trois derniers jours étaient là, pour honorer l'héritier des Alton, mort si jeune d'un tragique accident.

Tous, sauf Esteban Lanart-Alton. Andrew, qui chevauchait près de Cathal Lindir et du jeune Valdir, revit mentalement la pénible scène qui avait éclaté le matin : Ferrika, convoquée par l'infirme pour qu'elle lui donne un fortifiant, avait carrément refusé.

— Vous n'êtes pas en état de vous déplacer, *vai dom,* pas même en litière. Si vous l'accompagnez jusqu'à sa tombe, il faudra vous coucher près de lui avant que dix jours soient passés.

Elle ajouta avec plus de douceur :

— Nous ne pouvons plus rien faire pour le pauvre enfant, Seigneur Alton. Maintenant, c'est à votre santé qu'il faut penser.

L'infirme s'était mis en fureur, et Callista, appelée en toute hâte, avait craint que sa colère même ne provoque la catastrophe que Ferrika essayait d'éviter. Essayant de s'interposer, elle dit, hésitante :

— Mais cette rage ne lui est-elle pas encore plus nuisible ?

— Je ne me plierai pas à des ordres de femmes, vociféra *Dom* Esteban. Qu'on m'envoie mon serviteur. Et sortez, toutes les deux ! Dezi...

Il chercha Dezi du regard, et Dezi, le visage empourpré, répondit :

— Si vous partez à cheval, mon oncle, je vous accompagnerai.

Mais Ferrika s'esquiva et revint bientôt avec Maître Nicol, l'officier sanitaire des Gardes. Il prit le pouls de l'infirme, retroussa ses paupières pour examiner les capillaires du globe oculaire, et dit sèchement :

— Seigneur, si vous partez à cheval aujourd'hui, vous avez de grandes chances de ne jamais revenir. Laissez les autres ensevelir le mort. Votre héritier n'a même pas encore été reconnu par le Conseil, et de plus, il n'a que douze ans. Votre devoir, *vai dom,* est de ménager vos forces pour élever ce garçon jusqu'à l'âge d'homme. Pour rendre un dernier devoir à votre fils mort, vous risquez de laisser orphelin celui qui vit encore.

Devant ces dures vérités, il n'y avait rien à répliquer. Consterné, *Dom* Esteban avait permis à Maître Nicol de le remettre au lit, cramponné à la main de Dezi, qui resta docilement près de lui.

Continuant à chevaucher vers Hali, Andrew revit encore les visites de condoléances, les longues conversations avec les autres membres du Conseil, qui avaient mis les forces du Seigneur Alton à rude épreuve. Même s'il survivait à la prochaine session du Conseil et au voyage de retour, vivrait-il jusqu'à ce que Valdir fût déclaré adulte, à quinze ans ? Et un garçon de quinze ans serait-il capable d'assumer la direction et la politique complexes du Domaine ? Sûrement pas cet enfant protégé et studieux, élevé dans un monastère !

Valdir chevauchait en tête du cortège, en vêtements de deuil noirs, qui faisaient encore ressortir la pâleur de son visage. Près de lui, son ami juré, Valentine Aillard, venu avec lui de Nevarsin, vigoureux garçon aux cheveux si blonds qu'ils en paraissaient blancs. Ils avaient l'air solennel, tous les deux, mais pas profondément affligé. Ni l'un ni l'autre n'avaient bien connu Domenic.

Sur les rives du Lac de Hali, où, d'après la légende, Hastur, fils de la Lumière, était descendu sur Ténébreuse, le corps de Domenic fut couché dans une tombe anonyme, selon la coutume. Devant la fosse, Callista s'appuya lourdement sur Andrew, et il perçut sa pensée : *Peu importe où il repose, il est ailleurs maintenant. Mais cela aurait réconforté notre père qu'il fût enterré dans la terre d'Armida.*

Andrew, embrassant le cimetière du regard, frissonna. Sous ses pieds, gisaient les restes d'innombrables générations de Comyn, sans aucun signe pour marquer l'emplacement des tombes, à part les monticules irréguliers, rehaussés par les neiges de l'hiver et le dégel du printemps. Ses fils et ses filles reposeraient-ils ici, un jour ? Reposerait-il lui-même ici quelque jour, sous cet étrange soleil ?

Valdir, en qualité de parent le plus proche, s'avança le premier au bord de la tombe et parla d'une voix hésitante, aiguë et enfantine :

— Quand j'avais cinq ans, mon frère Domenic me souleva de terre pour m'asseoir sur mon poney, et dit que je devrais avoir un vrai cheval d'homme. Alors, il m'emmena aux écuries et aida le *coridom* à me choisir une monture docile. Que ce souvenir allège notre affliction.

Il recula d'un pas, et Valentine Aillard prit sa place.

— Au cours de ma première année à Nevarsin, je me sentais seul et misérable, comme tous les autres, mais encore davantage, car je n'avais plus ni père ni mère, et ma sœur était élevée au loin. Domenic était venu rendre visite à Valdir. Il m'a emmené en ville et m'a acheté des bonbons et des cadeaux, pour que j'aie ce qu'ont tous les autres après la visite d'un parent. Et à la fête du Solstice d'Hiver, quand il envoya des présents à

Valdir, il m'en envoya aussi. Que ce souvenir allège notre affliction.

Un par un, tous les membres du cortège funéraire s'avancèrent, payant leur tribut au mort par le récit d'un souvenir agréable. Quand vint son tour, Cathal Lindir se tut, ravalant ses sanglots, et balbutia enfin :

— Nous étions *bredin*. Je l'aimais.

Puis il recula et se cacha dans la foule, incapable de prononcer les paroles rituelles.

Callista, prenant sa place devant la tombe, dit :

— C'était le seul de ma famille pour qui je n'étais pas une... une personne à part et étrange. Même quand j'étais à Arilinn et que mes autres parents me traitaient en étrangère, Domenic est toujours resté le même envers moi. Que ce souvenir allège notre affliction.

Elle regrettait qu'Ellemir ne fût pas là, pour entendre les éloges décernés à son frère préféré. Mais Ellemir avait choisi de rester près de leur père. On ne pouvait plus rien pour Domenic, avait-elle dit, mais son père avait besoin d'elle.

A son tour, Andrew s'avança au bord de la fosse.

— Je suis arrivé à Armida, seul et étranger. Il voulut être témoin de mon mariage, car je n'avais aucun parent près de moi.

Le cœur serré, il termina par la formule rituelle : « Que ce souvenir allège notre affliction », regrettant de n'avoir pas mieux connu son jeune beau-frère.

Tous les Seigneurs et Dames Comyn payèrent leur tribut au mort par le récit de quelque petite gentillesse, de quelque rencontre agréable. Lorenz Ridenow, malgré ses intrigues pour faire retirer son commandement à Domenic, trop jeune à son gré, loua sa modestie et sa compétence. Danvan Hastur — jeune homme trapu aux cheveux blond cendré et aux yeux gris —, maître des cadets de la Garde, raconta l'intercession du jeune commandant en faveur de la victime d'une farce cruelle. Damon, lui-même maître des cadets à l'époque où Domenic y était entré à l'âge de quatorze ans, témoigna qu'en dépit de ses niches et de ses espiègleries, Domenic n'avait jamais fait une plaisanterie méchante ou une farce cruelle. Etreint d'une profonde affliction, Andrew réalisa que le jeune mort laisserait un grand vide. Valdir aurait du mal à remplir la place d'un frère si universellement aimé et respecté.

Sur le chemin du retour, le brouillard se leva. Du haut du col dominant Thendera, Andrew contempla, de l'autre côté de la vallée, les bâtiments qui commençaient à s'élever à l'intérieur des murs de la Zone Terrienne. Le bourdonnement des engins de construction parvenait jusqu'à lui. Autrefois, il s'appelait Andrew Carr, et résidait dans un complexe semblable, sous une lumière jaune qui effaçait la couleur du soleil local, sans se soucier de ce qu'il y avait au-delà. Aujourd'hui, il regardait avec indifférence les lointaines silhouettes des astronefs, et les squelettes des gratte-ciel en construction. Tout cela ne le concernait plus.

Se retournant, il vit que Lorill Hastur le regardait. Lorill Hastur était Régent du Conseil Comyn, et Callista lui avait expliqué qu'il était plus puissant que le roi, homme d'un certain âge, grand, majestueux, aux cheveux roux sombre grisonnant aux tempes. Il rencontra le regard d'Andrew et le soutint un instant. Le Terrien, sachant que Lorill était un puissant télépathe, détourna vivement la tête. C'était stupide — si le seigneur Hastur voulait lire dans son esprit, il n'avait pas besoin de le regarder dans les yeux ! Et maintenant, il connaissait suffisamment la courtoisie des télépathes pour savoir que Lorill ne le sonderait pas impromptu sans bonnes raisons. Quand même, il se sentit mal à l'aise, sachant qu'il était, en quelque sorte, un intrus. Personne ne savait qu'il était Terrien. Mais il essaya de prendre l'air indifférent, tandis qu'il écoutait Callista qui lui montrait les bannières des Domaines.

— Le sapin argent sur la bannière bleue, c'est Hastur, naturellement. Tu l'as vue quand Léonie est venue à Armida. Et voici la bannière Ridenow, vert et or, à l'endroit où se trouve Lorenz. Damon a droit à un porte-étendard, mais il se soucie peu de ce privilège. Les plumes rouges et grises, c'est la bannière des

Aillard, et l'arbre et la couronne argentés appartiennent aux Elhalyn. Ils faisaient partie autrefois du clan des Hastur.

Le Prince Duvic, venu honorer l'héritier des Alton, avait l'air moins royal que Lorill Hastur, ou même que le jeune Danvan. C'était un jeune homme à l'air gâté et dissolu, et à l'élégance affectée dans ses somptueuses fourrures.

— Et voici le vieux *Dom* Gabriel d'Ardais, et son épouse, Dame Rohana ; tu vois le faucon sur leur bannière ?

— Ça ne fait que six, en comptant Armida, dit Andrew. Quel est le septième Domaine ?

— Le Domaine d'Aldaran est exclu depuis longtemps. J'ai entendu donner toutes sortes de raisons à cette exclusion, mais je soupçonne qu'ils vivaient trop loin pour venir au Conseil chaque année, tout simplement. Le Château Aldaran se trouve dans les Hellers, et il est difficile de gouverner un peuple habitant une région si écartée que personne ne peut dire s'ils respectent ou non les lois. Certains disent que les Aldaran n'ont pas été exclus mais ont fait sécession de leur libre volonté. Chacun te donnera une raison différente expliquant pourquoi Aldaran n'est plus le septième Domaine. Je suppose qu'un jour, l'un des plus grands Domaines sera partagé en deux, et qu'ainsi ils redeviendront sept. C'est ce qu'ont fait les Hastur quand la lignée des Elhalyn s'est éteinte. D'ailleurs, nous sommes tous apparentés, et bien des petits nobles ont du sang Comyn. Papa parlait autrefois de marier Ellemir à Cathal…

Elle se tut, et Andrew soupira, pensant aux implications de ces paroles. Son mariage l'avait fait entrer dans une caste souveraine. L'enfant que portait Ellemir et tous les enfants qu'aurait Callista hériteraient d'une terrible responsabilité.

Et j'ai commencé ma vie dans un hara d'Arizona !

Il fut tout aussi impressionné, plus tard le même jour, quand le Conseil Comyn se rassembla dans ce que Callista appelait la Chambre de Cristal : haute salle aménagée dans une tourelle, et construite en pierres translucides taillées en forme de prismes scintillant sous la lumière du soleil, de sorte qu'on avait l'impression d'évoluer dans un arc-en-ciel. La salle était octogonale, et chaque Domaine se rangea avec sa bannière, sur les sièges disposés en gradins. Callista lui chuchota que tout membre d'une famille détenant des droits Comyn et connu pour posséder le *laran* avait le droit imprescriptible de paraître et de prendre la parole au Conseil. En qualité de Gardienne d'Arilinn, elle détenait ce droit, mais en avait rarement fait usage.

Léonie était là, avec les Hastur ; Andrew détourna les yeux à sa vue. Sans elle, Callista serait sa femme autrement que de nom, et ce serait peut-être Callista, non Ellemir, qui porterait son enfant.

Mais dans ce cas, il n'aurait pas connu Ellemir. Comment souhaiter une chose pareille ?

Dom Esteban, pâle, les traits tirés, mais se redressant avec dignité dans son fauteuil resta au bas des gradins, entre ses deux fils, Valdir, pâle et surexcité, et Dezi, doucereux et impénétrable. Celui-ci provoqua bien des regards interrogateurs et curieux. La ressemblance était indiscutable, et le fait que *Dom* Esteban le fît asseoir près de lui dans la Chambre de Cristal équivalait à une reconnaissance tardive.

Lorill Hastur prit la parole, d'une voix grave et solennelle.

— Ce matin, nous avons rendu un dernier hommage à l'héritier d'Alton, tragiquement mort par accident. Mais la vie continue, et nous devons maintenant désigner le prochain héritier. Esteban Lanart-Alton, voulez-vous...

Considérant l'infirme dans son fauteuil, il se reprit et poursuivit :

— ... pouvez-vous prendre place parmi nous ? Sinon, vous pouvez parler d'où vous êtes.

Dezi se leva, roula le fauteuil à l'endroit désigné et revint discrètement à sa place.

— Esteban, je fais appel à vous pour désigner les

prochains héritiers de votre Domaine, afin que tous, nous les connaissions et les acceptions.

Esteban dit d'une voix calme :

— Mon héritier le plus proche est le plus jeune de mes fils légitimes, Valdir-Lewis Lanart-Ridenow, né de ma femme *di catenas* Marcella Ridenow.

Il fit signe à Valdir de s'avancer, et l'enfant vint s'agenouiller aux pieds de son père.

— Valdir-Lewis Lanart-Alton, dit *Dom* Esteban, lui donnant pour la première fois le titre porté uniquement par le chef du Domaine et son héritier, en tant que cadet de famille, tu n'as pas prêté le serment de Comyn même par procuration, et à cause de ta jeunesse, aucun serment ne peut être exigé ou accepté de toi. Je te demande donc simplement de respecter fidèlement les vœux prononcés en ton nom, et de les confirmer quand tu seras légalement en âge de le faire.

— Je le promets, dit l'enfant d'une voix tremblante.

Il fit alors signe à l'enfant de se relever, et lui donna une accolade solennelle.

— Je te nomme donc héritier d'Alton. Quelqu'un conteste-t-il ?

Gabriel Ardais, vieux soldat d'une soixantaine d'années, aux cheveux grisonnants et au visage creux d'une pâleur maladive, dit d'une voix dure et rocailleuse :

— Je ne conteste pas, Esteban que l'enfant soit de naissance légitime et apparemment en bonne santé. De plus, mon Valentine, qui était son compagnon de jeux à Nevarsin, me dit qu'il a l'esprit vif et intelligent. Mais il ne me plaît pas que l'héritier d'un si puissant Domaine soit un enfant mineur. Ta santé est incertaine, Esteban ; tu dois envisager l'éventualité où tu ne vivrais pas jusqu'à la majorité de Valdir. Il faudrait nommer un régent du Domaine.

— Je suis prêt à nommer un régent, dit Esteban. Mon plus proche héritier après Valdir sera le fils que porte ma fille Ellemir. Avec votre accord, Seigneur, je désignerai son mari, Damon Ridenow, comme régent d'Alton et tuteur de Valdir et de l'enfant à naître.

— Ce n'est pas un Alton, protesta Aran Elhalyn.

— Il m'est plus étroitement apparenté que bien d'autres, dit Esteban. Sa mère était Camilla, la plus jeune de mes sœurs. C'est mon neveu, il a le *laran*, et il détient le droit du mariage sur le Domaine.

— Je sais Seigneur Alton, dit Aran. Ce n'est pas un blanc-bec, mais un homme responsable approchant de ses quarante ans. Il a honorablement rempli bien des responsabilités incombant à un fils Comyn. Mais le Conseil n'a pas été informé de son mariage. Pouvons-nous vous demander pourquoi un mariage entre un fils Comyn et une *comynara* a été célébré avec une hâte aussi malséante, et sous la forme d'une union libre ?

— Ce n'était pas la saison du Conseil, dit Esteban, et les jeunes gens n'avaient pas envie d'attendre six mois.

— Damon, dit Lorill Hastur, si tu dois être nommé régent du Domaine, il semblerait plus convenable que ton mariage soit légalement célébré *di catenas*, selon la loi du Conseil. Es-tu prêt à épouser Ellemir Lanart avec les cérémonies d'usage ?

Damon répliqua en souriant, la main sur celle d'Ellemir :

— Je l'épouserai une douzaine de fois si vous le désirez, avec quelque rituel qui vous plaira, si elle m'accepte.

Ellemir se mit à rire, d'un rire cristallin et joyeux.

— En doutes-tu, cher mari ?

— Alors, viens ici, Damon Ridenow de Serrais.

Damon s'avança jusqu'au centre de la salle, et Lorill Hastur lui demanda solennellement :

— Damon, es-tu libre d'accepter cette obligation ? Es-tu héritier de ton propre Domaine ?

— Je ne suis que douzième en succession directe, dit Damon. J'ai quatre frères plus âgés que moi, et je crois qu'ils ont à eux tous onze fils, ou avaient la dernière fois que j'ai compté ; ils sont peut-être davantage maintenant. De plus, Lorenz est déjà deux fois grand-père. Je jurerai de grand cœur allégeance à Alton, si mon frère et Seigneur de Serrais m'y autorisent.

— Lorenz ? dit Loril, regardant les seigneurs Ridenow.

Lorenz haussa les épaules.

— Damon peut faire ce qu'il veut. Il est en âge de prendre ses responsabilités, et il est peu probable qu'il soit un jour héritier de Serrais. Il est entré par mariage dans le Domaine Alton. Je consens.

Haussant comiquement un sourcil, Damon regarda Andrew qui reçut sa pensée : *C'est bien la première fois que Lorenz m'approuve totalement.* Mais il garda extérieurement son sérieux, comme il convenait en cette circonstance solennelle.

— A genoux donc, Damon Ridenow, dit Lorill. Je te nomme régent et tuteur du Domaine Alton, en tant que parent mâle le plus proche de Valdir-Lewis Lanart-Alton, héritier d'Alton, et de l'enfant à naître d'Elle-mir, ta femme légitime. Es-tu prêt à jurer allégeance au Seigneur du Domaine, Souverain d'Alton, et à renoncer à tous tes autres engagements, sauf envers le Roi et les Dieux ?

— Je le jure, dit Damon d'une voix ferme.

— Es-tu prêt à assumer la régence du Domaine, au cas où son chef légal serait mis dans l'incapacité de le faire, par l'âge, la maladie ou l'infirmité ; et à jurer de protéger et garder les prochains héritiers d'Alton au péril de ta propre vie, si les Dieux en décident ainsi ?

— Je le jure.

Ellemir, qui regardait des gradins, vit la sueur perler sur le front de Damon, et sut qu'il ne désirait pas cette charge. Il l'assumerait, pour le bien des enfants, Valdir et leur fils, mais il ne la désirait pas. Elle espérait que son père savait ce qu'il faisait à Damon !

Lorill Hastur reprit :

— Déclares-tu solennellement être capable d'assumer ces responsabilités, pour autant que tu puisses en juger ? Est-il quelqu'un qui conteste ton droit à cette régence parmi le peuple de ton Domaine, le peuple de tous les Domaines, le peuple entier de Ténébreuse ?

A genoux, Damon pensa : *Qui peut se dire totalement capable d'assumer de telles responsabilités ? Pas moi, Aldones, Seigneur de la Lumière, pas moi ! Pourtant, je ferai de mon mieux, je le jure devant tous les Dieux. Pour Valdir, pour Ellemir et pour son enfant.*

Tout haut, il déclara :

— Je serai fidèle à mes serments.

Danvan Hastur, commandant de la Garde d'Honneur du Conseil, s'avança au centre de la salle où Damon était toujours à genoux, toutes les couleurs de l'arc-en-ciel jouant sur son visage. L'épée à la main, il déclara d'une voix vibrante :

— Quelqu'un conteste-t-il la tutelle de Damon Ridenow-Alton, Régent d'Alton ?

Une voix s'éleva dans le silence :

— Je conteste.

Damon, stupéfait, perçut la consternation d'Andrew, pourtant assis au dernier rang des gradins réservés aux Alton, et, levant la tête, vit Dezi qui, s'avançant, prit l'épée de la main de Lorill.

— A quel titre, s'enquit Lorril. Et de quel droit ? Vous ne m'êtes pas connu, jeune homme.

Dom Esteban considéra Dezi, l'air consterné.

— Tu n'as donc pas confiance en moi, Dezi, mon fils ? dit-il d'une voix qui tremblait.

Dezi ignora ces paroles aussi bien que la tendresse qu'elles exprimaient.

— Je suis Desiderio Leynier, fils *nedesto* de Gwennis Leynier engendré par Estaban Lanart-Alton, et en qualité de seul fils adulte survivant du seigneur du Domaine, je réclame le droit de tutelle sur mon frère et le fils à naître de ma sœur.

Lorill dit d'un ton sévère :

— Nous n'avons aucune archive attestant l'existence de fils *nedesto* d'Esteban Lanart-Alton, excepté les deux fils de Larissa d'Asturien, qui n'ont pas le *laran,* et sont de ce fait exclus de ce Conseil, selon la loi. Puis-je vous demander pourquoi vous n'avez jamais été reconnu ?

— Quant à cela, dit Dezi avec un sourire frisant l'insolence, c'est à mon père qu'il faut le demander. Mais j'en appelle à la Dame d'Arilinn pour témoigner que je suis un Alton, et que j'ai hérité du don du Domaine.

A l'instigation de Lorill, Léonie se leva, fronçant les sourcils, l'air désapprobateur.

— Il n'est pas de mon ressort de désigner les héritiers des Comyn, mais puisqu'on fait appel à mon témoignage, je dois reconnaître que Desiderio dit la vérité : il est le fils d'Esteban Lanart-Alton et possède le don des Alton.

Esteban dit d'une voix rauque :

— Je suis prêt à reconnaître Dezi pour mon fils si ce Conseil l'accepte ; je l'ai fait venir ici dans ce but. Mais je trouve qu'il n'est pas le plus qualifié pour être tuteur de mon jeune fils et de mon futur petit-fils. Damon est un homme fait. Dezi n'est qu'un jeune homme. Je demande à Dezi de retirer sa candidature.

— Avec tout le respect que je vous dois, mon père, dit Dezi avec déférence, je ne le peux pas.

Damon, toujours à genoux, se demanda ce qui allait se passer. Traditionnellement, la contestation pouvait se résoudre par un duel en bonne et due forme, ou bien l'un des candidats pouvait se retirer, ou encore, l'un ou l'autre pouvait présenter au Conseil des preuves tendant à disqualifier l'autre. C'est ce que Lorill était en train d'expliquer.

— Avez-vous des raisons de croire que Damon n'est pas qualifié, Desiderio Leynier, *nedesto* d'Alton ?

— J'en ai, glapit Dezi d'une voix stridente. Damon a tenté de m'assassiner, pour mieux assurer ses droits. Il savait que j'étais le fils d'Esteban, alors qu'il n'était que son gendre, et c'est pourquoi il m'a dépouillé de ma matrice. Seule mon habileté à manier le *laran* lui a évité de se souiller les mains du sang d'un frère par alliance.

Oh, mon Dieu, pensa Andrew, sentant son souffle s'arrêter. *Quelle canaille, quelle maudite canaille. Qui, sinon Dezi, irait inventer une chose pareille ?*

— C'est une accusation très grave, Damon, dit Lorill Hastur. Tu as honorablement servi les Comyn pendant bien des années. Nous n'enquêterons pas plus avant si tu peux nous donner une explication.

Damon déglutit avec effort et leva la tête, conscient que toute l'assistance avait les yeux fixés sur lui.

— J'ai prêté serment à Arilinn ; j'ai juré de prévenir tout mauvais usage d'une matrice. Conformément à ce serment, j'ai ôté sa matrice à Dezi, car il s'en était servi pour imposer sa propre volonté au mari de ma sœur, Ann'dra.

— C'est vrai, dit Dezi avec défi. Ma sœur Callista s'est entichée d'un va-nu-pieds sans famille, d'un *Terranan*. Je voulais simplement débarrasser la famille de cet individu qui l'a entortillée, afin qu'elle puisse faire un mariage digne d'une Dame Comyn, et ne pas se déshonorer dans le lit d'un espion *Terranan*.

Ce fut un beau tapage. Damon se leva d'un bond, fou de rage, mais Dezi le regarda avec défi, l'air goguenard. Dans la Chambre de Cristal, tout le monde parlait, criait, questionnait en même temps. Lorill Hastur ne cessait de demander le silence. En vain.

Lorsqu'un semblant d'ordre se rétablit enfin, il dit d'une voix grave :

— Nous devons enquêter sur cette affaire. Des accusations et des contre-accusations très sérieuses viennent d'être portées. Je vous prie maintenant de vous disperser, et de ne pas discuter cette affaire entre vous. Les commérages n'arrangeront rien. Prenez garde au feu imprudemment allumé dans la forêt ; prenez gardes aux paroles dites imprudemment entre sages. Mais nous examinerons à fond cette affaire et nous vous présenterons nos conclusions d'ici trois jours.

Lentement, la salle se vida. Esteban, d'une pâleur mortelle, regarda tristement Damon et Dezi.

— Quand des frères s'éloignent l'un de l'autre, les étrangers interviennent pour élargir le gouffre. Dezi, comment as-tu pu faire une chose pareille ?

Dezi serra les dents et dit :

— Mon père, je ne vis que pour vous servir. Doutez-vous de moi ?

Il considéra Ellemir, cramponnée au bras de Damon, puis dit à Callista :

— Tu me remercieras quelque jour, ma sœur.

— Ma sœur ! s'écria-t-elle avec dérision.

Puis, le regardant droit dans les yeux, elle lui cracha au visage et lui tourna le dos. Posant le bout des doigts sur le bras d'Andrew, elle ajouta bien haut :

— Emmène-moi, cher mari. Ce lieu empeste la traîtrise.

— Ma fille... commença *Dom* Esteban.

Mais elle se détourna pour sortir, et Andrew n'eut d'autre choix que de la suivre. Le cœur battant à grands coups, il pensait : *Et maintenant ?*

19

UNE fois rentrée dans leur suite, Callista se tourna vers Andrew et dit avec véhémence :

— C'est lui qui a tué Domenic ! Je ne sais pas comment il a fait, mais j'en suis sûre !

— Il n'y avait qu'une seule façon d'y parvenir, dit Andrew, et je n'arrive pas à croire qu'il ait eu tant de force.

— Aurait-il pu s'insinuer dans l'esprit de Cathal, demanda Ellemir, le forcer à frapper Domenic à un endroit vulnérable ? Il a le don des Alton, et peut imposer des rapports...

Elle n'eut pas la force de terminer, et Callista secoua la tête.

— Pas sans tuer Cathal, ou lui infliger des dommages cérébraux tels qu'ils auraient constitué un aveu.

Le visage de Damon était sombre et impénétrable.

— Dezi est capable de faire un travail de Gardien, dit-il. Nous avons tous pu le constater quand je lui ai enlevé sa matrice. Il peut manier ou modifier une autre pierre pour l'adapter à ses propres résonances. Resté seul avec Domenic, blessé mais vivant, il n'a sans doute pas pu résister à la tentation d'en tenir une dans ses mains, de nouveau. Et quand il l'a prise sur la gorge de Domenic...

Sa voix mourut, et Andrew vit que ses mains tremblaient.

— ... le cœur de Domenic s'est arrêté sous la violence du choc. Crime parfait, indécelable, vu qu'il n'y avait aucune Gardienne ici, et que la plupart des gens ignoraient que Domenic avait une matrice. Et cela expliquerait pourquoi l'esprit de Dezi me reste fermé.

— Dans une société de télépathes, il devra vivre l'esprit barricadé jusqu'à la fin de ses jours, dit Callista d'une voix tremblante. Quel horrible destin !

— Moins horrible que la mort qu'il a infligée à Domenic ! dit Ellemir avec rage.

— C'est pire que vous ne le réalisez, dit Damon à voix basse. Maintenant qu'il connaît son pouvoir, croyez-vous que Valdir soit en sécurité ? Jusqu'à quand épargnera-t-il Valdir, qui reste seul maintenant entre lui et l'héritage des Alton ? Et quand il aura acquis l'oreille et la confiance totale de *Dom* Esteban, qui se dressera entre lui et la souveraineté du Domaine ?

Ellemir pâlit, portant la main à son ventre comme pour protéger son enfant.

— Je t'avais bien dit que tu aurais mieux fait de le tuer, dit-elle en pleurant.

Callista la regarda, consternée.

— Ce serait si simple ! Quelques fragiles vaisseaux sanguins à sectionner, et le fœtus saigne à mort, ses liens avec la vie tranchés !

— Non ! s'écria Ellemir.

— Pourquoi crois-tu que nous soyons si prudents dans la formation des moniteurs ? demanda Callista. Dans les Tours, les femmes prennent garde à ne pas tomber enceintes pendant leur cycle de travail, mais cela arrive quand même. Dezi a appris à monitorer — Miséricordieuse Avarra, c'est moi-même qui le lui ai enseigné ! Et une fois qu'on connaît les endroits vulnérables à éviter pour ne pas faire de mal à la mère et à l'enfant, on sait aussi où il faut frapper pour leur nuire !

— Je l'en croirais volontiers capable, dit Andrew, prenant la parole pour la première fois, mais je répugnerais à le condamner sans avoir davantage de preuves. Y a-t-il un moyen de prouver ce que vous avancez ?

Même si Dezi avait tué Domenic en lui prenant sa matrice pendant qu'il était blessé et sans connaissance, il n'avait qu'à la jeter ensuite pour effacer toute trace de son crime.

— Je crois que la faiblesse de Dezi pour la matrice sera sa perte, dit Damon, le visage sombre. Il aurait pu se débarrasser de la preuve, c'est vrai, mais je ne crois pas qu'il aura eu le cran de renoncer au pouvoir qu'elle lui confère. Aura-t-il eu le courage de résister à la tentation d'en posséder une de nouveau ? Tel que nous le connaissons, non. Et il pouvait modifier la pierre pour son usage, ce qui signifie qu'il existe un témoin à charge. Un témoin silencieux. Mais un témoin quand même.

— Parfait, dit Andrew, sarcastique. Nous n'avons plus qu'à aller le trouver, et lui demander de nous remettre la matrice avec laquelle il a tué Domenic.

Comme pour se rassurer, Damon referma la main sur sa pierre-étoile.

— S'il porte une matrice modifiée, les écrans des relais d'Arilinn et des autres Tours nous le diront.

— Parfait, répéta Andrew. Et à quelle distance se trouve Arilinn ? A dix jours de cheval ou plus ?

— C'est beaucoup plus simple, dit Callista. Il existe des écrans de relais ici, dans la Vieille Tour du Château Comyn. Autrefois, dit-on, les techniciens pouvaient se téléporter entre les Tours en utilisant les forces des grands écrans. Cela ne se fait plus guère. Mais il y a aussi des écrans moniteurs réglés sur ceux des autres Tours. N'importe quel mécanicien peut se brancher dessus et localiser une matrice enregistrée, n'importe où sur Ténébreuse.

Elle hésita et reprit :

— Moi, je ne peux pas... je suis relevée de mon serment.

Damon s'impatienta de cette technicité. Quelle perte pour les Tours, quelle perte pour Callista, mais quelle que fût actuellement la Gardienne de la Vieille Tour, Callista respecterait l'interdit, et on ne pouvait rien y faire.

— Qui est Gardienne de la Vieille Tour, Callista ? Je ne crois pas que Mère Ashara nous recevrait en ces circonstances.

— De mémoire d'homme, personne n'a vu Ashara en dehors de la Tour, dit Callista. Et même si elle en était parfois sortie autrefois, elle ne la quitterait plus maintenant, elle est si vieille. Je ne l'ai jamais vue moi-même, excepté sur les écrans, ni Léonie non plus, je crois. Mais la dernière fois que j'en ai entendu parler, Margwenn Elhalyn était sous-Gardienne. Elle nous dira ce que tu veux savoir, Damon.

— Margween était monitrice psi à Arilinn quand j'étais technicien du troisième grade, dit Damon. De là, on l'a envoyée à Hali. Je ne savais pas qu'elle était ici.

Techniciens, moniteurs et mécaniciens allaient de Tour en Tour, selon le besoin. Margween Elhalyn n'était pas exactement une amie, mais au moins, elle savait qui il était et cela lui éviterait de donner de longues explications.

Il n'était jamais entré dans la Vieille Tour du Château Comyn. Margween l'introduisit dans la salle des matrices, pleine d'écrans et de relais, et de machines dont l'existence même était tombée dans l'oubli depuis les Ages du Chaos. Damon, oubliant un instant la raison de sa présence, les observa avec une avide curiosité. Pourquoi avait-on abandonné peu à peu toute cette technologie, cette antique science de Ténébreuse ? Même à Arilinn, on ne lui avait pas parlé de ces appareils. Certes, on manquait de techniciens et de mécaniciens pour travailler dans les relais qui fournissaient les communications et produisaient l'énergie indispensable à certaines technologies, mais même si, en cette époque de facilité, les travailleurs des matrices répugnaient à sacrifier leur vie pour vivre derrière ces murs, certaines de ces technologies devaient pouvoir s'utiliser à l'extérieur !

Pensées étrangement hérétiques à entretenir au centre même de l'antique science. Si leurs ancêtres avaient interdit ces travaux en dehors des Tours, ils devaient avoir leurs raisons !

Margween Elhalyn était une mince blonde d'âge indéterminé, mais qui, pensa Damon, devait avoir quelques années de plus que lui. Elle affichait la réserve froide, presque hiératique, de toutes les Gardiennes.

— Mère Ashara ne pourra pas vous recevoir. Ces jours-ci, son esprit séjourne ailleurs la plus grande partie du temps. Que puis-je faire pour toi, Damon ?

Damon hésita, ne sachant comment expliquer ce qu'il voulait et répugnant à accuser Dezi sans preuves. Margween n'avait pas assisté au Conseil, quoiqu'elle en eût le droit. Beaucoup de techniciens ne s'intéressaient pas à la politique. Autrefois, Damon pensait lui aussi que son travail était bien au-dessus de ces viles considérations. Maintenant, il n'en était plus si sûr.

Il dit enfin :

— Il plane des incertitudes sur la localisation de certaines matrices aux mains du clan Alton. Elles ont été accordées légalement, mais on ne sait pas exactement où elles sont. Te souviens-tu de Dezi Leynier, qui a été admis pour quelques mois à Arilinn, il y a déjà plusieurs années ?

— Dezi ? dit-elle avec indifférence. Un bâtard du Seigneur Alton, n'est-ce pas ? Oui, je me rappelle. Il a été renvoyé pour indiscipline, paraît-il.

S'immobilisant devant l'écran moniteur, elle en contempla la surface translucide. Peu après, des lumières se mirent à clignoter dans ses profondeurs, et Damon, qui observait son visage sans chercher à sonder ses pensées, sut qu'elle était en rapport avec le relai d'Arilinn. Elle dit enfin :

— Il a renoncé à sa matrice, c'est évident. Elle est entre les mains d'une Gardienne ; pas inactivée, mais elle fonctionne à un niveau très bas.

Entre les mains d'une Gardienne. Damon, qui avait lui-même abaissé son niveau d'énergie et l'avait enfermée dans une boîte scellée et inviolable, comprit parfaitement.

Entre les mains d'une Gardienne. Mais n'importe quel technicien compétent pouvait faire un travail de Gardien. Pourquoi entourer cette activité de tabous, de rituels, de déférence superstitieuse ? Dissimulant ses pensées à Margween, il reprit :

— Maintenant, peux-tu vérifier ce qu'est devenue la matrice de Domenic Lanart ?

— Je vais essayer, dit-elle, mais je croyais qu'il était mort. Sa matrice a dû mourir avec lui, sans doute.

— Je le pensais aussi, dit Damon, mais on ne l'a pas retrouvée sur son cadavre. Est-il possible qu'elle soit aussi entre les mains d'une Gardienne ?

Margween haussa les épaules.

— C'est improbable. Toutefois, sachant que Domenic faisait rarement appel au *laran*, elle aurait pu la reprendre et la modifier à l'usage d'un autre ou au sien propre. Bien que la plupart des Gardiennes préfèrent partir d'un cristal vierge. Où avait-il été testé ? Certainement pas à Arilinn.

— A Neskayá, je crois.

Margween se dirigea vers l'écran en haussant les sourcils. Inutile de faire appel à toutes les subtilités de la télépathie pour comprendre sa pensée : *A Neskaya, ils font n'importe quoi.* Au bout d'un moment, Margween se retourna et dit :

— Tu avais bien deviné, elle est entre les mains d'une Gardienne, mais pas à Neskaya. Elle doit avoir été modifiée et donnée à un autre. Elle n'est pas morte avec Domenic, et est pleinement opérative.

Et voilà, pensa Damon, le cœur gros. C'était la preuve d'un meurtre monstrueux, commis de sang-froid.

Mais sans préméditation. C'était une petite consolation. Personne au monde n'aurait pu prévoir que Cathal assommerait Domenic en s'exerçant à l'épée. Mais la tentation soudaine... et la matrice de Domenic, qui lui survivait, désignait comme son meurtrier la seule personne qui pouvait la lui prendre sans être tuée elle-même.

Dieux du Ciel, quelle perte ! Si *Dom* Esteban avait été capable de surmonter sa fierté, et d'admettre les circonstances quelque peu honteuses de la conception de Dezi, s'il avait accepté de reconnaître ce jeune homme si doué, Dezi n'en serait jamais arrivé là.

Damon pensa, avec une empathie poignante, que la tentation avait dû être soudaine et irrésistible. Pour un télépathe entraîné, être sans matrice équivalait à être sourd, aveugle, mutilé, et la vue de Domenic inconscient avait dû le pousser au meurtre. Le meurtre du seul frère qui s'était fait le champion de ses droits, qui avait été son protecteur et son ami.

— Damon, qu'y a-t-il ? demanda Margween, étonnée. Es-tu malade, mon cousin ?

Il inventa une excuse courtoise, la remercia de son aide et s'en alla. Elle saurait bien assez tôt. Par les enfers de Zandru, impossible de garder cette affaire secrète ! Bientôt, tous les Comyn seraient au courant, et tout le monde à Thendera ! Quel scandale pour les Alton !

Revenu dans leur suite, Ellemir comprit immédiatement la vérité à son visage.

— Ainsi, c'est vrai. Miséricordieuse Avarra, comment notre père va-t-il prendre cette nouvelle ? Il aimait Dezi. Domenic l'aimait aussi.

— Je voudrais pouvoir la lui épargner, dit Damon, accablé. Mais tu sais pourquoi je ne le peux pas, Elli.

— Quand Papa saura la vérité, il y aura un autre meurtre, c'est certain ! dit Callista.

— Il aime ce garçon, il l'a déjà épargné, protesta Andrew.

Callista pinça les lèvres.

— C'est vrai. Mais quand j'étais petite, Papa avait un chien qu'il aimait beaucoup. Il le nourrissait lui-même depuis sa naissance ; cette bête dormait sur son lit, et se couchait à ses pieds dans le Grand Hall. Mais en vieillissant, il est devenu vicieux. Il s'est mis à tuer les animaux dans les cours, et une fois, il a mordu Dorian jusqu'au sang. Le *coridom* a dit qu'il fallait le tuer, mais, sachant comme Papa l'aimait, proposa de s'en débarrasser discrètement. Alors Papa a dit : « Non, c'est mon affaire. » Il est allé aux écuries, a appelé la bête et lui a brisé la nuque de ses propres mains.

Elle se tut un moment, pensant aux larmes que son père avait versées après. C'était la seule fois où elle l'avait vu pleurer, en exceptant la mort de Coryn.

Mais il n'avait pas hésité à faire son devoir.

Damon savait qu'elle avait raison. Il aurait préféré épargner son beau-père, mais Esteban Lanart était Seigneur Alton, et détenait le droit de vie et de mort sur tous les hommes, femmes et enfants de son Domaine. Il avait toujours rendu la justice avec modération, mais il n'avait jamais manqué à la rendre.

— Viens, dit-il à Andrew, il faut le mettre au courant.

Callista se leva pour les suivre, mais il secoua la tête.

— *Breda*, c'est une affaire d'hommes.

Elle pâlit de colère.

— Comment oses-tu parler ainsi, Damon ? Domenic était mon frère, Dezi aussi. Et je suis une Alton !

— Moi aussi, dit Ellemir, et mon enfant est le deuxième en ligne de succession.

Damon se retourna vers la porte, obsédé d'un air incongru qui lui trottait dans la tête, et qui lui rappela une circonstance triste et mélancolique. Au bout d'un moment, il reconnut la ballade que Callista avait voulu chanter un soir, bientôt interrompue par sa sœur :

> D'où vient ce sang sur ta main droite
> Mon frère, dis-moi, dis-moi...

> C'est le sang de mon propre frère,
> Venu boire un verre avec moi.

Ellemir ne savait pas si bien dire : cette chanson portait malheur à la sœur qui l'entendait en présence d'un frère. Et, comme la sœur de l'antique ballade, se dit Damon, les jumelles ne se déroberaient pas à leur devoir et appliqueraient la sentence.

Il n'y avait que quelques pas à faire pour arriver chez *Dom* Esteban, mais Damon eut l'impression d'un voyage interminable dans un océan de douleur. *Dom* Esteban les regarda entrer, stupéfait.

— Qu'est-ce que ces têtes d'enterrement ? Pourquoi ces visages solennels ? Callista, qu'as-tu, *chiya* ? Tu as pleuré, Ellemir ?

— Où est Valdir, Papa ? dit Callista, pâle comme la mort. Est-il avec Dezi ?

— Je l'espère. Je sais que tu as une dent contre lui, Damon, mais après tout, ce garçon a le droit pour lui. J'aurais dû faire depuis longtemps ce que je me propose de faire aujourd'hui. Il n'est pas en âge d'être régent du Domaine, ou tuteur de Valdir, naturellement. C'est une idée déraisonnable, à laquelle il renoncera dès qu'il sera reconnu. Et il sera aussi bon frère pour Valdir qu'il l'a été pour Domenic.

— Papa, dit Ellemir à voix basse, c'est bien ce que nous craignons.

Il se tourna vers elle avec colère.

— Je pensais que toi, au moins, tu lui montrerais l'indulgence d'une sœur, Ellemir !

Puis il rencontra les yeux de Damon et d'Andrew, qui le regardaient fixement. Il les considéra alternativement, de plus en plus déconcerté et contrarié.

— Comment osez-vous !

Enfin, impatienté, il établit avec eux le contact télépathique, et lut directement ce qu'ils savaient dans leur esprit. Damon ressentit sa douleur. Ce fut un coup mortel, un moment aveuglant d'agonie physique. Il perçut la dernière pensée de l'infirme : *Mon cœur, mon cœur se brise. J'avais toujours pensé que c'était une image, mais je sens que c'est une réalité,* avant qu'il ne sombre dans une bienheureuse inconscience. Andrew s'avança vivement, et le rattrapa avant qu'il ne tombe de son fauteuil, et, trop bouleversé pour avoir les idées claires, l'étendit sur son lit.

Damon était toujours paralysé par le contrecoup de la douleur du seigneur Alton.

— Je crois qu'il est mort, dit Andrew.

Callista s'approcha, lui prit le pouls et appliqua l'oreille contre sa poitrine.

— Non, le cœur bat encore. Vite, Ellemir. Appelle Ferrika. C'est la plus proche. Mais Andrew ou Damon devrait aller chercher Maître Nicol à la Salle des Gardes.

Elle resta près de son père, se rappelant que la sage-femme avait parlé de faiblesse cardiaque. Quand Ferrika arriva, elle confirma les craintes de Callista.

— Le cœur est en train de lâcher, Callista, dit-elle, omettant dans son émotion de faire précéder le nom du titre de « Dame ». Il a subi trop de chocs ces temps-ci.

Elle avait apporté des stimulants, et, lorsque Maître Nicol arriva, ils parvinrent à lui en faire avaler une dose.

— Il est entre la vie et la mort, déclara l'officier sanitaire. Il peut mourir d'une minute à l'autre, ou durer comme cela jusqu'au Solstice d'Eté. A-t-il subi un choc ? Avec tout le respect que je vous dois, Seigneur Damon, on aurait dû lui éviter le moindre stress et la moindre contrariété.

Damon eut envie de lui demander comment on protège un télépathe contre les mauvaises nouvelles. Mais Maître Nicol faisait de son mieux, et d'ailleurs, il ne détenait pas plus la réponse à cette question que Damon.

— Nous ferons ce que nous pourrons, Seigneur Damon, mais pour l'instant... Il est heureux qu'il vous ait déjà désigné comme régent.

Damon eut l'impression d'une douche glacée. Il était régent d'Alton et souverain du Domaine jusqu'à ce que Valdir soit déclaré adulte.

Régent. Avec pouvoir de vie et de mort.

Non, pensa-t-il, révulsé. C'était trop. Il n'avait jamais désiré cela.

Mais considérant son beau-père à l'agonie, il sut où était son devoir. Confronté à la preuve de la traîtrise de Dezi, le seigneur Alton aurait agi implacablement, pour protéger les enfants, le jeune garçon et le bébé à naître, qui étaient les héritiers directs d'Alton. Comme Damon devait agir...

Lorsque Dezi revint avec Valdir, ils l'attendaient.

— Valdir, dit doucement Ellemir, notre père est très malade. Va demander des nouvelles à Ferrika.

A leur grand soulagement, l'enfant sortit immédiatement. Dezi attendit avec défi.

— Ainsi, tu as maintenant ce que tu voulais, Damon. Tu es régent d'Alton. Mais l'es-tu vraiment ? Je me le demande.

— Je suis prévenu, Dezi. Tu ne me serviras pas comme tu as servi Domenic. En ma qualité de régent d'Alton, j'exige que tu me remettes la matrice que tu as volée sur son corps.

Au visage de Dezi, Damon vit qu'il avait compris. Puis Dezi éclata de rire, à la grande horreur de Damon. Il n'avait jamais rien entendu de plus choquant que ce rire.

— Viens donc la prendre, Ridenow, moitié d'homme, railla-t-il. Ce ne sera pas si facile cette fois ! Tu ne pourrais pas en faire autant maintenant, même entouré de tes acolytes ! Viens, j'ai relevé ta contestation au Conseil ! Règlons l'affaire maintenant. Lequel de nous deux sera régent d'Alton ? En auras-tu la force ? Moitié moine, moitié eunuque, c'est bien ce qu'on dit de toi, non ?

Avait-il lu cette raillerie dans l'esprit de Lorenz ou dans celui même de Damon ?

— Si tu me tues, dit Damon, tu prouveras par là que tu es indigne de la régence. Il ne s'agit pas seulement de force, mais aussi de droit et de responsabilité.

— Oh, assez de ces vieilles lunes ! dit Dezi, sarcastique. La *responsabilité,* je suppose, dont mon cher père a fait preuve envers moi ?

Damon avait envie de lui dire que le *dom* l'aimait vraiment, au point que la nouvelle de sa traîtrise avait failli le tuer. Mais il ne perdit pas son temps en paroles, et, saisissant sa matrice et se concentrant sur elle, se mit en devoir d'altérer les résonances de celle que portait Dezi. De celle qu'il avait volée.

Dezi perçut le contact et contra d'un coup mental terrible, qui fit tomber Damon à genoux. Dezi avait le don Alton, la colère qui tuait. Luttant contre sa panique, il réalisa que Dezi avait progressé, qu'il était devenu beaucoup plus fort. Comme un loup qui a goûté la chair humaine, il fallait le détruire immédiatement, ne pas lâcher cette bête enragée parmi les Comyn...

La pièce commença à s'embrumer, et des lignes de forces fulgurèrent entre eux deux. Damon se sentit fléchir, sentit la force d'Andrew derrière lui, sentit Andrew soutenir son corps physique, sentit le sol se dérober sous lui, se sentit tomber.

Callista s'interposa entre eux, les dominant de toute sa taille, majestueuse, sa matrice étincelant à son cou. Damon vit la matrice de Dezi rougir comme une braise, brûler sa tunique et s'enfoncer dans sa chair. Dezi hurla de douleur et de rage, et, un instant, Damon revit Callista telle qu'elle avait été à Arilinn, enveloppée des voiles écarlates de la Gardienne. De la petite dague qu'elle portait à la taille, elle trancha le cordon retenant la matrice de Dezi à son cou. La matrice tomba par terre et flamboya comme du feu quand Dezi voulut s'en saisir. Damon ressentit la douleur insoutenable de Dezi, dont la main se mit à brûler dans la flamme. Puis la matrice s'éteignit, noire et morte.

Et Dezi *disparut!* Une fraction de seconde, Andrew continua à regarder l'air frémir à l'endroit où Dezi s'était évanoui. Et un cri terrible de désespoir et de rage retentit dans leurs esprits. Enfin, ils *virent* la scène, comme s'ils avaient été physiquement présents dans la salle d'Armida.

Lorsque Callista avait détruit la matrice volée de Domenic, Dezi n'avait pas supporté de se retrouver sans pierre-étoile. Faisant appel à ses dernières forces, il s'était téléporté à travers le surmonde pour se matérialiser à l'endroit où Damon avait enfermé sa propre matrice — réaction instinctive de panique, sans rien de rationnel. Un instant de réflexion lui aurait rappelé qu'elle était solidement enfermée dans une boîte métallique blindée. Or, deux objets solides ne peuvent pas occuper la même place en même temps, pas dans l'univers réel. Et Dezi — ils virent tous la scène, frissonnant d'horreur — s'était matérialisé à moitié à l'intérieur, à moitié à l'extérieur de la boîte contenant sa matrice. Avant même que s'éteignît son cri d'agonie, ils en avaient tous entendu l'écho dans l'esprit de Damon. Dezi gisait sur le sol de la chambre forte d'Armida, mort et ensanglanté. Malgré son horreur, Damon plaignit ceux qui devraient enterrer ce corps tragiquement matérialisé moitié à l'extérieur, moitié à l'intérieur de la boîte qui lui avait fendu le crâne en deux comme un fruit pourri.

Ellemir s'était effondrée, et gémissait d'épouvante. La première pensée d'Andrew fut pour elle. La rejoignant en hâte, il la prit dans ses bras, essayant de lui communiquer sa force comme il l'avait communiquée à Damon. Damon se releva lentement, le regard vitreux. Callista, horrifiée, continuait à fixer sa matrice.

— Maintenant, je suis vraiment parjure... murmura-t-elle. J'ai été relevée de mon serment... et je me suis servi de ma pierre pour tuer...

Elle se mit à hurler comme une bête, se martelant de ses poings, se déchirant le visage de ses ongles. Andrew assit doucement Ellemir dans un fauteuil et courut à Callista, essayant de lui immobiliser les bras. Il vit une averse d'étincelles bleues, et il atterrit contre le mur opposé, étourdi. Callista le regarda, les yeux dilatés d'horreur, et se remit à crier et à se déchirer le visage, déjà marqué d'écorchures sanguinolentes.

Damon s'élança, lui saisit les deux poignets d'une seule main et l'immobilisa, puis la gifla à toute volée. Le souffle coupé, elle cessa de crier et s'effondra dans ses bras, la tête sur son épaule.

Callista se mit à sangloter.

— J'ai été relevée de mon serment, murmura-t-elle, et je n'ai pas pu m'empêcher... j'ai agi contre lui en *Gardienne*. Damon, je suis toujours Gardienne malgré mon serment... mon serment !

— Au diable ton serment, dit Damon, la secouant

pour la faire revenir à elle. Arrête, Callista ! Tu ne réalises donc pas que tu nous as sauvé la vie ?

Elle cessa de pleurer, mais son visage effrayant, zébré de sang et de larmes, était le masque même de l'horreur.

— Je suis parjure, je suis parjure.

— Nous sommes tous parjures, dit Damon. Il est trop tard pour y penser. Nom d'un chien, Callie, reviens à toi ! Il faut que j'aille voir si cette canaille est aussi parvenue à tuer votre père. Et Ellemir...

Il ne put continuer. Le choc ramena Callista à la docilité et elle s'approcha vivement d'Ellemir, inanimée dans son fauteuil.

Elle releva bientôt la tête.

— Je ne crois pas que l'enfant ait souffert. Va, Damon, va voir si notre père n'a rien.

Damon se dirigea vers les autres pièces de la suite, sachant déjà que la mort de *Dom* Esteban était très proche et qu'elle avait même servi de bouclier à l'infirme, lui évitant d'avoir conscience du combat mortel qui avait opposé Damon à Dezi. Mais il avait besoin d'être seul un moment, pour assimiler les récents événements.

Sans réfléchir, il s'était opposé à une Gardienne, à une Alton, il avait agi, machinalement, pour la tirer de sa crise d'hystérie, et il avait assumé toute la responsabilité.

C'est moi qui suis notre Gardien à tous les quatre. Quoi qu'il arrive, c'est moi qui suis responsable.

D'ici peu, il le savait, il serait convoqué pour rendre compte de ses actes. Tous les télépathes de Dalereuth aux Hellers devaient avoir été témoins de cette mort.

Et il les avait déjà prévenus de ce qu'il faisait lorsque avec Andrew et Dezi, il avait érigé dans le surmonde un abri, pour pouvoir soigner les paysans aux pieds gelés. De nouveau, il s'affligea de la mort tragique du jeune homme. Aldones, Seigneur de la Lumière... Dezi, Dezi, quelle perte, quelle perte tragique de dons exceptionnels...

412

Mais son affliction finit par faire place à la conscience de ce qu'il avait fait, de ce qu'il était devenu.

Exilé d'Arilinn il avait érigé sa propre Tour. Et Varzil l'avait salué du titre de *tenerézu*. Gardien. Il était Gardien. Gardien d'une Tour interdite.

20

D AMON savait qu'il n'attendrait pas longtemps, et il ne s'était pas trompé.

Ellemir s'était calmée. Assise dans le fauteuil où Andrew l'avait installée, elle continuait à gémir faiblement, encore sous le choc. Ferrika, convoquée en hâte, la considéra avec consternation.

— Je ne sais pas ce que vous avez fait, Dame Ellemir, mais si vous ne voulez pas perdre ce bébé comme l'autre, vous feriez bien de vous mettre au lit et d'y rester.

Elle se mit à passer doucement les mains sur le corps d'Ellemir, sans la toucher, à la grande surprise de Damon, laissant un ou deux pouces entre ses doigts et le corps de la jeune femme.

— Le bébé n'a pas souffert, dit-elle enfin, fronçant les sourcils. En fait, vous vous portez moins bien que lui. Je vais vous faire monter un repas chaud, vous mangerez puis vous vous...

Elle s'interrompit, considérant ses mains avec stupéfaction.

— Au nom de la Déesse, que fais-je ?

Callista, revenue au sens de ses responsabilités, lui répondit :

— Ne t'inquiète pas, Ferrika. Ton instinct est sûr. Ce n'est pas étonnant, tu vis depuis si longtemps avec nous. Si tu avais des traces de *laran,* il a dû s'éveiller.

Plus tard, je t'enseignerai à t'en servir avec précision. Sur une femme enceinte, c'est assez délicat.

Ferrika battit des paupières, la regarda, l'air désorienté, et vit pour la première fois les longues estafilades sur son visage.

— Je ne suis pas une *leronis*.

— Moi non plus maintenant, dit gentiment Callista, mais j'ai reçu l'enseignement, et tu le recevras aussi. C'est une connaissance des plus utiles pour une sage-femme. Je suis sûre que tu as plus de *laran* que tu ne crois. Viens, emmenons Ellemir dans sa chambre. Elle doit se reposer, et, ajouta-t-elle, portant les mains à son visage, il faut aussi que je me soigne. Quand tu feras monter à manger pour Ellemir, Damon, demande aussi quelque chose pour moi. Je meurs de faim.

Damon les suivit des yeux. Il se doutait depuis longtemps que Ferrika avait un peu de *laran,* et il se félicitait que Callista eût proposé de l'instruire.

Il n'y avait aucune raison qu'une personne possédant le *laran* ne reçût pas l'instruction lui permettant de s'en servir. On procédait ainsi depuis les Ages du Chaos, mais ce n'était pas une raison pour continuer jusqu'à la Dernière Nuit de Ténébreuse ! Andrew était Terrien, et cela ne l'avait pas empêché de s'intégrer parfaitement à leur groupe. Ferrika, elle, était née sur le Domaine d'Alton, mais elle était roturière et, pire, Amazone Libre. Pourtant, elle possédait le *laran,* et c'était là l'essentiel.

Le sang Comyn ? Voyez le beau résultat sur Dezi !

Affamé après la terrible bataille, il fit monter de quoi se restaurer, et se mit à manger avidement, sans se soucier de ce qu'il avalait, regardant Andrew faire de même. Ils ne parlèrent pas de Dezi. Il faudrait bien avouer un jour à *Dom* Esteban que son bâtard chéri était mort en punition de ses crimes. Mais sans entrer dans les détails de cette fin horrible.

Andrew mangeait machinalement, affamé et épuisé après le travail sur la matrice. Mais alors même que son corps reconstituait ses forces, son esprit restait abattu. Il repensait à Callista ; il revoyait Damon la secouer, l'empêcher de se mutiler. Au souvenir de son visage ensanglanté, le cœur lui manquait.

Il avait laissé Damon s'occuper d'elle, et n'avait pensé qu'à Ellemir, qui portait son enfant. Il avait touché Callista pour la secourir, et elle l'avait projeté à travers la pièce. Damon l'avait empoignée comme un homme des cavernes, et elle s'était calmée immédiatement. Il se demanda avec désespoir s'ils s'étaient *tous les deux* trompés de femme en se mariant.

Après tout, se disait-il, ressassant lamentablement les mêmes pensées, ils avaient tous les deux été formés à la Tour, c'étaient tous deux de puissants télépathes, et ils se comprenaient. Elli et lui se situaient à un niveau différent ; c'étaient des gens ordinaires, qui ne possédaient pas leurs connaissances. Conscient de son infériorité, il regarda Damon avec rancœur.

Celui-ci avait tué un homme le matin même, lui infligeant une fin horrible. Et il mangeait tranquillement, comme si de rien n'était !

Damon, conscient du ressentiment d'Andrew, n'essaya pourtant pas de suivre ses pensées. Il savait et acceptait qu'à certains moments, qui surviendraient peut-être jusqu'à la fin de leur vie, et pour des raisons qu'il ne comprenait pas, Andrew se détachait brusquement d'eux, et, cessant d'être le frère bien-aimé, redevenait l'étranger désespérément aliéné. C'était le prix à payer pour cette amitié fraternelle entre deux hommes issus de mondes conflictuels, de deux sociétés radicalement différentes. Il en serait peut-être toujours ainsi. Il avait essayé de réduire la distance qui les séparait, toujours avec des résultats catastrophiques. Le mieux à faire, se disait-il tristement, c'était de laisser les choses suivre leur cours.

La porte se rouvrit, et Damon releva la tête avec une irritation qu'il maîtrisa immédiatement. Après tout, les domestiques devaient faire leur service.

— Tu veux desservir ? Un instant... Andrew, tu as fini ?

— *Su serva, dom,* dit le serviteur, la Dame d'Arilinn

et la *leroni* de la Tour sollicitent l'honneur d'une entrevue avec vous, Seigneur Damon.

Sollicitent l'honneur? pensa Damon, sceptique. Très improbable.

— Dis-leur que je les recevrai dans la salle commune d'ici quelques minutes.

A part lui, il remercia les Dieux que Callista fût en compagnie d'Ellemir et qu'ils n'eussent pas demandé à la voir. Si Léonie voyait les estafilades de son visage…

— Viens, Andrew, dit-il. Ils voudront sans doute nous voir tous les quatre, mais ils ne le savent pas encore.

Léonie entra la première, suivie de Margween Elhalyn, de deux télépathes d'Arilinn arrivés après le départ de Damon, et d'un troisième, Rafael Aillard, qu'il y avait connu bien qu'il exerçât maintenant à Neskaya. A une époque, il avait fait partie de son cercle, plus proche de lui qu'un ami intime, plus proche qu'un parent ; c'était incroyable. Léonie était voilée, et cela irrita Damon. Certes, il convenait à une *comynara* et à une Gardienne de se voiler devant des étrangers. Il l'aurait compris de la part de Margween. Mais Léonie ?

Il parla pourtant comme s'il était normal de se voir envahi par quatre télépathes inconnus et la Gardienne d'Arilinn.

— C'est un honneur, ma cousine. En quoi puis-je te servir ?

— Damon, voilà des années, tu as été renvoyé d'Arilinn, dit Léonie sans ambages. Tu as le *laran*, tu as reçu la formation nécessaire pour t'en servir ; on ne peut donc pas t'interdire de l'utiliser pour des usages légaux. Mais la loi défend toutes opérations d'envergure à l'extérieur de l'enceinte protectrice d'une Tour. Et pourtant, tu viens de t'en servir pour tuer.

En fait, pensa-t-il, c'était Callista qui avait tué Dezi. Mais c'était un détail. C'était lui le responsable, et il le dit bien haut.

— Je suis régent d'Alton. J'ai mis à mort, légalement, un meurtrier qui avait tué un homme et tenté d'en tuer un autre à l'intérieur du Domaine. Je revendique ce privilège.

— Privilège refusé, dit Margween. Tu aurais dû l'éliminer en combat singulier, avec des armes légales. Tu n'es pas autorisé, en dehors d'une Tour, à utiliser une matrice pour une exécution.

— La tentative de meurtre et le meurtre lui-même ont été perpétrés à l'aide d'une matrice. Ayant reçu l'enseignement de la Tour, j'ai fait le serment de prévenir ces abus.

— Commettre un abus pour en punir un autre, Damon ?

— Je nie qu'il s'agisse d'un abus.

— Ce n'est pas à toi d'en juger, dit Rafael Aillard. Si Dezi avait enfreint les lois d'Arilinn — et, le connaissant, je le crois volontiers —, tu aurais dû nous en référer, et t'en remettre à notre décision.

Damon répondit d'un monosyllabe ordurier qui stupéfia Andrew ; il n'aurait jamais cru que Damon pût s'exprimer ainsi devant des dames.

— La première infraction a eu lieu en ma présence. Il a imposé sa volonté à mon frère juré, le poussant à partir dans la tempête, seul et sans protection. La chance seule a permis de lui sauver la vie. Puis il a tué le frère de ma femme et l'héritier d'Alton, et a failli réussir à faire passer ce crime pour un malheureux accident ! Qui, sinon moi, pouvait infliger le châtiment ? Toute ma vie, on m'a enseigné qu'il m'incombait de venger une offense faite à un parent. Ou ne serait-ce plus la tradition Comyn ?

— Mais, dit Léonie, l'enseignement que tu as reçu doit être utilisé uniquement à l'intérieur d'une Tour. Quand on t'a renvoyé...

— Quand on m'a renvoyé, a-t-on annulé du même coup les connaissances et les techniques que j'avais apprises ? Si on se méfiait de l'usage que j'en ferais, pourquoi me les avoir enseignées ? Dois-je passer le reste de ma vie comme un bébé tenu en lisière, qui ne bouge qu'avec l'assentiment de sa nounou ?

Il regarda Léonie dans les yeux, sans parler, mais

419

tout le monde suivit sa pensée : *Je n'aurais jamais dû être renvoyé d'Arilinn. J'ai été exclu pour une certaine raison, dont je sais maintenant qu'elle n'était qu'un faux prétexte.*

Tout haut, il dit :

— Quand j'ai été renvoyé, j'ai retrouvé la liberté d'agir sous ma propre responsabilité, comme tout fils Comyn.

Et même maintenant, Léonie, tu n'as pas le courage de me regarder en face.

Comment oses-tu ! Elle rabattit son voile en arrière. Elle avait, constata Damon avec détachement, perdu les derniers vestiges de sa remarquable beauté. Se redressant de toute sa taille — elle faisait un ou deux pouces de plus que Damon — elle dit :

— Ces arguties ne m'intéressent pas !

Damon répliqua avec une insolence étudiée :

— Je ne vous ai pas invités à venir. Le régent d'Alton doit-il se contenter d'écouter en silence, gardant la langue dans sa poche comme un enfant pas sage qu'on vient réprimander dans sa chambre ?

Léonie fronça les sourcils.

— Aurais-tu préféré que nous exposions l'affaire devant tout le Conseil, à la Chambre de Cristal ?

— Alors, parlez, dit Damon en haussant les épaules.

Il montra des fauteuils de la tête.

— Voulez-vous vous asseoir ? Je n'aime guère traiter d'affaires importantes en me dandinant d'un pied sur l'autre, comme un cadet grondé par son officier. Puis-je aussi vous offrir des rafraîchissements ?

— Non, merci.

Mais ils s'assirent tous, et Damon avec eux. Andrew resta debout. Sans s'en apercevoir, il avait adopté l'attitude traditionnelle de l'écuyer, debout un pas derrière Damon. Voyant cela, les autres froncèrent les sourcils tandis que Léonie prenait la parole.

— Quand tu as quitté Arilinn, nous t'avons fait confiance pour observer nos lois, et nous n'avons pas à nous plaindre. De temps en temps, nous avons suivi ta matrice sur les écrans, mais, dans l'ensemble, tu ne t'es livré qu'à des interventions mineures et légales.

— Parfait, dit Damon, sarcastique. J'apprends avec soulagement qu'il est légal d'utiliser ma matrice pour sceller ma boîte-coffre-fort, pour retrouver mon chemin dans la forêt, ou pour soigner la blessure d'un ami !

Rafael Aillard le regarda de travers.

— Si tu voulais bien écouter sans faire de mauvaises plaisanteries, ce pénible entretien serait bientôt terminé !

— J'ai tout mon temps pour écouter ce que vous avez à me dire. Pourtant, ma femme étant enceinte et souffrante, et mon beau-père à l'article de la mort, il est vrai que je pourrais terminer la journée plus utilement qu'à écouter vos sottises !

— Je suis désolée qu'Ellemir soit indisposée, dit Léonie. Mais Esteban est-il aussi malade que tu le dis ? Aujourd'hui, au Conseil, il m'a paru fort et vigoureux.

Damon serra les dents.

— La nouvelle de la traîtrise de son bâtard l'a fortement affecté. Il est possible qu'il passe la journée, mais il est peu probable qu'il voie les neiges d'un autre hiver.

— Tu as donc pris sur toi de le venger et de te faire l'exécuteur de Dezi, dit Léonie. Je ne le pleure pas. A peine dix jours après son arrivée, je savais que ses défauts de caractère ne nous permettraient pas de le garder à Arilinn.

— Et sachant cela, tu as pris la responsabilité de l'instruire ? Qui prend un outil inadapté à une tâche, ne doit pas se plaindre que celui-ci coupe la main qui le tient.

Il réalisa vaguement qu'au Solstice d'Hiver, il lui aurait encore paru impensable de mettre en question les motifs et les décisions d'une Gardienne, et encore moins ceux de la Dame d'Arilinn.

— Que voulais-tu que nous fassions ? demanda Margween avec impatience. Tu sais qu'il n'est pas facile de trouver des fils et filles Comyn possédant un puissant *laran*. Quelles que soient les fautes de Dezi, ses dons étaient grands.

— Vous auriez mieux fait d'instruire un roturier, avec moins de sang noble mais plus d'honnêteté et de caractère !

— Tu sais qu'il faut avoir du sang Comyn pour franchir le Voile d'Arilinn, dit Rafael.

— D'où sors-tu ces idées ? demanda Léonie avec un rictus dégoûté. Est-ce la présence d'un *Terranan* dans la maison qui te les inspire ?

Sans lui donner le temps de répondre, elle reprit :

— Nous n'avons rien dit chaque fois que tu as légalement utilisé ta matrice. Même quand tu as enlevé la sienne à Dezi, nous ne sommes pas intervenus. Mais tu ne t'es pas contenté de ça. Tu as fait bien des choses illégales. Tu as enseigné à ce *Terranan* les rudiments de la technologie des matrices. Je te rappelle que Stefan Hastur décréta, à leur arrivée, qu'aucun Terrien ne serait jamais autorisé à assister à une opération sur les matrices.

— Paix à son âme, dit Damon. Mais un mort n'a aucun droit à être le gardien de ma conscience.

— Devons-nous donc rejeter la sagesse de nos pères ? dit Rafael avec colère.

— Non, mais ils ont vécu selon leurs choix tant qu'ils vivaient, et ne m'ont pas consulté sur mes souhaits et mes besoins, et je ferai comme eux. En tout cas, je ne veux pas les déifier et traiter leur moindre parole avec l'adoration que témoignent les *cristoforos* aux sottises de leur Livre des Fardeaux !

— Quelle est donc ton excuse pour avoir instruit ce *Terranan* ? dit Margween.

— Ai-je besoin d'une excuse ? Il a le *laran,* et un télépathe non entraîné constitue une menace pour lui-même et pour son entourage.

— Est-ce lui qui a encouragé Callista à violer sa parole ? Elle avait juré de renoncer à jamais à son travail.

— Je ne suis pas non plus gardien de la conscience de

Callista, dit Damon. Elle possède ces connaissances, je ne peux pas les lui enlever.

Plein d'amertume, il lança de nouveau la question à Léonie :

— Doit-elle passer sa vie à compter les trous dans les serviettes et à préparer les épices pour le pain ?

Margween eut une grimace de mépris.

— Il me semble qu'elle a fait son choix. On ne l'a pas forcée à trahir son serment. Elle n'avait même pas été violée. Elle a choisi librement, et doit en accepter les conséquences.

Vous êtes tous insensés, se dit Damon avec lassitude, sans chercher à dissimuler sa pensée.

— Il existe un chef d'accusation si grave que tous les autres disparaissent à côté, Damon. Tu as érigé une Tour dans le surmonde. Tu travailles avec un cercle illégal, à l'extérieur d'une Tour construite par décret Comyn, sans la protection des serments et des garanties prescrits depuis les Ages du Chaos. Le châtiment encouru est terrible, et je répugne à te l'imposer. Acceptes-tu donc de dissoudre les liens de ton cercle, de détruire la Tour interdite, et de nous jurer que tu ne te livreras plus à ces activités ? Si tu t'y engages devant moi, je ne requerrai pas d'autre châtiment.

Damon se leva, bandant toutes ses forces comme il l'avait fait face à Dezi. *En cette circonstance,* pensa-t-il, *il faut être debout.*

— Léonie, quand tu m'as renvoyé de la Tour, tu as cessé d'être ma Gardienne, et la gardienne de ma conscience. Ce que j'ai fait, j'en prends la responsabilité. Je suis un technicien des matrices, j'ai été formé à Arilinn, et j'ai vécu toute ma vie selon les préceptes qu'on m'y a enseignés. Ma conscience est en paix. Je ne ferai pas la promesse que tu exiges.

— Depuis les Ages du Chaos, dit Léonie, il est interdit d'opérer un cercle de matrices, sauf à l'intérieur d'une Tour sanctionnée par un décret du Conseil. Nous ne pouvons pas non plus te permettre de prendre dans ton cercle une femme qui était Gardienne et a été relevé de son serment. De par les lois observées depuis l'époque de Varzil le Bon, cela n'est pas permis. C'est impensable, c'est monstrueux ! Tu dois détruire la Tour, Damon, et me jurer de ne plus jamais y travailler. En ta qualité de régent d'Alton et de tuteur de Callista, j'en appelle à toi pour qu'elle ne viole plus jamais les conditions auxquelles elle a été déliée de son engagement.

— Je n'accepte pas ton jugement, dit Damon, contrôlant sa voix avec effort.

— Alors, je dois en demander un plus rigoureux, dit Léonie. Veux-tu que j'expose ce litige devant le Conseil et devant tous les techniciens des Tours ? Tu connais le châtiment, si on te déclare coupable. Et une fois que les rouages se seront mis en branle, même moi, je ne pourrai plus rien pour toi.

Elle ajouta, le regardant dans les yeux pour la première fois depuis le début de la conversation :

— Mais je sais que si tu me donnes ta parole, tu la respecteras. Damon, donne-moi ta parole de dissoudre ce cercle illégal, de retirer tes forces de la Tour du surmonde, et de n'utiliser ta matrice que dans les limites permises et pour des opérations légales. Et en retour, je te donnerai ma parole de ne pas te poursuivre davantage, quoi que tu aies fait.

Ta parole, Léonie ? A-t-elle une valeur ?

Comme si elle avait reçu une gifle, la Gardienne pâlit et dit d'une voix tremblante :

— Tu me défies, Damon ?

— Je te défie, dit-il. Tu ne m'as jamais demandé mes motifs, tu as choisi de les ignorer. Tu parles de Varzil le Bon, mais je ne crois pas que tu en saches sur lui la moitié autant que moi. Oui, je te défie, Léonie. Je répondrai de ces accusations en son temps. Porte-les devant le Conseil, si tu le veux, et devant les Tours, et je serai prêt à répondre.

Le visage de la Gardienne était d'une pâleur mortelle. *Semblable à une tête de mort,* se dit Damon.

— Qu'il en soit donc ainsi, Damon. Tu connais le châtiment. Tu seras dépouillé de ta matrice, et pour que tu ne puisses pas faire comme Dezi, les centres du *laran* seront brûlés dans ton cerveau. Tu l'auras voulu, Damon, et tous ceux-ci pourront témoigner que j'ai essayé de te sauver.

Elle se retourna et sortit avec sa suite. Damon resta debout au centre de la pièce, immobile, le visage dur et figé. Il parvint à conserver sa dignité jusqu'à ce que le bruit de leurs pas s'éteignît. Puis, chancelant, comme un ivrogne, il rentra dans la grande salle de leur appartement.

Il entendit Andrew lâcher un chapelet de jurons, en Terrien sans doute, car il ne comprit pas un mot, mais aucun télépathe ne pouvait se méprendre sur leur sens. Il croisa Andrew, se jeta à plat ventre sur un divan et y resta immobile, le visage dans les mains, horrifié, pris de nausée.

Tous ses défis lui paraissaient maintenant des enfantillages. Il savait, sans l'ombre d'un doute, qu'il ne trouverait pas le moyen de se disculper, qu'on le déclarerait coupable, et qu'il subirait le châtiment.

Aveugle. Sourd. Mutilé. Traverser la vie sans *laran*, prisonnier à jamais à l'intérieur de sa tête, intolérablement seul pour toujours... vivre comme un animal dépourvu de raison. Il gémit. Andrew s'approcha, troublé, ne comprenant qu'à moitié sa désolation.

— Non, Damon. Le conseil te laissera sûrement t'expliquer ; ils sauront que c'était la seule chose à faire.

Damon continua à gémir. Toutes les terreurs de sa vie, dont on lui avait appris qu'il n'était pas viril de les éprouver, déferlèrent sur lui comme une vague qui le submergea. Les peurs d'un enfant solitaire et non désiré, les peurs d'un cadet solitaire, maladroit et malaimé, uniquement toléré parce qu'il était l'ami juré de Coryn. Toute sa vie, il avait essayé de tenir sa peur en respect, pour qu'on ne pense pas, ou qu'il ne pense pas lui-même, qu'il était moins qu'un homme. La peur que Léonie ne perce ses défenses et ne détecte sa passion et son désir interdits, les remords et le désespoir éprouvés quand elle l'avait renvoyé, lui disant qu'il n'était pas assez fort pour ce travail, réveillant la peur de sa propre faiblesse qu'il avait peu à peu étouffée. La peur refoulée pendant toutes ses années dans la Garde, sachant qu'il n'était pas un soldat, qu'il n'était pas un sabreur. L'horrible sentiment de culpabilité quand il l'avait quittée, laissant ses Gardes affronter la mort à sa place...

Toute sa vie. Toute sa vie il avait eu peur. Avait-il seulement vécu un seul jour sans l'impression d'être un lâche feignant de ne pas avoir peur, feignant la bravoure pour que personne ne s'aperçoive qu'il n'était qu'un ver de terre, un vermisseau impuissant dans un corps d'homme ? Sa vie lui importait si peu qu'il aurait préféré mourir plutôt que de révéler sa honteuse faiblesse.

Mais on venait de le menacer de la seule chose qu'il ne pourrait pas supporter, qu'il ne supporterait pas. Plutôt mourir maintenant, se trancher la gorge, que de vivre aveugle et mutilé, comme un mort-vivant.

A travers son horreur et sa panique, il prit lentement conscience de la présence d'Andrew, agenouillé près de lui, troublé et pâle. Il l'exhortait, mais ses paroles ne parvenaient pas à pénétrer la terreur de Damon.

Comme Andrew devait le mépriser, pensa-t-il. Il était si fort...

Consterné, Andrew assistait à la lutte intérieure de Damon. Il essayait de le raisonner, mais ne parvenait pas à l'atteindre. Damon l'entendait-il seulement ? Pour essayer d'établir un contact, il se pencha et lui entoura les épaules de son bras.

— Non, non, dit-il avec maladresse. Tout va bien, Damon, je suis là.

Puis, avec l'embarras qu'il ressentait toujours à la moindre manifestation d'affection entre eux, il dit, presque en un souffle :

— Je ne les laisserai pas te faire du mal, *bredu.*

La terreur de Damon emporta ses dernières défenses et les submergea tous les deux. Il sanglotait convulsivement, tout reste de maîtrise de soi balayé. Bouleversé, Andrew essaya de se retirer, se disant que Damon ne voudrait pas qu'il le voie en cet état, puis il réalisa qu'il pensait encore en Terrien. Il *ne pouvait pas* s'isoler de

426

la douleur de Damon, parce que c'était aussi la sienne, et qu'une menace envers Damon était aussi une menace envers lui. Il devait accepter la peur et la faiblesse de Damon, comme il acceptait tout ce qui venait de lui, comme il acceptait son amitié et son amour.

Oui, son amour. Serrant Damon sanglotant contre sa poitrine, ses terreurs déferlant sur lui comme une lame de fond, il sut qu'il aimait Damon comme il s'aimait lui-même, comme il aimait Callista et Ellemir. Il faisait partie intégrante d'eux trois. Dès le départ, Damon savait et acceptait cela, mais lui, Andrew, était toujours resté sur la réserve, se disant que Damon était son ami, mais qu'il y avait des limites à l'amitié, des jardins secrets à préserver.

Il lui en avait voulu quand Damon et Ellemir s'étaient mêlés à sa tentative de faire l'amour avec Callista, il avait essayé de s'isoler avec elle, sentant que son amour pour elle était une chose qu'il ne pouvait pas, ne voulait pas partager. Il en avait voulu à Damon de son intimité avec Callista, et n'avait jamais compris, il le savait maintenant, pourquoi Ellemir lui avait offert de partager son lit. Il avait été embarrasssé, honteux, quand Damon l'avait trouvé avec Ellemir, même sachant que son consentement était acquis d'avance. Il avait considéré ses rapports avec Ellemir comme distincts de Damon, de même qu'ils l'étaient de Callista. Et quand Damon avait tenté de partager son euphorie, son amour débordant pour tous trois, avait essayé de réaliser le vœu inexprimé d'Andrew — je voudrais pouvoir faire l'amour avec vous tous à la fois — il l'avait rejeté avec une cruauté inimaginable, brisant le lien fragile qui les unissait.

Il se demandait même s'ils s'étaient tous deux trompés de femme en se mariant. Mais c'était lui qui se trompait, il le savait maintenant.

Ils n'étaient pas deux couples, échangeant leurs partenaires. Ils étaient un quatuor. Ils s'appartenaient les uns aux autres, et le lien était aussi fort entre Damon et lui qu'entre l'un ou l'autre d'entre eux et les femmes.

Peut-être même plus fort, se dit-il, terrorisé à cette pensée involontaire, qui débouchait sur des gouffres qu'il n'avait jamais voulu voir. Parce qu'ils se voyaient reflétés l'un dans l'autre. Parce qu'ils trouvaient ainsi une affirmation de la réalité de leur virilité. Il comprenait maintenant ce que Damon avait voulu dire en affirmant qu'il chérissait la masculinité d'Andrew comme la féminité des femmes. Et ce n'était pas du tout ce qu'Andrew avait craint.

Car c'était cela justement qu'il aimait soudain en Damon, la douceur unie à la violence, l'affirmation même de la virilité. Il lui sembla incroyable d'avoir pu considérer une caresse de Damon comme une menace envers sa virilité. Au contraire, cela confirmait plutôt ce qu'ils partageaient, c'était une autre façon d'affirmer l'un envers l'autre ce qu'ils *étaient*. Il aurait dû accueillir cette réaction comme une façon de refermer le cercle, de partager la conscience de ce qu'ils étaient les uns pour les autres. Mais il l'avait rejeté, et maintenant, Damon, dans sa terreur qu'il ne pouvait pas partager avec les femmes, ne pouvait pas même se tourner vers lui pour trouver de la force. Et vers qui se tourner, sinon vers un frère juré ?

— *Bredu,* répéta-t-il en un murmure, serrant Damon contre lui, avec ce farouche besoin de le protéger qu'il avait ressentit dès le début, sans savoir l'exprimer.

Les larmes l'aveuglaient. L'énormité de son engagement l'effrayait, mais il l'assumerait jusqu'au bout.

Bredin. Il n'existait aucun rapport semblable sur la terre. Un jour, cherchant une analogie, il avait parlé à Damon des frères de sang. Damon, frissonnant de dégoût, avait dit d'une voix que le mépris faisait trembler : « Verser le sang d'un frère, rien ne serait plus strictement interdit parmi nous. Parfois, les *bredins* échangent leurs couteaux. C'est une façon de promettre qu'on ne frappera jamais l'autre, puisque le couteau qu'on porte est le sien. » Pourtant, essayant de comprendre, malgré sa révulsion, il avait concédé que, oui, la charge émotionnelle était la même. Andrew, pensant avec ses propres symboles parce qu'il ne pouvait pas encore partager ceux de Damon, se dit qu'il verserait volontiers tout son sang pour lui, mais que Damon en serait horrifié comme l'avait horrifié ce que Damon avait voulu lui donner.

Lentement, très lentement, les pensées d'Andrew filtrèrent dans l'esprit de Damon. Il comprenait maintenant, il était devenu l'un d'eux, enfin. Et, à mesure qu'Andrew laissait ses barrières mentales se dissoudre, la terreur de Damon recula.

Il n'était pas seul. Il était le Gardien de son propre cercle de Tour, et il tirait sa confiance d'Andrew, retrouvant sa force et sa virilité. Il ne portait plus le fardeau de tous les autres, mais il *partageait* le poids de ce qu'ils étaient.

Maintenant, tout lui était possible, pensa-t-il, puis, sentant l'affection d'Andrew, il corrigea tout haut :

— Tout *nous* est possible.

Poussant un profond soupir, il se redressa et donna à Andrew l'accolade de parent, disant doucement :

— Mon frère.

Andrew sourit et lui tapota le dos.

— Tout ira bien, dit-il.

Ces paroles ne voulaient rien dire, mais Damon comprit leur sens profond.

— Ce que je t'ai dit un jour sur les frères de sang, dit Andrew, cherchant ses mots, c'est... le même sang, comme pour des frères... du sang que chacun verserait pour l'autre.

Damon hocha la tête.

— Frère d'adoption, dit-il gentiment. Frère de sang, si tu veux. *Bredu*. Sauf que c'est notre vie que nous mêlons, pas notre sang. Comprends-tu ?

Mais les mots n'avaient pas d'importance, ni les symboles spécifiques. Ils savaient ce qu'ils étaient l'un pour l'autre, cela suffisait.

— Il faut préparer les femmes, dit Damon. S'ils portent ces accusations devant le Conseil sans qu'Elle-mir en soit avertie, elle pourrait perdre l'enfant, ou pire. Il faut décider comment nous allons les affronter. Mais le plus important…

Il reprit la main d'Andrew.

— … le plus important, c'est que nous les affronterons ensemble. Tous les quatre.

21

ESTEBAN Lanart resta trois jours entre la vie et la mort. Callista le veillait — Ferrika avait interdit à Ellemir de rester à son chevet — et monitorait le mourant. Elle constata que la grosse artère coronaire était partiellement obstruée. Il y avait bien un moyen de réparer le dommage, mais elle avait peur de l'employer.

Le soir du troisième jour, il ouvrit les yeux et la vit. Il voulut remuer, mais elle l'arrêta de la main.

— Ne bouge pas, Papa. Nous sommes avec toi.

— J'ai manqué... les obsèques de Domenic... murmura-t-il.

Puis elle vit à son visage qu'il se souvenait, car la douleur lui contracta le visage.

— Dezi, murmura-t-il. Où que j'aie été, je... je crois que je l'ai senti mourir, le pauvre. Je ne suis pas sans reproche...

Callista prit sa main rude dans les siennes.

— Papa, quels qu'aient été ses défauts et ses crimes, il repose en paix. Maintenant, il faut penser à toi ; Valdir a besoin de toi.

Ces quelques paroles l'avaient épuisé, mais, sous sa pâleur, le vieux géant revivait.

— Damon... commença-t-il.

Elle le comprit et le rassura vivement.

— Le Domaine est en sécurité entre ses mains. Ne t'inquiète pas.

Rassuré, il se rendormit, et Callista pensa que le Conseil devait absolument accepter Damon comme régent. Aucun autre ne pouvait avoir la moindre prétention à cette charge. Andrew était *Terrien;* et même s'il avait eu les qualités et les connaissances nécessaires pour gouverner, ils ne l'auraient pas accepté. Le jeune époux de Dorian était un *nedesto* d'Ardais, et ne savait rien d'Armida, alors que c'était le second foyer de Damon. Mais la régence de Damon dépendait toujours des accusations de Léonie. Comme elle se demandait quand l'affrontement final aurait lieu, la porte s'ouvrit et Damon lui fit signe de le rejoindre.

— Laisse Ferrika près de lui, et viens.

Dans la grande salle, il dit :

— Nous sommes convoqués à la Chambre de Cristal dans une heure, Andrew et moi. Je crois que nous devrions tous y aller, Callista.

Dans la pénombre, les yeux de Callista se durcirent ; ils n'étaient plus bleus, mais gris, et lançaient des éclairs.

— Suis-je accusée d'avoir rompu mon serment ?

Il hocha la tête.

— Mais en ma qualité de régent d'Alton, je suis ton tuteur, et ton mari est mon homme lige. Tu n'es pas obligée de répondre de cette accusation, sauf si tu le désires.

Il la saisit par les épaules.

— Comprends-moi bien Callista, je m'apprête à les défier tous ! Auras-tu le courage de les défier aussi ? Seras-tu assez forte pour être à mon côté, ou vas-tu t'effondrer comme une poupée de chiffons et prêter force à leurs accusations ?

Il parlait d'une voix implacable, lui serrant les épaules à lui faire mal.

— Nous pouvons avoir le courage de nos actes et les défier, mais dans le cas contraire, tu perdras Andrew, tu le sais, et moi aussi. Veux-tu retourner à Arilinn, Callista ?

Levant la main, il suivit légèrement du doigt les écorchures de ses joues.

— Tu as toujours le choix, dit-il, tu es encore vierge. La porte reste ouverte jusqu'à ce que tu la refermes.

Elle porta sa main à la matrice suspendue à son cou.

— J'ai demandé librement à être relevée de mon serment ; je ne pensais jamais revenir sur ma décision.

— Il aurait été plus simple de faire un choix définitif, une fois pour toutes, dit Damon. Maintenant, ce n'est plus si facile. Mais tu es femme, et sous tutelle. Désires-tu que je réponde pour toi devant le Conseil, Callista ?

— Je suis *comynara,* dit-elle, et j'ai été Callista d'Arilinn. Je n'ai besoin d'aucun homme pour répondre à ma place.

Se retournant, elle se dirigea vers la chambre qu'elle partageait avec Andrew et lança :

— Je serai prête !

Damon rentra dans sa chambre. Il l'avait volontairement excitée à la révolte, mais il savait que cette attitude pouvait facilement se retourner contre lui.

Lui aussi était révolté. Il n'affronterait pas ses accusateurs en jeune vaurien qu'on traîne devant ses juges. Il se vêtit avec recherche, d'une tunique et d'une culotte de cuir souple aux couleurs de son Domaine, une dague au pommeau incrusté de pierreries à la ceinture. Il fouilla dans ses affaires, à la recherche d'un pendentif serti de pierres précieuses, et, dans un tiroir, tomba par hasard sur un objet enveloppé dans un linge.

C'étaient les fleurs de *kireseth* séchées qu'il avait prises dans le laboratoire de Callista, sans savoir pourquoi, poussé par une impulsion qu'il ne comprenait toujours pas, ignorant s'il s'agissait d'une prémonition ou pire. Il s'était trouvé incapable d'expliquer à Callista ni à personne la raison de son acte.

Mais maintenant, le bouquet sec à la main, il comprit. Il ne sut jamais si la faible odeur de résine émanant de l'étoffe avait provoqué le déclic — tout le monde savait que le *kireseth* stimulait la clairvoyance — ou si son esprit, qui détenait maintenant toutes les informations, en avait brusquement fait la synthèse, sans effort conscient de sa part. Mais soudain, il *sut* ce que Varzil avait essayé de lui dire, et ce qu'avait dû être la fête du Nouvel An.

Contrairement à Callista, il sut avec précision pourquoi l'usage du *kireseth* était interdit, sauf sous la forme distillée et fractionnée du *kirian*. Comme les histoires de *Dom* Esteban le lui avaient rappelé, le *kireseth*, la fleur bleue étoilée que, traditionnellement, Cassilda donne à Hastur dans la légende — et nommé clochette d'or lorsqu'il était couvert de l'abondant pollen des étamines — le *kireseth,* entre autres choses, était un puissant aphrodisiaque, effaçant toutes les inhibitions et tous les contrôles. Maintenant, tout était clair.

Les tableaux de la chapelle. Les histoires de *Dom* Esteban. L'indignation qu'elles avaient suscitée chez Ferrika, qui avait prêté serment chez les Amazones Libres, lesquelles ne se mariaient pas et considéraient le mariage comme une forme d'esclavage. L'illusion qu'Andrew et Callista avaient partagée au cours de la floraison hivernale. Il comprit seulement en cet instant que ce n'avait pas été une illusion, même si les canaux de Callista étaient restés dégagés. Et le conseil de Varzil…

La clé, c'était le tabou. Ce n'était pas défendu à cause d'associations sexuelles et luxurieuses, mais, comme il l'avait toujours pensé, parce que c'était une plante sacrée.

Derrière lui, Ellemir dit d'un ton nerveux :

— C'est l'heure. Qu'est-ce que c'est que ça, mon bien-aimé ?

Honteux au souvenir du tabou qui pesait sur lui depuis l'enfance, il jeta vivement les fleurs dans le tiroir, toujours enveloppées dans le linge. Le même instinct qui l'avait poussé à s'habiller avec recherche pour faire face à ses accusateurs avait incité Ellemir à faire de même, constata-t-il avec satisfaction. Elle portait une longue robe de fête au profond décolleté. Ses cheveux flamboyants étaient torsadés sur sa nuque en un lourd chignon. Maintenant, sa grossesse était évidente, même pour le regard le moins averti, mais elle n'était pas difforme. Elle était belle et fière ; une vraie Dame Comyn. Ils rejoignirent Andrew et Callista dans la grande salle de leur suite, et il vit qu'eux aussi étaient en grande toilette. Andrew portait son costume de fête en satin gris perle, mais Callista les éclipsait tous.

Damon avait toujours trouvé que l'écarlate rituel de la Gardienne ne lui allait pas. Elle était trop pâle, et cette couleur trop vive l'éteignait, en faisait un pâle reflet de son éclatante jumelle. Il ne l'avait jamais trouvée belle, et il comprenait mal l'admiration d'Andrew. Elle était trop mince, trop anguleuse, comme l'enfant qu'il avait connue à la Tour, avec cette raideur virginale, qui, pour Damon, était le contraire de la séduction. A Armida, elle s'habillait n'importe comment, d'épaisses jupes de tartan et de gros châles. Parfois, il se demandait si elle portait les laissés-pour-compte d'Ellemir, parce qu'elle était indifférente à son apparence.

Mais pour le Conseil, elle avait revêtu une longue robe bleu-gris, avec un voile de même couleur, tissé de fils d'argent qui luisaient et scintillaient à tous ses mouvements, et ses cheveux étincelaient comme des flammes. Elle s'était maquillée pour dissimuler ses écorchures et elle avait les joues toutes roses. Etait-ce par vanité ou par défi qu'elle avait peint ainsi son visage, afin qu'on ne prenne pas sa pâleur naturelle pour la pâleur de la peur ? Des saphirs étoilés brillaient sur sa gorge, et sa matrice découverte flamboyait. Damon entra avec eux dans la salle du Conseil, très fier de son escorte, et prêt à défier tout Ténébreuse s'il le fallait.

Lorill Hastur ouvrit la séance en disant :

— De graves accusations ont été portées contre vous. Damon es-tu prêt à y répondre ?

Considérant les gradins des Hastur et le visage implacable de Léonie, Damon comprit qu'il perdrait son temps à s'expliquer et à se justifier comme il en avait eu l'intention. Sa seule chance était de prendre et de garder l'initiative.

— M'écouterait-on si je le faisais ?

— Pour ce que tu as fait, il n'y a ni explications ni excuses, dit Léonie. Mais nous sommes enclins à l'indulgence si vous vous soumettez à notre jugement, toi et ceux que tu as entraînés dans la révolte contre les lois les plus sacrées des Comyn.

Elle regardait Callista comme si elle la voyait pour la première fois.

Dans le silence, Andrew pensa à part lui : *Accusés, avez-vous quelque chose à déclarer avant l'audition du jugement ?*

C'est vers lui que Lorill Hastur tourna d'abord les yeux.

— Andrew Carr, votre délit est grave, mais vous avez agi dans l'ignorance de nos lois. Vous serez rendu à votre peuple, et si vous n'avez pas enfreint *ses* lois, vous serez libre, mais nous exigerons que vous quittiez notre planète.

« Callista Lanart, tu as mérité la même sentence que Damon, mais Léonie a intercédé pour toi. Ton mariage, n'ayant pas été consommé...

Comment, se demanda Damon, Lorill le savait-il ?

— ... n'est pas valide devant la loi. Nous le déclarons nul et non avenu. Tu retourneras à Arilinn, où Léonie sera personnellement responsable de tes actes.

« Damon Ridenow, tes délits et les délits de ceux que tu as incités à la désobéissance, méritent la mort ou la mutilation, selon les anciennes lois. Mais nous t'offrons un choix. Tu peux te dépouiller de ta matrice, en présence d'une Gardienne pour sauvegarder ta vie et ta raison, et remplir ensuite la charge de régent d'Alton et de tuteur de l'héritier Alton que porte ta femme. Si tu refuses, elle te sera enlevée de force. Au cas où tu survivrais, les centres *laran* de ton cerveau seront brûlés, pour prévenir tout nouvel abus.

Ellemir poussa un gémissement de consternation. Lorill la regarda, avec quelque chose comme de la compassion, et dit :

— Ellemir Lanart, considérant que tu as été abusée par ton mari, nous ne t'imposerons aucun châtiment à part celui-ci : tu cesseras de te mêler d'affaires qui ne sont pas du ressort des femmes et tu consacreras tes pensées à ce qui est actuellement ton devoir, la sauvegarde de ton enfant à naître, qui est héritier d'Alton. Ton père étant malade, ton seul frère survivant n'étant encore qu'un enfant, et ton mari sous le coup de notre sentence, nous te plaçons sous la tutelle du Seigneur Serrais, et tu iras à Serrais donner le jour à ton enfant. D'ici là, trois respectables matrones que j'ai choisies personnellement s'occuperont de toi : Dame Rohana Ardais, Jerana, Princesse d'Elhalyn, et l'épouse de mon propre fils, Dame Cassilda Hastur. Maintenant, quitte cette salle en leur compagnie. Ce qui va suivre pourrait être pénible et même dangereux pour une femme dans ton état. »

Dame Cassilda, jolie brune d'environ l'âge d'Ellemir et approchant elle-même du terme de sa grossesse, lui tendit la main.

— Viens avec moi, ma chérie.

Ellemir regarda alternativement Cassilda Hastur et Damon.

— Puis-je faire une déclaration, Seigneur Hastur ?

Lorill acquiesça de la tête.

Ellemir prit la parole d'une voix aussi légère et enfantine que jamais, mais vibrante d'une résolution nouvelle.

— Je remercie les matrones de l'intérêt qu'elles me portent, mais je décline leurs bons offices. Je resterai près de mon mari.

— Ton loyalisme t'honore, ma chérie, dit Cassilda Hastur. Mais il faut penser à ton enfant.

— Je pense effectivement à mon enfant, dit Ellemir, à tous nos enfants, Cassilda, aux tiens et aux miens, et à la vie que nous désirons pour eux. Certains d'entre vous ont-ils réfléchi, mais vraiment réfléchi, à ce que fait Damon ?

Damon avait vidé son cœur devant elle le jour où il avait soigné les gelures des bergers, mais il ne croyait pas qu'elle avait vraiment compris. C'est donc avec stupéfaction qu'il l'entendit déclarer :

— Vous savez, et je sais, comme il est difficile de nos jours de trouver des télépathes pour les Tours. Même ceux qui ont le *laran* répugnent à sacrifier leur vie pour vivre derrière des murs. Et qui pourrait les en blâmer ? Je ne voudrais pas le faire moi-même. Je veux vivre à Armida, et avoir des enfants qui y vivront après moi. Et je ne voudrais pas non plus les voir déchirés par ce terrible choix, entre l'un ou l'autre devoir envers leur Domaine. Pourtant, les télépathes pourraient s'employer à de nombreux travaux, qui ne sont jamais faits. Toutes les activités télépathiques ne nécessitent pas la protection d'une Tour ; en fait il en est beaucoup qu'on *ne peut pas* y faire. Mais parce que tant de gens sont persuadés que c'est la seule façon d'utiliser le *laran,* le travail n'est pas fait du tout, et ce sont les habitants des Domaines qui en souffrent. Damon a trouvé un moyen de mettre les bienfaits du *laran* à la portée de tous. La télépathie n'est pas... une sorcellerie mystérieuse à cacher dans les Tours. Si moi qui suis femme et ignorante, et beaucoup moins douée que ma sœur, j'ai pu apprendre à m'en servir un peu, alors ces connaissances pourraient être enseignées à beaucoup...

Margween Elhalyn se leva, très pâle.

— Sommes-nous obligés d'écouter ces... ces sacrilèges ? Nous, qui avons fait don de nos vies aux Tours, sommes-nous obligés d'entendre blasphémer notre choix par cette... cette ignorante, qui devrait être au coin du feu en train de coudre sa layette, au lieu de discourir sottement de choses qu'elle ne comprend pas !

— Attends, dit Rohana Ardais, attends, Margween. Moi aussi, j'ai été formée dans une Tour, et j'ai été contrainte de renoncer à ce travail que j'aimais pour me marier et donner des fils au clan de mon mari. Il y a une certaine sagesse dans les paroles de Dame Ellemir. Ecoutons-la sans l'interrompre.

Mais le tapage réduisit Rohana au silence. Lorill Hastur rappela l'assemblée à l'ordre, et Damon se souvint avec tristesse que Lorill aussi avait été formé à la Tour de Dalereuth, et qu'il l'avait quittée lorsqu'il avait hérité de la charge de Régent du Conseil.

— Tu ne disposes pas du droit de vote au Conseil, Ellemir. Tu peux choisir de sortir avec les matrones que nous avons désignées, ou de rester ici. Tu n'as pas d'autre option.

— Je reste auprès de mon mari, dit Ellemir, prenant le bras de Damon.

— Seigneur, dit Cassilda Hastur, troublée, a-t-elle le droit de choisir si son choix met son enfant en danger ? Elle a déjà fait une fausse couche, et ce bébé est héritier d'Alton. La sécurité de l'enfant n'est-elle pas plus importante que son désir sentimental de rester près de Damon ?

— Au nom de tous les Dieux, Cassilda ! protesta Rohana. Ce n'est plus une enfant ! Elle comprend ce qui est en jeu ! Crois-tu qu'il suffit de l'éloigner du père de son enfant pour la rendre indifférente à son sort, comme si c'était une vache laitière ? Rassieds-toi et laisse-la tranquille !

Ainsi rembarrée, la jeune Dame Hastur se rassit.

— Damon Ridenow, fais ton choix. Livreras-tu ta matrice de bonne grâce, ou faudra-t-il te l'enlever de force ?

Damon regarda Ellemir, suspendue à son bras, Callista étincelante de bijoux et de révolte, et Andrew, debout un pas derrière lui. S'adressant à eux, non à Lorill, il dit :

— Puis-je parler en votre nom à tous ? Callista, désires-tu retourner à Arilinn sous la tutelle de Léonie ?

Léonie regardait Callista avec une angoisse fébrile, et, soudain, Damon comprit tout.

Léonie ne s'était jamais permis d'aimer. Mais elle pouvait aimer Callista, comme elle vierge jurée, l'aimer de toute la force refoulée de ses émotions réprimées. Pas étonnant qu'elle n'ait pas voulu délier Callista, qu'elle ait rendu sa défection impossible. Son amour pour la jeune femme ne comportait pas la moindre trace de sexualité, mais c'était néanmoins de l'amour, aussi réel que la passion sans espoir de Damon pour Léonie.

Callista gardait le silence, et Damon se demanda quel

serait son choix. La vie à Arilinn lui semblerait-elle plus attirante que celle qu'ils lui offraient, moins compliquée, moins douloureuse ? Puis il comprit que le silence de Callista venait de sa compassion, de sa répugnance à rejeter l'amour et la protection de Léonie. Elle hésitait à blesser la femme qui avait chéri et protégé l'enfant solitaire de la Tour. Ce fut avec les larmes aux yeux qu'elle prit la parole.

— J'ai été relevée de mon serment. Je ne le prêterai pas de nouveau. Moi aussi, je resterai auprès de mon mari.

Maintenant, ils ne faisaient plus qu'un tous les quatre ! La voix de Damon s'éleva, vibrante de défi :

— Ecoutez-moi donc, dit-il, serrant Ellemir contre lui, farouchement protecteur. Pour ma femme, je remercie les nobles Dames Comyn, mais nul autre que moi ne prendra soin d'elle tant que je vivrai. Quant à Andrew, c'est mon frère juré. Toi-même, Lorill Hastur, pendant la construction de l'astroport, tu as décrété que les Terriens et les natifs de Ténébreuse pouvaient se lier mutuellement par des accords privés qui tomberaient sous le coup des lois des Domaines. Andrew et moi avons prêté le serment de *bredin,* et je suis personnellement responsable de son honneur comme du mien. En conséquence, en ma qualité de régent d'Alton, je considérerai son mariage avec Callista aussi valide que le mien. Quant à moi, poursuivit-il se tournant vers Léonie et s'adressant plus particulièrement à elle, je suis Gardien, et uniquement responsable devant ma conscience.

— Toi ? Gardien ? s'écria-t-elle avec mépris. Toi, Damon ?

— Tu m'as toi-même servi de guide lors de l'Exploration Temporelle, et c'est Varzil le Bon qui m'a nommé *tenerézu,* rétorqua-t-il, employant à dessein la forme archaïque masculine du mot.

— Tu ne peux pas citer comme témoin un homme mort depuis des siècles, dit Lorill.

— Tu m'as pourtant cité à comparaître selon des lois datant de cette époque, dit Damon, et la structure que j'ai érigée dans le surmonde témoigne de mes capacités. Tels étaient la loi et le test en ce temps-là. Je suis Gardien. J'ai élevé ma Tour. Je relèverai le défi.

Léonie était livide.

— Cette loi est en sommeil depuis les Ages du Chaos.

Toi aussi, tu vis conformément à des lois mortes depuis longtemps. Il se contenta de penser ces paroles, mais Léonie les entendit, de même que toute personne possédant le *laran* dans la Chambre de Cristal.

— Qu'il en soit ainsi, dit-elle, pâle comme la mort. Tu as invoqué l'antique test du droit et de la responsabilité du Gardien. Toi et Callista, vous êtes des renégats d'Arilinn, c'est donc à Arilinn que revient le choix de l'épreuve. Ce sera un duel, Damon, et tu connais le châtiment en cas d'échec. Non seulement toi et Callista, mais vos conjoints — si l'un de vous survivait, ce qui est très improbable — vous seriez dépouillés de vos matrices et vos centres du *laran* brûlés, pour servir d'exemples et d'avertissements à quiconque voudrait s'emparer de la charge et de la puissance de Gardien, sans en être digne.

— Je vois que tu connais les conséquences, Léonie, dit Callista. Dommage que tu ne les aies pas connues si bien quand on m'a faite Gardienne.

Ignorant cette intervention, Léonie continua à fixer Damon dans les yeux.

— Je subirai l'épreuve et son châtiment, dit Damon, mais réalises-tu que tu les subiras toi-même avec tout Arilinn si tu ne remportes pas la victoire ?

Elle rétorqua avec fureur :

— Nous risquerions tous bien davantage pour punir l'insolence de ceux qui ont érigé une Tour interdite à notre porte !

— *Assez !* s'écria Lorill, tendant la main pour imposer le silence. Il y aura épreuve et duel entre la Tour d'Arilinn et sa Gardienne, Léonie Hastur, et...

Il hésita un instant.

— ... et la Tour interdite et celui qui s'est lui-même

proclamé son Gardien, Damon Ridenow. Le combat commencera demain à l'aube.

— J'attends l'épreuve de pied ferme, dit Léonie, impassible.

— Moi aussi, dit Damon. Jusqu'à demain à l'aube, Léonie.

Il donna une main à Ellemir, l'autre à Callista. Andrew resta un pas derrière eux. Sans regarder en arrière, ils quittèrent la Chambre de Cristal.

Jusqu'à l'aube. Il avait parlé avec bravoure. Mais pourraient-ils faire échec à Léonie et à toutes les forces d'Arilinn ?

Il le fallait. Ils devaient vaincre ou mourir.

22

LA première chose que fit Damon en rentrant dans la suite Alton fut d'installer un amortisseur télépathique, pour isoler la chambre de *Dom* Esteban. Il expliqua à Ferrika ce qu'il faisait.

— A l'aube, il y aura peut-être une... une turbulence télépathique, la prévint-il, pensant que l'expression était ridiculement inadéquate. Grâce à cet amortisseur, il ne sera pas dérangé, car il est trop faible. Je le confie à tes soins Ferrika. J'ai confiance en toi.

Il aurait bien voulu isoler aussi Ellemir et son enfant. Il le lui dit en retournant dans l'appartement qu'ils partageaient avec Andrew et Callista. Elle eut un pâle sourire.

— Tu ne vaux pas mieux que les dames du Conseil Comyn, cher mari, à vouloir me protéger et m'épargner parce que je suis femme et enceinte. Crois-tu que je ne réalise pas que nous combattons tous ensemble, pour le droit de vivre ensemble et d'offrir à nos fils et à nos filles une vie meilleure que celle de la plupart des descendants Comyn ? Crois-tu que je désire qu'*il* affronte le choix torturant auquel vous avez été confrontés, toi et Callista ? dit-elle, portant la main à son ventre. Me crois-tu incapable de me battre à ton côté ?

Il la serra contre lui, réalisant que son intuition était plus juste que la sienne.

— Les Dieux me préservent de te dénier ce droit, ma chérie.

Rejoignant Andrew et Callista, il comprit pourtant qu'il ne s'agissait pas seulement de vie et de mort. S'ils perdaient — et survivaient — leur sort serait pire que le trépas.

— La bataille se livrera dans le surmonde, les prévint-il, comme le dernier combat contre le Grand Chat. Il faut que nous soyons absolument sûrs de nous, car seules nos pensées peuvent nous vaincre.

Ellemir fit monter un repas et du vin, et ils dînèrent ensemble, comme si c'était une fête, essayant d'oublier l'épreuve dont dépendaient leurs vies. Callista était pâle, mais Damon constata avec soulagement qu'elle mangeait de bon appétit. Deux d'entre eux avaient reçu la formation de Gardiens, possédaient la force de Gardiens. Mais cela posait une question troublante. S'ils perdaient, ils seraient tous logés à la même enseigne, mais s'ils gagnaient, le sort de Callista n'était pas réglé.

— Si nous gagnons, dit-il, j'aurai conquis le droit de travailler comme je veux, avec mon propre cercle, c'est-à-dire qu'Ellemir, ma femme, et Andrew, mon frère juré, seront hors d'atteinte des décisions du Conseil. Mais toi, Callista, tu te places au troisième rang pour la succession Alton, avec seulement deux enfants, dont l'un à naître, entre toi et la souveraineté du Domaine. Le Conseil fera valoir qu'en ma qualité de régent d'Alton, mon devoir est de te trouver un mari de sang Comyn. A ton âge, Callista, et à moins de travailler dans une Tour, une femme est généralement mariée.

— Je suis mariée, s'emporta-t-elle.

— *Breda,* ce mariage ne tiendra pas si quelqu'un le conteste. Et crois-tu que le Conseil ne le contestera pas ? Le vieux *Dom* Gabriel d'Ardais m'a déjà proposé pour toi son fils Kyril…

— Kyril Ardais ? dit-elle avec dédain. Autant épouser un bandit des Hellers ! Je ne lui ai pas parlé une seule fois depuis mon enfance, quand il nous brutalisait aux fêtes d'enfants, mais je suppose qu'il ne s'est pas amélioré avec l'âge !

— C'est pourtant un mariage que le Conseil approuverait. Ou ils pourraient reprendre l'idée de notre père et te donner, comme il en avait l'intention pour Ellemir, à Cathal. Mais pour te marier, on te mariera, c'est certain. Tu connais aussi bien que moi la loi sur le mariage libre, Callista.

C'était vrai. Un mariage libre n'était valable qu'après consommation, et pouvait être annulé par décision du Conseil tant qu'il n'y avait pas d'enfants.

— Miséricordieuse Avarra, dit-elle, les regardant autour de la table, je trouvais embarrassant d'être mise au lit en présence de la moitié du Domaine, mais ça, c'est encore pire !

Elle rit, mais d'un rire sans joie.

— Pourquoi crois-tu qu'on mette une femme au lit publiquement ? demanda doucement Ellemir. Pour que tout le monde voie et sache que le mariage est un fait avéré. Mais dans ton cas, une incertitude subsiste. Maudit Dezi, il n'a pas dû se priver d'en parler à qui voulait l'entendre.

— Je pense qu'il est déjà maudit, dit Damon, mais le mal est fait.

— Voulez-vous dire que Dezi avait raison et que notre mariage n'est pas légal ? demanda Andrew, posant la main sur celle de Callista, et constatant avec consternation qu'elle la retirait, obéissant toujours à son vieux réflexe.

Damon hocha la tête à contrecœur.

— Tant que Domenic était vivant et *Dom* Esteban en bonne santé, personne ne se souciait de ce que faisaient ses filles, au fin fond des Montagnes de Kilghard. Mais la situation a changé. Le Domaine est aux mains d'un enfant et d'un mourant. Si Callista était encore Gardienne, on ne pourrait pas la contraindre légalement à se marier, mais, à part la force, on exercerait sur elle toutes les pressions imaginables. Et comme elle a déjà été relevée de son serment et qu'elle a publiquement refusé de retourner à Arilinn, il est légitime que le Conseil se préoccupe de son mariage.

— Je n'ai pas plus de droits sur la question qu'une jument qu'on mène vendre au marché ? demanda Callista.

— Callie, ce n'est pas moi qui fais les lois, dit-il tendrement. J'en abrogerai certaines, si je peux, mais ça prendra du temps. Pour le moment, la loi est la loi.

— Le père de Callista a consenti à notre mariage, dit Andrew. Cette décision n'a-t-elle aucune valeur légale ?

— Il est mourant, Andrew. Il peut mourir ce soir, et moi, je ne suis que régent par délégation du Conseil, c'est tout, dit Damon, profondément troublé. Si nous pouvions nous présenter devant le Conseil avec un mariage valide selon la Loi de Valeron...

— Qu'est-ce que c'est que *ça* encore ? demanda Andrew.

— Une femme des plaines de Valeron sur le Domaine Aillard bénéficia un jour d'une décision du Conseil qui fait jurisprudence depuis, dit Callista d'une voix blanche. Quel que soit le mariage, libre ou autre, aucune femme ne peut être séparée contre sa volonté du père de son enfant. Damon veut dire que, si je n'étais plus vierge — et, si, de préférence, je tombais enceinte immédiatement — nous aurions un moyen de contester le Conseil.

Elle fit la grimace.

— Je n'ai pas envie d'un enfant maintenant — et encore moins sur l'ordre du Conseil, comme une jument qu'on mène à l'étalon — mais j'aimerais quand même mieux ça qu'épouser un homme choisi par le Conseil pour des raisons politiques et pour porter *ses* enfants.

Elle regarda Damon et Andrew, l'air malheureux, et termina :

— Mais vous savez que c'est impossible.

— Non, Callista, dit Damon avec calme. Ton mariage, tu le sais, sera valable ou non selon que tu pourras jurer demain devant le Conseil que ton union a été consommée.

— Tu veux donc que je te tue, cette fois ? s'écria-t-elle, terrifiée, cachant sa tête dans ses mains.

Damon contourna la table et l'obligea doucement à tourner la tête vers lui.

— Il y a un autre moyen, Callista. Non, regarde-moi. Andrew et moi sommes *bredin*. Et je suis plus fort que toi. Tu pourrais me foudroyer comme Andrew, ou pire, et tu ne me ferais pas mal !

Elle détourna la tête en sanglotant.

— S'il le faut. S'il le faut. Mais, Miséricordieuse Avarra, je souhaitais que ce soit un acte d'amour, quand je serais prête, et non une mortelle bataille !

Il y eut un long silence, rompu seulement par les pleurs de Callista. Andrew avait le cœur déchiré, mais il savait qu'il devait faire confiance à Damon pour trouver une solution. Damon reprit enfin la parole.

— Il n'y a qu'un moyen, Callista. Varzil m'a dit qu'il fallait libérer ton esprit de l'empreinte que tes années de Gardienne ont imprimées dans ton corps. Je peux libérer ton esprit, et ton corps sera libre, comme il l'a été pendant la floraison hivernale.

— Tu m'as dit que ce n'était qu'une illusion...

— J'avais tort, dit Damon. Je n'ai compris que récemment. Je regrette, pour toi et pour Andrew, que vous n'ayez pas suivi votre instinct. Mais maintenant... j'ai quelques fleurs de *kireseth*, Callista.

Comprenant ce qu'il voulait dire, elle porta les mains à sa bouche, terrorisée.

— Mais c'est tabou, interdit à quiconque a été formé dans une Tour !

— Mais *notre* Tour ne se règle pas sur les lois d'Arilinn, *breda,* dit-il d'une voix très douce, et ces lois ne me lient pas en tant que Gardien. Pourquoi crois-tu que cette fleur soit tabou, Callista ? Parce que, sous l'influence du *kireseth*, comme tu le sais par expérience, même une Gardienne ne pourrait rester immunisée contre la passion, le désir, le besoin humain. C'est un catalyseur télépathique, oui mais c'est aussi beaucoup plus. Après la formation dispensée aux Gardiennes dans les Tours, il est effrayant, impensable d'admettre qu'il n'y a *aucune raison* qu'une Gardienne reste chaste, sauf temporairement, après un travail épuisant. Il est inutile de les contraindre à une vie solitaire et cloîtrée. Les Tours ont imposé des lois cruelles et inutiles à leurs Gardiennes, Callista, depuis les Ages du Chaos, époque à laquelle le rituel du Nouvel An s'est perdu. En ce temps-là, il devait se situer au Solstice d'Eté. De nos jours, lors de cette fête, on donne aux femmes des fleurs et des fruits en commémoration du présent de Cassilda à Hastur. Mais comment représente-t-on toujours la Mère des Domaines ? Avec la clochette d'or du *kireseth* à la main. Tel était l'ancien rituel, pour qu'une femme puisse assumer sa charge de Gardienne dans les cercles de matrices, avec ses canaux dégagés, puis revenir à sa féminité normale si elle le voulait.

Il prit les deux mains de Callista dans les siennes. Machinalement, selon son vieux réflexe, elle essaya de les lui retirer, mais il les retint avec force.

— Callista, as-tu le courage de tourner le dos à Arilinn et d'explorer avec nous une tradition qui te permettra d'être Gardienne et femme à la fois ?

Il avait eu raison de faire appel à son courage, qu'ils avaient testé ensemble jusqu'à ses plus extrêmes limites. Elle baissa la tête, consentante. Mais quand il apporta les fleurs de *kireseth,* toujours enveloppées dans un linge, elle hésita, retournant le bouquet dans sa main.

— J'ai enfreint toutes les lois d'Arilinn sauf celle-là. Maintenant, je suis vraiment hors la loi, dit-elle, de nouveau au bord des larmes.

— On nous a tous deux traités de renégats, dit Damon. Je ne te demanderai pas de faire une chose que je ne ferais pas avant toi, Callista.

Il lui prit le bouquet, retira le linge, et porta les fleurs à son visage, respirant profondément le parfum enivrant. Il eut un accès de peur — la chose interdite, le tabou — mais il se rappela les paroles de Varzil :

« C'est pourquoi nous avons institué l'ancien rite sacramentel du Nouvel An... Tu es son Gardien ; c'est toi le responsable. »

Callista était pâle et tremblante, mais elle prit le *kireseth* des mains de Damon et en respira les fleurs. Pendant ce temps, Damon pensait au cercle d'Arilinn qui les attaquerait à l'aube. Était-il en train de commettre une erreur tragique ?

Durant les années qu'il avait passées à Arilinn, quand un travail important était envisagé, tout stress était prohibé, et surtout les rapports sexuels. Leurs adversaires passaient la nuit en concentration solitaire, se préparant au combat qui les attendait.

Mais Damon ne travaillait pas selon les mêmes principes. Il savait qu'il ne vaincrait pas Arilinn en l'imitant. La Tour qu'il construisait était totalement différente, et fondée sur leur rapport à quatre. Il était donc logique qu'ils consacrent la nuit à parfaire ce rapport, en aidant Callista à s'y intégrer totalement.

Andrew prit les fleurs des mains de Callista. Respirant leur odeur — sèche, poussiéreuse, mais qui gardait quelque chose de celle des fleurs dorées sous la lumière écarlate du soleil — il revit Callista venir à sa rencontre à travers le champ de fleurs, et ce souvenir l'emplit d'une nostalgie poignante. Quand Ellemir respira le bouquet à son tour, il eut envie de protester — n'était-ce pas dangereux dans son état ? Mais elle avait le droit de choisir. Elle partagerait tout ce que cette nuit leur réservait.

La conscience de Damon se dilata, sa lucidité s'affina. Sur sa gorge, sa matrice semblait lancer des étincelles, palpitant comme une chose vivante. Nichée dans sa main, elle semblait lui parler, et il se demanda un instant si les matrices n'étaient pas une forme de vie étrangère à la planète, vivant le temps à un rythme fantastiquement différent ?

Puis il eut l'impression de reculer comme pendant l'Exploration Temporelle, et, avec une curieuse clairvoyance, il confirma ce qu'il avait appris de l'histoire des Tours, à Arilinn et à Nevarsin. Après les Âges du

Chaos, les siècles de corruption, de décadence et de conflits qui avaient décimé les Domaines et fait rage sur la moitié de la planète, les Tours avaient été reconstruites, le Pacte formé, interdisant toutes les armes sauf les armes de combat rapproché, qui exposaient l'attaquant au même danger que sa victime. Le travail des matrices avait été relégué dans les Tours, et les télépathes, tous de sang Comyn, prêtaient serment aux Tours et à leurs Gardiennes. Les Gardiennes, vouées à la chasteté et sans liens d'allégeance même envers leurs familles, devaient être parfaitement objectives, sans aucun intérêt politique ou dynastique dans le gouvernement des Domaines. La formation des travailleurs des Tours était fondée sur de solides principes éthiques et sur la renonciation à tous autres liens, créant ainsi une caste forte et intègre dans un monde corrompu et dévasté.

Et les Gardiennes prêtaient serment de protéger les Domaines, et de prévenir dans l'avenir tout abus des pierres-matrices. Sans aucun pouvoir politique, elles avaient néanmoins acquis une immense influence personnelle, prêtresses, sorcières, douées d'un grand ascendant spirituel et religieux, et contrôlant tous les travailleurs des matrices sur Ténébreuse.

Mais cela était-il aussi devenu un abus ?

Il semblait à Damon qu'à travers les siècles, il était en contact télépathique avec son lointain parent Varzil — ou ne s'agissait-il que d'un faible souvenir héréditaire ? Quand les techniciens des Tours avaient-ils abandonné le rituel du Nouvel An, qui les maintenait en contact avec leur commune humanité ? Ce rituel permettait à la Gardienne, contrainte au célibat par la dure nécessité de son travail incroyablement difficile et exigeant, — et à cette époque qui avait vu l'apogée des Tours, il était encore beaucoup plus exigeant — de reprendre conscience périodiquement de leur humanité, de partager les instincts et les désirs des hommes et des femmes ordinaires.

Quand avaient-elles abandonné ce rituel ? Et surtout, *pourquoi* l'avaient-elles abandonné ? A une certaine époque, pendant les Ages du Chaos, avaient-elles versé dans la débauche? Quelles que fussent les raisons, bonnes ou mauvaises, le rituel avait été perdu, et avec lui, les connaissances qui permettaient de débloquer les canaux figés pour le travail psi au plus haut niveau. Les Gardiennes, qui n'étaient plus neutralisées, avaient été forcées de s'en remettre à un entraînement inhumain, et le pouvoir de Gardienne allait aux femmes capables de s'isoler totalement de leurs instincts et de leurs désirs.

Remontant les années, il sembla à Damon qu'il ressentait dans sa chair toutes les souffrances de ces femmes, aliénées, désespérées, échouant parfois parce qu'elles ne parvenaient pas à se séparer complètement de l'humanité normale. Et celles qui réussissaient adoptaient des standards impossibles, une formation d'une rigueur inhumaine, qui les aliénait même de leur propre cercle. Mais quel choix avaient-elles?

Maintenant, elles allaient redécouvrir ce que pouvait accomplir l'antique rite...

Il ne regardait pas Callista, mais il *sentait* son décorum se dissoudre, sa rigidité s'amollir, toutes ses tensions s'écoulant de son corps comme de l'eau courante. Renversée dans un fauteuil, elle souriait, s'étirant comme un chat, tendant les bras à Andrew. Celui-ci vint s'agenouiller près d'elle, et Damon repensa à la ravissante fillette de la Tour, qui avait perdu peu à peu son exquise spontanéité pour se cantonner lentement dans un silence froid et réservé. Maintenant, le cœur déchiré, il revoyait en partie cette enfant dans le doux sourire que Callista adressait à Andrew, qui l'embrassa, d'abord hésitant, puis de plus en plus passionné. Le rapport à quatre se reforma, et pendant un instant, ils partagèrent tous ce baiser. Mais Andrew, toutes ses inhibitions anéanties par le *kireseth,* fut victime de trop de précipitation. Resserrant ses bras autour de Callista, il l'écrasa contre lui, et la passion croissante de ses baisers effraya Callista. Soudain paniquée, elle se dégagea, le rejetant loin d'elle de toutes ses forces, les yeux dilatés de frayeur.

Damon sentit la double texture de sa peur : elle craignait, d'une part que se reproduise ce qui était déjà arrivé, redoutant, par un réflexe qu'elle ne pouvait pas contrôler, de frapper Andrew, de le tuer ; et d'autre part, elle craignait son propre éveil, étrange, inconnu. Elle regarda Andrew avec une expression proche de la terreur, fixa Damon d'un air traqué qui le désorienta.

Mais Ellemir intervint vivement dans le rapport. *As-tu oublié comme elle est jeune ?*

Andrew regarda Ellemir, sans comprendre. Après tout, Callista était sa jumelle !

Oui, et après tant d'années de Gardienne, elle est plus âgée que moi à un certain niveau. Mais son esprit a maintenant oublié tout cela. Elle est redevenue la fillette de treize ans qui arrivait à la Tour. Pour elle, le sexe est encore un souvenir de terreur et de souffrance, et elle sait qu'elle a failli te tuer. Elle n'a aucun bon souvenir, à part quelques baisers parmi les fleurs. Laisse-la-moi un moment, Andrew.

A contrecœur, Andrew s'écarta de Callista et Ellemir entoura de son bras les épaules de sa sœur. Maintenant, aucun n'avait plus besoin de s'exprimer en paroles.

Viens avec moi, ma chérie, ils peuvent attendre que tu sois prête. Elle la conduisit dans la grande salle de leur suite en lui disant : *C'est ta vraie nuit de noces, Callista, et aujourd'hui, il n'y aura ni plaisanteries ni farces.*

Docile comme une enfant, et pour Ellemir, elle était presque une enfant, elle se laissa déshabiller, démaquiller, peigner et revêtir d'une longue chemise de nuit. Sous l'influence du *kireseth,* elles s'ouvrirent totalement l'une à l'autre. Ellemir fut inondée des souvenirs de Callista, que celle-ci n'avait pas pu partager avec elle, la veille de leurs noces, quand elles échangeaient leurs confidences.

Ellemir sentit et *vécut* avec Callista le conditionnement qui l'avait séparée des autres, la dure discipline qui lui avait inculqué l'horreur de tout contact physique. Elle considéra les petites cicatrices aux mains et aux poignets de Callista, ressentant la terrible angoisse physique et émotionnelle de ces premières années à la

Tour. *Et Damon avait participé à ces tortures !* Pendant un moment, elle partagea le douloureux ressentiment de Callista, la rage toujours tue et qui ne pouvait s'épancher qu'à travers l'énergie concentrée des écrans et des relais.

Elle revécut avec Callista le lent, l'inexorable émoussement des réactions physiques normales, l'engourdissement des réflexes corporels, le durcissement des tensions de l'esprit et du corps en une armure rigide.

Dès sa troisième année à Arilinn, Callista ne se sentait plus seule, n'éprouvait plus le besoin d'une affection ou d'un contact humains.

Elle était devenue Gardienne.

C'était miracle qu'elle eût conservé quelque sentiment, quelque compassion. Encore quelques années, et il aurait été trop tard ; même le *kireseth* n'aurait pas pu dissoudre la dure armure forgée pendant si longtemps, l'empreinte de tensions si fortes sur l'esprit.

Mais le *kireseth* avait dissous le conditionnement de Callista, et, toute tremblante, elle était redevenue une enfant. Son esprit était libéré, et son corps n'était plus assujetti aux réflexes inexorables de sa formation, mais elle avait perdu en même temps l'acceptation rationnelle et la maturité dont elle avait couvert son inexpérience ; elle n'était plus qu'une fillette effrayée, encore plus jeune qu'elle quand elle avait pris son premier amant, réalisa Ellemir avec une compassion profonde.

Après cette libération, Callista aurait dû avoir un ou deux ans pour mûrir normalement, pour parvenir à l'éveil amoureux, d'abord émotionnel, puis physique. Mais elle n'aurait pas ce loisir. Elle n'avait que cette nuit pour franchir le gouffre des années.

Serrant sa sœur tremblante dans ses bras, en pleine empathie avec elle, Ellemir aurait voulu lui donner une part de sa sérénité. Callista ne manquait pas de courage — il fallait être très courageuse pour endurer la formation qu'elle avait subie. Elle se contraindrait à l'acte amoureux, afin de pouvoir jurer le lendemain devant le Conseil que le mariage était consommé, mais ce serait une épreuve, un test de son courage, et non l'expérience exaltante et joyeuse que cela aurait pu être.

C'était cruel se dit Ellemir. En fait, ils demandaient à une enfant de consentir à se laisser violer — car, au fond, il s'agirait bien d'un viol.

Elle ne serait pas la première. Bien des femmes Comyn étaient mariées, presque encore enfants, à des hommes qu'elles connaissaient à peine et qu'elles n'aimaient pas. Elle, au moins, elle aimait Andrew. Quand même, elle aurait une nuit de noces lamentable, la pauvrette.

Il lui aurait fallu du temps, et Ellemir ne pouvait pas lui en accorder.

Callista la contacta mentalement, hésitante, cherchant à se rassurer, et Ellemir réalisa soudain qu'elle pouvait partager son expérience avec sa jumelle. Elles étaient toutes deux télépathes. Ellemir avait toujours eu des doutes sur son *laran,* mais sous l'influence du *kireseth,* elle se découvrait de nouvelles potentialités, de nouvelles possibilités de développement.

Prenant les mains de Callista dans les siennes, elle laissa son esprit revenir à sa quinzième année, époque de la grossesse de Dorian et de ses amours avec Mikhail, les deux étant d'accord pour qu'Ellemir prenne la place de Dorian dans le lit de son jeune mari. Ellemir avait un peu peur, non de l'expérience elle-même, mais peur que Mikhail la trouve ignorante, enfantine, trop jeune, trop inexpérimentée pour remplacer Dorian. La première fois qu'il était venu la retrouver — et Ellemir n'y avait plus repensé depuis des années — elle était paralysée de frayeur, presque autant que Callista en ce moment. Allait-il la trouver laide, gauche ?

Et pourtant, comme tout avait été simple, si simple et agréable, comme ses appréhensions lui avaient paru stupides. A la naissance de l'enfant de Dorian, quand leurs rapports avaient pris fin, elle les avait presque regrettés.

Lentement, elle se rapprocha dans le temps, mentalement unie avec Callista, partageant avec elle la croissance de son amour pour Damon. La première fois qu'ils avaient dansé ensemble à Thendera, à la fête du Solstice d'Eté, elle l'avait trouvé trop vieux ; pour elle, il n'était que l'officier de son père, silencieux, réservé, ne manifestant à sa cousine que quelques égards de pure politesse, sans plus. Jusqu'à la captivité de Callista chez les hommes-chats, où, paniquée, elle avait eu recours à lui, elle ne l'avait jamais considéré autrement que comme un parent amical, l'ami de son frère disparu. Puis elle avait pris conscience de ce qu'il était pour elle. Elle partagea avec Callista, comme elle n'aurait jamais pu le faire en paroles, la frustration croissante de l'attente, l'insatisfaction des baisers et des chastes caresses, l'extase de la première possession. *Si j'avais su alors comment partager avec toi, Callie !*

Elle revécut, avec la même crainte et la même joie mêlées, les débuts de sa grossesse : le bonheur, la peur, les nausées, le bouleversement de son corps qui était devenu comme une chose étrangère, mais malgré tout, l'allégresse. Elle sanglota en revivant le jour où le lien fragile s'était rompu et où la fille de Damon était morte. Puis, hésitante — *seras-tu capable d'accepter cela ? M'en voudras-tu ?* — elle sentit de nouveau le besoin d'Andrew, l'accueillant dans son lit tout en redoutant que ses rapports affaiblissent ses liens avec Damon ; puis le ravissement de constater que cela les renforçait au contraire, que ses rapports avec Damon s'étaient approfondis de tout ce qu'elle avait appris sur elle-même, et qu'ils étaient maintenant le résultat d'un choix, et non plus seulement de la coutume.

Je savais que tu le désirais, Callista, mais je ne savais pas si c'était simplement parce que tu ignorais ce que cela signifiait pour moi.

Callista s'assit dans le lit, et, entourant sa sœur de ses bras, l'embrassa pour la rassurer, les yeux dilatés d'émerveillement. Sa beauté frappa Ellemir. Elle savait que Damon aimait Callista, partageant avec elle des expériences et des dons inconnus d'Ellemir. Pourtant, elle l'acceptait, comme elle savait que Callista acceptait que le premier enfant d'Andrew fût d'Ellemir et non d'elle. Indépendamment, elle arriva à la même conclusion qu'Andrew : ils n'étaient pas deux couples échangeant de temps en temps leurs partenaires, comme dans quelque danse compliquée. Ils étaient autre chose, et chacun d'eux avait quelque chose d'unique à donner aux autres.

La peur de Callista s'était envolée, et elle était impatiente de participer à cette entité qu'ils étaient. Elle n'eut pas besoin de lever les yeux pour savoir qu'Andrew et Damon les avaient rejointes. Un instant, elle se demanda si elle devait se retirer avec Damon, pour laisser seuls Andrew et Callista, puis elle faillit éclater de rire. Ils ne faisaient plus qu'un.

Au début, le contact fut seulement mental, Damon reformant le lien qui les unissait, étroit, complet comme il ne l'avait jamais été. Ellemir pensait en images musicales, et pour elle, c'était comme des voix qui se fondaient harmonieusement, le soprano de Callista, clair et cristallin comme une harpe, la basse profonde d'Andrew, l'harmonie curieusement polyphonique de Damon, et sa voix à elle qui les tissait ensemble, qui les fondait en un tout. Mais, tout en visualisant cette expérience en images musicales, elle recevait les images des autres : explosion de couleurs pour Callista ; dans l'esprit d'Andrew, ils étaient tous blottis les uns contre les autres, nus, dans une obscurité étrange, se caressant doucement ; la conscience de Damon tissait entre eux des liens d'argent, légers comme des fils de la vierge, qui les réunissaient tous en une seule entité. Longtemps, ils se contentèrent de cette félicité. Callista, flottant dans un arc-en-ciel de couleurs vibrantes, légèrement amusée au contact de Damon, s'aperçut qu'il avait gardé suffisamment de recul pour monitorer ses canaux. Puis, quand il la toucha, le rapport émotionnel s'approfondit, elle eut une nouvelle conscience de son corps, étrange, inconnue, mais pas effrayante.

Elle se rappela vaguement les histoires de son père. On donnait du *kireseth* aux mariées récalcitrantes. Eh bien, elle n'était plus récalcitrante. Etait-ce l'effet de la résine sur le corps et l'esprit ? Etait-ce la libération de son esprit qui lui permettait d'avoir une telle conscience de son corps, de la sensualité d'Ellemir, qui ressentait tous les désirs des autres dans sa chair ? Ou était-ce son corps affamé de caresses qui lui ouvrait l'esprit à une communion spirituelle plus profonde ? Quelle importance ? Elle savait qu'Andrew avait toujours peur de la toucher. Pauvre Andrew, elle l'avait tant meurtri. Elle lui tendit les bras, l'attira contre son sein, sentit qu'il la couvrait de baisers. Cette fois, elle s'y abandonna, avec l'impression de sombrer dans une extase de lumière, qui était en même temps une obscurité vibrante.

Dans un débordement soudain de sensualité, il ne lui suffit plus d'être dans les bras d'Andrew. Elle ne s'écarta pas de lui, mais rechercha le contact de Damon, le toucha, l'embrassa, et brusquement, en un éclair, elle se rappela qu'elle avait désiré le faire lors de sa première année à la Tour et qu'elle avait refoulé ce souvenir, dans une agonie de remords et de honte. Toujours en contact avec ces deux corps durs de mâles, elle se sentit suivre du doigt la courbe des seins d'Ellemir, de son ventre doucement renflé, laissant sa conscience descendre jusqu'à l'enfant à naître et qui dormait encore d'un sommeil sans rêve. Elle se sentait enveloppée comme lui, protégée, entourée d'amour, et elle sut qu'elle était prête.

Andrew, partageant ses pensées, se rendit compte que, pour Callista, la sexualité sans problème d'Ellemir constituait une clé permettant de libérer celle de Callista, comme elle avait failli le faire lors de leur première tentative catastrophique. Il comprit que s'il avait accepté le rapport à quatre, Ellemir les aurait tous amenés à bon port. Mais il avait voulu être seul avec Callista, séparé.

Si seulement j'avais alors eu confiance en Ellemir et Damon... et, s'insinuant dans ses regrets, il perçut la pensée de Damon : *c'était alors, et nous sommes maintenant, nous avons tous changé et mûri.*

Ce fut leur dernière perception séparée. Maintenant, le rapport était complet, comme il avait failli l'être au

Solstice d'Hiver. Aucun d'eux ne sut jamais ni ne désira savoir, aucun d'eux n'essaya jamais de séparer ou de démêler des sensations isolées. A ce stade, les détails n'importaient plus — quelles lèvres s'embrassaient, quels bras s'étreignaient, qui pénétrait qui. Pendant un moment, il leur sembla qu'ils se caressaient tous, partageant leur tendresse si profondément qu'il n'existait plus de conscience séparée. Par la suite, Callista ne sut jamais si elle avait ressenti l'acte d'amour d'Ellemir ou si elle l'avait vécu elle-même, et, plongeant un instant dans l'esprit d'un des hommes, elle se vit et s'étreignit elle-même — ou était-ce sa jumelle ? Elle sentit un des hommes parvenir à l'orgasme, incertaine d'y avoir participé. Sa propre conscience était trop diffuse, dilatée, avec Damon, Andrew et Ellemir qui étaient comme des points solides dans son corps, lequel s'était aussi dilaté jusqu'à occuper tout l'espace de la chambre, agité de pulsations aux rythmes multiples de l'éveil et de l'excitation. Elle ne fut jamais tout à fait sûre d'avoir elle-même connu le plaisir ou d'avoir simplement partagé celui des autres : et elle ne désirait pas le savoir. Et aucun ne sut jamais non plus qui avait le premier possédé le corps de Callista. Aucune importance ; aucun d'eux ne désirait le savoir. Ils flottaient, submergés dans la sensualité et l'amour intense et partagé, et ces détails n'avaient pas d'importance. Le temps s'était complètement décalé. Leur union semblait durer depuis des années.

Longtemps après, Callista sut qu'elle sommeillait, paisible, satisfaite, toujours entourée de leur amour. Ellemir dormait, la tête sur l'épaule d'Andrew. Callista, lasse et heureuse, s'immergeait tantôt dans la conscience de Damon, tantôt dans celle d'Andrew, ou encore dans le sommeil d'Ellemir. Dérivant entre le passé et l'avenir, consciente de son corps comme jamais depuis son enfance, elle savait qu'elle pourrait se présenter devant le Conseil et jurer qu'elle avait consommé son mariage, et qu'elle était enceinte — quoiqu'elle ne se l'avouât qu'avec une certaine répugnance qui au fond l'amusa. Elle ne désirait pas vraiment un enfant, pas tout de suite. Elle aurait voulu avoir un peu de temps pour apprendre à se connaître, pour se développer lentement comme Ellemir, pour explorer les dimensions nouvelles et inconnues de sa vie.

Mais je m'en remettrai, toutes les femmes s'en remettent, pensa-t-elle, riant intérieurement, et son rire atteignit Damon qui, tendant le bras, enlaça ses doigts aux siens.

Dieu soit loué que tu puisses en rire, Callie!

Ce n'est pas comme si j'avais à choisir, ainsi que je le redoutais. Comme si j'avais toujours la crainte de ne plus jamais pouvoir utiliser mes talents. Mais cette expérience constitue un élargissement, non un rétrécissement de ma personnalité.

Elle éprouvait toujours du ressentiment d'avoir un enfant sur ordre du Conseil et non par choix personnel — elle ne pardonnerait jamais son attitude au Conseil — mais elle acceptait cette nécessité, et savait qu'elle parviendrait aisément à aimer l'enfant non désiré, assez pour espérer dissimuler à la fillette, jusqu'à ce qu'elle soit en âge de comprendre, à quel point elle n'avait pas été désirée.

Mais je ne veux jamais savoir qui est son père... Je t'en prie, Elli, même en monitorant, ne me le fais jamais savoir. Et ils se promirent tous en silence de ne jamais chercher à savoir si la fillette conçue cette nuit-là était l'enfant d'Andrew ou de Damon. Ils s'en douteraient peut-être, mais ne le sauraient jamais avec certitude.

Ils somnolèrent pendant des heures, toujours unis par ce rapport à quatre, et finirent enfin par s'endormir. Damon se réveilla au matin, en proie à l'appréhension. Les avait-il affaiblis, s'était-il affaibli lui-même pour le combat à venir? Callista parviendrait-elle à dégager ses canaux suffisamment vite?

Puis, sondant Callista, il comprit que ses canaux seraient toujours parfaitement dégagés, soit pour l'influx psi, soit pour les impulsions sexuelles. Elle n'aurait pas besoin de *kireseth;* maintenant, elle savait par expérience ce que c'était que de passer de l'influx sexuel à la pleine force du *laran*. Et Damon sut, avec une totale assurance, qu'ils seraient de force à affronter ce qui les attendait.

Puis, à regret, il prit aussi conscience de la raison pour laquelle on avait abandonné l'usage du *kireseth*. En tant que rite sacramentel rarement employé, c'était nécessaire et sans danger, pour aider les Gardiennes à réaffirmer leur commune humanité, les liens étroits des anciens cercles des Tours, les liens les plus étroits qu'on connût, plus étroits que la parenté, plus étroits que l'amour.

Mais cela pouvait facilement se transformer en évasion, en dépendance. Si l'usage du *kireseth* était vulgarisé, les hommes accepteraient-ils les périodes d'impuissance qui suivaient un travail éprouvant ? Les femmes accepteraient-elles la discipline leur permettant de garder leurs canaux dégagés ? L'abus du *kireseth* présentait des dangers. C'était évident d'après les milliers d'histoires de Vents Fantômes racontées dans les Hellers. Et la tentation d'en abuser devait être irrésistible.

Le *kireseth* était donc d'abord devenu tabou, réservé à des usages rares et sacramentels. Puis le tabou s'était élargi jusqu'à l'interdit total. Regrettant ce qu'il se rappellerait toujours comme une expérience phare de sa vie, Damon sut que même sous forme de rituel du Nouvel An, ce serait encore trop tentant. Le *kireseth* leur avait permis de franchir la dernière barrière s'opposant encore à leur union totale, mais à l'avenir, ils devaient s'en remettre à la discipline et au renoncement.

Renoncement ? Jamais, tant qu'ils étaient ensemble.

Et pourtant, comme si le temps n'était qu'un éternel présent, ces moments magiques seraient toujours aussi réels pour eux qu'ils l'étaient en cet instant.

Tristement, tendrement, ressentant leur présence autour de lui et regrettant la nécessité de la séparation, il soupira, et les réveilla l'un après l'autre.

— L'aube approche, dit-il. Ils respecteront à la lettre les termes du défi, et ne nous accorderont pas une seconde de grâce. Il est donc temps de nous préparer à les recevoir. De nous préparer au combat.

23

DEBOUT près de la fenêtre dans la grisaille précédant l'aube, Damon était mal à l'aise. Son exultation perdurait, mais mêlée maintenant d'une rongeante incertitude.

Ne s'était-il pas trompé, cette nuit ? De par toutes les lois d'Arilinn, elle aurait dû les affaiblir, les rendre impuissants à livrer bataille. Avait-il commis une faute tragique, irrévocable entre toutes ? Les aimant tous, les avait-il condamnés à la mort, ou à pire ?

Non. Il avait risqué leurs vies sur la justesse de ses principes. Si les antiques lois d'Arilinn étaient valables, alors, ils méritaient la mort, et il l'accepterait, sinon avec joie, du moins sans avoir l'impression de subir une injustice. Ils travaillaient selon une nouvelle tradition, moins cruelle et invalidante que celle qu'il avait rejetée, et il devait faire triompher sa croyance.

En prévision du froid du surmonde, il s'était enveloppé d'une chaude robe de chambre. Callista avait fait de même et avait jeté un châle sur les épaules d'Ellemir. Andrew, enfilant sa cape d'équitation en fourrure, demanda :

— Que va-t-il se passer, exactement, Damon ?

— *Exactement ?* Impossible de le savoir, dit Damon. C'est l'antique test du Gardien : nous allons construire notre Tour dans le surmonde, et ils tenteront de l'anéantir, et nous avec. S'ils ne peuvent la détruire, ils sont obligés de reconnaître qu'elle est légale et a le droit de subsister. S'ils la détruisent... eh bien, tu sais ce qui arrivera. C'est pourquoi nous ne pouvons pas leur permettre de la détruire.

Callista avait l'air pâle et effrayé. Il lui prit doucement le visage dans ses mains.

— Rien ne peut nous nuire dans le surmonde, sauf si tu penses que c'est possible.

Puis il comprit ce qui la troublait : toute sa vie, elle avait été conditionnée à croire que sa puissance dépendait de sa virginité rituelle.

— Prends ta matrice, lui ordonna-t-il doucement.

Elle obéit, hésitante.

— Concentre-toi. Tu vois ? dit-il, comme des lumières s'allumaient lentement dans la pierre. Et tu sais que tes canaux sont dégagés.

Ils l'étaient. Et ce n'était pas seulement grâce au *kireseth*. Libérés des énormes tensions et armures imposées par la formation de Gardienne, les canaux n'étaient plus figés. Elle pouvait commander leur sélectivité naturelle. Mais pourquoi son instinct ne lui avait-il pas appris cela ?

— Damon, comment et pourquoi un tel secret a-t-il pu se perdre ?

Car il rendait inutile le choix cruel que Léonie lui avait imposé dans son enfance, que d'autres Gardiennes du passé avaient accepté, dans leur loyalisme désintéressé envers les Comyn et les Tours.

— Comment a-t-on pu abandonner *cela* pour accepter une telle vie ? demanda-t-elle, d'une voix encore émerveillée des expériences de la nuit.

— Je ne sais pas, dit tristement Damon, et je ne sais pas non plus s'ils l'accepteront maintenant. Ce secret menace tout ce qu'on leur a enseigné, rend inutiles leurs souffrances et leurs sacrifices, en fait des actes de folie.

Son cœur se serra, car il savait que ce qu'il faisait, comme toutes les grandes découvertes, recélait des semences de discorde. Prenant parti pour l'un ou l'autre camp dans ce violent conflit, des hommes et des femmes mourraient, et il vit, avec une angoisse infinie, qu'une fille de son sang, au nom et au visage de fleur, mais qui n'aurait pas pour mère l'une des deux femmes présentes en cette chambre, serait sauvagement assassinée pour avoir osé essayer d'apporter ces connaissances à Arilinn même. Heureusement, la vision s'évanouit. Il fallait vivre dans l'instant présent, et ne pas s'inquiéter du passé ni de l'avenir.

— Arilinn, comme toutes les autres Tours, vit selon des décisions prises par nos ancêtres. Ils devaient avoir des raisons valables à l'époque, mais qui ne le sont plus aujourd'hui. Je ne veux pas obliger les cercles de Tour à abandonner leur mode de vie, si c'est vraiment leur choix, et si, après avoir pris conscience des sacrifices qu'il exige, sachant qu'il existe maintenant une alternative, ils décident de s'y tenir quand même. Mais je veux qu'ils sachent qu'il *existe* une alternative. Et si moi, travaillant seul et hors la loi, j'ai trouvé une alternative, c'est qu'il doit en exister d'autres, des douzaines d'autres, dont certaines seraient sans doute plus acceptables pour eux que la mienne. Mais je revendique le droit, pour moi et pour mon cercle, de travailler selon ma propre méthode, et selon des règles qui nous semblent justes et convenables.

Cela semblait si simple et rationnel. Pourquoi les menacer de mort et de mutilation pour ça ? Pourtant, Callista savait que la menace existait et qu'elle serait mise à exécution.

Andrew dit à Ellemir :

— Je ne m'inquiète pas pour toi, mais je voudrais être sûr que ton enfant ne court aucun danger.

Il ne faisait que dire tout haut ce qu'elle pensait tout bas. Pourtant elle répondit d'une voix ferme :

— Tu fais confiance à Damon, oui ou non ? S'il pensait qu'il y a un danger quelconque, il me l'aurait expliqué, pour que je puisse choisir en toute connaissance de cause.

— J'ai confiance en lui.

Mais, se dit Andrew, Damon ne pensait-il pas que, s'ils perdaient la bataille, il serait inutile qu'aucun d'eux survécût, y compris Ellemir et l'enfant? Il écarta fermement cette idée. Damon était leur Gardien. La seule responsabilité d'Andrew, c'était de décider si oui ou non Damon était digne de confiance, puis de se fier à lui et de suivre ses directives, sans aucune réserve mentale. C'est pourquoi il demanda :

— Par quoi commençons-nous ?

— Nous construisons notre Tour, et nous l'étayons de toutes nos forces. Elle existe depuis longtemps, mais elle n'est que ce que nous l'imaginons.

Il ajouta à l'adresse d'Ellemir :

— Tu n'es jamais venue dans le surmonde ; tu m'as simplement surveillé pendant que j'y séjournais. Unis-toi à moi mentalement, et je t'y ferai pénétrer.

D'un puissant élan mental, il fut dans le surmonde, Ellemir à son côté dans la grisaille informe. D'abord flous, puis plus nets d'instant en instant dans la surlumière, il distingua les murs protecteurs de leur structure.

Au début, ce n'avait été qu'un grossier abri, un peu comme une cabane de berger, visualisé presque par hasard. Mais à chaque usage successif, il s'était développé et renforcé, et maintenant une véritable Tour s'élevait autour d'eux, aux grands murs bleus translucides, aussi réels au toucher et sous les pas que la chambre du Château Comyn où ils avaient consommé leur union à quatre. En fait, ils avaient apporté ce monde avec eux, parce que cette union à quatre et sa consommation étaient l'expérience la plus importante qu'ils aient jamais vécue.

Comme toujours dans le surmonde, Damon se sentit plus grand, plus fort, plus assuré, ce qui était l'essentiel. A son côté, Ellemir ressemblait beaucoup moins à Callista que dans le monde solide. Physiquement, elles étaient très semblables, mais ici, où c'était l'esprit qui déterminait l'apparence physique elles étaient très dissemblables. Damon avait assez de notions de génétique pour se demander si elles étaient bien de vraies jumelles. Si elles ne l'étaient pas, Callista pourrait porter un enfant de lui avec beaucoup moins de risques qu'Ellemir. Mais c'était une pensée pour un autre temps, un autre niveau de conscience.

Au bout d'un instant, Andrew et Callista les rejoignirent dans le surmonde. Il remarqua que Callista n'avait pas revêtu les voiles écarlates de la Gardienne. Percevant sa pensée, elle sourit en disant :

— Je te laisse cette charge, Damon.

Pour un duel entre Gardiens, peut-être aurait-il dû revêtir le cramoisi rituel sacro-saint chez les Gardiennes, mais il aurait eu l'impression d'un sacrilège, et brusquement, il comprit pourquoi.

Il ne voulait pas combattre selon les lois d'Arilinn ! Il n'était pas Gardien selon leurs règles cruelles, mais il était *tenerézu* d'une tradition plus ancienne, et défendait son droit à l'être ! Il portait les couleurs de son Domaine, et cela suffisait.

Andrew prit position deux pas derrière lui, comme un écuyer ou un garde du corps. Damon donna la main droite à Ellemir, la gauche à Callista ; il sentit leurs doigts d'une légèreté aérienne, comme toujours dans le surmonde. Il dit à voix basse :

— Le soleil se lève sur notre Tour. Sentez sa force autour de vous. Nous l'avons bâtie pour nous abriter. Mais maintenant, elle doit perdurer, non seulement pour nous, mais en tant que symbole pour tous les techniciens des matrices qui refusent les cruelles contraintes des Tours, abri et phare pour tous ceux qui viendront après nous.

Andrew, bien qu'entouré de la Tour bleue et translucide, avait l'impression que le soleil brillait *à travers* les murs, répandant une lumière écarlate,

Des éclairs fulgurèrent, aveuglants, et un moment, la Tour chancela, trembla, comme si la substance même du surmonde l'absorbait dans sa grisaille. *C'est commencé,* pensa Damon ; voilà l'attaque qu'ils attendaient. Etroitement liés les uns aux autres, ils sentaient les murs de la Tour autour d'eux, forts et protecteurs, et Damon transmit une explication à Ellemir et Andrew, moins expérimentés que lui.

Ils vont essayer de détruire la Tour, mais comme c'est

notre *visualisation qui lui donne sa solidité, ils ne peuvent lui nuire que si notre propre perception est défaillante.*

Pour s'amuser, les techniciens en formation se livraient parfois des duels dans le surmonde, où la pensée-matière prenait des formes infinies, et où toutes leurs constructions mentales pouvaient se balayer d'une pensée aussi vite qu'elles avaient été créées. Les éclairs fulguraient sur la Tour dans un tonnerre assourdissant, et, tout en sachant que ce n'était qu'une illusion, Damon éprouva un instant une peur physique purement irrationnelle. Ce pouvait être un jeu dangereux, car ce qui arrivait au corps du monde astral pouvait, par répercussion, arriver aussi au corps physique lui-même. Mais ils étaient en sécurité derrière les murs de leur Tour.

Ils ne peuvent pas nous nuire. Et je ne veux pas leur nuire non plus, simplement survivre avec mes amis... mais il savait qu'ils n'accepteraient pas. Tôt ou tard, les assauts incessants d'Arilinn les affaibliraient. Sa seule défense était l'attaque.

Avec la rapidité de la pensée, ils se retrouvèrent sur le plus haut rempart de leur Tour. Andrew la sentait solide comme un roc sous ses pieds. Comme toujours dans le surmonde, il portait l'uniforme gris argent de l'Empire Terrien, mais à l'instant même où il en prenait conscience, il sentit sa tenue se modifier. *Non, je ne suis plus vraiment un Terrien, aujourd'hui.* Il était maintenant en vieille culotte de peau et veste de fourrure, ses vêtements de travail au domaine. Cela correspondait à sa nature actuelle ; il était parfaitement intégré à Armida.

Du sommet de leur Tour, ils voyaient la masse menaçante d'Arilinn flamber comme un fanal. Pourquoi si proche, se demanda Damon ? Puis il réalisa qu'il s'agissait de la visualisation de Léonie et de son cercle : elle s'était plainte qu'il eût érigé sa Tour Interdite à leurs portes. Pour Damon, elle était très lointaine, à des mondes de distance. Mais maintenant, ils étaient très proches, si proches que Damon *voyait* Léonie, statue hiératique drapée de voiles écarlates, saisir la pensée-matière à pleines mains et la projeter sur eux en éclairs. Damon contre-attaqua en lançant ses foudres, qui les interceptèrent en plein ciel, et il les vit retomber, exploser sur le cercle debout au plus haut d'Arilinn qui se lézarda.

Ils nous perçoivent comme une menace ! Pourquoi ? Un instant plus tard, le tonnerre reprenait, duel farouche d'éclairs lancés et interceptés, et il perçut une pensée involontaire — ce devait être Andrew — *je me fais l'impression de Jupiter Tonnant.* Damon se demanda vaguement qui pouvait bien être Jupiter.

Je peux anéantir la Tour d'Arilinn, parce que, pour une raison mystérieuse, ils ont peur de nous. Mais Léonie changea brusquement de tactique. Les éclairs s'éteignirent, et ils furent recouverts, inondés d'un flot de boue gluante qui les suffoquait, leur donnait envie de vomir. Comme du fumier, du sperme, du crottin, la bave des limaces envahissant les serres à la saison humide... ils sombraient dans l'ordure. *Est-ce ainsi qu'ils perçoivent ce que nous avons fait ?* Avec effort : Damon chassa cette idée désolante, essuya sur son visage la... non, c'était lui donner réalité. Unissant vivement ses mains et son esprit à ceux de son cercle, il épaissit la boue, qui retomba autour d'eux en terre riche et fertile, d'où jaillirent des myriades de plantes et de corolles multicolores. Triomphants, ils se dressaient maintenant au milieu d'un champ de fleurs, réaffirmant les droits de la vie et de la beauté sur la laideur et la mort.

J'ai combattu le Grand Chat de l'extérieur d'une Tour, et j'ai triomphé. Revivant l'acte qui lui avait redonné conscience de ses pouvoirs psi, intacts malgré les années passées hors de la Tour, il évoqua l'image du Grand Chat, de toute la force de leurs quatre esprits liés, et la projeta sur les hauteurs d'Arilinn. *Pendant que le Grand Chat ravageait les Kilghard et plongeait notre peuple dans les ténèbres, la terreur et la famine, bien en sécurité derrière les remparts d'Arilinn, vous n'avez rien fait pour les secourir !*

Les deux Tours étaient maintenant si proches qu'il voyait le visage de Léonie *à travers* son voile, rayonnant de courroux et de désespoir. Dans le surmonde, elle avait conservé sa beauté d'autrefois, pensa Damon avec détachement. Mais il ne l'aperçut qu'un instant, car un tourbillon de ténèbres les recouvrit, elle et son cercle. De l'endroit où s'était tenue Léonie, un dragon aux écailles et aux griffes d'or se dressa, crachant des flammes vers le ciel, qui retombèrent en pluie de feu sur la Tour Interdite. Damon sentit la chaleur meurtrière, sentit son corps se crisper et se flétrir, entendit Callista hurler, perçut la terreur d'Ellemir, et se demanda un instant si Léonie allait réussir à les chasser du surmonde et les forcer à réintégrer leurs corps physiques...

Mais en même temps que la brûlure des flammes, il perçut une légende dans l'esprit d'Andrew : *brûlez-nous, et nous renaîtrons de nos cendres comme le Phénix*... Jetant ses dernières forces dans le feu et les flammes qui menaçaient de les chasser du surmonde, Damon resserra le lien qui les unissait. Ensemble, ils déversèrent toute leur puissance psychique dans la matière mouvante du surmonde, façonnant un oiseau géant aux plumes flamboyantes qui brûlait dans l'union extatique où ils se consumaient. Dans l'esprit d'Andrew, Damon perçut qu'ils étaient tous les quatre nus, pelotonnés les uns contre les autres dans les chaudes ténèbres d'un œuf, tandis que les flammes les réduisaient en cendres. Dans leur extase, qui s'épanouissait et se dilatait sans fin, la coquille se brisa, et ils surgirent des cendres, déployèrent leurs ailes puissantes, et, triomphants, planèrent au-dessus d'Arilinn... Le bec du phénix lançait les éclairs et la foudre, secouant de son tonnerre les remparts d'Arilinn. Très loin au-dessous d'eux, Damon vit les petites silhouettes de Léonie et de son cercle, qui les regardaient avec terreur et désespoir.

Léonie ! Tu ne peux pas nous détruire ! Je demande une trêve.

Damon ne désirait pas non plus détruire Arilinn, qui avait été son foyer. Il y avait enduré des souffrances indicibles, comme Callista, pourtant c'est là qu'il avait acquis les connaissances et la discipline nécessaires au contrôle et à l'usage de ses forces. Ce qu'il était actuellement et ce qu'il deviendrait peut-être se fondaient sur ce qu'il avait appris à Arilinn. Dans le surmonde et dans le monde réel, Arilinn devait demeurer, centre d'entraînement télépathique, et symbole de ce qu'avait été et pouvait redevenir la formation des Tours, la force et la puissance des Domaines.

— Non, Damon, foudroie-nous, dit Léonie d'une voix tremblante et presque inaudible. Comme tu as détruit ce que nous avons toujours défendu.

— Non, Léonie...

Soudain, ils furent debout, face à face, dans la plaine grise du surmonde. Et il sut — sachant que Léonie partageait cette pensée — qu'il ne pourrait jamais lui nuire. Il l'aimait, il l'avait toujours aimée et l'aimerait toujours.

— Et moi aussi, je t'aime, dit tendrement Callista, debout près de Damon.

Elle tendit les mains à Léonie, puis, chose qu'elle n'avait jamais faite dans le monde réel, la prit dans ses bras, l'étreignit avec amour.

— Léonie, mère adoptive bien-aimée, ne comprends-tu donc pas ce que Damon a fait ?

— Il a détruit les Tours, dit Léonie, tremblante. Et toi, Callista, tu nous as tous trahis !

Se dégageant, elle s'écarta de Callista et la considéra avec horreur. Damon, maintenant mentalement lié à Léonie, sut qu'elle *voyait* la nouvelle personnalité de Callista, devenue femme, aimante, aimée et satisfaite — non plus Gardienne selon l'ancienne tradition, mais conservant tous les pouvoirs qu'elle tenait de ses dons et de sa formation.

— Callista, Callista, qu'as-tu fait ?

Damon répondit avec beaucoup de douceur, mais aussi avec une fermeté inébranlable :

— Nous avons redécouvert l'ancienne façon de travailler, au temps où les Gardiennes n'avaient pas besoin de sacrifier aux Tours leur vie et toutes les joies de l'existence.

Alors, j'ai vécu en vain, et tous mes sacrifices ont été inutiles. Puis, avec un désespoir insondable qui déchira Damon : *Laissez-moi mourir maintenant.*

Il voyait *à travers* elle, avec la nouvelle vision du Gardien, et il vit avec horreur le traitement qu'elle s'était infligé à elle-même. Comment ne l'avait-il jamais deviné ? Elle l'avait renvoyé de la Tour pour lui éviter le risque de perdre son contrôle et de lui révéler son désir. Et pour écarter sa tentation à elle ? La loi interdisait de stériliser une dame Comyn, et elle avait évité de justesse de neutraliser Callista.

Mais elle-même ?

— Pas inutile, Léonie, dit-il avec une compassion pathétique. Toi et tes pareilles, vous avez maintenu la tradition, conservé l'antique science des matrices, pour qu'un jour cette redécouverte soit possible. Ton héroïsme permettra à nos enfants et à nos petits-enfants de se servir de l'antique science sans souffrance et sans tragédie. Je ne désire pas détruire les Tours, simplement alléger ton fardeau, afin qu'il soit possible de former les télépathes à l'extérieur des Tours, afin que vous ne soyez pas obligés de sacrifier vos vies, afin que le prix à payer ne soit pas si grand. Toi et tous ceux d'entre nous venus des Tours, nous avons maintenu vivante la flamme de la tradition, bien que tu l'aies nourrie de ta chair et de ton sang.

Il se tenait désarmé devant eux, sachant qu'ils pouvaient l'anéantir, mais sachant aussi, au plus profond de lui-même, qu'ils entendaient maintenant ce qu'il disait.

— Aujourd'hui, la flamme peut être ranimée, mais n'aura plus besoin de se nourrir de vos vies. Léonie, poursuivit-il en lui tendant les mains d'un air suppliant, si ce fardeau t'a brisée, toi, Dame d'Arilinn et descendante d'Hastur, c'est qu'il est trop lourd à porter pour quiconque, homme ou femme. Personne n'aurait pu le porter sans défaillance. Laisse-nous travailler, Léonie, laisse-nous continuer ce que nous avons entrepris, pour que vienne le jour où les hommes et les femmes des Tours travailleront dans la joie, et non dans le sacrifice infini d'une mort vivante !

Lentement, Léonie inclina la tête. Elle dit :

— Je te reconnais pour Gardien, Damon. Tu es hors d'atteinte de toute vengeance que nous pourrions exercer. Nous méritons le châtiment, quel qu'il soit, que tu choisiras de nous imposer.

Il dit, le cœur serré :

— Je ne pourrais jamais t'infliger de plus grand châtiment que celui que tu t'es imposé, Léonie ; tu continueras donc à porter le fardeau que tu as choisi jusqu'à ce qu'une autre génération soit assez forte pour te succéder. Fasse la Miséricorde d'Avarra que tu sois la dernière Gardienne d'Arilinn à vivre cette mort vivante, mais Gardienne d'Arilinn tu resteras jusqu'à ce que Janine puisse porter seule ta charge.

Et ta seule punition sera de savoir qu'il est trop tard pour toi. Déchiré par la douleur de Léonie, il savait qu'il avait toujours été trop tard pour elle. Il était déjà trop tard lorsqu'à quinze ans elle était entrée à la Tour de Dalereuth pour prêter le serment de Gardienne. Il la vit s'éloigner, de plus en plus pâle, comme une étoile que la lumière de l'aube estompe ; il vit la Tour d'Arilinn elle-même pâlir sur l'horizon fluide du surmonde, s'éloigner à l'infini, briller d'un éclat bleu affaibli, puis disparaître. Damon, Andrew, Ellemir et Callista étaient seuls dans la Tour Interdite, puis, dans un choc bref et brutal, le surmonde disparut à son tour, et ils se retrouvèrent dans leur suite du Château Comyn. Par la fenêtre, ils virent les sommets lointains inondés de lumière, mais le grand soleil rouge se levait à peine sur l'horizon.

Le lever du soleil. Leur destin à tous les quatre, et peut-être le destin de tous les télépathes de Ténébreuse, venait de se décider au cours d'une bataille astrale qui avait duré moins d'un quart d'heure.

EPILOGUE

— Tu es un sot, Damon, dit Lorenz, Seigneur de Serrais, d'un air parfaitement dégoûté. Tu l'as toujours été et tu le resteras toujours ! Tu aurais pu être régent d'Alton et commandant de la Garde assez longtemps pour briser l'emprise des Alton sur cette charge et la donner au Domaine de Serrais !

Damon répondit avec bonhomie :

— Je n'ai pas envie de commander la Garde, et ce n'est d'ailleurs plus nécessaire. *Dom* Esteban vivra sans doute assez longtemps pour amener Valdir à l'âge d'homme et peut-être au-delà.

Lorenz le considéra avec méfiance.

— Qu'as-tu donc fait ? On disait qu'il était à l'article de la mort.

— Très exagéré, dit Damon en haussant les épaules, sachant que telle serait désormais sa mission en cette vie, soigner et guérir par la matrice et le moniteur.

Le principe une fois admis, il n'avait pas été difficile de sonder le cœur malade, de dissoudre les caillots et de rendre toute sa force au muscle cardiaque. Esteban Lanart, Seigneur Alton, serait paralysé jusqu'à la fin de ses jours, mais il pouvait commander les Gardes de son fauteuil. En campagne, le jeune Danvan Hastur ou Kieran Ridenow pourraient commander à sa place. Damon n'était plus que de nom régent du Domaine, simple précaution en cas de malchance ou d'accident.

La prémonition n'était pas le don principal des Alton et des Ridenow, pourtant, en cet instant, Damon vit Valdir devenu adulte assumer la souveraineté du Domaine, et il sut qu'il serait l'un des Alton les plus novateurs.

— Tu n'as donc aucune ambition, Damon ? dit Lorenz avec dédain.

— Plus d'ambition que tu ne peux l'imaginer, répondit Damon, mais d'une nature différente de la tienne, Lorenz. Et maintenant, à mon grand regret, il faut nous séparer car une longue route nous attend. Nous retournons à Armida. L'enfant d'Ellemir sera le deuxième dans l'ordre de succession au Domaine, et il doit naître là-bas.

Lorenz s'inclina de mauvaise grâce. Il ignora Andrew, à cheval juste derrière Damon, mais salua Ellemir avec courtoisie, et Callista avec quelque chose approchant du respect. Damon se retourna et embrassa son frère Kieran.

— Tu passeras nous voir à Armida à l'automne, en retournant à Serrais ?

— Sans aucun doute, dit Kieran, et j'espère bien faire la connaissance du fils d'Ellemir. Qui sait, il commandera peut-être les Gardes, quelque jour !

Il recula, laissant passer devant lui les Gardes qui accompagnaient Damon et son groupe. Damon allait donner le signal du départ quand il vit une femme en grand manteau, capuchon rabattu sur le visage ainsi qu'il sied à une comynara en public, descendre l'escalier d'honneur du Château Comyn. Instinctivement, il sut qui elle était. Ou était-ce simplement que rien ne pouvait maintenant dissimuler Léonie d'Arilinn à sa vue ?

Il ne se mit donc pas en selle, mais fit signe à son écuyer de tenir sa monture, puis alla à sa rencontre et la rejoignit au bas des marches.

— Léonie, dit-il en s'inclinant.

— Je suis venue vous dire au revoir et donner ma bénédiction à Callista, dit-elle doucement.

Andrew s'inclina profondément sur son passage,

quand elle se dirigea vers Callista, debout près de sa jument grise. Léonie releva la tête en passant devant lui, et il eut l'impression que ses yeux flamboyaient de ressentiment, mais elle le salua cérémonieusement en disant :

— Tous mes vœux vous accompagnent.

Puis elle tendit les bras, et Callista lui effleura le bout des doigts, comme font entre eux les télépathes.

— Je te bénis, mon enfant, dit Léonie avec douceur. Tu sais que je suis profondément sincère, et que je te souhaite tout le bonheur possible.

— Je sais, murmura Callista.

Tout ressentiment avait disparu entre elles. Ce qu'avait fait Léonie avait été difficile à supporter, sans doute, mais avait finalement permis cette percée extraordinaire, la réalisation totale de sa nature. Elle et Andrew seraient peut-être parvenus à s'unir sans dommage et à vivre heureux ensuite, mais elle aurait renoncé à jamais à son *laran,* comme c'était la tradition pour les Gardiennes. Elle savait maintenant qu'elle se serait amputée de la moitié de sa personnalité. Elle porta les doigts de Léonie à ses lèvres et y déposa un baiser plein de respect et d'amour.

Il était trop tard pour Léonie, Callista le savait, mais maintenant, elle ne jalousait plus leur bonheur.

Léonie bénit Ellemir, qui baissa la tête, acceptant la bénédiction sans la rendre, puis Léonie se retourna vers Damon. De nouveau, il s'inclina, sans lever les yeux sur elle. Tout était consommé ; ils n'avaient plus rien à se dire. Il savait qu'ils ne se reverraient plus jamais. Des distances immenses, infranchissables, s'étendaient entre la Tour d'Arilinn et la Tour Interdite, et c'était bien ainsi. Du travail de Damon naîtrait une science des matrices totalement nouvelle, qui ferait disparaître le terrible fardeau des Tours. Elle fit de nouveau le geste de la bénédiction puis se détourna.

Damon se mit en selle en silence et ils franchirent les grilles. Andrew chevauchait avec Callista en tête du cortège, puis venaient les serviteurs, la suite et les porte-étendard. Damon, Ellemir à son côté, fermait la marche. Il avait l'impression que son cœur se brisait de bonheur, d'un bonheur qu'il n'avait jamais cru possible. Mais ce bonheur était construit sur la vie sacrifiée de Léonie et de tant d'autres comme elle, qui avaient gardé la tradition en vie. Il pria : O Callista l'Ancienne Mère des Domaines, faites que nous n'oubliions jamais leur sacrifice, et que nous ne le considérions jamais à la légère...

Accablé de douleur, il baissa la tête, puis réalisant qu'Ellemir le regardait avec inquiétude, se dit qu'il ne devait pas s'affliger ainsi.

Jusqu'à la fin de sa vie, il continuerait à se souvenir et à regretter, mais ce devait être une douleur intime, presque un luxe secret. Maintenant, il devait se tourner résolument vers l'avenir.

Il y avait beaucoup de travail à faire. Travail peut-être trop trivial pour les Tours, mais néanmoins très important : comme ce qu'il avait fait pour remettre en état le cœur de *Dom* Esteban, ou pour sauver les mains et les pieds gelés des paysans. Encore plus important, il devrait sélectionner les individus capables de travailler avec la matrice. Callista, comme promis, avait déjà enseigné à Ferrika à monitorer, qui était bonne élève, et apprendrait bien davantage avec le temps. Et il y en aurait beaucoup d'autres comme elle dans les années à venir.

Ellemir déplaça son poids sur sa selle, et Damon dit avec inquiétude :

— Il ne faut pas te fatiguer, mon amour. Est-ce bien prudent de voyager à cheval ?

Ellemir rit gaiement.

— Ferrika brûle de me faire monter en litière, mais pour le moment, je préfère chevaucher au soleil.

Ensemble, ils remontèrent la colonne, dépassant les serviteurs, les animaux de bât, et rejoignirent enfin Andrew et Callista qui chevauchaient côte à côte.

En passant le col, Andrew jeta un dernier regard sur l'astroport Terrien. Il ne le reverrait peut-être jamais, mais les Terriens y resteraient sans aucun doute tant qu'il vivrait. Peut-être que Valdir aurait une attitude différente envers les Terriens, parce qu'il aurait bien connu Andrew, non en tant qu'étranger d'outre-planète, mais en tant qu'homme semblable à lui, et mari de sa sœur.

Mais tout cela, c'était l'avenir. Il détourna les yeux de l'astroport et continua, sans regarder en arrière. Maintenant, son univers était ailleurs.

Ils descendirent de l'autre côté du col, et l'astroport disparut. Mais Callista entendit le tonnerre d'un grand vaisseau au décollage et trembla un peu. Cela lui fit un peu trop penser aux changements survenus sur Ténébreuse, à tous les changements qui surviendraient encore, qu'elle en eût ou non connaissance. Mais elle se dit que si elle avait pu supporter tous les bouleversements de l'année passée, elle pourrait sûrement affronter ceux qui leur feraient suite. Elle aussi avait un avenir bien rempli : partager le travail de Damon, et élever l'enfant qu'elle attendait.

Elle aussi viendra non désirée dans un monde qu'elle ne désire pas, comme moi...

Mais ses enfants devraient affronter le monde futur. Elle ne pouvait que les y préparer, et faire tout son possible pour que ce monde soit pour eux plus facile à vivre. Elle avait déjà commencé. Elle prit la main d'Andrew, heureuse de la tenir dans la sienne sans éprouver le besoin de la retirer. Comme Damon et Ellemir les rejoignaient, elle leur sourit. Quels que fussent les changements à venir, ils les affronteraient ensemble.

Achevé d'imprimer sur les presses de

BUSSIÈRE

GROUPE CPI

à Saint-Amand-Montrond (Cher)
en juin 2006

POCKET - 12, avenue d'Italie - 75627 Paris Cedex 13

— N° d'imp. : 61185. —
Dépôt légal : juillet 2006.

Imprimé en France